The Tenant of Wildfell Hall

女房客
The Tenant of Wildfell Hall

Anne Brontë

〔英〕安妮·勃朗特 著 莲可 西海 译

上海译文出版社

Anne Brontë
The Tenant of Wildfell Hall
First Published 1848
由上海译文出版社有限公司与企鹅兰登(北京)文化发展有限公司联合出品
Simplified Chinese edition by Shanghai Translation Publishing House in association with
Penguin Random House (Beijing) Culture Development Co., Ltd
Cover design and illustration Coralie Bickford-Smith

"企鹅"及相关标识是企鹅图书有限公司已经注册或尚未注册的商标。
未经允许,不得擅用。
封底凡无企鹅防伪标识者均属未经授权之非法版本。

图书在版编目(CIP)数据

女房客 /(英)安妮·勃朗特(Anne Bronte)著;莲可,西海译. —上海:上海译文出版社,2023.9
(企鹅布纹经典)
书名原文:The Tenant of Wildfell Hall
ISBN 978-7-5327-9415-7

Ⅰ.①女… Ⅱ.①安…②莲…③西… Ⅲ.①长篇小说—英国—近代 Ⅳ.①I561.44

中国国家版本馆 CIP 数据核字(2023)第 142383 号

女房客

[英]安妮·勃朗特/著　莲　可　西　海/译
总策划/冯　涛　责任编辑/徐　珏　美术编辑/张志全工作室

上海译文出版社有限公司出版、发行
网址:www.yiwen.com.cn
201101　上海市闵行区号景路 159 弄 B 座
苏州市越洋印刷有限公司印刷

开本 850×1168　1/32　印张 16.5　插页 6　字数 339,000
2023 年 10 月第 1 版　2023 年 10 月第 1 次印刷
印数:0,001—8,000 册

ISBN 978-7-5327-9415-7/I·5883
定价:118.00 元

本书版权为本社独家所有,未经本社同意不得转载、摘编或复制
如有质量问题,请与承印厂质量科联系,T:0512-68180628

目 录

前言 …………………………… 威妮弗雷德·杰林 1

再版本序 ……………………………………… 1

致杰克·哈尔福特先生的一封信 ……………… 3
第 一 章 一桩新发现的事 ……………… 5
第 二 章 一次会见 …………………… 16
第 三 章 争论 ………………………… 22
第 四 章 聚会 ………………………… 31
第 五 章 画室 ………………………… 40
第 六 章 友谊的进展 ………………… 45
第 七 章 短途游览 …………………… 54
第 八 章 礼物 ………………………… 66
第 九 章 潜在的情敌 ………………… 72
第 十 章 订下的约与一场争吵 ……… 85
第 十 一 章 又是这位牧师 ……………… 91
第 十 二 章 一次私下谈话和一个发现 … 97
第 十 三 章 回到工作中去 …………… 108
第 十 四 章 袭击 ……………………… 113
第 十 五 章 一次会见及其后果 ……… 121

第十六章	富有经验者的告诫	130
第十七章	更多的告诫	144
第十八章	微型画像	153
第十九章	一桩事件	166
第二十章	坚持	174
第二十一章	众说纷纭	183
第二十二章	友谊点滴	189
第二十三章	婚后的开头几星期	206
第二十四章	第一次吵架	212
第二十五章	丈夫初次独自在外	221
第二十六章	客人们	232
第二十七章	不端行为	236
第二十八章	慈母的感情	244
第二十九章	邻居	249
第三十章	家居情景	259
第三十一章	社交中的德行	272
第三十二章	两相比较——被拒绝接受的消息	288
第三十三章	两个夜晚	303
第三十四章	隐瞒	318
第三十五章	挑衅	323
第三十六章	双方孤寂	330
第三十七章	再谈邻居	335
第三十八章	受害者	347
第三十九章	逃跑的计划	358

第 四 十 章	不幸的遭遇	373
第四十一章	人的心胸中能永远滋生希望	378
第四十二章	改过自新	386
第四十三章	越过界限	392
第四十四章	避难所	399
第四十五章	重归于好	407
第四十六章	友好的劝告	423
第四十七章	惊人的消息	431
第四十八章	进一步的消息	445
第四十九章	雨淋，水冲，风吹，撞着那房子，房子就倒塌了，并且倒塌得很厉害。	451
第 五 十 章	疑惑与失望	462
第五十一章	一桩意外事件	472
第五十二章	波动	482
第五十三章	结尾	490

前　言[1]

在勃朗特三姐妹所著的小说中，尤其需要联系作者一生的情况来考察并且根据其写作时的处境以作出评价的是《女房客》一书。

在当今的读者看来，本书[2]的主题似乎显得过时了，因为除了一些其他的重要问题之外，它主要涉及拯救人的灵魂的问题。不过，正是由于提出这一主题的胆略和绝对坦率的处理手法，使它具有惊人的现代气息。

本书作于1846至1848年间，于1848年初夏出版，它堪称"妇女解放运动"的第一篇宣言。安妮·勃朗特以一对完全不相称的恋人间的拜伦式婚姻为题材，描述女主人公海伦·亨廷顿被迫离开了她那万恶的丈夫，要求独立生活的权利并成功地做到自食其力——而更为冒险的是她竟带着她的儿子一同潜逃——作者不仅震撼了当代社会的道德规范，还无视当时的国法。在1848年，为人妻的妇女——尤其是婚生子女——完全受丈夫的控制。

梅·辛克莱[3]在1913年写道：海伦·亨廷顿在自己的卧室给丈夫吃闭门羹，这在维多利亚时代的整个英国引起了反响。

本书一出版即受到读者欢迎，同年7月就决定再版，安妮为之写了一篇引人注目的序言，宣布她何以就这一既使图书馆订户着迷又使道德家大为震惊的题材而写作的特殊原因。

由于她是用笔名阿克顿·贝尔发表的，所以有关作者的性别引起所有人的好奇心，同时也受到一些人的谴责。他们认为，这种题材不宜由女性来处理，假如作者是女性的话。然而，她在序言中为自己的主旨所作的强有力的辩护，确立了本书的性质，也

1

表现了作者的个性。至于作者究竟是何许人,尤其是什么性别,她只用了寥寥数行有力地表明自己的看法,便使得那些对她横加非议的人哑口无言了:

> ……我相信只要是本好书,那末无论作者的性别为何,它仍不失为一本好书……所有的小说都是,也应当是既供男性又供女性阅读而写作的,而且我百思不得其解,为什么一个男人可以容许自己写出确实使女性丢脸的内容,或者为什么一个女人写出了对男人说来是恰当而相称的任何内容就应当受到苛评。

《女房客》一书的成功,使它的作者得到的磨难多于欢愉。她的出版商 J·C·纽贝是个诡计多端的家伙。他在销售该书的时候骗取了她所应得的稿酬(我们现在知道,当时还没有今天的那种版税制度)。安妮去世④后,她的大姐夏洛蒂向自己的出版商乔治·史密斯说明,安妮一共只收到两笔各为 25 英镑的稿费。那时乔治很可能是通过施加压力的手段,成功地从纽贝手里获得了安妮的两部小说和《呼啸山庄》的版权。夏洛蒂并不隐瞒纽贝同她两个妹妹打交道的秘密。她说纽贝一定是"……既贫困又狡猾……"他对刚崭露头角的特洛罗普⑤和乔治·艾略特⑥也同样苛刻。但是他对勃朗特三姐妹所耍的手段太过分了,竟企图把《女房客》的作者冒充为已经成名的《简·爱》的作者,即"柯勒·贝尔"⑦的作

---

① 译自英国勃朗特姐妹研究专家威妮弗雷德·杰林为 1979 年企鹅丛书版《女房客》写的前言。
② 本书原名为 "The Tenant of Wildfell Hall",全译名应为《怀尔德菲尔府的房客》。
③ 梅·辛克莱(1863—1946),英国小说家、女权运动家。曾以勃朗特三姐妹为题材,先后发表过一部传记及一部长篇小说。
④ 安妮于 1849 年去世,当时仅 29 岁。
⑤ 安东尼·特洛罗普(1815—1882),英国小说家。
⑥ 乔治·艾略特(1819—1880),英国女作家。
⑦ 柯勒·贝尔,夏洛蒂·勃朗特的笔名。

品兜售给美国出版商,以取得版权,并且以揭露作者的性别和身份来威胁这姐妹俩,因为这是她们希望不惜任何代价要避免的。正如《女房客》的再版序言中所揭示的那样,当时的社会偏见是反对妇女发表自由的。

为了同纽贝作必要的对质,安妮·勃朗特被迫作了她生平唯一的一次伦敦之行。她姐姐夏洛蒂的出版商乔治·史密斯(后来成为维多利亚时代几乎所有卓越小说家的非常成功的出版商),为安妮·勃朗特留下了她家庭圈子以外的人所作的极难得的关于她的描述。"……她是个温柔文静、相当克己的人,长得一点儿也不漂亮,可是模样儿很讨人喜欢……她的态度奇特地表现出一种求人保护和支持的愿望,经常保持着一种恳切的神色,这是能博得别人同情的……"[1]

在虚弱的外表后面(安妮·勃朗特终生体弱多病),正如她的一生和死亡所证实的那样,她是个意志坚强、勇敢非凡的年轻女子。她为写作《女房客》所选择的题材,并非毫无所知或者毫无经验,而是在充分了解了具体事实的情况下,有意识地向当时的社会习俗和法律提出抗议。这些有关的知识是她在一家以体面著称的人家当保姆的四年间获得的。

从1841年3月到1845年6月,她受雇于住在约克城附近的小乌斯伯恩镇上绿邮府的埃德蒙·鲁宾逊教士。在这以前,她已经在另一户人家度过一年,那就是在米尔菲尔德的布莱克府的英厄姆家。她在1847年出版的第一部小说《艾格妮丝·格雷》就是反映她在这个早先的职位中所获得的体验的,而《女房客》则是后来的那次经历所结下的果实。

关于在鲁宾逊家的处境,她留下了两篇直接的叙述,其一是她到他们家才几个月后写下的一篇日记,其二是在四年后离开绿

---

[1] 引自《康希尔杂志》(创刊于1860年的英国月刊——译者)1900年12月号。——原注

邮府时所写的。第一篇中有这么一句话:"……我厌恶我的工作,希望另换一个……"①第二篇是在1845年7月31日写的,提到早先那段记载:"……当时我在'绿邮',如今刚从那儿逃出来。当时我就希望离开那儿,要是当初我就知道得在那里待上四年的话,我会感到多么沮丧呀!不过,在那儿我体会到了人性中一些很令人厌恶和意想不到的方面……"她把自己在那四年间所见到和经受的作了一番回顾,便成为创作《女房客》的灵感。

可能有人会问,既然她有那样的感觉,为什么要留在鲁宾逊的绿邮府呢。答案是她为了她的哥哥而留下来的。

安妮的哥哥勃兰威尔·勃朗特幼年时就表现出聪明的天资,受到家人的溺爱,鼓舞他们对他的前程抱有过分的期望。可是,在他二十五岁那一年,在连遭四次不光彩的免职之后,变得不再有人肯雇用了。这并非因为他不具有卓越的天赋。他是个文笔流畅的诗人(曾获得诸如哈特利·柯勒律治和詹姆斯·马蒂诺②那一类作家的好评),热爱文学和音乐,精通拉丁语,长笛吹得可以登台表演,又能说会道,可惜的是哪一样行当也没学好。同时他又是个非常漂亮的小伙子,这就造成了他的不幸。

鲁宾逊夫妇要为他们的十二岁的儿子埃德蒙请一位家庭教师,而安妮正在那里担任他家三个女儿的保姆。她便推荐了自己的哥哥,认为这是他剩下的唯一机会了。于是他受到接见,给鲁宾逊夫妇留下很好的印象,所以就被聘用了。

这个豪华的新环境像一帖补药,首先对勃兰威尔已被摧垮的精神产生了激励作用。鲁宾逊家有着很好的社会关系。在鲁宾逊太太的亲戚中,有教会高级人士和下议员;他们骑着马纵狗打猎,并去约克城参加郡府里的舞会。这种气氛完全适合勃兰威尔

---

① 摘自安妮·勃朗特在1841年7月30日写的日记。——原注
② 哈特利·柯勒律治(1796—1849),英国诗人、随笔作者、编辑,为著名浪漫派诗人塞缪尔·柯勒律治的长子。詹姆斯·马蒂诺(1805—1900),英国哲学家、牧师。

讲究过分的趣味，他也很迎合他的雇主的心意。他在先前几个职位上相继失败之后，对于为他而受尽折磨的家人来说，他目前的成功真是出乎意外。他在这个职位上待了两年半。就是为了他的缘故，安妮同他一起待下去，尽管她对鲁宾逊夫妇和他们的整个生活方式越来越厌恶。

在"绿邨"，这一家人的统治者并非它的男主人，而是鲁宾逊太太。她是个肆无忌惮的美人儿。勃兰威尔受到她的青睐。但他却是个心神不健全的人，天真无知，易于受骗，以为她爱上了自己，便以放纵的情欲回报她的求爱。他们的私通不可避免地被发现了（连孩子们都知道了），最终在被鲁宾逊先生获悉的当天，勃兰威尔就被辞退了。

这一次是不可挽回的了。但使他完全崩溃的并不是这份耻辱，而是强行把他和那女人分开所引起的极度伤心，他以为她是以同等的爱来回报他的。他开始吸毒和酗酒，在三十一岁那年死于震颤性谵妄。

那几年，他家人的痛苦并不亚于他。他们收留了他三年，尽最大的力量护理他，与他一次次的酗酒胡闹和自杀企图进行搏斗，并且为他向方圆十英里内的酒馆老板付酒债。

对于这一切苦难，安妮·勃朗特认为自己负有责任。要是她没有推荐勃兰威尔到"绿邨"这户人家，他的生命便不致这样毁掉。对于他们兄妹两人来说，鲁宾逊太太实在过于狡猾了。虽则安妮不喜欢她，但却事先没有料到她竟然会勾引勃兰威尔。在他被辞退整整一年之后，鲁宾逊先生的去世为他开了方便之门，但使他悲痛欲绝的是，他发现那位太太丝毫无意与他恢复接触，还谎称在她丈夫的遗嘱中有一项规定，如果她再嫁人的话就不得继承遗产，这样便有效地使勃兰威尔不能接近她。可是，过了一段时间，她竟然嫁给一个富有的贵族亲戚爱德华·多尔曼爵士，和他一起在伦敦社交界大出风头。

安妮对所有的这些事实了解得很清楚，并让家人毫不怀疑鲁宾逊太太对勃兰威尔的行为应受到谴责。这个看法后来传到了盖斯凯尔夫人①耳朵里，使她在终于写出的《夏洛蒂·勃朗特传》中对这桩事情加以渲染。这种坦率的态度几乎使她自己为之付出被控犯了诽谤罪的代价。老勃朗特先生毫不迟疑地亲自致函盖斯凯尔夫人，痛斥鲁宾逊太太为"勾引他儿子的恶魔……"②

当安妮回顾他们兄妹俩在鲁宾逊家的共同经历时，印象最为深刻的是他们对世事的无知，以致在处世方面毫无准备。

她认为自己有责任去搭救那些同他们过去一样缺乏经验的年轻人，告诫他们小心提防埋伏着等待他们的危险。她绝不为那已经发生的事责怪勃兰威尔，把这一切归咎于他的教养不良。

她在再版本序中写道：

> ……我写下面这许多页书的目的并不只是为了逗乐读者……我希望说实话，因为事实的真相总是能……传达它本身在道德方面的教训的……不过请别想象我自以为有能力去革除社会上的种种罪过和弊端，我只是愿意为如此良好的目标贡献微力而已……对于一件坏事的描述，采用最不引起人们反感的表现方式来写作，无疑是小说家能遵循的最合心意的方针。可是这种做法是不是最诚实……？应该向那些年轻而没头脑的旅客揭露人生道路上的陷阱和罗网，还是用树枝和花朵把这些陷阱和罗网掩盖起来，究竟哪一种办法更好呢？……如果少一些这种对现实的审慎隐瞒……那末，那些靠自己来从各自的经历中提炼出辛酸的知识的男女青年就会少犯罪、少受苦。

即使安妮承认在这部小说中所描述的情况——关于阿瑟·亨廷顿和他那帮伙伴——是个极端的例子，她还是能够根据自己的

---

① 盖斯凯尔夫人(1810—1865)，英国小说家。《夏洛蒂·勃朗特传》出版于1857年。
② 见1857年4月2日书于勃朗特牧师住宅的函件。——原注

亲身体验断言现实社会中确实存在这种人,并且基于这一认识,感到自己有责任将她所了解的情况去告诫他人:"……如果由于我的忠告,能够使一个轻率的小伙子免于重蹈覆辙,或者可以防止一个没头脑的姑娘像我的女主人公那样不知不觉地误入歧途,那末,这本书就没有白写了。"

她不可能丝毫不差地描写勃兰威尔的那段情事,不过她的确能够,也确实是依据第一手材料刻画出了一个酒鬼临终前的极度痛苦以及他那越来越消瘦的肉体和内心悲痛的可怕景象。

本书至今还值得一读,那是由于它写得绝对忠实,具有心理方面的真实性。作者十分明智和公正,她指出女主人公和她那可憎的丈夫对他们不幸的婚姻都负有责任。海伦尽管年轻妩媚,又有胆量,但却自以为是,而且像在她以前的安娜贝拉·米尔班克一样,自以为有能力改造一个浪子,因此才不听任何劝告,过于自信地缔结了一门不幸的亲事。亨廷顿尽管不像拜伦(他受不了妻子阅读书本),但却被出色地描绘成一个二流的洛夫莱斯[①],走起路来趾高气扬,驾驶马车像个疯子,深信自己对异性富有诱惑力,终生彻底放纵自己,在那些牌骗子、瘾君子和色鬼所凑成的圈子里,他成了他们毫不费力的诈骗对象。但他缺乏道德上最起码的耐力,因而无法克制地放纵自己。

阿瑟·亨廷顿曾被认为是勃兰威尔的写照,其实不然。勃兰威尔尽管有他的所有过失和弱点,但却有一颗富于感情的心和热忱的性格。他爱好所有的艺术,尽管一无所成,但仍坚持练习。他虽则自负又自欺,但抱有理想,而亨廷顿则没有。勃兰威尔待仆人和蔼可亲,备受村民的喜爱,对抚育他成人的姑母十分感激,对自己的不端行为能感到强烈的悔恨。亨廷顿则除了自己以外,对任何人没有感情,待仆人蛮横侮慢,待侍从刻薄恶毒,甚

[①] 英国小说家塞缪尔·理查森(1689—1761)的作品《克拉丽莎·哈洛》中的男主人公,是个花花公子,诱奸女主人公克拉丽莎,使她饮恨而死。

至由于妻子为她父亲戴孝而生气，对自己的妻子有虐待狂行为。他与勃兰威尔的相似之处在于毫无自制力，常讲亵渎神的话，以吓唬他人为乐并喝得酩酊大醉。

与勃兰威尔有许多相似之处的倒是洛勃罗勋爵。尽管他过着堕落的生活，但有时还会感到悔恨，能良心发现。他还有勃兰威尔的那种生动的想象力，而且也像勃兰威尔那样，被自己所爱的女人任意抛弃后，求助于麻醉剂。把作者对洛勃罗狂热的内心反省、在宗教信仰方面经受的痛苦、多次为改邪归正所作的努力、灾难性的懦弱、一再受到麻醉剂的支配以及那些堕落的酒友的影响等等的描述，与所塑造的亨廷顿这个人物相比较，我们可以更清楚地看到勃兰威尔的形象。

显然，安妮·勃朗特在"绿邨"经常见到这一类人，而且无可奈何地眼看她哥哥受到他们的影响。当时使她感受最深的，以及勃兰威尔因经历上述灾难而丧生后萦绕于她脑际的，是男孩子们为应付人生战斗而受的教育是何等的无效。她痛恨男女教育要区别对待，对于普遍地认为男孩子在抵制诱惑方面强于女孩子的看法，表示十分愤慨——她已经看出了这种意见的谬误之处。有关性别问题，勃朗特三姐妹全都雄辩地主张男女平等，其中尤以安妮最为勇猛。她在她的序言中写道，女孩子被保护起来，使之对危害一无所知，而男孩子有如海伦·亨廷顿所发现的那样，却"应该让他们通过自己的体验去证明一切，而我们的女儿甚至想从别人的经验中取得教益也不允许"，而是应当使之一无所知（见本书第三章）。在勃兰威尔遭到不幸之后，夏洛蒂·勃朗特写道，"女孩子受到保护，仿佛确实是因为她们意志薄弱、愚蠢透顶似的，男孩子却被推向社会，任其自由活动，仿佛在所有生物中，他们是最聪明和最不易被诱入歧途的……"[①]

本书时时显得具有言情小说的特性，但绝不琐碎浅薄。全书

[①] 摘自1846年1月30日致伍勒小姐的信，现藏菲茨威廉博物馆。——原注

以安妮全心全意致力于说真话的精神为特色。它的不足处在于它的结构，在于采用了一个情节包含另一个情节的笨拙手法。（艾米莉·勃朗特在《呼啸山庄》中岂不是也用过这同一手法吗？）海伦的整个婚后生活被记述于一本日记之中。随着次要情节（写她离开丈夫以后的生活）的展开，海伦在新的生活中，把这本日记交给怀尔德菲尔府的邻居吉尔伯特·马卡姆。而在这之前，他对她的过去毫不了解，却爱上了她。她是凭良心这么做的，为的是希望他免受无望的热恋之苦，因为那时她在法律上仍是亨廷顿的妻子。

评论家乔治·穆尔[①]在安妮的作品一度处于黯然失色的时候给予它们高度的评价。他在1924年出版的《艾伯里街谈话录》一书中，对安妮这部作品在结构方面的缺点作了十分有趣的评语。他认为"在开头一百五十页的记叙文的编写方面显示了一位天生的讲故事能手"，但是他又为安妮半途而废感到惋惜。

> 这并非由于缺乏才华，而是经验不足所致。只要有个偶然的机遇，就可以使她不致犯这一失误。因为几乎任何文人都会按着她的手臂说：你切勿让你的女主人公把她的日记交给那个年轻的农场主……务必让你的女主人公把她的往事讲给这个年轻的农场主听，这样，你便可以就那番叙述写成一幕迷人的场面……你的女主人公的外貌、她的嗓音、她的手势、她引起对方提出的问话和她的答话……这一切都能使这别出心裁的爱情故事保持它的热烈气氛。但那本日记把这故事截成了两半……[②]

穆尔说得多正确啊！用了插进一部日记的手法，那毁掉海伦生活的戏剧性故事就像被拉开了一段距离，而不是在情节发展到

[①] 乔治·穆尔（1852—1933），爱尔兰小说家、戏剧家、评论家。
[②] 见《艾伯里街谈话录》第218页。——原注

高潮，在叫她心脏突突跳的痛心和幻灭的关头，在怒火和反责达到顶点时呈现在读者眼前了。

尽管作者在写作技巧方面存在这一错误，穆尔还是从《女房客》中看出一种"火热的特质，这是种罕见的特质，假如作者能多活十年的话，她的这个优点加上其他全部优点，能使她获得和简·奥斯丁同等的，也许甚至更高的地位……"①

穆尔接着写道："……如果安妮除了《女房客》外并无其他著作，我就无法预言她原是可能在英国文学界赢得那么高的地位的。我只能说：那是一种梦幻似的来去匆匆的灵感。但她的第一部小说《艾格妮丝·格雷》是英国文学中最完美的散文体记述作品……"这评价确实是高啊。

也许，若不是由于《女房客》有着那样的缺点，穆尔就不致会那么绝对地称赞《艾格妮丝·格雷》。情况正是如此，他接着断言："……《艾格妮丝·格雷》这部散文体记述作品犹如一件平纹细布衣服那样质朴美丽……"又说："写一部内容简单的小说要比内容复杂的困难……"他在小说开头的几个片断中——写艾格妮丝来到她的雇主家的情况——就看出"我们是在读一部杰作……只有天才才能把〔那些细节〕如此明白而有分寸地展开在我们的眼前……"②，"……它是英国文学中风格、人物和主题完全协调的唯一的一部小说……"

夏洛蒂·勃朗特公开宣称自己不喜欢《女房客》。她对此书的看法不可能不带有偏见（虽则并不像乔治·穆尔所认为的那样不友善），因为此书使她想起自己曾赞赏的弟弟的毁灭，这对她来说是过于痛苦了，而且她认为这事给安妮的健康和精神都带来灾难性的影响。她还正确地认为，安妮在这本书完成后不久便去世大半是由于她由此而背负沉重的思想负担。为了尊重夏洛蒂的感情，

---

① 见前书第219页。——原注
② 见前书第222页。——原注

老史密斯一直等到她去世之后，才于1859年以单卷本的形式出版《女房客》。此后，它便经常被收进所有的勃朗特三姐妹小说集。

穆尔将它与《艾格妮丝·格雷》的清新、甜美的风格——直率、逼真和富有诗意的雅致——作了比较，这样有助于读者不仅对《女房客》的缺点，也对它比前书具有更重大的思想内容和更深刻的意义有所了解。《女房客》的重要特色之一是对道德败坏所作的刻画——不只是关于亨廷顿——也关于女主人公海伦·亨廷顿，她在开始的时候那么兴高采烈，后来又是那么欢快，并且满怀希望，周围的人都被她的情绪感染了。促使她决定离开自己丈夫的是因为她越来越明白他对她有害，使得她那气质中天生的宽厚被憎恨和愤怒腐蚀了。她不像格里塞尔达①那样有耐性，却是个意志坚强的年轻妇女，她清醒地权衡面临的两个问题：这婚姻既对自己有害，也无益于亨廷顿。后来，为了折磨海伦，亨廷顿开始强迫儿子喝酒，并且硬要把自己的情妇弄到家里来当孩子的家庭教师，于是海伦便像任何一个现代妇女一样抛弃了他，带着儿子出走了。

安妮·勃朗特既然笃信宗教，自然不会就此结束她的故事。在她看来，勃兰威尔的毁灭不仅仅是人间的一个悲剧，它还有一些可怖的精神方面的含义。如果此书要达到它开头提到的目的，这些含义必须成为亨廷顿命运的奠基石。

在安妮生活的那个年代里，教会中大部分人都相信凡未经悔悟就死去的人全都要被打入地狱，永劫不复。尽管她对这一训诲有明显抵触（她的父亲也是如此），但却因为怀疑自己能否得救（其程度与诗人考珀②差不多——〔他恰巧是她特别喜爱的诗人〕）而苦恼，这一点可以从她写的大量宗教诗篇中得到证明。她仅仅小心翼翼地保持着这种人人都有赎罪希望的信念，把它看做一条依

---

① 中世纪传说中的以温顺、忍耐著称的女子，曾先后在《十日谈》（第10天第10个故事）和英国诗人乔叟(1340—1400)的《坎特伯雷故事集》中出现。
② 考珀(1731—1800)，英国诗人，曾写过一些宗教题材的诗篇。

然处于激烈争议中的信条。在安妮·勃朗特去世好几年以后,法勒教长的著作《永恒的希望》出版时,有些神学家仍然认为这一信念是渎神的。

因此,安妮对亨廷顿临终时的描绘和对他的妻子拼命要拯救他的灵魂这一题材所赋予的重视,我们必须根据她写作时的时代环境,而且首先结合她自己所笃信的教义来加以领会。她生性慈悲为怀,心肠软得对别人的任何痛苦一点也受不了。她以爱家畜并经常救援所有需要得到帮助的人著称。她想到勃兰威尔将永远受到折磨就无法忍耐,就像海伦·亨廷顿提到她那恶棍丈夫时所说的,这会"使她发狂"。因此对她说来,写《女房客》时头等重要的是把这部小说的内容超越具体的范围,即从海伦的出走并终于与一位正派人幸福地结合出发,提高到进入灵魂的沉沦或得救这一超自然的领域。既然她所采用的主题为拯救灵魂,那末,把那罪人描绘得越丑恶,他的痛苦越难以忍受,就越能显示出上帝以爱救赎世人的神力。

今天,小说家不再采用这种主题了——或者至少不会写得如此真挚坦率(我们可以这样来看待格雷厄姆·格林①的全部著作)。不过,安妮·勃朗特不关心文学上流行什么风尚,只想讲出真相,这是她所热衷于相信的。在她写于1848年4月27日的诗《窄路》中,通篇洋溢着真挚和热忱——乔治·穆尔称之为热力。当时,安妮正要结束《女房客》的写作。

> 在此别谋求你的荣誉,
> 要放弃乐趣和名望;
> 世人那可怕的嘲笑,要勇于忍受,
> 并面对最毒辣的皱眉蹙额。

---

① 格雷厄姆·格林(1904—1991),英国小说家,其作品中往往以犯有某种罪的天主教徒为主人公,刻画他们的复杂心理,从而探讨犯罪、信仰、赎罪等问题。

要努力工作，要爱人，
要宽恕，要忍耐，
将心奉献上苍，
并保持良心无瑕；

以此作为你恒久的目标、
你的盼望、你的第一乐趣；
有什么要紧谁会背后非议，
或者谁会侮弄或藐视？

那有什么要紧，只要上帝满意，
而且只要在你的心里，
你感到上帝的爱的抚慰，
和祂给你的安息的保证。①

海伦·亨廷顿看到了她丈夫临终的可怕情景，宣布接受一种信仰，那是安妮有关勃兰威尔所有的唯一安慰。

……没有人能够想象一个人在临终前肉体和精神上的痛苦是什么样的！我怎么能忍心去想这个胆战心惊的可怜人被匆匆地带走，去承受永恒的折磨？这个想法会使我发疯的！不过……我不但……把希望寄托在他最终可能忏悔并得到赦免上，还出于一种令我愉快的信念：不管有罪的灵魂注定要经过怎么样的烈火使其净化……它仍然不会消失，因为上帝并不憎恨祂所创造的一切，最终是会祝福它的！……②

---

① 见《勃朗特诗集》，1915年，由英国编辑和作家阿瑟·本森（1862—1925）编辑。——原注
② 见本书第49章末。

最近发现了一封安妮·勃朗特写的信，发表在 1923 年 6 月 21 日的《泰晤士报文学增刊》上。那是她写给利物浦的神学家汤姆博士的。他著有《普救派》一书。从安妮的这封信可以看出《女房客》对当时的读者所产生的影响。汤姆博士的原信是通过她的出版商转给阿克顿·贝尔的，谈的是他们俩都很关切的问题。安妮在复信中这样写道："……我很少读有关有争议的神学问题的著作，因此不知道普救论有着一位像你这么能干而热情的拥护者；不过我从童年起就珍爱这一信条——起初是战战兢兢地对它抱着希望，后来则坚定而欢欣地确信它是真实的了……"[1]

正如她的诗歌一样，安妮·勃朗特的散文作品的直率和明晰更像是十八世纪的作品，而不像她所处的维多利亚时代的作家的风格。她的文体衍生自像苏珊·弗利尔[2]和约翰·高尔特[3]那一类作家的模式，而且有些写得最精练的段落——正如乔治·穆尔所提出的——则像简·奥斯丁。

尽管由于她的两个姐姐的杰出天才，使安妮·勃朗特过久地被低估了，她仍然被看做"文学界的灰姑娘"——在此再度引用了乔治·穆尔的话，《女房客》的重版，给现代读者提供了一个新的机会，以便由此来判断她的种种非常独特的素质，并也许能使她终于获得公正的评价。各个时代的读者都需求那种她卓越地具备的素质：小说家的天赋。

威妮弗雷德·杰林

---

[1] 全信见杰林著《安妮·勃朗特传》，企鹅丛书版，1976 年。——原注
[2] 苏珊·弗利尔(1782—1854)，苏格兰女作家，著有三部写苏格兰生活的小说：《婚姻》、《遗产》和《命运》。
[3] 约翰·高尔特(1779—1839)，苏格兰作家，也写过三部有关苏格兰牧师及乡绅生活的小说。

再版本序[①]

虽则我承认本书所取得的成功大于我所期望的，而且有几位出于善意的评论家所给予的赞扬也大于它所应得到的，但我也得承认，我同样地没有预料到它从其他方面会受到苛刻的批评，而我的判断力和感情都使我确信，这些批评是过分厉害而欠公正的。就作家的职权范围而言，他简直不能反驳他的审查员提出的论点，也不能为自己的作品辩护。但是，也许可以容许我在此发表一些意见。倘若当初我能预料到这些情况的话，我就会对那些抱着偏见来读本书，或者满足于匆匆翻阅一下便下判断的人，采取必要的预防措施。我原会用这些话作为初版本的前言的。

我写下面这许多页书的目的并不只是为了逗乐读者，也不是要满足我自己的爱好，更不是为了要取悦出版界和公众；我希望说实话，因为事实的真相总是能向能够接受的人们传达它本身在道德方面的教训的。然而，由于那无价之宝往往隐藏在井底，需要有勇气的人潜入水中去取，特别是要去取的人得冒险投身于泥水之中，因之而招致的藐视和斥责可能会多于因找到了宝石而得到的感谢；这如同为一个不讲究整洁的单身汉的公寓套房承担清洁工作的女人，由于扬起灰尘而受到的责骂，往往会多于她完成清洁工作而受到的称赞。不过请别想象我自以为有能力去革除社会上的种种罪过和弊端，我只是愿意为如此良好的目标贡献微力而已，而且如果我果真能得到读者的注意的话，我宁可低声说一些有益的真话，也不愿讲许多好听的废话。

正如小说《艾格妮丝·格雷》中被指责为过分夸张的部分恰恰就是我用心临摹生活，力避言过其实的那些部分，同样，我发现自己在本书中被指责对某些情节"要不是出于对粗暴,就是对粗俗的一种不健康的爱好"而给予热烈的描写;而我敢说,即使是最爱挑剔的评论家看了这些情节,也不致比我描写它们的时候更感痛苦。我可能写得过于详尽了,如果是这样的话,我将注意不再这样使自己或我的读者为此难过。可是当我们不得不写到罪恶和不道德的人的时候,我坚决认为最好要按他们的真实面貌,而不是按他们希望让读者看到的面貌来加以描述。对于一件坏事的描述,采用最不引起人们反感的表现方式来写作,无疑是小说家能遵循的最合心意的方针。可是这种做法是不是最诚实,或者最安全的呢?应该向那些年轻而没头脑的旅客揭露人生道路上的陷阱和罗网,还是用树枝和花朵把这些陷阱和罗网掩盖起来,究竟哪一种办法更好呢?读者啊!如果少一些这种对现实的审慎隐瞒——这种在没有安宁的时候低声说"安宁、安宁"的做法——那末,那些靠自己来从各自的经历中提炼出辛酸的知识的男女青年就会少犯罪、少受苦。

我不愿意人们以为我认为自己在本书中介绍给读者的那个不幸的无可救药的恶棍和他那几个放荡的伙伴的行为正是社会上普遍作风的一个样板。我相信没有人会看不出来它是一个极端的例子,不过我知道确实有这样的人。如果由于我的忠告,能够使一个轻率的小伙子免于重蹈覆辙,或者可以防止一个没头脑的姑娘像我的女主人公那样不知不觉地误入歧途,那末,这本书就没有白写了。同时,如果哪一位正直的读者看了本书后,从中获得的痛苦多于快乐,并且在合上最后一卷[2]时,心中留下的是不愉快的感觉的话,那么我谨请他宽恕,因为这远非我的意图;下次我将竭力干得好些,因为我喜欢给人们以无害的娱乐。然而请理解我,我的抱负不会仅限于此——或者甚至仅限于创作"一部完美

---

① 这是本书作者安妮·勃朗特于 1848 年为本书再版本写的序。
② 《女房客》的初版本分为三卷。——原注

的艺术品";我会认为把时间和天资如此消耗是浪费和滥用。我要将上帝所赐给我的这份微薄的天资予以最大限度的利用;就算我能使人们得到娱乐的话,我还愿意尽力有益于人。而当我感到有责任说出不中听的事实时,我会靠上帝的帮助照样说出来,尽管这么做会给我的名声带来不利,并直接有损于我的读者和我自己的乐趣。

我再说一句就结束。关于作者的身份问题,我希望人们明白阿克顿·贝尔既非柯勒·贝尔,又非埃利斯·贝尔[①],因此请别把他的缺点归咎于他们。至于这是真名还是假名,对于仅仅通过他的著作来熟悉他的人来说,关系并不大。而且我认为,拥有这个姓名的作家不论是男是女(这一点,有一两位评论家自称已经发现了),也同样无关紧要。我乐意接受对我的诋毁,把它看做我对女性角色的正确描写的赞美;而且尽管我理应认为我的审查员们之所以如此苛刻,是由于他们怀有这一猜疑,我却无意予以驳斥,因为我相信只要是本好书,那末无论作者的性别为何,它仍不失为一本好书,这就够了。所有的小说都是,也应当是既供男性又供女性阅读而写作的,而且我百思不得其解,为什么一个男人可以容许自己写出确实使女性丢脸的内容,或者为什么一个女人写出了对男人说来是恰当而相称的任何内容就应当受到苛评。

1848 年 7 月 22 日

---

① 柯勒·贝尔和埃利斯·贝尔分别为她姐姐夏洛蒂和艾米莉的笔名。早在 1846 年,三姐妹就分别用笔名共同发表了一部诗集。

女房客

致杰克·哈尔福特先生的一封信

亲爱的哈尔福特：

上回我们相聚的时候，承你告知与我相识之前，在你早年生活中发生的几桩极离奇的事，你谈得又详尽又有趣；接着，你要求我也把我的秘事说给你听。由于我当时没有心绪讲故事，便推说没什么好谈的以及诸如此类推诿的话，婉言拒绝了，而你则认为这些理由完全不能接受；因为尽管你随即换了个话题，却显出深受伤害但却毫无怨言的神情，脸上罩上一层阴影，使它直到我们会见结束时还是阴沉沉的，而且据我所知，迄今仍然如此；因为在那以后，从你来信的字里行间都能看出某种矜持而又带有几分悲凉的拘谨和含蓄，要是我的良心认为我该受到这种责备的话，那末你的这种态度是会使我十分感动的。

老兄，难道你不觉得害臊吗？——你自己都这么一把年纪了，我们彼此已经相识这么多年，关系这么亲密，我也已多次向你证明过自己对你多么信任、一无隐瞒；相比之下，你却相当嘴紧、沉默寡言，而我却从不介意。不过我想事实情况就是这样：你生来就不爱说话，并且自以为你已经干了一些很了不起的事，又在那次难忘的场合空前地表现出自己的友好而信任的态度——无疑你已发誓以后决不会再这样干了——因此，你认为我对这种非同寻常的赏脸所能作出的最起码的回报，应该是毫不犹豫地学习你的榜样的。

说起来，我提起笔来并非要责备你，不是要为自己辩护，也不是要为以前的过错道歉，而是为了在可能的情况下向你弥补我的这些过错。

今天是湿淋淋的雨天，我家里的人都走亲访友去了，我独个儿待在藏书室里，翻阅了一些发霉的旧信和文件，缅怀着往事；因此我这会儿的心情十分适于讲一则旧时代的故事给你听，让你高兴高兴——于是，我把烤得暖呼呼的双脚从炉旁铁架上缩了回来，车转身子到桌子前，给我发脾气的老朋友写了上面几行之后，这就要把与自己平生——至少在我同杰克·哈尔福特相识之前——最重大的一桩事有关的某些情况概略地——不，不是概略地，而是详尽而如实地告诉你。等你通篇看毕之后，只要你办得到，再指责我忘恩负义、冷淡无情也还不迟。

我知道你喜欢冗长的故事，也同我的祖母一样，坚持获悉精确详情，因此我会让你看个够；唯一制约我这样做的将是我自己的耐心和闲暇。

在我上文中提到的书信和文件中，有一本我的已褪色的旧日记本。我之所以提及它，为的是要向你保证我并非单单凭借我的记忆，尽管我的记忆力还是极强的；这样才能使你在倾听我叙述细节的全过程中，不至于过分勉强相信。——那末好吧，现在就马上从第一章讲起——因为这将是一篇有许多章节的故事。

第一章
一桩新发现的事

你得听我从1827年的秋天说起。

如你所知道的,我的父亲在某某郡多少称得上是个务农的乡绅;我呢,遵从他的明确期望,不大情愿地接替了他这个闲适的职业,因为我的抱负激励我去争取更高的目标,而我的自负使我相信,如果我不顾它的呼声,那就无异于把我的一千银子埋藏在地里并把灯点了放在斗底下①。我的母亲竭力使我相信我有能力干大事;可是我的父亲却认为野心必然导致灭亡,而"改变"只不过是"毁灭"这个词的替代词罢了。对于改善我自己的景况的计划也好,或者改善我同胞的景况的计划也好,他一概充耳不闻。他断然告诉我那都是一套废话,临终时还规劝我要照那万无一失的老路子走下去,要跟随他的步子而且还要跟随他的父亲走在更前面的步子走,要不偏左也不偏右②,把老老实实地走完人生道路作为我最大的抱负,并且把祖传的田亩至少按照交给我时的兴旺状况传给我的子孙。

"好吧!——老实勤劳的农民是社会上最有用的成员之一;如果我把我的才能用于我的农田耕作以及一般农事的改进上,我由此不仅能使我自己的直系亲属和由我供养的人受益,还能多少普遍造福人类——因此我就不会虚度此生。"

将近十月底的一个又冷又湿、阴云密布的傍晚,当我从地里拖着沉重的步子回家时,就是用这些想法来竭力安慰自己的。不过在振作我的精神和批驳我的忘恩负义的埋怨情绪这两方面,从客厅窗户里射出的明亮的炉火红光要比所有那些明智的反省和我强迫自己所下定的好决心更有效——因为，要记得，我当时还年轻——才二十四岁——我眼下的自制能力可能还微不足道，而当年就更差得多了。

可是我得脱下沾满泥的长统靴，换上干净鞋子，脱下粗呢大氅，换上一件像样的上衣，使自己在体面的人士面前可以出得了场，这样才可以跨进这幸福的避难所。因为我的母亲虽然很仁慈，对某些方面却很讲究。

我上楼去自己的房间时，在楼梯上遇见一个伶俐美丽、年方十九的少女。她身材矮胖健美，长着圆圆的脸蛋，红润发亮的双颊，有一束束光亮的鬈发和一双欢乐的褐色小眼睛。我无须告诉你她就是我的妹妹罗丝。我知道她至今仍是个标致的妇人，而且她的姿色——在你的眼中——无疑并不比当年你在那幸福的日子初次见到她时的样子有所逊色。那时我根本想不到几年以后她会成为那个人的妻子。当时我还不认识那个人，但是他已经注定将在以后成为我的亲密朋友，甚至比我们兄妹还要亲密。我对他比对那个没礼貌的十七岁小伙子③也更亲密，这小伙子在我下楼时，在过道里扭住了我的领口，差点儿使我失去平衡。接着为了处罚他的无礼行为，我在他脑袋上砰地重重揍了一下，不过他并没有因此受到重伤，因为他的脑壳不仅厚得异乎寻常，还由一层茂密而乱蓬蓬的略带红色的鬈发保护着。我的母亲把这种颜色称作赭色。

我和弟弟一走进客厅，就见到那位可敬的太太照常坐在壁炉旁她的扶手椅上编结毛线衣；当她无事可干时，总是干这活儿的。她早把壁炉打扫干净，生起了一炉烧得很旺的火来欢迎我们；仆人刚把茶盘端进来；罗丝正从黑栎木餐具柜里放碗盏的搁

---

① 分别引用《圣经·新约·马太福音》第 25 章第 25 节和第 5 章第 15 节耶稣讲的话。
② 大意引自《旧约·申命记》第 2 章第 27 节。
③ 这是本书讲述者吉尔伯特·马卡姆的弟弟弗格斯。

板上拿出糖缸和茶叶罐，在客厅里令人愉快的半明不暗的光线中，那餐具柜擦亮了的乌木家具那样闪闪发亮。

"好啦！他们俩都来啦！"我的母亲没有放慢她那灵巧的手指和闪闪发亮的毛线针的动作，转过头来嚷道。"好，把门关上，到炉边来，等罗丝把茶沏好。我想你们一定饿坏了——来，告诉我，你们一整天都做了些什么；我想知道我的孩子们干了些什么活儿。"

"我一直在训练那匹小灰马——这活可不容易啊——还指挥那个把犁的小伙子清除最后一批小麦茬——因为他根本就没有头脑来指挥自己——我还按照原来的打算，把地势低的大片草地里的积水全面而有效地排掉。"

"这才是我的好孩子！——那末，弗格斯——你干了些什么？"

"耍獾①。"

接着他开口详细谈他的游戏，谈到獾和狗各自表现的小本领。我的母亲装出一副倾听的样子，带着点出于母爱的赞美神情，望着他那生气勃勃的面容，而我则认为这种神情与它的对象极不相称。

"弗格斯，现在已经到了你该干其他事情的时候了，"我趁他说话稍一停顿，插进这么一句话。

"我又能干什么呢？"他回答说，"母亲不让我去当水手，也不让我参军；我已经下定决心，除了使自己成为你们大家的累赘之外，别的什么事也不干。这样，你们就会不顾一切条件把我打发走而谢天谢地了。"

我们的母亲抚摩他的又硬又短的鬓发来安慰他。他哼了一声，竭力显出生气的样子，接着我们大家听从了罗丝的第三次招呼，在桌边各自的座位上坐下。

"现在喝茶吧，"罗丝说。"我来告诉你们我干了些什么。我去拜访了威尔逊一家子。吉尔伯特，可惜极了，你没有同我一起

---

① 当时的孩子们喜欢把抓到的獾藏在洞穴或木桶里，让狗嗅到了味道把它拖出来。

去,因为伊丽莎·米尔沃德在他们家!"

"嘿!她又怎么啦?"

"哦,没怎么!——我不打算告诉你关于她的事——不过当她情绪好的时候,实在是个又好又逗人的小东西,我倒真想叫她一声——"

"嘘,嘘,亲爱的!你哥哥没有这种想法!"我的母亲举起一个手指,认真地低声说。

"嗯,"罗丝继续说,"我刚才正要告诉你们我在他们家听到的一条重要新闻——我听见后一直巴不得要说出来。你们知道,一个月前就听说有人要租下怀尔德菲尔府①——这——这事你们怎么看?实际上已经有人住进去一个多星期了!——而我们却一点儿也不知道!"

"这不可能!"我的母亲大声嚷道。

"多荒谬啊!!!"弗格斯尖叫道。

"可确有其事!——而且住的是个单身女人!"

"我的天哪!那房子已经破烂得不成样子啦!"

"她已经把两三间屋子整修得可以住人了;她就在那儿住下,孑然一身——另外只有一个帮佣的老婆子!"

"天哪!这下子可没趣了——我原希望她是个女巫呢,"弗格斯说,一边切开一片一英寸厚的涂着黄油的面包。

"别胡说,弗格斯!可这事真怪,是不是,妈妈?"

"真怪!我简直没法相信。"

"不过你尽可以相信,因为简·威尔逊见过她了,是陪她母亲一块儿去的。她母亲只要听说邻里来了个生人,自然就会如坐

---

① 这曾经被认为即霍沃思沼地旁的庞顿府,又被认为是《呼啸山庄》中的画眉田庄的原型。但安妮·勃朗特心目中的怀尔德菲尔的实际地点可能为斯卡巴勒城(英国约克郡东部一滨海游乐城市。——译者)南的约克郡山地。这符合本书第7章中有关靠近海的情节;因为1841年,安妮本人曾以鲁宾逊家的家庭教师的身份去到斯卡巴勒,那次是她首次看到海洋。——1979年企鹅丛书版编者G·D·哈格里夫斯原注

针毡，非要去探望一下，尽可能从对方口中打听个够不可。那女人叫格雷厄姆太太，戴着孝——不是穿着寡妇的丧服，而是简单的丧服——听说她还很年轻——不超过二十五六岁——可是却那么沉默！她们想尽办法要知道她是什么人、从哪儿来以及有关她的一切事。可是不管是威尔逊太太的无礼纠缠、紧紧追问也好，还是威尔逊小姐的巧妙花招也好，她们都没法从她口中套出一句满意的答话，连一句能稍微满足一下她们的好奇心或者说明一下她的身世、处境或者社会关系的漫不经心的话或者偶然出现的表情也没有。而且她对她们也不太客气，显然对她们说'再见'要比说'你好'更合她的心意。不过伊丽莎·米尔沃德说她父亲打算不久去拜访她，想以牧师的身份给她一些忠告，他担心这正是她所需要的，因为虽然上星期初人家都知道她已经搬到这附近来住下，星期日却没有在教堂露面；而她——这是指伊丽莎——将要求陪同她父亲前去，她满有把握能从她嘴里哄出点儿名堂来——吉尔伯特，你知道，她是什么都干得了的。我们哪一天也应当去拜访，妈妈，你知道我们是该这样做的。"

"当然应当去，我亲爱的。可怜的人儿！她一定觉得怪寂寞的！"

"那末请快点儿去；记住了，要让我知道她在茶里放多少糖、戴的是什么样的便帽、用什么样的围裙，如此这般；因为我在知道这些情况之前，真不晓得怎样才能活下去呢，"弗格斯一本正经地说。

可是如果他存心要让这句话被人家视为出色的妙语而为之喝彩，那末他显然失败了，因为没有一个人笑。不过他对此并不感到怎么困窘，因为当他嘴里塞满了黄油面包，正要把茶一口吞下时，这件事突然使他感到好笑得不得了，不得不从桌旁跳起身来，一边打噎一边喘着气，冲出屋子；一分钟过后，只听得他在花园里极其痛苦地哇哇叫。

而我呢，由于饿坏了，只顾闷着头狼吞虎咽着茶、火腿和烤面包，母亲和妹妹则继续谈下去，讨论着那位神秘女士显而易见或暧昧不清的情况，以及她的可能是这样或不大可能是这样的身世；不过我还得承认，在我弟弟的不幸遭遇之后，我有过一两次把杯子举到唇边，但不敢去尝杯里的东西，又把杯子放下，生怕自己会爆发出类似的笑声，以致有损尊严。

次日，我的母亲和罗丝赶忙去向那位女隐士致意；可是回来时并不比去之前对她的情况多了解些；不过母亲说她还是感到不虚此行，因为就算她没有得到什么好处，她却以能分一些好处给别人而自慰，而且这样更好些；原来她给了对方一些有益的劝告，希望这不是对牛弹琴，因为尽管格雷厄姆太太没有说出什么中肯的话，而且显得有点自以为是，似乎还不至于不会思考——然而母亲却无从知道这可怜的人儿过去一向是在哪儿的，因为她在某些方面表现出的无知达到了可悲的程度，而且连为之自感惭愧的感觉都没有。

"在哪些方面，妈妈？"我问道。

"在家务方面和烹调法中所有微妙的细节方面，以及每个主妇应当熟悉的诸如此类的事——不管她有没有必要把她的知识用于实际。不过我还是向她传授了一些有用的知识和几种极好的菜肴配制方子，可是她显然并不懂得它们的价值，因为她求我别为她费神，说她自己生活简朴清静，是决不会用上它们的。'不要紧，亲爱的，'我说，'这是每个体面的女人所应当知道的；再说，虽然你现在是单身，你不会老是这样的；你结过婚，也许——我可以几乎肯定地说——你还会结婚的。''这你可错了，太太，'她近乎傲慢地说，'我肯定不会再结婚了。'但是我对她说关于这事我比她清楚。"

"我料她是个浪漫的年轻寡妇，"我说，"来这儿独个儿度过她的余生，暗自哀悼那心爱的死者——不过这不会维持很久的。"

"不会，我想不会，"罗丝说，"因为她毕竟并不显得十分郁郁不乐，而且长得秀丽极了——更确切地说，长得——挺俊——你得去看看她，吉尔伯特；尽管你没法假装能在她和伊丽莎·米尔沃德两人之间找到什么相似之处，你还是会把她称为一个十全十美的美人儿的。"

"哦，我能想象许多比伊丽莎更美的、但不比她更媚人的脸蛋儿。我承认她说不上是十全十美的，可是我又坚持认为，假如她更完美，就不会这么逗人喜爱了。"

"原来你宁可要她的缺点而不要别人的完美？"

"正是如此——请妈妈恕我冒昧。"

"嘿，我亲爱的吉尔伯特。你胡说些什么呀！我知道你不过嘴上说说，并没有这意思，你完全不可能有这种想法。"我的母亲说着站起身来，匆匆走出屋去，说有家务事要干，为的是逃避我即将脱口而出的反驳的话。

接着罗丝把更多有关格雷厄姆夫人的情况告诉了我，把她的外貌、风度、衣着以及她所住的那个房间里的家具陈设全都一一说给我听，有如历历在目，即令我亲眼目击，也不见得会看得比这更清楚、更精确。不过，由于我一向听话时不大留神，如果有心要把罗丝的描述重复一遍，也无法办到。

次日是星期六；到了星期天，大家都想知道那个美丽的陌生人会不会从那位教区牧师的告诫中得益而上教堂去。我承认我自己也带着几分兴趣朝属于怀尔德菲尔府的那排过去的家属专座望去，那上面褪了色的绯红色垫子和衬套已经许多年没有熨烫，也没有更新过，那些挂在墙上的可怖的纹章，上面饰有阴郁的褪了色的黑布滚边，仿佛朝下严厉地皱着眉头。

就在那儿，我见到一个修长、端庄的身影，穿着一身黑。她的脸朝向我这边，脸上似乎有些什么使我看了还想再看。她的头发墨黑，梳理成一条条有光泽的长鬈发，在当时这种发型是很少见的，但总是显得优美妥帖；她的肤色洁白而缺乏血色，我看不见她的眼睛是什么模样，因为她正垂着眼在看祈祷书，下垂的眼睑和黑色的长睫毛把眼睛遮住了，不过眼睛上面的眉毛富于表情而且轮廓十分清晰,高高的额头显得颇有才智,还有个完美的鹰钩鼻,整个相貌无可指摘——只是双颊和眼圈微微凹陷,而嘴唇呢,虽然外形很美,还嫌略薄了一些,也闭得紧了点儿,而且带有一种神情,使我认为它标志着不太温柔和蔼的性情。于是我暗自说道:

"美丽的夫人啊,我宁可离你这么远来欣赏你,而不愿成为你家中的伙伴。"

就在此时,她碰巧抬起眼来,正好和我四目相对;我并不打算掉开我凝视着的眼睛,于是她又转过脸去看书,但却在一瞬间显出了一种暗中鄙视的无法形容的表情,使我恼火得无以言喻。

"她以为我是个唐突无礼的小子哩,"我自忖道。"哼!——只要我认为值得那么干,我就可以使她很快改变这想法。"

可是我又蓦地想起在做礼拜的地方存这种念头是极不适宜的,而且我的行为在目前这个场合也是完全不对头的。但我在把心思放在礼拜仪式之前,先朝教堂四下扫了一眼,看看有没有人一直在瞧着我;——可是并没有,凡是不在专心看祈祷书的人都注视着那位陌生女士——其中有我的好母亲和妹妹、威尔逊太太和她的女儿;连伊丽莎·米尔沃德也从眼角偷偷望着这吸引众人注目的对象。接着她向我扫了一眼,微微傻笑了一下,脸上泛起了红晕——然后规规矩矩地看她的祈祷书,极力使自己的面容平静下来。

这时候我又犯罪了;这一次是我那冒失的弟弟用他的手拐儿朝我的肋旁猛地戳了一下,才使我觉察到。目前我只能用脚去踩他的脚趾来表示对这一冒犯的不满,暂且把进一步的报复推迟到我们出了教堂以后。

好了,哈尔福特,在我结束本信之前,我要告诉你伊丽莎·米尔沃德是何许人。她是教区牧师的小女儿,是个非常迷人的小姑娘,我对她怀有颇深的眷爱——这一点她很清楚,尽管我从没直接向她表白过,而且也并不一定想这么做,因为我的母亲坚持认为在方圆二十英里之内没有一个女子配得上我,她一想到我要娶那个微不足道的小东西便受不了,而伊丽莎除了她的许多其他不够格的条件之外,属于她自己的财产还不足二十英镑。伊丽莎的个子小而丰满,小小的脸蛋儿,几乎与我妹妹的脸蛋同样圆——肤色也和她近似,只是更娇嫩,但不如我妹妹那么明显地红润,鼻子有点翘起①——五官都有点儿不完美之处——但总的说来,她与其说是美丽,不如说是媚人的。可是她那双眼睛——我决不能忘记这双出色的眼睛,因为这就是她的主要魅力所在——至少在外表上是迷人的——外形狭长,虹膜呈黑色,也可以说呈很深的褐色,表情众多,而且经常在变,但是万变不离其宗,不是流露出一种不可思议的邪意——我几乎想说是像恶魔似的——就是显出一种不可抗拒的魔力——常常这两种神情兼而有之。她嗓音柔和,有点儿像孩子似的,脚步轻盈得像只猫——但是她的神态往往更像一只好看而顽皮的小猫,一会儿显得活泼而淘气,一会儿又胆怯拘谨,随着自己的意愿而变化着。

她的姐姐玛丽比她大几岁,高几英寸,体格也比她粗大——是个相貌平平、文静懂事的姑娘,在她母亲去世前那冗长沉闷的患病期间耐心地护理她,随后成为家中的管家兼苦工直到目前。她的父亲信任她、器重她,所有的狗、猫、孩子和穷人都爱她、亲近她,其他的人则都忽视她、怠慢她。

迈克尔·米尔沃德牧师本人是一位身材高大笨重的老先生,四方的大脸庞上五官粗大,头戴扁平铲形帽,手握粗手杖,依然强劲有力的下肢上套着短裤,裹着绑腿——在礼仪隆重的场合则穿黑色长统丝袜。他为人原则性强、成见深、生活习惯很有规律——他对任何形式的不同意见都不能容忍,坚信他的看法一贯正确,以此作为行动准则,还认为任何持有异议的人肯定不是愚昧得可悲,就是故意视而不见。

---

① 原文为法语,用仿宋体表示,下同。

我小时候对他总是敬而远之——但最近，甚至目前，这种感觉被克服了，因为，虽则他对品行端正的人像父亲般慈祥，却是个严格执行纪律的人，对于我们少年的一些缺点和小过失常常严加责备；这还不算，从前他每次拜访我们的父母时，我们都得站在他的跟前，朗诵教义问答，或者背诵"忙碌的小蜜蜂怎样干着"①或者其他赞美诗，或者——尤其糟糕的是：我们得就他上次讲道时所引用的经文和那篇讲道的要旨受到提问，这是我们怎么也记不住的。有时候这位可敬的先生还责备我的母亲过分溺爱儿子们，同时提及老以利或者大卫和押沙龙的事②，这使她特别难过；因此，尽管她十分尊重他和他所说的一切，有一次我却听到她大声说道，"但愿他自己也有个儿子！那一来，他就不会那么向别人动辄提意见了——他就会明白要管教两个男孩子是怎么回事。"

他的养生之道是值得称赞的——早睡早起，早餐前总要散一会儿步，十分注重穿着暖和和干燥的衣服——尽管他天生一副好嗓门，声音洪亮，在布道前却非先吞下一枚生鸡蛋不可——而且尽管他决不是个饮食有度的人，通常却对自己的吃喝极端挑剔，规定了一套独特的饮食方式——非常瞧不起茶以及此类蹩脚饮料，喜爱麦芽酒、熏猪肉煎蛋、火腿、熏牛肉和其他不易消化的肉类。由于这些食物对他的消化器官很相宜，他也就坚决认为它们都是有益的好食品，人人咸宜，并且自以为是地向复原期间极度娇弱的病人和患消化不良症者推荐。如果这些人没有从中得到他所说的好处，他就说这是因为他们没有坚持照他的话办；如果他们埋怨说吃了这些食物反而觉得不适，他就向他们保证那只是些幻觉。

---

① 英国神学家艾萨克·瓦茨(1674—1748)所作的赞美诗《反对懒惰》的首句。
② 分别参见《圣经·旧约·撒母耳记上》第3章第12到14节和《撒母耳记下》第13章到18章。先知以利的两个当祭司的儿子挪用圣殿的捐献并玩女人，被上帝永远降罚于他的全家。大卫王的儿子押沙龙背叛大卫，双方对垒，最后押沙龙败死。

我只想再略谈一下我已提到过的另外两个人，就结束这封长信。她们就是威尔逊太太和她的女儿。前者是一个殷实的农庄主的寡妇，是个气量狭窄、爱搬弄是非的长舌婆，她的性格不值一提。她有两个儿子——罗伯特是个乡土气十足的务农的粗汉；理查德则是个勤学寡言的小伙子，正在教区牧师辅导下学习希腊罗马古典著作，准备投考大学，希望将来参加教会工作。

他们的妹妹简是一个略具天资、较有抱负的姑娘。她出于自己的愿望受到过正规的寄宿学校的教育，因此教育程度高于其他家庭成员以前所受的。她得到了很好的锤炼，培养出相当优美的风度，说话时已不带乡音，比教区牧师的女儿们更有才艺。她还被认为是个美人，但她却绝对无法把我算为爱慕者之一。她年约二十六岁，身材相当高，十分苗条，头发既非栗色又非红棕色，分明是种鲜明的浅红色，肤色非常白皙，脑袋小，脖子长，下巴长得很匀称，可惜太短了些，嘴唇薄而红，眼睛是清澈的淡褐色，目光敏锐，但是完全缺乏诗意和情感。在她自己的社会阶层中，她有过，或者原可以有过许多人向她求婚，可是全被她轻蔑地排斥或拒绝了；因为只有绅士才能配得上她的优美情趣，而且只有富有的绅士才满足得了她的奢望。最近有一位绅士相当明显地向她献殷勤，谣传她正认真谋取他的心、姓氏和家财。那人便是年轻的乡绅劳伦斯先生，他的家庭从前在怀尔德菲尔府住过，大约于十五年前抛弃了它，搬到邻近另一教区内一幢较新式更宽敞的宅第里去了。

好啦，哈尔福特，我暂时向你告别了。这是我分期还债的头一笔款子。如果你中意这种硬币的话请示知，我有空的时候就把其余的送交你；如果你宁可继续当我的债主而不愿意把这种难看沉重的硬币塞满你的钱包，也请示知，我自会原谅你的糟糕的鉴赏力，甘愿自己来保存这些财宝。

你的永远不变的朋友，
吉尔伯特·马卡姆

第二章
一次会见

我最宝贵的朋友,我高兴地察觉你的不悦的乌云已经消失;你脸上的光①再一次祝福了我,你希望我把故事讲下去;因此,我就不多噜苏,你且听着吧。

我想我最后提到的那个日子是某星期天,1827年10月的最后一个星期天。在随后的星期二那天,我带了我的狗和枪出去,在林登卡领地的范围内寻找我所能捕获的任何野味;可是一无所获,于是我便把我的武器转向老鹰和食腐肉的乌鸦,因为我怀疑由于它们的掠夺,我才捕不到更好的野禽。为要达到这一目的,我离开了原先较常去的地区、树木林立的山谷、小麦田和河边肥沃的低草地,开始攀登怀尔德菲尔那一带的陡坡,这里是本地区内最荒凉、最高耸的高地,越往上树篱越稀少,树木也越矮小,最终树篱为粗糙的石墙所代替,墙上一部分被绿色的常春藤和苔藓所覆盖;那些树木则让位于落叶松和苏格兰冷杉,或者四处散立的黑刺李。那些原野崎岖又多石,根本没法用犁,因此大部分供放牧牛羊之用;表土很薄,土质很差,到处有小块灰色碎石从覆盖小丘的草丛中露出来;墙脚下长着越橘幼苗和石南属植物——这些都是更原始的荒野的遗迹;在许多围墙内,牧草长得稀稀拉拉的,已经被豚草和灯心草取而代之——可是它们并非我的地产。

怀尔德菲尔府便坐落在靠近这山巅的地方,距林登卡领地约两英里,那是一幢伊丽莎白时代的超龄宅第,由深灰色石头砌成——看上去古老而别致,不过住在里面那就无疑够冷而够气闷的了,它的窗门的直梃是厚厚的石头,装的是小格子玻璃,通气孔也因年久而毁坏了，所处部位既荒凉又无遮蔽——只由一簇苏格兰枞树挡开暴风雨，那些枞树本身都已受风雨摧残，显得像那幢宅第同样严峻阴郁。在宅第后面有几块荒芜的田地，再过去是石南丛生的褐色山顶；宅第的前面是一座花园，由石墙围着，园门是铁的，两根门柱顶上各有一只灰色花岗石的大球，与那些装饰着屋顶和山墙的相类似。那座花园过去曾经栽满了各种最适于这里的土壤和气候的耐寒植物与花卉，以及最经得起园丁的大剪刀折磨和最易于遵照园丁意图修剪成形的树木和灌木丛；如今已被撇下了这么久，既不耕作又不修剪，听任杂草丛生、风刮霜冻、旱涝侵害，这座花园的样子的确显得很古怪。园中主要走道旁的两排稠密的翠绿色的女贞已有三分之二枯死，其余的则四处蔓延得不成样子了；过去蹲在刮土机旁的那只黄杨树组成的天鹅的脖子和半爿身躯已不知去向；花园中央一棵棵修成城堡尖塔形的月桂树、安在园门口一侧的那尊巨大的武士和守卫着另一侧的那头狮子全都长满了嫩叶，变得奇形怪状，无论"上天、下地和地底下、水中"[②]都找不出与它们相像的东西；但是凭我年轻人的想象力，我感到它们个个都显出妖怪的模样，与我们幼时保姆所讲的关于闹鬼的大府第和已逝去的住户的那些鬼故事和神秘的传说很是协调。

等我走到望得见这幢宅第的地方时，我已经打死了一只老鹰和两只乌鸦；至此我放弃了这种劫掠行径，漫步向前，想把这个古老的场所打量一番，看看新住户给它进行了怎么样的改造。我并不想挨近宅子的正面去朝大门里瞧，而仅仅在园墙旁站住了张望，只见除了一侧之外没有什么变化——那边的破窗子和倾圮的屋顶显然已被修好，有一缕轻烟从一排烟囱里袅袅上升。

我就这么把身子倚在枪上站着，抬头望着那几堵黑黢黢的山

---

① 见《圣经·旧约·诗篇》第4篇第6节。
② 引自《旧约·出埃及记》第20章第4节。

墙，不知不觉沉溺于虚无缥缈的幻想中，随心所欲地编排了一套设想，在其中那些对过去的联想和目前幽居在这几堵墙中的年轻女隐士所占的部分几乎相等，就在这时候，我听得花园里的近旁传来一阵轻微的树叶的沙沙声和攀爬声，我便朝发出声音的方向望去，只见一只小手从墙背后伸出来，紧紧抓住最上面的一块石头，接着另一只手也伸上来，更紧地抓住了石头，再接着出现的是一个白皙的小额头，上面覆盖着一圈圈浅褐色的头发，下面是一双深蓝色的眼睛和一只象牙色的小鼻子的上部。

那双眼睛并没有注意到我，却因瞧见了我那美丽的猎狗桑乔而高兴得闪着光，它是只黑白相间的塞特种狗，此时正用鼻子贴着地面，在场地上奔来奔去。那个小东西仰起了脸，大声呼叫那只狗。那性情温厚的牲畜停下步，抬眼望去，摇起尾巴来，不过并没有作出更友好的表示。那孩子是个小男孩，看来约莫五岁左右。他爬到墙顶上喊了又喊，后来见喊叫没用，显然拿定了主意，打算翻过墙来，就像穆罕默德认为山既然不朝他走来，他就拿定主意朝山走去一样[①]。可是有一棵倾斜的老樱桃树靠墙很近，它的一根弯弯曲曲、凹凸不平的树枝伸展到墙头上，钩住了孩子的外衣。他想要挣脱，却滑了脚，摔了下来——不过并没有摔到地上——树枝使他继续悬在空中。他默默地挣扎着，接着发出一声刺耳的喊声——不过霎时间我已经把枪丢在草地上，接住那个小家伙，把他抱在怀中。

我用他的外衣给他拭眼泪，告诉他说他没事，并把桑乔叫过来哄他。他正把小手按在狗的脖子上、开始破涕为笑的时候，我听得从我身后传来铁门的咔嗒一声和妇女衣服的瑟瑟声。瞧啊！格雷厄姆太太朝我冲过来了——她裸露着脖子，乌黑的头发在风中飘拂着。

"把孩子交给我！"她的说话声几乎不比耳语响些，但是气急

[①] 引自英国哲学家弗朗西斯·培根（1561—1626）的小品文《论勇敢》。

败坏得吓人,她一把抓住孩子,从我怀中把他抢走,仿佛碰上了我就会受到可怕的污染似的,然后站在那儿,一只手紧紧握住了孩子的手,另一只手按在他的肩膀上,用她那双乌黑发亮的大眼睛盯着我——脸色苍白、气喘吁吁,激动得直打哆嗦。

"太太,我并没有伤害孩子啊,"我简直不知道自己应该大为惊讶还是勃然大怒,便这么说了。"他从那儿墙上摔下来。当时他头朝下地挂在那棵树上,幸亏我接住了他,才避免了谁也说不上的一场什么大祸。"

"请你原谅,先生,"她结结巴巴地说,一下子便镇静下来了,她那给搞糊涂的心情中似乎突然出现了理智的光芒,她的双颊泛起了淡淡的红晕。"我不认识你——我还以为——"

她弯下身子吻她的孩子,亲热地伸出一臂紧紧勾住他的脖子。

"你还以为我要把你的儿子绑走吧?"

她有点儿难为情地笑着,抚摸着孩子的头,答道:

"我并不知道他想爬墙。——我相信我此刻正有幸同马卡姆先生谈话吧?"她有点儿突然地添上这句问话。

我鞠了一躬,不过却冒昧地问她是怎么认识我的。

"前几天你妹妹陪着马卡姆太太来过这儿。"

"我们的外表竟是如此相像吗?"我感到有点儿诧异地问道,对这个想法并不像我原该感到的那么高兴。

"我想在眼睛和肤色方面有点儿相似,"她答道,一边打量着我的脸,似乎有点儿把握不大。"而且我想那个星期天我在教堂里见到过你。"

我微笑了。可能在我的笑容中有点什么,要不就是我的笑容使她想起了什么,使她感到特别不愉快,因为她突然又摆出了那天在教堂里无以言喻地激起我邪恶的天性的那种冷冰冰的傲慢神态——那是一种令人反感的轻蔑态度,那么轻而易举地显出来,根本不用丝毫弄歪眉目鼻嘴,当它出现时,仿佛它就是那张脸的本来表情似的；而由于我无法认为那是假装的，也就使我更加恼火了。

"再见，马卡姆先生，"她说，就此再没二话，也不再瞧我一眼，便带了孩子回到花园里去；于是我忿忿不平地回家——我没法告诉你这是为什么——因此我也不打算告诉你。

我只逗留了一会儿，把枪和火药筒放好，再给一名雇工一些必要的指示，便到教区牧师家去，打算同伊丽莎·米尔沃德待在一块儿聊聊，以便获得慰藉，平息一下我的怒气。

我见她像平时一样忙着在一块柔软的料子上绣花（此时对柏林毛线①的狂热还没有开始），她的姐姐则坐在壁炉边缝补着一堆袜子，那只猫蹲在她的膝上。

"玛丽——玛丽！把它们收起来！"我跨进屋子时，伊丽莎正忙不迭地说道。

"我才不呢！"答话是冷冷的；我的出现使她们不再争辩了。

"马卡姆先生，你来得多不巧！"那个做妹妹的像她有时那样调皮地斜着眼睛瞅着我说。"爸爸刚上教区去，可能一小时内回不来！"

"不要紧，只要他的小姐们容许，我可以跟她们在一块儿过几分钟，"我说着也不等她们邀请，便搬了一把椅子到炉边坐下。

"好，如果你很友好又能逗我们乐，我们就不反对。"

"请别让你们的许可附带什么条件，因为我来并非使人愉快，而是寻求愉快的，"我回答。

不过我认为略为尽力使自己陪伴她们时不讨嫌也确是合情合理的，而且我所作出的那么一点努力显然很有成果，因为伊丽莎小姐这会儿的情绪再好不过。看来我们俩彼此确实很合得来，尽管我们的谈话内容不十分深刻，却始终保持着热烈愉快的气氛。它简直和两人促膝谈心差不多，因为米尔沃德小姐除了偶尔开口

---

① 这种毛线在柏林染色，在德国中部的戈塔城制造。

纠正她妹妹信口开河或者夸大其词以及有一回叫她妹妹捡起滚到桌下的一卷棉线之外，始终一言不发。然而还是由我主动捡起了那个线团，似乎感到对此责无旁贷。

"谢谢你，马卡姆先生，"我把线团递给她时，她说道。"我原会自己去捡的，只是我不愿意惊动猫儿。"

"玛丽，亲爱的，依马卡姆先生之见，你的这个理由是不会使他原谅你的，"伊丽莎说。"因为他讨厌猫儿，我相信就像他由衷讨厌老处女一样——其他所有的先生也都这样——不是吗，马卡姆先生？"

"我想我们这些性情不大可亲的男性不喜欢这些牲畜原是很自然的，"我答道，"这是因为你们太太小姐们爱抚它们得太过分了。"

"上帝保佑它们——亲爱的小东西！"她突然热情奔放地嚷道，同时转过身去连连吻她姐姐的爱畜。

"别这样，伊丽莎！"米尔沃德小姐说，她不耐烦地把妹妹推开，态度有点儿粗暴。

这时我该走了。可是不管我走得多快也来不及赶回家去喝茶了，因为我的母亲是严守秩序和时刻的典型。

我那美丽的朋友显然不愿意与我告别。分手时我亲切地紧紧握住她的小手，她则对我报以她那最温柔的微笑和最迷人的秋波。我十分快乐地回家去，心中洋溢着无限的自满，充满着对伊丽莎的爱情。

第三章
争　论

两天后,格雷厄姆太太到林登卡来拜访我们一家。这完全出乎罗丝的意料,因为她认为怀尔德菲尔府的那个神秘的住户会根本不顾文明社会的通常惯例——她的这种看法受到威尔逊一家的支持,他们声称他们家和米尔沃德家都还没有受到回访。不过现在她对自己疏忽失礼的原因作了说明,尽管罗丝听了还不大满意。格雷厄姆太太带了她的孩子一起来,当我的母亲见他竟然能够走这么远的路而表示惊讶时,她答道:

"对他来说,这段路确实长了点儿;可是我非得带他来不可,要不就得压根儿放弃这次拜访,因为我从不把他独个儿丢下。马卡姆太太,我想请你见到米尔沃德一家和威尔逊太太时,代为转达我的歉意,因为在我的小阿瑟还不能够陪伴我之前,我怕是不能享受拜访他们的这份荣幸的了。"

"不过你还有个仆人啊,"罗丝说,"难道你不能把孩子交给她吗?"

"她得照管自己的工作;再说,她已经上了年纪,让她跟在一个孩子后面跑可不行,他呢,又太活泼,让一个老婆子来约束他也不成。"

"可是你上教堂的时候没有把他带去。"

"是的,有过一回,但是为了其他任何目的我是不会丢下他的;而且我想今后我得设法要末带着他,要末就不出门。"

"他这么淘气吗?"我的母亲听了相当吃惊,问道。

"不,"那位夫人回答说。她苦笑着,一边抚摩着她儿子有波纹的头发,他正坐在她脚旁的一个矮凳子上。"可是他是我唯一的宝贝,我呢,是他唯一的朋友,因此我们不喜欢分开。"

"可是亲爱的,我管这叫做溺爱,"我坦率的母亲说。"你应该设法抑制这种愚蠢的溺爱,免得毁了你的儿子,又使你自己成为众人的笑柄。"

"毁了,马卡姆太太?"

"是的,你会把孩子宠坏的。即使在他这个年龄,也不该处处受他母亲的控制;他应该懂得为此感到惭愧。"

"马卡姆太太,请你至少不要当着他的面说这种话。我相信我儿子永远不会因爱他的母亲而感到惭愧的!"格雷厄姆太太严肃而有力地说,把她的同伴吓了一跳。

我的母亲打算作一番解释来平息她的怒气;可是她似乎认为这个话题已经谈得够多了,便突然扯到别的事上去。

"正如我原先所料想的,"我自忖着,"这位夫人的脾气不太温和,尽管她有着一张可爱而苍白的脸蛋儿,而且高高的额头上似乎同样地让思虑和苦难留下了烙印。"

在这一段时间里,我始终坐在房间另一面的一张桌前,显出专心致志地在阅读一本《农场主杂志》的样子。客人来时我刚巧在看它,由于我不愿意显得过分有礼貌,她进来时我只弯了一弯身子,照样继续看我的杂志。

但是,过了一会儿,我觉察到有人在悄悄地走近,步子缓慢而且有点儿踟蹰不前。原来是小阿瑟,他无法抵挡我那正躺在我脚边的狗桑乔的诱惑。我抬起眼来,见他站在离我约两码的地方,用一双清澈的蓝眼睛渴望地盯着这条狗。他一动不动地待在那儿,并非害怕那牲畜,而是因为羞怯,不敢接近狗的主人。不过我稍为鼓励一下,他便走上前来了。这孩子虽然怕羞,却不是郁郁寡欢的。不一会儿工夫,他已经跪在地毯上,双臂搂住了桑乔的脖子,再过一两分钟,小家伙就坐在我的膝上,兴致勃勃地看着我面前那本杂志上不同品种的马、牛、猪和模范农庄的插图了。我不时朝他的母亲瞥上一眼,看她是否喜欢这新出现的亲密关系;我从她那不自在的眼神看出她为了某种原因,对那孩子目前的状况感到不安。

"阿瑟,"她终于说道,"过来。别给马卡姆先生添麻烦,他要看书。"

"没有什么麻烦,格雷厄姆太太,就让他待在这儿吧。我也同他一样感到津津有味呢,"我申明道。但是她仍然做手势使眼色,默示他回到她身边去。

"不,妈妈,"孩子说,"先让我看看这些图画吧,回头再过去把看到的全都说给你听。"

"11月5日星期一,我们将举行一次小型的聚会,"我的母亲说。"格雷厄姆太太,我希望你不会拒绝参加。你可以把你的小宝贝带来,要知道——我相信我们能逗他乐的——到时候你就可以亲自向米尔沃德和威尔逊两家人道歉了——我想他们都会来的。"

"谢谢你,我向来不参加聚会。"

"喔!不过这次将是次家庭聚会——早开始早结束,没有什么外人,就是米尔沃德和威尔逊两家人,他们多半你都已经认得,此外就是你的房东劳伦斯先生,你也应该认识一下。"

"我对他是有所了解的——不过这一回你得原谅我,因为现在晚上又黑又湿,我担心阿瑟太娇弱,经受不起,不能让他冒这个险。对于你的殷勤款待,得等到以后白昼重又变得长些、夜晚回暖的日子再领受了。"

这时,罗丝在我母亲的暗示之下,从栎木餐具柜下面的食橱里取出装着葡萄酒的细颈瓶,还端来了玻璃杯和蛋糕,随即送到客人跟前。他们母子俩一同吃了蛋糕,却执意不肯喝酒,尽管女主人频频相劝,一定要他们喝。阿瑟更是拼命避开那玫瑰红的美酒,似乎又害怕又厌恶,而当主人极力劝他喝下时,他几乎要哭了。

"别担心,阿瑟,"他的母亲说。"马卡姆太太见你走得累了,想到喝点儿酒会对你有好处;不过她不会硬要你喝的——其实你不喝也会蛮好的。他见了酒就厌恶,"她补充说道,"一闻到酒味几乎就要呕吐。遇上他生病时,我惯常把一点葡萄酒或者略掺一点儿酒的水当药让他喝下,事实上我是极力使他憎恶这些饮料的。"

除了那年轻寡妇母子之外,大伙儿都笑开了。

"啊,格雷厄姆太太,"我的母亲拭了拭明亮的蓝眼睛,把笑出来的眼泪抹掉,"啊,你让我吃了一惊!我本来真的相信你是个更有见识的人——这可怜的孩子将成为在牛奶里泡过的面包片①中泡得最透的一片!试想你会使他变成怎么样的人,如果你坚持——"

"我认为那是个极好的方法,"格雷厄姆太太打断她的话,沉着而严肃地说。"用那个方法我希望至少能使他不染上一种使人堕落的恶习。但愿我能使激发其他一切坏习惯的因素对他都不产生坏作用。"

"可是用这种方法,"我说,"你决不能使他道德高尚。——格雷厄姆太太,是什么条件构成美德的?是有能力同时也愿意抗拒诱惑的环境呢,还是没有什么诱惑让你去抗拒的环境?哪一种人是坚强的——是那种通过剧烈的体力拼搏、并且冒着会因此感到劳累的风险,终于克服了巨大的障碍、获得惊人的成就的人呢,还是那种整天坐在火炉旁的椅子上、所做的事没有比拨拨火和把食物送进自己嘴里更费力的人?如果你要你的儿子体面地走过人生的道路,你切不可想方设法把他要经过的路上的石头清除掉,而要教他稳稳地踩着它们走——不要坚持搀着他的手带路,而要让他学着自己走。"

"马卡姆先生,我要搀着他的手带路直到他有力量自己独个儿走;我还要尽力为他清除掉路上的石头,并且教他如何避开其余的石头——或者就如你所说的教他如何稳稳地踩着它们走——因为我在清除方面下了最大功夫之后,仍然还会留下许多石头让

---

① 喻指懦夫。

他去发挥他所有的长处——敏捷、坚定和谨慎。至于抗拒诱惑的高贵行为呀、对美德的考验呀什么的，说说倒是动听的，可是在五十——或者五百个受诱惑的人当中，请指出哪一个是靠自己的道义力量去抗拒的？那末我又为什么应该想当然地认为我的儿子会是一千人当中的一个？——倒不如宁可作最坏的打算，设想他会像他的——像其他的人一样，除非我注意加以防范？"

"你这倒是对我们大家大大夸奖啦，"我说道。

"我对你一点儿也不了解——我是关于我所确实了解的人说这话的——当我看到全人类（除了极少数的例外）沿着人生道路跌跌撞撞，误入歧途，堕入一个个陷阱，在所经道路的障碍物上折断他们的腿骨，我难道不该竭力设法使他走一条较平坦而安全的路吗？"

"对，不过最可靠的办法还是尽力使他坚强得能抵挡诱惑，而不是从他的路上除掉诱惑。"

"马卡姆先生，这两方面我都会做。尽管我想尽办法使他讨厌罪恶，因为罪恶的本质就是可憎的，天晓得还会有多少诱惑向他内外夹攻——我本人固然很少受到激发去犯世人所谓的罪，可是我却经受过另一种诱惑和考验，而在许多场合中，要加以抵制就需要很高的警惕性和很坚定的态度，这是我迄今还做不到的。我相信这是其他大多数习惯于反省、同时又希望制止自己本性上的种种腐朽倾向的人都会承认的情况。"

"是呀，"我的母亲说，可是并不完全理解这番话的要旨，"不过你不该凭自己的看法来判断一个男孩子——而且，我亲爱的格雷厄姆太太，让我趁早告诫你千万不要犯独自担当教育这孩子的任务的错误——我可以称之为致命的错误。由于你在有些事上是聪明的，而且见识广博，你就可能因而认为自己胜任得了这项任务；可是实际上你是不行的；如果你一定要那么做，那末请相信我，等到闯下祸时你会悔之莫及的。"

"难道要我送他进学校去学习如何藐视他母亲的权威和慈

爱！"那位夫人苦笑着说。

"啊，不！——不过如果你要一个男孩子瞧不起他的母亲，那末就让他的母亲把他一直留在家里，把自己的一生消磨在溺爱他上面，为了纵容他干蠢事和为所欲为而甘当牛马。"

"马卡姆太太，我完全同意你的说法，不过像这样的应受责备的癖好是完全违背我的原则和作风的。"

"唔，不过你会把他当作一个女孩——你会挫折他的锐气，把他完全变成一位南希小姐①——你真会这样做的，格雷厄姆太太，不管你的想法如何。我可要请米尔沃德先生来同你谈一谈这件事！——他会把后果告诉你——他会把事情像白昼一样清楚地摆在你面前——会告诉你应该做什么等等——而且我毫不怀疑他在一分钟之内就能说服你。"

"没有必要去麻烦教区牧师了，"格雷厄姆太太朝我瞅了一眼说道——我想这是由于此时我正因我的母亲对那位可敬的先生所怀的无限信任而微笑——"在这里的这位马卡姆先生认为他自己的说服力至少与米尔沃德先生的不相上下。但是我若不听从他的话，就是有一个从死里复活的，我也会不听劝②，这是他会这么说的——喂，马卡姆先生，既然你坚决主张不该护住一个男孩子不让他接触邪恶，而要遣他出去，独个儿无援地与之作斗争——也不该教他躲开世间的陷阱，而要教他勇敢地向它们冲去，看他是掉进陷阱还是越过它们——让他去探索危险而不是回避危险，让诱惑来增长他的美德——那末你会不会——""对不起，格雷厄姆太太——可是你太偏激了。我还没有说该教导一个男孩子朝世间的陷阱冲去——或者甚至为了要通过战胜诱惑来锻炼他的美德而故意去寻找诱惑。我只不过说去武装和强化你的英雄要比解除敌人的武装、削弱他的力量为好，因为如果你要在暖房里培养栎树

---

① 喻指女子气的男子。
② 参见《圣经·新约·路加福音》第16章第31节。

苗，日夜细心照料它，一丝风也不让它吹着，那末你就别期望它会长成为耐寒的树，一如在山腰上成长的那样，后者是听任风吹雨打的，甚至在暴风雨肆虐之下也没有掩蔽。"

"就算你的话是正确的，那末对于女孩子你是不是也用这同样的论点呢？"

"当然不是。"

"不是，那末你就会把她当作暖房里的幼苗一样，娇生惯养地加以培育——教她凡事都依赖别人的指导和支持，尽最大可能保护着她，使她压根儿不懂得罪恶是什么。不过，我可要请你告诉我：你为什么要如此区别对待？你是不是认为她没有美德？"

"我决无此意。"

"好，可是你断言美德只能由诱惑所激发——同时你却又认为女人越是少受诱惑、对罪恶或者一切与之有关的事了解得越少就越好——那末你一定认为她的本质十分邪恶，要不就是认为她的意志极为薄弱，经受不了诱惑——尽管她在保持无知并受着约束的条件下，可以是纯洁无罪的，不过由于缺乏真正的美德，如果教她如何犯罪，就等于马上把她变成罪人，而且她越有知识、越自由，她就越堕落——反之，对更高尚的男性来说，则具有天然的为善的倾向，又受到高度的刚毅性格的保卫，因而经历的考验和危险越多，这种倾向就更得到发展——"

"要是我有这种想法的话，上天不容！"我终于忍无可忍地打断了她的话。

"好吧，那末你一定是认为他们双方都是软弱并且会动辄犯错误的。哪怕是最轻微的罪过——极其微不足道的污点——也会毁了一方，而另一方的性格则会更坚强、更光彩——只要让他与违禁的事物进行一点实际的接触，便能使他的教育臻于完善。且借用一个老一套的比喻吧，这种经历对他来说就有如暴风雨之于栎树，虽然狂风可能刮得树叶纷飞，并且折断枝条，却使它更加根深蒂固，也使树干的纤维更加紧密结实。你要我们鼓励我们的儿子用他们自身的经历来证实所有的事情,而我们的女儿则连通过他人的经历而得益的机会都没有。现在我却要他们双方都从他人的经历并从一个具有较高权威的人物的告诫而得益,使他们事先就懂得拒恶从善,不需要通过亲身体验才明白犯罪的坏处。我不会让一个可怜的女孩赤手空拳地、并在事先毫不知道自己的道路上是布满陷阱的情况下,走上社会去对付她的敌人,我也不会老是保卫着她,直到她的自尊和自信心丧失殆尽,失去了自我保卫的力量和意志——至于我的儿子,如果我想到他长大后会成为你所谓的老于世故的人——也即那种'见过世面'、为自己的经历自鸣得意的人,即使他已经得到教训,从而终于清醒过来,成为社会上一个受人尊敬的有用之才——我宁可他明天就死去!——绝对宁可如此!"她热烈地重复说着,一边把身边的爱儿紧搂着,狂热地吻着他的额头。他此刻已经离开他的新伙伴,在他母亲膝旁站了好半晌,抬头盯着她的脸,诧异地默默听着那一席他无法理解的话。

"咳!我看你们女士们总爱说最后一句定论的话,"我见她站起身来,开口向我的母亲告辞,就这样说。

"你还要说多少话尽管说下去——可我不能再待着听下去了。"

"是呀,只好这么办了:对于一个论点,你只高兴听多少就听多少,余下的让人可以对风讲去。"

"要是你急于对这个问题再说些什么,"她同罗丝握手时回答我道,"过几天带你妹妹同来寒舍,到时候你高兴讲什么都可以,要我怎样耐心地听我都愿意。我宁可由你而不是由教区牧师来教训我,这是因为在谈话结束时,我不会因为告诉你我仍照样保持着原先的主张而感到那么遗憾——我相信,对这两位逻辑学家我都会是这样的。"

"是啊,当然会是这样的,"我决意要显得与她同样地惹人恼火,便如此回答她,"因为,当一位女士同意听取一个有违她自己见解的论点时,她总是先决定反对它——只用她的耳朵听着,而坚决封闭智力器官，不去领会那最有力的论证。"

"再见，马卡姆先生，"我这美丽的对手带着怜悯的笑容说道，显出不屑再反驳的神情，略微欠了一下身子便打算离去，可是她的儿子出于孩子气的鲁莽嚷了起来，这才使她住了步。

"妈妈，你没有同马卡姆先生握手呀！"

她笑着转身伸出手来。我恶狠狠地把它紧握了一下，因为她刚认识我便不断使我受屈很感恼火。她显然在对我的气质和道德原则一无所知的情况下，便对我有了偏见，而且似乎拼命要让我知道，在所有方面，她对我的看法都比我自以为的要差得多。这当然使我非常生气，否则我也不至于这样着恼。也许同时也由于我自己有点儿让我的母亲、妹妹以及我认得的几位其他的太太小姐宠坏了——然而我决不是什么纨袴子弟——这我是深信不疑的，不管你以为然否。

第四章
聚　会

尽管格雷厄姆太太拒绝赏光我们在11月5日那天的聚会，我们还是过得很愉快。说真的，要是她来了，我们大家就不会那么一片真诚、自由自在、热闹欢乐了。

我的母亲一如往常，热心待客，忙碌非凡，兴高采烈，把话说个没完。她唯一的缺点是过于热衷要使她的客人快活，因而勉强他们去做他们心里厌恶的事①——逼他们吃呀喝呀，或者硬要他们坐在炉火熊熊的壁炉前，要不就是人家不想说话时她却凑上去攀谈。不过由于大家都怀着欢度假日的好心情，因此都好好忍下去了。

米尔沃德先生在谈论重要的教义、语言精辟的笑话、着力夸张的轶事以及玄妙深奥的哲理方面是着实有一手的，他用它们来普遍开导所有的与会者，特别是开导充满钦佩心情的马卡姆太太、彬彬有礼的劳伦斯先生、严肃稳重的玛丽·米尔沃德、沉默寡言的理查德·威尔逊和平淡无味的罗伯特——因为他们是最聚精会神的听众。

威尔逊太太比往常显得更为出色。她谈论着一组组最新的新闻和陈旧的丑闻，由琐细无聊的问话和议论以及一再重复的意见把它们连成一串，她之所以如此饶舌显然为的是不让她那不知疲倦的发音器官得到片刻休息。她把自己的编结活儿也带了来，看来她的舌头仿佛与她的手指打了赌，决意要在速度和不停的动作中胜过它们。

她的女儿简自然竭力要自己显得优雅、机智又富有魅力，因为她得赛过这儿所有的小姐，得迷住这儿所有的先生——特别是得赢得并征服劳伦斯先生。她用以征服他的小小技巧过于微妙而且难以捉摸，竟使我觉察不到；可是我认为她显示出一种精心装出的傲慢样子和一种不亲切的忸怩神态，这就抵消了她所有的优点；等她走开后，罗丝把她的种种神情、话语和动作向我作了解释，讲得又尖刻又严厉，使我对于这位小姐的做作和我妹妹的洞察力感到同样惊奇，并不禁自问莫非她对那位乡绅也有意不成——不过不用着急，哈尔福特，她并不对他有意。

简的弟弟理查德·威尔逊坐在一个角落里，他显然是好脾气的，可是沉默寡言并且羞答答的，他希望人家不要注意他，但很喜欢听听看看。尽管他多少有点不得其所，可是只要我的母亲别打扰他，让他照自己的意愿安静地待着，他原会很快乐的，但她却偏要瞎起劲，不断地关注他，使他感到为难——她认为他因太害羞而自己不肯动手，便硬要他吃各种食物，还逼着他从房间的一头以他那单音节的答话大声回答她在另一头提出的许许多多问话和意见，她一心要靠这办法来引他交谈，可却白费了劲。

罗丝告诉我说，要不是由于他的姐姐简纠缠不休，执意要他来，理查德是决不会大驾光临的；因为简一心要让劳伦斯先生瞧见她至少有一个比罗伯特更斯文、更有教养的弟弟。她也同样拼命地不让这位可敬的人物罗伯特前来，但是他坚持说他不明白自己为什么不能享受与马卡姆和老太太（实际上我的母亲并不老）、美丽的罗丝和那牧师以及其他体面人闲聊的乐趣——何况他也有权如此。因此他便与我的母亲和罗丝聊起家常来，与牧师讨论教区事务，与我谈农事，还与牧师和我谈政治。

玛丽·米尔沃德是另一个沉默寡言的人——但是不像迪克·威尔逊[②]那样，因令人难过的殷勤招待而深受折磨，因为她用一种

---

① 参见《圣经·旧约·诗篇》第107篇第18节。
② 即理查德·威尔逊。迪克为理查德之昵称。

简短而果断的方式来答话或谢绝,因而被认为是心情不好而不是羞怯。不管怎么样,她的确并不十分讨人喜欢——看上去也没有从他人那里获得多大乐趣。伊丽莎告诉我说,玛丽完全是由于她父亲的坚持才来的。她父亲自以为她把心思过分专注于家务事,以致忽视了适合于像她这种年龄的女孩子的消遣和无害的娱乐。依我看,总的说来,她还是相当和气的。有那么一两次,她被我们中间某个有天赋的人的俏皮话或者高兴劲儿惹得笑起来;这时我注意到她在探索理查德·威尔逊的目光,后者正坐在她的对面。由于他就学于她的父亲,她与他有点儿认识,尽管双方都有缄默的习惯,我料想在他们之间已经建立起一种相互了解。

我的伊丽莎娇媚得无法形容,她毫无做作地卖弄风情,而且在室内所有的人当中,显然尤其希望吸引住我的注意力。不管她那些鲁莽的言行给人以怎么样的假象,她那热情洋溢的脸容和上下起伏的胸脯分明显出她是喜欢我挨近她的——喜欢我坐或者站在她身边、凑着她的耳朵低语或者跳舞时紧握她的手。不过我还是把我的舌头管住为好,因为要是现在夸耀这些情况,日后要为此汗颜的。

且继续谈这次聚会中形形色色的人物吧。罗丝像往常一样单纯自然,兴高采烈,充满生气。

弗格斯又鲁莽又荒唐;不过要是说他那无礼的言行和干出的蠢事并没有使别人更加看得起他的话,至少起到了逗人笑的作用。

我要谈的最后一位(因为我并不把自己计算在内)是劳伦斯先生,他对所有的人都显得很有教养,不惹人讨厌,对教区牧师和太太小姐们彬彬有礼,对他的女主人母女和威尔逊小姐尤其殷勤——他是个想法错误的人,竟然不具有更欣赏伊丽莎·米尔沃德的审美力。劳伦斯先生与我的关系还算密切。他本质上习惯于缄默,自从他的父亲去世后一直独个儿住在他那僻静的出生地,极少离开,因而他既没有机会又不想结识众多的朋友;而在他所认识的人当中,凭事后判断来说,我是最合他心意的伙伴。我很喜欢这个人,可是他太冷淡、太腼腆和沉默了,因此得不到我由衷的共鸣。他见到他人爽朗坦率而又毫不粗暴，感到十分赞赏，然而自己又无法做到。他对于自己所有的私事过于守口如瓶，确实显得冷冰冰的，令人恼火；不过我宽恕他，因为我深信他的这种态度并非由于傲慢和对自己的朋友们缺乏信任，而是出于一种病态心理，感到难以启口，同时也出于一种古怪的羞怯感，对此他自己是觉察到的，然而却无力克服。他的心犹如一株含羞草，只在阳光下绽开那么一会儿，但被人的手指轻轻地一触或者被微风轻轻地一拂便蜷缩起来。总的说来，我同他的亲密关系，哈尔福特，与其说是出于像你我之间后来建立起的那种基础稳固的深厚友谊，还不如说是出于一种相互的偏爱。尽管你有时要发脾气，我依然可以把这种友谊再适当不过地比作一件旧上衣，它的质料无懈可击，可是穿在身上很宽松——它已经适应了穿衣人的体型，他可以随意穿上，不必因害怕把它穿坏而烦恼——而劳伦斯先生却像一件崭新的衣服，望上去极其整洁利落，可是肘部很紧，你会担心因手臂无节制地摆动而使缝道裂开；表面那么挺括精美，使你顾虑重重，不敢让它溅上一滴雨。

客人们到齐后不久，我的母亲便提及格雷厄姆夫人，对于她没有在场与大家会面表达遗憾，向米尔沃德和威尔逊两家人传达了后者所说的关于没有回访他们的原因，母亲还说由于她确信格雷厄姆夫人不是存心失礼，而且会乐意随时会见他们，她希望他们会原谅她——

"不过她是一位很怪僻的夫人，劳伦斯先生，"她又作了补充。"我们不知道怎么对待她才好——不过我想你能告诉我们一些关于她的事情，因为她是你的房客——而且她说她有点儿认得你。"

这下子所有的目光都朝劳伦斯先生转过去。我认为他没有必要因人家提出这要求而显得如此慌乱。

"认得我，马卡姆太太！"他说道，"你搞错了——我并不认得她——这就是说——我确实见过她，可是要向我打听有关格雷厄姆太太的情况，那简直是问道于盲。"

说毕他立即转向罗丝,要求她赏脸给大家唱支歌或者在钢琴上弹一支曲子。

"不行,"她说道,"你该请威尔逊小姐表演。她唱得比我们任何人都好,在音乐方面也是如此。"

威尔逊小姐表示异议。

"劳伦斯先生,"弗格斯说,"如果你去站在她身旁,替她翻乐谱,她就会很乐意唱的。"

"那我再高兴不过了。威尔逊小姐,你允许我这么做吗?"

她昂起她那长长的脖子笑了笑,让他领她走到钢琴前,以她最好的风度一曲又一曲地边弹边唱;他则耐心地站在一旁,一只手按在她的椅背上,另一只手替她翻乐谱。可能他与她同样陶醉于她的演出。就她的演唱来说,虽然十分出色,但是我却不能说它使我深为感动。在技巧和手法方面表现得相当多,可是感情贫乏得很。

不过大家还没有结束有关格雷厄姆夫人的谈论呢。

"我是不喝葡萄酒的,马卡姆太太,"母亲请米尔沃德先生喝这饮料时,他这么说。"我喝些府上家酿的麦芽酒吧。在一切饮料中我总是更喜欢你们家酿的酒。"

我母亲听了这句恭维话高兴极了,便摇摇铃,于是即刻送来了一瓷壶我们家最上乘的麦芽酒,摆在深知如何去品味它的优越质量的那位可敬的先生面前。

"嗨,这正是我要的东西咧!"他嚷道,一边斟满一大杯,那酒像一条长长的细流准确地从壶口倾入一只平底无脚酒杯,为的是不让一滴酒溅出而又能产生许多泡沫;他把酒杯对着烛光细细看了一会儿之后,便一饮而尽,接着咂咂嘴,深深地吸一口气,再斟满一杯,我的母亲在一旁看得乐不可支。

"马卡姆太太,再没有什么比得上这个了!"他说。"我一向认定任什么都不能与府上家酿的麦芽酒相比。"

"先生,你喜欢它真叫我高兴。我一向亲自照料酿酒,就如同做干酪和黄油时一样——干起活来,我总喜欢干好它。"

"说得对极了,马卡姆太太!"

"不过,米尔沃德先生,你并不认为有时候喝一点葡萄酒有什么不对——或者喝一点烈酒,也没什么吧?"我母亲递给威尔逊太太一杯冒着气的掺水杜松子酒时问道。后者斩钉截铁地说葡萄酒使她的胃不胜负担,而她的儿子罗伯特这会儿正在享用一杯相当凶的掺水杜松子酒。

"当然没什么啦!"这位明断者像朱庇特①那样点了一下头,答道。"只要我们知道怎样去利用它们,这些东西就全是上帝的赐福和恩惠。"

"但是格雷厄姆太太并不这么认为。你们现在就可以听听她前几天说给我们听的话——我对她说过我会照搬给你们听的。"

于是我母亲就把那位夫人关于此刻所谈问题的错误观念和举动一五一十地告诉了大家,最后问道:"你们说说看,她这么做是错误的吗?"

"何止错误!"教区牧师用比平时更严肃的口气重复了这个字眼——"这是犯罪行为,简直是——犯罪!——这不仅愚弄了那孩子,而且藐视了上天赐予的礼物,并且教他践踏这份厚礼。"

接着他更深入地谈论这个问题,并且把这种行动的愚蠢和亵渎之处详加阐明。我母亲极其崇敬地聆听着,连威尔逊太太都同意让自己的舌头休息一下,只顾静静地听着,一边心满意得地啜着掺水杜松子酒。劳伦斯先生则把手拐儿搁在桌子上,漫不经心地摆弄着他那只半空的酒杯,独个儿暗暗地微笑着。

"不过,米尔沃德先生,"他一等到这位先生终于中止了他的讲话就提出一个问题,"当一个孩子——譬如说,由于他的父母或者祖先之咎——可能生来就具有纵酒的倾向,难道你不认为应该采取一些预防措施吗?"(这时人们普遍认为劳伦斯先生的父亲是由于纵酒而过早亡故的。)

---

① 朱庇特,罗马神话中的主神。

"可能需要采取一些预防措施；可是，先生，节饮是一回事，禁酒却是另一回事。"

"不过我听说过节饮——也就是说适可而止——对有些人说来，几乎是不可能的，而且如果说禁酒是罪恶（有些人对此说有怀疑），那末没有人会否认无节制是更大的罪恶。有的父母绝对禁止他们的孩子喝酒，可是父母的权威并不能永远维持下去，孩子们自然而然地有追求被禁止的事物的倾向；而且在这种情况下，一个孩子很可能会有十分强烈的好奇心，巴不得尝尝人们所赞不绝口并尽情享用而对他本人却严加禁止的东西，试试它的作用——这种好奇心一般又会在头一个合适的机会中得到满足；而这种约束一旦被破坏，随之而来的可能是严重的后果。我并不自以为对这种事情能作出判断，不过，马卡姆太太，依我看，你所描述的格雷厄姆太太的这个打算，尽管可能离奇，可是并非没有其优点；因为你瞧，那孩子马上从诱惑物中被解救出来了；他心里并不存在好奇，也没有强烈的渴望；尽他的可能。对诱人的烈酒十分了解，在还没有受它的坏影响之前便对它厌恶透顶了。"

"那末这样做究竟对不对呢，先生？我不是已经向你证明这是如何错误的——而且又是如何违背了《圣经》的教义和人的理智？——去教孩子对上天的赐福持轻蔑而厌恶的态度，而不是去正确地加以使用。"

"你可以把鸦片酊看做上帝的赐福，先生，"劳伦斯先生微笑着回答，"然而你又会承认我们大多数人最好还是不去用它，即使有节制地使用也得避免；不过，"他补充道，"我并不希望你去深究我的这个比喻——为了证明这一点，我把这杯酒喝光。"

"劳伦斯先生，我希望你再喝一杯，"我母亲把酒瓶朝他推过去。

他客气地谢绝了，把椅子稍为推离桌子，把身子向后朝我一偏——我挨着伊丽莎·米尔沃德坐在沙发上，位置比他稍后一点——不在意地问我可认得格雷厄姆夫人。

"我见过她一两次，"我答道。

"你对她的印象如何？"

"我不能说我很喜欢她。论外表，她很漂亮——或者不如说很出色而引人瞩目，但是绝对不可亲——我认为她是个易于对人产生强烈的偏见的女人，而且在任何情况下都会坚持这些偏见，把一切都加以曲解，使得与她自己的先入之见一致——她这个人过于严厉尖刻而且口气太凶，我不喜欢她。"

他听了不吭声，只垂下眼睛咬咬嘴唇，过了一会儿便站起来朝威尔逊小姐信步走去，我想他厌恶我的程度并不亚于被她所吸引的程度。当时我对此没多加注意，事后回忆起此事和其他性质雷同的小事时才——但是现在我不该先下结论。

我们在结束当晚的聚会之前跳了舞——尽管我们雇了一名乡村乐师用小提琴来指导舞蹈的旋转动作，我们这可敬的牧师却认为处身这种场合并非什么丑事。但是玛丽·米尔沃德固执地拒绝参加，理查德·威尔逊也是如此，尽管我母亲热切地恳求他，甚至还提出要做他的舞伴。

不过没有他们我们也照样搞得很好。我们跳了一组四对舞和几支乡村舞，一直跳到深夜；最后我请求我们这位乐师奏起一支圆舞曲，我在劳伦斯和简·威尔逊、弗格斯和罗丝的陪同下，正要拥着伊丽莎跳起这令人愉快的舞蹈，在场子内旋转起来，这时米尔沃德先生干预道：

"不行，不行，我不允许这样做！得，现在该走了。"

"唉，不，爸爸！"伊丽莎恳求道。

"是该走的时候了，我的女儿——是该走的时候了！——凡事都要适可而止，别忘了！这就是办法——'当叫众人知道你们是有节制的'！"①

---

① 引自《圣经·新约·腓立比书》第 4 章第 5 节。"有节制"一词钦定本中译本中为"谦让的心"。

不过作为报复，我尾随着伊丽莎走进灯光昏暗的过道，在那儿我假装帮她围上披巾，趁她父亲背转身去用一条羊毛大围巾把自己的脖子和下巴团团包起来之际偷吻了她一下，对此举恐怕我得承认做错了。可是哎呀！我一转身，只见我母亲就在我身边。结果是，客人们一走，我便注定受到了一顿十分严厉的告诫，这非常扫兴地遏制了我那奔腾着的热情，使这个夜晚在很不愉快的气氛中结束。

"亲爱的吉尔伯特，"她说，"我希望你不要这么做！你知道我多么关注你的利益，我多么疼你，重视你胜过世上其他的一切，多么渴望看到你好好地成家立业——要是看到你娶那个女孩子或者本地区的任何一个女孩子，我将会多么伤心。你究竟看中了她什么，我真弄不懂。我考虑的不仅是因为她没有钱——我决不是考虑这个——但她既不美，也不聪明，德性也不好，又没有任何其他可取之处。如果你像我一样知道你自己的价值，你就做梦也不会想到这等事的。务必等着看一时再说！要是你和她结合了，日后你朝周围一望，发现有多少更好的女子时，你就会后悔一辈子。相信我，你一定会的。"

"唉，妈妈，请别说了吧！——我不喜欢人家教训我！——我现在确实还不准备结婚呢；不过——天哪！难道我一点也不可以让自己过得快活些吗？"

"可以，我的好孩子，但不是用这种方式。你确实不该这样干。如果她是个安分的女孩子，那末你就会坑了她；可是我敢说她是个狡猾得不得了的轻佻小妞儿；你还没弄清东南西北，就会被她的罗网套住。再说，如果你真的娶她的话，吉尔伯特，你就会大大伤我的心——事情就到此为止吧。"

"唷，别为这事难过了，妈妈，"我见眼泪从她的眼眶里涌出来，这样说道。"好啦，让我吻你一下来抵消我刚才给伊丽莎的那一吻吧。别再说她坏话了，尽管放心吧，因为我答应决不——也就是，我答应——对于你实在不赞成的任何重大措施，要三思而行。"

说着我点燃了我的蜡烛，相当沮丧地去睡觉了。

第五章
画 室

约于当月月底,我终于听从了罗丝急不可耐的不断要求,陪她访问了怀尔德菲尔府。使我们吃了一惊的是,我们被引进一个房间,见到的头一件东西竟是一只画家的画架①,旁边有张桌子,上面摆满了一卷卷油画布、一瓶瓶油和清漆、调色板、画笔、颜料等等。有几幅完成程度不等的素描和几幅已完成的油画靠在墙上——大部分是风景画和人物画。

"我不得不请你们到我的画室里来,"格雷厄姆太太说,"今天起居室里没有生火,请你们到壁炉不生火的地方去未免太冷淡了。"

她从零乱地堆放着的美术用品中,拉出被它们占用的两把椅子,请我们坐下,然后回到自己原先在画架前的座位上——她并不完全面对着画架,但是一边谈话一边不时朝画架上那幅画看上一眼,还偶尔用画笔在画上描一下,仿佛她觉得要自己完全放掉手头的工作而把注意力集中在客人身上是办不到的。那是一幅怀尔德菲尔府的全景画,是在清晨从下边田野向上望的情景,建筑物的黑魆魆的轮廓拔地而起,背后衬托着的是清澈的稍带银色的蓝天,在地平线上有几道红色的条纹,这座府第被如实地描绘并设色,画面处理得既雅致又富于艺术性。

"格雷厄姆太太,我明白你把心思放在你的工作上,"我说道。"务必请你继续画下去,因为如果你容忍我们在这儿打断你的工作,那末我们就不得不认为自己是不受欢迎的闯入者了。"

"啊,不!"她回答说,连忙把画笔扔在桌子上,仿佛大吃一惊后变得顾及礼貌了。"我并没有受到许多来客的困扰，倒是乐于为光临寒舍的为数不多的几位抽出几分钟来。"

"你已经差不多完成你这幅油画了，"我边说边走近去仔细观看，我在端详时所流露出的钦佩与喜悦之情，竟比我存心流露的来得多。"我想只要在前景再画上几笔就大功告成了。——可是你为什么把它叫做坎伯兰郡的费尔恩利庄园，而不称它为某郡的怀尔德菲尔府呢？"我问道，指的是她在油画底部以小字体描出的地名。

可是我立即觉察到自己说这句话是无礼之举；因为她的脸涨红了，而且显得欲言又止；不过踌躇了一下之后，她便以一种不顾一切的坦率态度答道：

"因为在这个世界上我还有几个朋友——至少可说是熟人吧，我不愿意让他们知道我目前的住处；由于他们可能瞧见这幅画，而且尽管我在一角写上了假名的首字母，他们还是有可能认出我的风格，因此为了小心起见，我也写上了假地名，这样要是他们想凭那地址找到我，就会迷失方向。"

"这么说你不打算保存这幅画吗？"我急于随便讲些什么来改变话题，便说。

"不打算，拿画画作为自我消遣我可担负不起。"

"妈妈把她所有的画都送到伦敦去，"阿瑟说，"有人在那儿为她代售，然后把钱给我们寄来。"

我朝周围其他的油画望去，见到一幅从山顶俯瞰的林登霍普的美丽素描；还有一幅描绘这幢古老府第的画，画的是它在一个静谧的夏日午后处于和煦的阳光下的情景；还有一小幅虽然简朴却颇惹人注目的画，上面有一个孩子默默地对着一束枯萎的花朵发愣，显出十分哀伤的懊恼神色，背景是隐约可见的一个个黑糊糊的小丘和一片充满秋色的田野，上空黑压压地布满云层。

---

① 安妮·勃朗特和她的兄姐们一样，是个合格的画家。——原编者注

"你瞧可供绘画的素材少得可怜,"那美丽的女画家说。"有一次我在月夜画这幢古老的宅第,我还想我得再在白雪纷飞的冬日画它,然后再在阴暗多云的傍晚画一张,因为我实在没有别的什么可画了。我听说这一带有一处很好的海景——有这回事吗?——步行可以到达那儿吗?"

"可以,如果你愿意走四英里路——也可以说是约摸四英里路——来回就是八英里不到一点儿——而且是一条有点崎岖而叫人走起来很吃力的道路。"

"它在哪个方向?"

我尽力描述那个地形,正开始说明到达那里所必经的大路、小径和田野,应在哪儿笔直走,在哪儿向右转,又应在哪儿向左转,这时候她打断了我:

"嗨,别说了!——现在别告诉我;因为到了我用得上这些的时候早已把你现在所说的忘得一干二净了。非到明春我是不会考虑去的;到那时候我也许要麻烦你。眼下冬天就要到了,而——"

她蓦地顿住,发出一声抑制住的惊呼,突然从椅子上站起来说:"对不起,我一会儿就来。"说罢便冲出房间,随手关上了房门。

我很想看一下究竟是什么使她如此吃惊,便向窗子望去——因为她的眼睛曾在片刻之前漫不经心地朝那儿盯着——此时我刚好瞧见一件男上衣的下摆消失在介于窗户和门廊之间的一大簇冬青后面。

"是妈妈的朋友,"阿瑟说。

罗丝和我相互看了一眼。

"我真摸不透她这个人,"罗丝悄声说。

那孩子非常惊奇地看着她。她便立刻开始对他讲了些无关紧要的事,我则看着一幅幅画作消遣。我发现在一个暗角落里有一幅我还未看过的画。画的是一个小孩坐在草地上,衣兜里堆满了花朵,低着头面对怀中的宝贵花儿,乱蓬蓬的淡褐色鬈发垂在额上，小小的嘴和鼻子以及蓝色的大眼睛在垂下的鬈发后面显出笑容。他的五官与此刻在我面前的这位小绅士很相像，足以表明这是一幅阿瑟·格雷厄姆婴儿时代的画像。

我把这幅画像捡起来以便对着光细看，发现在它后面还有一幅画，面对着墙壁。我放胆把它也捡了起来。那是一位朝气蓬勃的青年绅士的画像——长得够漂亮的，画得也不错；但是，如果说它同其他画一样，出于同一人之手，那末显然是前几年画的；因为画中精心描绘的具体细节要多得多，设色则不那么鲜艳，处理得也不大自如，而后者正是我所喜欢并叹为观止的。然而我仍然相当感兴趣地打量着它。那人的面貌和表情具有某种个性，使人一见便感到它是一幅成功的画像。他那对明亮的蓝眼睛暗带俏皮地注视着观看的人——你几乎可以想象他会向你使眼色哩；两片丰满的嘴唇显得过于肉感，似乎随时会绽出笑容；着上了暖色的双颊由微带红色的连鬓大胡子装点着；发亮的栗色头发聚集成一簇簇浓密而有波纹的鬈发，在额头侵占了过多地盘，似乎表明拥有这些鬈发的人为自己的美貌，甚于为自己的才智，而感到自豪——因为他或许有理由如此认为——不过他看上去也决非笨蛋。

我捧着这幅画还不到两分钟，那位美丽的女画家就回来了。

"只不过是个来联系买画的人，"她为自己突然走开表示歉意说，"我吩咐他等着。"

"我担心我擅自把一幅画家把画面朝墙翻过去的画拿来观看会被认为是无礼之举；可是我可以问——"

"这的确是极端无礼之举，先生，因此我请你别提涉及它的任何问题，因为你的好奇心是不会得到满足的，"她回答说，并试图以笑容来使自己的训斥不显得那么尖刻——但是凭她那涨红了的面颊和发亮的眼睛，不难看出她是非常气恼的。

"我刚才只是打算问这幅画是不是你本人画的，"我说道，一边不高兴地把画交还给她，但她毫不讲究礼节，一把从我手中拿过去，急忙翻转画面，放回到那个暗角落里，然后将另一幅画照旧靠着它放下,接着便转身朝我笑了。

但是我没有心绪开玩笑。我不在意地转身朝窗户站着,眺望那个荒芜的花园,让她同罗丝交谈了一两分钟,然后我对妹妹说我们该走了,跟那位小绅士握了手,对那位夫人冷冷地鞠了一躬,便朝门口走去。可是格雷厄姆太太与罗丝告别后却向我伸出了手,带着绝对说不上不讨人喜欢的微笑柔声说道:

"不可含怒到日落①,马卡姆先生。我唐突冒犯了你,请原谅。"

既然一位夫人屈尊向你道歉,你自然不应再不高兴了;于是我们像好朋友一般分了手;而且这次我用亲切而并不怀恨在心的劲儿紧握了她的手。

---

① 引自《圣经·新约·以弗所书》第 4 章第 26 节。

第六章
友谊的进展

在随后的四个月里,我没有上格雷厄姆太太的家,她也没有来我家;不过太太小姐们仍然不断谈论着她,而我们彼此的了解也继续加深,尽管进度缓慢。至于她们谈论些什么,我不大留心去听(我指的是,当她们谈到那位女隐士的时候),而我从她们的话中所得到的唯一消息是,在一个严寒的晴天,她竟然不辞路远冒险把她的小孩带到教区牧师的住宅,而不巧只有米尔沃德小姐①一人在家;然而她却坐了很久,而且根据大家所说,两人竟然感到彼此有许多话可谈,分手时双方都表示希望以后再会面。不过玛丽是疼爱孩子的,而溺爱孩子的妈妈总是喜欢能充分赏识自己宝贝儿子的人。

不过有时我自己也遇见她——不仅在她来到教堂的时候,而且当她带着儿子出来走走,爬上那些小山的时候,不论是他们作有目的的长途散步,还是——在特别晴朗的日子里——在那幢古老府第周围的荒野或光秃秃的牧草地上漫步闲逛,这时她本人手中捧着一本书,她的儿子在她身边嬉戏;凡是遇上这种机会,当我独个儿在散步或骑马,或者当我在干农活的时候瞧见她,我一般总设法迎上去或者追上她;因为我颇喜欢见到格雷厄姆夫人并和她交谈,我更是十分喜欢同她的小伙伴交谈。我发现后者由于腼腆而产生的冷淡态度一旦有了相当程度的改变,却是个十分亲切、聪明而又讨人喜欢的小家伙;我与他不久便成了好朋友——他妈妈对此是否满意,我可说不上。开头我怀疑她很想对我们这越来越亲密的关系泼冷水——仿佛要扑灭我们之间刚燃起的友谊之火似的——可是她终于发现，尽管她对我心存偏见，我实在是毫无危害性，甚至竟是心怀善意的，加之，她的儿子因结识我和我的狗而得到了否则就体验不到的乐趣，因此她便不再反对，甚至还微笑着欢迎我来。

至于阿瑟，他会老远就大声喊叫表示欢迎，在五十码以外，从他母亲身旁奔来迎接我。遇上我碰巧骑着马，他就免不了也会上马来慢跑或飞奔一阵；或者，要是在近处能弄到一匹套着挽具的马，我就请他坐上，稳稳当当地骑一阵子，这对他也几乎同样合适；不过他母亲总要跟在他身旁，艰难地走着——我相信，与其说是要保证他的安全，不如说是要保证不让我把要不得的见解灌输到他那幼稚的脑子里去；因为她一直监视着，决不让他被带出她的视域。使她最高兴的是看到他和桑乔蹦来跳去，一起赛跑，这时候我便在她身边走着——我恐怕她倒不是因为喜欢有我做伴（尽管有时候我用这想法来骗自己），而是很高兴看到她儿子如此欢乐地进行积极的运动。他身体娇弱，由于没有适合他年龄的游伴而难得有锻炼的机会，所以这种运动就起了很好的健身作用；而且，也许她还由于我与她而不是与他待在一起而更加高兴；因为这样我就无法直接或间接、有意识或无意识地伤害他——为了这，我并不怎么感谢她。

可是我相信有时候她的确有点高兴同我谈话；在2月的一个晴朗的早晨，我与她沿着荒野溜达了二十分钟，她撇开了她通常的严厉和矜持态度，跟我谈了不少话，口才那么出色，思想那么深刻，感情那么丰富，所谈的话题又正好合我的意向，加之人又长得那么美，以致我与她分手回家时简直陶醉了；在回家途中，我（出于道德感）吃惊地发现自己在想，也许与这样的一个女人过日子毕竟要比与伊丽莎·米尔沃德更好——接着我因自己的感情不

---

① 指玛丽·米尔沃德。按当时习俗，"小姐"前只加姓氏的正式用法是表示家庭中最年长的女儿。——原编者注

专一而(象征性地)脸红了。

我走进客厅时,见伊丽莎与罗丝在一起,别无他人。这一意外的相遇并不使我完全像我原该感到的那么愉快。我们闲聊了很久,可是我发现与更成熟而更诚挚的格雷厄姆太太相形之下,她显得相当轻浮,甚至有点儿枯燥乏味——唉,人的坚贞竟是如此!

"可是,"我自忖着,"既然我母亲那样坚决反对,我是不该娶伊丽莎的,而且也不该让这姑娘误认为我有这样的打算。再说,如果这样的心情继续下去,我要把自己的感情从她那温柔但又紧紧不放松的支配之下解放出来的困难就会少些了;而且,尽管格雷厄姆夫人也许是同样不可娶的,我也许就像医生们那样,可以用毒性较小的药来医治毒害更大的病;因为我想我是不会认真地爱这位年轻寡妇的——她也不会如此爱我——这是无疑的——不过,如果我与她交往感到有点愉快,就必然会被容许去觅求这种乐趣;如果她的神圣之火亮得足以使伊丽莎的光辉变得暗淡,那就更好了;但是我简直不能这样想。"

自此以后,一遇晴天,我就趁这新结识的朋友通常离开她住所的前后,到怀尔德菲尔去;但是我要再会见她的指望常常受到挫折,她出现的时间是那么多变,她去的地方也经常变更,我所能偶然瞥见她的时间又是那么短暂,这些情况使我感到有点儿倾向于认为她就像我拼命要寻找她那样,也拼命要避免与我交往;这个设想真叫人难过,所以只要能适时地打消,我是不把它放在心上的。

不过在3月里的一个晴朗无风的下午,我正在监督工人把草地辗平并修补山谷里的一段树篱,瞧见格雷厄姆太太在那头一条小溪旁边,手里捧着一本写生簿,正全神贯注于她所特别喜爱的美术创作,阿瑟则在那条多石头的浅溪里筑起水坝和防浪堤作为消遣。我正想散散心,如此难得的机会是不该放过的,因此便丢下牧草地和树篱不管,快步径朝那儿走去——不过却比桑乔慢了一步,因为它一看见它的小朋友,便飞也似地穿过介于两者之间的空地，高兴非凡，急不可耐地猛扑到他身上，几乎把小孩摔到小溪的中央去；但是，幸好有那些石头，他才没有弄得很湿，又由于石头平滑，他也就没有受什么伤，反倒因这一意外事而大笑不止。

格雷厄姆太太正在研究各种树木在冬季的光秃状态中所显示的不同特征，用活泼而又精细的笔法，勾画出那些树枝的千姿百态。她说话不多；我则站在一旁注视着她用铅笔作画的动作，看着它被这些白皙纤细的手指那么灵巧地操纵着，实在很有趣。但是过了不久，她的手指变得不那么灵活了，它们开始犹豫，轻微地颤抖着，使笔法出了岔，接着突然停下，手指的主人便抬头冲我的脸笑着，对我说我的监督并没有使她的写生得益。

"那末，"我说，"我就去同阿瑟谈谈，等你把画画完。"

"马卡姆先生，如果妈妈同意，我想骑一会儿。"

"骑什么，我的孩子？"

"我想在那边地里有一匹马哩，"他应道，一边指着正在拉辗草坪机的那匹强壮的黑牝马。

"不行，不行，阿瑟，路太远了，"他的母亲反对道。

但我答应让他在草地上来回转一两趟之后就把他平平安安地送回来；于是她望了望他那热切的面容便笑了笑，让他走了。这是她头一次竟然允许我把他带到离开她身边半片草场那么远的地方去。

他被扶着登上那匹高大的骏马之后，在那片广阔陡峭的场地上一本正经地来回溜着。他沉静而面露喜色，一副十足得意扬扬、欢欣愉快的样子。不过辗平草地的活儿不久便完成了；当我把这位英勇的骑手扶下了马、送还给他的母亲时，她显得因我把他留住了那么久而相当生气。她已经合上了她的写生簿，可能已经不耐烦地等了几分钟。

她说该是回家的时候了，要向我道别，可是我还不想离开她，便陪她上到半山。她变得友善些了，我开始感到十分快活，但是一当我们来到可望见那幢阴森森的古老府第之处，她便站住了,一边说话一边朝我转过身来,似乎希望我不要再朝前走,说我们的谈话应到此结束,现在我该告别离去了——实在也正是该走的时候了,因为"那个晴朗寒冷的傍晚"正迅速地"消逝",夕阳已经西下,在淡灰色的天空中,那轮凸月正显得越来越亮了,可是有一种近乎怜悯的感情把我钉住在那里。把她撇下在这么孤独而不舒适的家里似乎是冷酷无情的。我抬头望望那幢宅子。它仿佛在默默而无情地向我们皱眉蹙额。房子一侧下面的几扇窗子里有微弱的红光在闪烁,所有其他窗户却全都漆黑一片,其中有许多连窗玻璃和窗框子也没有,看上去有如很深的暗洞。

"你难道不觉得这住所很荒凉吗?"我默默地注视了一会儿后问。"我有时候有这种感觉,"她回答。"在冬夜,那时阿瑟已经睡下,我独个儿坐着,聆听着凄凉的风在我周围呜咽,并咆哮着穿过倾圮的破旧房间,那时候即使看书或者干工作都抑制不了拥进我头脑的种种忧郁之感和恐惧——不过我知道让这种懦弱表现占上风是愚蠢的——如果雷切尔①能满足于这种生活,我又为什么不能呢?——的确,我对人家给我留下这样一处避难所是感激不尽的。"

末了的那句话是小声说出的,仿佛是自言自语而不是对我说的。接着她便向我道了晚安后走了。

我在回家的路上还没有走多少路,就望见劳伦斯先生骑着他那匹漂亮的小灰马,正沿着横穿山顶的那条崎岖小路过来。我稍为偏离我所走的路线同他说话,因为我们已有一阵子没见面了。

"刚才跟你谈话的是格雷厄姆太太吗?"我们说了几句互相招呼的开场白之后,他就问道。

"是的。"

"哼!我早就这么想的。"他若有所思地看着马的鬃毛,仿佛对它很不满似的,或者还有其他什么想法。

---

① 格雷厄姆夫人的老女仆。

"唔！怎么啦？"

"哦，没什么！"他回答说。"只是，我原以为你不喜欢她的，"他又平静地添了一句，撅起他那古希腊型的嘴唇，露出微带挖苦味的微笑。

"就算我过去是那样吧，难道一个人在进一步认识以后不能改变他的想法吗？"

"当然可以，"他答道，一边细心地解开小马稠密的灰白色鬃毛中缠住的一束。接着他突然转向我，用他怯生生的淡褐色眼睛盯住我，目光坚定而尖锐，又说道："那末你已经改变想法了？"

"我不能说我已经确实改变了想法。不。我想我对她仍旧保持着以前的看法——仅仅改善了一点儿。"

"哦。"他朝四下望望，想找个其他什么话题；他抬头望着月亮，对美丽的夜色赞美了几句。由于话不切题，我没有答腔。

"劳伦斯，"我沉静地直望着他的脸说，"你是不是爱上了格雷厄姆夫人？"

我原以为他听了大概会大大生气，不料他仅在开头因这句冒失的问话而吃了一惊，接着便嗤嗤地笑起来，仿佛他对这个想法感到非常有趣。

"我爱上了她！"他跟着说了一句。"什么使你想到这等事的？"

"鉴于你对于我与这位太太之间的友谊的进展和我对她的看法起了变化很感兴趣，我还以为你可能妒忌了。"

他又笑了起来。"妒忌！不——可是我原以为你是要娶伊丽莎·米尔沃德的。"

"那末你搞错了；我既不会娶这个，也不会娶那个——这点我自己明白。"

"那末我认为你最好别去惹她们。"

"你打算娶简·威尔逊吗？"

他脸红了，又去玩弄鬃毛，可却这么回答：

"不,我想我不会。"

"那末你最好别惹她。"

她不愿意放开我——他可能会这么说的;可是他只显出一副愣住的模样,足足有半分钟一言不发,接下来再一次试图换一个话题。这一次我随他去,因为他已经受够了;对这个话题再说上一句话就无异于在骆驼背脊上放上最后一颗微粒,使它折断①一样。

我来不及按时回家喝茶了;可是我的母亲很体贴我,把茶壶和松饼搁在炉旁铁架上不让冷掉,尽管她略微责骂了我几句,却很快就接受了我的道歉;而且听见我抱怨茶煮过头变了味,就把剩下的茶脚倒入残渣盆,吩咐罗丝在壶里再放些茶叶,再烧开水泡茶,后者为这事着实忙乱了一阵,一边还说了一些怪话:

"嘿!要是这会儿是我,就根本不会有茶喝了——即使换了弗格斯,也会让他有什么喝什么,还要叫他感恩不尽,因为这样对待他已经是太好了——而我们怎么照顾你都不过分——一向是这样的——遇上饭桌上有什么特别好吃的,妈妈就朝我眨眼点头,让我别吃,要是我没有注意这些暗示,她便轻声说:'罗丝,别吃这么多,吉尔伯特还要拿来当晚餐吃呢。'——我这个人可根本无足轻重——在客厅里听到的是:'得了,罗丝,把你的东西收起来,把房间收拾得漂漂亮亮、整整齐齐的,准备他们随时回来;壁炉里的火要保持旺盛;吉尔伯特喜欢炉火烧得暖洋洋的。'在厨房里听到的是'把那只馅饼做得大大的,罗丝,我想小伙子们一定饿坏了——别在里面放这么多胡椒,他们肯定不喜欢这东西的'——或者,'罗丝,别在布丁里放这么多香料,吉尔伯特不喜欢在布丁里掺什么东西',或者,'要注意在蛋糕里多放些葡萄干,弗格斯喜欢这样'。要是我说:'唷,妈妈,我不爱吃。'她就会告诉我不该考虑到自己——'你知道,罗丝,在一切家务事

---

① 西方谚语,一般作"最后一根麦秆"。

中，我们只要考虑两件事，第一，该怎么做合适；第二，爷儿们最喜欢什么——女的可什么都可以将就。'"

"而且这正是极好的教诲，"我的母亲说。"我相信吉尔伯特也是这么认为的。"

"无论如何，对我们来说，是非常合适的教诲，"我说，"不过，妈妈，如果你真的要琢磨我喜欢的是什么，你一定得比现在更多地考虑自己的舒适和便利——至于罗丝，我相信她会把自己照料好的；每当她作出牺牲或者为了兄妹情谊做了一件明显的分外事，她务必应让我知道她做到了什么程度。我自己经常受照顾，我的一切需要都由别人预料到或者马上提供，同时又一点也没让我知道别人为我干了什么，要是没有你，单是这种生活习惯就可能使我陷入放纵自己、不顾及他人的需要的最糟糕的状态中——要是罗丝没有时时开导我，我会认为自己接受你所有的恩惠是理所当然的，永远不知道自己应该多么感谢你。"

"啊！吉尔伯特，非到你结了婚，你是永远不会知道的。等到你娶了某个像伊丽莎·米尔沃德那样的轻浮而又自负的姑娘，除了她自己眼前的乐趣和利益，她什么也不关心，或者像格雷厄姆太太那样的误入歧途的顽固女人，她对于自己的主要责任一无所知，所擅长的却只是她所最不需要知道的事——到那时候，你才会看出区别来。"

"妈妈，那样倒是对我有好处的；我生下来可并非仅仅为了让人对我尽力帮助并施加善意的——对不？——而是向别人尽力和行善；等到我婚后，我希望会因自己使妻子幸福和舒适，而不是因她使我如此而从中得到更大的乐趣；我情愿施恩而不情愿受恩。"

"嘿！这全是一派胡言乱语，我亲爱的——只不过是孩子气的话！不管你妻子多么迷人，你不久就会腻味的，不想再爱抚和迁就她，于是考验就来了。"

"好吧，我们是应该互相背起包袱来的。"

"于是你们都得进入各自的恰当位置。你会去办你的正事，而她呢，如果她配得上你的话，就会去干她的正事；不过你的正事是使你自己高兴，而她的正事则是使你高兴。我确信你那可怜的好父亲是世上再好不过的丈夫了，等到新婚过后才约摸半年，我要期望他勉强讨好我就好比期望他飞上天那么难。他老说我是个好妻子，很尽本分；他也总是尽他的本分——愿上帝祝福他！——他办事踏实、严守时间，很少无故瞎挑剔，我烧的好菜他总是尽量吃，他吃饭从不迟到以致糟蹋了我的烹调手艺——任何女人对任何男人也只能存这样的期望嘛。"

是这样吗，哈尔福特？这是不是你在家庭生活中所遵守的德行规范？而你那幸福的妻子不要求什么别的？

第七章
短途游览

这事过后没有几天,在一个晴好温暖的早晨——脚底下软绵绵的,因为最后一次下的雪才化掉,在树篱下面新长出的青草上,还到处留下一小道一小道稍微隆起的积雪;可是在它们近旁,幼嫩的樱草花已从它们湿漉漉的深色叶丛中向外窥探,上空的云雀歌唱着夏季、希望、爱情和一切无比美好的事物——我出门来到山坡上,欣赏着这些令人欢欣的景象,并且照顾着我的小羊和它们的妈妈,这时向周围看了一眼,见有三个人正从下面溪谷往上走来。他们是伊丽莎·米尔沃德、弗格斯和罗丝;于是我穿过田地去迎接他们,得知他们正要去怀尔德菲尔府,我就声称愿意和他们同去。我向伊丽莎伸出手臂,让她挽住,她欣然接受了,不再挽住我的弟弟的手臂。我对后者说,他可以回家去,因为有我陪伴着两位小姐。

"对不起!"他大声说道——"是小姐们陪伴着我,而并不是我陪伴着她们。你们全都瞥见过这位奇妙的陌生人,我还没有,我可再也不愿意继续处于这种倒楣的无知状况——无论如何我一定得如愿以偿;因此我要求罗丝陪我一同去怀尔德菲尔府,马上介绍我见她。罗丝表示除非伊丽莎也去,否则她坚决不同意;于是我便跑到教区牧师的住宅去接伊丽莎,并且一路上手挽着手,亲热得像一对情人——现在你却把她从我这儿抢走,还不让我散步,也不让我去拜访——回到你的田里去,回到你的羊群那儿去,你这个笨汉;你不配和我们这样的小姐先生们交往。我们终日无所事事,只顾跑进我们邻人家里到处乱嗅,去窥探他们的隐蔽角落,发掘他们的秘密。发现他们不合我们心意时,就找他们的碴子——对于这种高雅的取乐方法你是不理解的。"

"难道你们两个人不能都去吗?"伊丽莎不理睬这番话的后半部的内容,建议道。

"对,当然两个人都去!"罗丝叫喊道,"人越多越快活——我敢说我们会需要我们所能带往那阴暗凄凉的大房间的全部高兴劲儿——那里狭窄的窗子上装着铁格子,古老的家具显得很凄凉——除非她又领我们到她的画室去。"

因此我们一块儿去了;为我们开门的那个又瘦又老的女仆把我们引进一间房间,就是罗丝向我描绘过的、她初次被介绍与格雷厄姆太太相识的地点。那是一间还算高大的房间,但是由于窗户是老式的,光线显得昏暗,天花板、墙壁的嵌板和壁炉架都是用阴森森的黑栎木制作的——壁炉架虽然雕刻得精细,但不十分雅致——还有配套的桌椅,在壁炉的一边是一只放着种类各不相同的书籍的老式书橱,另一边是一架旧的竖式小钢琴。

那位太太坐在一把椅背又直又高的扶手椅上,一边是一只小圆桌,桌上有一只小台架和一只针线筐;她的小孩站在另一边,手拐儿搁在她的膝盖上,正十分流畅地向她朗读搁在她膝上的一本小开本的书;她一手按在他的肩膀上,心不在焉地玩弄着披在他乳白色脖子上有波纹的长鬈发。我感到他们与周围的一切形成了喜人的对照;不过我们一进了屋,他们自然立刻改变了这种姿势;我只能在雷切尔为我们把住门让我们进屋去的那短暂的几秒钟内看见这情景。

我认为格雷厄姆太太见到我们并不特别高兴;她那沉着而文静的礼貌中带着几分难以形容的冷淡;不过我没同她多讲什么话。我在他们一伙背后不远处挨着窗户坐下,把阿瑟叫了过来,于是他与我以及桑乔在一块儿玩得很快活,而两位小姐则用闲聊去诱导孩子的母亲讲话,弗格斯呢,坐在对面,交叉着两腿,两手插在裤袋里,靠在椅背上坐着,一会儿抬眼盯着天花板,一会儿直瞪瞪地望着他的女主人(那态度使我很想把他踢出房间去),一会儿顾自用口哨低声吹奏一段喜爱的曲调,一会儿又打断她们的谈话或者在她们谈话停顿时(根据具体情况而定)插入一句最不恰当的问话或议论。有一次他说的是:

"格雷厄姆太太,你竟然选上这座破破烂烂、东倒西歪的古老房子来住,真叫我觉得好笑。如果你租不起也修理不起整幢房子,那为什么不去租一座整洁的小别墅?"

"弗格斯先生,也许是因为我这人太骄傲了,"她微笑着回答,"也许是因为我特别喜欢这幢富于浪漫色彩的老式房子——不过它的优点确实比一座别墅要多得多——你瞧,首先,这些房间比别墅里的大些、更通风些;其次,我不付租的那些空房间可以充当贮藏室,要是我有什么东西要放在里面的话;而且它们对我的小孩很有用,遇上雨天他不能到户外去,就可以在里面跑动;加之,还有个花园可供他游玩,又可供我干点儿活。你瞧我已经做了一些改进了。"她一边朝窗户转过脸去,一边继续说道,"在那个角落里有一片菜苗,这边有些雪花莲和樱草花已经盛开——那边也有一枝黄色的藏红花正在阳光下绽开。"

"不过,离你最近的邻居处在两英里以外,而且没有人顺便来看望你或者路过你的家,你怎么受得了这种环境呢?——罗丝如处在这样的地方是会彻底发疯的。除非每天能看见半打新的长裙和女式帽,她是无法活下去的——更甭提穿戴这些衣帽的人了;可是你却可以整天坐着望着这些窗子,几乎连一个带着鸡蛋到集市去的老太婆也看不见。"

"我不能断言这里人迹稀少并不是它的一个主要可取之处——我可不喜欢看别人在我窗前走过,我喜欢安静。"

"哦!这等于说你希望我们大家都只管自己的事,让你独个儿待着。"

"是啊,我不喜欢广泛交游,不过如果我有几个朋友,我当然会高兴偶尔见见他们。没有人会喜欢永远过孤独生活的。所以，弗格斯先生，如果你愿意作为一个朋友来到我家，我会欢迎你的；如果不是如此的话，我得坦白地说，我宁可你别来。"说毕她便转而向罗丝或者伊丽莎讲话了。

"还有，格雷厄姆太太，"过了五分钟弗格斯又说道，"我们刚才来时，一路上争论着一个你能轻而易举地为我们解决的问题，因为它主要涉及你本人——真的，我们常常谈论到你，因为我们中间有些人除了谈论我们邻人没有更好的事可干，我们这些土生土长的人，彼此已经相识这么久，又如此经常谈论着对方，以致我们对这项娱乐感到很厌倦了，因此有个陌生人来到我们中间，就为我们那来源已告枯竭的娱乐提供了非常宝贵的补充。好啦，我们要求你解决的问题或者几个问题是——"

"住嘴，弗格斯！"罗丝又怕又怒，气急败坏地嚷道。

"我才不听你的哪！我们要请你解决的问题是这一些：——首先是关于你的出身、血统和以前的住处。有的人认为你是外国人，有的人认为是英国人，有的人认为是北方人，还有的人认为是南方人；有的人说——"

"好吧，弗格斯先生，让我告诉你，我是英国人——我不明白为什么有人会对此怀疑——我是在我们这幸福的岛国上出生的，出生地点既不是极北又不是极南；我一生的大半时间是在这个国家度过的，我希望这下子你该可以满足了，因为目前我不想再答复什么其他问题了。"

"除了这个——"

"不，一个问题也不答复了！"她笑着说罢，立即离开座位，躲到我挨着坐的那扇窗前，为了摆脱我弟弟的纠缠，她在真正绝望之中竭力逗引我讲话。

"马卡姆先生，"她说道，她那急促的话语和涨红了的脸再明显不过地表现出她焦虑不安的心情，"你有没有忘记前些时候我们谈过的美丽海景？我想我现在得劳驾你告诉我到那儿去的最近的路，因为要是像这样好的天气再继续下去，我也许能够步行去写生；我已经把所有其他绘画素材都画过了；我正渴望要看看那海景。"

我正要照她的要求回答她，罗丝却不让我开口。

"哎哟，别告诉她，吉尔伯特！"她嚷道，"她应该和我们一起去。格雷厄姆太太，我猜想你想去的便是某某海湾。去那儿要走很多路，对你来说太远了，更甭提阿瑟了。不过我们已经在考虑要在哪个晴天来一次野餐郊游，去看看海景；如果你愿意等到好天气稳定下来再去，我相信我们大家都很乐意有你参加。"

可怜的格雷厄姆太太显得很惊愕，想找借口谢绝，可是罗丝不是出于对她孤独生活的同情，就是急于要与她多多交往，却说什么也要她参加，驳斥了她的所有异议，并且告诉她一共才几个人，而且都是朋友，还告诉她说从某某峭壁望下去的景色最美，该处离此足有五英里。

"对于先生们来说，走这一段路正好，"罗丝继续说道，"不过女士们将轮流坐车和步行，因为我们会用上我们的小马拉的马车，它足可容纳小阿瑟和三位女士，还有你的写生用具和我们的食物。"

因此她终于同意了这个建议；我们对这个游览计划的时间和方式再作了一番讨论之后便起身告辞。

可是此时还只是3月；我们还得等过了寒冷多雨的4月和5月里的头两个星期，才敢于进行这次远征，这样才能合乎情理地指望获得我们在悦目的景色、愉快的交往、新鲜的空气、高涨的兴致和步行运动中所追求的乐趣，才不致因糟糕的道路、凛冽的寒风或者怕人的乌云而影响我们的兴致。于是，在一个辉煌的早晨，我们集合在一起出发了。这伙人中计有格雷厄姆太太和格雷厄姆少爷、玛丽和伊丽莎·米尔沃德、简和理查德·威尔逊、罗丝、弗格斯和吉尔伯特·马卡姆。

我们曾邀请劳伦斯先生参加，但是他因自己最清楚不过的某种原因拒绝与我们做伴。是我亲自请他赏脸参加的。我说明来意后,他犹豫了一下,问有哪些人同去。等我提及其中有威尔逊小姐时,他似乎有点儿想去,我还提及格雷厄姆太太,心想这会进一步促使他参加,但这却似乎起了相反的作用,他竟然斩钉截铁地谢绝了;老实说,他的这一决定并不使我感到不快,尽管我没法告诉你这是什么缘故。

我们到达目的地时已近中午。格雷厄姆太太一路步行到峭壁,小阿瑟也步行了大半的路程,因为他如今比刚来这地区时强壮和活跃多了,加之他不喜欢跟陌生人一起待在马车里,而他的四个朋友——妈妈、桑乔、马卡姆先生和米尔沃德小姐,全都步行,远远地落在后面或者穿过远处的田野和小路。

那次远足给我留下了十分愉快的回忆。我们沿着一条路面坚硬、阳光照耀的白色道路走着,到处绿树成荫,间以鲜花盛开、芬芳可喜的土埂和树篱;时或穿过喜人的田野,顺着小路走,那里是赏心悦目的五月风光——一片繁花似锦,草木苍翠欲滴。的确,伊丽莎这时不在我身边,但是她正与她的朋友们乘坐着小马车,我相信同我一样地高兴。我们这些步行者为了抄近路,离开了大路穿过田地,看见马车在远处消失在如盖的绿色树丛中,甚至在这时候,我也不怨这些树木把那可爱的小女帽和披巾从我的视野中夺走,也并不觉得所有这些介入的东西把我的幸福和我隔了开来,因为老实说,有格雷厄姆太太做伴,我实在高兴,对于伊丽莎·米尔沃德的不在身边也就并不引以为憾了。

开头,格雷厄姆太太确实显得不容易接近,使人恼火得很——她似乎只愿对玛丽·米尔沃德和阿瑟说话,对别人根本不理睬。她和玛丽并肩走着,阿瑟往往处在她们之间——不过只要路面够宽广,我总是挨在她的另一旁走着,而理查德·威尔逊处在米尔沃德小姐的另一旁,弗格斯则凭自己的高兴到处荡来荡去;过了一阵之后,格雷厄姆太太变得友好些了,最后我总算成功地使她几乎专注于我一个人身上——此时我确实感到幸福,因为只要她屈尊开腔,我总是愿意倾听。每逢她的见解和情趣与我的吻合时,是她那绝妙的辨别力、她那优美的趣味和感受力使我高兴;每逢我们俩有分歧时,照样是她在对分歧的供认或辩护时所表现的毫不妥协的坦率态度——她的热忱和认真态度,激起了我的迷恋;甚至当她的刻薄话或不客气的表情以及她对我下的苛刻结论把我激怒时,也只不过使我因给她留下如此不好的印象而对自己更为不满,更渴望她认识到我的个性和气质,如果可能的话,还渴望能赢得她的尊重。

终于我们结束了步行。有一阵子,周围的山越来越高、越来越险峻,把景色遮住了;可是当我们爬到一处陡峭的斜坡顶上朝下俯览时,有个缺口展现在我们的眼前——那蓝色的海洋顿时映入我们的眼帘!——一片带紫的深蓝色——不是死一般的平静,而是泛着闪闪发亮的碎浪——这些在海洋的胸怀上闪烁的白色小斑点,连最敏锐的视力也几乎不能把它们与在空中遨游的小海鸥区别开来,后者的白翅膀在阳光下闪耀;只有一两艘船映入眼帘,而且它们距此甚远。

我朝我的同伴瞅着,想知道她对这幅壮丽景色的看法如何。她虽然默不作声,却站住了,双眼盯着看,那样子使我确信她并没有失望。顺便提一下,她的眼睛非常美——不知道我告诉过你没有,它们充满了热情,又大又清澈,近乎黑色——不是褐色,而是非常深的灰色。从海面上吹来一阵使人精神为之一振的习习凉风——那么温柔、纯净而宜人,拂动了她下垂的鬈发,使她那通常过于苍白的嘴唇和面颊有了血色。她感觉到这景色振奋人心的力量,我也一样——我觉得它使我浑身震颤,可是见她如此沉静,也就不敢让这种感情支配自己。她脸上显出一股有克制的高兴情绪,当她的眼光与我的接触时,这种情绪几乎燃起一丝兴奋而愉快的会心微笑。她从来没有显得如此可爱,我的心也从来没有像现在这样热烈地依恋着她。要是我们俩单独站在那儿再多两分钟,对于将发生的后果,我是负不了责任的。幸好我们很快就被召唤去就餐。这一来,才使我谨慎了,也许也才使我在这一天的余下时间里能过得很欢乐。那是一顿很像样的小吃,是由罗丝在威尔逊小姐和伊丽莎的帮同下布置的。伊丽莎与罗丝一同乘坐马车,她们比其余的人略早一点儿到达,已经把食物摆在俯瞰着海景的一块隆起的平台上,由一块突出的扁平岩石和几棵悬垂着的树挡住了烈日。

格雷厄姆夫人找了一处远离我的地方坐下。伊丽莎离我最近。她以她那温柔谦逊的态度竭力讨好别人,而且要是我能感觉到的话,无疑是与过去同样迷人可爱的。不过不久我的心又开始对她充满温情了,而且就我所知,在这耗时很长的聚餐过程中,我们大家在一起,自始至终个个兴高采烈。

聚餐结束后,罗丝招呼弗格斯来帮她收拾残羹剩菜和刀叉杯盘等等,把它们都放回到篮子里去。格雷厄姆太太把她的宝贝儿子托付给米尔沃德小姐照管,并严格盼咐他不得离开新保护人身边之后,拎起她的轻便折凳和作画用具离开我们,顺着陡峭多石的山路,朝较远处地势较高、更加险峻的地方走去。尽管有几位小姐对她说那地方很可怕,劝她别去尝试,然而由于那里景色更美,她更喜欢在那里写生。

她走后我感到仿佛不会再有什么乐趣了——尽管很难说她究竟对于这次欢聚的热烈气氛作出了什么贡献。她既没有说什么俏皮话,也很少笑,可是她的微笑却使我高兴,只要听到她提出一个尖锐的意见或者说出一句高兴的话,我的头脑便不知不觉地敏捷起来,使其余人的言行都变得有趣了。尽管当时我并不察觉,但由于她的在场,就连我和伊丽莎的交谈也显得生气勃勃了;现在她一走,伊丽莎说着玩的废话便不再能逗乐我了——不仅如此,还变得使我厌倦起来,同时我也变得不耐烦去逗乐她了。我感到有一股不可抗拒的力量把自己吸引到女画家远远坐着的地点,她正坐在那里独个儿孜孜不倦地工作着——我试图抗拒这股吸引力,却未能坚持下去。趁我这位小邻居与威尔逊小姐交谈之际,我站起来,机警地溜走了。我迅速跨了几大步,并用力朝上攀登了一小段路，不久便到达她坐着的地点——那是处在峭壁边缘上的一块狭窄的突出岩石，那绝壁陡直而下，直达下面满布着岩石的海滨。

她没有听见我走近的脚步声，可是我的影子落到她的画纸上，使她触电般地吃了一惊。她倏地转过头来瞧——似此突然受惊，我所认识的其他任何一位女子都会尖叫起来的。

"唷！我不知道是你啊——你为什么如此吓唬我？"她有点儿恼火地说，"我不喜欢人家突如其来地走近我。"

"怎么了，你把我当成什么样的人了？"我说。"早知道你这么神经质，我是会谨慎点儿的，可是——"

"得了，没关系。你来干什么？他们全都要来吗？"

"不，这一小块岩石容纳不了所有的人。"

"那好极了，因为我对谈话实在感到厌烦了。"

"那好，我就不吭声。就坐着看你画。"

"哎哟，可是你知道我是不喜欢这样的。"

"那末我就满足于观赏这宏伟的风景吧。"

她对此并不表示反对，有好一阵子默默地画着。不过我禁不住不时把眼光从我们脚下的美景移向握着铅笔的那只雅致的白皙的手、那优美的脖子和垂在画纸上方的光滑乌黑的鬓发，偷偷看上一眼。

"啊，"我自忖道，"只要我有一支铅笔和一小张纸，我就能画出比她画得更美的素描，假如我有能力把眼前的对象如实描绘下来的话。"

尽管对此我未能如愿以偿，我仍然因能在那儿一言不发地坐在她身旁而感到心满意足。

"你还在那儿吗，马卡姆先生？"她终于回过头来看着我问道——因为我正坐在离她身后不远的、长满了苔藓的峭壁凸出处——"你为什么不去找你的朋友们消遣？"

"因为我像你一样厌烦他们了；而且明天——或者在此后的

任何时候，我尽有机会见到他们，而你呢，我不知道可能还要多久才能有幸再见到。"

"你离开那儿的时候，阿瑟在干什么？"

"他跟着米尔沃德小姐待在你让他留下来的老地方——他平平安安，只是希望妈妈不会把他撇下太久。顺便提一下，你刚才不放心把他托付给我，"我抱怨道，"尽管我荣幸地比她认识你早得多；不过米尔沃德小姐确有本领哄孩子并且博他们欢心，"我随随便便地补充道，"如果说她一无其他本领的话。"

"米尔沃德小姐有许多可贵的品质，你是不可能理解或赏识的。请你告诉阿瑟我过几分钟就来，好吗？"

"要是这样的话，如蒙许可，我就等你几分钟；到时候我可以搀扶着你走那条艰难的下坡路。"

"多谢你——遇上这种情况，我总是完全对付得了，无需别人帮助的。"

"可是至少我可以帮你拿凳子和写生簿。"

她对此并不拒绝，可是我见她显然巴不得摆脱我，感到十分生气，我正开始对自己的执拗深感后悔，她却为作画时出现的某些疑点征求我的感受和判断，这使我稍微消了气。我的见解恰巧合她的心意，于是她便毫不犹豫地采纳了我提出的改进意见。

"我有时几乎不能相信自己的眼睛和头脑的指导作用，"她说，"这是因为它们只顾注视着一个对象，以致变得几乎无法就这对象形成一个恰当的看法。在这种时候，我常常徒劳地希望自己能够征求到他人的意见。"

"这——"我答道，"仅仅是独居生活为我们带来的许多害处之一罢了。"

"确是如此，"她应道，于是我们又陷入沉默之中。

不过，大约两分钟之后，她宣称已完成她的写生，把写生簿合上。

我们回到我们原先就餐的地方时，发现除了玛丽·米尔沃德、理查德·威尔逊和阿瑟·格雷厄姆之外，大家都已离去。那位较年轻的先生正躺着酣睡，脑袋搁在那位小姐的膝上；另一人则坐在她身旁，手中拿着某古典作家的著作的袖珍本。他到任何地方都随身带着这么个同伴以便尽量利用空闲时间来使自己得益；似乎凡是不用于学习的或者被自己肉体的本能所强行挤出来维持生活的时光都是浪费掉的。即使在此刻，他也不能让自己尽情享受这新鲜的空气和温和的阳光——这样一幅壮丽的景象以及那些使人心旷神怡的声音，这音乐来自波涛，来自他头顶上如盖的树丛中的和风——即使有一位小姐坐在他身旁（尽管我得承认她并不十分迷人）也改变不了他这习惯——他就是非要掏出他的书本，尽量利用他的时间看书不可，一面消化他的有节制的饮食，同时也让他那不习惯于如此长途跋涉的、疲乏不堪的双脚休息一下。

不过，也许他时而也抽一点儿时间与他的同伴谈上一两句话或者瞥她一眼——无论如何，她看来对他的行为并不感到不满，因为她那平凡的容貌显出一种不同寻常的高兴和安详的神情；而且我们到达时，见她正十分自满地端详着他那富有思想的苍白的脸。

对我来说，在归途中过得并不像这一天前半段时间里那么愉快；因为这时格雷厄姆太太坐在马车里，与我一同步行的同伴是伊丽莎·米尔沃德。她觉察到了我更喜欢那位年轻寡妇，显然感到自己被冷淡了。她并没有严词指责我，辛辣地挖苦我或噘嘴绷脸、一言不发来显出自己的懊恼——上述的任一种甚至全部表现我都能轻易地加以容忍，或者一笑置之；可是她却显出一种淡淡的忧郁和微带责备的悲痛神情，这使我感到极其难过。我尽力使她高兴，而且在结束我们的步行之前显然多少有了成效；可是这么做的时候，我受到了良心的责备，因为我明知道我们之间的关系迟早必然会决裂，我现在这么做只会使她抱着虚假的希望，并推迟那个不幸的日子的到来而已。

小马车到达那条路上最接近怀尔德菲尔府的地点之后——当然，除非它驶上那条长长的崎岖的小路才能到得了，但这是格雷厄姆太太所不允许的——那位年轻寡妇和她的儿子便下了车，把驾驶马车的座位让给罗丝坐；我就劝伊丽莎去坐在后者的位子上。我把她舒舒服服地安顿好，嘱咐她要当心别被晚风吹得着了凉，又友好地跟她道了晚安之后，觉得大大地松了口气，赶紧去要求格雷厄姆太太让我帮她拿她的装备，一起穿过那块田野，可是她已经把她的折凳挎在手臂上，手里拿着她的写生簿，坚持要当场立即向我以及其余所有的人告别。不过这次她谢绝我所提供的帮助时，态度如此和蔼友好，使我几乎宽恕了她。

第八章
礼　物

六星期过去了。那是接近6月底的一个晴好的早上。此时大部分的干草已经收割，可是最后一星期的天气非常恶劣；现在终于出现了好天气，我拿定主意要尽量利用它，于是把所有的人手都集合到干草地上来，我自己也参加到他们中间努力干起来。我没穿上装，只穿着衬衫，头戴一顶很轻的阴凉草帽，在一长队男仆和雇工的前面，抓起一抱抱又湿又臭的草，朝四面八方扔出去——打算今天从早到晚如此干它个一整天，以不下于我所能期望于他们的最大热忱和勤奋干去。既要以自身的努力使工作进行得顺利，又要以我自己的榜样来激励工人们——可是我正这么干着的时候，瞧啊，我的这个决心竟然一下子便让一件微不足道的事给搞垮了：我的弟弟奔到我跟前，把一个我期望已久、刚从伦敦寄来的小邮包交给我。我把包皮撕掉，出现的是一本精致的小版本《玛密恩》①。

"我猜得出这是给谁的，"弗格斯说，我得意扬扬地细看着这本书的时候，他始终站在一旁看着。"准是给伊丽莎小姐的。"

他说这话的语气和神情异常之狡猾，因此我亟欲反驳他。

"你错了，我的小伙子，"我说着拿起我的上衣，把书塞进其中一只口袋，再把它（即上衣）穿上。"好，过来，你这个懒鬼，这次就做点事情吧，"我接着又说——"脱下你的上衣，代我干地里的活儿直到我回来。""直到你回来？——那末请问你上哪儿去？"

"别管——上哪儿——跟你有关系的是我什么时候回来；——无论如何吃饭时候我会回来的。"

"哎哟！那末我就得干到那时候，是吗？——还要让所有这些家伙也拼命干？——好吧，好吧！我服从——就干这么一次吧。来，伙计们，你们得手脚勤快，我这就来帮你们干了——你们中间有谁停一下，不管是男是女，都会倒霉——不管是东张西望、搔头还是擤鼻子——凭什么借口也不行——除了干活别的什么也不行，得满头大汗地干——"

我听任他向那些人这么夸夸其谈地演讲着，这番话对于他们与其说是教诲不如说是逗乐，接着我便回家去，略事梳洗之后，口袋里装着那本书，匆匆赶到怀尔德菲尔府去，因为这本书是要放在格雷厄姆太太的书架上的。

"怎么，她和你相处得这么融洽，竟然达到赠送和接受礼物的程度了吗？"——情况并非完全这样，老朋友；这只是我在这方面的初次尝试；我当时正急于知道后果如何呢。

那次游览某某湾以后我们又见过几次面，我发现只要我把谈话内容限制在讨论抽象的问题或者共同关心的话题范围内，她就不反对与我交往——可是我一提到感情方面的事或者一恭维她，或者在话语和神情中稍为表示一点亲切，她便不仅在当时立即改变态度对我进行惩罚，而且下一次找她做伴时准会发现即使自己并非完全无法接近她，她的态度却是更冷淡疏远了。不过这种情况倒并不使我感到很窘，因为我并不认为这是由于她不喜欢我这人，而是她在我们相识之前已经下定决心绝对不再结婚，这也许是由于她对亡夫过分情深或者是由于她对他以及婚姻关系都已厌倦了。起初，她确实显得以挫伤我的自负和压倒我的傲慢为乐——每逢我的这种态度冒昧地流露出来，她便毫不留情地把这些苗头逐一铲除掉。我承认当时我的感情受到了很深的伤害，不过同时我也被激怒得一心想要报复她——可是最近因她无疑发现

---

① 苏格兰诗人及小说家瓦尔特·司各特（1771—1832）于1808年出版的一部长叙事诗。

我并不是她当初所料想的那种没有头脑的花花公子,她便以一种完全不同的态度来拒绝我谦恭的求爱。那是一种严肃而几乎是悲伤的不快情绪,因此不久我就认识到我应该注意避免唤醒它。

"让我与她先建立朋友关系,"我想道——"先做她儿子的保护人和游伴,做她的庄重可靠、坦白直率的朋友吧。等到我使自己成为她的生活舒适和欢乐所不可缺少的因素时(我相信自己能做到这一点),再看下一步能做到什么程度。"

因此我们谈论绘画、诗歌、音乐、神学、地质学和哲学;有一两次我借书给她看,有一次她回敬我一本;我趁她散步时尽可能地常去与她碰头,尽可能地放胆常去她家。我头一次侵入那个"圣所"的借口是带一只由桑乔与一只母狗交配所生的、走路摇摇摆摆的小狗给阿瑟,使他乐得无法形容,从而自然也使他的母亲高兴。我第二次的借口是带一本书去给她。由于了解她母亲的癖性,该书是经过审慎选择的,并且在获得她的认可后才交给她。接着我又以我妹妹的名义为她的花园送去一些花木——起先我曾经劝罗丝自己送去。我每次去都问起她根据在峭壁上所作的素描加工的那幅油画进行得如何了,于是她便请我进入画室,就它的进度征求我的看法或建议。

我最后一次是去还一本她借给我的书,就在那一次在偶然讨论到瓦尔特·司各特爵士的诗作时,她表示希望一读《玛密恩》,当时我就冒昧地想要送给她这本书,于是一回家便着手邮购今天早上收到的这本漂亮的小开本书籍。不过我还有必要为侵入这个隐士的住所找个借口,因此我为阿瑟的小狗准备了一条蓝色山羊鞣皮的颈圈,把它交给了阿瑟。无论是这份礼物的价值或者赠送者的自私的动机都是远远配不上他那欢欣和感激之情。接着我便大胆问格雷厄姆太太,那张画是否还在,可否让我看一下。

"啊,可以!请进屋来,"她说(因为我是在花园里遇见他们的)。"我已经画好并且装上了框子,随时可以送走了;不过仍请你最后发表一点意见,如果你能够提出任何改进的建议,我就会——

至少加以充分的考虑的。"

那张画美得惊人;正是当时所见的景色,仿佛是通过魔术把它移到画布上去似的;但是为了怕她生气,我小心翼翼地用三言两语表达了我的赞美。她呢,却聚精会神地注视着我的脸色,由于在我的眼神中觉察到我由衷的赞美,她那画家的自豪感无疑是得到满足了。不过,当我凝视着时,我想起了那本书,不知道该怎样送她才好。我鼓不起勇气来,但是我又决定不让自己愚蠢得连试都不试一下就离去。等待机会没有意义,为这件事编出什么话来也没有意义。我认为,这件事办得越随便、越自然就越好,因此就朝窗外望着来鼓起自己的勇气,随即抽出那本书,转过身来,把书放到她手中,作了下面这句简短的说明。

"格雷厄姆太太,你说过希望读一读《玛密恩》;如果你肯赏脸接受它,书就在这儿。"

一刹那间她脸色通红了——也许她对这种馈赠礼物的尴尬方式和我同样感到难为情而把脸羞红了。她神情严肃地把书的封面和封底细细看了看,接着默默地翻着书页,一边皱着眉头慎重地考虑着,然后把书合上,抬起头来转向我,轻声询问书的价格——我顿时觉得血往脸上冲,热乎乎的。

"马卡姆先生,对不起,我使你生气了,"她说,"可是不让我付书款,我是不能接受的。"说着她把书放在桌子上。

"你为什么不能?"

"因为——"她顿住了,垂下眼睛望着地毯。

"你为什么不能?"我带着几分怒气又问了一遍,这使她抬起眼睛,紧紧盯着我的脸瞧。

"因为我不喜欢接受我绝对无法报答的恩惠——你对我儿子那么好,我已经欠了你的情,不过他感激你的心情和你自己的愉快感觉一定也已经使你得到报答了。"

"胡说!"我猛地喊道。

她又转过眼来,用安详而又严肃的惊奇神情望着我,不管她有没有责备我的意思，却起了这样的作用。

"那末你是不肯接受这本书啰？"我问道，口气比先前温和些了。

"如果你让我付书款，我会很乐于要它的。"

我把确切的价格告诉了她，连邮费多少也说了，说时我极力使语气显得平静——因为事实上我差点儿就要因失望和恼火而哭出来了。

她掏出钱包，冷静地点出了这笔钱，但是不敢立即把钱交到我的手中。她注视着我，以安慰的温和语气说道：

"马卡姆先生，你以为自己受到了侮辱——我希望我能使你了解——我——"

"我完全了解你，"我说。"你以为如果你接受了我这个微不足道的礼物，我今后就会因此有了妄想；可是你错了——只要你肯赏脸接受它，那末请相信我，我是不会因此就抱什么希望的，我也不会把这件事看作取得未来的恩惠的先例——而且你得知道在这种情况下，应当觉得感激的完全是我，而施恩惠的却是你，因此说你欠着我的情，纯属胡说。"

"那末也好，我就相信你的话，"她极其可爱地笑着答道，一边把那些可憎的钱放回到她的钱包里去——"可是要记住！"

"我说过的话我会记住的——不过请不要为了惩罚我的冒昧而把你对我的友情全部收回——或者期望我作为赎罪而对你比过去疏远些，"我说完就伸出手去要与她握别，因为我十分激动，再也不能待下去了。

"那末好吧！让我们跟过去一样，"她答道，一边坦然地把自己的手放到我手中；我握着它的时候，好不容易才忍住了，没有把它紧紧地按在我的嘴唇上——那可是自取灭亡的疯狂举动啊！我已经够大胆的了，这个过早的馈赠礼物之举差点儿对我的希望给了致命的一击哩。

我急匆匆朝家里走去，我的心和脑子里充满了激情，如同有盆火在燃烧，也没有注意到中午时分的火辣辣的太阳——除了她之外，我把刚才的一切都忘了——除了她那无法打动的心和我自己的鲁莽和缺乏策略，我对任什么都不感到遗憾——除了她那可恨的决心和我自己的无能，无力征服它，我任什么都不担心——对任什么都不抱希望——不过我还是搁笔吧——我不愿把我的相互冲突的希望和忧虑——我的慎重考虑和决心——来惹你厌烦。

第九章
潜在的情敌

虽然我对伊丽莎·米尔沃德的感情如今可以说是相当淡漠，可是我还没有就此不上牧师住宅的门，因为我似乎希望能很自然地摆脱她，不致使她太悲伤或者怨恨——或者使自己成为教区所有居民的话题；再说，牧师认为我主要是去拜访他的，即使我并不完全以此为目的，要是我就此不去，他便会认为我的这种怠慢态度明明是有意得罪他。不过我在会见格雷厄姆太太的次日上他家去时，碰巧他不在——这情况如今就不像以前那么合我的心意了。米尔沃德小姐倒确实在家，可是这当然并不比根本没有人在家好多少。不管怎样，我决定只待一会儿就走，并且像一个哥哥或朋友那样跟伊丽莎谈谈，而我们相识这么久了，我采取这样的态度也是无可厚非的，而且我还认为这一来既不会得罪她，又不致使她抱什么幻想。

我从来没有跟她或者任何人谈论过格雷厄姆太太；可是我还没有坐下三分钟，她就以相当奇怪的态度责备起这位夫人来。

"哎哟，马卡姆先生！"她说道，神情十分震惊，声音压低到几乎成为耳语——"你对关于格雷厄姆太太的那些骇人听闻的传说有什么看法？——你能使我们不相信那些话吗？"

"什么传说？"

"得啦！你哪会不知道！"她狡猾地笑笑，摇摇头。

"我对那些传说一无所知——你到底是什么意思，伊丽莎？"

"哎，别问我！——我没法说清楚。"她方才正在为一条麻纱手帕镶上阔花边，此刻她又拿起手帕开始忙她的针线活儿了。

"到底是怎么回事呀,米尔沃德小姐?她的话是什么意思?"我向她的姐姐发出呼吁,后者似乎正专心地在给一床粗布大被单缝上褶边。

"我不知道,"她回答说。——"我想是什么人捏造的什么毫无根据的谣言吧。直到前几天伊丽莎告诉我之前,我从没听说过——不过即使教区里所有的人都叽里呱啦地把这些话朝我耳朵里灌,我也一个字都不相信——我对格雷厄姆太太再了解不过了。"

"说得对,米尔沃德小姐!——我也是一个字也不相信——不管说的是什么。"

"好啊!"伊丽莎轻轻地叹了一口气后说——"能如此令人宽慰地坚信自己所爱的人品质高尚,确实是好事。——我但愿你们到头来不要发现自己信错了人就好。"

说毕她抬起脸来,悲伤而温柔地瞅了我一眼,要不是在那双眼睛里潜伏着我所不喜欢的某种神情,我的心是会软下来的;我纳闷自己过去怎么竟然会赞赏这双眼睛;她姐姐的诚实坦率的脸和那双灰色的小眼睛显得比她顺眼得多——不过当时我因伊丽莎对格雷厄姆太太进行了暗讽正生着气——不管她知道不知道,我确信那些含沙射影的话都没有事实根据。

不过当时我对这个问题没有再谈什么,而且对其他事也没谈几句;因为我觉得自己一时难于恢复平静的心情,不久便借口农场上还有事,起身告辞——接着我就朝农场走去——对于这些故弄玄虚的传说是否真实的可能性一点儿也不去想,只是想知道内容是什么,是谁开的头,其根据又是什么——怎样才能最有效地使人们不再谈它们或者予以驳斥。

这件事过后几天,我们又举行了一次安静的小小聚会,邀请了通常邀请的那些朋友和邻人,格雷厄姆太太也在内。她如今不能再以天黑得早或天气寒冷为借口而不参加了,而她的来到使我大为宽怀。没有她在场,我就会对整个聚会感到十分厌烦、觉得无法忍受;她一来到,就给这房子带来了新生命;虽则我务必不致因她而对其他客人有所怠慢,或者期望尽多地吸引她的注意力,使她只与我交谈,我依然预期有一个非同寻常的欢快夜晚。

劳伦斯先生也来了。他是在所有人都到齐后许久才来的。我很想看一下他对格雷厄姆太太会表现出什么态度。他进屋来时,他们俩只互相略微欠一欠身;他彬彬有礼地向其他人招呼之后,便远离那位年轻的寡妇坐下来,坐在我的母亲和罗丝两人之间。

"你见过像这样的做作没有!"坐在靠我最近的伊丽莎轻声对我说。"你会不会认为他们根本互不相识?"

"几乎会这样认为的——可是那又怎么样呢?"

"那又怎么样!——你为什么不能假装一无所知?"

"对什么一无所知?"我问道,我的语气很严厉,使她吓了一跳,答道:

"哎哟,嘘!说话别这么响。"

"那末,就告诉我吧,"我比较轻声地回答说,"你的话是什么意思?我不喜欢猜谜语。"

"好吧,你是知道的,这事是否真实我可说不准——真的,我一点儿也说不准——可是难道你没有听说——"

"除了听到你所说的,我什么也没听说过。"

"那末你是有意装聋啰;因为任何人都会告诉你的——不过我知道要是我再说一遍,只会使你恼火,所以还是不说为妙。"

她闭上了嘴,把叉起的双手搁在胸前,显出受到伤害后逆来顺受的神情。

"要是你不希望使我恼火,应该一开头就别说;要不就把你要说的话爽爽快快、老老实实地全都说出来。"

她扭过脸去,掏出手绢儿,站起来走到窗前,在那儿站了一会儿,显然在尽情地掉眼泪。我吃了一惊,同时既恼火又惭愧——与其说是感到自己太严厉,不如说是因为见到她像小孩般懦弱。不过,看来并没有人注意到她,不久我们就都被召到茶桌旁去;那一带的人习惯于在任何聚会中都在喝下午茶时在餐桌边坐下饱吃一顿,因为我们午饭吃得早。我就座时,罗丝坐在我的一旁,另一旁的座位空着。

"我可以坐在你旁边吗?"在我的近旁有一个柔和的声音问道。

"只要你愿意,"我答道,于是伊丽莎便顺势坐在那把空椅子上,然后抬起眼睛盯着我的脸,半悲哀、半玩笑地低声说道:

"吉尔伯特,你可真严厉呀。"

我带着有点儿傲慢的微笑把茶递给了她,一言不发,因为我没什么可说的。

"我说了什么话惹得你恼火了?"她更哀怨地说。"但愿我能知道。"

"得啦,伊丽莎,喝你的茶吧,别傻了,"我说道,一边递给她糖和奶油。

正在此时,在我的另一边出现了一阵轻微的骚动,原来是威尔逊小姐来跟罗丝商量和她交换座位。

"马卡姆小姐,请你跟我交换个座位,好吗?"她说,"因为我不喜欢坐在格雷厄姆太太旁边。如果你妈妈认为请这种人到家里来是得体的话,那末她就不可能会反对她的女儿与这种人结交了。"

后面这句话是在罗丝走后自言自语似的添上的,可是我却毫不客气,不放过这句话。

"威尔逊小姐,请你告诉我你这话是什么意思,好吗?"我说。

这句话使她稍为吃了一惊,但并不太厉害。

"哎呀,马卡姆先生,"她很快就恢复了镇定的心情,沉着地答道,"马卡姆太太竟然会请格雷厄姆太太这种人来家里使我十分惊奇,不过也许她还不知道人家都认为这位太太的品质不怎么高尚。"

"她并不知道,我也不知道;因此请你把你的意思解释得再清楚点儿。"

"眼下可不是作这种解释的时候，这场合也不合适；不过我想你不可能像你所假装的那样一无所知；你肯定同我一样很了解她。"

"我想是这样，可能比你了解得更多些，因此如果你把你所听到的或者所想象的对她不利的事告诉我，我也许能把你的看法纠正一下。"

"那末你能告诉我她的丈夫是谁，或者她到底结过婚没有？"

我愤怒得说不出话来。此时此地我不敢担保自己会怎样回答她。

"难道你从没注意到，"伊丽莎说，"她的儿子多像——"

"像谁？"威尔逊小姐追问道，她的态度既冷酷又十分严厉。

伊丽莎吃了一惊，因为她刚才怯声怯气说出的那句暗示的话只是说给我听的。

"哦，请原谅！"她恳求道，"我可能是搞错了——也许本来就搞错了。"她话虽这么说，却同时从她那诡诈的眼角以嘲笑的眼神偷看了我一眼。

"没有必要请我原谅啊，"她的朋友答道，"不过我看除了他的母亲，在这儿根本没有一个人长得像那孩子；而且，伊丽莎小姐，当你听到怀有恶意的传说时，我要感谢你——我的意思是，我认为你会好好忍住了不讲出去的。我想你指的那人是劳伦斯先生吧？不过我想我可以向你保证，你在那方面的猜疑完全错了。再说，要是他与那位夫人真有什么特殊关系的话（这是任何人都无权断言的），他至少（这对有些人说来是办不到的）相当懂得如何做才得体，当着体面的人们的面不作进一步的表示，仅仅点头以示彼此认识——不过当他见到她在这儿时，显然又惊奇又着恼。"

"使劲干吧！"弗格斯喊道，他坐在伊丽莎的另一边，是唯一同我们一起坐在茶桌这一边的人，"勇猛地使劲干！注意别让她有一块石头留在石头上。①"

威尔逊小姐态度冷若冰霜，鄙夷地挺直了身子，但却默不作声。伊丽莎本要开口回答，但我打断了她，尽管我的语气无疑暴露了一些内心的感觉，我还是尽可能镇静地说道：

"我们对这个问题已经扯得够多了，如果我们的谈论只是诽谤比我们更好的人，那末还是别开口吧。"

"我想你们最好还是这样。"弗格斯说，"我们这位好牧师也最好这样。他一直兴致勃勃地向大家讲他的金玉良言，不时老大不高兴地向你们望望，而你们却坐在这儿，毫不虔敬地窃窃私语，咕哝个没完。有一次他在讲故事——或许是在讲道吧？我可不知道究竟是讲什么——他当时话说到一半，顿住了，把眼睛盯住你，吉尔伯特，那神情等于说——'我要等马卡姆先生跟那两位小姐结束了调情再讲下去！'"

我说不上后来大家在吃茶点时还谈了些什么；我也说不上自己哪来的耐心使我一直坐到茶点结束。不过我记得自己把杯子里剩下的茶勉强喝下，其他可什么也没有吃。还记得我所做的头一件事是盯着阿瑟·格雷厄姆，他挨着他的母亲隔着餐桌坐在我的对面，而第二件事是盯着劳伦斯先生，他坐在餐桌的下方。开头我觉得他们俩的确有相似之处；可是再进一步端详，我断定那只是出于想象而已。与男性一般注定的身体状况相比，他们两人的五官的确都较清秀，骨骼也都较小，但劳伦斯的肤色苍白清澈，阿瑟则娇嫩白皙；可是阿瑟那略微带扁的小鼻子决不可能长成为像劳伦斯先生的那样长而直；他的面型虽然饱满，却算不上是圆的，而且又那么精巧地收缩到那微凹的小下巴颏儿上，因而也称不上是方的，这样的脸也决不可能拉长成为劳伦斯先生那样的长椭圆形；再说，那孩子的头发显然比那位年长的先生早年所可能

---

① 参见《圣经·新约·马可福音》第13章第2节："将来在这里没有一块石头留在石头上，不被拆毁了。"——作者在此处将下半句略去，大概是认为不讲自明的。——原编者注

有的色调更浅、更暖,他那双清澈的蓝色大眼睛虽然有时候显得早熟地严肃,可是与劳伦斯先生那怯生生的淡褐色眼睛截然不同,后者那敏感的心灵通过眼睛十分疑惧地向外张望着,仿佛随时准备缩进去,以便躲避来自一个太粗鲁而不相容的外界的冒犯似的。我真可耻,竟然会有这个连想一想都不该的可憎念头!难道我不了解格雷厄姆太太吗?难道我没有见过她,没有和她交谈过许多次吗?我不是已经确知她无论在才智和心灵的纯洁与崇高方面,都比任何毁损她名誉的人强上不知多少倍?她实际上难道不是我所见过的,甚至想象中存在的女性中最高尚、最值得敬慕的吗?正是这样,而且我会像玛丽·米尔沃德(因为她是个明智的姑娘)那样说道:即使全教区的人,是啊,或者全世界的人把这些鬼话叽里呱啦地灌进我的耳朵,我也不会相信,因为我比他们更了解她。

这时候我愤慨得脑子发烫,我的心似乎随时可能因互相冲突的感情而从它的囹圄中冲出来。我怀着厌恶和憎恨望坐在我身旁的两位小姐,几乎一点不想去隐瞒这种感觉;我刚才因心不在焉,对两位小姐不予理睬、毫不殷勤而受到各方面人们的嘲笑,不过对此我并不在乎;我所关心的,除了我所挂念的那个重大的问题之外,就是要看到那些茶杯放上茶盘之后不再端起来。我想米尔沃德先生会喋喋不休地告诉我们说,他不喜欢喝茶,还说什么把脏水不断地往胃里装,以致再也吃不下更有益的食物,对健康是极有害的,因此他花了很长的时间才喝完第四杯茶。

聚会终于结束了。我站起来,一句道歉的话也没说就离开了餐桌和客人们——我再也受不住和他们待在一起了。我冲出屋外,要在暖和的晚风中凉一凉我的头脑,使我的心平静下来,或者在僻静的花园中热情地恣意胡思乱想。

为了免得人家从窗子里瞧见我,我顺着一条幽静的小径走去,这条小径沿着围墙的一边,尽头处有一个由玫瑰花和忍冬属植物遮蔽着的座位。我在那儿坐下,仔细考虑怀尔德菲尔德府那位太太的美德和冤屈；可是我如此思索着还不到两分钟，便听见谈笑声，并从树缝中瞥见移动着的人影，知道所有的人也都到花园里来呼吸新鲜空气了。不管怎样，我还是躲在这凉棚下的一个角落里，希望既不让人瞧见又不受到打扰地继续占有它。可是不行啦——真该死——有人沿着小径走来了！他们为什么不去赏花，不去享用这开阔的花园里的阳光，把这个没有阳光的凹角连同小昆虫和小蚊子统统都留给我呢？

可是当我从这个由树枝交织而成的芬芳的屏风后面向外窥视以探明来者是哪些人时（因为咕咕哝哝的说话声使我知道来者不止一个人），我的恼怒顿时平息了，一些迥然不同的感情搅动了我那还未平静下来的心灵，因为原来是格雷厄姆太太正沿着小径慢慢走来，身旁是阿瑟，并无他人。怎么只有她母子俩？是不是那些破坏别人名誉的舌头的毒气已经在所有的人中散布开了？难道他们全都不理睬她了吗？此刻我想起来了：傍晚来临不久曾瞥见威尔逊太太把她的椅子移近我的母亲，身子朝前倾着，显然是在传递什么重要而秘密的消息；她不停地晃着脑袋，屡屡扭歪她那张皱脸，那双难看的小眼睛一会儿使一下眼色，一会儿又恶意地眨眨，根据这些表情，我可以断定是什么猥亵的丑闻叫她使出了浑身解数；再从她传消息时的那种唯恐让人听到的谨慎神态，我猜想准是哪位当时在场的人成为她诬蔑的不幸对象了；由这些迹象以及我母亲那震惊和疑惑交集的神色和手势看来，我现在可以断定那个对象就是格雷厄姆太太。由于唯恐我的出现会把她赶跑，因此我在她尚未走到接近小径尽头之前没有走出我的隐蔽处；后来当我真的迎上去的时候，她站住了，似乎打算往回走。

"哦，马卡姆先生，别让我们打扰你！"她说。"我们来这儿是想找个安静的地方，并非要闯入你的藏身之所。"

"格雷厄姆太太，我不是什么隐士——尽管我承认我这么做确实像是个隐士——那么无礼地撇下了我的客人们。"

"当时我担心你不舒服了，"她说道，显出真诚地关心的神色。

"当时我是感到有点儿不适,不过现在已经好了。请在这儿坐一会儿,休息一下,告诉我你喜欢不喜欢这个凉棚。"为了稳住他的母亲,我说着便抓住阿瑟的双肩,把他提起来,安放在座位的中央;格雷厄姆太太承认这儿确是个颇吸引人的避难所之后,便一下子倒坐在一个角落里,我则坐在另一个角落里。

不过"避难所"这个词儿使我不安。莫非他们的不和善态度真的逼得她要找个独个儿可以安静一下的地方了?

"他们为什么要撇下你一个人不管?"我问。

"是我自己离开他们的,"她微笑着答道。"对于闲聊我实在厌烦得要死——任什么都不能使我这么厌烦的了。我没法想象他们怎么能那样谈个没完没了。"

我见她那么认真地感到惊奇,禁不住笑了。

"他们是不是认为自己有义务要说个不停?"她追问道,"因此也就从不停下来思考,一当找不到真正有趣味的话题时,便漫无目标地谈些琐事,毫无意义地一遍遍重复以消磨时间——要不就是他们真心喜欢这么谈吧?"

"他们很可能是这样,"我说。"他们肤浅的思想里容不下什么了不起的见解,他们简单的头脑让琐碎小事给冲昏了,而这些小事根本就打不动一个更有思想的人——他们用来替换这种闲聊的唯一方式是深深地陷入传播流言蜚语的泥沼中去——那是他们的主要乐趣。"

"他们当然并非全是这样的吧?"那位太太听了我愤愤说出的这些话后大为惊讶,大声问道。

"当然不是;谈到具有这种低级趣味的人,我并没有把我妹妹算进去——还有我母亲,如果你把她也谴责在内的话。"

"我无意谴责任何人,当然也没有打算无礼地暗指你母亲。我认得一些有头脑的人,遇上环境逼得他们非那么干不可的时候,在那种交谈中显得非常熟练;不过那是一种我无法夸耀自己也具有的天资。在今天这个场合，我尽可能一直坚持注意听着，可是后来实在支持不住了，这才溜了出来，希望在这个安静的小径上休息几分钟。对于缺乏思想感情交流、不能提供或者获得裨益的谈话，我是十分厌恶的。"

"好，"我说，"那末万一我说话太多使你厌烦，你得马上告诉我，我保证不会生气；因为我有这样的本领：和我所——和我的朋友在一块儿时，无论默不作声或交谈，都感到同样快活。"

"这话我不太相信；不过要真是如此，你正适合做我的朋友。"

"那末在其他方面我全都符合你的愿望吗？"

"不，我并不是这意思。哎呀，这一小簇一小簇的叶子，背后有阳光射进来，多美啊！"她故意换个话题说道。

那些叶子确实很美，平射过来的阳光，时不时穿过在我们前面这条小径对面的密密层层的树木和灌木，照出了一簇簇亮晶晶的绿里带金黄的半透明的叶子，来调剂它们的一片暗绿色泽。

"我几乎巴不得自己不是个画家，"我的同伴说。

"为什么？人家还以为在这种时候你会因自己拥有能够摹绘自然界中种种鲜明可爱的色调的特权而感到欢欣鼓舞哩。"

"并不如此，因为我不像别人那样尽情地去欣赏那些色调，却总是为自己如何才能在画布上创造出同样的效果而绞尽脑汁；又由于那是不可能做到的，这种想法只不过是纯粹的虚荣心所造成精神上的烦恼而已。"

"你可能无法画得使自己满意，但是你努力的成果可能的确能使别人赏心悦目。"

"唔，我终究还是不该抱怨的，因为很少人能像我这样，在谋生的同时从劳累中得到这么多的乐趣。有人来啦。"

看来她对这干扰感到恼火。

"不过是劳伦斯先生和威尔逊小姐罢了，"我说，"他们来享受安静地散步的乐趣。他们不会打扰我们的。"

我辨认不出她脸上显出的是什么样的一种表情;不过我满意地看到其中并不包含着嫉妒的成分。可是我又有什么权利去追究这一点呢?

"威尔逊小姐是怎么样的人?"她问。

"她举止雅致、多才多艺,超出了她的平凡出身和身份;有人还说她像贵妇人,而且平易近人。"

"我本来认为她对人有点儿冷淡,而今天的态度还相当傲慢。"

"她对你很可能是这样的。她可能对你有偏见,因为我想她把你当作情敌呢。"

"我?不可能,马卡姆先生!"她说,显然又惊讶又恼火。

"唔,我对这事一无所知,"我相当固执地答道,因为我认为她的恼火主要是针对我的。

两人这会儿已经走近,只离我们几步路了。我们这个棚架正好隐藏在花园的一角,小径在棚架前终止后拐上那条沿着花园的尽头伸展的更通风的走道。他们走近这个地点时,我从简·威尔逊的面部表情看出她正让她的同伴注意我们;而且根据她那冷冷的讥讽的微笑和我听到的她话中的片言只语,我完全明白她正在让他发觉我们彼此十分相爱。我注意到他脸直红到鬓角,顺便朝我们偷看了一眼,便继续向前走去,神色阴沉,但是似乎对她的话并未作答。

这么看来,他对格雷厄姆太太的确在打某种主意;再说,如果这种主意是高尚的,他也就不会亟欲如此遮掩。她当然是没有过错的,而他则是可憎之极。

这些想法正在闪过我的脑海,我的同伴突然站起来,叫唤她的儿子,说他们现在要去寻找大伙儿了,便顺着小径离去。无疑她已从威尔逊小姐的话中听出或者猜到了一些什么,因此自然要决定终止我们的促膝谈心了,尤其是因为当时我因对以前的那位朋友感到恼怒而双颊发烫,她可能把这个现象误认为我愚蠢无知,难为情得脸也红了。我怨恨威尔逊小姐的原因中又加上了这一个,我越想到她的所作所为就越恨她。

等我加入到大伙中去的时候,傍晚已经将尽。我见格雷厄姆太太已经披戴就绪,准备离去,正向已经回到屋里来的众人告别。我提出——不,是恳求送她回家。当时劳伦斯先生站在一旁跟旁人谈话。他并没有望着我们,可是听到我热切的要求时,话说一半便停下来,等着听她的答话,一听得是拒绝,就继续说下去,神情平静而满意。

她的拒绝是果断的,不过并不是不友善的。怎么劝说,她也不信没有人陪她和她的儿子穿越那些冷僻的小路和田野会是不安全的。她说天还没有黑,不会碰上什么人的;再说,即使碰上了,她也确信他们会是文静无害的。事实上,她是不肯接受任何人特意来陪伴她的,尽管弗格斯自告奋勇要送她,如果他比我更易于被接受的话,而我的母亲恳求由她派一名农场工人护送,都没成功。

她走了以后,对我来说,其余的人犹如一片空白,甚至更糟。劳伦斯试图跟我搭讪,但我断然拒绝了,走到房间的另一部分去。过了不一会儿,聚会散了,他也告辞了。他走到我跟前时,我只装没有瞧见他伸出来的手,也没有听见他道晚安,于是他又说了一声;为了摆脱他,我这才嘟嘟囔囔地回答了一句,不悦地点了点头。

"你怎么啦,马卡姆?"他轻声问道。

我报之以傲慢而愤怒的目光。

"你是不是因为格雷厄姆太太不让你送她回家而发怒了?"他带着一丝笑容问道,这下子把我气得几乎控制不住自己了。

不过我把所有凶狠的答话都吞下肚去,只反问他道——"这关你什么事?"

"是呀,不关我事,"他回答时的那种沉静的口气使我恼火。"只是,"说到这儿他抬眼直盯着我的脸,用一种异乎寻常的一本正经的语气说,"只是,马卡姆,如果你在那方面有什么企图的话，肯定是要失败的；眼看你抱着不切实际的幻想，把你的精力浪费在无效的努力中，我实在难过，因为——"

"伪君子！"我喝了一声，他屏住了气息，神情茫然若失，脸色变得煞白，便一言不发地走了。

我触及了他的痛处；我为此感到高兴。

第十章
订下的约与一场争吵

　　客人都走了以后，我得知那邪恶的诽谤果然已经当着受害者的面在众人中间传开了。不过罗丝发誓说她根本就不相信，而且以后也不会相信，我的母亲也这么说了，不过我怕她不像罗丝那么真正地坚决不信。她似乎不断地想到那事，不时说出诸如下面这种话，弄得我十分恼火："天哪，谁想得到有这等事！——嘿！我原来就一直觉得她这人有点儿古怪。——你看，女人要装出与众不同的样子是怎么回事。"有一次她还说：

　　"我一开头就对那种神秘的现象抱有怀疑——就认为不会有什么好结果；不过这的确是件可悲之至的事！"

　　"怎么啦，妈妈，你不是说过你不相信这些谎话的吗？"弗格斯说。

　　"我现在也并不相信，我亲爱的；不过，你知道这肯定是有些根据的。"

　　"根据是世人的邪恶和谎言，"我说，"还有就是有过那么一两次有人瞧见劳伦斯先生在傍晚朝那个方向走去——于是村民就说闲话，讲他是去向那位陌生太太献殷勤的，于是恶意中伤的人就抓住这谣言不放，据以胡凑出他们那一套鬼话来。"

　　"唔，不过吉尔伯特，她的态度上一定有什么促使人家这么说的地方。"

　　"你发现她的态度有什么异样吗？"

　　"当然没有；可是你知道我一向就说她是有点儿古怪的。"

　　我现在想起：就在当天傍晚，我又大胆前往怀尔德菲尔府。

自从一个多星期前我们举行那次茶会以来，我天天设法趁这个府邸的女主人出来散步时去碰上她，可是天天失望而归（肯定是她有意不让我碰上她的），又天天晚上反复考虑用什么借口再去拜访她。终于我断定自己再也忍受不了与她分离的煎熬（至此你当不难看出我已深深地卷进去了），于是从书橱里取出一本我认为她可能感兴趣的旧书，然而由于它外表难看又有点儿破旧，我一直没敢拿给她看。此时我拿起书匆匆而去——可是对于她会怎样接待我，以及我自己如何能鼓起勇气以这么无谓的借口去找她，我确实也并非没有种种顾虑。不过也许我可能在田野或者花园里遇见她，要是那样，就不致有太大的麻烦了。使我十分不安的是自己得正正式式地去敲她的大门，等待雷切尔庄重地把我引领到一位感到意外的、冷冰冰的女主人跟前。

可是我的指望落空了。没有看见格雷厄姆太太本人，不过阿瑟正在花园里与他那只顽皮的小狗玩耍。我从园门的上方望过去，把他叫到跟前来。他要我进去，但我对他说，没有得到他妈妈的许可我不能进去。

"我去问她，"孩子说。

"不，不行，阿瑟，千万不可以这样——不过要是她不忙的话，就请她来一会儿，告诉她我有话要对她说。"

他按照我的吩咐跑开了，很快就和他的母亲一块儿回来。她那黑色的鬈发在夏天的微风中飘拂着，白皙的双颊略有点儿红，满面春风，笑容可掬，真是美极了！——亲爱的阿瑟啊！我这次以及过去每一次与她幸福的相会，岂不都是多亏了你吗？——通过他，我立即被免去所有的礼节，既不再害怕又不感拘束。在恋爱时，没有哪个中间人比得上一个欢乐而天真无邪的孩子了——他总是乐于把两颗分开的心胶合在一起，弥合习俗形成的不友好的鸿沟，融化掉冷淡的自我克制的冰块，并推倒那些使男女分开的可怕礼节和傲慢之墙。

"喂，马卡姆先生，什么事？"年轻的母亲说道，带着愉快的微笑走上前来。

"我想让你看看这本书,如果你高兴的话就收下,有空的时候看吧。尽管不是为了什么更重要的事,在这么美好的傍晚我把你请出来,我并不打算为此道歉。"

"叫他进来,妈妈,"阿瑟说。

"请进来,好吗?"太太问。

"好,我想看看你在花园里作了什么改进。"

"还该看看你妹妹送的那些根茎在我培育下长势好不好,"她一边打开园门一边添上一句。

于是我们漫步于花园中,谈论花卉、树木和书本——然后谈了其他事。这是个温和宜人的傍晚,我的同伴也是如此。我一步步地变得越来越热情而温柔了,也许我从来没有达到过这个程度;但是我仍然没有明说什么,她也没有试图加以拒绝;直到后来,我们经过一棵毛萼蔷薇,那是几星期前我以我妹妹的名义送来给她的;她从树上摘下一朵含苞微放的蓓蕾,嘱我带回去给罗丝。

"我可以把它留给自己吗?"我问。

"不行,这儿还有一朵是给你的。"

我并不是默默地把它接过来,而是握住了送花的那只手,同时盯视着她的脸。她听任我握了一忽儿,我瞧见她眼睛里闪过一抹狂喜的光芒,高兴而激动得脸上泛起了红晕——我以为我胜利的时刻来到了——可是她似乎蓦地想起一件痛苦的往事;眉宇之间顿时浮现一片极度痛苦的阴霾,双颊和嘴唇变得像大理石一般苍白;她似乎在内心进行了片刻的斗争——接着猛地用力抽回她的手,朝后退了一两步。

"我说,马卡姆先生,"她以一种极度镇静的语气说道,"我必须跟你讲清楚,我是不想这样做的。我喜欢有你做伴,因为我在这儿很孤独,而你所谈的话比任何人讲的更合我的心意;可是如果你不满足于把我当作一个朋友——一个普通的、冷静的、像母亲或姐姐那样的朋友,那末我现在就得请你走,从此不要再来找我——实际上,我们今后必须保持疏远。"

"那末我就——做你的朋友——或者你的弟弟,或者你所希望的任何别种人,只要你能让我继续来看你。不过,告诉我为什么我同你的关系不能再深一些?"

她茫然不知所措地踌躇了一会儿。

"是不是因为曾经轻率地起过什么誓?"

"是这一类的事,"她答道——"将来有一天我可能会告诉你,但是目前你最好还是离开我;而且,吉尔伯特,别再使我有必要痛苦地重复刚才向你说过的那番话了!"——她热切地添了一句,同时严肃而又和蔼地向我伸出手来。我自己的名字在她的嘴里听上去多么甜蜜、多么像音乐般优美啊!

"我再也不了,"我回答。"不过你可原谅我这次冒犯行动?"

"只要你以后不再这么做就行了。"

"那末我可以不时来看看你吗?"

"也许——可以偶尔来来,假如你不滥用这特权的话。"

"我不会空许愿的,你等着瞧吧。"

"只要你那么做,我们的友好关系马上就结束,就是这么回事。"

"那末你会总管我叫吉尔伯特吗?——这样的称呼听上去更像姐姐在说话,而且会使我记起我们订的约。"

她微笑了,又一次催我走——最后我认为还是听从她的话为好;于是她回进屋去,我则走下山去。不过我正走着的时候,听见马蹄得得的声音,它划破了甜美的傍晚的寂静;我朝那条小路望去,瞧见一个人骑着马在赶来。尽管接近薄暮,我一眼就认出他来:那是劳伦斯先生骑着他那匹灰马。我飞奔着穿过田野——跳过石头砌的围栏——顺着小路迎上去。他一见到我,猛地勒住他那匹小马,仿佛要掉头往回走,可是再一想,显然断定还是继续照前走他的路为好。到了我跟前,他微微地向我点了点头,挨近墙壁,竭力要走过去——但是我不打算让他这么做,便一把抓

住了马笼头,大声喝道:

"嗨,劳伦斯先生,你得解释一下这个谜!告诉我,你上哪儿去,打算干什么——马上说,不得含糊其辞!"

"请你放开马笼头,好吗?"他沉静地说。"你把我小马的嘴弄痛了。"

"你和你的马见鬼去——"

"马卡姆,什么事情使你这么粗暴蛮横?我为你感到羞愧。"

"你回答我的话——要不然就甭想走!我一定要知道你如此背信弃义、耍两面手法是什么意思?"

"如果你不放开马笼头,我就决不回答任何问题,即使在这儿站到明天早上也罢。"

"好吧,"我说着便松了手,但是依然站在他面前。

"等下次你能像个绅士一样说话的时候再问我吧,"他回答说,并且又试图走过我的身旁;不过我很快又抓住小马,它对于这种野蛮的对待所感到的惊讶的程度并不亚于它的主人。

"马卡姆先生,你实在太过分了!"后者说。"难道我不能因事务去看我的房客而不受到这样的袭击吗?"

"先生,这会儿可不是处理事务的时间!——现在让我告诉你,我对你的行为有何看法。"

"你最好还是把你的看法推迟到更合适的时节再发表,"接着他中断了自己的话,改口轻声说道——"牧师来了。"

果然牧师就在我的背后,正从他的教区内某个遥远的角落拖着沉重缓慢的步子回家去。我立即放开了这位乡绅,于是他便继续上路,在米尔沃德先生身旁走过时向他打了个招呼。

"马卡姆,什么事,是吵架吗?"后者大声对我说道。"而且我料想是与那个年轻寡妇有关的,"他又添了一句,一边带着责备的神情摇了摇头。"不过让我告诉你,年轻人,"说着他把自己的脸挨近我的脸,带着严重而机密的神态,"她不值得你这样!"为了使这一句话更有力,他还严肃地点了一下头。

"米尔沃德先生!"我呼喊道,我那狂怒的威吓声调使牧师先生掉过头来——他吓呆了——对于他所不习惯的这样的无礼大吃一惊,眼睁睁地望着我的脸,那神情显然等于说:"怎么,对我采取这种态度!"可是我怒火冲天,已经顾不上道歉或者再对他说一句话了;我转身急匆匆地赶回家去,大步流星地走下陡峭而崎岖不平的小路,撇下他,随他高兴在后面跟着走。

第十一章
又是这位牧师

应该说又过去了大约三个星期。如今我和格雷厄姆太太已成了老朋友——或者姐弟,因为我们更喜欢彼此如此看待。根据我明白表示的愿望,她管我叫吉尔伯特,而我管她叫海伦,因为我在她的书本中看见过这署名。我难得试图在一星期内去看她两次以上;而且我仍然尽可能使我们显得是偶然相遇——因为我感到有必要十分小心——一句话,我的举止非常得体,因而她从无理由要责备我。然而我没法不察觉她有时显得很不快活,而且对自己——或者对自己的地位不满,而事实上我对后一点也是不满的:这样装出来的姐弟般的冷淡关系实在令人难以忍受,我常常觉得在这一切事中我自己是个罪该万死的伪君子。同时我也看到,或者不如说感觉到,正如小说中的男主人公所谦虚地表达的那样,"我对于她来说,也并非无关紧要",这在她是不由自主的。我虽然感激地享受着我目前的好运气,却没法不渴望有朝一日能有更进一步的关系,不过我当然是把这个梦想藏在自己心底里的。

"你上哪儿去呀,吉尔伯特?"有次我在农场上忙了一整天以后,傍晚回家喝完茶不久,罗丝问我。

"出去散散步,"我答道。

"你出去散步是不是每次都把帽子这么仔细地刷一遍,把头发梳得这么好,还戴上这么漂亮的新手套啊?"

"不是每次都这样。"

"你要上怀尔德菲尔府去,不是吗?"

"你怎么会这么想的?"

"因为你看上去好像是这样——不过我希望你不要这么常去。"

"你这是胡说,孩子!我每六个星期去一次也不到——你说这话是什么意思?"

"唔,可我要是你的话,我是不会跟格雷厄姆太太这么接近的。"

"怎么啦,罗丝,难道你也接受大家的看法了吗?"

"没有,"她犹犹豫豫地回答——"可是最近我从威尔逊家和教区牧师家都听到很多关于她的话——另外,妈妈还说,如果她是个正经人,就不会独个儿住在那儿——而且,吉尔伯特,难道你不记得去年冬天在那些画上面写上假名字的事?她又作了怎么样的解释——说她不愿意有些朋友或者相识知道她目前的住址,并且担心被他们查出来——还有,那个人来的时候,她又如何突然站起来走出屋子去——她竭力不让我们瞧见那个人,而阿瑟告诉我们说那人是他妈妈的朋友时,样子又那么神秘?"

"是的,罗丝,这一切我都记得,而且我能够原谅你作出这些并不与人为善的推论,因为要不是我对她有所了解,我可能也会把这一切事联系起来,与你一样相信那些推论;可是,感谢上帝,我了解她;除非由她亲口告诉我,要是我竟然会相信人家说她的任何坏话,我就配不上称为男子汉。——罗丝,我宁可相信人家关于你说的同样的坏话。"

"唉,吉尔伯特!"

"那末,你认为我能够相信任何那一类的话吗——威尔逊一家子和米尔沃德一家子敢于私下传播的一切谣言?"

"我当然不希望你相信!"

"那是为什么呢?——因为我了解你——嗯,我也同样了解她啊。"

"呀,不!对她过去的生活你毫不了解,而且去年这时候,"

你还不知道有她这么个人哩。"

"这无关紧要。有这样一种情况：通过一个人的眼睛可以看透他的心灵，而且在一小时内对那心灵的高度、阔度和深度所了解到的要比你花一辈子工夫去发现的更多，这是说，要是他或她无意暴露自己——或者你缺乏见识无法领会的话。"

"那末今天傍晚你是去看她啰？"

"当然是的！"

"可是妈妈会怎么说呢，吉尔伯特？"

"没必要让妈妈知道。"

"可是如果你继续发展下去，她总有一天要知道的。"

"发展下去！——在这件事上不存在发展的问题——格雷厄姆太太和我是朋友关系——将来也只是朋友；没有一个活人能阻止这事——或者有权利来干涉我们。"

"可是如果你知道人家怎么议论，你就会注意点儿了——为了她，也为了你自己。简·威尔逊认为你到那个古老的府邸去只能是又一次证明了她的堕落——"

"该死的简·威尔逊！"

"而且伊丽莎·米尔沃德为了你很伤心。"

"我希望她伤心。"

"不过换了我，我就不会这样。"

"不会怎样？——她们怎么知道我去那儿的？"

"没有一件事瞒得过她们，任什么事她们都能查出来。"

"嘿，我哪想得到竟有这等事！——这么说，她们竟敢把我的友谊变成进一步诽谤她的流言蜚语！——总而言之，如果她们没有任何证据，这就证实了她们的其他谎言都是假的。——罗丝，只要有可能，你一定要反驳她们。"

"可是关于这些事她们并不对我明说，只是隐约地暗示和影射，我听了别人讲才明白她们的想法。"

"那好，我今天就不去了，因为时间太晚了。嘿，她们这些该死的可诅咒的毒舌头!"我心灵深处怀着憎恨,喃喃地说。

正在此时,教区牧师走进屋来;我们刚才只顾交谈着,没有听到他在敲门。这位老人很喜欢罗丝,他以他通常的高高兴兴的慈父般的态度招呼了她,有点儿严厉地转向我。

"喂,先生!"他说,"你真成了陌生人啦。已经——我来想想看,"他一边让自己笨重的身躯坐进罗丝殷勤地移到他身旁的扶手椅中,一边慢条斯理地接着说下去,"我算了一算,你上次光临——我家——至今刚巧是——六个——星期了!"他说这话时几字一顿,并且用他的手杖击着地板。

"是这样吗,先生?"我说。

"对,是这样!"说着他还点头表示肯定,然后继续用一种愤怒的严肃神情凝视着我,把他那根结实的手杖夹在两个膝盖之间,两手紧紧握住手杖的头。

"我这一阵很忙,"我说,因为对方显然要我道歉。

"很忙!"他用嘲笑的口吻跟着说了一句。

"是的,你知道我在收干草,现在已经开始收割了。"

"哼!"

正在此时我的母亲走了进来,她对这位可尊敬的客人喋喋不休地表示热烈欢迎,这使形势起了于我有利的转移。她表示深深惋惜他没有稍早点儿来到,赶上喝茶时间;不过只要他能赏脸喝一点,她表示马上就去准备。

"请不要为我准备什么,我向你道谢,"他回答说,"再过几分钟我就要回家。"

"啊,请一定留下喝一点!五分钟就可以煮好。"

但是他威严地挥了一下手拒绝了。

"马卡姆太太,让我告诉你我要喝什么吧,"他说,"我要喝一杯你那上好的麦芽酒。"

"十分愿意!"我的母亲嚷道,欣然就去拉铃,吩咐端来那受欢迎的饮料。

"刚才走过你们家时,"他接着说,"我想就进来看望你们并且尝尝你们自酿的麦芽酒吧。我刚才拜访了格雷厄姆太太来着。"

"你真的去了吗?"

他严肃地点了一下头,还用威严的强调语气补充道:

"我认为我义不容辞得这么做。"

"真的吗!"我的母亲突然喊道。

"为什么是这样,米尔沃德先生?"我问道。他有点儿严厉地朝我望望,然后转向我的母亲,重复说:

"我认为我义不容辞!"说着又把手杖击一下地板。我的母亲坐在对面,敬畏而又钦佩地听着。

"'格雷厄姆太太,'我说,"他接着说下去,边说边摇着头,"'有些可怕的传说!''都说些什么,先生?'她装出不懂我的话意的样子问。'作为——你的牧师,我有——责任——把我本人认为你品行中应受指摘之处、有理由怀疑之点以及别人告诉我的有关你的事统统告诉你。'——于是我告诉了她!"

"你这么做了,先生?"我从椅子上跳起来,用拳头猛击一下桌子喊道。他仅仅朝我望了一眼,便接着——向他的女主人说:

"马卡姆太太,这可是桩痛苦的职责——但是我还是告诉了她!"

"那她听了怎么样?"我的母亲问。

"我怕是无动于衷——无动于衷!"他沮丧地摇摇头答道,"同时又强烈地流露出不纯洁的错误感情。她脸色发白,以一种凶狠的态度咬紧牙关,倒抽了一口气——但是她并不作任何辩解,而是显出一副厚颜无耻的镇定样子——对于一个这么年轻的人来说,这种态度教人见了确实感到震惊——这等于在对我说我的告诫徒劳无益,我这牧师的劝告对她来说是浪费——甚至我在那儿说那些话时,我这个人使她感到不快。于是我终于离开了她家,因为已经显而易见毫无办法了——见她如此无可救药使我十分痛心。不过,马卡姆太太,我已经坚决拿定主意,我的女儿们——

决——不能——同她交往。对于你的女儿，你会采纳与我同样的决心吗？至于你的两个儿子——至于你，年轻人……"他板起面孔转向我，继续说道。

"至于我，先生——"我开口了，可是我的嗓子被什么东西哽住了，我狂怒得全身上下直哆嗦，便不再说下去——而是采用了一种更明智的办法：一把抓起帽子冲出房间，随手把门砰的一声关上，用力之猛使房子的地基都震动了，并且使我母亲尖叫起来——这一来使我那激动的情绪一时有所缓解。

下一分钟我已经朝着怀尔德菲尔府的方向大步流星地匆匆赶去——究竟抱着什么意图或者目的，我自己也说不上来，可我就是得跑到什么地方去，而其他的目的地都不行——我也一定得见见她，并且同她谈谈——这是肯定的，不过要说什么或者做什么，我却并无明确的打算。如此激烈的想法——这么多不同的决心——都涌上我的心头，使我思想中满是相互冲突的激情，简直乱成一团。

第十二章
一次私下谈话和一个发现

过了二十分钟多一点儿,这段路程就走完了。我在园门前停下,擦抹淌着汗水的前额,舒了舒气,使自己略微镇定一些。一路上的匆匆步行已经使我的激动心情稍为平息一些了,于是便踩着坚定而平稳的脚步顺着花园里的走道慢慢走去。当经过这幢房屋中住人的那一边厢时,我通过打开着的窗户瞥见格雷厄姆太太在她那间静悄悄的房间里来回踱着。

她见我来到,显得很激动,甚至很沮丧,仿佛以为我也是来谴责她似的。我来找她原是为了世人对她如此恶毒,要慰问她一番,并且帮她把教区牧师和那些向他通风报信的坏人痛骂一顿,可是这会儿我觉得实在害臊,没法提及那个问题,便决定除非她先开头,我将一字不提。

"我来得可不是时候,"为了使她打消疑虑,我装出一副实际上并不感到高兴的样子说,"不过我不会待很久的。"

她向我笑了,尽管只是淡淡的一笑,却十分友善——我几乎要说那是感激的笑容,因为她不再担心了。

"你显得多么忧郁啊,海伦!你为什么不生个火?"我把这个阴暗的房间环视了一周后说道。

"现在还是夏季哪,"她回答。

"不过我们在傍晚总是生火的——只要我们受得了——而你,在这幢冷冰冰的房子和这个沉闷的房间里,生个火尤其需要。"

"你该早点儿来,那样我就会为你生个火,可是现在是划不来了——你说自己不准备待多久,而阿瑟已经睡了。"

"不过我还是喜欢有个火。如果我拉铃,你会不会吩咐生火?"

"怎么啦,吉尔伯特,看上去你并不冷呀!"她说,一边微笑着凝视我的脸,这张脸确实是显得够暖和的。

"我不冷,"我答道,"可是在我走之前,我要看到你舒舒服服的。"

"我舒舒服服!"她苦笑着重复了这句话,仿佛在这个主意中有什么引人发笑的荒谬之处似的。"目前这样子对我更合适,"她带着一种无可奈何的悲哀声调补充了一句。

可是我还是固执己见,拉了铃。

"瞧,海伦,来了!"当我听见雷切尔应召而来的脚步声逼近时说道。她也只好转过身去吩咐那女仆生火。

她走出房间去办这事之前向我投来的那种眼光,使我直至今日还怨恨她。那是一种愠怒、猜疑和爱打听别人私事的目光,明摆着是在查问:"我想知道你究竟为什么要到这儿来?"她的女主人并非没有注意到,不安的阴影顿时笼罩着她的眉宇之间。

"吉尔伯特,你不能待得太久,"房门关上后她说。

"我不会待得久的,"我有点儿暴躁地答道,虽然除了那个爱管闲事的老太婆之外,我心中对任何人都不存一点儿怒气。"可是海伦,在我走之前我有话要对你说。"

"什么话?"

"不,现在不说——我还不知道具体是些什么话——或者怎么说,"我回答,我说的是实话但却不够明智;接着又担心她会赶我走,我便开始谈些无关紧要的事以赢得时间。在这段时间里,雷切尔进来点火,她把一根赤热的拨火棒插在壁炉的栅栏间已放好准备点燃的燃料中,不久火便着了。临走时,她再一次用她那不客气的冷酷目光朝我瞪了一眼,我则不把它放在心上,继续讲我的话;我为格雷厄姆夫人在壁炉的一边放上一把椅子,在另一边为自己搬来一把,便擅自大胆坐下,尽管我有几分相信她更希望我走掉。

过了片刻,我们两人都陷入了沉默,一连好几分钟出神地凝视着炉火——她只顾悲哀地想心事,我则想着如此坐在她近旁有多快活,没有任何人在场来妨碍我们的交流——连我们的共同朋友阿瑟也不在场,这是前所未有的事——要是我能大胆向她倾吐衷肠,把心中已经压抑这么久的满腔热情倾吐出来,那该多好啊!这会儿我的心正竭尽全力使这份热情不暴露出来,可是看来不可能再坚持多久了——我还反复思考着以下做法的利弊得失,即:当时当地就向她敞开我的心,恳求她回答我的爱,允许我从此把她看做是属于我的,让我有权利尽力保护她,使她不受到恶毒的人的诽谤。我一方面对于自己的说服力产生了新生的信心——深信我自身炽热的情绪会授予我雄辩的口才——深信靠我的决心——就是我所感觉到的那种非成功不可的绝对必要性——必然会使我赢得我所追求的东西;可是另一方面,我又唯恐失去我辛辛苦苦、绞尽脑汁所已赢得的基础,由于一次轻率的努力而破坏了通过时间和耐心等待原可以实现的一切未来的希望。这犹如把我的生命寄托在孤注一掷的骰子上;不过我还是准备下决心尝试。至少我要恳求她给我作她曾有几分答应要作的解释,我要查问何以存在那可恨的障碍的原因,这一神秘的障碍使我得不到幸福,同时我相信也使她得不到幸福。

可是我正在考虑该用什么方式才能最好地提出要求时,我的同伴发出一声轻得几乎听不见的叹息,从她的沉思中醒过来,眼睛朝窗户望去,窗外一轮收获季节的血红的满月①刚升到一棵模样可怖而怪诞的冬青树上方,月光射进屋来照在我们身上,她说道:

"吉尔伯特,时间不早了。"

"我知道,"我说。"我想你是要我走。"

"我想你应该走了。要是我那些仁慈的邻人日后知道你今天

---

① 指每年收获季节 9 月 22 或 23 日秋分后两周内的头一次满月。

来过——因为他们肯定会知道的——他们是不会编一套对我很有利的话的。"

她说这话时,带着一种那位教区牧师无疑会称之为凶狠的笑容。

"随他们高兴怎么编好了,"我说。"只要我们对自己满意——对彼此也满意,人家怎么想对你我又有什么关系!让他们同他们那套卑鄙的编派和捏造的谎言一起见鬼去吧!"

我这一发作使她的脸涨红起来。

"那末你已经听见他们议论我的话了?"

"我听见了一些可恶的假话,不过只有白痴才会相信。所以,海伦,你就别为它们烦恼吧。"

"我并不认为米尔沃德先生是个白痴,可他却全都相信;尽管你不重视你周围人的看法,要是你被他们当作是一个说谎者、一个伪君子,被他们认为你在干你所憎恶的勾当,在鼓励那些你所不赞同的恶习,要是你发现自己的好意受挫,并且由于自己被人想象为一无是处而束手无策,使你所宣称信奉的节操蒙受耻辱;那末,不管作为个人你多么瞧不起他们,你还是要感到很不愉快的。"

"说得对;而且如果由于我粗心大意并且只顾自己而不顾观瞻,以致竟然成为帮凶使你遭受这些诽谤的话,那末我不仅要求你原谅我,还要求你使我能够作出弥补,请你授权让我从所有的诋毁中恢复你的名声,给我权利把你的荣誉视为我自己的荣誉,并把你的名誉视为比我自己的生命更宝贵的东西来加以捍卫!"

"你是否英勇得敢于和你明知周围的人都怀疑和鄙视的那个人联合起来,使你同她的利益和荣誉成为一致?想一想吧!这事可不是闹着玩的。"

"我会因自己这么做而感到骄傲,海伦!——再快乐也没有了——高兴得无法形容!——而且如果单是这个情况阻碍我们的结合,那末这个障碍已经被消除了,因此你一定得——你必须属于我!"

我狂热地猛然从椅子上跳起来,一把抓住她的手,几乎就要把它紧紧按在我的嘴唇上了,可是她同样突然地抽出她的手,极度悲痛地大声说道:

"不,不,不单是这个情况!"

"那末还有什么呢?你答应过有一天会让我知道的,而且——"

"有一天你可以知道——但是现在不行——我头痛得厉害,"她说着用手按在额上,"我必须休息一下——我今天确实够苦恼的了!"她以几乎狂乱的口气又添了一句。

"但是你说了不会对你有什么损害的,"我坚持道,"说了可以使你心情舒畅,而且我就可以知道怎样来安慰你。"

她沮丧地摇摇头。"如果你知道了全部情况,你也会责备我的——还可能责备得比我所应受的更厉害些——尽管我曾经残酷地委屈了你,"她又轻声咕哝了一句,仿佛是在沉思中自言自语似的。

"你,海伦?不可能!"

"是这样,但是并非甘愿如此;因为我当初不知道你对我的依恋之情究竟有多强多深——我以为——至少我竭力使自己认为你对我的关心就像你所表示的那样,仅仅是姐弟之间冷淡如水的情感。"

"或者像你的态度一样?"

"或者像我的态度——原该有的那副模样——带有轻松、自私和浅薄的性质,那——"

"瞧,你确实委屈了我。"

"这我知道;可是有时候我又有疑虑;不过我又认为就让你继续去幻想去做梦,直到有一天成为泡影——或者让你的幻想飘到其他更合适的对象身上去,同时与我仍保持着友好的同情心,总的说来,这么做也不致有多大害处;可是如果我早知道你那么深深地关注着我,并且对我似乎怀有慷慨无私的爱情——"

"似乎怀有,海伦?"

"那末就说你确实怀有吧,我就会有不同的表现了。"

"怎么不同?你给我的鼓励可说是再少不过的了,过去对待我也是再严厉不过的了!而且如果你认为把友谊给了我,并且偶尔让我享受与你做伴和交谈的乐趣——就如你确实始终要我明白的那样,我们的关系决无可能再亲密些了——如果你认为你这样做是委屈了我,那末你就错了;因为像这样的恩宠,单单就它的本身而言,已不仅使我从心底里高兴,而且使我灵魂净化、昂扬和变得崇高;而我宁可得到你的友谊,不要世界上任何其他女子的爱情!"

这一番话并没有给她多大的安慰,她双手抱住一个膝盖,眼睛向上望着,似乎默默地处于极度的痛苦中,正在恳求上天的帮助;接着她转向我,平静地说:

"明天,约摸中午时分,如果你在原野上与我会面,我就把你要知道的事统统告诉你;你听了以后,即使确实不愿意把我作为不值得关心的人而予以抛弃,你也许会明白有必要中止我们的亲密关系。"

"对于这句话我有把握回答说我不会这样;你不可能有这么严重的事得坦白——你一定是在考验我的真诚,海伦。"

"不,不,不,"她热切地连连说道——"我多么希望是这样啊!感谢上帝,"她这么说下去,"我并没有什么重大的罪行得坦白,可是我有些你所不喜欢听的事,也许也是你所不易于原谅的事——是我现在所不能告诉你的;所以我恳求你离开我吧!"

"好,不过你得先回答我这样一个问题——你爱我吗?"

"我不愿回答!"

"那末我就推断你是爱我的;好,我向你告别了。"

她转过身去不让我瞧见她所无法控制的感情;可是我抓起她的手炽热地吻了又吻。

"吉尔伯特,一定离开我吧!"她叫喊道,痛苦得嗓音都发颤了,使我觉得我再不服从未免太残酷了。

不过我在关上房门之前回头看了一眼,见她身子向前靠在桌子上,两手捂住眼睛,抽抽搭搭地啜泣着;然而我默默地退出去了。我觉得如果当时硬要安慰她,只会使她的痛苦更为加深。

要是我把所有的疑虑和推测——告诉你——也就是我一路下山的时候在我脑中汹涌并此伏彼起的担忧、希望和乱糟糟的感情,光这些就几乎足以写成一本书了。不过我还没有下到半山,一股对被我撇下的她的强烈的同情取代了所有的其他感情,似乎迫切地要把我拉回去:我开始自忖道,"我为什么要这么快地朝这个方向赶路呢?我能找到安逸或者安慰——安宁、确信、满足和一切——或者任何我在家中所需要的东西吗?我能把我所有的烦扰、悲伤和忧虑都在那儿卸下吗?"

于是我转身朝那幢古老的邸宅望去。除了几个烟囱之外,在我眼前的缩短了的地平线上看不见什么。我往回走,要把那幢邸宅看得清楚些。等到它在我视野中升高了,我驻足片刻看着它,接着继续朝这个吸引着我的黑魆魆的目标走去。有样什么东西在召唤我走得近些——再近些——请问,为什么不走近些呢?对于我来说,凝视着这座古老巍峨的大楼岂不比回家更有利吗?此时万里无云的天空中那轮满月正静悄悄地照耀着——月光带有8月夜晚所特有的暖黄色光辉——在这座大楼里正待着我所深深爱着的心上人;而在我家里,到处都比较明亮、富有生气、气氛愉快,因而与我此刻的心情是有抵触的——家里的人令人可憎地或多或少都相信那些谗言,我一想到这事,就怒不可遏——这便更使我对我的家有抵触情绪了。我怎么受得了听他们公开地断言——或者谨慎地含沙射影——哪一种方式更糟呢?——我已经够烦的了,因为有个喋喋不休的恶魔老在我耳边轻声说"可能是真的",直到我终于大声嚷道,"不是真的!我看你还敢叫我那么想不!"

我能瞧见从她客厅窗户透出暗淡地闪烁着的红色火光。我走到花园的墙前站住了,把身子俯过墙头,眼睛盯住窗上的铁栅,很想知道她这会儿在干什么、想什么或者为什么事痛苦着,巴不得自己在离去之前能对她说上一句话,或者甚至只要能朝她看上一眼。

我这样盯望着、渴望着、纳闷着,没过多久便跃过墙头,因为无法抵挡非要透过窗子朝屋里看一眼的诱惑,只想知道她是不是比我们分手时镇静了一些——要是见她仍然很苦恼,也许就可以放胆去安慰她几句——向她说出我先前原该说的许多话中的一句,而不要因自己愚蠢的急躁情绪而加深她的痛苦。我探首望去。她的那把椅子空着,屋子里也空无一人。可是正在此时,有人打开了外面的门,有个声音——是她的声音——说道:

"出来吧——我要看看月亮,吸吸夜晚的空气;要是有什么对我有好处的话,那就是这两样东西。"

看来是她和雷切尔两人走到花园里来散步了。我巴不得自己此时已经安全地回到了墙的另一边。不过我正站在高大的冬青树丛的暗影中,它位于窗户和门廊之间,此刻正好把我遮住,使人家看不见我,但并不妨碍我看见有两个人向前走到月光中来:是格雷厄姆太太,后面跟着另一个人——不是雷切尔,而是一个年轻人,身材细长而相当高。天哪,我的太阳穴猛地搏动起来!剧烈的焦急情绪使我的视力变得模糊了;不过我想——没错,那嗓音也证实了——那人是劳伦斯先生。

"海伦,你不该让这事使你这么担心,"他说,"以后我小心些就是了;而且总有一天——"

我没有听见其余的话,因为他在走时挨得她很近,说话声又很轻柔,我听不见说些什么。我恨得心都快要迸裂了。不过还是集中注意力要听她的答话。这我可是听得够清楚的。

"可是我一定得离开这儿,弗雷德里克,"她说——"我在这儿决不可能快活——其实,在其他任何地方也都不可能快活,"她带着毫无欢乐的笑声添了一句,"我在这儿无法安心。"

"但是你在哪儿能找到比这儿更好的地方呢？"他应道——"这么僻静——离我又这么近，如果你朝这方面考虑的话。"

"是的，"她打断了他的话，说，"这正是我所希望的一切，只要人家能不打扰我就好了。"

"不过无论你到哪儿去，海伦，都会同样有人来使你烦恼的。我不能同意失去你；我非跟你一起去不可，要不就是来这儿找你；在其他地方同这儿一样也有管闲事的蠢货。"

他们这样交谈着，一边慢步经过我的身边，沿着小径走去，于是我不再听得见他们的谈话了；可是我瞧见他伸出手臂搂住她的腰，她亲热地把一只手按在他的肩膀上——接着，一片晃晃悠悠的黑暗遮住了我的视线，我从心底里感到难过，脑袋里好像有火在烧着，刚才被那情景吓得呆若木鸡，此刻才蹒蹒跚跚地向前冲去，跃过或者是翻过那堵墙——我简直不知道是怎么越过它的——可是我知道后来我像一个怒气冲冲的孩子，一头栽倒在地上，躺在那儿，感到一阵忿怒和绝望——我没法说得上这样过了多久，但一定是相当长久的，因为，我大哭一场，减轻了一部分痛苦后，便抬眼朝月亮望去，见它仍然平静而无忧无虑地照耀着，我的痛苦丝毫没有影响它，它那平和的光辉也同样丝毫没有影响我，我诚挚地祈求上帝让我死去，要不就是忘掉这一切，我站起来向家里走去——没有去注意路线，只是让我的双脚凭着本能把我带到家门口，发现门已经上了闩，除了我的母亲，全家人都已入睡。我不耐烦地敲着门，她便急忙打开门，用一大堆问话和训斥来迎接我：

"唉呀，吉尔伯特，你怎么可以这样？你到哪儿去啦？快进来吃晚饭——我已经把饭都准备好了，尽管你在今晚莫名其妙地离了家，一直使我惊恐着，因此你是不配吃这顿饭的。米尔沃德先生很——哎呀这孩子！他的脸色多怕人呀！天哪！出了什么事啦？"

"没事，没事——给我一支蜡烛。"

"可是你不吃点儿晚饭吗？"

"不吃,我要睡觉去,"我说着便拿起一支蜡烛,就着她擎在手中的那支蜡烛点火。

"唉呀,吉尔伯特,你发抖得多厉害呀!"我那忧心忡忡的母亲大声嚷了起来。"你的脸色多么苍白呀!——来,一定得告诉我是怎么回事?发生什么事了吗?"

"没什么事!"我叫喊道,眼看就要恼火得顿脚了,因为蜡烛一直点不着。接着我忍住怒气,补充道,"我刚才走得太快,就是这么回事。晚安,"说毕径直走去睡觉,不理睬在我身后从楼下传来的话:"走得太快啦!你到哪儿去了?"

我的母亲一直跟到我的房门口,关于我的健康和行为,又是盘问又是劝告,唠叨个不停;我则恳求她别管我,明晨再说,于是她便退去,我终于满意地听见她关上她自己房门的声音。可是由于我认为那天晚上我是睡不着的,因而也就不打算去睡,让自己在房间里快步地踱来踱去——我事先已经脱下靴子,免得我母亲听见。可是地板吱吱嘎嘎地响了起来,而她正注意着我的一举一动。果然我踱了还不到一刻钟,她又来到了门前。

"吉尔伯特,你为什么不上床——你自己说要睡觉去的?"

"讨厌!我就要去睡了,"我说。

"可是你为什么这么久还没睡?你一定有心事——"

"看在上帝的面上别管我,你自己睡觉去!"

"究竟是不是格雷厄姆太太使你这么苦恼?"

"不是,不是,说真的——没事呀!"

"但愿也许真的没事!"她咕哝道,叹了一口气,便回自己的房间去,我则往床上一躺,想到她剥夺了我那似乎是仅剩的一点点安慰,非要把我拴在这只该死的好像布满荆棘的床铺上不可,便极其不孝地对她大感不满。

我从没经历过如此漫长而又悲惨的夜晚。然而我并没有彻夜不眠;接近黎明时,我的那些令人心烦意乱的念头开始彻底失去了连贯性,形成了乱糟糟的、狂热的梦,接着我终于失去一切知觉，酣睡了一阵。可是随后来到的黎明又充满了痛苦的回忆——醒来发现生活是一片空白，而且比空白更糟——充满了折磨和苦恼——并非仅是一片荒芜的不毛之地，而是荆棘丛生——发现我自己受蒙骗、被愚弄、毫无希望，我的爱情遭到践踏，我的天使原来不是天使，而我的朋友原来是个魔鬼的化身——这一来比我根本没有入睡更糟了。

这是个沉闷阴暗的早晨，气候像我的前景一样也起了变化，雨哗啦啦打在窗户上。不过我还是起床走出门去；尽管去照看一下农田可以作为我的借口，但是我并没有去那儿，而是去凉快一下我的头脑，尽可能使情绪恢复到足够平静的程度，以便在早餐时见到家人不致引起他们扰人的话语。要是我被雨淋湿了，再加上推托自己在早餐前过分劳累，便可以作为我突然胃口不好的理由；要是我感冒了，那末就越严重越好，因为那一来可以把可能将在相当长的期间使我的脸色阴沉的不快心境和忧郁消沉说成是感冒所致。

第十三章
回到工作中去

"我亲爱的吉尔伯特！我希望你对人要尽量和蔼些，"一天早上我毫无理由地发了脾气后，我的母亲就这样对我说。"你说你自己好端端的，还说并没有发生什么使你伤心的事，可是我从没见到过有谁像你在这几天里变化得那么大，你对任何人都出言不逊——对朋友和陌生人也好，对同等人和下人也好——全都这样。我可真希望你克制一下。"

"克制什么？"

"怎么，就是你那莫名其妙的火气呀。你不知道这样做把自己糟蹋成什么样儿了。我确信从本质来说，没有谁比你的性情更好了，如果你公平对待它的话；因此你在那方面是找不到借口的。"

她如此规劝着我的时候，我拿起一本书，把它打开后搁在我跟前的一张桌子上，装出全神贯注地阅读着的样子，因为我既无法为自己辩护又不愿意承认自己的错误，只希望不要再谈这件事。可是我的好母亲却继续教训我，接着又用好话哄我，并且伸手抚摩我的头发；我正开始觉得自己是个好孩子时，正在屋子里闲逛着的我那淘气弟弟却大声叫嚷，使我又变坏了。他说：

"别碰他，妈妈！他会咬你的。他完全是一只外表像人的老虎。至于我，我是已经放弃他了——完全与他脱离关系了——把他彻底扔掉了。我要是离他六码以内，命就难保了。那天为要逗他乐，我唱了一首悦耳无害的爱情歌曲，但他几乎把我的脑壳也打碎了。"

"哎哟,吉尔伯特!你怎么可以这样!"我的母亲惊叫起来。

"我事先就叫你别吵闹的,这你知道,弗格斯,"我说。

"是啊,可是我向你保证那是不会打扰你的,接着便唱起下一节来,还以为你会比较喜欢它,哪知你一把抓住我的肩膀,把我猛力推开,正撞在那儿墙上,你使了那么大的劲,我还以为我已经把舌头咬成了两截,并且就会看见自己脑浆涂地;不过我伸手摸了一下脑袋,这才知道我的脑壳并没有开花,我认为这的的确确是个奇迹。可是这个可怜的家伙!"他感伤地叹了一口气,补充说道,"他的心碎了——这就是事实真相——而他的脑袋——"

"你这会儿静一静好吗?"我嚷道,倏地站起来,恶狠狠地看着他,母亲见状以为我要重重揍他了,就伸手按住我的手臂,恳求我别碰他,于是他便悠悠自得地走出房去,双手插在口袋里,唱着"我要不要为了一个美人儿"这句歌词①来惹怒我。

"我不会碰他,免得玷污了我自己的手指,"对于我母亲的说情我如此作答。"我也不会用拨火棒戳他。"

此刻我想起了自己还有事要找罗伯特·威尔逊,那是有关购置一块与我家农场毗连的田地的一笔买卖的——这件事我已经一拖再拖没有去办,因为如今我对一切都不感兴趣,而且有点愤世嫉俗;我还特别不愿意遇见简·威尔逊或者她的母亲,因为尽管如今我有充分理由相信她们所说关于格雷厄姆太太的那些事,我并不因此而更喜欢她们一丁点儿——对于伊丽莎·米尔沃德也是如此——因此一想到与她们见面就使我更反感,因为如今我已经不能像以前那样顶住她们那种表面上看来似乎正确的诽谤并因富有自信而得意洋洋了。不过今天,我已拿定主意作出努力再抓起本分工作来。尽管我觉得工作索然寡味,但是终日无所事事令人厌烦——无论如何,工作还是有好处的。如果说生活并没有使我在所干的行当中有可能获得乐趣。至少它也没有把我诱离我的工

---

① 这是根据英国诗人乔治·威瑟(1588—1667)的著名十四行诗谱的曲子。

作；从今以后，我要拼命地干活，像任何一匹对它的活儿已经相当习惯了的干苦活的拉车马，拖着沉重的步子走过我的一生，如果说不讨人喜欢的话，也并非毫无用处。如果对我自己的命运不满意的话，也并不怨天尤人。

如此下定决心后，我带着一种闷闷不乐的顺从心情——如果可以用这个词儿的话——踏上去拉伊科特农庄的路，我几乎并不指望在一天的这个时间能碰上这个农庄主人在家，只是希望能够获知在农庄的哪个部分最有可能找到他。

他不在家，不过说是再过几分钟就会回来；于是我被请进客厅去等。威尔逊太太在厨房里忙着，但是客厅里并非空无一人；我跨进屋时几乎没能制止住自己下意识的退缩，因为威尔逊小姐正坐在那儿与伊丽莎·米尔沃德聊天。不过我决心要显得冷漠而又有礼。伊丽莎似乎也作出与此相同的决定。自从那天傍晚的茶会以来，我们没有见过面；可是她并没显出高兴或者痛苦的情绪，没有试图要显得凄楚哀婉，也没有自尊心受到伤害的表现；她心情冷静，举止有礼。她的神情和态度甚至显得从容不迫，兴致勃勃，使我自叹不如；可是在她那表情丰富的眼睛里深深地含有恶意，这明明是要让我知道她并没有宽恕我，因为尽管她不再希望赢得我，她仍旧恨她的情敌，而且显然以向我发泄怒气为乐。另一方面，威尔逊小姐则和蔼可亲、谦恭殷勤得无以复加，虽然我没有心情多谈话，那两位小姐之间却能没完没了地谈家常。然而伊丽莎利用了谈话的头一次间歇，问我最近有没有见到格雷厄姆太太，用的虽然只不过是随便问问的口吻，却斜着眼瞟了我一下——想要装出开玩笑的调皮神态——而实际上却是充满了恶意。

"最近没有，"我以毫不介意的口气答道，用目光严厉地回击她那可憎的瞟视，因为尽管我竭尽全力要显出无动于衷的神情，却因觉得自己额上浮起了一阵红晕而非常恼火。

"什么！你已经开始厌倦了不成？我原以为那么高贵的人儿

会有能耐至少把你迷上一年哩！"

"我希望这会儿最好不要谈她。"

"啊！这么说你终于承认自己的错误了——你终于发现你那位天仙并非纯洁无瑕——"

"伊丽莎小姐，我希望你不要谈她。"

"哎呀，对不起啦！我看出丘比特向你射出的箭太锋利了，你的创伤深入皮下，还没有愈合，因此每次提到那位亲人儿的名字，伤口又会出血。"

"不如这么说吧，"威尔逊小姐插嘴道，"马卡姆先生觉得当着正直的女性的面，那个名字是不值一提的。我不明白，伊丽莎，你怎么竟然会想提起那个倒霉人——你应该知道提起她来，这会儿在场的任何人都决不会感到愉快的。"

这教我怎么受得了啊？我站起来，正要抓起帽子朝头上一盖，气冲冲地走出屋子，可是一转念——及时地保持了自己的尊严——此举是愚蠢的，只会为了一个我内心中也承认不值得为之作出最小的牺牲的人，而让折磨我的女子们嘲笑我，并引以为乐——不过我先前对她的崇敬和钟情的残余阴影仍然笼罩在我周围，以致听到她的名字任人诽谤就受不了——于是我仅仅走到窗前，拼命把嘴唇咬了几秒钟，极力抑制剧烈起伏的胸膛，对威尔逊小姐说我见不到她哥哥的影子，我的时间又很宝贵，也许最好还是明天再来，在能肯定碰到他在家的时候来。

"啊不！"她说，"你要是再等上一分钟，他肯定会到家的，因为他有事要去 L 镇〔这是我们那集镇的名字〕。他在去之前需要吃一点点心的。"

因此我便尽可能装出乐意的姿态顺从了她；而且很幸运，我没有等多长时间，威尔逊先生不久便回家来了。尽管当时我没有心思办事，对那块田地和它的主人也毫不关心，我还是以非常值得称许的坚强决心强迫自己去注意手头的事情，与他迅速达成了交易——这位节俭的农庄主对这笔交易可能比他所承认的更满意。然后撇下他去津津有味地吃他那丰盛的"点心",我则高兴地离开那幢宅第,径直照料我的收割工人去了。

我让工人们在溪谷坡上忙着劳作,自己向山上走,打算到地势较高的一块小麦田去观察一下,估计什么时候可以开镰收割。但结果那天我没有去成,因为我走近那块地时,瞧见格雷厄姆太太和她的儿子正在前面不远处迎面走来。他们看见了我,而且阿瑟已经跑过来迎接我了;可是我马上转身踏着坚定的步子走回家去,因为我已经拿定主意永远不与他的母亲见面了。我不理睬那叫我等一下的尖叫声,继续以均匀的步伐走着①;不久他认为没有希望,便放弃了追赶,或者是他的母亲把他叫回去的。不论怎样,五分钟过后我回头望去,他们母子俩已经渺无踪影了。

这件事使我焦虑和不安,简直到了无法解释的地步——除非你能这样解释:丘比特的那些箭对我来说不仅过于锋利,而且上面有着倒钩,正深深地扎在我的心中,而我至今还不能把它们使劲拔掉。不管是什么原因,在那天的余下时间里我感到加倍的痛苦。

---

① 此处原文为 pursued the even tenor of my way,请参阅英国诗人托马斯·格雷(1716—1771)的名作《墓园挽歌》(1751年)第19节末句。

第十四章
袭　击

次晨，我想起自己在 L 镇也有事要办，因此吃过早餐不久就骑上马出发了。天色阴暗，下着蒙蒙细雨，不过这没关系，这样更适合我的心情。这一段路程可能人迹稀少，因为这一天不是赶集的日子，我经过的这条路在其他任何日子也很少行人，不过这对我也更适合。

可是当我的马一路小跑，我细细品味着爱情的苦涩[①]时，听得在我后面不远处另一匹马的脚步声；不过我根本没有去推测骑在马上的人是谁——或者动脑筋去想，直到后来为了登上一个微斜的山坡而放慢速度的时候——更确切地说是我听任我的马放慢它的步子，懒洋洋地走着，因为我自己既已陷入沉思，也就随它高兴慢吞吞地走了——我前进的速度减退了，我那同路人便赶了上来。他走近来唤我的名字，原来并非陌生人——是劳伦斯先生！我握着马鞭的那只手的手指本能地震颤了，好像发生痉挛似的拼命紧紧握住了鞭子；不过我克制了这种冲动，点头回礼，想赶快往前骑去，可是他赶上来傍着我走，开始谈起天气和收成来。我尽可能简短地答复他的问话和见解，一边放慢步子落到后面去。可是他也放慢了步子，还问我说我的马是不是瘸了腿。我向他瞪了一眼——他却心平气和地微笑了。

我对他的这种异常的执拗和若无其事的狂妄态度感到既惊讶又气恼。我原以为我们上次会见时的情况，会留给他深刻的印象，使他从此对我冷淡疏远；不料他反倒显得不仅已把先前所有引起反感的事忘得一干二净，而且还对我目前的所有粗暴言行都不放在心上。以前，我只要露出一点儿口风，或者仅仅是他想象到我的语气或眼光是冷淡的，就足以使他不来接近我，而如今，明摆着的无礼也无法把他赶走。是不是他已经听说我受到了挫折，是不是他此行目的是要来亲眼看一下结果，趁我绝望之际来炫耀自己的胜利？我比原来更坚决地用力握住我的马鞭——可是仍旧克制住不把它举起来，继续默默地赶马前进，等待他更具体地来冒犯我，到那才打开我感情的闸门，把抑制在内心的汹涌澎湃的怒气倾倒出来。

"马卡姆，"他以他平时那种温和的口气说，"你为什么因为在一个方面遭到了挫折就与朋友们闹别扭？你发现自己的希望落空了，不过这怎么可以怪我呢？你知道我事先告诫过你的，可你就是不肯——"

他不再说下去了，因为我受到了自己手肘旁的一个什么魔鬼的驱使，已经抓起我马鞭较细的那一端——闪电般迅速而突然地——把另一端朝他的脑袋击去。只见他霎时间脸色变得惨白，几滴鲜血从他的脑门淌下来，身子在马鞍上摇晃了片刻，便朝后摔倒在地上。不消说我此时感到了一种兽性的痛快。他那匹小马由于如此奇怪地被解除了背上的负担而吃惊，腾跃起来，踢蹬了几下，接着便利用所获得的自由去啃树篱旁边的草，它的主人则像死尸般一动不动、不发一声地躺在那儿。我把他打死了吗？——我俯下身，紧张得透不过气来，凝视着他那张仰着的死人般的脸，这时似乎有一只冰冷的手抓住了我的心，使它突然停止了搏动。可是不，他的眼睑动了一下，轻轻地呻吟了一声。我恢复了呼吸——他只是跌下来而晕过去了。他活该——这可以教训他此后注意改善礼貌。我是不是应该扶他上马？不。如果是任何其他冒犯我的行为加在一起，我是会这么做的；可是他的过错委实不可

---

① 参见莎士比亚的喜剧《皆大欢喜》第4幕第3场中的一句词"品味着爱情的甜蜜和苦涩"。

宽恕。要是他高兴的话，就自己爬上马背去吧——只要过一会儿就能够的；瞧，他已经在开始动弹、朝四周望了——马就在那儿等着他，正在路边静静地吃草呢。

因此我轻声含糊地诅咒了一声，就让那家伙听天由命，用靴刺轻触了一下我自己的马，便奔驶而去；当时有种难以分析的错综复杂的感情使我很激动；而且，即令我对之进行分析，或许其结果也不会为我的意向带来十分有利的评价，因为我不能肯定对我干的这件事所感到的一种得意狂喜是不是伴随产生的唯一主要感情。

不过，我的高兴劲儿不久便开始消退了，没过几分钟，我就转身回去照料被我伤害的那个人。我这么做并非出于宽宏大量而一时冲动——也不是出于好心的怜悯——甚至也不是为了担心我殴打这个乡绅之后丢下他不管，使他蒙受更大的伤害，从而可能会给我自己带来什么恶果；这样做完全是出于我良心的呼声，而且我还为自己如此迅速果断地听从它的命令而大大称赞自己——如果用此举所花的牺牲代价来判断其功过就可知我不会错到哪里。

劳伦斯先生和他的小马都多少改变了他们的位置。那匹小马已经溜到原来地点八码或十码以外去了，而他则已不知用了什么办法使自己离开了路中央。我发现他斜倚在路埂上坐着——仍旧脸色苍白，一副虚弱无力的样子，手里拿着他那条如今红色多于白色的麻纱手帕，按在头上。我那一击肯定很有力；可是这事一半得归功于——或者得怪（要是你愿意如此说的话）——那根马鞭，因为它上面有一只很大的镀金马头作为装饰。雨水浸透了的草地很不宜于供这位年轻绅士坐卧；他的衣服沾满泥污，帽子滚进了路另一边的泥淖。然而他牵挂的似乎主要还是他的小马，他正若有所思地注视着它——既忧心忡忡、束手无策，又绝望地听任命运来摆布自己。

不管怎样，我下了马，把它系在最近的一棵树上，先捡起他的帽子，打算轻轻地盖在他的头上，可是他不是认为自己的头不适于戴帽子，就是帽子如今既已被玷污，就不适宜于戴在头上了；因为他把头往后一缩，从我手中拿走了帽子，轻蔑地把它扔在一旁。

"这顶帽子给你戴是够好的了，"我咕哝道。

我做的下一件好事是去抓住他的小马，把它带到他跟前，这不久就完成了，因为那牲畜大体上还是够温和的，只略为退缩并摆动了一会儿，就被我抓住了马笼头——不过接下来我还得帮他坐上马鞍。

"来，你这家伙——坏蛋——畜生——把手伸给我，我来帮你骑上马。"

不行，他厌恶地转过头去。我试图去握住他的手臂。他往后退缩，仿佛与我接触会玷污他似的。

"什么，你不愿意？好吧！你可以在那儿坐到世界末日，我可不在乎。不过我想你不愿让你身体里的血统统流光吧——我且屈尊来帮你包扎一下。"

"请你别管我。"

"哼！这我可再高兴不过了。你可以见鬼去，只要你高兴这样——而且还要说是我把你送去的。"

不过我在丢下他之前，把他小马的缰绳扔在树篱的一根桩子上，还把我的手帕丢给他，因为此刻他的手帕已经被血浸透了。他捡了起来，使出他所有的劲儿，又憎恨又藐视地扔还给我。这一举动把我激怒到极点了。我咒骂了几句，声音虽然不大，却极为深沉，便丢下他由他自生自灭去。我感到十分自满，认为曾要去救他，已经尽了我的责任——却忘了使他陷于目前的境地，原是自己犯的错误，事后向他表示要帮助他时的态度又是多么无礼——便快快地做好了承受这个后果的思想准备，以防万一他告我蓄意杀害他——我认为这事未必不可能，鉴于他那么坚决不接受我的帮助，他似乎很有可能怀着这种恶毒的动机。

我又骑上了马,临走前回头看一下他怎么样了。他已经从地上站起,抓住了小马的鬃毛,试图再坐上马鞍,但是才把脚插进马镫,似乎感到难过或者头晕,以致支持不住;他的身子朝前俯下片刻,脑袋垂下靠在马背上,接着再作一次努力,可是仍然徒劳无益,于是又卧倒在我刚才离开时他所躺着的那条路埂上,脑袋靠在泥泞的草皮上,看上去完全像是在家里沙发椅上休息般镇静自若地斜倚着。

我应当不管他愿不愿意都要帮助他——应当把他无法止血的伤口包扎起来,坚持要把他扶上马,送他平平安安地回到家;可是,除了我对他深恶痛绝的感情在作梗,还有对他家的仆人们作怎样交代的难题,——对我自己的家人又该怎么说。我要末该承认打他的事实,同时也得承认我的动机,否则人家就会把我看做疯子——而要我承认后者似乎不可能——要末就得编造一套谎话,而这看来同样行不通——尤其是因为劳伦斯先生可能会吐露全部真相,那一来就会给我带来十倍的耻辱——除非我是个十足的恶棍,利用没有证人在场,坚持自己对此事的说法,把他说成比实际上更坏的坏蛋。没关系,他只在鬓角上方挨了一下,也许从马上摔下来时擦伤了几处,或者被他自己那匹小马踢了几下;似此情况,如果他躺在那儿半天也不至于会死去;再说,如果他自身无能为力,肯定会有人途经此地,因为不可能在一整天中除了我们俩就没人从这路上走过的。至于今后他打算怎么说,我只好听天由命了:如果他说谎,我就反驳他;如果他照事实说,我就尽量承受。除了我认为适当的辩解话之外,我没有义务对此事多作解释。为了怕引起人家问起吵架的原因,从而把人们的注意力引到他与格雷厄姆太太的关系上去,他有可能宁愿对这事一言不发。而这关系么,不管是为了她还是他自己,看来他是要竭力隐瞒的。

作了这一番推理之后,我骑马小跑到镇上去,及时办理了我的事,完成了我母亲和罗丝托办的各种琐碎事情;考虑到这些事情头绪很多，我办得可算十分精确可嘉了。在回家的路上，我因对不幸的劳伦斯的种种担忧而感到心烦。如果我发现他仍然躺在那块潮湿的地上，精疲力竭且又冻得快要死了——或者已经僵硬冰冷了，那怎么办？这个问题突然出现在我的脑际，使我极不愉快。我走近与他分手的那地方时，这一骇人的可能性犹如一幅令人痛苦的、栩栩如生的图画出现在我的想象中。可是情况并非如此，谢天谢地，人马都已不见，而且除了两样东西，没有留下什么痕迹可以证明我有罪——它们本身确实就够令人恶心的了，而且呈现出一种极为丑恶、且不说是充满杀机的外观——在一处留下那顶浸透了雨水、上面满是泥浆的帽子，帽边的上方已经被那根可恶的马鞭把手揍得凹了进去并且破损了；在另一处是那块深染血渍的手帕，正泡在一个被染成深红色的水潭里——因为这期间下过很多雨。

坏消息一传千里。我到家时还不到四点钟，可是我的母亲就迎上来对我严肃地说：

"哎哟，吉尔伯特！——出了这么个事故！罗丝到村里买东西，听说劳伦斯先生从他的马上摔了下来，送到家里快要死了！"

正如你可能料到的那样，这条消息使我略微感到震惊；不过当我听说他的脑壳可怕地破裂了，一条腿也骨折了，我也就安心了，因为既然我确知这一点有违事实，我就可以相信这消息的其余内容同样也是夸大了的；等我听到我的母亲和妹妹对他的状况那么悲伤地哀叹着，就感到难以制止自己就我所知把他的真正伤势告知她们。

"你明天一定得去看望他，"我的母亲说。

"或者今天就去，"罗丝提议道。"时间很充裕呢。要是你的马已经跑累了，可以骑那匹小马。好不，吉尔伯特？——一吃好东西就走？"

"不，不——我们怎么知道这不是误传呢？这是极不——"

"唉呀，我可以肯定不是误传，因为整个村子都哄传着这件事哩。我遇到过两个人，他们见到了另一些人，后者曾亲眼见到那个发现劳伦斯先生的人，这听上去未必靠得住，可是只要你想一想，就会觉得并非如此。"

"咳，可是劳伦斯是个骑马能手，根本不可能会从马上摔下来；即使摔下来也绝不会那样骨折的。至少，这一定是在胡乱夸张。"

"不会是夸张，也可能是马踢了他——或者其他什么情况。"

"什么，他那匹文静的小马会这样吗？"

"你怎么知道他骑的是那匹小马？"

"他很少骑别的马。"

"无论如何，"我的母亲说，"你明天得去拜访。不管是真是假，有没有夸张，我们很想知道他怎么样了。"

"弗格斯可以去嘛。"

"为什么不是你去？"

"他闲一些。我目前很忙。"

"哎呀！可是吉尔伯特，你对这件事怎么可以如此无动于衷？当你的朋友眼看就要死的时候——在这种情况，你就停止一两小时，不要去照料你的事务了！"

"我可以肯定说，他并不是快要死了！"

"你怎么知道，他也许是快要死了呢，你没见到他就没法知道——无论如何，他一定碰上了什么可怕的事故，你该去看他；你要是不去，他会认为你对他十分不友好的。"

"真讨厌！我不能去。近来他和我两人关系不好。"

"哎呀，我的好孩子！当然啰，当然啰，你不会这么记仇，竟然把小小的不和扩大到——"

"小小的不和，哼！"我咕哝道。

"嗨，只要记住有这个必要！想想看——"

"好啦，好啦，现在别再打扰我了——我会考虑这件事的，"我回答。我说考虑这件事是打算次晨打发弗格斯带着我母亲的问候去作必要的探询，因为要我去是当然办不到的——也不愿托人带口信去。他带回来的消息是：那位年轻的乡绅因脑袋受伤加上一点撞伤而卧床不起（是摔伤的——对此他不愿费神多谈细节——随后他的马又胡闹一通），还染上了重感冒，是在雨中躺在潮湿的地上引起的；不过并没有什么骨折，也没有马上就要死去的可能性。

这么看来，显然为了格雷厄姆太太的缘故，他无意控告我。

第十五章
一次会见及其后果

那天像前一天一样下着雨,不过将近傍晚时分开始放晴了一些,次晨天气可望持续好转。我在户外与收割庄稼的工人们一同在山上。微风轻轻吹拂着麦田,在阳光照耀下自然界中万物一片生机。在银色的浮云中,云雀欢天喜地歌唱。新近的那场雨使空气变得大为清新而洁净,把天空也洗刷了一番,在树枝和叶片上留下了一颗颗闪烁着的明珠,就连农民们见了都不忍心去抱怨这场雨了。可是却没有一线阳光能射进我的心,没有一丝微风能使我的心振作起来;任什么都不能填补海伦·格雷厄姆在我的信任、希望和欢乐中所留下的空虚,或者驱除我的无限悔恨和至今还压在我心头的依依之情的苦味残渣。

当我抱住双臂站着,心不在焉地凝视着还没有受到收割工人打扰的随风起伏的小麦,有样什么东西轻轻地在拉我衣服的下摆,一个不再受我欢迎的细微的声音说了下面这句惊人的话,使我猛地被唤醒了:

"马卡姆先生,妈妈要你去。"

"是要我去吗,阿瑟?"

"是的。你的表情为什么这么怪?"他见我突然转向他时脸上那副出乎意料的神色,又笑又害怕地说——"而且你又为什么这么久不来了?——来吧!——你来好吗?""我这会儿正忙着呢,"我不知如何回答才好,便如此说了。

他以孩子气的迷惑不解的神情抬头望着我,可是我还来不及再说话,那位夫人本人已来到我身旁。

"吉尔伯特,我一定得跟你谈一下!"她以极力压抑着自己的剧烈的感情的语调说。

我望着她苍白的面颊和发亮的眼睛,不予作答。

"只要一会儿工夫,"她恳求道。"只要离开这儿,到那另一块田地上就行了,"她朝收割庄稼的工人们瞥了一眼,其中有几个以不礼貌的好奇眼光看着她——"我不会耽搁你很久的。"

我陪她穿过树篱的豁口。

"阿瑟,亲爱的,跑去采集那些风铃草吧,"她说着朝稍远处树篱下一些露出来的风铃草指去,我们正沿着这一道树篱走着。孩子犹豫了一下,似乎不愿意离开我的身边。"去吧,亲爱的!"她更急切地催促道,口气虽然并不严厉,却是要求对方即刻服从的,结果得到了服从。

"好吧,格雷厄姆太太?"我镇静而又冷淡地说,因为虽然看出她很痛苦,而且我也可怜她,却因自己有能力折磨她而感到高兴。

她的眼睛盯住我,那眼光直刺入我的心——然而也使我微笑了。

"吉尔伯特,我不问你为什么起了这个变化,"她既悲痛又镇静地说。——"这是我再清楚不过的;不过尽管我很明白其他所有人都怀疑并谴责我,而且也能平静地忍受这一切,可是我却受不了你也这样——在我与你约定的那天,你为什么不来听我的解释?"

"因为我碰巧在那期间知道了你所要告诉我的一切——而且我料想还多了解到了一些事情。"

"这不可能,因为我原会把一切都告诉你的!"她激动地说——"不过现在我不会告诉你了,因为我看你不配!"

她苍白的嘴唇激动得直打颤。

"为什么不配,我倒要问一下。"

她用轻蔑的眼光愤愤地抵制了我带嘲弄的笑。

"因为你从来没有了解我,否则你是不会宁愿去听那些诽谤我的人的话的——我错信了你——你并非我所认为的那种人——走!我不在乎你对我有怎样的想法!"

她转过身去,我就走开了,因为我认为那样做可以狠狠地折磨她一下;而且我相信自己的判断是对的,因为一分钟以后我回头望去,见她半转过身来,似乎希望或者料想我还在她的身旁;接着她站着不动,朝后看了一眼。她的眼神里所表现的与其说是愤怒,不如说是极度的痛苦和绝望,可是我马上摆出满不在乎的样子,假装漫不经心地朝周围看着,并且猜想她朝前走了;因为我还在那儿逗留了一会儿,想知道她会不会再走回来或呼唤我,然后冒险再看一眼,却见她已离得很远,正匆匆地朝田地的那头走去,小阿瑟在她身旁跑着,显然在边跑边说着话;而她则一直转过脸去避开他,似乎要掩饰什么控制不住的感情。于是我又回去干我的活儿了。

不过不久我开始懊悔自己的仓促从事,那么快就离开了她。显然她是爱我的——大概她对劳伦斯先生厌倦了,想要用我来调换他;要是我一开头并没有这么爱她和崇敬她,这种偏爱可能会使我满足并给我乐趣;可是现在发现她所表现的外貌和我心目中的她的内心实际之间——我先前和如今对她的看法之间的悬殊差别使我如此痛心,使我感到如此苦恼,以致无法作任何较轻松的考虑了。

然而我还是非常想知道她原会对我作出什么样的解释——或者要是我如今逼她的话,她会怎么说——她会承认多少事实,会如何力图为自己辩解。我渴望知道在她身上有什么该加以鄙视的,又有什么该予以赞赏的,以及有多少值得可怜、又有多少值得憎恨的地方——这些还不算,我会知道真相。我要再见她一次,在我们俩分手之前,要彻底搞清楚我该以什么样的眼光看待她。我当然是永远失去她了。可是我仍然不忍心想到我们最后一次分手时,双方都那么不和善、都那么痛苦。她朝我看的那最后的一眼已经深入我的心,我没法忘掉它——可是我多傻呀!——难道她不曾欺骗我,伤害我——使我终生失去幸福了吗?——"好吧,无论如何我还是要见她,"我最终作了如此的决定——"不过不是在今天;今天和今天晚上,她可以去想一下自己的种种罪过,好好地痛苦一番;到了明天,我要再见她一次,把她的情况再多了解一些。这次会见可能对她有帮助,也可能没有。——但至少能给被她弄得死气沉沉的生活增添一点兴奋剂,还可能使一些焦虑不安的念头平静下来。"

次日我的确去了,不过是在傍晚时分结束了我当天的工作之后才去,也就是说在六七点钟之间到达她家。当时西下的夕阳把那幢古老的邸宅照得红红的、闪闪发亮,把花格子窗也照得好似冒着熊熊火焰,使那场所染上了不属于它的愉快气氛。我无须详述我走近我先前崇拜的天仙的圣殿时的种种感受——那地方充满了千百个欢乐的回忆和灿烂的美梦——如今却被一个灾难性的事实真相弄得暗淡无光了。

雷切尔把我引进了客厅,便去通报她的女主人,因为她不在客厅里,但是高背椅旁的小圆桌上她的那个小台架还打开着,上面放着一本打开的书。她藏书不多,但是都是经过精选的,我对它们几乎熟悉得如同我自己的书一样;可是这本书我以前没有看到过。我把它拿起来一看,是汉弗莱·戴维爵士[①]的著作《一位哲学家的末日》,在扉页上写着:"弗雷德里克·劳伦斯。"我合上书,但仍握在手中,脸向门、背向壁炉站着,镇静地等着她的到来;因为我相信她会来。过了不一会儿,我听见她在过道里的脚步声。我的心开始怦怦地跳,不过我从内心指责自己,加以制止,这才保持了镇静——至少在外表上是如此。她走进屋来了,显得平静、苍白而泰然自若。

---

① 汉弗莱·戴维爵士(1778—1829),英国化学家、自然哲学家,矿工用的安全灯的发明者。

"马卡姆先生,承蒙光临,有何贵干?"她说道,她那严肃而又文静的庄严态度几乎使我仓皇失措,但是我报之以一笑,而且是很无礼的一笑。

"噢,我是来听你的解释的。"

"我曾告诉你我不会作解释,"她说道。"我说过你不配受我的信任。"

"啊,好吧,"我说着便朝门口走去。

"等一等,"她说。"这是我最后一次与你见面,你且慢走。"

我站住了,等待着她再下命令。

"告诉我,"她继续说道,"你根据什么理由相信那些诽谤我的坏话?谁对你说的?他们说了些什么?"

我踌躇了一下。她盯着我的眼睛看,似乎因自觉清白无辜而内心十分坚定。她决心听取对她最最不利的话,并且下定决心敢于冒这风险。"我能够压倒这大胆的气魄,"我自忖道。可是当我正暗自为自己的力量沾沾自喜,却感到很想像一只猫那样来戏弄我的受害者。我让她看我仍然拿在手中的那本书,指指扉页上的那个名字,但是眼睛却盯着她的脸,问道:

"你认得这位先生吗?"

"当然认得,"她回答时倏地涨红了脸——是因感到羞愧还是恼火,这我可说不准了;看来倒更像是后一种情况。"还要问什么,先生?"

"你最后见到他到现在有多久了?"

"谁给你权利用这个或者其他任何问题来盘问我的?"

"啊,没人——答不答复完全随你的便。——好,我来问你——你可听说最近的这位朋友出了什么事?——因为,如果你没有——"

"我决不允许人家来侮辱我,马卡姆先生!"她对于我的态度几乎怒不可遏,大声嚷道——"要是你只是为此而来,那么你最好还是马上离开这屋子。"

"我并不是来侮辱你,我是来听你解释的。"

"那么我告诉你我不会这么干!"她反唇相讥地说道,同时十分激动地在屋子里踱来踱去,双手紧紧握着,呼吸短促,眼睛里射出怒火来。"对于一个竟然能把这么可怕的猜疑视同玩笑、又如此轻易受人影响而萌生这些猜疑的人,我决不会屈尊为自己作辩解。"

"格雷厄姆夫人,我并没有拿这些话来开玩笑,"我立即改变我那种奚落人的讥讽语气,回答道。"我衷心希望自己能把这些话当作开玩笑!说到易于受人影响而去猜疑,只有上帝知道我直到目前始终是个多么盲目而不轻信他人的傻瓜,对于一切要动摇我对你的信任的事和话,我总是坚持闭上眼睛、塞住耳朵,直到证据本身使我的痴情破灭为止!"

"什么证据,先生?"

"好,我来告诉你吧。你可记得我最后一次来这儿的那个晚上吗?"

"记得。"

"甚至在那时候,你还给了我一些暗示,换了一个聪明一点的人对此是会明白的,可是对我却没有起到这种作用;我继续相信并信赖你,始终抱着一线希望,崇拜着我所不了解的人——可是碰巧我被纯洁而深沉的同情心和炽热的爱情所左右——离开了你之后又折回来——我不敢公然闯进屋去打扰你,但又抗拒不了从窗外瞥你一眼的诱惑,仅仅想看看你当时是怎么个情况,因为我离开你时你显然很苦恼,而且我还多少怪我自己不知克制并过于任性而使你变成这样。如果说我这么干是错误的,那也只能说是爱情激发了我,而且我所受到的惩罚是够严厉的了,因为当时我刚走到那棵树旁,就看见你和你那朋友走进花园里来。在这种情况下,我可不愿意让你们瞧见我,便在阴影下站住了,等你们两人都走过去。"

"那末我们的话你听到了多少?"

"海伦，我听到了足够多的话。而且我亲耳听到那些话对我是有好处的，只有这样才能医治我的迷恋症。我老是这么说和想的：除非我听你亲口讲，任何对你的谗言我都不信。过去我把其他人的所有暗示和断言都看做是毫无根据的恶毒诽谤；对于你所作的自我谴责，我认为是过度夸张；对于凡是处于你的地位似乎无法解释的事，我也深信只要你愿意你是能说出原因的。"

这时格雷厄姆太太已经停止了踱步。她倚在壁炉架的一头，我则站在靠近壁炉架对面一头的地方，她下巴搁在一只捏成拳头的手上，一双眼睛——不再燃烧着怒火，而是激动不安地闪着光——有时候看着我说话，接着扫视对面的墙壁，或者盯住地毯。

"总之你原是应该来找我的，"她说，"来听一下我有什么可以为自己辩护的话。在刚刚那么热情地表示了自己的恋情之后，就这么突然秘而不宣地断绝与我的往来，对于这个变化也始终没有说明理由，这样做未免胸襟太狭窄而太不对头了。你原该把一切都告诉我——不论口气多么恶毒——也比如此默不作声强呀。"

"为了什么目的我该那样做呢？——对于那个只与我有关的问题，你已不能使我领悟得更透彻些了，同样也不能使我怀疑我凭自己的感官所获得的证据。当时我很想立即断绝我们的亲密关系，正如你自己所承认过的那样。如果我知道了一切就可能会是这样；但是我不愿意责备你——尽管（就如你也承认过那样）你把我冤枉得好厉害——是啊，你给我的伤害你是永远弥补不了的——其他任何人也同样不能弥补——你摧残了青年人的朝气和希望，使我的一生成了一片不毛之地！我可能会活到一百岁，可是我再也不能从这一毁灭性打击的影响中恢复过来——也永远忘不了它！从此以后——你笑了，格雷厄姆夫人，"我突然停下来，见到她对自己一手造成的这种灾难性的局面居然微笑，一种难以形容的感觉制止了我的激昂发言。

"我笑过了吗？"她严肃地抬起眼来反问道，"我并不知道自己在笑。要是我确实笑了，那并不是因为我想到自己给你带来伤害而感到高兴——天知道哪怕只要有一点点这种可能性,我就够痛苦的了!——我之所以笑,是因为我发现你心灵中毕竟有着深度和感情,并且希望自己并没有完全看错你的价值而高兴。不过,对我来说,笑和哭很相似,它们都不局限于任何特定的感情;我常常在快活的时候哭,在悲哀的时候笑。"

她又朝我望着,似乎盼望我答复,可是我继续保持沉默。

"你要是发现自己下错了结论,"她继续说道,"会感到特别高兴吗?"

"你怎么可以问这样的话,海伦?"

"我并不是说我能把自己说得完全清白无辜,"她说得又快又轻,同时她的心显然在剧烈跳动,胸脯因激动而起伏不停——"可是如果你发现我比你所想的好些,你会高兴吗?"

"凡是能起码有助于把我以前对你的看法恢复过来的事实、能为我至今仍然对你怀着的敬意作辩解的事实以及能减轻随之而来的那种难以形容的悔恨的折磨的事实,都会再高兴不过地——再热切不过地被接受!"

此时她由于过度激动,双颊发热,浑身颤抖起来。她一言不发,飞奔到她的小台架前,从那儿抓起一本看上去像是厚厚的粘贴簿或者手稿本,仓促地撕下后面几页,把其余部分塞在我的手里,说道,"你没有必要把它全部看一遍,但是把它带回家去吧,"——然后便匆匆走出房去。不过等我离开了那幢房子,正顺着小径走去时,她打开窗把我叫回去,只为了说一句:

"看完就还我,别把你看到的内容向任何人吐露一个字——我相信你的人格。"

我还没能答上话,她已经把窗扉关上转身走了。我瞧见她把身子往后一倒,投在那把古老的栎木椅子上,两手掩住面孔。她的感情已经激动到了一个高潮,使她有必要流泪发泄了。

我赶紧回家,因心情急切而气喘吁吁,一边竭力抑制着满腔的渴望,一到家便直冲上楼,进了自己的房间——尽管此刻还不是黄昏时分，我却先为自己准备了一支蜡烛——然后关上房门，上了闩，决定不让任何人来打扰，便在桌前坐下，打开这部珍本，专心致志地阅读起来——先是急忙翻过一页又一页，东看一句西看一句，接着便定下心来把它从头到尾看一遍。

现在这个本子就摆在我的面前；尽管你阅读时的劲儿当然及不上我的一半，但是我知道你也不会满足于把内容节略一些，因此你将读到全文，除了可能在有些地方删去几节作者暂时感到兴趣的内容，或者那些只会使故事显得累赘而无助于阐明情节的部分。日记开始得有点儿突兀，是这样的——不过我们要把它的开端留在另一章里，并且把那一章题名为：

第十六章
富有经验者的告诫①

1821年6月1日——我们刚回到斯坦宁利——也就是说,前几天才回来,我还没有安顿下来,而且觉得似乎永远也做不到这一点了。由于我的姑父身子不大舒服,我们比原计划提前离城②——我不知道要是我们在那儿足足住到预定离开的时间,会有什么结果。我最近突然厌恶起农村生活来,对此我觉得很惭愧。我以前所从事过的一切工作如今显得那么沉闷乏味,以前的娱乐显得那么又枯燥又无益。我弹琴奏乐不感到快活,因为没有人来听。我散步也不感到快活,因为总遇不见人。我对书本感到乏味,因为它们对我毫无吸引力;我脑子里萦绕着有关最后几星期的种种回忆,使我无法把注意力放在书本上。只有画画对我最合适,因为我画画的时候能同时想这想那的;而且即使我画的画,除了我自己和那些并不喜欢画的人之外,眼前没法让别人看见,今后还是可能有人会看见的。再说,有一张脸我一直想把它画下来或者来幅速写,但又总画不成;这使我很恼火。至于拥有着那张脸的人,我没法把他从我的脑子里抹掉——而实际上我也从未试着这么做过。我不知道他究竟可曾想到过我,我也不知道会不会再见到他。接下来还可能是一连串其他我想知道的事——那是些得让时间和命运来作答的问题,而最后想到的是:——假定所有其余的问题都得到肯定的答复,我也不知道自己究竟会不会后悔——而我的姑妈,如果知道了我此刻在想什么,是会说我要后悔的。我清清楚楚地记得我们离乡进城的前一天晚上我和她的那一番谈话,当时我们俩挨着火炉坐在一块儿,姑父则因为痛风轻度发作，已经就寝了。

"海伦，"姑妈默默地想了一会后问，"你究竟考虑不考虑结婚？"

"考虑的，姑妈，常常考虑这事。"

"那末你究竟有没有考虑到在这个社交季节结束之前结婚或者订婚的可能性？"

"有时候也考虑到，不过我认为自己根本不可能会这么做的。"

"你为什么这么认为？"

"因为我料想在这个世界上，我想嫁的男人一定寥寥无几；而在这些为数很少的人中间，我可能十之八九永远不会认得一个；换句话说，即使我认得了，这个人碰巧还是单身汉或者会爱上我的机会也仅是二十分之一而已。"

"这根本没有什么可争辩的。你自己主动愿意嫁的人是很少——这一点可能千真万确——而且我也希望真的如此——当然不能认为在没有人向你求婚之前你会希望嫁给任何人，因为一个姑娘没有经过被人追求是不应该献出自己的爱的。不过一遇上有人追求——那颗芳心像堡垒般被团团围住时，它往往在自己的主人还没有意识到之前便投降了，而且除非她极其小心谨慎，还往往是违背她较明智的判断，并且和她原先认为自己能够爱上什么样品质的人的一切想法相抵触的。海伦，我现在要把这些情况告诫你，我要劝你一开始社交生涯就得提高警惕，慎重小心，别让头一个企图占有你的心的傻瓜或者无耻之徒把它偷走。——你要知道，我亲爱的，你才只有十八岁；你有的是时间，而且你的姑父和我都并不急于要把你嫁出去。我敢说向你求婚的人是不会少的，因为你拥有良好的出身、一笔可观的财产和继承遗产的希

---

① 从本章起，安妮·勃朗特插进了女主人公的日记，故这里的"我"是指格雷厄姆太太。日记讲述七八年前的个人遭遇。
② 指伦敦。

望,而且我还可以同时告诉你——因为要是我不说,别人也会说的——此外你还长得相当美——并且我希望你永远不会为此感到遗憾!——"

"我也希望如此,姑妈;可是你为什么为此担心呢?"

"因为,亲爱的,对于最坏的那种男人来说,美貌是仅次于钱财的最吸引他们的东西;因而具有美貌的女子往往可能遇上很多烦恼。"

"姑妈,你有没有遇上过那样的烦恼?"

"没有,海伦,"她严肃地以带责备的语气答道,"不过我知道很多人遇上过;有的由于疏忽,受了骗,成为不幸的牺牲品;有的由于软弱,落进了骇人听闻的陷阱和诱惑。"

"好吧,我既不会疏忽又不会软弱。"

"海伦,要记得彼得那回事!别夸口,得注意。①注意管住作为进入内心的通道的眼睛和耳朵,以及作为出口通道的嘴巴,免得因一时大意让它们出卖了你。在你还没有吃准和充分考虑追求者的可取之处前,你要对他所献的殷勤一律采取冷淡无情的态度;使你自己只用情于你感到满意的人身上。先进行研究,然后再通过,接下来才是爱。你的眼睛要无视一切表面上的引诱,充耳不听一切迷惑人的谄媚和轻浮的话语。——这些都毫无价值——比毫无价值更糟——是引诱者布下的陷阱和骗局,用来诱使那些轻率的人自取毁灭。总之,那人首先得有原则;其次是有理智、社会地位和适度的财产。要是你嫁了世上最漂亮、最有才艺而表面上最令人愉快的男子,可是却终于发现他是个一无足取的淫棍,甚或是个无用的傻瓜,那时你将被淹没在怎么样的苦海中,你现在是一点不知道的。"

"可是所有那些可怜的笨伯和恶棍怎么办呢,姑妈? 要是大

---

① 耶稣在被捕前,曾对门徒彼得说:"今夜鸡叫以前,你要三次不认我。"彼得说:"我就是必须和你同死,也总不能不认你。"见《圣经·新约·马太福音》第 26 章第 34 至 35 节。后来果然如此,见同章第 69 至 75 节。

家都听从你的劝告,世人岂不很快就绝种了?"

"这你不用担心,亲爱的!那些笨男人和恶棍决不会找不到对象的,因为与他们匹配的女人有的是;不过你得听我的忠告。海伦,这可不是说笑的事啊。你以这么轻率的态度对待这事使我很难过。要相信我,结婚是一件严肃的事。"她说这句话时的神态是那么认真,使人可能会认为她是自己吃过这种苦头才知道的;然而我不再问不恰当的话,只作了如下的回答:

"这我知道,我也知道你说的是实际情况,很有道理;不过你不必为我担心,因为我不仅认为去嫁给一个在见识或者原则方面都欠缺的人是错误的,而且我也决不会动心去嫁给他;因为即使他在其他方面非常漂亮而富有魅力,我也不可能喜欢他;我会恨他——藐视他——可怜他——就是不会爱上他。我的爱情不仅应当建立在对对方完全满意的基础上,而且也将会是和必定是这样的;因为对不满意的人我没法爱他。不用说我应当既能尊重又爱我所嫁的人,因为没有这种前提,我就无法钟情于他。所以请你放心吧。"

"但愿如此,"她答道。

"我明知道必然是这样,"我坚持说。

"海伦,你还没有受过考验呢;因此我们只能希望而已,"她仍然以冷静而谨慎的态度说。

我对她的怀疑感到很恼火;但是我又不敢肯定她的怀疑是完全没有远见的。我担心,自己感到记住她的劝告要比从中得益容易得多——的确,我对她关于这些问题的处事原则是否正确,有时也会提出疑问。就其本身而言,她的意见可能是对的——至少有一些主要的论点是对的;——可是在她的仔细的分析中却忽略了一些东西。我不知道她本人曾经恋爱过没有。

我开始了我的社交生活——或者照我的姑父的说法,我的头一个战役——被主要是由上述的谈话所引起的——种种灿烂的希望和幻想弄得十分激动——而且深信我自己会小心从事。起先,伦敦生活中令人兴奋而又新奇的事物使我很高兴；可是不久我便对它那又纷乱又压抑的生活开始感到厌烦，渴望起家乡的清新空气和自由自在的生活来。我新结识的那些人，不论是男是女，全都不符合我的期望，一个接一个地使我恼火和沮丧；因为过了没有多久我便对察看他们的特色感到厌倦，对他们的种种癖好觉得可笑——尤其是我得把我的批评意见闷在心里，因为我姑妈不要听——而他们——尤其是太太小姐们——显得那么没头脑、没感情、一副矫揉造作的样子，看了真教人恼火。那些先生似乎好一些，不过也许是因为我对他们了解得较少，也许是因为他们奉承了我；不过我并没有爱上其中的哪一个，即使他们向我献殷勤能使我高兴一会儿，可马上又激怒了我，因为这一来暴露了我的虚荣心并且使我担心自己会变得像有几个我藐视之极的女人那样，从而使我对自己非常生气。

有一个上了年纪的先生使我讨厌极了；他是我姑父的一个很富有的老朋友，我相信他自以为对我来说，嫁给他是再好不过的事了；可是，他除了年纪大，还长得丑陋而讨厌——而且我还能肯定是心地险恶的，尽管我姑妈听见我这样说责备了我；不过她也承认他不是个圣人。还有一个不像他那么讨厌却更教人不耐烦的人；由于她对他有好感，便要把他硬塞给我，在我耳边说了种种赞扬的话。他姓博雷姆，而我则更喜欢把他的姓拼写成 Bore'em①，因为他委实是个讨厌之极的家伙。我如今想起他那嗡嗡嗡的声音灌进我的耳朵，还会不寒而栗，当时他坐在我身旁，尽讲些乏味的话，一讲就是半小时，自得其乐地认为自己是在以有用的见闻来增进我的知识，或者使我牢记住他的一些武断的见解，并纠正我对一些事的错误看法，可能还认为他是降低了自己的水平来同我谈话，以有趣的谈话来逗我乐。然而我相信他大体上是个相当体面的人；要是他不那么接近我，我可能决不会嫌恶他。实际上这

---

① 意为"惹人厌烦"。

点几乎是无法做到的,因为他不仅老待在我面前烦扰我,还阻止我和更使我愉快的人聚在一起,从中得到乐趣。

然而有一天晚上,在一个舞会上,他把我折磨得竟比平时更厉害,我简直忍无可忍了。——似乎这整个夜晚注定是令人难以忍受的。我刚和一个浮躁轻率的花花公子跳完舞,博雷姆先生便来找我,似乎拿定主意在这个晚上余下的时间里要缠住我不放。他自己从不跳舞,就坐在那儿,把自己的脑袋伸到我的脸前,使所有目击者认为他已经是个确定而被承认的情郎了。我的姑妈始终得意地在一旁看着,并且希望他一帆风顺。为要把他赶走,我发了脾气,甚至表现出露骨的粗暴态度,可是全都徒劳,因为任什么都不能使他相信他的在场是令人不愉快的。我愠怒地一言不发,他却误认为我在洗耳恭听,便谈得更起劲了;我尖刻地回答他,他却以为是少女的活泼的俏皮话,只需要以宽容的态度加以斥责;而我的直截了当的反驳却如火上加油,反倒引出了他的另一些新的论调来支持他那些武断的见解,给我自己招来了他无穷无尽、滔滔不绝的推理来说服我。

不过有一个在场的人显得比较理解我的心情。那是位绅士,他站在一旁,已经有好一阵子注意着我们的讨论,显然对我的同伴那种毫不留情的执拗和我明显的厌烦感到十分有趣,对于我的粗暴语气和我答话中所流露的毫不妥协的精神暗自发笑。不过他最终走开了,去找这家的女主人,显然是为了请她介绍他与我相识,因为过了不一会儿,他们两人就走来了,她介绍他为亨廷顿先生,是我姑父的一位已故友人的儿子。他请我跳舞。不用说我欣然同意了;于是他便成了我在当晚余下时间里的同伴,不过那段时间并不长,因为我姑妈像平时一样,坚决要早点告辞回家。

我舍不得离去,因为发现我这位新相识是一个非常活泼有趣的同伴。在经过我注定得忍受的一番拘谨客套之后,他的一言一行显出某种潇洒而不拘束的优雅风度,能使人心绪宁静豁达。不过在他的态度和讲话方面确实可能太随便大胆了一点,可是由于我心情极好,非常感激他方才使我摆脱了博雷姆先生的纠缠,因而并不生气。

"嗨,海伦,你到底喜不喜欢博雷姆先生?"我们坐进马车驶离以后,我的姑妈问我。

"比以前更不喜欢了,"我答道。

她看上去不高兴了,但没有再提起这件事。

"最后同你跳舞的那位先生是谁?"她顿了一下后继续问道——"就是过分殷勤地帮你裹上你的披巾的那位?"

"姑妈,他一点儿也不过分殷勤;他是在看见博雷姆先生走来要帮我裹上披巾时,才想起来帮忙的;那时他笑着走上前来说,'来,让我保护你免受打扰吧。'"

"我问的是他是谁?"她板起面孔冷冷地说。

"那是亨廷顿先生,是姑父的一位老朋友的儿子。"

"我听见你姑父谈到过年轻的亨廷顿先生。他这么说,'他是个好小伙子,这位年轻的亨廷顿,可是我认为太野了点儿。'所以我要你当心一些。"

"'太野了点儿'是什么意思?"我问。

"意思是没有原则性,易于犯年轻人通常会犯的每一种罪过。"

"可是我听姑父说过他自己年轻时也是个糟糕的野小子。"

她严肃地摇摇头。

"那末我猜想他是在说笑话吧,"我说,"在这一点上他是随便说说的——至少我没法相信在那对笑眯眯的蓝眼睛里会包藏什么祸心。"

"这是错误的推理,海伦!"她叹了口气说。

"咳,你知道,姑妈,我们应该宽厚为怀——再说,我认为这个推理并没有错。我是个拿手的观相家,我总是凭人的相貌来判断他们的性格——并非根据他们长得漂亮还是难看,而是根据总的脸型。譬如说,我可以从你的面相看出你的性情并不开朗乐观;我可以从威尔莫特先生的面相看出他是个毫不足取的老放荡鬼,从博雷姆先生的面相看出他不是个令人愉快的同伴,并且从亨廷顿先生的面相看出尽管他既不是傻瓜又不是恶棍,也可能既不是哲人又不是圣人——不过这与我无关,因为我不大可能再见到他了——除了偶尔在舞会上跟他跳跳舞。"

然而事实上并非如此,因为次晨我又见到了他。他是来拜访我姑父的,为了自己没有早些来而道歉,说他最近才从欧洲大陆回来,直到上一天晚上才听说我姑父已经来到城里;此后我常常见到他;有时候是在公共场所,有时候是在家里,因为他探望老友颇为殷勤,而后者却对于这种关怀并不觉得很感激。

"我真不明白这小伙子这么常来究竟是什么意思,"姑父总是这么说——"你可知道为什么,海伦?——嗨?他根本不需要与我交往,我也不需要他做伴——这是肯定的。"

"那末我希望你就把这话告诉他,"我的姑妈说。

"怎么,为什么?如果我不需要他,也许有人需要哩(他对我眨眨眼)。再说,佩吉,你也知道,他有相当大的一笔财产——尽管不如威尔莫特那么值得去争取,可是海伦是决不同意这桩亲事的;因为不知怎的,这些老家伙就是不受姑娘们的欢迎——尽管他们有的是钱——还有那么多处世经验。我可以用任何东西打赌,她宁可要这个一文不名的小伙子,而不要黄金盈屋的威尔莫特——你是这样吗,内尔[①]?"

"是的,姑父;不过这对亨廷顿先生来说,并不赞美过头,至于要我成为威尔莫特太太嘛,我宁可做个老处女,靠救济过活。"

"那末成为亨廷顿太太呢?你宁可做什么而不做亨廷顿太太,嗯?"

"这要等我考虑之后再告诉你。"

"啊!这么说这事你还得考虑——不过你说说看——你是不是宁可做老处女——且不提靠救济金过活?"

[①] 内尔为海伦的爱称。

"这得等到有人向我求婚时才知道。"

为了避免更进一步的盘问,我说完这话便立即走出了房间。可是过了五分钟,我从自己房间的窗子向外望,瞧见博雷姆先生朝大门口走来。我很不自在,忐忑不安地等了近半小时,知道随时都会被叫到楼下去,徒劳地指望听见他离去的声音。后来,从楼梯上传来脚步声,接着我的姑妈神情严肃地走进屋来,随手关上了门。

"海伦,博雷姆先生来了,"她说,"他希望见你。"

"唉,姑妈!你难道不能告诉他我不舒服吗?——我实在不愿——见他。"

"胡说,我亲爱的!这可不是件小事。他是为了有非常要紧的事才来的——他要你姑父和我答应把你嫁给他。"

"我希望我姑父和你已经告诉他你们没有权力这么做。他有什么权力在没有问我之前先问别人?"

"海伦!"

"我姑父说了什么?"

"他说他不愿意干预这件事;要是你喜欢接受博雷姆先生恳切的求婚,你——"

"他说恳切的求婚了吗?"

"没有;他说如果你愿意,你可以接受他;而如果你不同意,也可以随你的便。"

"他说得对;那末你说了什么呢?"

"我说什么无关紧要。你打算怎么说?——这才是关键所在。他现在正等着要亲口问你;不过在你去之前要好好考虑一下;如果你打算拒绝他,要把你的理由告诉我。"

"当然我是要拒绝他的,可是你得告诉我怎么个拒绝法,因为我要显得有礼貌而又态度坚决——等我摆脱了他,我会把我的理由告诉你的。"

"你得等一等,海伦;坐一会儿,使自己平静下来。博雷姆先生并不特别急,因为他几乎不怀疑你会接受他的求婚;但我要同你谈谈。告诉我,亲爱的,他什么地方不讨你喜欢?你能否认他是一位正直高尚的人吗?"

"不。"

"你能否认他是一位明智、持重而值得尊敬的人吗?"

"不;他可能具有这一切优点,不过——"

"可是,海伦!你想在世上能遇上多少这样的人?正直、高尚、明智、持重、值得尊敬!——难道这是一个普通的角色,你竟然毫不犹豫地要把具有这些如此高尚的品质的人加以拒绝?——是啊,我可以称之为高尚;因为,试想一下每种品质的全部含义吧,它们包括多少极其宝贵的美德啊(我还可以在这上面添上更多其他的美德);好好想想,这一切都摆在你的脚前了,你完全能够获得这份无可估价的终生福分——一位可尊敬的、十全十美的丈夫,他体贴入微地爱你,但并不溺爱得以致觉察不到你的缺点,他将在人生的整个历程中做你的向导,成为你在永恒幸福中的伴侣!试想——"

"可是我讨厌他,姑妈,"我打断了她那不常有的滔滔不绝的话。

"讨厌他,海伦!这是基督徒的精神吗?——你讨厌他?——可是他是个多好的人啊!"

"我并不讨厌他这个人,可是作为丈夫就讨厌了。作为一个人,我十分爱他,希望他有个比我好的妻子——一个与他同样好的,或者更好的——如果你认为这是可能的话——假如她能爱他的话——但是我决不能,因此——"

"可是为什么不能呢?你发现他有什么缺点?"

"首先,他至少已经四十岁了——我想可能还要大得多,可我才十八岁;其次,他的气量狭小,又极端执拗;第三,他的爱好和思想感情与我的完全不同;第四,我特别不喜欢他的相貌、嗓音和态度;最后,我对他整个人有一种无法克服的反感。"

"那你就应该把它克服!还要请你花上一会儿工夫把他同亨廷顿先生比较一下。撇开好看的外貌不谈(这丝毫无助于一个人的价值,也无助于使婚后生活幸福,又何况你也常常声称外貌无足轻重),告诉我他们两个哪一个好些。"

"我能肯定亨廷顿先生比你所认为的好得多——可是我们现在不是在谈论他,而是谈论博雷姆先生;既然我宁愿自己的年纪一年年大起来,过着独身生活直到老死,而不愿意嫁给他,我就应该马上这么告诉他才对,别让他挂虑着这件事——所以就让我去说吧。"

"但是不要直截了当地拒绝他,这么做是他万万想不到的,会大大地冒犯他的;就说你目前还不考虑结婚的事吧——"

"可是我已经在考虑啦。"

"或者说你希望熟识一些再说。"

"可是我并不希望再熟识一些呀——我所希望的倒是恰恰相反。"

我不等她进一步提出劝告便离开了房间去找博雷姆先生。他正在客厅里走来走去,哼着片断的曲子,一边轻轻地咬啮着他手杖的顶端。

"我亲爱的小姐,"他说,带着自鸣得意的傻笑,鞠了一躬。"我得到了你那仁慈的保护人的许可——"

"我知道了,先生,"我希望尽快结束这个场面,就开口说,"我非常感谢你对我的偏爱,但是必须恳求你容许我谢绝你希望授予我的敬意;因为我想我们两人并不相配——因为只要试一试,你自己也很快就会发觉的。"

我的姑妈说得对:他显然毫不怀疑我会接受他的求婚,因此根本没有想到会遇上断然的拒绝。他对于这样的回答感到惊愕,大吃一惊,但是由于感到太难于置信,因而也就不十分生气;嗯嗯呃呃地支吾了一下,他又开始进攻了。

"亲爱的,我知道我们在年龄、性情或者其他一些方面相差较大，不过让我向你保证，我不会很严格地注意到像你这样年轻热情的性格所具有的缺点和弱点，而且尽管我意识到这些，甚至还会出于父亲般的爱护加以指责，请相信我，没有一个年轻的情人对待他所钟情的女子能比我对待你更体贴纵容；而且，在另一方面，让我希望我较深的阅历和我较严肃的思考习惯在你的心目中不会被贬低，因为我将努力使它们为你带来幸福。好啦！你的意见如何？——让我们丢下少女的装模作样和反复无常的作风，马上说出来吧！"

"我会说出来的，不过只是重复一下我刚才已经说过的话：我确信我们两人并不相配。"

"你果真如此想的吗？"

"是的。"

"可这是因为你不了解我——你希望再熟识一些——再多点时间以便——"

"不，我并不希望这样。我已经把你了解得再清楚不过了，而且比你了解我更清楚，否则你决不会梦想与一个这么不适宜的——在各方面与你都完全不相称的人结合。"

"不过我亲爱的小姐，我并不要求尽善尽美，我可以原谅——"

"谢谢你，博雷姆先生，可是我不想叨光你的好意。你还是把你的纵容和体贴留给更配得上你的人吧，她不会像我这样对你如此苛求的。"

"不过我请求你同你的姑妈商量一下；我确信那位杰出的夫人会——"

"我已经同她商量过了；我知道她和你意见一致，可是对于这么重要的事，我得冒昧由自己拿主意；任何劝说都改变不了我的意愿，也不能诱使我相信这样的步骤会有助于我的幸福，或者你的——而且我真不懂像你这样经验丰富、考虑周到的人怎么会想到挑选这样的人为妻。"

"啊，就是么！"他说——"有时候我自己对此也感到纳闷。有时候我对自己说，'喂，博雷姆，你在追求什么呀？当心啊，伙计——得三思而行呀！这可是个可爱的迷人精，不过得记住，对情人引诱力最强的女子，婚后往往总给丈夫带来最大的苦恼！'——我向你保证我并非没有经过反复思考就贸然作出这一选择。由于这桩婚事似乎是轻率的，它使我白天苦苦思索，晚上又常常为之失眠；不过最终我确实弄明白了实际上它并非轻率之举。我看到尽管我的意中人并非毫无瑕疵，可是我相信她的青春却不是她的缺点，而倒是个尚未萌发的美德的征兆——这是一个有力的根据，足以推定她在脾气方面的小缺点，判断力、见解和举止方面的不正确之处都并非不能改正的，而可以由一个关心她的有见识的参谋的不懈努力加以消除或者改善的，对于我无法开导并控制之处，我则认为鉴于她的许多美德，我完全可以保证给予宽恕。因此，我最亲爱的小姐，既然我已经满意了，你为什么至少为了我的缘故还要反对？"

"可是老实说，博雷姆先生，我主要是为了我自己的缘故才反对的；所以让我们——就别谈这事了吧。"我原想还要说，"因为再谈下去非但徒劳无益，而且会更糟，"但是他却固执地打断了我的话，说道：

"可是为什么要这样呢？我会爱你、疼你、保护你，等等、等等。"

我不打算再费事把我们之间的全部对话写下来了。总而言之。我觉得他讨厌极了，简直没法使他相信我说的确是心里话，他实在固执之极，无视我本人的利益，因而不管是他还是我的姑妈，都决不可能克服我的反对。我真的吃不准我究竟有没有说服他，尽管由于他执拗地一再回到老问题上，把自己的论点说了又说，迫使我反复用同样的话回答他而感到十分厌倦，我终于倏地转向他，对他说了我最后的几句话：

"让我坦白地告诉你：这事是决不可能的。从任何方面考虑我都不能违背自己的心意嫁给你。我尊敬你——如果你的举止像个明智的人,我至少会尊敬你——可是我不能爱你,决不能——而且你讲得越多我就越反感;所以请你不要再谈这事了吧。"

于是他向我道了早安就走了,没疑问他是又困窘又生气但是这当然不是我的过错。

第十七章
更多的告诫

次日,我伴随我的姑父和姑妈去威尔莫特先生家参加宴会。有两位女士住在他的家里,其一是他的侄女安娜贝拉,她是个劲头十足的好姑娘,或者不如说是约摸二十五岁的年轻女子。据她自己说,她太爱调情,因而不宜结婚,可是先生们都十分爱慕她,一致声称她是个了不起的女子。另一是她文静的表妹米莉森特·哈格雷夫,她极喜欢我,误认为我比实际上要好得多。而我呢,也十分喜欢她——我该把这可怜的米莉森特完全排除在我对所认识的太太小姐们的一般批评之外。不过我之所以要提起这次宴会,并非因为她的缘故,也不是为了她的表姐,而是为了威尔莫特先生的另一位客人,也就是亨廷顿先生。我有充分的理由记得他在那儿,因为那是我最后一次见到他。

进晚餐时他坐得离我并不近,因为命运安排他引领一位承受亡夫遗产的大个子夫人入座,我则由格林斯比先生携手引领着,他是亨廷顿先生的朋友,可却是我极厌恶的人;他脸上一副凶相,举止中有一股潜在的狠劲和令人作呕的虚伪,这是我无法忍受的。我要在此顺便说一句:这种风习[①]多么令人讨厌——它是这种极端文明的生活中产生的人为烦恼的许多根源之一。如果必须由先生们把太太小姐们领进餐厅的话,为什么不能由他们去领他们最喜欢的人呢?

不过,要是亨廷顿先生可以自由作出选择的话,我也不能肯定他会来领我的。很可能他会选择威尔莫特小姐;因为她似乎执意要把他的注意力吸引到自己身上来,而看上去他也十分乐意按她的要求去奉承她。至少我是这么认为的,因为我看见他们只顾自己说说笑笑,隔着桌子四目相视,对他们各自的邻座人如此怠慢,显然惹得后者很不愉快——而且后来先生们也来到客厅里和我们做伴的时候,她一瞧见他进来便大声请求他去仲裁她和另一位小姐的争论,他呢,欣然应召,对那个问题毫不犹豫地作出了对她有利的裁决——尽管据我看来,显然她是错的——接着他便站在那里,无拘无束地与她和一群其他的太太小姐们聊天;而我呢,则在房间的对面一头,与米莉森特·哈格雷夫坐在一块儿,仔细一张张地看着后者作的画,并应她竭诚的要求,加以评论和指点,以便帮助她。然而尽管我竭力按捺着自己,要保持平静,我的注意力却老从那些画上溜到那个欢乐的人群,而且有违我较明智的心意,竟冒起无名之火,而我的脸色无疑也变得阴沉了,因为米莉森特注意到我对她的乱涂乱画一定厌倦了,便请求我即刻参加到其他客人中去,等以后有机会再看其余的画。不过,当我正向她保证我并不想那样做,并说也并不感到厌倦的时候,亨廷顿先生本人却走过来,站在我们所坐的小圆桌前。

"这些是你画的吗?"他随手拿起一张画来,说道。

"不,是哈格雷夫小姐画的。"

"啊!好哇,我们来看看。"

于是他不顾哈格雷夫小姐反对说它们不值一看,便拉过一把椅子,在我身旁坐下,从我手中拿去一张又一张的画,逐一浏览一下后扔在桌子上,尽管他不停地说着话,却只字没提这些画。我不知道米莉森特·哈格雷夫对于此举有什么想法,可觉得他的话极为有趣,但是后来我经过分析,发现他当时的谈话主要局限于拿在场的各个客人开玩笑;尽管他妙语如珠,还说了些极为滑稽的话,可是我认为如果没有神态、音调、手势和他那不可言喻而又难以捉摸的魅力作为外加的辅助手段,光把那些话写下来,

---

① 指在正式宴会时,由一位男宾携手引领一位女宾入席、并肩坐下的习惯。

它们会显得并没有任何特色。他的那种魅力给他的一言一行都罩上了光轮,使人望着他的脸、听着他那悦耳的嗓音都会感到高兴,即使他说的纯粹是一派胡言——而且还使我对我的姑妈感到十分怨恨,因为她打断了这种乐趣。原来她镇静自若地走了过来,借口要看那些画,而实际上对此既不喜欢又不懂得,便一边假装仔细看画,一边以她的一种最冷淡、最令人反感的样子对亨廷顿先生说话,讲了一套最最平淡无奇的话,提了一连串纯属客套的问题和意见,为的是要把他的注意力硬从我身上转移开去——我认为还为的是要使我恼火。于是,由于我已看完整本画夹,我就撇下他们俩去密谈,独自去坐在离开众人较远的一张沙发上——根本没考虑到这样做会显得多么奇怪,而开头只是为了要发泄当时的怒气,随后却纵情沉思起来。

但是我独个儿待得并不长久,因为在所有男子中我最不欢迎的威尔莫特先生趁我无伴之机跑来坐在我的身旁。我原以为在此前所有的场合我已经那么有效地挫败了他的追求,不必再担心他那种倒霉的垂爱了;可是看来我是错了;他自仗有钱以及自身还保有的吸引力,同时对女性的弱点深信不疑,竟自以为完全可以重新发起围攻,而他喝下的大量的酒更激起了他新的劲儿——这种情况使他更其令人憎恶不堪。但是尽管我这时感到他十分讨厌,我却不愿对他粗暴无礼,因为我毕竟是他的客人,刚受过他的殷勤款待;再说,我不善于既有礼貌又坚决地拒绝他,而且即使我有这种本领,也不会对我有大帮助,因为他的脑子委实太粗浅,假如我的拒绝不像他自己的厚颜无耻的行为那么清楚而明确,他就不能领会。结果是他温柔得越来越令人作呕、多情得越来越教人反感,我被逼得几乎走投无路了,正要开口说连我自己都不知道是什么的话时,觉得我垂在沙发扶手上的那只手突然被另一个人握住,并且温存而又炽热地捏着。出于本能,我猜到了是谁,抬头一望,见到亨廷顿先生正朝我微笑着。我与其说是吃了一惊,不如说是大为欣喜。这情景好比是把目光从某个炼狱中的魔鬼转向一个光明天使，后者前来宣告受折磨的时期已经结束了。

"海伦，"他说（他常常称呼我海伦，我对他这样放肆从无反感），"我要你去看那张画；我相信威尔莫特先生会原谅你走开一会的。"

我欣然站起身来。他拉过我的手臂挽着，带我走到房间的另一头的一幅范戴克①的杰出油画前，这幅画我以前见到过，但是没有充分细看过。我默默地注视了一会儿，正开始对它的美点和特色加以评论，他却打断了我的话，一边开玩笑地捏了一下我那只依然钩在他手臂上的手，一边说道：

"别管这张画怎么样，我把你带到这儿来并非为了这张画，而是帮你摆脱那边那个恶棍般的老浪荡鬼，看来这会儿他因我当众侮辱了他而要向我挑战似的。"

"我非常感谢你，"我说。"你这是第二次把我从这种讨厌的同伴身边解救出来了。"

"别过分感谢我，"他答道。"我这么做并非完全出于对你的好意，部分地是出于对于折磨你的那些人的恶感，因此我很高兴做有损于那两个老家伙的事，尽管我认为自己并没有什么了不起的理由去害怕他们作为情敌——是不，海伦？"

"你知道我讨厌他们两人。"

"也讨厌我？"

"我没有理由讨厌你。"

"可是你对我有什么感想？——海伦——说吧！——你对我有什么看法？"

于是他又捏了一下我的手；但是我担心在他的举止中意识的力量多于温柔的感情，还觉得他在自己还没有向我作出相应的表示之前，是没有权利逼我承认我的恋情的。我不知道如何回答是

---

① 安东尼·范戴克（1599—1641），出生于英国的弗兰德斯著名画家，擅长作肖像画。

好，最终说道：

"你对我有什么看法？"

"可爱的天使，我崇拜你！我——"

"海伦，我要你来一会儿，"我听见我姑妈就在我身边用既小声而又清晰的嗓音对我说。于是我便离开了他，由他去低声咒骂他的邪恶天使去。

"唔，姑妈，什么事？你要做什么？"我跟着她来到斜面窗洞前时问道。

"等你适宜于在人们前露面时，我希望你参加到大伙儿中来，"她严厉地注视着我，答道，"不过得请你在这儿待上一会儿，等到你这种糟糕的脸色消退一点儿、眼神恢复得自然一点儿时再去。要是让任何人见到你目前这副模样，我可要丢脸了。"

当然，这样的话对于消退那"糟糕的脸色"丝毫不起作用；而且正相反，我觉得自己脸上更加火辣辣的，这是由复杂的感情所激起的，其中主要的是愤慨和起伏不已的怒火。不过我一语不答，仅仅撩开窗帘，朝窗外的夜色望去——或者不如说，是朝被灯火照亮的广场望去。

"刚才亨廷顿先生是在向你求婚吗，海伦？"我这位过分警惕的亲戚问道。

"没有。"

"那末他说了些什么？我听见了很像是求婚的一句话。"

"我不知道他本来还会说些什么，是你打断了他的话。"

"海伦，要是他向你求婚，你会接受吗？"

"当然不会——没有与姑父和你商量，我是不会的。"

"哦！亲爱的，我很高兴你倒满谨慎。好啦，要知道，"她略微沉默了一下又说道，"这一个晚上，你已经够惹人注目的了。我瞧见这会儿那些太太小姐正朝我们投来好奇的眼光哩。我要到她们那儿去。你等到自己平静下来，显得与平时一样的时候也过来吧。"

"我现在已经平静了。"

"那么说话温和些，也别显得这么恶毒，"我这位心平气和可又惹人恼火的姑妈说。"我们一会儿就回家去，然后，"她带着庄重的意味又添上一句，"我有好多话要对你讲。"

因此我回家时思想上是准备听一番令人畏惧的教训的。在朝家里去的那一小段路上，我们两人在马车里都没有多说话；不过等到我走进了自己的房间，投身在安乐椅上，回想着当天发生的一些事时，我的姑妈就跟进屋来，把正在小心翼翼地收起我的饰物的雷切尔打发走了以后，便关上房门，端了一把椅子放在我身边，或者更确切地说是安排在与我的安乐椅形成直角的位置上，然后坐下。为了表示适当的敬意，我请她坐我那把较宽敞的椅子。她谢绝了，于是会谈开始了。

"海伦，你可记得我们离开斯坦宁利前两天晚上所谈的话吗？"

"我记得，姑妈。"

"那末你还记得我怎样告诫你别让那些不配得到你的心的人把它偷走吗？记得我还劝告你，在你未感到满意、在你的理智和判断尚未认可之前，别爱上任何人吗？"

"记得，可是我的理智——"

"对不起——你也记得你曾叫我放心，说我没有必要为你担心，因为你决不会被诱惑去嫁一个缺乏理智或者原则性不强的人，不管他多么漂亮或在其他方面多么迷人，因为你没法爱这样的人，你只会憎恨——藐视——怜悯——而决不会爱他——这些难道不是你说过的话吗？"

"是的，可是——"

"而且你不是也说过你的爱情一定得建立在满意的基础上，还说除非你能对对方感到满意、尊重和敬慕，你就无法爱他？"

"是的，不过我就是满意、尊重和敬慕——"

"怎么会这样的，我亲爱的？亨廷顿先生是个好人吗？"

"他比你认为的要好得多。"

"这句话答非所问。他是个好人吗?"

"是的——在某些方面。他性情好。"

"他是个有原则的人吗?"

"确切地说,也许不是;不过这仅仅是个缺乏考虑的问题;如果有人给他忠告并提醒他什么是正确的——"

"你认为他很快就能学会——而你自己甘愿当他的导师?可是,我亲爱的,我相信他比你足足大十岁——你怎么竟然会在道德修养方面如此领先?"

"这得感谢你,姑妈,我一向受的是上好的教养,又一直有良好的榜样在我面前,他则很可能没有这一切——此外,他性格乐观,生性欢快而粗心大意,而我呢,生来就喜爱沉思。"

"好啦,你现在已经把他说成在理智和原则性方面都不足,这是你自己不打自招的——"

"那么我的理智和原则性可以听凭他使用!"

"海伦,你这句话可狂傲自大啊!你认为你自己具有够两个人使用的修养吗?你料想你的那位优哉游哉、没有头脑的放荡哥儿会让一个像你这样的女孩子来支配他自己吗?"

"不,我并不希望支配他,不过我想我可能有足够的影响使他不犯一些错误,而且我认为能致力于保护这么高尚的性格免遭不测,我的一生就不算虚度。如今每当我严肃地对他说话时(我常常大胆责备他信口开河的说话方式),他总是注意听着;他有时候还说要是有我老守在他身边,他将永远不会做坏事、说坏话,又说要是能每天跟我谈上一会儿话,他会成为一位圣人。这些可能是半开玩笑、半奉承我的话,不过仍然——"

"不过你仍然认为可能是真心话?"

"如果我的确认为这里面包含着一些真心话,那也不是由于我相信自己的力量,而是相信他的天生的德性。——再说,你没有权利管他叫做放荡哥儿,他根本不是这种人。"

"谁对你这么说的,我亲爱的?他跟一个有夫之妇私通的那件事又怎么说呢？——她名叫什么夫人来着——威尔莫特小姐不是那天亲口告诉你的？"

"那不是事实——不是事实！"我大声地说。"我一句也不相信。"

"那末你认为他是个有道德的行为规矩的年轻人啰？"

"关于他的品质我并不完全了解。我只知道我没有听到过任何对他的品质不利的明确说法——至少是没有得到证实的说法；在人们对他们所诽谤的罪名能加以证实之前，我是不会相信的。有一点我是明白的：即使他犯过错误，那也只是些年轻人所共有的错误，也就是人们不放在心上的一些事；因为我看见大家都喜欢他，所有做妈妈的都向他微笑，她们的女儿们——包括威尔莫特小姐本人——也都再高兴不过要吸引他的注意。"

"海伦，尽管世人可能把这种过错看做是可宽恕的；一些没有原则的母亲可能不管他的品质如何，急于要抓住一个有钱的年轻人；而没头脑的姑娘们又可能都乐于赢得这么漂亮的一位绅士的青睐，根本不去深入探究表面以下的情况；可是你呢，我相信比她们只凭眼睛所见并用歪曲的判断力妄加评定要有见识些。我想你是不会把这些过错看做是可宽恕的！"

"我也想不会这样，姑妈；不过即使我憎恨那些罪恶，我却依然爱那个罪人，为了拯救他，我会尽力而为，就算你所怀疑的事大体上是事实的话——其实我现在和将来都不会相信这一点。"

"好吧，我亲爱的，去问你的姑父他结交的是什么样的人，问他是不是和一伙行为不检、荒淫无耻的青年混在一起，把他们称为朋友——他那伙寻欢作乐的同伴，他们主要的乐趣是沉迷于罪恶之中，竞相争取在险峻的道路上跑得最快最远，最终到达为魔鬼和他的使者所准备好的地方。①"

---

① 指地狱的烈火，参阅《圣经·新约·马太福音》第25章第41节："……你们这被咒诅的人，离开我，进入那为魔鬼和他的使者所预备的永火里去。"

"那末我要搭救他远离那些人。"

"唉，海伦，海伦！你真不知道把你的命运与这种人联结在一起有多么惨！"

"姑妈，尽管你说了这一切，由于我很信任他，所以为了有可能保障他的幸福，我甘愿拿我自己的幸福去冒险。我愿意把更好的男人留给那些只考虑自己利益的人。如果说他曾经干过坏事，而我却能使他免受他早年所犯罪过的后果，并且努力把他召回到正道上来，我就认为自己没有白活这一辈子了——但愿上帝赐恩成就我！"

我们的谈话到此结束，因为正在这节骨眼上，从我姑父的卧室传来他的声音，大声呼唤我姑妈去睡觉。那天晚上他的情绪不好，因为他的痛风病加重了。自从我们进城以来，他这病逐渐发得越来越厉害了；于是次晨我的姑妈便趁机劝他马上回乡下去，不必等到社交季节结束。姑父的医生支持并加强了她这论点；于是，她一反通常的习惯，赶紧着手进行迁居的种种准备（我想这是既为了我姑父，也是为了我的缘故），因而没过几天我们就走了；我也就再也见不到亨廷顿先生。我姑妈自以为过不了多久我就会把他忘掉——也许她以为我已经把他给忘了，因为我再也没有提起过他的名字；而且在我们再次见面之前，她可能继续这么认为——要是我们有一天会再见面的话。我怀疑会不会有那一天。

第十八章
微型画像

8月25日——我现在已经完全安顿下来了,照平常那样天天做着同样的事情,静静地独自娱乐——日子过得尚称满意快活,只是仍然盼望着明年春季的到来,以期再度进城,这并非向往那儿的玩乐和放荡的生活,而是为了伺机再次遇上亨廷顿先生;因为我依然老是想念他、梦见他。在我的一切活动中,不管我做什么、瞧见什么或者听见什么,最终总要联想到他;不论我学到什么技能或者知识,总会有朝一日变得有利于他或者有助于他的娱乐;不论我在自然界或者艺术中发现什么新的美的东西,我都要把它们描绘下来让他看,或者牢记在心中以便在将来某个时候告诉他。这至少是我所抱的希望,是照亮我孤独的人生道路的幻想。它可能终究仅仅是一点磷火,但是我也不妨让我的眼睛随着它,使自己在它的光辉中感到欢欣,只要它不把我诱离我应当坚持的道路就没有坏处;而且我认为它不会,因为我对我姑妈的告诫曾经加以深思熟虑,如今明白了,轻易让自己委身于一个既不配得到我能给予的全部爱情、又不能响应我内心深处最美好和最深厚的感情的人,将是多么愚蠢之举——我已经十分明白,就算我再见到他,就算他还记得我并仍然爱着我(唉!鉴于他的处境,被什么人包围着,这一点几乎是不太可能的了),就算他向我求婚——我也要拿定主意不就答应他,非要弄清楚了究竟是我姑妈还是我对他的看法更接近事实真相才能作出决定;因为如果我的看法完全错了,那末我所爱的并不是他,而是存在于我自己想象中的那个人。不过我认为我并没有看错——不,不——这里面有某种神秘的因素——有一种内心的直觉使我确信我是对的。他具有好的本质——能使它展现出来该是多么令人愉快！如果他曾经偏离正道，去把他召回又是多么大的幸福！如果他目前正受到堕落而邪恶的同伴的有害影响，去把他从他们身边解救出来又是多么光荣！——啊！要是我能相信上帝已指定我做这件事就好啦！

今天是9月1日。我的姑父吩咐猎场看守人在先生们未来到之前要保护好鹧鸪。我听了就问："哪些先生们？"——原来是他邀请了一小批人来打猎。其中之一是他的朋友威尔莫特先生，还有我姑妈的朋友博雷姆先生。当时我觉得这是个可怕的消息，可是等我听到那第三位先生竟然是亨廷顿先生时，我所感到的遗憾和忧虑犹如一场立时烟消云散的噩梦。我姑妈当然十分反对他来，她急切地力劝我姑父不要邀请他，可是姑父对她的异议一笑置之，告诉她再说也没有用，因为已经无可挽回了：早在我们离开伦敦之前，他已经邀请了亨廷顿和他的朋友洛勃罗勋爵，现在剩下要办的事只是定个日子请他们来了。这样他靠得住会来，我有把握能见到他了。我的高兴心情无法言喻——我觉得很难瞒过我的姑妈；不过在我还不知道自己该不该纵情欢欣之前，并不希望她为我的情感操心。如果我感到自己绝对有责任抑制情感，那末除了我自己，就不必让别人为之烦恼；如果我能真正感到自己放纵这份恋情是正当的，那末为了达到它的目的，我就什么都敢干，即使会引起我最好朋友的愤怒和悲伤，也在所不惜——关于这问题，我肯定很快就会知道。不过他们要到本月中旬才会来到啊。

还有两位女宾也会来。威尔莫特先生会带他的侄女安娜贝拉和她的表妹米莉森特一同来。我料想我姑妈认为让后者与我交往，她那举止文雅的有益榜样和谦逊温顺的态度全都会对我有好处；我还看出我姑妈打算使前者成为一股对抗的吸引力，把亨廷顿先生的注意力从我身上夺走。我并不为此感谢她；不过我很喜欢有米莉森特来做伴，因为她是个可爱的好姑娘，我希望自己能像她——至少要比我目前更像一点儿。

*　　*　　*

19日。他们来了。是前天来的。先生们都出去打猎了，女士们陪我姑妈在客厅里做刺绣活儿，我退到了书房里，因为我很不快活，想独个儿待着。书本无法转移我的思想；因此打开我的文具匣后，我想先详细记下我心神不安的原因，看看可有什么办法。这张纸将作为我的心腹密友，我可以把我心中所洋溢着的一切向它倾诉。这张纸不会同情我的种种不幸，然而它却不会加以嘲笑；而且，只要我加以保密，它是不会传开去的；因此，它也许便是我为此目的所能找到的最好的朋友。

首先让我谈一下他到达时的情景——我如何坐在我的窗前，注视了几乎两小时，才瞧见他的马车驶进了园门——因为其他的人全都比他先到达了——在这之前，每次有马车来到，由于来者并不是他的，我又是多么失望。首先来到的是威尔莫特先生和那两位小姐。等米莉森特进了她的房间，我离开了我所待的地方，用几分钟时间去看望她，谈了点儿私下话，因为如今她已成了我亲密的朋友，自从上次分手以来，相互写了几封长信。等我再回到我自己的窗前，我瞧见园门口停着另一辆马车。是他的马车吗？不，是博雷姆先生的外观平常的黑色轻便四轮马车；他正站在石阶上，仔细地指挥仆人把各种各样的箱笼卸下车来。那么一大堆！让人见了会以为他打算在此做客，至少住上六个月呢。又过了相当长一段时间，洛勃罗勋爵坐着他的四轮四座马车来到了。不知道他是不是那伙放荡的朋友之一？我想不是，因为我可以肯定没有人会说他是个酒肉朋友——再说，他的举止显得那么庄重而有教养，不应当如此怀疑他。他又高又瘦，神情阴郁，显然介于三十和四十岁之间，有着一张略带病容、饱经忧虑的脸。

亨廷顿先生的轻便四轮敞篷马车终于轻快地在草坪上驶来了。我只在一瞬间瞥见了他，因为马车一停，他便从车侧一跃而出，踏上门廊的台阶，进入房子不见了。

我这时才让雷切尔帮我穿上晚餐礼服——这是她在过去二十分钟里一直催促我去做的分内事；等到这件要事办好之后，我便到客厅去，见到威尔莫特先生、威尔莫特小姐和米莉森特·哈格雷夫小姐已经聚集在那儿。过了不久，洛勃罗勋爵走了进来，接着是博雷姆先生，他似乎十分愿意忘记并宽恕我先前的行为，并且希望：只要双方稍为和解一点，加上他那方面继续坚持一下，也许尚有可能使我通情达理些。我站在窗前正与米莉森特谈着话，他走过来，刚开始用与平时差不多的口吻说话时，亨廷顿先生走了进来。

"我不知道他会怎样招呼我？"我的怦怦直跳的心想道；我没有上前去迎接他，而是向窗子转过身去，为的是要掩饰或者克制我的感情。可是他向主人夫妇和其余的人一一打过招呼后就走到我的跟前，热情地紧捏着我的手，喃喃地说很高兴又见到我，就在此时，仆人报告要开饭了，我姑妈请他领哈格雷夫小姐进餐厅，而可憎的威尔莫特先生摆出一种无法形容的怪相，向我伸过手臂来；于是我便被判定去坐在他和博雷姆先生之间。不过后来我们大家又聚集在客厅里的时候，我总算与亨廷顿先生愉快地谈了几分钟话，我所受的那么多罪一下子得到了补偿。

这天晚上，大家请威尔莫特小姐唱歌弹琴助兴，同时要求我拿出我所画的画给大家看。尽管他喜欢音乐，而她又是个有造诣的音乐家，我却认为自己可以断定他对我的画要比对她的音乐更感兴趣。

到这时为止，一切顺利——可是我听见他对其中一张画发表意见，声音虽轻，语气却特别强调："这张比所有的都好！"——我出于好奇，抬头看是哪一张的时候，吓了一大跳，因为只见他正自鸣得意地凝视着一张画的背面——那是幅他的面部素描，我把它画在上面后忘记擦掉了！更糟的是，我当时一急，竟要从他手中抢过那张画来；可是他挡住了我，嚷道，"不行——我定要把它保存起来！"说着便把它贴在背心上，然后扣起上衣，高兴得抿着嘴轻声笑了。

接着他把一支蜡烛拉到手边,把那些画,不管是否看过,都集拢到自己面前,一边咕哝着,"我现在得两面都看看。"他认真地开始逐一检查,我开头还算镇定地在一旁注视着,因为明知道他不会再发现什么而得意忘形了;因为虽然我问心有愧,为了描绘那张极端迷人的脸不成而玷污了几张画的背面,我还是确信除了那张倒霉的画之外,我已经把自己迷恋他的这类证据全都小心地抹掉了。可是铅笔往往会在卡纸上留下怎么擦也擦不掉的痕迹。在我大半的画上似乎都有这个情况;因此我得承认,当我见他把这些画放在离蜡烛很近之处,目不转睛地注视着那些似乎是空白的画纸时,我发抖了;然而我依然相信他无法满意地辨认出那些模糊的痕迹。可是我估计错了——因为他结束了那番仔细检查之后,平静地说道:

"我发觉小姐们的画的背面正如她们信中的附言一样,正是她们所关心的事情中最重要而最有趣的部分。"

说毕他在椅子上向后一靠,默默地沉思了几分钟,得意扬扬地暗自微笑,而正当我心里考虑着一套尖刻的话来抑制他那股高兴劲儿时,他站起身来,走过去到安娜贝拉·威尔莫特坐的地方,后者正向洛勃罗勋爵热烈地卖弄风情,他便挨着她在沙发上坐下来,在那天晚上余下的时间里一直守在她身边。

"原来这样!"我自忖着——"他瞧不起我,就因为他知道我爱他。"

这种想法使我很痛苦,以致不知如何是好。米莉森特跑来,开口赞美我的画,并且加以评论;不过我没法与她谈话——我对任何人都没法谈话;茶端来了,我趁门被打开、大家的注意力因上茶而略为分散的当儿,便溜了出去——因为我知道自己一点儿也喝不下去——躲在书房里。我姑妈打发托马斯来找我,问我要不要去喝茶;我吩咐他去说今晚我不喝茶;幸好她忙于招待客人,当时顾不上再来问什么了。

由于大部分的客人那天白天都作过长途旅行,他们都较早去休息;我自以为听见他们全都上楼去了,才冒险走出书房,到客厅里去取餐具柜上的烛台。可是亨廷顿先生却落在众人之后,还在楼下;我打开门的时候,他正好走到楼梯脚那儿;尽管我几乎没有听见自己在过道上走时的脚步声,他却听见了,立刻转过身来。

　　"海伦,是你吗?"他说,"你为什么逃避我们大家?"

　　"晚安,亨廷顿先生,"我不愿意回答他的问话,只冷冷地招呼了一声,便转过身要进客厅去。

　　"不过你不会不愿意和我握一下手的吧?"他说着就去站在门口挡住我。他抓住我的手,尽管我很不愿意,他还是握着。

　　"让我走吧,亨廷顿先生!"我说——"我要去拿一支蜡烛。"

　　"蜡烛可以慢慢去拿,"他应道。

　　我拼命把自己的手从他的掌握中挣脱出来。

　　"海伦,你为什么这么急于离开我?"他带着极为惹人恼火的、过于自信的笑容说——"你并不恨我,这你是知道的。"

　　"不,我恨你——这会儿就是恨你。"

　　"你并不恨我!你恨的是安娜贝拉·威尔莫特,不是我。"

　　"安娜贝拉·威尔莫特根本与我无关,"我大为恼怒地说。

　　"可是我与她有瓜葛,这你也知道,"他以一种古怪的强调语气回答。

　　"这对我无足轻重,先生!"我反驳道。

　　"真的对你无足轻重吗,海伦?——你能发誓吗?——能吗?"

　　"不,我不愿发誓,亨廷顿先生!我要走开!"我嚷了起来,不知道自己究竟该笑还是哭,还是该大发脾气。

　　"那末走好了,你这个泼妇!"他说道;可是他刚一松开手,便放肆地伸出一只手臂搂住我的脖子,吻了我。

　　我被激怒得哆嗦起来——我不知道还有其他什么情感。我挣脱了他,去拿了蜡烛,便冲上楼到自己的房间去。都怪那张可恨的画，不然他是不会这样干的！而且他仍占有着它，那是标志他的得意和我的丢脸的永久纪念物！

那天夜间我睡得很少；次晨起身，想起要在早餐时见到他，感到茫然不知所措、十分苦恼。我不知道该怎么办；既然他已经知道我热爱着他，我再装出一副严肃而毫不介意的冷漠态度便几乎完全不顶用了——至少，当着他的面是行不通的。然而一定得做些什么来制止他的这种放肆态度——我可忍受不了那双笑眯眯的明亮眼睛对我施威。因此，当他高高兴兴地向我道早安时，我报以我姑妈所可能希望的那么平静而又冷淡的态度；等他有那么一两次要逗引我与他交谈时，我用简短的答话使他谈不下去；同时我对其他所有的客人却表现出不寻常的愉快和殷勤，对安娜贝拉·威尔莫特尤其如此，当时我甚至对她的叔父和博雷姆先生也特别客气，我这么做并非想要卖弄风情，而只是让他知道我对他特别冷淡和矜持并非由于一般的情绪欠佳或者意气消沉。

可是他并没有因我这种装模作样而打退堂鼓。他对我说话并不多，但一旦开腔，便相当不受拘束而直率——而且也极其和蔼——这显然是暗示他知道自己的话语在我听来犹如音乐；而且，当他的目光与我的接触时，总是带着笑意——尽管它的神态可能是放肆的——可是，唉！它是那么甜蜜、那么欢快、那么亲切，使我不可能再继续对他愠怒，而所有残存的气恼在他的目光之下不久便消失殆尽，犹如夏日的炎阳之对晨云。

早餐过后不久，所有的先生们除了一位，都带着孩子气的热切心情出发去讨伐不幸的鹧鸪去了；我姑父和威尔莫特先生骑着他们的小猎马，亨廷顿先生和洛勃罗勋爵则徒步而去；那位例外者是博雷姆先生，他考虑到夜间下过雨，认为逗留一会儿，等太阳把草晒干后再参加到他们中间去比较妥当。他在亨廷顿先生和我姑父的嘲弄和笑声中态度十分沉着严肃地向我们大家发表了一篇冗长而又详尽的学术讲演，是关于伴随潮湿的脚而来的种种灾难和危险。于是亨廷顿先生和我姑父便撇下这位深谋远虑的狩猎爱好者，让他用他的医学论点去逗乐女士们，顾自带着枪出发了，不过他们得先去马厩看一下马的情况，并放出猎犬来。

我不想整个上午和大家在一起陪伴博雷姆先生，便动身到书房去，在那儿拿出我的画架，开始绘画。要是我姑父跑来抱怨我把客人们抛下，那末这个画架和绘画用具都可以作为我离开客厅的借口；再说，我正想完成那幅画。尽管它的构思有点儿肆无忌惮，可是我对它下过极大的工夫，打算使它成为我的一幅杰作。我试图通过鲜明的蔚蓝色天空，加上暖色调的耀眼的明亮处和色泽很浓的长长的阴暗部分，表现出一个阳光明媚的早晨。我大胆地让画中的草和树叶比一般油画中的更具有春季或初夏的鲜明青翠的色彩。所描绘的景色是一块林间空地。为了调剂遍及画中其余部分的鲜艳色彩，在中景画上了一簇深色的苏格兰冷杉；但在前景则画有森林中一棵大树的一部分扭曲的树干和伸展开来的一些树枝，上面的叶子颜色十分耀眼，绿中带有金黄色——并非由于叶子秋熟而发黄，而是由于照在树叶上的阳光，以及一些几乎还没有展开的未成熟的嫩叶子所致。在这根与浅黑色的冷杉形成醒目对照的树枝上，蹲着一对相亲相爱的斑鸠，它们那色彩黯淡的柔软羽毛提供了另一种对照；而在树下，有个小姑娘跪在点缀着雏菊的草皮上，她仰着脸，一头金发披在双肩上，两手紧握着，嘴张开着，眼睛全神贯注地向上望，正又高兴又热切地凝视着那一对长着羽毛的情侣——它们彼此深深地凝视着对方，以致根本没有注意到她。

我几乎还没有定下心来绘画——虽然只需再添上几笔即可大功告成了——这时那些猎手刚从马厩回来，走过我的窗前。窗半开着，亨廷顿先生经过时一定瞧见了我，因为过了半分钟他折回来了，把猎枪靠在墙上，把窗扉朝上一推，一跃进了屋子，站在我的画前。

"确实美极了！"他聚精会神地端详了几秒钟后说——"这倒是一种非常适合于年轻小姐的习作——暮春眼看就要转入初夏——

早晨刚要接近中午——少女即将成熟为妇人——希望即将实现。她真是个可爱的人儿！可是你为什么不把她的头发画成黑色？"

"我以为浅色的头发对她更为匹配。你瞧我把她的眼睛着上蓝色，把她画得身段丰满、肤色白皙、面色红润。"

"嗳呀——真是个赫柏①！要是没有这位画家在我跟前，我可会爱上她的。可爱的天真无邪的人儿！她在那儿想着自己有一天也会像那只美丽的雌斑鸠一样，有一个同样多情而炽热的情人来向她求婚并且赢得她；她在想那是多美的事，而且她的情人会发现她是多么温柔和忠实。"

"而且也许她也会发现他是多么温柔和忠实，"我提示道。

"也许是这样——因为在这个年龄，一个人的希望往往是想入非非、毫无节制的。"

"那末你是不是把这称做她的毫无节制的幻想之一？"

"不，我的心告诉我这并非幻想。我从前可能会这么想，可是现在我说，把我所爱的姑娘给我，我就会发誓对她，而且只对她，永远坚贞不渝，从夏至冬，从年轻到年老，无论是活是死！如果老年和死亡非来不可的话。"

他说这话时的态度是那么严肃诚挚，我的心不禁乐得直跳；可是下一分钟他的语气就变了，他意味深长地微笑着问我还有没有其他画像。

"没有，"我回答，我的脸因困窘和发怒而涨得通红。不过我的画夹就在桌子上；他拿起来，平静地坐下，检阅夹子里的画。

"亨廷顿先生，那些是我还没有画好的草稿，"我大声说道，"我是从不让任何人看的。"

我把手按在画夹上，要从他手中把它夺过来；但是他仍不松手，向我保证说他"喜欢一切东西的未完成的画稿"。

---

① 赫柏，希腊神话中给奥林匹斯山上诸神斟酒的女神，代表青春和春天，是主神宙斯和赫拉的女儿。

"可是我不喜欢让人家看它们,"我答道。"我真的不能让你把画夹拿去!"

"那么把里面的东西给我,"他说。我正从他手中抢过画夹来,他却熟练地把里面大部分的画抽了出来,翻阅了一会儿后,嚷道:

"我的天哪,这儿又有一张!"说着把一小张象牙色的椭圆形的纸塞进他的背心口袋——那是张已完工的微型画像,由于我画的画稿还算成功,便用心地加以着色。可是我下定决心不让他得到它。

"亨廷顿先生,"我提高嗓门说,"我一定要你还给我。这是我的东西,你没有权利拿去。还给我。快——否则我永远不会宽恕你!"

可是我越坚持,他那无礼的欢笑就越使我苦恼。不过他终于还给了我,说道:

"得了,得了,你既然这么珍视它,我就不夺走它吧。"

为了让他知道我多么"珍视"它,我把它撕成两半,丢到火炉里去。他完全没有想到这一着。他的高兴劲儿一下子消失了,面对着正在烧毁的珍品吃惊得目瞪口呆,然后满不在意地说"嘿!我要去打猎了",便猛地朝后一转身,像来时一样,穿过窗户离开了房间,神气活现地戴上帽子,拿起猎枪走了,一边走一边还吹着口哨——不过他并没有把我惹得心神不安,以致无法完成我的画;因为当时我由于能使他恼火,觉得很高兴。

我回进客厅,知道博雷姆先生已经敢于冒险跟随他的伙伴们去野外了。他们并不打算回来吃午饭。我吃了饭,不久便自愿陪伴女士们去散步,领安娜贝拉和米莉森特去浏览一下乡下的美景。我们到处走走,跑了很长的一段路。我们回来,又进入庄园的园林时,刚巧碰上那些猎手远征归来。他们全都劳累得精疲力竭、风尘仆仆,他们大多数都穿过草地以免遇上我们;可是亨廷顿先生却不顾自己泥污满身,以及沾上的猎获物的血迹——大大冒犯了姑妈的严格的礼貌观念——特地跑来会见我们，兴高采烈地对大家说说笑笑，可就是不理我，把自己夹在安娜贝拉·威尔莫特和我之间，在路上走着，一边开始叙述当天的种种辉煌成就和不幸事件，要不是我跟他关系不好，他那副模样真会教我笑痛肚子的；可是他只向安娜贝拉讲话，而我呢，当然完全让她独个儿去笑、去嘲弄他，装得根本不把他们俩之间发生的任何事放在心上，在距他们几步之遥处走着，东张西望，只是不朝他们看；而我姑妈则与米莉森特走在前面，臂挽着臂，严肃地交谈着。临了，亨廷顿先生转向我，对我窃窃私语道：

"海伦，你为什么把我的肖像画烧了？"

"因为我要毁掉它，"我答道，用的是我现在痛悔莫及的严厉语气。

"哦，很好！"他这样答复道，"如果你不重视我，我就得转向会重视我的人了。"

我还以为他这是有点说着玩的——是一种半开玩笑的花招，既装出无可奈何的样子，又摆出无所谓的神气；可是他马上又回到了威尔莫特小姐的身边，而且从那时起一直到此刻——也就是，当天晚上、次日一整天、次日又次日，直到今天早上（22日），他始终没有对我说过一句好听的话或者以愉快的目光朝我看上一眼——除非完全有必要，他对我一言不发——他每朝我看，目光总是冷冰冰而不友好的，我原以为他是装不出这种目光的。

我姑妈注意到了这个变化。虽然她关于这一点既没有问我原因又没加任何评论，我却看得出她对此感到高兴。威尔莫特小姐也注意到了，她得意洋洋地把这归因于她自己的超群魅力和奉承手段；而我的确很难过——难过到我自己不愿意承认的地步。我的自尊心拒绝给我援助。是它使我落进这个窘境，而却不肯帮助我解脱。

他并不怀着恶意——那只是出于他兴高采烈、爱开玩笑的心情；而我呢，则是出于怨毒——对于他的冒犯认真得到了不相称的地步——伤透了他的感情——过分地得罪了他，我担心他再也不会宽恕我了——而这一切仅是由开玩笑引起的！他以为我不喜欢他——而且他一定会继续这么想。我一定会永远失去他；而安娜贝拉可能会赢得他，她肯定会胜利的。

可是我深深痛惜的并不是我的损失，也不是她的胜利，而是我为他的利益所抱的天真的希望的破灭、她配不上他的爱情这一点以及他因把自己的幸福托付给她而将会招致的损害。她并不爱他；她一心只为自己打算。她不会赏识他内在的优点；她既察觉不出又不会珍视它，更不会抚育它。她既不会因他的缺点而悲叹，也不会试图帮他改正，反倒因她自己的缺点而使之变本加厉。而且我还怀疑她终究会不会欺骗他，因为我看出她在他和洛勃罗勋爵之间耍着两面派手段，一边以与活泼的亨廷顿调情为乐，一边又竭力要征服他那位忧郁的朋友；要是她能够成功地使他们两人都拜倒在她的石榴裙下，那末这位迷人的平民就简直不可能敌得过那位气派十足的贵族。如果说他注意到了她耍的这套狡猾的小动作，他可并不感到不安，却反而会通过克服一个富于刺激的阻力，以赢得否则就太轻易的胜利而为自己的消遣增添新的趣味。

威尔莫特先生和博雷姆先生抓住了他对我怠慢的机会。再度分别向我求爱；要是我像安娜贝拉和一些其他姑娘那样，我就会利用他们不屈不挠的态度，尽力使他复燃对我的情火；可是且不说公正和诚实，我自己也受不了这么做；我没有鼓励他们作进一步的纠缠，但眼前的折磨已经使我够烦恼的了——再说，即使我鼓励了他们，对他的作用也会是极小的。他眼看一个以屈尊的态度向我献殷勤并且唠叨着乏味的话，另一个则令人不胜厌烦地强求着，使我痛苦之极，却对我毫不同情，也不怨恨那两个折磨我的人。他根本从来没有爱过我，不然怎么会心甘情愿地放弃了我，也不会与其他所有的人没完没了地谈得这么高兴——同洛勃罗勋爵和我的姑父在一起说笑，逗弄米莉森特·哈格雷夫，与安娜贝拉·威尔莫特调情——仿佛毫无心事似的。唉,我为什么对他恨不起来呢?我一定是迷恋上他了,不然的话,我是会不屑像现在这样惋惜失去他的!可是我一定得尽我所剩下的全部力量把他从我的心中拔掉。晚餐的铃响了——这时我姑妈走来责备我整天坐在自己的书桌前,而不去同客人们待在一起——我多么希望客人们都——走掉啊。

第十九章
一桩事件

22日。晚上——我做了什么啦？结果又会怎么样呢？我没法平静地回想这一切；我久久不能入睡。我又得求助于我的日记了；今晚我要把这一切写在纸上，且待明天看我会怎么想。

我下楼进晚餐的时候，拿定主意要高高兴兴并且举止得当；考虑到我头痛得多么厉害，内心又感到多么痛苦，我能坚持我这决心还是非常值得赞扬的——我不知道自己最近是怎么回事；我的脑力和体力一定都莫明其妙地衰退了，否则我在许多方面是不会表现得这么软弱无能的——不过这一两天我确实身体不太好，我想这是因为睡得少、吃得少、想得多、情绪又一直不好的关系。可是言归正传：在先生们走进客厅之前，我姑妈和米莉森特要我边弹钢琴边唱来给大家助兴（威尔莫特小姐是从不喜欢单单为女士们浪费她的音乐才能的）；米莉森特要求我唱的是一支苏格兰小曲，他们进来的时候，我正唱到一半。亨廷顿先生一进屋来，便朝安娜贝拉走去。

"喂，威尔莫特小姐，今晚请你给我们来点歌唱表演，好吗？"他说，"现在就唱吧！要是我告诉你我已经一整天如饥似渴地要听你的歌声，我知道你就会唱的。来！钢琴闲着呢。"

钢琴的确是闲着，因为我一听见他的请求就离开了钢琴。要是我生就具有相当多的自制力，那末我就该主动转向那位小姐，高兴地同他一起要求她唱歌；这一来，如果他是有意当众侮辱我，他就会大失所望；如果他那么做只是出于考虑不周，那就可以使他认识到自己的错误；可是由于我过分激动，怎么也办不到,只能从钢琴凳上站起来,投身沙发上,靠在那儿,艰难地忍住我内心所感到的痛苦,不让它发出声音来。我知道安娜贝拉的音乐天资高于我,可是也没有理由把我看做完全无足轻重的人啊。他向她提出要求的时刻和态度无异是对我的一种毫无理由的侮辱;我单是由于恼火也会哭出来的。

与此同时,安娜贝拉兴高采烈地去坐在钢琴前,给他唱了两首他特别喜爱的歌。她的才能是那么出众,连我不久也钦佩得怒气全消,带着一种又忧郁又快乐的感觉去聆听她那洪亮有力的嗓音的技巧高超的抑扬有致的歌唱,它是巧妙地由她那圆熟而活泼的伴奏所烘托的;当我的耳官陶醉在这种音响中时,我的眼睛停留在她的那个主要聆听者的脸上,并且从观察他那面部表情获得不相上下或者更多的乐趣。此时他正站在她的身旁——他眉目之间因兴奋而显得喜气洋洋,他那甜蜜的笑容时隐时现,犹如四月里的一道道阳光。难怪他会如饥似渴地要听她唱歌。对于他那样不顾一切地怠慢了我,我现在从心底里宽恕了他,对于我自己竟然为这样一桩小事而耿耿于怀感到惭愧——而且尽管我如此钦佩和欣喜,我内心深处依然受到一阵阵妒忌所引起的剧痛的折磨,对此我也感到羞惭。

"好啦!"她唱完第二首歌时说道,同时弄着玩地让手指飞速地在琴键上溜一下。"要我下一首唱什么?"

不过她说这句话的时候掉转头望着洛勃罗勋爵,后者站在她背后稍远一点的地方,身子靠在一把椅子的椅背上——也是聚精会神的听众之一,从他的面部表情判断,可知他像我一样,此时也正体验着悲喜交集的感情。可是她向他望着的目光明摆着有这样的含义,"你现在选择一首歌让我唱吧,我为他已经唱够了,很乐意尽力使你满意"。在这样的鼓励下,那位爵爷就向前走来,翻翻乐谱,不一会儿,就把一支小曲摆在她前面。这支小曲我以前注意到过,而且兴致勃勃地看了不止一次,这种兴趣是由于我在心里把它与那个支配我思想的暴君联系起来而产生的。而现在由于我的神经已很兴奋,已经有点儿紧张,听见那些歌词用那么柔和悦耳的颤音唱出来,我也就掩盖不住我无法抑制的感情流露了。泪水不由得涌入了我的眼睛,于是为了不让人瞧见我在听的时候要流泪,我把我的脸埋在沙发的靠垫里。这曲调很简单、悦耳而又悲哀;它至今还萦绕在我的脑中——它的歌词[①]也是这样:

向你告别了!可是并不
　　向我对你的所有眷念告别,
在我心中它们将依然存留,
　　它们将使我欢欣,给我慰藉。

啊,多美丽啊,又多优雅!
　　要是你从未出现在我的眼前,
我从未梦见过一张活人的脸
　　能够如此远胜想象中的魅力。

如果我可能再也看不见
　　我深深爱着的那身段和容颜,
也不再能听见你的嗓音,我依然会乐意
　　永远珍藏对它们的回忆。

那嗓子,它那音调的魔力
　　在我胸中能唤醒一声共鸣,
引起种种情感,单靠它们
　　就能使我恍惚的心神欢欣。

[①] 一般认为这是安妮·勃朗特自己写的,曾收入她的第一部诗集《安妮·勃朗特诗歌全集》(克莱门特·肖特编,1920年)。——原编者注

那笑吟吟的眼睛,它射出的亮光
　　我的头脑不会少加回忆——
还有,啊,那微笑!它那快乐的闪光
　　非凡人的柔情目光所能表达。

别了!不过让我仍然怀有
　　那个我无法放弃的希望。
蔑视可能会伤害,冷酷会使人寒心,
　　可是希望将永留我心中不忘。

而且又有谁知道上天终于
　　不会应答我所有的一千次祈祷,
吩咐未来对过去加以补偿,
　　以欢乐偿还痛苦,笑容偿还眼泪?

　　歌声停止了,此时我最渴望的莫过于离开这个房间。沙发离房门不远,可是我不敢抬头,因为知道亨廷顿先生正靠我很近站着,根据他回答洛勃罗勋爵的某句话时的话声,我知道他是面向着我的。也许一声没能完全忍住的啜泣被他听见了,促使他掉过头来看——真是上天不容!于是我竭尽全力,拼命制止再度出现懦弱的迹象,擦干了眼泪,等到我认为他已经又掉过头去时,站起身来,立即离开了房间,去躲在我特别喜爱的常去的地方——书房里。
　　在那里没有烛光,只有被忽视了的炉火所发出的微弱的红光——不过我并不需要什么亮光;我只想在不被人注意和不受到干扰的情况下恣意思忖;于是在安乐椅前的一只矮凳上坐下,把头埋在有垫子的座位上,想啊,想啊,直到眼泪又涌了出来,于是我便像个孩子似的哭开了。然而过了一会儿,房门轻轻地被推开了,有人走进屋来。我相信只是个用人罢了,因此没有动弹。

房门又被关上了——可是房里并非只有我一个人,因为有一只手轻轻地碰了一下我的肩膀,有一个声音柔和地说道:

"海伦,怎么回事?"

我当时答不上话来。

"你一定而且非告诉我不可,"他更加热切地补充了一句,倏地挨着我跪在地毯上,强行抓住我的一只手;可是我急忙抽出自己的手,答道:

"对你来说,这无所谓,亨廷顿先生。"

"你能肯定这对我无所谓吗?"他回答说,"你能发誓你哭的时候并没有想着我吗?"

这可真教我受不了。我努力站起来,可是他正跪在我的衣服上。

"告诉我,"他继续说——"我想知道——因为,如果你是在想着我,那么我就有些话要对你说——如果不是,那么我就走。"

"那么走好了!"我大声说,可是又担心他唯命是从,从此不再来了,我连忙又加上一句——"或者把你要说的话说了,就把这事了结掉!"

"到底要我走还是说呢?"他说——"因为只有你真的想着我,我才说。所以告诉我吧,海伦。"

"你太不礼貌了,亨廷顿先生!"

"一点儿也不——你的意思是说我太礼貌了——这么说,你不愿告诉我啰?——好吧,我就不来伤害你们女人的自尊心了,就把你的沉默解释为'是的',想当然地认为刚才你想的便是我,我便是使你苦恼的原因——"

"实际上,先生——"

"如果你否认,我就不把我的秘密告诉你,"他威胁道;于是我就不再打断他的话——或者甚至也不试图严加拒绝,尽管他又抓住了我的一只手,用另一条手臂半搂着我——这在当时我几乎没有意识到。

"是这样的，"他重新开始说，"与你相比，安娜贝拉·威尔莫特就像是一朵扬扬得意的牡丹，而你是一朵镶嵌着宝石般的露珠的可爱的野玫瑰花苞——而且我发狂地爱着你！——现在告诉我这条消息有没有使你高兴——又是沉默？这就意味着'有'了——那末让我再添上一句：我没有你就活不下去，如果你对最后这个问题的答复是'不'，你就会使我发疯——你愿意把自己给我吗？——你愿意！"他嚷了起来，把我紧紧地搂在怀里，几乎要把我挤死了。

"不，不！"我竭力从他怀中挣脱出来，呼喊道——"你得问我的姑父和姑妈去。"

"你不拒绝我，他们也就不会。"

"这我可不敢说——因为我姑妈不喜欢你。"

"可是你并不不喜欢我，海伦——说你爱我，我就离开。"

"我希望你会走掉！"我回答说。

"我会的，马上走——只要你说一声你爱我。"

"你知道我是爱你的，"我答道。他又猛地把我抱在怀里，吻得我透不过气来。

正在此时，我姑妈把房门开得大大的，手里擎着蜡烛，又震惊又诧异地站在我们跟前，呆呆地朝亨廷顿先生看看，又朝我看看——因为我们两人都惊跳起来，这会儿正隔得老远地站着。不过他只慌乱了片刻，马上就恢复了过来，以值得羡慕的自信态度开口说道：

"我万分抱歉，马克斯韦尔太太！请别对我过于严厉。我刚在要求你这可爱的侄女好歹要接受我的求婚，而她像个好姑娘，告诉我说没有先得到她姑父和姑妈的同意是不能考虑这事的。因此让我恳求你不要罚我永远受苦吧；如蒙你赞同我的目标，我就有把握了；因为我确信马克斯韦尔先生对你是什么也不会拒绝的。"

"我们明天再谈这件事吧，先生，"我姑妈冷冷地说。"这是个需要慎重认真考虑的问题。现在你最好回到客厅去。"

"可是在这同时,"他恳求道,"让我把我的目标托付给你以便得到你最宽容的——"

"亨廷顿先生,在我和对我侄女的幸福所作的考虑之间,不应当插入对你的宽容。"

"啊,确是这样!我知道她是一位天使,而我则是一只冒昧的狗,竟然梦想要得到这么个珍宝;然而我宁死也不甘心把她让给已经进天国的最好的人——至于她的幸福,我愿意牺牲我的肉身和灵魂——"

"肉身和灵魂,亨廷顿先生——牺牲你的灵魂?"

"嗯,我愿意献出生命——"

"不会要求你献出生命的。"

"那末我要度过一生——献出一生——以及它的全部力量以促进并维护——"

"先生,我们改日再谈这件事吧——我原是会倾向于对你的要求作出更有利的判断的,如果你也选择了另一个时间和地点,以及——让我加上一句——另一种态度来作你的声明的话。"

"嗨,你听着,马克斯韦尔太太,"他又开始说话了——

"对不起,先生,"她尊严地说——"朋友们在另一个房间里要你去呢。"说罢她便转过来对着我。

"那末你一定得替我恳求,海伦,"他说,最后走出了房间。

"海伦,你最好还是回自己的房间去,"我姑妈严肃地说。"我也要等到明天再和你讨论这件事。"

"别生气,姑妈,"我说。

"亲爱的,我并不生气,"她答道,"我是感到惊奇。要是你真的告诉他说没有得到我们的同意你就不能接受他的求婚——"

"是真的,"我插嘴道。

"那你怎么可以允许——"

"我实在没有办法,姑妈,"我大声说,突然哇地哭起来。这并不完全是伤心的眼泪,也不是担心她会生气的眼泪,而是由我的感情全面激动起来所引起的爆发。不过我的好姑妈见我这么激动,她感动了。她用较柔和的声调又劝我去休息,轻轻地吻了吻我的前额,向我道了晚安,把手中的蜡烛递给我;于是我就走了——可是我脑子里思潮起伏不已,哪里睡得着觉。现在我已把这一切都写下了,就觉得平静些了;我要去睡觉,试图去赢得疲倦的身体的甜蜜的恢复剂。

第二十章
坚　持

9月24日——早晨我起身来,感到轻松愉快,不,快活极了。我姑妈的意见以及对得不到她的同意的担心像徘徊不去的乌云般笼罩在我头上,在我所抱的金光灿烂的希望以及自己的爱情得到了回答的极度快乐意识中,这团乌云消失殆尽了。这是个辉煌的早晨,我到户外去领略它,静静地闲荡着,由我自己的极其快活的思绪做着伴。草上沾着点点露珠,千万根游丝在微风中飘动,快活的知更鸟正在啭鸣中倾注它那微小的心灵,而我的心洋溢着感谢和赞美上天的无声颂歌。

可是我没有闲步多远,我的孤独状况便受人打扰了。那是唯一可能在当时妨碍我的沉思冥想而却不被我认为是不受欢迎的人——亨廷顿先生。他突然来到我的跟前。他出现得如此意外,假如只有视觉证明他的存在,我就可能会认为是出自我过分兴奋的想象;可是我随即感觉到他一条有力的手臂搂住了我的腰,热情的吻贴上我的面颊,同时他那热切而欣喜的"我的海伦!"的招呼声在我耳边回响。

"还不是你的呢,"听了这一句过于冒昧的招呼话,我忙不迭地躲开他,说道——"别忘了我那两位保护人。你不会轻易获得我姑妈的同意。你难道没有看出她对你有偏见吗?"

"我看出了,我最亲爱的;你一定得告诉我她为什么这样,以便能知道最好怎样去对付她反对的理由。我料她认为我是个浪荡子,"他见我不愿意回答他的话,便接着说下去,"而且还断定我将没有多少财产可以送给我的配偶,是吗?如果是这样,你必须告诉她，我的财产大部分是限定继承的不动产，我没有摆脱这状况。关于其余的财产可能有一些已经做了抵押——各处有一些小笔欠款和债务，不过都是微不足道的；而尽管我承认我不像我可能的——或者说，像我过去——那么富有，可是我仍然认为我们靠剩下的那些财产是能够设法过得相当舒服的。你知道，我父亲有点儿像个守财奴，到晚年尤其小气，除了积聚财富外，不懂得人生什么乐趣；因此他也就难怪他的儿子会以花钱为他的主要乐趣——从而情况就是如此——直到我认识了你，亲爱的海伦，是你使我明白还有其他的观点和较高尚的目标。而且一想到得在我的家里好好照顾你，就会迫使我节制开支，生活得像一位基督徒了——且不谈你的明智的忠告和可爱而具有吸引力的德性将会在我脑中灌输为人慎重等美德了。"

"可是我说的不是这个，"我说，"我姑妈考虑的并不是金钱。她很懂事理，并不过于重视世间的财富。"

"那末她考虑的是什么呢？"

"她希望我——只嫁给真正的好人。"

"什么，一个'绝对虔诚'的人吗？——啊哼！——哦，行，我也能设法对付这个！今天是星期天，不是吗？我要在早上、下午和晚上都上教堂去，一举一动表现出非常虔诚的样子，使她把我看做是'从火中抽出来的一根柴'①，以钦佩和姐妹般的态度关心我。我从教堂回家，要像一座炉子一样不停地叹气，满怀着亲爱的勃兰顿特先生讲的道的那种味道和热忱——"

"是莱顿先生，"我冷冰冰地说。

"海伦，莱顿先生是不是一位'亲切的传道士'——一位'可爱而讨人喜欢的虔诚的人'？"

"亨廷顿先生，他是个好人。我希望我能说你有他一半好。"

---

① 引自《圣经·旧约·撒迦利亚书》第3章第2节："这不是从火中抽出来的一根柴吗？"这是上帝当着大祭司约书亚和撒旦的面赞美约书亚的话。

"哦，我忘了，你也是位圣人。最亲爱的，我恳求你的宽恕——不过别叫我亨廷顿先生，我的名字叫阿瑟。"

"我什么也不会叫你——因为如果你再这么说话，我就跟你绝交了。如果你真的打算像你所说的那样欺骗我的姑妈，那你真坏透了；如果并不打算这样干，那你在这种问题上开玩笑，就大错特错了。"

"我接受指正，"他收起笑容，伤心地叹了一口气说。"好吧，"他默不作声了一会儿，又说道，"我们来谈谈其他的事吧。海伦，靠得我近些，挽住我的手臂；这样我就不找你麻烦了。我看见你在那边走着，我的心就静不下来。"

我照办了；不过我说我们过一会儿就得回到屋子里去。

"还要过好长一段时间才会有人下楼来进早餐，"他答道。"海伦，你刚才谈到你的两个保护人，不过你的父亲不是还健在吗？"

"是的，不过我一向把我姑父和姑妈看做我的保护人，因为他们尽管在名义上不是，实际上却正是我的保护人。我父亲把我完全交托给他们照管。在我很小的时候我妈妈就去世了，那以后我就一直没有见到过我的父亲；当时是我姑妈提出要来照顾我，于是把我带到斯坦宁利来，从那时候起我就一直待到现在；我想，凡是有关我的事，只要她认为该同意的，他都不会反对。"

"不过他会不会支持她认为应该反对的事呢？"

"不会，我认为他不太关心我。"

"他实在太不对了——可是他并不知道自己有个多么像天使的女儿——不过对我来说，这样更好，因为要是他知道了，他就不会愿意放弃这样的宝贝了。"

"还有一点，亨廷顿先生，"我说，"我想你知道我是没有财产可继承的吧？"

他抗议说自己从来没有想到过这件事，并且请求我不要提起这种毫无趣味的问题来打扰他目前正在享受的乐趣。这证明了他无私的爱情,我听了很高兴;因为安娜贝拉·威尔莫特除了已经拥有她已故父亲的财产之外,她的叔父的财富也很可能全部由她继承。

这时我坚持要顺原路回屋子去;不过我们走得很慢,并且边走边谈着。我不需要把我们所谈的话全部记下来,还是让我把我姑妈和我之间的谈话提一提吧。早餐后,亨廷顿先生把我的姑父叫开去,无疑是为了求婚,于是我姑妈便召唤我到另一间屋子里去,在那儿她又一次开始作一番严肃的规劝,不过完全没能使我信服她对这件事的看法比我的高明。

"姑妈,我知道你用过于挑剔的态度去判断他,"我说。"他的那些朋友就不完全像你所说的那么坏。就拿米莉森特的哥哥沃尔特·哈格雷夫来说吧,要是她关于他的事所说的有一半是真的话,他只比天使略逊一筹。她不断地对我谈他的种种美德,把他捧上了天哩。"

"你要是根据一个疼爱哥哥的妹妹所说的话来对那个男人下结论的话,"她答道,"那末你对此人的品质所作的评价就可能很不恰当。这种人当中最坏的通常都知道怎样把自己的不端行为瞒过他们姐妹的眼睛,也瞒住他们的母亲。"

"还有洛勃罗勋爵,"我接着又说道,"是个很正派的人。"

"谁说的? 洛勃罗勋爵是个不顾一切的人。他赌博和干其他事,把自己的财产都挥霍光了,如今正在找一个有财产可继承的女子来挽回这种局面。我把这情况告诉了威尔莫特小姐;可是你们都一样,她傲慢地回答说她非常感谢我,可是她相信自己能分辨出一个男人追求她是为了她的财产还是为了她本身;她自以为在这些事上有足够的经验,有理由信赖自己的判断力——而至于爵爷短少钱财嘛,她可不在乎,因为她希望她自己的财产足以满足两人的需用;至于他的放荡不羁,她想他不会比别人更坏——再说,他已经改过自新了——是啊,他们要骗取一个被引入歧途的多情女郎的心时,是都能装扮成伪君子的!"

"哦,我认为他同她是差不多好的,"我说。"不过亨廷顿先生结婚后是不会有很多机会陪伴他那些单身汉朋友的——而且他们越坏,我也就越渴望把他从他们中间解救出来。"

"确实如此,我亲爱的;而且他越坏,我想你也就越渴望把他从他本身解救出来。"

"是的,假如他不是不可救药的——也就是说,我更渴望把他从他的过错中解救出来——要给他机会摆脱他因与比他更坏的人接触而偶然染上的恶习,并且使他焕发出自身的毫无阴影的真正德性之光——要竭尽全力帮助他的较好的一面去反对他的较坏的一面,使他成为他本来就应该变成的那种人,要不是由于他一开头就有个自私而吝啬的坏父亲和一个愚蠢的母亲的话,他原是会变成这样的。他父亲为了满足自己卑鄙的欲望,对他在孩提时期和青少年时期的最无害的娱乐都加以限制,以致使他对任何性质的约束都产生了反感;而他的母亲则纵容他尽情寻欢作乐,为了儿子欺瞒了丈夫,竭力怂恿他去接受她原该有责任加以抑制的那些放荡和罪恶的萌芽——而且接着又结交上了你所描述的那么一伙恶友——"

"可怜的人哪!"她讥讽地说道,"他的那伙人把他害得好苦!"

"他们就是害了他!"我大声说——"可是他们不再能害他了——他的妻子将挽回他母亲所造成的恶果!"

"唉!"她稍微顿了一下,又说道。"海伦,我得说我原以为你具有比这更好的判断力——以及鉴赏力。我真不明白你怎么会爱上这样的人,也就是说你和他一起能得到什么乐趣,因为'光明和黑暗有什么相通呢?……信主的和不信主的有什么相干呢'?[①]"

"他并不是个不信主的人——而且我并非光明,他也并非黑暗,他最坏的和唯一的缺点是缺少考虑。"

---

① 引自《圣经·新约·哥林多后书》第 6 章第 14 至 15 节。

"而缺少考虑,"我姑妈继续说,"就可能导致一个人去犯所有的罪行,而且在上帝的眼中很难为我们自己的过错辩解。我料想亨廷顿先生并非不具有人所共有的种种功能,他并非轻浮得以致不愿承担任何责任。他的造物者同样地赋予他以无殊于我们其余的人的理性和良心;《圣经》也同样地为他与其他的人打开着——然而'若不听从摩西和先知的话,就是有一个从死里复活的,他们也是不听劝'。①而且要记住,海伦,"她严肃地接着说,"'恶人,就是忘记上帝的外邦人,都必归到阴间!'②因此,就算假定他会继续爱你,你也继续爱他,而且你们俩会尚称舒适地度过一生——可是当你最终看到你们俩永别时,又是怎么个情况呢?你可能被接纳进入永恒的天堂,他则被扔在硫黄的火湖里,必昼夜受痛苦,直到永永远远③——"

"并非永远,"我大声叫道,"'他只在那儿待到他把最后的分文都还清'④,因为'人的工程若被烧了,他就要受亏损,自己却要得救,虽然得救乃像从火里经过的一样'⑤。而且上帝'能叫万有归服自己,愿意万人得救'⑥,而且'在日期满足的时候,使天地上一切所有的,都在基督里面同归于一,他为人人尝了死味,上帝便借着他叫万有,无论是地上的、天上的,都与自己和好了'。⑦"

"哎哟,海伦!你从哪儿学到这一切的?"

"从《圣经》里,姑妈。我把它细细看过,找到了差不多三十段,全都有助于支持这同样的论点。"

---

① 引自《圣经·新约·路加福音》第 16 章第 31 节。
② 引自《旧约·诗篇》第 9 篇第 17 节。
③ 引自《新约·启示录》第 20 章第 10 节。
④ 引自《新约·马太福音》第 5 章第 26 节。
⑤ 引自《新约·哥林多前书》第 3 章第 15 节。
⑥ 此句是《新约·腓立比书》第 3 章第 21 节和《提摩太前书》第 2 章第 4 节两处经文含义的合并。
⑦ 此句是《圣经》中《以弗所书》第 1 章第 10 节、《希伯来书》第 2 章第 9 节和《歌罗西书》第 1 章第 20 节三处经文含义的合并。

"难道你是这样利用你的《圣经》的吗?你没有找到能证明这种信念的危险性和虚假的章节吗?"

"没有;我的确看到有些段落,如果独立地去加以理解,可能似乎是反驳那种见解的;可是人们都可以对之作出不同于通常的解释,而且在大多数段落中,唯一的困难在于我们如何解释'无穷尽的'或者'永恒的'这个词方面。我不识希腊文,不过我相信它的精确涵义该是'很久',可能既意味着'无穷无尽'又意味着'不朽'。说到这个信念的危险性,要是我认为有哪个可怜虫会把期望寄托在这个信念上从而毁了他自己的话,我也不会到处公之于众的,不过这是珍藏在一个人内心的辉煌的念头,赔上整个世界我也不愿意抛弃它的!"

我们的谈话到此结束,因为这是我该准备去教堂的时候了。除了几乎从不参加早礼拜的姑父之外,所有的人都去了;而威尔莫特先生则留在家里陪他安静地玩纸牌。午后,威尔莫特小姐和洛勃罗勋爵也托辞不参加礼拜;不过亨廷顿先生答应再陪我们去。我说不准他这么做是不是为了要讨好我的姑妈,可是如果是的话,他是确实该表现得更好些的。我不得不承认,我实在不喜欢他在做礼拜时的所作所为。他不是把他的祈祷书颠倒着拿在手里,就是错翻了书页,他什么也不干,只顾东张西望,除非偶然碰上了我姑妈或者我的目光,于是他便垂下眼睛盯住自己的祈祷书,装出一副极端拘谨的假正经神态,这即使不令人过分恼火,也荒唐得引人发笑。莱顿先生在讲道的时候,他有一次聚精会神地凝视了前者几分钟之后,突然拿出他的金制铅笔盒,抓起了一本《圣经》。他发觉我看到了他的这一举动,便轻声说他要把这篇布道记录下来;可是由于我就坐在他身旁,没法不瞅见他并非在作记录,而是在给传道师画一张讽刺画,把这位可敬而虔诚的长老画成极其荒谬的老伪君子的神态和模样。然而他回到家后,与我姑妈谈到那篇布道时,却表现出一定程度的谦恭而又严肃的识别力,以致不由使我相信他果真专心听了那番话,并且得到了教益。

快要吃晚餐的时候，我姑父把我叫进书房里去谈一件很重要的事，结果没说几句话便解决了。

"喂，内尔，"他说，"这个年轻的亨廷顿提出要娶你，我对这事该怎么说？你姑妈会答以'不行'——可是你怎么说？"

"我说行，姑父，"我毫不犹豫地答道，因为对这问题已经完全拿定主意了。

"很好！"他大声地说。"这可是个又好又诚实的答复——对一个姑娘来说是了不起的！——好吧，我明天就写信给你父亲。他肯定会同意的，所以你可以把这事看做已经定规了。我可以肯定地说，要是你接受威尔莫特的求婚要好得多，可是你是不会相信的。在你这个年龄，处于支配地位的是爱情；而在我这把年纪，重要的是耐用的赤金。我现在料想你大概从没想到要调查你丈夫的经济情况吧，或者动脑筋考虑一下结婚时分授财产给妻子的问题，或者任何这类问题吧？"

"我认为无此必要。"

"好吧，那末你应该感激自己具有更明智的脑子，能替你自己着想。我还没有时间去详细了解这个年轻的无赖的财务状况，不过我知道他父亲大笔财产的大部分已经被他挥霍掉了——可是我想仍然还剩下不少，只要稍为精心加以经营，还可能变成一笔可观的金额；而且，我们还应该劝你父亲给你一笔像样的财产，因为除了你本人，他只需要照顾一个人——再有就是，要是你表现得好，谁知道我不会因此在遗嘱中写上你的一份遗产呢？"他接着说道，一边把一根手指按在鼻子上，会意地眨了一下眼睛。

"多谢姑父，为了那事和你的满腔好意，"我回答说。

"哦，我还问了这个年轻的情郎关于分授财产的问题，"他接下去再说道，"他在这一点上似乎打算做得够慷慨的——"

"我就知道他会这样的！"我说。"不过请不必为这件事多费你的脑筋——也不必多费他和我的脑筋；因为我所有的一切会成为他的，而他所有的一切会成为我的；我们两人还能再有什么要求呢？"我正要走出书房去，他把我又叫了回去。

"别走，别走！"他大声把我叫住——"我们还没有提到时间呢。该定在什么日子？你姑妈会把时间推迟到天晓得哪一天，但是他却渴望尽早缔婚；他不同意迟于下个月；而我猜想你的意见也是如此，因此——"

"根本不是这样，姑父；正好相反，我希望至少要等过了圣诞节。"

"哎呀！呸！呸！别骗我了——我可懂得哩，"他又大声说道，怎么也不相信我这句话。然而实际上确是如此。我一点儿也不急。想到等待着我的那个重大的变化以及我得离开的这一切，我怎么会急于要结婚呢？如今知道我们俩要结婚了，知道他真心爱着我，而我可以同样忠诚地爱他并且随我高兴地常常想他，就够幸福的了。不过我坚持要与我姑妈商量结婚的日子定在哪天，因为我决意不要完全不顾她的意见；因此关于这个细节还没有作出决定。

第二十一章
众说纷纭

10月1日——一切都停当了。我父亲已经表示同意，日子定在圣诞节，这是要提早和要推迟婚期这两个不同主张的一种折衷办法。女傧相之一预定为米莉森特·哈格雷夫，另一个是安娜贝拉·威尔莫特——这并非由于我特别喜欢后者，而是因为她是我姑父家的亲密朋友，再说我也没有其他朋友。

当我告诉米莉森特我已经订婚的时候，她听到这消息的态度使我相当恼火。她惊讶得目瞪口呆了一会儿后说：

"得，海伦，我想我应该祝贺你——见你这么快活真叫我高兴；不过我没有想到你会要他的；而且你竟然这么喜欢他，使我不由得感到惊讶。"

"为什么感到惊讶？"

"因为你在各方面都比他优越得多，而且此人有点极冒失的地方——又很鲁莽——因此我不知道该怎么样——可是我总是见他走近来，便感到希望避开他。"

"是你自己羞怯，米莉森特，这可不是他的错。"

"还有他的外表，"她继续说下去。"大家都说他长得漂亮，他也确实如此，不过我不喜欢那种美；而且我也觉得奇怪你怎么会喜欢的。"

"请问，你为什么觉得奇怪？"

"哦，你是知道的，我认为他的外表一点儿也不高贵或者崇高。"

"事实上你是觉得奇怪我怎么会喜欢上与传奇中那种趾高气

扬的英雄人物迥异的任何人,是不?得了!给我个有血有肉的情郎,我就愿意把赫伯特爵爷和瓦伦丁爵爷之流让给你——如果你能找到他们的话。"

"我并不要他们,"她说。"我也是有个有血有肉的就满足了——只是这个人必须是精神磅礴并且让精神力量支配自己的。不过难道你不认为亨廷顿先生的脸色太红了点儿吗?"

"不!"我愤愤地大声答道。"根本一点儿也不红。他的肤色有的只是悦人的红润——一种健康的好气色,整个面部带着粉红的暖色,恰如其分地和双颊上较深的色泽十分相配。我可不喜欢男子的脸色红白分明,活像个涂脂抹粉的洋娃娃——或者苍白得像害病似的,或者黑得像让烟给熏脏了的,或者黄得像死尸似的!"

"得了,审美观各不相同——不过我喜欢肤色苍白,要不就是暗色的,"她回答说。"不过老实告诉你,海伦,过去我一直欺骗自己,想望有一天你会成为我的嫂嫂。我指望在下个社交季节介绍沃尔特与你相识;我原以为你会喜欢他,我也肯定他会喜欢你;我自以为这样我就有福气看到在世上我最喜欢的两个人——除了妈妈以外——结合在一起。他可能不完全符合你所认为漂亮的标准,不过与亨廷顿先生相比,他的相貌可更出色、更像样、更美好——要是你结识了他,我肯定你也会这么说的。"

"不可能,米莉森特!你这么想,是因为你是他的妹妹;而且正因如此,我会原谅你;但是我决不允许其他任何人这么不受谴责地在我面前贬低阿瑟·亨廷顿。"

威尔莫特小姐几乎也同样坦率地表达她对此事的看法。

"这么说,海伦,"她说,一边带着并不和蔼可亲的微笑走到我跟前,"我料想你会成为亨廷顿太太了?"

"是的,"我答道。"难道你不羡慕我吗?"

"哎呀,不!"她大声说。"我或许有一天会成为洛勃罗勋爵夫人,亲爱的,要知道,到那时候,我也就有资格问一声'难道你不羡慕我吗'?"

"从今以后我什么人也不羡慕了,"我还嘴道。

"说真的!你是这么幸福吗?"她若有所思地说,脸上蒙上了一层非常像是失望的阴影。"那末他是不是爱你——我的意思是,他是不是像你对他那样也把你当作偶像来崇拜?"她补充道,同时双眼紧紧盯住我,露出掩饰不了的急切表情,等我回答。

"我不要别人把我当作偶像来崇拜,"我答道,"不过我十分肯定他爱我胜过世上任何人——就像我爱他一样深。"

"确实如此,"她点了点头说。"我希望——"她说到这里顿住了。

"你希望什么?"她脸上露出的恶意的表情使我很生气,我便追问道。

"我希望,"她干笑了一声说,"这两位先生各自迷人之处和可取的条件能够合在一起——也就是洛勃罗勋爵有亨廷顿的漂亮脸蛋和好脾气,有他的全部机智、高兴劲儿和魅力;要不然就是亨廷顿有洛勃罗的门第、爵位和可爱的祖传家宅,而我把他占为己有;你则可以嫁给另一位而且受到欢迎。"

"谢谢你,亲爱的安娜贝拉,对我来说,我更满足于实际的情况;至于你,我希望你也像我一样,对你的心上人感到满意,"我说道,而且我说的正是真心话,因为,尽管我起先对她那种不友好的态度感到恼火,她的坦率却感动了我,而且我们两人的情况是如此悬殊,使我大可以可怜她并且祝愿她幸福。

看来亨廷顿先生的朋友们对于我们即将结合也不比我的朋友们感到更高兴。今天早上的邮差给他送来了他的几个朋友的信。在早餐桌上看信时,他做着种种奇怪的鬼脸,引起了大家的注意。可是他把那些信全都塞进口袋里去,暗自笑笑,一言不发,直到早餐结束。这时大家还没有安顿下来去从事各种各样的早晨娱乐活动,有的逗留在炉边烤火,有的懒散地在屋子里闲荡,他走过来在我的坐椅背上俯下身子,脸触着我的鬈发,先温和地吻

了我一下,然后在我耳边倾吐了下面这一通怨言:

"海伦,你这个迷人的姑娘,你可知道你使我遭到了我所有朋友的咒骂了吗?前几天我写信把我的幸福前景告诉他们,如今我得到的不是一大堆贺词,却是满口袋的痛骂和指责。他们没有一个人对我发出一句友善的祝愿,对你也没有说一句好话。他们说此后不会再有什么乐趣,不会再有欢乐的白天和兴高采烈的夜晚了——这全都是我的过错——说我是首先解散这个欢乐的团体的罪魁,其余的人纯然由于绝望也要学我的样子去结婚了。他们尊称我为这个团体的真正的灵魂和支柱,而我却可耻地辜负了他们对我的信任——"

"如果你喜欢的话,尽可以再和他们做伴去,"我听到他说这话的悲伤口气,便有点儿怄气地说。"让我妨碍任何人——或者任何一批人——得到那么多的幸福,我会感到难过的;我或许也能像你那些被抛弃的可怜朋友一样,好歹设法在没有你的情况下自己过日子。"

"哎呀!不行,"他咕哝道。"对我来说,'一切为了爱情,否则世界彻底完蛋'①。让他们去——说得客气点儿——去他们活该去的地方吧。不过,海伦,要是你知道他们把我骂得多狠,你就会由于我为你冒了这么大的风险而更加爱我的。"

他掏出他的那些弄皱了的信。我以为他要让我看它们,便对他说我不想看。

"我亲爱的,我并不打算给你看,"他说。"这些信简直不宜让一位小姐过目——大部分内容都是这样的。但是,瞧,这是格里姆斯比的潦草字句——只有三行,这个闷闷不乐的家伙!他固然说得不多,但正是他的沉默,有着比所有其他人的话更多的涵义,而且他说得越少,就意味着他想得越多——愿上帝惩罚他!——最亲

---

① 此句借用英国诗人、评论家及剧作家约翰·德莱顿(1631—1700)于1678年出版的一个历史诗剧的名字。在剧名中,"否则"(or)应译为"又名"。该剧是写安东尼和克娄巴的爱情悲剧的。

爱的，我请你原谅——这封信是哈格雷夫写的。他特别抱怨我，因为，说真的，他根据他妹妹的报告已经爱上了你，打算结束了放荡生活后就和你结婚。"

"我非常感谢他，"我说。

"我也是，"他说。"再看这封。是哈特斯利写来的——每一页上都满是带抱怨的指责、恶毒的咒骂和伤心的诉苦，最后发誓说，作为报复他也要结婚；他将委身于头一个愿意向他挑逗的老处女——他这么说，仿佛我很在乎他如何处置自己似的。"

"好吧，"我说，"如果你真的放弃与这些人的亲密关系，我想你将没有多大理由因失去他们的友谊而后悔；因为我相信他们对你是从来没有过什么益处的。"

"可能是这样；不过我们倒也开心过一阵呢，尽管乐中有苦，这是洛勃罗吃了苦头之后所体会到的——哈，哈！"他想起洛勃罗所遭到的麻烦事正笑着，我姑父走过来拍了一下他的肩膀。

"喂，我的孩子！"他说。"你是不是忙于同我的侄女调情，都顾不上同野鸡作战了？——要记得，今天是10月1日！——阳光出来了——雨止了——就连博雷姆也敢穿着他的防水长统靴大胆去冒险了，而威尔莫特和我将会胜过你们大家。我敢说，我们老头儿是这一伙人当中最起劲的运动家！"

"不管怎样，我今天可要让你看看我的厉害，"我的同伴说。"我要成批地杀死那些鸟，就为了你使我离开比你们或者那些鸟更好的伴侣。"

他说罢便走了，直到吃午餐的时候我才再见到他。这一段时间似乎长得令人厌倦，我真不知道我没有了他该怎么过日子。

千真万确，这三位年长的先生证实了自己是比那两位年轻的更起劲得多的运动家，因为最近洛勃罗勋爵和阿瑟·亨廷顿几乎天天都陪我们到处骑马和闲逛，忽视了狩猎活动。不过这一段欢快的日子很快就要结束了。不到两星期聚会就散了，使我十分难过，因为我过得一天比一天快活——博雷姆和威尔莫特这两位先生不再缠住我,我姑妈不再训斥我,我自己也不再妒忌安娜贝拉——甚至也不再讨厌她了——既然亨廷顿先生已成为我的阿瑟,而且我可以自由自在地跟他在一起——我又问自己了:我没有了他该怎么过呀?

第二十二章
友谊点滴

10月5日——我的杯中并不完全是甜汁,其中掺和着我无法对自己掩饰的苦味,不管我怎么想去假装不知情。我可以设法使自己相信甜味对苦味占有压倒的优势;我也可能把苦味称作一种可口的芳香剂;可是,不管我怎么自圆其说,它依然存在,我没法不尝到它。对阿瑟的缺点,我无法视而不见;而且我越爱他,这些缺点就使我越苦恼。我担心我所深深信赖的他那颗心并不像我本来想象的那么热情宽厚。至少他今天让我看到了他自己的本质的一次表现,如果称之为粗心大意似乎就太宽容了。原来他和洛勃罗勋爵陪着安娜贝拉和我骑着马作了次愉快的长途跋涉;他与通常一样在我身旁骑着,而安娜贝拉和洛勃罗勋爵则在距我们前面不远处骑着,后者向他的同伴俯着身子,仿佛亲切地谈着知心话。

"海伦,如果我们不警惕的话,这两个人会比我们抢先一步的,"亨廷顿说。"的的确确,他们会成婚的。那个洛勃罗简直已经坠入情网了。可是我担心他跟她结婚之后会发现自己陷入了困境。"

"要是我听到的关于他的事是真实的话,"我说,"她跟他结婚之后也会发现自己陷入了困境的。"

"她才不会呢。她很清楚自己在干什么;可是他呀,这个可怜的傻瓜却搞错了,还以为她会成为他的好妻子,而且由于她为了蒙骗他曾经吹牛说,在爱情和婚姻问题上她并不重视地位和财富,他便自以为她一往情深地爱着他;认为她不会因他贫穷而拒绝他，也不是为了他的地位而向他求爱，完全是爱他这个人。"

"可是难道他自己不是因她的财富而向她求爱吗？"

"不，他可不是。当然，起初是这个吸引了他；但是如今他已经不再把它放在心上了。除了仅仅将其视作为维持生计所必不可少的东西之外，他从不想到金钱这两个字，因为要是没有它，为这位小姐自身着想，他是没法考虑娶她的。不，他是完全坠入情网了。他原以为自己永远不会再爱什么人了，可是却又一次爱上了。大约在两三年前，他原是要结婚的；可是因为失去了他的财产，也就失去了他的新娘。他在伦敦的同辈中间染上了坏的癖好，不幸对赌博特别感兴趣，而且这家伙谅必生不逢辰，因为他总是输多赢少。这种自我折磨的方式，我是从不沉溺于其中的；我花起钱来，总是十十足足地享受到它的价值；把钱浪费在小偷和骗子身上，我并不觉得有趣；说到赢钱这问题，截至目前，我的钱总还是够多的；我认为等到自己的钱快花光时再去捞一点还不迟。不过我有时候常到赌场去，只为了要看看那些疯狂的赌徒如何进行赌博——海伦，我向你保证，这是一项十分有趣的研究活动，有时候还真能给我乐趣。那些傻瓜和疯子常常使我笑坏了。洛勃罗被相当冲昏了头脑——并非自甘如此，而是出于必然——他老是决定要放弃赌博，却老是违反自己的决心。每次下注时都说'只再来这一次'；如果赢了一点儿，他就希望下次再赢一点儿，如果输了，在那个节骨眼上离去可不行；他一定得继续下去，直到至少收回最后的那笔输掉的款子，因为坏运不可能永远持续下去；而且每次幸而赢了，他就把这看做是好转的开端，直到事实证明情况正好相反。最后他变得不顾一切了，我们大家天天警惕着会发生自杀的事——我们中间有的人窃窃私语着：这也算不了什么大事，因为对我们的俱乐部来说，他的存在已是可有可无的了。然而他终于控制住了。他下了一笔很大的赌注，下定决心不管是输是赢，从此洗手不干了。他过去的确常常下这样的决心，可每次都违背了自己的话；这一次也不例外。他输了；

他的对手喜形于色地伸手把赌注一下子全捋走的时候，他脸色变得像白垩一样白，默默地朝后退去，抹抹前额。当时我在场；我见他两臂交叉于胸前，眼睛盯着地面，我很明白此刻他心里在想什么。

"'这是不是最后一次，洛勃罗？'我走到他跟前，问道。

"'这是倒数第二次，'他狞笑着回答；接着便冲回到赌桌旁，砰的一声拍了一下桌子，把嗓门提高得超过了房间里的硬币丁当声以及发誓和咒骂混在一起的一片嘈杂声，他发了一句深沉而严肃的誓言：不管发生什么事，这回的尝试将是最后一次；并祈求说，此后他若再洗一张牌或者再摇动一次骰子盒，便让无以言喻的灾祸降临到他的头上。说毕他下了比先前多上一倍的赌注，向在场的任何人挑战，来与他一赌。格里姆斯比立即挺身而出。洛勃罗狠狠地向他瞪眼，因为格里姆斯比的好运几乎与他的厄运同样著名。不管怎样，他们开始赌了。可是格里姆斯比这人手法熟练又不择手段，因此我不敢说他有没有利用对方急切得哆哆嗦嗦、什么也不注意的情况，卑鄙地耍了他；结果洛勃罗可又输了，气得压根儿垮了。

"'你最好还是再来一次，'格里姆斯比把身子探过桌面说道。接着对我眨了一下眼。

"'我没有钱再赌了，'那可怜的家伙勉强笑了笑说。

"'哦，你要多少，亨廷顿会借给你的，'另一个说。

"'不行，你听见我发过誓了，'洛勃罗回答道，默默地带着失望的心情转过身去。于是我挽着他的手臂，领他走出了房间。

"'这是最后一次吗，洛勃罗？'我把他带到街上以后问道。

"'是最后一次，'他有点儿出乎我的意料地回答说。我便带他回到了家中——这是说回到了我们的俱乐部——因为他顺从得像个孩子，我用掺水的白兰地灌他，直到他开始显得相当快乐——至少比较有点生气了。

"'亨廷顿，我完蛋了！'他从我手中接过第三杯酒时说道——刚才他一直是喝着闷酒。

"'你可没有!'我说.'你会发现一个人失去了他的钱财后照样能像一只失去脑袋的乌龟或者失去身子的黄蜂那样活下去.'

"'可是我负着债啊,'他说——'债台高筑! 而且我永远,永远也还不清那些债!'

"'咳, 那又有什么关系?许多比你强的人负着债过日子,到死都没有还清,而且你也知道他们不能把你下到牢里去,因为你是贵族.'说着我递给了他第四杯酒。

"'可是我不喜欢负债!'他叫嚷起来.'我不是为负债而生的,我可受不了!'

"'没法补救的事就得忍受,'我说,一边为他调制第五杯酒。

"'而且我又已经失去了我的卡罗琳.'他开始抽鼻子,因为白兰地使他的心软下来了。

"'这不要紧,'我答道,'世上不是只有一个卡罗琳.'

"'对我来说,只有一个,'他悲伤地叹了一口气说,'而且就算还有五十个,我可不知道没有钱又有谁能得到她们?'

"'哦,有人会贪图你的贵族头衔而要你的;再说,你还有祖传产业;你也知道,那是有限定继承权的.'

"'我多么希望我能把它卖掉了来还债啊,'他咕哝道。

"'这还不算,'这时格里姆斯比刚走进屋来,他说,'你知道,你可以再试试。我要是你的话,我会再试一次的。我决不就此罢休.'

"'我可以告诉你,我不愿再试了!'他大声喊道。他猛地站起来,走出房去——步子踉踉跄跄,因为酒已经冲昏了他的头脑。当时他还不十分习惯于喝酒,不过那以后他一心一意地开始借酒解愁了。

"他遵守了自己关于赌博的那个誓言(这着实使我们大家感到意外),尽管格里姆斯比竭力引诱他去违反它,可是他如今却染上了使他几乎同样伤脑筋的另一种恶习,因为不久他便发现酒魔与赌魔同样邪恶,也几乎同样难于摆脱——特别是他那些好心朋友又竭力怂恿着他那永远不能满足的渴望。"

"这么说,他们自己也是恶魔了,"我再也控制不住满腔的义愤,大声说道。"而且看来头一个引诱他的就是你,亨廷顿先生。"

"唉,我们又有什么办法呢?"他表示不赞成这种说法,说道——"我们那么做是出于一片好心的——我们不忍眼巴巴地看着这可怜家伙那么苦恼——再说,他也实在太扫我们的兴了,在失去情人、丧失大笔财产和前一天晚上胡闹后所引起的反作用的三重影响之下,一言不发、闷闷不乐地坐在那儿;不过遇上他心里有什么念头的时候,即使他本人并不感到快活,却总能为我们提供无穷的乐趣。连格里姆斯比都会因洛勃罗的一些怪话暗自笑起来,他说他喜欢那些话远远胜过我打趣的俏皮话或者哈特斯利的纵声狂笑。可是有天晚上我们大伙儿在俱乐部很亲切地待在一起,吃过晚餐,正坐着喝酒的时候——洛勃罗发疯似的向我们一杯杯地祝酒,尽管他没有陪我们一起唱那些疯狂的歌曲,却在一旁听着并且参加了鼓掌——他突然陷入了沉默,让头垂到手上,不再把酒杯举到唇边了——不过这也不是什么新鲜事儿,因此我们也就由他去,继续乐我们的,直到后来,正当我们哄然大笑的时候,他突然抬起头来,插嘴进来叫嚷道:

"'先生们,我们这样一直要闹到哪儿才结束?——你们现在就答复我这问题,好吗?——这一切要闹到哪儿才结束?'

"'闹到地狱的烈火里才结束,'格里姆斯比咆哮着说。

"'你说中了——我就是这么想的!'他大声说。'那好,我来告诉你该怎么办。——说着便站起来。

"'演说啦,演说啦!'我们都嚷开了。'听啊,听啊!洛勃罗要向我们演说啦!'

"他镇静地等着,直到雷鸣般的喝彩鼓掌声和酒杯的丁当声停下来才开口讲:

"'先生们,就是这两句话:——我觉得我们最好到此为止。我们还是趁还来得及的时候就停止为好。'

"'说得正对!'哈特斯利扯开嗓门说道:

'停下,可怜的罪人,停下想想
　　在你再向前走去之前,
不要再在边沿上寻欢作乐,
　　在那无穷无尽的苦难的边沿。'

"'完全正确!'爵爷极其严肃地应道。'而且如果你们愿意去无底坑①,我可不同你们一起去——我们必须分手,因为我发誓不再朝它走一步了!——这是什么呀?'他拿起自己的一杯酒说。

"'尝尝看,'我建议道。

"'这是行巫术用的羹汤!'他大声说。'我与它永远脱离关系!'接着便把那杯酒倒在桌面的中央。

"'把杯子再斟满酒!'我说着把酒瓶递给他——'让我们为你的自我克制干杯。'

"'这是剧毒品,'他一把抓住瓶颈说,'而且我立誓戒酒了!我已经戒了赌,我也要戒掉这个。'他正要故意把瓶子里所有的酒倒在桌子上,哈格雷夫使劲从他手里夺了过去。'那末你们就活该受诅咒!'他说。于是一边倒退出房间,一边嚷了一声,'永别了,你们这些诱惑人的恶棍!'便在一片高声的嘲笑和鼓掌声中消失了。

"我们以为他次日便会回到我们中间来,可是使我们惊奇的是他的座位一直空着,我们整整一个星期没有见到他;我们当真开始以为他是要遵守自己的诺言了。可是终于在一天晚上,当我

---

① 《圣经·新约·启示录》中多次提到无底坑,指在末日审判时恶人的归宿处。第20章第1至3节写到天使把魔鬼撒旦打入坑内。

们大部分的人又聚在一块儿的时候,他走了进来,沉默冷酷得像个鬼,正要静静地在我旁边他惯常坐的椅子上坐下来,可是我们全体站起来欢迎他,几个人高声问他要喝什么,另有几个人连忙端起酒瓶和酒杯要给他斟酒;不过我知道一大杯冒气的掺水白兰地最能使他得到安慰,可是正要调制就绪,他却带着几分怒气推开酒说:

"'请别管我,亨廷顿!请安静些,你们大伙儿!我不是来参加作乐的,我只是来陪你们待一会儿,因为我受不了自己思想的折磨。'说完便抱拢两臂,朝后靠在椅背上,因此我们就不去打扰他了。不过我把酒杯留在他身边;过了一会儿,格里姆斯比向我眨眼示意,使我注意那杯子;我转过头去,见那杯酒已经被喝得见了底。他作了个要我再斟酒的手势,默默地把酒瓶推过来。我高高兴兴地照办了,可是洛勃罗察觉到了这出哑剧,被我们两人之间传递的会意的笑惹恼了,从我手中一把抢过酒杯,猛地把里面的酒朝格里姆斯比的脸泼去,把空酒杯朝我扔过来,然后冲出房去。"

"我希望他砸烂了你的脑袋,"我说。

"没有,亲爱的,"他答道,因想起这整个事件而纵声大笑,"他原会这样做的——而且或许还会破了我的相,不过幸好这一大蓬鬈发(说着他脱下帽子,炫耀他那一头密匝匝的栗色头发)保全了我的脑袋瓜儿,使酒杯在落到桌上之前没有碎掉。"

"那以后,"他继续说,"洛勃罗有一两星期之久一直避开我们。我有时候会在城里遇见他,由于我脾气好,对他那次粗野的行动并不记恨,而他对我也没怀恶意——因此他从来不会不愿意跟我说话;相反,他就是老缠着我,我到哪儿他就跟到哪儿——除了俱乐部、赌场和这一类危险的娱乐场所——他对自己那烦闷忧郁的情绪感到十分厌烦。最后,以我不引诱他喝酒为条件,我总算使他和我一起到俱乐部来了;而且在一段时间内,相当按时地不断在晚上来看望我们——仍然以惊人的毅力避开他那么勇敢地立誓戒掉的'剧毒品'。可是我们中间有几个会员反对他这种行为。他们讨厌他不为大伙儿的娱乐起一份作用,却坐在那儿活像一具骷髅坐席①,使一切全都黯然失色,而且还用贪婪的眼光注视着他们送上嘴边的每一滴酒,他们发誓说这是不公平的;有几个人坚决主张要末强迫他像大伙儿一样地行动,要末把他从这个团体中开除出去,并且发誓等下次他露面时,就这么告诉他,要是他不接受这个警告的话,就对他采取积极的措施。不过这次我帮助了他,我劝他们这一阵子由他去,说只要我们这方面稍微忍耐一点儿,要不了多久他是会回心转意的——可是这确实是件叫人恼火的事;因为尽管他像个诚实的基督徒那样滴酒不饮,我很清楚他暗地里随身带着一瓶鸦片酊不断地吮吸着——或者更确切地说,是断断续续地吸毒,就像他对待酒那样,头一天戒了,第二天却喝得更多了。

"可是有一天晚上,我们大伙儿正在纵酒宴乐——我指的是我们惯常所举行的盛宴之一——他像《麦克白斯》剧中的那个幽灵②一样悄悄地走了进来,一如通常那样在离桌子略远一点儿的地方坐下,坐在不管那个'幽灵'要不要坐,我们都为他准备着的那把椅子上。我从他的神情看出,因服用过量坑人的麻醉剂,他正经受着其影响;不过没有人对他说话,他也不理睬大家。他的出现只引起了几个人的斜视,他们低声说'幽灵来了'。我们继续兴高采烈地闹饮如前,后来他突然把椅子向前一拖,探出身子,把两肘搁在桌子上,这把我们都吓了一跳。他神态严肃,充满不祥之兆,提高嗓门开了腔:

"'咳!我真弄不懂有什么能使你们感到这么高兴的。我不知道你们对人生有什么看法——我只看见一片漆黑,唯有战战兢兢地等候最后审判和那愤怒的烈火。③'

---

① 古埃及人有这种风俗。——原编者注
② 见莎士比亚的《麦克白斯》第3幕第4场。
③ 引用《圣经·新约·希伯来书》第10章第27节的内容。

"大伙儿不约而同地把各自的酒杯朝他推去,我把它们在他面前排成一个半圆形,亲切地轻轻拍拍他的背脊,叫他喝,告诉他喝了就会像我们所有人一样很快看到光明的前景,可是他把杯子统统推回去,咕哝道:

"'把它们拿走!我不喝,我告诉你们——我不愿——我不愿!'于是我把一杯杯酒分别交还它们的主人;不过它们一一被拿走的时候,我瞧见他以一种不胜遗憾的渴望的眼神目送着它们。接着他交叉起十指,按在眼睛上,不去看它们,过了两分钟又抬起头来,嗓门嘶哑而又热切地轻声说:

"'可是我又一定得喝!亨廷顿,给我一杯!'

"'就把酒瓶拿去吧,伙计!'我说着把白兰地瓶塞进他的手里——就到此为止吧,我讲得太多了,"叙述者亨廷顿被我转向他的那种目光吓了一跳,轻声含糊地说。"不过不要紧,"他不顾一切地又说,便这样继续讲下去——"他在极度的渴望中一把抓起酒瓶,一口接一口地吮吸着,直到他的身子突然从椅子上倒下去,在暴风雨般的掌声中消失在桌子底下。这一冒失行为所导致的后果是一阵类似中风的发作,接着便患上了相当严重的脑膜炎——"

"那末你对自己有什么看法,先生?"我性急地问道。

"不用说,我很后悔,"他答道。"我去看了他一两次——不,两三次——或者,天晓得,大约有四次吧——等他好了点儿,我就亲切地把他领回到羊栏里来。"

"你这话是什么意思?"

"我的意思是,我把他交还到俱乐部的怀抱中,并且出于对他虚弱的身体和极其低落的情绪的同情,我劝他为了他的胃口,'可以稍微用点酒'①,并且等到他充分复原之后,劝他采纳 media-via,②不要趋于极端的方法——既不要像傻瓜那样毁了自己,

---

① 见《圣经·新约·提摩太全书》第5章第23节。
② 拉丁语,意为:折中办法。

也不要像蠢货那样戒酒——总而言之，要像一个有理性的人那样快快活活过日子，要学我的样——因为，海伦，你不要以为我是个酒徒；我根本不是，从来不是，也永远不会是。我实在太珍视舒适了。我认为一个人要不是日子过得一个时期痛苦另外一个时期发狂，是不致会酗酒成习的——再说，我喜欢面面俱到地享受生活，一个使自己成为一种癖好的奴隶的人是办不到这一点的——又何况喝多了酒还会毁了一个人的美貌，"他以极其骄傲自满的笑容结束他的话，这种笑容原该使我比实际上更恼怒才是。

"那末洛勃罗勋爵因你的劝告得益了没有呢？"我问。

"呃，有呀，有点儿。曾经有一阵子，他掌握得很好；他确实是一个稳健慎重的模范人物——可是却超过了我们这伙放荡的人所能欣赏的程度——不过，不知怎的，洛勃罗却没有稳健的天赋，也就是：如果他偏离正路一点儿，在他还不能自我纠正之前，总会往下滑去；如果他在前一天晚上做得过了头，其影响会使他次日痛苦得不得不再去犯同样的过错来进行弥补；于是这样一天天地下去，直到他那吵吵嚷嚷的良心迫使他停下来。——接着，在他清醒的时候，他是又悔恨又恐惧又悲哀，闹得他的朋友们为了自卫起见，不得不用葡萄酒或者任何能弄到手的更烈性的饮料来使他消愁；而且等他起先在良心上的种种顾虑被克服了，他也就不再需要别人来劝酒，常常会变得不顾一切，行为粗鄙得到了他们中间没有一个人所希望的程度——可是等到发作过后，却对自己那无法形容的邪恶和堕落更其伤心了。

"最后，有一天只有他和我两人在一块儿的时候，他处于平时情绪低落，心不在焉时的那种状态，抱着双臂，脑袋垂到胸前，沉思了一会儿之后，突然清醒过来，激动地抓住我的手臂，说道：

"'亨廷顿，这样不行！我决心了结这一切。'

"'什么，你打算用枪自杀吗？'我说。

"'不，我要改过自新。'

"'哦,这可不是什么新鲜事儿!一年多来你就一直要改过自新的。'

"'是的,可是你不让我这样做;而我又偏偏是一个没有你就活不成的傻瓜。不过现在我知道是什么阻碍着我,我需要什么来挽救自己了;而且我情愿把海洋和大地绕一圈去获得它——只是恐怕没有这个机会。'说着他叹了一口气,仿佛他的心要碎了似的。

"'你需要的是什么呀,洛勃罗?'我问道,心想他终于完全垮了。

"'一个妻子,'他答道,'因为我没法独个儿过,我会心烦意乱的,但又不能和你一块儿过,因为你站在魔鬼的一边反对我。'

"'谁——我?'

"'是的——你们大伙儿全都是这样——而且你也知道,你比他们任何一个都更起劲。不过要是我能娶到一个妻子的话,而她有足够的财产来替我还债,使我在世间正直为人——'

"'说得对,'我说。

"'同时又很可爱善良,'他接着说下去,'把家安排得还过得去,使我安于现状——我想我还是能做到的。我再也不会爱上什么人了,这是肯定的;不过也许这没什么大关系,这样倒能使我用清醒的头脑来选择妻子——尽管没有爱情,我还是会做一个好丈夫的;可是会有人爱上我吗?——这是个问题——要是有你那样漂亮的脸蛋和销魂夺魄的力量,'(他很高兴地说)'我才能抱这样的希望,可是像我这样,亨廷顿,你说会有什么人要我吗——像我这样倾家荡产的倒霉鬼?'

"'有,当然有。'

"'谁?'

"'什么,任何被人忽视的老处女,由于感到绝望,情绪急剧地消沉下去,她就会很高兴——'

"'不行,不行,'他说——'一定得是哪个我能爱的人。'

"'怎么啦,你才说过你自己再也不会爱什么人了!'

"'哦,用"爱"这个词儿不恰当——但该是哪个能讨我喜欢的人。——我无论如何要找遍整个英国!'他嚷道,突然充满了信心,或者可称为极度绝望的情绪。'不管成功还是失败,总比一头冲进那该死的俱乐部里去毁了自己强吧;所以永别了,俱乐部和你们。不管在今后什么时候,只要是在正当的场所或者基督徒的家里遇上你,我都会很高兴和你相会;可是你决不要再引诱我到那个魔窟去了。'

"说这样的话真丢脸,不过我还是跟他握握手,便分手了。他没有食言;就我所知,那以后他成了正人君子的典范;但直到最近,我始终没有跟他有多少接触。他偶尔找我做伴,可是有时又避开我,生怕我又会把他引向毁灭,但我感到和他在一起不大有劲,尤其因为他有时候还试图唤醒我的良心,并且把我从他认为自己已经逃脱的那个地狱里拉出来;不过我碰巧遇上他时,总没有忘记探询他在婚姻方面所作的努力和探究的进展情况,而大体上他总是乏善可陈。那些做母亲的对他那空空如也的钱柜和嗜赌的名声抱有反感,而那些做女儿的则厌恶他那愁眉不展的脸容和忧郁的情绪——加之,他又对她们毫不了解;他缺乏能说服别人的魄力和自信。

"我到欧洲去的时候,他就是这么个情况;等到年底我回来时,我见他仍然是个郁郁不乐的单身汉——不过和以前比起来,多少减少了些像从坟墓里被放逐回来的倒霉鬼的模样了。年轻的小姐们已经不再见他怕了,还开始觉得他相当有趣哩;可是那些做妈妈的仍然不肯让步。海伦,大约在这时候,我那好心的守护神带领我与你接触上了,于是你便成了我唯一的心上人。但与此同时,洛勃罗结识了我们那迷人的朋友威尔莫特小姐——他无疑会告诉你说,这是通过他那好心的守护神撮合的,尽管他们俩在斯坦宁利这儿更密切接触之前,他还不敢把自己的希望寄托在一个如此被人追求和爱慕的女子身上；而她则趁她的其他爱慕者不在场，明确地吸引他的注意，并且对他的每一次羞怯的接近都给予充分的鼓励。于是他确实开始对光明日子的曙光来临抱有希望；而且如果说有一阵子由于我挡在他和他的太阳之间而使他的指望暗淡了下来——而且因此几乎又使他陷入绝望的深渊——那末当我决定放弃那个战场去追求一个更光辉的宝贝时，就使他的热情更炽烈、希望更坚定了。总之，就像我已告诉你的那样，他简直痴迷了。起先，他还能模模糊糊地察觉她的缺点，使他感到相当不安；可是如今他的热情加上她的手段已经使他只觉得她尽善尽美，认为自己幸运得令人惊异，而其他一切都视若无睹了。昨天晚上他来找我，因他新发现的幸福而喜气洋洋。

"'亨廷顿，我不是被抛弃的人啦！'他抓住我的手，像一把虎钳似的紧握着它，说道。'还有幸福要轮到我哩——甚至就在今生——她爱我！'

"'真的！'我说。'她这么告诉你了吗？'

"'没有，可是我不再怀疑了。难道你没有看出她又和蔼又亲切得有多明显？而且她对我的贫困状态十分清楚，但是满不在乎！对于我以前的那种荒唐而邪恶的生活完全了解，竟还敢于信任我——而且也不向往我的地位和头衔；她对这一切完全不放在心上。她是人能想象得到的气量最宽宏、品格最高尚的人。她会拯救我的肉体和灵魂免遭毁灭。她已经使我在自己的眼中显得崇高了，使我比过去好上三倍，也聪明和伟大了三倍。唉！如果我早就认识她，我就能免去多少堕落和痛苦啊！可是我做了什么，能配得上如此高贵的人而无愧？'

"这事情妙就妙在，"亨廷顿笑着继续说，"除了他的头衔和出身以及'那座可爱的祖宅'以外，这个狡猾的轻佻女子根本就不爱他。"

"你怎么知道？"我问。

"是她亲口告诉我的。她说，'至于那个人本身，我压根儿瞧不起他；但是另一方面，我想是应该作出抉择的时候了，再说，如果我要等待有什么人能引起我的尊敬和爱情的话，那我就得独身过一辈子了，因为你们没有一个我不憎恶！'哈，哈！我觉得她这话说得不对——但不管怎么样，显然她并不爱他，这可怜的家伙。"

"那你就应当这样告诉他。"

"什么，就这么毁了她的全部计划和前途，这个可怜的姑娘？不行，不行；这是出卖行为，不是吗，海伦？哈，哈！再说，这么做还会使他很伤心的。"说着他又笑了。

"唉，亨廷顿先生，我不懂你怎么会觉得这件事如此出奇地有趣，我可不觉得有什么可笑的。"

"我这会儿是在笑你呀，亲爱的，"说着他笑得更厉害了。

于是我便让他独个儿去乐他的，鞭打了一下鲁比，让它慢跑着去追上我们的同伴，因为在这段时间里，我们一直让我们的马慢步走着，因而已经落后了好一段路了。过了不一会儿工夫，阿瑟又骑到我的身边来了，可是我不想同他说话，便突然拍马飞跑起来，他也拍马飞跑起来。我们在追上威尔莫特小姐和洛勃罗勋爵之前始终没有放慢步子，这时离庄园的大门已不到半英里。我一直避免再和他谈话，直到骑马结束，那时我打算趁他还不能向我提供帮助之前，从马背上一跃而下，躲进屋子里去；可是我正把我马装的裤腿从女鞍的搁腿叉架上挪下来时，他把我举起来放到地上，握住我的两只手，宣称在我没有宽恕他之前不会放我走。

"我没有什么要宽恕的，"我说。"你并没有伤害我啊。"

"有，亲爱的——可天理不容我来伤害你！——但是你生气了，因为安娜贝拉是对我承认她瞧不起她的情人的。"

"不，阿瑟，使我感到不满的并非这件事，而是你对待你那位朋友的整个行为方式；要是你希望我忘记它，那么你现在就去告诉他，他如此狂热地崇拜着、在她身上寄托着自己未来幸福的希望的是一个怎么样的女人。"

"我跟你说呀，海伦，这么做除了对可怜的安娜贝拉无异是要了个中伤的恶作剧，还确实会使洛勃罗非常伤心——对他会是个致命的打击。现在已经没法挽救他了，他已经无可救药了。再说，她可能把这个骗局维持至死，那么他也就会如同实有其事一样快活地沉浸在幻觉中；或者也许要等到他不再爱她的时候，才会发现自己的错误；要不然，就最好让他逐渐地明白真相。所以，我的天使，我希望我现在已经把情况讲得很清楚了，而且使你完全信服我是不能按你的要求为我的过失去做出补偿的。你还有其他什么要求吗？请说，我会乐于照办的。"

"除了这个，"我像以往一样严肃地说，"我没有其他要求了，那就是：以后你再也不要把人家的痛苦来开玩笑，要始终利用你对你的朋友们的影响，为了他们本身的利益去抵制他们的坏癖好，而不要去支持他们的坏癖好来坑害他们自己。"

"我会尽我的力量，"他说，"来记住并执行我的天使般的女辅导员的指令。"他吻过我的一双戴着手套的手以后便放我走了。

我走进我的房间时，意外地看见安娜贝拉·威尔莫特正站在我的梳妆台前，从容自若地对着镜子细看自己的面孔，一只手摆弄着她那根镶金马鞭，另一只手托着她那马装的长上衣。

"她确实是个漂亮极了的人儿！"我见到她那发育完美的修长的身躯和在我面前镜子里反映出来的脸蛋时，不由得这么想。她那头光亮的黑发在骑马时被微风吹得有点儿乱，但是并不显得难看，浓艳的棕色脸庞因运动而发红，一对黑眼睛闪耀着异样的光辉。她一见我走来便转过身来高声说话，带着恶意多于欢乐的笑声。

"怎么啦，海伦！你这老半天在干些什么呀？——我是来告诉你我的好运气的，"她当着雷切尔的面继续说道。"洛勃罗勋爵向我求婚了，我亲切地欣然接受了。难道你不羡慕我吗，亲爱的？"

"不，亲爱的，"我说——"也不羡慕他，"我在心里加上一句。"那末你喜欢他吗，安娜贝拉？"

"喜欢他！当然啰——深深地爱着他呢！"

"噢，我希望你会成为他的好妻子。"

"谢谢你，我亲爱的！除此之外，你还希望什么？"

"我希望你们彼此相爱，两人都幸福。"

"谢谢——而我希望你会成为亨廷顿先生的非常好的妻子！"她说罢，像女王般鞠了一躬便走了。

"哦，小姐！你怎么可以对她说这样的话？"雷切尔大声说。

"说什么话？"

"怎么，说你希望她会成为他的好妻子——我从来没有听见过这样的话！"

"这是因为我确实这么希望——或者更确切地说，我但愿如此——因为对她几乎不能指望什么了。"

"好啦！"她说，"我确实希望他会成为她的好丈夫。人家在楼下可谈论着他的一些怪事哩。他们说——"

"我知道，雷切尔——关于他的事我全听说了，不过他现在已经改过了。再说他们没有权利在背后讲他们主子们的坏话。"

"是的，小姐——另外，他们也谈过关于亨廷顿先生的一些事。"

"我不要听，雷切尔；他们扯谎。"

"是，小姐，"她轻声说，一边继续为我梳理头发。

"你相信那些话吗，雷切尔？"过了一会儿，我问道。

"不相信，小姐，不完全相信。你知道，许多用人待在一块儿的时候，喜欢谈论他们的主子；有的为了要吹一点牛皮，喜欢使自己显得仿佛比实际上知道得更多，仅仅为了要使其他人感到惊讶，还要露点口风、讲出点什么秘密。不过我想，我要是你的话，海伦小姐，我会三思而行的。我确实相信一位小姐对自己的婚姻大事不管考虑得多么周到都不会是过分的。"

"当然不会，"我说——"可是，雷切尔，你快点儿好吗？我得换衣服了。"

我确实是急于要摆脱这个好心女人，因为她给我换衣服的时候，我的心情十分忧郁，几乎没法忍住眼泪不流出来。我的眼泪之所以涌上眼眶并非为了洛勃罗勋爵——并非为了安娜贝拉——也并非为了我自己——而是为了阿瑟·亨廷顿。

* * *

13日。他们走了——他走了。我们俩得分离两个月以上——十个星期以上！这可是好长的一段时间，我得在见不到他的情况下生活。不过他答应会常常来信，还要我答应更频繁地给他去信，因为他将忙于安排他的事务，而我则没有其他更好的事要做。好吧，我想我总是有许多话要谈的——啊！盼望我们能老待在一起的时候早日到来，这样我们就可以无需让笔呀、墨水呀和纸张呀这些冷冰冰的媒介插在我们之间来交流思想了！

* * *

22日。我已经收到阿瑟的几封信了。他的信不长，然而十分亲切，而且就像他本人一样——充满了炽热的感情以及顽皮活泼的幽默感；但是——在这个不完美的世界上总是有个"但是"——我但愿他有时候能严肃点儿。我没法使他用真正而切实的认真态度来写信或说话。现在我可不十分介意了，可是他要是老这样的话，那我该拿我自己性格中的严肃方面怎么办呢？

第二十三章
婚后的开头几星期

1822年2月18日。今天一早，阿瑟就骑上他的猎马，欢天喜地出发去与——那些猎狗相会了。他将离开一整天，因此我将以被我忽略了的日记自娱——假如我可以把这么不经常的写作称之为日记的话。我最后一次打开日记本迄今恰好是四个月。

我已经结婚了，作为草谷庄园的亨廷顿夫人定居了下来。我已经历了八个星期的婚姻生活。那末我对于自己的这个行动有没有后悔呢？——没有——尽管我在内心深处必须承认，阿瑟并非我起初认为的那种人，而且，要是我当初就像现在这样彻底地了解他，我是很可能根本不会爱上他的，再说，如果我先爱上了他，然后才发现他是那样的人，恐怕我认为自己是不该跟他结婚的。的确，我原是可能了解他的，因为大家都很愿意把他的情况告诉我，而他本人又不善于伪装，可是当时我却是存心视而不见。事到如今，我非但不后悔自己在对他的性格还没有完全了解时便同他结上不解之缘，却觉得很高兴，因为这一来就免得自己去同良心进行大量的斗争，因而引起极大的烦恼和痛苦；而且，不管我原该怎么样，我现在的责任却是明摆着要去爱他，紧紧地依附着他；而且这也正合乎我的心意。

他十分喜爱我——几乎过于喜爱了。我希望他少给点爱抚，多讲点理性；要是能让我选择的话，与其作为受宠者，我倒更喜欢做他的朋友——不过我并不为此情况抱怨，我只是担心他的爱情越炽热，它就越肤浅。有时候我把它比作与坚硬的煤块相对而言的由干燥树枝所燃起的一堆火，——烧得很旺很热，可是一旦烧尽，只留下一堆灰烬，那我可怎么办呢？不过也不会发生这样的事——我决不让它这样——我确实有能力使它继续烧下去。所以让我立刻打消这个想法吧。然而阿瑟是自私的——对此我不得不承认；而且我这样承认了所感到的痛苦确实也并不像可能设想的那么厉害，因为既然我那么爱他，我就很容易宽恕他去爱他自身了；他喜欢人家讨好他，而我则以讨好他为乐——再说，我对他的这种倾向有时感到遗憾，那都是为了他，而并非为了我自己。

他自私表现的头一个例子发生于蜜月旅游之际。他急于要结束那次旅行，因为欧洲大陆所有的景色他都已经很熟悉；在他的眼中，有许多已经引不起兴趣，另一些则根本就没有什么可观的。其结果，我们走马观花地穿过法国和意大利的一部分地区后回国时，我对这两个国家几乎与出发时同样一无所知，没有结识一个人，对于那些地方的风俗习惯也毫不了解，对于其他事也了解得极少——我脑袋里挤满了乱糟糟的事物和景色——有的确实比其他的给我留下了更深刻、更令人愉快的印象，可是想到我的同伴和我并无同感就使我感到怨恨；与此相反，每当我对所见到的或者希望一睹为快的任何事物表示异常感兴趣时，他却感到不快，因为这证明了我竟然会对与他无关联的任何事物引以为乐。

说到巴黎，我们仅仅略作停留，他也不肯让我有足够的时间游览罗马的十分之一的美景和有趣的东西。他要把我带回家去，他说那样我就可以完全属于他，就可以使我一如原来那样忠诚、天真而又淘气，作为草谷庄园的女主人安安全全地安顿下来；仿佛我是什么脆弱的蝴蝶似的，他表示他本人担心让我接触了社会，尤其是巴黎和罗马的社会，就会把我翅膀上的银粉拂掉；此外，他还毫无顾忌地告诉我，要是让上述两地的有些女士碰巧遇上他和我在一块儿，她们准会把他的眼珠剜出来的。

对这一切我当然很恼火；不过使我着恼的与其说是我对自己感到失望，还不如说是我对他本人感到失望，而且我还得伤脑筋编造理由去对朋友们说自己在旅游中见到和注意到的事物为何如此之少，而丝毫不去责怪我的同伴。可是等我们回到了家——到了我那可爱的新家——我感到那么快活，而他又那么仁慈，使我宽大为怀地完全宽恕了他——我开始认为自己的命运非常之好，我丈夫对我可真太好了，即使他对这个世界并不是太好的话，不料在我们到家后的第二个星期天，我就因他无理苛求的另一个事例而感到震惊。那天我们做完早礼拜正朝家里走去——因为那是个严寒的大晴天，我们的家离教堂很近，我就要求不必乘坐马车。

"海伦，"他说，态度严肃得很不寻常，"我对你感到不太满意。"

我表示希望知道出了什么岔儿。

"不过要是我告诉了你，你会答应改正吗！"

"我会的，只要我做得到——同时也不冒犯一位更高的权威的话。"

"啊！就是这么回事，你知道——你并不全心全意地爱我。"

"我不懂你说些什么，阿瑟（至少，我希望我不懂），请告诉我，我做了什么错事、说了什么错话？"

"并不是你做了或者说了什么，而是你的为人：你太虔诚了。说起来，我是喜欢虔诚女人的，而且认为你的最大魅力之一就是你的虔诚，可是，就如其他所有的好事一样，都有可能搞得过了头。根据我的看法，一个女人不应当因笃信宗教而减少她对她在尘世间的主的忠诚。她应当有足够的宗教信仰来净化她的灵魂，并且使之显得微妙，可是不应有过深的信仰，以致把她的心都提炼掉而且把它抬高得超越所有的人间感情。"

"那末我有没有超越所有的人间感情呢？"

"没有，亲爱的，可是你正朝着那种圣洁的状态发展，超出了我所喜欢的程度；因为，在过去的整整两小时内，我始终在想着你，要引起你的注意，可你却全神贯注地祈祷着，连看都不看我一眼——我说呀，这样是足以使人妒忌起自己的造物主来的——而你也知道，这是非常错误的，因此，为了我的灵魂，别再激发我的这种罪恶的感情了。"

"我要是做得到的话,愿意把我的全部心灵交给我的造物主,"我回答说,"决不超出祂所准许的限度将它多交给你一点。先生,你是什么人,竟然以神灵自居,敢于同祂争夺我的心,而我该感谢祂给了我这一切,使我成为这样的人,并赐予我所有这一切我过去已享受到或者今后能够享受到的福分——在其中有你本人——如果有你也算是福分的话,可是对此我却有点儿倾向于怀疑。"

"别对我这么严厉,海伦,也别这么使劲捏我的胳臂,你要把手指掐进我的骨头了。"

"阿瑟,"我继续说道,同时放松了紧抓住他胳臂的手,"你爱我的程度还不及我爱你的一半;不过即使你爱我的程度远不如目前这么深,我也不会抱怨,只要你更爱你的造物主就好了。在任何时候,只要见到你深深地全神贯注于祈祷以致丝毫不想到我,我是会感到高兴的。可是实际上这样的变化不会给我带来什么损失,因为你越爱你的上帝,你对我的爱情也就越深沉、越纯洁、越真挚。"

他听了这番话只笑笑,吻了我的手,把我称作可爱的宗教狂。然后脱下帽子,他添了一句:

"可是,海伦,你得明白——一个人对这么个脑袋有什么办法呢?"

那个脑袋看上去十分正常,不过他把我的手拉过去按在头顶上时,我的手陷入了一片鬈发中去,下陷得很深,在中央部位尤其是如此,使我吓了一跳。

"你瞧我生来就不配当圣人,"他一边笑一边说。"如果上帝有意要我笃信宗教,祂为什么不给我一个合适的崇敬祂的大脑呢?"

"你就像那个仆人,"我答道,"他非但不利用他拿到的一千银子[①]为主人效劳,却一分钱也没有赚到便交还给主人,竟托辞声

[①] 此处作者引用《圣经·新约·马太福音》第 25 章第 14 到 30 节耶稣讲的"按才干受责任"的比喻。"一千银子"原文为 one talent,talent 是古希腊及中东的重量及货币的单位。

称他知道他的主人'是忍心的人,没有种的地方要收割,没有散的地方要聚敛'①。少给一个人东西,对他的要求也少;不过对我们大家却要求作出最大的努力。如果你愿意运用崇敬的能力、信心和盼望、良心和理智以及一个基督徒的品质中所必不可少的其他东西的话,你并非不具有这些条件;但我们所有的才干在使用中都会增长,而所有的才能,不论是好还是坏的,也都是越使用越增强;因此,如果你喜欢使用坏的才能——或者那些有坏倾向的才能,直到它们成为你的主宰——而忽略了那些好的才能,直到它们消亡为止,到头来你也只能怪自己。可是你有的是才干啊,阿瑟——不论是在心情或智力方面你都有天资,你还有不少更善良的基督徒会喜欢具有的那种脾气——只要你愿意把它们用来侍奉上帝就好啦。我决不期望你成为绝对虔诚的信徒,可是一个优哉游哉的快活人照样可能成为一个好基督徒的。"

"海伦,你说话活像是个传神谕者,你所说的全都无可置疑地正确,可是且听我说:我的肚子正饿着,同时我看见在我面前摆着一席丰盛的饭菜;有人对我说,要是我今天不吃这顿饭,明天就可以享用一桌豪华的筵席,席上有各种各样的美味精致的食物。好,听着,首先,既然在我面前已经有可以让我充饥的东西,我就不愿意等到明天;其次,今天靠得住能到嘴的食物要比答应明天给我的美食更配我的胃口;第三,我还没有看见明天的盛宴,怎么知道它不完全是无稽之谈,出自劝我放弃今天这顿饭的那个满脸油腻的家伙的虚构,以便他能独个儿享用这些好饭食呢?第四,这桌饭菜一定是为什么人准备的,而且,正如所罗门所说,'论到吃用、享福,谁能胜过我呢?'②最后是:请你原谅,我今天就要坐下来满足我的饥渴,管它明天怎么样——再说,谁知道我不能两者兼得呢?"

---

① 引自《圣经·新约·马太福音》第 25 章第 24 节。
② 引自《旧约·传道书》第 2 章第 25 节。

"可是并没有要求你放弃今天这顿丰盛的饭菜啊;我只是劝你要有节制地来吃这些比较粗劣的食物,以免你无法享用明天那顿更精美的盛宴。如果你不听这个劝告,甘心现在就把自己变成一只牲畜,大吃大喝一番,直到把上好的食物变成毒药,那末等到来世你经受往昔暴食狂饮所导致的惩罚时,眼巴巴地望着那些较有节制的人坐下来享用那上好的款待,而你自己却没能尝上一口,这又能怪谁呢?"

"这话再正确不过了,我的守护神,可是我们的朋友所罗门还说过——'人莫强如吃喝快乐'①啊!"

"他还说过,"我反驳道,"'少年人哪,你在幼年时当快乐,在幼年的日子,使你的心欢畅,行你心所愿行的,看你眼所爱看的,却要知道,为这一切的事,上帝必审问你。'②"

"好吧,可是海伦,近几星期我真的非常好。你见到我有什么欠缺?你要我做些什么呢?"

"没什么——我并不要你做更多的事,阿瑟;到目前为止,你的行为不错;但是我要你改变一下思想;我要你坚强起来,能抵挡诱惑,不要把坏事当好事、把好事当坏事;我希望你想得再深刻点儿,看得再远点儿,把目标提得再高点儿。"

这会儿我们来到家门前站住了,我就不再说什么了;我只含着眼泪,热情地拥抱了他一下,就离开他走进房子上了楼,脱下帽子和披风。当时我不想再多谈这个问题,因为唯恐惹得他对这问题和我都感到厌烦。

---

① 引自《圣经·旧约·传道书》第 8 章第 15 节。
② 引自《传道书》第 11 章第 9 节。

第二十四章
第一次吵架

3月25日——阿瑟感到厌倦了——我相信他厌倦的并不是我，而是他所过的无所事事的平静生活——这也难怪他，因为他的娱乐实在太少了：除了报纸和体育杂志之外，他一向任何书都不看；而且每次看见我在看书，总要我合上书才肯让我安静。遇上晴天，他通常能妥善地消磨时间；可是逢到下雨的日子（我们这一阵常常碰到下雨天），见他那不胜厌烦的样子，确实教人不好受。我尽力逗他乐，可就是没法使他对我最喜欢谈的事感到兴趣；而另一方面，他所津津乐道的则是些不能引起我兴趣的事——甚至还使我生气——然而这些却是最最使他高兴的事；因为他特别喜欢在沙发上坐在我身旁，或者懒洋洋地靠着，把有关自己过去的情人的事告诉我，老是谈到某个轻信的少女如何堕落或者某个没有猜疑心的丈夫如何受哄骗；当我表示极端厌恶和义愤的时候，他便将这统统说成是出于我的妒忌心，而且笑得眼泪都流到双颊上。起先，我常常会勃然大怒，或者激动得流泪，可是我发现我越发怒越激动，他就越高兴，后来我便竭力抑制住我的情感，默不作声，平静而轻蔑地听他的自我暴露；可是他仍然可以从我的脸上觉察我内心的斗争，并且把我因他的卑劣品质所感到的心灵痛苦曲解为我因妒忌而引起的一阵阵剧痛；等到他借此使自己乐够了，或者担心我气得太厉害以致使他自己感到不舒适的时候，他便试图吻我哄我，以便使我又笑逐颜开——但他对我的爱抚从来不像在当时那么不受我欢迎！这是对我和他以前的那些爱情牺牲者的双重利己表现。曾经有过几次，在一时的一阵悲痛——一阵强烈的沮丧情绪中，我问自己道，"海伦，你干了什么啦？"可是我随即斥责我内心里的那个询问者，并且驱赶掉那些挤进我脑袋的咄咄逼人的念头；因为，即使他的好色和拒不接受崇高的好思想的程度再严重十倍，我也很清楚自己是无权抱怨的。而且我并不、也不愿抱怨。我现在和将来都仍会爱他；我现在和将来都不会后悔把自己的命运和他的连结在一起。

4月4日——我们真正吵架了一次，详细情况如下：——阿瑟曾在不同的时候把他与F夫人私通的事统统告诉了我，这是我在过去不会相信真有其事的。不过使我聊以自慰的是，我发现在这件事中，这位夫人比他负有更多的责任；因为当时他很年轻，如果他说的是真话，显然是她开的头。为此我痛恨她，因为看来主要是她导致了他的腐化堕落。前几天他又谈到她的时候，我请他不要再提起她，因为我只要听到她的名字就恶心。

"请注意，阿瑟，这可并不是因为你爱过她，而是因为她伤害了你，欺骗了她的丈夫，十足是个可恶之极的女人，你提到她应该感到羞愧才是。"

可是他却为她辩护，说她有个教人不可能去爱的年老昏聩的丈夫。

"那她为什么嫁给他呢？"我说。

"为了他的钱财嘛，"他答道。

"那末这又是一桩罪行了，而她说自己要爱他、尊敬他的庄严诺言则是另一桩罪行，它只能使前一桩罪行更为严重。"

"你对这位可怜的夫人太严厉了，"他笑着说。"不过没关系，海伦，现在我对她不在乎了；而且我爱她们当中任何一个人都还不及我爱你的一半，所以你不必担心我会像抛弃她们那样抛弃你。"

"阿瑟，如果你早就把这些事告诉我，我是决不会给你这种机会的。"

"你不会，我亲爱的？"

"肯定不会！"

他不相信地笑了。

"我希望我现在就能够使你相信！"我蓦地从他身旁站起来，大声说。于是我但愿自己没有嫁给他，这是我生平头一次这样想，我希望这也是最后一次。

"海伦，"他神态严肃些了，说道，"你可知道如果我这会儿真的相信你，我会非常恼火吗？——可是感谢上帝，我并不相信。尽管你站在那儿，脸色发白，眼睛冒火，活像一只雌老虎瞪着我，我还是了解你的内心的，也许比你自己对它更了解那么一点儿。"

我一言不发，走出了房间，把自己反锁在自己的寝室里。约摸半小时以后，他来到门前，先转了一下门把儿，然后敲门。

"让我进去好吗，海伦？"他说。

"不行，你使我生气了，"我回答，"在明天早上之前我不想再看见你的脸、再听见你的声音。"

他停顿了一会儿，似乎是惊讶得愣住了，要不就是对这样的话不知道该怎样答复，接着他便转身走了。这时晚饭过后才一小时，我知道他整个晚上独个儿坐着会觉得非常沉闷；想到这里我就不那么愤恨了，不过仍然没有原谅他。我拿定主意让他明白我的心并非一任他摆布的奴隶，只要我愿意，没有他我也可以过日子；于是我坐下来给我姑妈写了一封长信——对这一切当然只字不提。十点钟过后不久，我听见他又上楼来，但经过我的房门，径直走进他自己的化妆室，在那里面过夜。

次晨，我十分急于看到他会用什么态度来见我，后来见他带着无所谓的笑容走进早餐室，使我相当失望。

"你仍在生气吗，海伦？"他走上前来，好像是打招呼似的说。我冷冷地转向餐桌，动手倒咖啡，说他到得相当晚。

他轻轻地吹了一声口哨，便漫步荡到窗前，在那儿站了几分钟，望着窗外的景色——阴沉的乌云、连绵的雨、湿透的草地和淌着雨水的光秃的树——他喃喃地咒骂了一阵天气便坐下吃早餐。喝咖啡时,他嘀咕道,"该死,这么凉。"

"你不该等这么久才喝,"我说。

他不答理我,我们一声不吭地吃完这顿饭。装信的口袋送进屋来时,我们两人都松了口气。打开一看,里面有一份报纸、寄给他的一两封信和寄给我的两封信,他一言不发地把我的信扔到桌子这一边来。其中一封是我哥哥写来的,另一封来自米莉森特·哈格雷夫,她目前与她母亲同住在伦敦。他收到的信我想是涉及事务的,显然不十分合他的意,因为他把它们往口袋里一塞,还轻声诅咒了几句,这在其他任何时候,我是会指摘他的。至于那份报纸,他把它摊在自己面前,在余下的吃早餐时间和餐后很长一段时间里,始终装出被报纸的内容深深吸引住的样子。

我看信、写回信并管理家务,这一切使我在上午够忙的了;午饭后,我画画;晚饭后直到就寝时间,我看书。在这期间,可怜的阿瑟悲哀地不知怎样才能自得其乐或者消磨时间。他存心显得像我一样忙碌和淡漠。如果天气许可,他一吃过早餐,无疑就会吩咐牵出马来,出发到什么遥远的地方去——是哪儿无关紧要——直到晚上才回来;要是在附近有个从十五岁到四十五岁的女子,他就会与那女子进行——或者试图进行——一次不顾一切的调情,这样便可以对我报复而且有事可做;可是,使我暗自高兴的是,由于他同这两个娱乐的来源给完全隔绝了,他的痛苦确实值得悲叹。他对着报纸打呵欠,胡乱写了简短的信以回复那些更短的来信后,便把上午余下的时间和整个下午消磨在烦躁地从一个房间走到另一个房间,望着云,咒骂雨,对他的几只狗一会儿爱抚、一会儿逗弄、一会儿谩骂,有时候懒洋洋地靠在沙发上,拿着一本他没法勉强自己去看的书;当他以为我没有察觉的时候,还常常定睛凝视着我,徒劳地希望能在我脸上发现一些泪痕或者因悔恨而苦恼的迹象。可是我一整天都设法维持着一种虽然严肃、但却泰然自若的平静态度。其实我并不真的生气,我始终同情着他，而且渴望与他和好；不过我决定得由他来先作友好表示，或者至少得先显出一些迹象，说明怀着一种谦卑而悔恨的心情；因为如果由我开了头，那只能助长他那自命不凡、骄傲自大的气焰，完全破坏了我要给他的教训。

晚饭后，他在餐厅里待了很久，而且恐怕喝了非常多的酒，不过还不足以使他开口；因为后来他走进屋来，见我安静地看着书，忙得在他进来时也没抬一下头，他只咕哝了一句话，发泄他那抑制着的不满情绪，接着便砰的一声把房门关上，走到沙发跟前直挺挺地躺下，要静下心来睡觉了。可是他所宠爱的那只西班牙长耳狗戴许，它原先是躺在我的脚旁的，此时却擅自跳到他身上开始舔他的脸。他狠狠地打了它一下，把它赶开；这只可怜的狗尖叫了一声，哆嗦着奔回我的身边。过了半小时左右他醒了，召唤它再到他那儿去；可是戴许显得胆怯，只摆动着尾巴的末梢。他又喊它，语调更严厉了，戴许却更加紧贴着我，舔我的手，仿佛在恳求我保护它似的。它的主子见状被激怒了，随手抓起一本厚厚的书，朝它的脑袋猛掷过来。这可怜的狗发出一声乞怜的大叫，跑到房门口去。我开门放它出去，然后默默地捡起那本书。

"把书给我，"阿瑟用不十分客气的语气说道。我就把书给了他。

"你为什么把狗放出去？"他问。"你知道我要它。"

"我凭什么能知道？"我答道，"是凭你朝它扔那本书吗？不过也许你原打算朝我扔的吧？"

"不是——不过我看你也尝到了一点滋味，"他望着我的手说。我这只手也被击中了，被擦破的程度不轻。

我又看起书来；他也努力用同样的方法使自己有事可做；可是过了没多会儿工夫，打了几个带有兆头不妙的呵欠，他宣称他那本书是"该死的连篇废话"，便把它朝桌上一扔。在接下来的八至十分钟中，他不作声，但我相信在大半时间里他是盯着我瞧

216

的。最后他再也按捺不住了。

"海伦，你看的是什么书？"他大声问。

我告诉了他。

"有趣吗？"

"有趣，很有趣。"

"哼！"

我继续看书——或者至少是假装看着——我说不上在我的眼睛和脑子之间有多少交流，因为前者在书页上溜过去的时候，后者正急于想知道下一次阿瑟会在什么时候再开口，会说些什么，我应该怎么答复。可是直到我站起来沏茶他才开口，而且仅仅说他不想喝茶。他继续懒洋洋地躺在沙发上，一会儿闭上眼睛，一会儿看看手表，一会儿看看我，如此直到就寝时间，我站起身来，拿起我的蜡烛，走出房去。

"海伦！"我刚走出房间，他就喊道。我折回去，站住了等待听他吩咐。

"你要什么，阿瑟？"我终于发问了。

"没什么，"他回答。"走吧！"

我走了，可是正在关门时听见他嘀咕着什么，于是又折回去。听上去他很像是在说"该死的娼妇"，我倒很愿意听到他说的是其他什么话。

"你刚才说话了吗，阿瑟？"我问。

"没有，"他回答，于是我便关上门走了。我不再见到他，直到次晨吃早餐的时候，他比平时晚了足足一小时才下楼来。

"你下来得很晚，"这是我一早见面的招呼话。

"你没有必要等我，"这是他的招呼话；说着他便又走到窗前去。天气与昨天一模一样。

"哼，这该受诅咒的雨！"他抱怨道。但是他注视了雨一两分钟之后，似乎猛地想出了一个好主意，因为他突然大声嚷道："我知道自己要干什么了！"接着便回到餐桌前在自己的座位上坐下。

信袋已经搁在那儿等着他去打开了。他开了锁，查看了一下里面的东西，但是没说什么。

"有给我的什么吗？"我问。

"没有。"

他翻开报纸，开始看报。

"你最好把咖啡喝了，"我提议道，"不然又要凉了。"

"如果你已经吃完了，可以走开，"他说。"我不需要你做伴。"

我站起来，退到隔壁房间里去，心中纳闷着不知道我们会不会再过一个跟昨天同样悲惨的日子，渴望结束这种互相造成的痛苦。不久，我听见他拉铃，吩咐了一些关于他的服装的事，听来似乎他在考虑作一次长途旅行。接着他遣人去把马车夫叫来，我听见关于马车和马、伦敦以及第二天早上七点钟的一些话，使我大吃一惊，把我的心扰乱得非同小可。

"我一定不能让他去伦敦，不管这么做会引起什么后果，"我自忖道，"他是什么胡闹勾当都会干出来的，而我将成为这事的祸根。现在的问题是我该怎样去改变他的意图——好吧，我还是等一会儿，看他会不会提起这事。"

一小时又一小时地过去了，我十分焦急地等着；可是关于这件事或者其他任何问题他对我都只字不提。他吹着口哨，对他的狗说话，在一个个房间里荡来荡去，与上一天的情况几乎一样。最后我开始认为必须由我来提起这个话题了，正在考虑如何开个头的时候，约翰来了，无意中搭救了我，他为马车夫带来如下的信息：

"对不起，老爷，理查德说有一匹马患了重感冒，老爷，他想如果你方便的话，明天不要走，改为后天走，他今天可以给它吃药，这样——"

"真该死，如此放肆！"主子打断了他的话。

"对不起，老爷，他说如果你能够这么做的话，事情就好办多了，"约翰坚持道，"因为他希望不久天气就会起变化，他说当一匹马感冒得这么重,还在吃药等等,那是不恰当的——"

"让马见鬼去吧!"那位先生大声嚷道——"好,告诉他我要考虑考虑,"他沉思了一会儿之后添了一句。仆人退出去时,他朝我投来锐利的一瞥,满以为会看到我大为惊讶而惶恐的表情;可是由于事先有所准备,我保持着一种满不在乎的淡泊神情。他看到我那目不转睛的眼光时,脸色变了,显然大失所望地转过身去,走到壁炉前站住,身子靠在壁炉架上,垂下的前额搁在胳臂上,显出一副毫不掩饰的沮丧姿态。

"阿瑟,你要上哪儿去?"我问。

"伦敦,"他严肃地回答。

"为什么要去?"

"因为我在这儿快活不起来。"

"为什么不?"

"因为我的妻子不爱我。"

"如果你配的话,她会全心全意地爱你的。"

"我必须做些什么才配呢?"

这句话似乎够谦卑诚挚的;我悲喜交集,十分激动,不得不停下几秒钟才能用平静的声音作答。

"如果她把她的心给你,"我说,"你必须抱着感激的心情来接受它,好好地待它,不要把它撕得粉碎,当面嘲笑她,因为她没法把它夺回来。"

他马上转过身来,面对我站着,背向着火炉。

"那么来吧,海伦,你愿意做个好姑娘了?"他说。

这句话听上去实在太傲慢了,而且他说这话时的那种笑容也使我不高兴。因此我犹豫着没有就回答。也许我前一句答话的含义过多了,他也听出了我的声音在颤抖,还可能看见我拭去一颗泪珠。

"海伦,你愿意宽恕我吗?"他继续说道,这一次谦卑些了。

"你后悔了?"我回答,同时向他走去,朝着他的脸微笑。

"我伤心透了！"他回答说，表情很悲哀——然而在他眼睛里和嘴角上却潜藏着一股欢乐的笑意；不过这并不使我反感，于是我扑到他的怀抱中去。他热烈地拥抱我，而我尽管泪如雨下，却感到自己平生从没像此刻这么快乐过。

"那末你不去伦敦了，是吗，阿瑟？"等开头又流泪又亲吻后激起的狂热心情平息下来以后，我问道。

"不去了，亲爱的——除非你同我一道去。"

"我会很高兴去的，"我回答说，"如果你认为换个环境会给你乐趣，同时你也愿意把此行推迟到下星期的话。"

他欣然同意了，不过说没有必要作过多的准备，他不会在那儿待得很久，因为他不希望我被伦敦化，并因与那些老于世故的太太交往过多而失去我那乡间的清新和独特的气质。我认为这是傻话，不过当时并不想反驳他，我只说，他也很明白，我习惯于待在家里，并不太想与外界的人士相混。

因此我们定于星期一去伦敦，也就是后天。我们结束吵架至今已四天了，而我确信它对我们两人都有好处。它使我更大大喜欢阿瑟，也使他对我的态度好得多了。从此他再也不以即使是最隐约的方式提及F夫人或者他以前生活中的任何令人不愉快的回忆来使我生气了。但愿我能从我的记忆中抹掉这些事，要不就是使他以与我相同的眼光来看待这些事。好啊！不过总算已经使他明白这种事并不宜于作为夫妇之间开玩笑的话题了。有朝一日他可能会明白得更多——我不会对我的希望加以限制；而且，尽管有我姑妈的那些预感以及我自己的隐忧，我仍然相信我们会幸福的。

第二十五章
丈夫初次独自在外

4月8日，我们到伦敦去；5月8日我回到家里，此举是顺从阿瑟的心意，我自己是极不愿意的，因为我让他留在那儿了。要是他和我一同走，我会很高兴又回到家里来的，因为在伦敦期间，他带着我在那么短的一段日子里无休止地作乐，使我感到疲劳极了。他似乎决心特别是在他的知交跟前以及众人中，抓住每个机会最突出地把我炫耀一番。他把我看做一个值得引以为荣的对象，这对我多少是个安慰，可是我为这种满足付出的代价可大啊。因为，首先，为了讨好他，我得违背自己所怀有的偏爱——也就是我那喜欢穿式样庄重、朴素的深色衣服的几乎根深蒂固的原则；我必须佩戴贵重的宝石饰物，使自己闪闪发亮，把自己打扮成一只颜色瑰丽的蝴蝶，而这正是我很久以来决定永远不干的事——这个牺牲可不小啊；其次，我不断地尽力使我的一举一动都满足他那热烈的期望，尊重他的抉择，惟恐自己有什么举止笨拙失措，或者由于对社交界的习俗不熟悉而显得有些愚昧，以致使他的希望落空，尤其是当我做女主人的时候，这是我经常被指派充当的角色；第三，如我以前已经提到过的，我对那种熙熙攘攘、无休止地匆忙而不断变化的生活感到十分厌烦，这种生活与我先前的习惯迥然不同。他终于突然发现伦敦的空气对我并不适合，而我正因思念乡间的家而憔悴了，必须马上回草谷庄园去。

我笑着要他相信情况并不像他所认为的那么紧急，不过如果他愿意回家的话我也很愿意。他答称他得再留下一两星期，因为有需要他在场的事要办。

"那我就留下和你在一起,"我说。

"可是有你在这儿不行,海伦,"这是他的答话,"因为只要你待在这儿,我就要照顾你,忽略我的事务。"

"不过我不会让你这样的,"我答道,"我既然知道你有事要办,就会坚持要你去办,让我独个儿待着——而且,老实告诉你,我很高兴能有点儿休息。我可以像平时一样骑骑马,在公园里散散步;再说,你的事务也不会占去你的全部时间,至少在三顿饭的时间和晚上我会见到你,这要比我们相距遥远、总见不到你为好。"

"可是我亲爱的,我不能让你留下。我知道你在这儿,被我撂在一边,教我怎么能料理我的事务呢?"

"你在做你的分内事的时候,我不会感到自己被撂在一边的,阿瑟,我决不会为此抱怨。要是你早告诉我你有事要办,到现在可能已经办好一半了;现在你可得加倍努力来弥补时间上的损失了。告诉我你要办些什么事;我要当你的监工,而不做碍事的人。"

"不行,不行,"这个顽强的人坚持说,"你必须回家去,海伦;我必须心安理得地知道,尽管你离开得很远,却是十分安好的。难道我没有看出你看上去相当憔悴吗?——你的明亮的眼睛已经暗淡,面颊已经不再娇嫩红润了。"

"这只是因为玩得过度,感到累了。"

"我可以肯定不是这个原因;是伦敦的空气的关系;你正渴望着你在乡间家里的清新的微风——你在两天之内就将感到它的吹拂了。最亲爱的海伦,别忘记你自己的情况;你要知道,我们的前途,且不说它能否有长久的生命力,单说它的健康发展也得有赖于你本身的健康。"

"这么说你真的要摆脱我啰?"

"我绝对要;我会亲自把你一直送到草谷庄园,然后再回来。我不会离开你一星期以上——或者最多两星期。"

"可是如果我一定得走的话,我就独个儿走;如果你一定要留下的话,那就没有必要让你浪费往返于旅途的时间了。"

但是他不喜欢把我独个儿送走这个主意。

"怎么啦,你把我当作怎么样的无能之辈哪,"我答道,"我乘坐的是我们自备的马车,路程仅仅一百英里,而且有我们自己的男女仆人侍候我,你却还是不放心?要是你同我一道走,我肯定会把你留住在家里的。不过,阿瑟,告诉我这桩讨厌的事是什么,而且你以前为什么从没说起过?"

"只是桩与我的律师商量的事,"他说;接着他告诉我,为了支付一部分他以庄园作抵押的债务,他想卖掉一块地产;不过,不是那项账目有点儿复杂,就是我的理解力迟钝,总之我没能弄清楚何以那事竟然需要他在我走后还要留在城里两星期。我现在更无法理解他怎么竟然要留下一个月——因为我与他分手几乎已有这么久了,而至今还没有要回来的迹象。他在每封来信中都答应过几天就回家,却每次都欺骗了我——或者欺骗了他自己。他的理由都很含糊,很不充分。我可以肯定他又同他以前的朋友们混在一起了——唉,我当时为什么离开他呢?我希望——我多么渴望他会回来啊!

6月29日——还不见阿瑟回来;我枉然期待并渴望他的来信已经有好多天了。他写来的那些信都很和蔼——如果美丽的词汇和讨人喜欢的形容词能够使他的信称为和蔼的话——可是非常短,满篇是无足轻重的借口和我无法置信的诺言;然而我偏偏又多么渴望收到它们啊!我多么热切地拆开、贪婪地读着那些写得既简短又匆促潦草的回信——那是他对我的三四封迄未答复的长信的回音!

唉,丢下我一个人这么久是多残酷啊!他知道除了雷切尔,我没有人可以说话,因为除了哈格雷夫家,我们没有邻居。从楼上那些窗户望出去,我可以依稀辨认出他们那处在溪谷另一边被树木葱茏的矮山所环抱的住宅。当初我得知米莉森特住得离我们这么近，就十分高兴；现在如果有她做伴，就会给我以慰抚了，可是这会儿她还同她的母亲一块儿在城里；目前在园林庄园里除了小埃丝特和她的法国保姆之外，别无他人，因为沃尔特总是不在家。我在伦敦见到了这位完美男子的典型；看来他简直不应受他母亲和妹妹那么赞颂，尽管他显得确实比洛勃罗勋爵健谈，跟别人较合得来，比格里姆斯比先生正直坦率、品格高尚，也比哈特斯利先生文质彬彬，后者是阿瑟认为唯一适于介绍给我的他的另一位朋友——唉，阿瑟，你为什么还不回来啊！你为什么连信也不写给我呀！你谈到过我的健康问题——我在此孑然一身，一天天焦虑不安地渴望着，你又怎么能期望我的脸色会红润、精力会充沛起来呢？——你将活该回来时见我的美貌已丧失殆尽。我要请求我的姑父和姑妈或者哥哥来看我，不过我不愿意向他们抱怨我很寂寞——而且寂寞确实是我所经受的最轻的痛苦；他在干些什么，竟老待在外边不回来？使我心烦意乱得几乎发狂的是这句一再重新浮现的问话和它所引起的种种可怕的联想。

　　7月3日——我的最后一封充满辛酸的信终于逼他来了回信——而且是一封比通常要长得多的信，可是我仍然不知道该怎么去理解这封信。他对我最近一次向他所抒发的酸溜溜的怨气，开玩笑地加以责骂，告诉我说我根本不可能明白使他留在外边的多种多样的事务，不过斩钉截铁地说，他将不顾这一切在下星期六之前肯定回来，尽管对一个处于他这种情况的人来说，是不可能确定回家的确切日子的；他同时还劝我要锻炼耐性，说这是"女人的首要美德"，并希望我记住那句谚语，"离别使人心中更增喜爱"，还向我保证他离家越久，回家时就将越爱我，以此来安慰我；要求我在他未回来之前要继续经常给他写信，因为尽管我的信递到时，他有时候因懒于执笔，常常因太忙而不能就回信，可是他还是喜欢每天都能收到我的信，又说如果我因惩罚他表面上的忽视而实施不再给他去信的威胁，他就会十分生气，要尽力把我忘掉。他添了这一段有关可怜的米莉森特·哈格雷夫的消息：

"你的小朋友米莉森特可能不久就要学你的榜样，与我的一位朋友建立婚姻关系。你也知道，哈特斯利还没有实施他那项悲惨的威胁，也就是把他那宝贵的身子孤注一掷交给第一个愿意向他表示温存的老姑娘，可是他仍然保持着非要自己在今年之内结婚不可的坚定决心；'但是，'他对我说，'亨廷顿，那人必须让我凡事都自主——不像你的妻子那样；她是个可爱的人儿，可是看上去自行其是得很，有时候相当泼辣。'（我心想，'你说得对，老兄'，不过我没有说出来。）'我必须有个善良文静的人，会让我随自己高兴干什么和去哪儿，待在家里或者外出，一句责备或者埋怨的话也没有；因为我受不了人家的纠缠。''喂，'我说，'如果你不在乎钱的话，我倒认识一个对你正合适的人，那就是哈格雷夫的妹妹米莉森特。'他要求就给他介绍，因为他说他自己有的是钱——换句话说，等到他那年老的父亲愿意退出舞台时就会有。因此你瞧，海伦，我把这件事办得多好，对你我的朋友都好。"

可怜的米莉森特！我可真没法想象她会被弄得去接受这么个求婚者——他与她认为可以敬重和爱恋的人的观念多么格格不入啊。

5日——可惜呀！我错了。今天早上我接到她的一封长信，告诉我她已经订婚，预计于本月底之前结婚。

"我简直不知道对这件事该说些什么，"她写道，"也不知道该怎么想。海伦，老实告诉你，我连想也不愿去想这事。如果我非得成为哈特斯利太太不可，我就必须设法去爱他；而我也尽力这么做着，可是还没有什么进展；这情况的最糟症候是：他离开我越远，我就越喜欢他；他粗鲁的举止和虚张声势的奇怪作风使我害怕，想到要嫁给他使我感到恐怖。你会问，'那末你又为什么接受他的求婚呢？'我并不知道自己接受了他；可是妈妈说我已经接受了，而他似乎也这么认为。我确实无意这么做；不过由于担心妈妈会伤心并生气（因为我知道她希望我嫁给他），我不愿意断然拒绝他。我想先与她谈一谈这事，因此我便用一种自以为是半拒绝的遁词答复他；可是妈妈说那句话实际上就等于认可，如果我试图退却的话，他会认为我这人非常反复无常——当时我确实着了慌，而且感到害怕，现在简直不知道自己说了些什么。而下一次我见到他的时候，他迎上来跟我说话时的态度显出他完全相信我是与他订了婚的新娘了，而且立即着手和妈妈一起安排种种事情。当时我没有勇气与他们闹矛盾，我现在又怎么能呢？我不能，因为那一来他们会认为我发疯了。再说，妈妈对于我们俩结婚这个主意感到高兴极了；她认为自己为我作了非常好的安排，我实在不忍心使她失望啊。不过有时候我也提出反对意见，谈了自己的想法，可是你哪里知道她是怎么说的！你知道，哈特斯利先生是一个很富有的银行家的儿子，由于我和埃丝特没有财产而沃尔特的财产也很有限，我们亲爱的妈妈渴望能使我们的婚姻都美满些，也就是说与有钱人结婚——可我对美满婚姻的看法并非如此，但她是完全出于好意的。她说等到我妥妥帖帖嫁出去以后，就可以了却她的一桩心事，并且向我保证这门亲事对我家和我将都是好事。连沃尔特对这个前景也感到高兴，当我向他推心置腹诉说自己如何不情愿时，他说我幼稚，胡说八道。海伦，你认为这是胡说八道吗？只要我能看到有朝一日自己有可能爱他、赞赏他，我就不会介意，可是我感到没有这希望。他身上没有让人可以敬重和爱慕的地方，他与我想象中的丈夫完全相反。你一定要给我写信，尽力鼓励我。不要试图劝阻我，因为我的命运已定；我周围的人已经在为那件大事进行着种种准备；请不要讲一句反对哈特斯利先生的话，因为我要把他想象得好些；虽然我自己说了他的坏话，可这是最后一次了；从今以后，不论他看来多么该受指摘，我也决不容许自己讲一句指摘他的话；不管谁敢于贬低这个我所允诺要爱、要尊敬、要顺从的人，我肯定会对之极其生气。他如果不比亨廷顿先生好一些，毕竟也同他差不多；而你却爱亨廷顿，而且似乎很快活而且满意；所以也许我也能同样过得不错。如果你能够的话，一定得告诉我哈特斯利先生实际上比他所表现的要好些——他为人正直、高尚、坦率——事实上是一块未经琢磨的钻石。他可能完全是这样的人，但是我不了解他——我只认识他的外表，而我相信这是他最糟的部分。"

她以这句话结束了她的信："再见，亲爱的海伦，急盼你的忠告——不过请注意要说的全都是正面的话。"

唉！可怜的米莉森特，除了下述的意见之外，我又能给你什么鼓励？——或者什么忠告呢？——那便是：与其今后终生痛苦、后悔莫及，还不如现在就勇敢地坚持自己的主张，而不惜使你的母亲、哥哥和情人失望和生气。

13日，星期六。这个星期结束了，他还没有回来。整个可爱的夏季过去了，我既没有享受到丝毫乐趣，他也没有得到一丁点裨益。我可原先一直盼着这个季节的到来，多情而虚妄地希望我们俩能甜甜蜜蜜地一同享受这个季节的乐趣；还希望通过上帝的帮助和我的努力，靠这个季节来提高他的思想境界和鉴赏力，使他能正确领略自然界的有益和纯洁的乐趣以及安宁和神圣的爱。而如今——在傍晚，每当我瞧见那圆圆的红太阳静悄悄地下沉到那些树木茂盛的小山后面去，让它们安睡在一片暖烘烘的金红色的雾霭中时，我仅仅想到他和我又错过了优美的一天；而在早晨，每当我被麻雀的拍翅声和鸣叫声以及燕子欢乐的吱吱喳喳声闹醒时——它们正专心喂着它们的雏儿，自己那小小的身躯内充满了活力和欢乐——我打开窗户，吸进那令人精神振奋的芬芳空气，眺望着窗外在朝露和阳光中充满笑意的一片明媚景色——我往往就因为他无法感受到这使人精神焕发的影响而淌下忘恩负义的痛苦眼泪，以致使那壮观景色黯然失色；而每当我漫步于古老的树林中，看到小径边朵朵小野花迎着我微笑，或者坐在河边那些高大桦树的阴影下，它们的树枝在夏天的和风中轻轻摇曳着，那阵阵微风在它们轻软如羽毛的叶丛中沙沙作响——我的耳中充满了这种低声演奏的音乐，其间夹杂着昆虫所发出的轻柔的嗡嗡声，我的眼睛出神地凝视着我面前那个小湖平静如镜的湖面，湖岸上挤满了树木，有的以优美的姿势俯身轻轻地吻着湖水，有的高高地昂着它们那庄严的树冠，可是却把树枝远远伸进湖的边缘，它们全都惟妙惟肖地映在明净的深水中——不过有时候这些倒影的一部分被嬉戏着的水中小虫所破坏，有时候一阵风过于粗暴地掠过湖面，弄得整片倒影一时颤动起来，形成许许多多哆嗦着的碎片——然而我始终不感到欢愉，因为大自然展现在我眼前的幸福越大，我也就越是惋惜他不能在这里享用它；我们俩原可以一同享受的幸福越大，我就越感到我们目前分隔两地的不幸（是的，我们两人都不幸；尽管他没有感觉到，但是实际上他肯定是不幸的）；我的感官越愉快，我的心也就越压抑，因为他把我的心保留在他身边，把它禁锢在伦敦的尘土和烟雾之中——也许还关闭在他自己那可恶的俱乐部的四周墙壁之中呢。

但是最痛苦的是在晚上，当我走进我那间孤独的寝室，朝外望着那夏天的明月，那"可爱的天空统治者"①，漂浮于我上空的"蓝黑色的天穹"②之中，将一大片那么纯净、宁静而神圣的银色光辉倾泻在花园、树木和湖水之上——这时候我想道，"这会儿他在哪儿啊？——此刻他在做什么呀？——对这幅天堂般的景色一无所知——也许正与他那帮酒友狂饮作乐，也许吧——"上帝可以作证，我实在受不了——受不了啦！

23日。感谢上帝，他终于回来了！可是变化多大啊！——脸色发红，仿佛得了热病似的，满面倦容，无精打采，他的美貌不可思议地大为逊色，他的朝气和活泼劲儿几乎完全消失了。我并没有用话语或脸色责备他；连他这一阵在干些什么也不问一声。我不忍心这么做，因为我想他感到惭愧——他肯定是如此——而这种询问必定会使两人都痛苦。我的克制态度使他高兴——我还倾向于认为，甚至还感动了他。他说他很高兴又回到家里，而天知

---

① 指月亮，引自苏格兰诗人威廉·朱利叶斯·米克尔（1735—1788）的歌谣《坎姆诺府第》。

② 请参阅英国诗人威廉·华兹华斯（1770—1850）的诗篇《夜曲》。

道即使他变成这副模样，我还是多么高兴能使他回家来。他几乎一整天都躺在沙发上，我则一连几小时弹琴唱歌给他听。我替他写信，他要什么都给他准备好；有时候为他朗读，有时候谈这谈那，有时候仅仅坐在他身边，默默地用爱抚安慰他。我知道他不该受这样的待遇，担心自己是在宠坏他；不过就这一次，我要慷慨地、完完全全地宽恕他——只要我能够，我要使他自惭得弃邪归正，我再也不让他离开我了。

他对我的殷勤感到很满意——可能是这样，还觉得感激。他喜欢我守在他近旁；尽管他对仆人和狗都暴躁易怒，对我却很温柔和蔼。要是我没有那样处处注意、做好准备、满足他的需求，或者没有小心翼翼地避免或立即停止去做会惹他生气或打扰他的任何事，不论其理由如何不足，就很难说他会怎么样了。我多么热望他值得受到这一切关怀啊！昨天晚上，我坐在他身边，他的头枕在我的大腿上，我用手指插进他美丽的鬓发中间抚摸着，这时候，上述这个念头使我的眼眶里满溢了悲伤的泪水——这原是常有的事——可是这次却有一颗泪水滴在他的脸上，使他抬起眼来望着我。他笑了，不过并无侮慢之意。

"亲爱的海伦！"他说——"你为什么哭了？你知道我是爱你的，"（他把我的手按在他自己发烧的嘴唇上）"你还能再要求什么呢？"

"阿瑟，我只要你爱惜自己，像我爱你这样真诚忠实。"

"这可确是件难事啊！"他答道，一边温柔地捏紧我的手。

我不知道他是不是完全理解我的话意，可是他笑了——若有所思地、甚至可说是凄然地笑了——这在他是一种极不寻常的表情；接着他闭上眼睛睡着了，看上去像孩子一样无忧无虑、清白无辜。我注视着他安静地睡着的时候，我的情感更为高涨，抑制不住的眼泪直往下淌。

8月24日。阿瑟康复了，一如过去那样精力充沛、粗心大胆、轻松愉快、言行轻浮，像一个被宠坏了的孩子一样坐立不安、不易逗乐——几乎也同样地淘气,尤其在天下雨而无法外出的日子里。我希望他有些事干,诸如某种有用的手艺或者职业或者受人聘用——能使他的脑袋和双手每天忙上几小时的任何事情,能使他想想寻欢作乐以外的事。要是他肯当乡绅,料理农活——可是对这一行他一窍不通,不愿专心去考虑的——再说,要是他肯致力于文学研究,或者学画画或弹琴——因为他很爱好音乐,我常常试图说服他学弹钢琴,可是他实在太懒了,干不了这事。他既不打算尽力去排除障碍,又无意克制自己天生的嗜好;而毁了他自己的也正是这两个情况。我把两者都归罪于他那个严厉而又粗心的父亲和他那个狂热地溺爱他的母亲。要是有一天我成为母亲,我是会竭力与这种过分放任的罪恶进行斗争的——想到它所导致的恶果,我简直没法给它安上一个好听点儿的名称。

幸好不久狩猎季节就要来到,到那时候如果天气许可的话,追踪与击杀鹧鸪和野鸡将够他忙的了;我们这里没松鸡,否则这会儿他就可能同样忙碌,而不致躺在刺槐树下拉着可怜的戴许的耳朵了。不过他说独个儿打猎太没趣,他得有一两个朋友给他当助手。

"阿瑟,那末来的应该是还算正派的人,"我说——他所谓的"朋友"使我不寒而栗;我知道正是他的有几个"朋友"劝诱他让我先走,然后自己留在伦敦,并使他离开我那么久——的确,根据他不留神地泄漏的一些话和不时透露的口风,我相信他常把我的信给他们看,让他们知道他的妻子如何多情地维护着他的利益,对于他的离家不归如何深感遗憾;正是他们劝诱他一星期又一星期地逗留下去,而且为了不让人嘲笑他是个受老婆支配的傻瓜,也许还为了要显示他能够干到什么程度而不至于动摇那个多情人儿的倾心爱恋,他便贸然干出了种种越轨勾当。这是一个令人可恨的念头,可是我没法认为它是不真实的。

"好吧,"他答道,"我想到的一个是洛勃罗勋爵;但是不可能请他而不请他的妻子,也就是我们共同的朋友安娜贝拉;因此我们不得不请他们两位。你并不见她怕,是吧,海伦?"他眼睛里带着调皮的闪光问道。

"当然不怕,"我回答说,"我干吗怕她?——那么还有谁?"

"哈格雷夫算一个——尽管他自己的猎场靠得这么近,他还是很高兴来我们这儿的,因为他自己的场地不够大,打猎范围太小,而且只要我们高兴,我们可以把我们的掠夺活动扩展到他的地盘上去——再说,他非常正派,你也知道,海伦,他喜欢在女人淘里厮混——我想,另一个可算是格林斯比,他足够体面文静的——你不反对格林斯比吧?"

"我讨厌他;不过,如果你喜欢,我就尽力暂时容忍他一次。"

"这完全是偏见,海伦——无非是女人的一种反感罢了。"

"不是,我不喜欢他是有确实根据的。那末,没有别人了?"

"呃,是的,我想是没有了。眼前哈特斯利正忙于同他的新娘接吻爱抚、谈情说爱,不会有什么时间同枪和狗打交道的,"他答道。——这使我想起米莉森特婚后已经给我来过几封信,看来她相当甘于命运,是真是假则无从得知。她自称在她丈夫身上发现了无数美德和优点,其中某些优点,尽管是用眼睛"号哭切求"[①]的,我担心不那么偏袒的眼睛是辨认不出的。如今她既然对他的大嗓门和粗鲁无礼的态度已经习惯,她就断言自己不难像一个妻子所应做的那样去爱他了,她还请求我把她不适当地贬低他的那封信付之一炬。因此我相信她可能还会幸福,但要是这样的话,那将完全是对她那颗仁慈的心的奖赏了,因为如果她认定自己是命运的牺牲品,或者是她母亲通晓人情世故的牺牲品,她原是可能痛苦之极的;再说,如果她没有为了尽本分而竭尽全力去爱她的丈夫,那末她无疑是会恨他至死的。

---

① 引自《圣经·新约·希伯来书》第12章第17节。

第二十六章
客人们

9月23日。我们的客人们是在三星期以前到的。洛勃罗勋爵和夫人到现在已经结婚八个多月了；我得赞扬这位夫人，因为她的丈夫完全变了样：他的相貌、情绪和脾气全都比我最后那次见到他时明显好转了。不过仍然存在有待改进之处。他并非总是高高兴兴的，也并非总是满意的，而她则常常抱怨他容易发火；不过，在所有人当中，她是最不应该如此指责他的，因为除非由于连圣人都会给惹怒的举止之外，他是从不向她发火的。他至今仍然崇拜她，只要能使她高兴，让他奔向天涯海角都心甘情愿。她了解自己的力量，而且也加以利用；不过由于她很明白甜言蜜语地哄骗比发号施令来得妥当，便明智地用奉承讨好来缓和他的专横，足以使他相信自己是一个被宠爱的幸运男人。可是有时候甚至当着她的面也会有一片忧郁的阴影笼罩着他的面容，不过显然这是由于情绪不好所造成的，并非由于坏脾气，而且通常是由她控制不当的脾气或者错误思想的表现引起的——那是某种对他最珍爱的见解的蛮横践踏——是某种不顾后果地无视原则的作风使他觉得她虽然可爱媚人，却不那么善良，而为此深感遗憾。我从心底里怜悯他，因为我懂得这种遗憾的心情有多痛苦。

可是她还在另一方面折磨他，这一点我和他有同样的遭遇——如果我愿意自认为如此，是可以这么说的。那就是她公开而并不太显眼地向亨廷顿先生卖弄风情，而后者也很愿意在这把戏中充当她的搭档；不过我并不在乎，因为知道对他来说，不过是出于个人的虚荣心和要引我妒忌的一种恶作剧心理，也许还想折磨他那位朋友,此外别无其他意图,而她呢,无疑也是出于与此很相似的动机;只不过在她的花招中恶意多于顽皮罢了。因此就我而论,显然我所关心的是要自己始终保持高高兴兴、泰然自若的平静态度,从而使他们两人都感到失望;于是我竭力对我丈夫表示完全的信任,对我这个有迷惑力的客人的诡计则摆出毫不在乎的样子。我从来没有责备过前者,除了有一天晚上,他们特别惹人恼火,这时他见到洛勃罗勋爵抑郁忧愁的面容竟然笑了起来。我当时确乎对这个问题谈了很多,对他严厉指责;可是他只置之一笑,并且说道:

"你会同情他,海伦——不是吗?"

"我会同情任何受到不公平对待的人,"我回答说,"而且我也会同情伤害这些人的人。"

"哎呀,海伦,你同他一样妒忌了!"他大声说道,笑得更厉害了;我明白要使他认识错误是不可能的了。因此打那以后我便特意避免注意这个问题,不去管洛勃罗勋爵怎么样了。他要末是缺乏头脑、要末是没有能力来学我的榜样;尽管他确实尽力掩饰自己的不安心情,可是仍然会在脸上流露出来,而且不时会隐约显得不快,即使还没有公然表示愤恨——因为他们从来没有搞到使他公开表示愤怒的地步。不过我承认有时候自己确实感到妒忌——而且达到极度悲痛的程度——那就是当她唱歌弹琴给他听的时候,他俯身钢琴之上,以毫不做作的兴趣倾听她的歌声;因为我知道此时他真心感到快乐,而我却没有能力去唤醒与此相同的热情。我能够用我那些简单的歌曲来逗他乐、讨他喜欢,却不能使他如此快乐。

如果我愿意的话,我是可以进行报复的,因为哈格雷夫先生乐于向我这个女主人表示极大的礼貌和殷勤——当阿瑟最怠慢我的时候,他尤其如此。我不知道他这么做是出于错误地对我怀有同情呢,还是想以此来和他朋友的疏忽态度作对比,来炫耀自己的良好教养;可是无论是哪一种情况,他那些有礼貌的举动都使我极其厌恶。如果说阿瑟是太随便了点儿的话，那末通过对比来夸大他的过错，当然是令人不愉快的；把我当作一个被忽视的妻子来怜悯我，而实际上我并非如此，这是我无法忍受的侮辱。然而为了好客起见，我竭力忍住了简直不合情理的怒气，相当客气地对待我们这位客人，而说句公道话，他实在决不是个令人讨厌的伙伴。他健谈、消息灵通、兴趣又广，所谈的那些事绝非阿瑟所能参加讨论或者感到任何兴趣的。可是阿瑟不喜欢我跟他交谈，显然对于他那最平常的有礼的举动也生气；这并非由于我丈夫对我怀有任何可耻的猜疑——我相信对他那位朋友也不会——但是除了从他本人那里，他是不喜欢我从任何人那里得到乐趣的，也不喜欢我在他所高兴赐予的以外再得到丝毫尊敬和好意；他知道他是我的太阳，不过当他高兴收回他的亮光的时候，他是要使我的天空成为一片漆黑的；他不能容忍有一轮明月来缓和我被剥夺了亮光后的忧伤。这是不公平的；有时候我很想回敬一下，也照样戏弄他，不过我不愿意受这种诱惑。如果他把我的感情玩弄得过了头，我要想其他的办法来制止他。

28日——昨天我们大家都到园林庄园去，那是哈格雷夫先生的没有好好照管的家宅。他母亲常常邀请我们上她家去，以便接近她亲爱的沃尔特；这一次她请我们去参加晚宴，并且把附近能请到的乡绅统统请来与我们相会。款待搞得非常地道，可是我始终不禁想着这笔花费要多少。我不喜欢哈格雷夫太太；她冷酷无情、矫揉造作、俗不可耐。只要她懂得怎样花钱审慎些，并且教育她的儿子也如此，她的钱是足够使她一家过得很舒适的；可是她总是以那种可鄙的虚荣心尽力摆阔，把贫穷的迹象看做是一种可耻的罪恶而竭力回避。她对受她赡养的人吝啬，对佣仆苛刻，甚至剥夺了她的女儿们和她本人生活中的种种真正的享受，就因为不愿在外表上向那些拥有三倍于她的财产的人认输，而特别是因为她拿定主意要使她所珍爱的儿子能"与当地最高等的绅士们并驾齐驱"。我料想就是这个儿子有着奢侈的习惯——他并非不顾后果的挥霍无度的浪子，也不是不加约束的好色之徒，而是那种喜欢自己的"东西全都是体体面面的"①、喜欢在一定程度上追求年轻人的嗜好的人——与其说是要满足自己的爱好，不如说是要保持自己作为一个世间的时髦人物以及在他那伙无法无天的朋友中的一个体面人的名声；然而他太自私了，以致没有考虑到用他如此挥霍在自己身上的钱可以使他的慈母和妹妹们过得多么舒适；只要她们一年一度到伦敦的时候能够设法穿着得体面，他就不大顾及她们在家中暗地里省吃俭用挣扎着度日的情况了。这是对"亲爱的、思想高尚而宽宏大量的沃尔特"所作出的严厉的判断，不过我恐怕这个判断是再公正也没有的了。

哈格雷夫太太急于要为她的女儿们物色好夫婿，这既是造成下列这些错误作风的原因，也是这些作风所造成的后果：她让自己在社交界露头角，突出她们的优点以引人注目，希望借此使她们得到好些的机遇；她如此不按正当方式量入为出地过生活，又在她们哥哥身上如此滥花钱，这一来不仅使她们的嫁妆无着，还使她们成了她的累赘。我恐怕可怜的米莉森特已经成为这个犯错误的母亲的策略的牺牲品了，而后者还为如此称心地尽了为母的责任而自感庆幸，并希望也为埃丝特这么办。不过埃丝特还是个孩子——是个十四岁的欢天喜地、跳跳蹦蹦的孩子，像她姐姐一样诚实、坦率和单纯，但是具有她的独特的无畏精神，因此我想她的母亲若要她屈从自己的意志将不是件容易的事。

---

① 引自莎士比亚的《无事生非》第4幕第2场的末尾。

第二十七章
不端行为

10月9日——此时先生们正在树林里来回追猎,洛勃罗勋爵夫人则忙于写信,我要回头来写日记以便记录下人们的一些言行,但愿我今后再也没有必要去描述这类事情了。

那是在四日晚上喝过茶不久,安娜贝拉刚才一直在唱歌弹琴,阿瑟则像平时那样待在她身旁,这会儿她已经唱完歌,可是依然坐在钢琴前,他站着俯在她的椅背上,与她的脸挨得非常近,用几乎听不见的声音谈着话。我朝洛勃罗勋爵望去。他正在房间的那一头与哈格雷夫和格里姆斯比两位先生交谈;不过我瞧见他向他太太和他的主人飞快而急躁地瞥了一眼,显出极为焦虑不安之状,而格里姆斯比则见此微微一笑。我决定要打断他们的密谈,便站起来,从乐谱架上挑选了一张乐谱,走到钢琴旁,打算请那位太太演奏;可是我顿时站住了,呆若木鸡,半晌说不出话来,因为我看见她坐在那儿倾听着他温柔的低语声,通红的脸上似乎浮起了兴奋的微笑,一只手暗地里听任他握住。血液直朝我心脏冲来,接着冲到我的脑袋里——因为我见到的还不止是这些;几乎就在我走近他们的当儿,他转过头去朝房间里其他人匆匆望了一下之后,便把那只毫不反抗的手热烈地紧贴在自己的嘴唇上。他抬眼看见了我,便垂下目光,显得惊慌而沮丧。她也看见了我,竟用冷酷的挑衅眼光正视着我。我把乐谱放在钢琴上后便走开了。我感到不舒服,但是并不离开房间;幸好时间已不早,大伙儿不会待很久就要散去了。我走到壁炉前,把头靠在壁炉架上。过了一两分钟,听得有人问我是否觉得不舒服。我没有回答——实际上当时我没听清那人说了些什么——不过我机械地抬眼一看,见哈格雷夫先生正在我身旁,站在炉边地毯上。

"我去给你拿杯葡萄酒来,好吗?"他说。

"不用,谢谢你,"我答道,转身离开他,朝四周看了看,见洛勃罗夫人正站在她丈夫的旁边,由于他坐着,而向他俯下身子,一只手按在他的肩膀上,冲着他的脸温柔地又说又笑;阿瑟则在桌子旁,正翻阅着一本刻铜版画册。我在一把离我最近的椅子上坐下,而哈格雷夫先生见我并不要他做什么,便知趣地走开了。过了不久大家就散了,客人们都退到各自的寝室里去,于是阿瑟带着极有把握的微笑朝我走来。

"你非常生气吗,海伦?"他轻声问道。

"这可不是开玩笑的事,阿瑟,"我严肃地说,不过尽力保持镇静——"除非你认为永远失去我的爱情是好玩的事。"

"什么!你竟这么痛心吗?"他嚷道,一边笑着把我的手握在他的两只手中;可是我愤愤地抽了出来——几乎感到憎恶,因为他显然是带着点儿醉意的。

"那末我只得双膝跪下了,"他说着便在我跟前跪了下来,举起了紧握的双手,装出一副卑躬屈节的样子,继续恳求道——"宽恕我吧,海伦!——亲爱的海伦,宽恕我吧,我再也不干这种事了!"他把脸埋在手帕中,大声假哭起来。

我随他去这样假哭,拿起我的蜡烛,便悄悄地溜出房间,尽快地上了楼。可是不久他就发现我已经离开他,便从我后面冲上来,在我刚走进寝室、正要冲着他的脸关上门的时候,一把抓住了我,把我搂在怀中。

"不行,不行,老天在上,你不可以这么逃避我!"他嚷道。接着因见我很激动而大为惊恐,他恳求我不要让自己这么生气,告诉我说我的脸色很苍白,这样是会送命的。

"那末你放开我,"我咕哝道;他听了立刻放开了我——他这样做得正对,因为我实在是很生气。我瘫倒在一把安乐椅里,竭力使自己镇静下来,因为想平心静气地和他谈一谈。他站在我的身旁,有几秒钟工夫,既不敢碰我,也不敢开口,接着向我稍微走近一点儿,单膝跪下——这可并非假装谦卑,而是要使自己与我接近同一个高度,接着他把一只手靠在椅子的扶手上,开始轻声地说:

"海伦,那根本是胡闹——开开玩笑罢了,算不上什么的——不值得放在心上。难道你怎么也没法明白,"他大胆些了,接着说,"你丝毫不用担心我会怎么样?我不是全心全意地爱着你吗?——再说,即或,"他暗自笑了笑,补充了几句,"即或我对另外一个人动心,你也大可不必介意,因为那种迷恋来去像一道闪电,而我对你的情火则是稳稳地不断燃烧着,像太阳一样是永恒的。你这要求过高的小霸王,难道这——"

"静一静好吗,阿瑟?"我说,"你听我说——别以为我是妒火中烧;我却非常镇定哩,不信摸摸我的手。"说着我严肃地向他伸出一只手——可是却用力把他的手捏住,此举似乎否定了我自己的话而使他笑了。"你不用笑,先生,"我说,同时仍然紧捏着他的手,目不转睛地盯住他,弄得他几乎在我的目光下畏缩了。"亨廷顿先生,你大可以为用惹我妒忌来取乐很不错,可是你要当心别反而惹起了我的憎恨。而且你一旦把我的爱情之火扑灭了,你就会发现可不容易再把它点燃的。"

"咳,海伦,我不会再叫你生气了。不过我向你保证,刚才那事我完全是无心的。我酒喝得太多,当时糊里糊涂的,不大正常。"

"你常常喝得太多——这正是另一个使我痛恨的行为。"我的激动使他感到惊讶,猛地抬眼看我。"是的,"我继续说,"我过去对此只字不提,是因为我觉得羞于启口;不过现在我可要告诉你,这事使我很苦恼,要是你听任这个习惯继续发展下去,就会使我厌恶,因为如果不及时加以制止,它肯定是会发展下去的。不过你对洛勃罗勋爵夫人所作所为的整个方式是与酒无关的;今晚你对自己的举动是再清楚不过的。"

"唔，我对此事感到遗憾，"他答道，口气与其说是后悔，不如说是不高兴，"你还要我怎么样？"

"没疑问，你感到遗憾的是让我看见了，"我冷冷地反驳他。

"要是你没有看见，"他眼睛盯住地毯，嘀咕道，"就根本不会碍什么事的。"

我气得心几乎要炸了；不过我坚决地压住了激动的情绪，平静地问道，"你认为不会？"

"是的，"他厚颜无耻地回答。"我究竟干了些什么啦？根本没什么——除非你存心把它作为责备和苦恼的缘由？"

"要是你的朋友洛勃罗勋爵知道了这一切，他会怎么想？换句话说，要是他或其他人像你对待安娜贝拉那样也对我从头到尾来一遍，你自己又会怎么想呢？"

"我要把他打得脑袋开花。"

"那好，阿瑟，你既然认为把一个冒犯了你的人的脑袋打得开花的做法是合理的，那么你怎么可以把这种冒犯说成是没什么呢？难道玩弄你朋友和我的感情是没什么——力图偷走一个女人对她丈夫的爱，而后者把这份爱看得比他的金子更宝贵，因此要偷的东西还有什么比这个更不正当的呢？难道结婚誓言是闹着玩的吗？难道你把违反誓言当作娱乐，还引诱别人也这么干，是没什么吗？难道我能爱一个干了这种事还冷漠地坚持说这没什么的人吗？"

"你自己正在违反结婚誓言，"他说着，愤愤地站起来，踱来踱去。"你允诺过尊敬并服从我，而如今你却要折磨我，威胁并谴责我，把我骂得比拦路强盗还不如。海伦，要不是为了你的具体情况，我是不会这么甘心顺从的。我也不会听任一个女人来支配我，尽管她是我的妻子也罢。"

"那末你打算怎么样呢？你打算继续这样下去直到我见你痛恨，到那时候指责我违反誓言吗？"

他默不作声了一会儿,之后答道,"你永远不会恨我的。"说着便走回来,恢复了原先在我脚边的位置,更热切重复说道——"只要我爱你,你是不会恨我的。"

"可是如果你继续这样干下去,叫我怎么能相信你爱我呢?你设身处地想一想,要是我这样干了,你会不会相信我爱你呢?在这种情况下,你会相信我的抗辩,尊敬并信任我吗?"

"这两种情况是不同的,"他回答。"女人的天性是坚贞——爱一个人,只爱一个人,盲目而温柔地,而且始终如一——愿上帝赐福给她们,可爱的人儿!特别要赐福给你——但是你一定得对我们有点儿同情,海伦;你一定得多给我们一点儿自由,因为莎士比亚就是如此写的:

> '无论我们怎样赞扬自己,
> 与女人相比,我们的迷恋
> 更加轻浮,更加不稳固,
> 更加渴求,更加游移不定,
> 更加容易消失而生厌。'"①

"你是不是要用这个来说明我已失去你的迷恋,而被洛勃罗勋爵夫人所赢得?"

"不对,上天可以作证,我认为与你相比,她仅仅是尘土和灰烬——而且除非你过于严厉以致把我赶走,我将永远这么认为。她是人间的女子,你是天上的天使;只是请你不要圣洁得过于严峻了,并且要记住我是个可怜的难免有错误的凡人。好了,海伦,你肯宽恕我吗?"他说着,温柔地握住我的一只手,带着天真无邪的笑容抬眼望着我。

"要是我宽恕你,你还会犯老错误。"

---

① 引自莎士比亚的《第十二夜》第 2 幕第 4 场。

"我发誓,凭着——"

"别发誓;我会像相信你的誓言一样相信你的话。但愿我对二者都能信任。"

"那么试试吧,海伦;只要信任并原谅我这一次,你就会知道了!好啦,你不这么说,我就会一直受地狱的煎熬。"

我没有说出这句话,不过我把一只手按在他的肩膀上,吻了一下他的前额,接着便突然哭起来了。他温柔地把我抱在怀中;自此以后我们便一直相处得很好。进餐时,他饮酒很有节制,对洛勃罗勋爵夫人也能行为不苟。头一天,在不公然违反地主之谊的前提下,他尽量对她疏远;那天以后,他对她的态度友好而有礼,仅限于此而已——至少当着我的面是这样,而且我想在其他任何时候也是这样;因为她显得态度傲慢,感到不快,而洛勃罗勋爵显然比以前高兴,对他的主人也比以前热诚。不过等他们走了我会觉得高兴的,因为我实在不喜欢安娜贝拉,因此对她以礼相待确是件难事,而且由于在这里除了我以外,她是唯一的女人,我们又必然常被凑到一块儿来。等下次哈格雷夫太太来访的时候,我会把她的到来作为一种宽慰来欢迎。我很想要求阿瑟允许我请那位老太太和我们同住,直到客人们离去。我想我要这么做的。她会把这个邀请看做友好的关注,尽管有她做伴并不使我感到什么乐趣,我却真心欢迎她作为第三者介入到我和洛勃罗勋爵夫人中间来。

在那个不愉快的夜晚过后,后者和我是在次晨早餐后一两小时左右第一次单独在一块儿的,当时先生们一如惯常那样,写了信、看过报纸并随便交谈之后就出去了。我们两人坐着,一声不吭地过了两三分钟。她忙于干她的活儿,我则浏览着报纸上一栏栏文章的内容,但在大约二十分钟之前就已领会了它们的所有要旨了。这段时间使我极感窘迫,而且我想对她一定更是如此;可是看来我错了。是她先开口的,带着极其冷静自信的笑容,她这么开始说:

"海伦,你丈夫昨晚兴高采烈;他常常这样吗?"

我勃然大怒,顿觉脸上发烧;不过她竟然似乎把他的行为归因于这个情况而不是旁的,这就较好。

"不,"我答道,"而且我相信再也不会那样了。"

"你给过他一顿床头训斥了,是吗?"

"没有,不过我告诉了他我不喜欢这种行为,他就答应我以后不再这么干了。"

"我认为今天早上他显得相当驯服,"她继续说,"还有你,海伦,我看出你哭过——你也知道,这是我们的了不起的手段——可是难道这样不使你的眼睛发痛吗?你一直感到这个办法有效吗?"

"我从不为了要取得什么效果才哭的;我也没法想象竟有人能这么干的。"

"啊,我可不知道;因为我从来没有机会试一下——不过我想如果洛勃罗干下了这种越轨行为,我可要叫他哭的。你会恼火我并不觉得奇怪,因为我相信为了比这个更小的过错,我是会给我的丈夫一顿训斥,叫他没法很快就忘记的。可是话得说回来,他是永远不会干这类事的,因为我把他管得好好的,不致会这样。"

"你能肯定你没有把过多的功劳据为己有吗?据我所知,在你嫁给洛勃罗勋爵之前,他早就像现在一样以有节制著称了。"

"喔,你指的是酒——是的,他在这方面是够可靠的。至于斜着眼去看别的女人嘛——只要我活着,他在这方面也是够可靠的,因为他连我踩着的那块地都崇拜哩。"

"原来如此!那末你能肯定自己配得上他如此对待吗?"

"啊,关于这一点,我可没法说了。海伦,你也知道,我们都是容易犯错误的人;我们谁也不配受人的崇拜。不过你能肯定你心爱的亨廷顿配受你所给他的全部爱情吗?"

我不知道该怎样回答这句话。我怒不可遏,但是竭力加以抑制,不让显露出来,仅仅咬住了嘴唇,假装整理我的活儿。

"不管怎么样,"她趁自己占上风紧接着说下去,"你是配受他所给你的全部爱情的,你可以用这个信念自慰。"

"你过奖了,"我说,"不过至少我可以努力使自己配受这一切。"接下来我就转而谈别的了。

第二十八章
慈母的感情

12月25日——去年圣诞节我还是个新娘,心里充满了眼前的极大幸福,对未来满怀热烈的希望——不过并非没有交织着预感到的忧虑。如今我是个妻子,我的幸福有了制约,但是并没有毁掉;我的希望缩小了,但是并没有失去;我的忧虑增加了,但是还没有得到充分证实——而且感谢上帝,我也是个母亲。上帝给我送来了一个灵魂,由我为上天教育他,赐给了我一种新的更平静的幸福和更强烈的希望,以使我获得慰藉。可是哪里出现希望,哪里就一定有忧虑潜伏其后,当我把我的小宝贝紧抱在胸前,或者当他入睡后,我心中怀着无以言喻的喜悦和千万种希望,俯首向他望着,这时候下面两种念头中的一种总是油然而生,遏止住我高涨的喜悦情绪;其一是"他可能会从我身边被夺走",另一是"他可能活下去,终于诅咒自己的一生"。对于头一种情况,我从中可以得到这样的安慰:这朵蓓蕾虽然被摘下了,却不会凋谢,只会被移植到更适宜的土壤中去,让它在更灿烂的阳光下成长、开花;虽然我也许不能抚育我的孩子,看着他的才智逐渐显露,他却能因被夺走而免得遭受人间所有的苦难和罪恶;因此我对这事的理解是它并非什么大坏事;可是每当冥思到这种可能性时,我的心就收缩起来,并且暗自低声说我不忍看他死去,把我所珍爱的这个小身躯、这个此刻还是暖呼呼的生命幼芽弃进冰冷而残酷的坟墓中去;这个生命是我身上的肉,是藏着那纯洁的火花的神龛,我将终生乐于致力使它不被尘世所玷污——我热切地恳求上天仍然让他成为我的安慰和我的欢乐,让我作为他的保护人、教师和朋友——在青年时期的危险道路上引导他,把他训练成为上帝在世间的仆人和有福而受尊敬的天上圣者。反之,在另一个情况下,万一他活下来使我的希望落空,使我的努力全部付诸东流——成为一个无以自拔的堕落的人、罪恶和苦难的受害者、害人又害己的家伙——天父啊,如果你看见在他前面是这样的人生,那就求你不要顾及我的痛苦,现在就把他从我这里夺走,趁他还是个不狡诈而尚未玷污的小羊羔的时候,把他从我的怀中挪到您的怀中去吧!

我的小阿瑟啊!你躺在那儿,毫无知觉而甜蜜地安睡着,是你父亲的微小的缩影,不过有如方才从天下降的纯净的雪花般依然一尘不染——但愿上帝保佑你免受你父亲那些过错的影响!我将会如何照管你、辛勤地保卫你,使你避开它们啊!他醒了;他的小手臂向我伸来;他的眼睛张开了;他的目光碰上我凝视的目光,但是没有作出什么反应。小天使啊!你不认识我;你还不能想我和爱我;可是我的心多么炽热地与你的心紧紧结合在一起;我多么感激你给予我的这一切欢乐啊!但愿你的父亲能够同我一起享受这欢乐——但愿他也能感受与我同样的爱和希望,与我同样地参加到我为将来所作的种种决定和计划中来——不,只要他能赞同我的一半见解,分担我的一半感受,那末不论对他本人还是对我都将确实是一种福佑;这能提高并净化他的思想,使他更紧密地与他的家和我联结在一起。

等孩子长大一些,也许能渐渐唤醒他对他的兴趣和疼爱。目前他只因得到他而觉得高兴,并且希望他会成为一个好孩子和合适的继承人;恐怕我所能说的就是这些了。起先,他觉得这孩子只是个使他惊异并发笑而不可碰触的东西;而现在却对他几乎毫不关心,只在认为他"完全没有用"和"愚蠢得毫无反应"(这些是他所用的字眼)、或者在我过于关怀这小东西的需要时才感到不耐烦。当我忙着照料孩子的时候,他常常跑来坐在我身旁。开头我希望他这么做是因为端详着我们这无价之宝能从中得到快乐;

可是不久就发现他只是为了要和我在一起,也可以说是为了逃避孤独之苦。我当然是由衷地欢迎他,不过对一个母亲最好的赞美莫过于对她的小宝贝表示赞赏。有一次他使我大吃一惊:那是在我们的儿子出生后约两星期的一天,当时他与我同在保育室里。有好一阵子,我们两人谁也不说话;我正出神地注视着我的婴儿,以为他也在这样干——至少我当时想到他时是这么想的。可是他突然不耐烦地嚷了起来,使我从幻想中惊醒过来。

"海伦,如果你这么狂热地崇拜他,我就会痛恨这个小坏蛋!你对他完全着迷了。"

我惊讶地抬眼看他,想弄明白他说这话是否认真。

"你对其他事情简直一点儿也不关心了,"他用同样的语气继续说道,"我来也罢、去也罢,在场还是不在场,高兴还是不高兴,对你都一样。只要有这个小丑八怪让你疼着,我的情况怎么样你就一点儿也不在乎。"

"这不是真的,阿瑟;你进屋来总使我加倍地快乐;尽管我并不望着你,但只要你靠近我,我知道你在场就感到高兴;当我想到我们的孩子时,我满意地认为你有着和我共同的思想和感情,尽管我并没有讲出口。"

"真该死,我怎么能把我的思想和感情浪费在这样一个一文不值的小白痴身上?"

"他是你的亲生儿子啊,阿瑟——再说,如果这一点对你无关紧要的话,那末他至少是我的亲生儿子;而你是应当尊重我的感情的。"

"得了,别生气;我刚才只是说漏了嘴,"他申明道。"这小家伙蛮好,只是我没法像你那样崇拜他罢了。"

"那末要罚你一下,由你替我照料他,"我说着站起身来,要把我的婴儿放进他父亲的怀中。

"不,海伦,别这样——别这样!"他当真急起来了,叫喊道。

"我偏要;你感觉到小家伙在你的怀中,就会更疼他了。"

我把那个珍贵的负担安放在他手中之后,便退到房间的另一边去。他坐在那儿,神态荒谬可笑又有点儿窘迫,把捧着婴儿的双臂伸得远远地,仿佛把他看做与自己不属同一人种的什么怪物,使我见了直发笑。

"来,把他抱去,海伦,把他抱去,"他终于喊了起来。"你要不来抱,我就把他扔了。"

我同情他的苦恼——或者更确切地说,是为了孩子所处的危险状况,便免去了他的负担。

"吻他吧!阿瑟;吻啊——你一次也还没有吻过他!"我跪下来把孩子捧到他面前。

"我可情愿吻他的妈妈,"他搂住了我,答道。"喏,这样不是也行吗?"

我又坐进自己的安乐椅,因为他父亲拒绝吻他,我温柔地吻了他好一阵子作为补偿。

"好了!"妒忌的父亲喊道。"你在一分钟内滥花在这个没有感觉而使你吃力不讨好的小牡蛎身上的要比三星期来给我的还多啦。"

"那末过来吧,你这个贪得无厌的霸王,尽管你无可救药也不配领受,你可以要吻我多少就给你多少。——喏,这样够了吗?我很想在你学会尽父亲的责任去疼我的孩子之前,再也不吻你了。"

"我喜欢这个小魔鬼——"

"阿瑟!"

"好吧,这个小天使——真够喜欢的,"说着为了表示他的疼爱,他捏了一下他那个娇嫩的小鼻子,"只是我没法疼他——他又有什么可疼的呢?他不会爱我——也不会爱你;你对他说的话他一个词儿也不懂,对于你的这一切好意也感觉不到一丁点儿。要等到他能对我表示一点感情的时候,我再考虑去疼他。目前他只是个自私自利、没有感觉、只图口腹的小东西,如果你在他身上看到有什么可爱的地方,那当然很好——可惜我只觉得奇怪你怎么能看到。"

"阿瑟,要是你自己不那么自私,你就不会用这种眼光来对待他了。"

"可能不会,亲爱的;可是情况就是如此,我也没办法。"

第二十九章
邻　居

1823 年 12 月 25 日。又过去了一年。我的小阿瑟活了下来并且顺利地成长着。他很健康，但并不强壮，活泼，爱玩耍，却很文静，已经能流露感情，能感受那些要很久以后才能用话语来表达的激情。他终于赢得了他父亲的心；而如今我经常担心的是，生怕他父亲那种缺乏考虑的纵容会毁了他。不过我也必须提防我自己的弱点，因为我直到如今才知道，父母宠坏独生子的诱惑力有多大！

我必须在我儿子身上得到安慰，因为（我可以对这张不会开口的纸承认）我从我丈夫那里只能得到很少的安慰。我仍然爱着他，他则以他的方式爱着我——不过，唉，多么不同于我原可以给予的、并且一度曾希望得到的爱情啊！在我们之间存在着多么少的真正共鸣；我有多少思想感情阴郁地闷在自己心里；我的更高尚、更优良的自我有多大部分实际上还没有和他结合——命中注定将在孤独的无阳光的阴影中变得麻木、乖戾，或者由于缺乏滋养而在这块劣质土壤上衰退、消亡！——不过我要在此重申，我没有权利抱怨；只求能让我讲出事实真相——至少讲出一部分事实——然后等着瞧今后会不会有什么更糟的事实来玷污这些纸张。我们至今已经结合整整两年了——我们彼此依恋的"浪漫气氛"肯定已经消耗殆尽了。如今阿瑟对我的爱情一定已经降到了最低点，我也发现了他的全部邪恶本质，随着我们变得彼此更加习惯，他要是还会发生什么变化的话，那一定该是向好的方面的发展；我们之间的感情肯定不会变得比现在更不如。而且就算这样，我也忍受得了——至少就像我迄今忍受着那样。

阿瑟并非通常所说的坏人。他有很多好的品质，但是他缺乏自我克制和崇高的抱负——是个浪荡子，沉溺于肉体享受；他并不是坏丈夫，但是他对婚后的义务和舒适的见解与我不同。根据表面来判断，他对妻子的见解如下：妻子应该忠诚地热爱丈夫，并且待在家里——侍候丈夫，在他喜欢与她待在一起的时候，尽一切可能逗他乐、使他过得舒服；而且当他不在家的时候，不管他在这期间可能在干什么，她得照管他在家庭里和其他方面的利益，耐心地等他回来。

早在春初，他宣布打算去伦敦，他说他在那儿的事务需要他到场，再也不能拒绝了。他对于不得不离开我这事表示遗憾，但是希望在他回来之前我会从婴儿那里自找乐趣。

"可是为什么要撇下我呢？"我说。"我可以跟你一道去；我随时都可以准备动身的。"

"你不会要把那孩子带进城去吧？"

"要带——为什么不呢？"

这个主意太荒唐了。城里的空气肯定对小阿瑟有害，而且对我这个带孩子的也不好；在这种情况下，晚睡和伦敦的生活习惯对我也不合适；总之，他要我相信，那样做会极其麻烦，有害又不安全。我竭力反驳他的异议，因为一想到他独个儿去就使我不寒而栗，为了我自己，甚至更多地为了我的孩子，我愿意几乎作出任何牺牲来制止这事；可是他终于直截了当而有点儿烦躁地对我说，我跟他同去就是不行；说他因为被孩子天天晚上闹得不得安眠已经筋疲力尽，需要好好休息一下。我建议我们分睡两个房间，可是还是不行。

"阿瑟，事实是，"最后我说道，"你已经厌倦我与你做伴，所以打定主意不要我同去。你原该早就这么说的。"

他否认，但是我立即走出房间，朝育婴室飞奔而去，要是我在那儿不能抚慰我的感情的话，也要把它掩盖住。

这太伤我的自尊心了，因而对于他的这些计划不再表示不满，而且压根儿不再提及此事，除了关于为他出门所必需作的一些安排和他不在家期间对一些事的处理问题之外——直到他动身的前一天，我才真挚地劝他好好照料自己、远避诱惑。他见我那么担心便笑了起来，但叫我相信没有值得担心的理由，并答应听从我的劝告。

"我想要你说定回家的日子也没什么用吧？"我说。

"呃，是的；在这种情况下，我简直没法说定；不过，亲爱的，请放心，我不会去很久的。"

"我并不想要你老待在家里，"我回答说，"假如我知道你平安无事，你一整月一整月地待在外边我也不会抱怨——只要你这么久没有我照样能过得快活就行；不过我可不喜欢想起你在那儿与你称作朋友的那伙人混在一起。"

"得了，得了，你这个傻姑娘！你难道以为我照顾不了自己吗？"

"你上趟就没有照顾好自己——可是这一趟，阿瑟，"我接着诚恳地说道，"你要用行动来证明你能照顾好自己，使我认识到我不必担什么心，尽管相信你好了！"

他答应得很好听，不过用的是我们试图安慰小孩子的那种态度。而他有没有遵守他的诺言呢？没有——因此从此之后我再也没法相信他的话了。这是辛酸之极的表白啊！此刻我在写着的时候，泪水挡住了我的视线。他走的时候是3月初，直到7月才回来。这一趟他并不像以前那样得费心找借口，信也不那么常来，也比以前的短而不那么深情了，尤其是过了头几个星期之后，更是如此。来信拖得越来越久，而且一封比一封更简短、更马虎。然而遇上我没有去信，他倒会埋怨我。当我的去信显得严厉冷漠时（我承认在最后阶段我的信常常如此），他就责备我太苛刻，说那样足以使他吓得不敢回家；当我试图对他进行温和的劝告时，他的回信就温柔些，并且答应回家来，但是我终于懂得了只能把他的诺言当作耳边风。

这四个月过得很悲惨,强烈的焦虑、失望和愤慨交替着折磨我;我可怜他,也可怜我自己。然而在这整个过程中,我并非完全没有安慰;我有我那心爱的清白无辜而不会伤害人的小东西来安慰我,可是连这种安慰也被一个不断地重新浮现的念头弄得痛苦了:"今后我该怎样教导他既敬重他的父亲又不要学他的样呢?"

不过我记得这些苦恼原是我任性地自找的,因此拿定主意毫无怨言地忍受这一切。同时,我决定不让自己为别人的越轨行为而痛苦,竭力使自己尽可能欢乐起来;除了与我的孩子和我那亲爱而忠诚的雷切尔做伴之外,我看看书、画画素描、料理家务、照顾阿瑟的穷佃户和雇工们的福利和安乐,而尽管雷切尔由于考虑周到而从不提及我的伤心事,她显然已经猜到并且很同情我。我有时候去找我的小朋友埃丝特·哈格雷夫,与她在一块儿娱乐消遣;我偶尔骑马去看她,并且曾经有一两次邀请她来我的庄园与我一起度过一整天。那个社交季节,哈格雷夫太太没有去伦敦,而且由于没有女儿要出嫁,她想不如待在家里可以节省些;而意想不到是沃尔特竟在六月初来与她同住,一直住到接近八月底。

我头一次见到他是在一个可爱而暖和的傍晚,当时我正同小阿瑟和雷切尔一起在园子里闲逛。雷切尔是保姆头儿兼贴身女侍——由于我过的是隐居生活,还多少好活动,我不怎么需要别人服侍,又由于她曾经把我带大也渴望照料我的孩子,而且非常可靠,我宁可把这重要的任务交托给她,再在她手下配备一个年轻保姆,而不愿意另雇其他任何人——再说,这样也省钱,而且既然我已经熟悉了阿瑟的事务,也就认识到这个办法绝不可视作无足轻重;因为是出于自愿的,在未来的许多年中,几乎我财产的全部收益都得用来偿还他的债务,而他在伦敦挥霍的钱财是漫无止境的。——不过我们还是回头来谈哈格雷夫先生吧;——当时我和雷切尔正站在水池旁,用一根上面长满了金黄色柳絮的柳枝逗着她怀中笑嘻嘻的婴儿玩,这时惊讶地见他骑着他那匹昂贵的黑色猎马进了花园,穿过草地来到我跟前。他用一句非常优美的恭维话向我打招呼,用词雅致,态度谦恭,这无疑是他在一路骑马而来时构想出来的。他对我说他是给他母亲捎口信来的,她得知他要朝这一头走以后,就要他来府拜访并且邀请我明天光临他们家便饭,共叙友情。

"就我们几个人,没有其他人,"他说,"埃丝特可非常想看你;我母亲担心你这么独个儿待在这幢大房子里会觉得寂寞,希望她能说服你更经常地光临舍间同她做伴,并且在寒舍不感拘束,直到亨廷顿先生回府后使你更愿意这么做。"

"她太好了,"我答道,"可是你瞧我并非只一个人——整天忙着的人不大会抱怨寂寞的。"

"那末你明天能来吗?你要是拒绝,她会非常失望的。"

我不喜欢别人如此同情自己的孤寂,不过我还是答应愿去。

"多甜美的黄昏啊!"他说着朝阳光和煦的花园环顾了一周,园子里有岸然隆起的地面和斜坡,池水平静,一簇簇树丛雄伟壮丽。"你住在多美的天堂里啊!"

"这个黄昏确实优美,"我答道,想到自己如何忽略了它的优美,不禁叹了一口气,这令人神怡的草谷庄园对我来说哪里还像个天堂——对自愿背离这景色的人来说更是不像了。我不知道哈格雷夫先生有没有猜到我在想什么,不过他用了一种有几分犹豫而表示同情的严肃口气和态度问我最近有没有收到亨廷顿先生的信。

"最近没有,"我回答说。

"我就是这么想的,"他低声说,仿佛是自言自语,同时若有所思地望着地面。

"你不是最近才从伦敦回来的吗?"我问。

"昨天刚回来。"

"你在那儿见到他吗?"

"是的——见到了。"

"他好吗？"

"好——也就是说，"他说，口气和态度更加犹豫了，还显出一副抑制着愤慨的样子，"好得就像——就像他应该的那样，可是对于一个像他那样受宠爱的人来说，我认为在那种环境中还能那么样真是令人难以置信的。"说到这儿，他抬起头来，为了强调这句话向我严肃地鞠了一躬。我想此时我的脸一定涨得通红。

"请原谅，亨廷顿太太，"他接着说，"可是当我目睹如此昏了头的轻率行为和堕落的趣味时，我真没法忍住我的怒气——不过也许你还不知道——"说到这儿他顿住了。

"先生，我什么也不知道——我只知道他推迟他的归期，比我所盼望的要来得迟。要是说目前他更喜欢的伴侣是他的朋友们而不是他的妻子，更喜欢的是城市里的放荡行为而不是乡下的宁静生活，我想我该为此感谢那些朋友。他们的趣味和活动既然与他的相类似，那我就弄不懂为什么他的行动竟然会激起他们的愤慨或者惊奇。"

"你大大地冤枉我了，"他答道，"最近几星期我与亨廷顿先生很少在一起；至于他的趣味和活动，远远非我能力所及——尽管我是个孤独的流浪汉。我只是呷一口尝尝味道，他却是喝得一点不剩；如果说我曾经一度又疯又蠢地企图淹没反省的呼声，或者在鲁莽放荡的同伴中浪费太多的时间和才能的话，上帝知道，我只要有那个人那么忘恩负义地撇在身后的一半福分——只要得到他所藐视的有关美德、家庭乐趣和有规则的习惯的一半诱导——只要有那样的一个家、那样的一位分享家庭乐趣的伴侣，就会乐意彻底地永远抛弃那些同伴的！——那简直太无耻了！"他咬着牙齿咕哝道。"亨廷顿太太，"他接着大声说，"请别以为我会去教唆他坚持他目前的所作所为；正好相反，我是一再规劝他的；对于他的作为，我常常表示诧异并且向他提醒他的种种责任和所享的特权——可是没用，他仅仅——"

"够了，哈格雷夫先生，你该知道不管我丈夫有什么缺点，由一个陌生人来告诉我，只能使我感到更痛苦。"

"这么说，难道我是个陌生人吗？"他用悲伤的声调说。"我是离你最近的邻居，是你孩子的教父，又是你丈夫的朋友；我不是也可以算是你的朋友吗？"

"要成为真正的朋友必须先要有熟悉的了解；哈格雷夫先生，除了人家的传说，我对你是很不了解的。"

"这么说，你忘记了上一个秋季我在你家作过六七星期的客了？我可没有忘记。亨廷顿太太，我对你却是够了解的，因此才认为你丈夫是世上最令人羡慕的人，而且如果你认为我配得到你的友谊，那我就是第二个令人羡慕的人了。"

"要是你对我更了解些，就不会这么想了——即使这么想了，也不会说出来，并且以为我听了这番恭维话会高兴。"

我一边说一边朝后退。他看出我希望结束谈话，立即接受了这一暗示，庄重地鞠了一躬，向我道了晚安，转过马头朝路上跑去。我不客气地对待他那番同情的表白，看来是伤了他的心并使他感到悲痛。我不知道自己对他说话那么严厉是否对头；可是当时他的行动使我很生气——几乎觉得是受到了侮辱；他似乎在利用我丈夫不在家和把我丢在脑后的情况，含沙射影地对不利于他的事实进行夸大。

我们刚才谈话时，雷切尔朝前走了几码远。此时他骑着马跑到她跟前，要求让他看看孩子。他小心翼翼地把他抱在怀中，以一种几乎像慈父般的微笑望着他，我走近的时候听见他在说：

"而且他把这孩子也丢下了！"

接着他亲热地吻了小孩一下，便把他交还给感到满意的保姆。

"你喜欢孩子，哈格雷夫先生？"我对他的态度温和了一些，问道。

"一般说来并不喜欢，"他回答，"不过这孩子实在太可爱了——而且真像他的母亲，"他把声音压低了一些，又添上一句。

"这你可错了；他像的是他的父亲。"

"我是对的，不是吗，保姆？"他诉诸雷切尔说。

"先生，我认为跟两个人都有点儿像，"她答道。

他告辞了，于是雷切尔说他是一位非常出色的绅士。对此我仍有怀疑。

次日我在他家里见到他时，他不再表示对阿瑟的义愤，也没有对我表示我所不欢迎的同情来惹我生气了；而且甚至当他的母亲开始用谨慎的措词向我暗示她对我丈夫的行为所感到的遗憾和诧异时，他察觉了我的不快，便马上来解围，灵巧地把话岔开，同时乜斜着眼睛向她使眼色，告诫她不要再提这事。他似乎决心以无懈可击的态度去尽地主之谊，尽力招待他的客人，并显示出他自己作为主人、绅士和友伴的品格；结果的确成功地使自己非常讨人喜欢——可惜过分殷勤了一点。——尽管如此，哈格雷夫先生，我可不太喜欢你；你缺乏坦率，这是我所不喜欢的；而在你所有优良的品质下面还隐藏着一份自私，对此我不打算忽略。不，因为我非但不打算与我认为你为人刻薄这一轻微的偏见作斗争，还存心要抱着这种看法，直到我确信自己没有理由再不信任你如此急于向我讨好、要同我建立友谊的意图。

在随后的六星期中，我又见过他几次，不过除了有一次例外，他总是与他的母亲或者妹妹或者她们两人在一起。我每次去拜访他们，他总是碰巧在家里，而她们每次来我家时，也总是由他驾驶那辆四轮敞篷马车前来。他母亲显然对于他的这种孝顺的举动和新近才养成的家居习惯感到很高兴。

我遇见他单独一人的那次是在7月初，那天阳光灿烂，但是却并不闷热。我带着小阿瑟走进园子边的树林，让他坐在一棵古老栎树的长满了苔藓的树根上；我采集了一把风铃草和野玫瑰之后，便跪在他跟前，把一朵朵花交给他，让他用小手指握住；我通过他那双笑吟吟的眼睛为媒介，欣赏着那些美到极点的花朵；

一时间忘却了我的一切烦恼,见他欢乐地笑,我也笑了,见他高兴,我也高兴了——正在此时,突然有一个人影把我们前面草地上的一小摊阳光遮暗了;我抬头一看,见沃尔特·哈格雷夫正站着向我们凝视。

"请原谅,亨廷顿太太,"他说,"可是我看得出神了;我既没有能力上前来打扰你们,又没能退后去不来欣赏这么一幅景象。——我的小教子长得多棒!今天早上他多么高兴啊。"他向孩子走去,弯下腰要去握他的手;可是想到他的爱抚可能会使他哭泣悲号,而不是报之以友好的表示,也就谨慎地缩回手去。

"亨廷顿太太,这小家伙一定是你极大的乐趣和安慰啊!"他一边用赞赏的眼光注视着婴儿,一边用带着点儿悲哀的声调说道。

"是的,"我回答,接着问起他的妈妈和妹妹是否安好。

他彬彬有礼地答复了我的问话,然后回到我希望回避的那个话题,不过带有几分胆怯,这表明他担心冒犯我。

"最近你可收到亨廷顿的信?"他问。

"这星期没有收到,"我答道。——我原该说,这三个星期都没有收到过。

"今天早上我收到他一封信。我但愿它是一封我可以让他的太太看的信。"他从背心口袋里抽出半截信封,上面的地址是阿瑟那仍然为我所爱的手迹。他瞪眼怒视了它一眼之后,又把它塞回到口袋里去,补充说道——"不过他告诉我说大概下星期回来。"

"他每次信上都这么对我说的。"

"当真!——得,他就是这样的作风。——不过对我,他始终声称打算待到这个月。"

这句话无异给了我当头一棒,这证明了他的越轨行为全是预谋的,而且一贯不说真话。

"这不过是与他的其余行为同出一辙罢了,"哈格雷夫先生说着,若有所思地注视着我,我猜想在从我的脸色上察知我的感情。

"这么说他下星期真的要回来?"我踌躇了一会儿之后说道。

"这你可以放心——如果这个保证能使你高兴的话。——还有,亨廷顿太太,他的归来有没有可能使你高兴呢?"他大声问道,又一次聚精会神地仔细观察我的脸色。

"那当然啰,哈格雷夫先生;难道他不是我的丈夫吗?"

"唉,亨廷顿,你根本不知道自己忽视了什么!"他情绪激昂地咕哝道。

我抱起孩子,向他道了早安便走开了。我要去到自己家中的私室里,在不受人监视的情况下好好思量。

那末我是不是高兴呢?——是的,很高兴——尽管阿瑟的行为使我恼火,尽管我觉得他欺骗了我,而且决定也要让他感觉到。

第三十章
家居情景

次晨，我亲自收到了他一封寥寥几行的信，证实了哈格雷夫关于他即将回家的消息。而且他确实在下一个星期回来了，可是他的身心状况竟比以前更糟了。这一次，我可无论如何不打算一言不发地放过他的错误——我觉得这样是不行的。不过头一天由于旅途劳顿，他觉得很疲乏，而且他的归来也使我很高兴；因此我不想就责备他，要等到次日再说。次晨，他仍旧觉得困乏，我想就再等一些时候吧。他在十二点钟进早餐，喝了一瓶苏打水和一杯浓咖啡；两点钟进午餐，又喝了一瓶掺白兰地的苏打水；可是在进晚餐的时候，他对端上桌子的每样东西都挑剔，坚持说我们必须换个厨娘——至此我想是该说话的时候了。

"阿瑟，你离家之前我们用的就是这个厨娘呀，"我说。"那时候你一般说对她还是相当满意的。"

"那末一定是我不在家的时候你让她养成了懒散的习惯。吃这种令人作呕的伙食是会毒死人的！"他生气地推开他的盘子，绝望地朝后靠在椅背上。

"我想是你自己起了变化而不是她，"我说，不过用的是极端温和的口气，因为我不想惹他恼火。

"可能是这样，"他漫不经心地答道，说着抓起一大杯掺水的酒，一饮而尽，又添上一句——"因为在我的血管里有着地狱的烈火，那是倾整片海洋的水都没法扑灭的！"

"是什么点燃这火的呢？"我正要如此发问的时候，司膳食的男仆进屋来着手把碗盏拿走。

"快一点,本森——快结束这该死的乒乒乓乓声!"他的主人喝道——"而且不要上干酪!——除非你要使我马上呕吐。"

本森有点儿诧异,把干酪端走,尽量又轻又快地把其余东西也端走,可是由于他的主人猛地把椅子朝后一推,使地毯上隆起一道皱褶,他不幸地在上面绊了一下,弄得他手中满满一盘的陶器餐具惊人地震荡起来,不过除了一只盛调味汁的盖碗摔破之外,实际上其他东西都没有损坏——可是使我感到无以言喻地羞愧而惊愕的是,阿瑟竟然转向他大发雷霆,把他咒骂了一通,态度凶狠粗暴。那个可怜的人刷地脸色发白,俯身去捡起那些碎片的时候,显然在哆嗦。

"阿瑟,他也没办法呀,"我说,"他的脚被地毯勾住了——而且也没有闯下什么大祸。现在别管那些碎片,本森,你可以过后再来扫掉它们。"

本森如此得到解脱,十分高兴,急忙把甜点心在桌子上摆好,便退出了屋子。

"海伦,你这可是什么意思呀,"门一关上阿瑟就说道,"你明知道我心烦,还要袒护仆人来反对我?"

"阿瑟,我并不知道你心烦,你那样突然发作,把那个可怜的人吓坏了,也伤了他的自尊心。"

"什么可怜的人!当我的神经因他该死的过错而受到极大折磨、被撕得粉碎时,你难道认为我还能耐住性子去考虑这样一个愚钝的畜生的感情吗?"

"我从没听你说过自己神经有毛病啊。"

"那末我又为什么不该像你一样神经也有毛病?"

"哎哟,我并不怀疑你有,不过我从没说过自己有这毛病啊。"

"是呀——你从来不干任何折磨自己神经的事,又怎么会得病呢?"

"那你为什么要折磨你的神经呢,阿瑟?"

"你以为我没事干，只像个女人一样待在家里照料好自己就成了吗？"

"那末，难道你离了家就不可能像个男人一样把自己照料好吗？你对我说过你能够——也会这样；而且你答应过——"

"好了，好了，海伦，现在别开口扯那套胡言乱语了；我受不了。"

"受不了什么？——是受不了我让你想起自己所违背的诺言吗？"

"海伦，你太残忍了。你要是知道，你说话的时候，我的心跳得多么快，我的每根神经怎样在我身子里颤动，你就会饶恕我了。一个傻乎乎的仆人打碎了一只碟子，你能够可怜他；但此刻我正发着消耗体力的高烧，脑袋好像给劈成了两半，整个身子着了火似的，你却一点儿也不同情我。"

他把头靠在手上，叹了一口气。我走过去，把手按在他额上。它果然烫手得很。

"那末跟我到客厅里去，阿瑟；不要再喝酒了；晚饭后你已经喝了几杯，整天几乎什么也没有吃。这样怎么能使你的身体好转呢？"

我连哄带骗地使他离开了餐桌。后来婴儿被抱来了，我试着让婴儿逗他乐；可是可怜的小阿瑟正在长新牙，他的父亲受不了他的哼哼声；他一显出烦躁不安，便对他宣布了立即放逐的判决；而且由于在傍晚的那段时间里，我去和儿子同过了一会儿流放生活，回来时便遭到责备，说我喜欢我的孩子甚于我的丈夫。我发现后者一如我离开他时那样斜倚在沙发上。

"咳！"这个被触怒的人用一种佯装无可奈何的口气大声说道。"我刚才不打算派人去叫你来；我打算看看——你存心把我一个人丢下多久。"

"我并没有离开很久，是吗，阿瑟？肯定不到一小时。"

"哦，当然啰，你过得那么愉快，对你来说一小时就算不了什么;可是对我来说——"

"我过得并不愉快,"我打断他的话,说道。"我一直在照料我们那可怜的小宝宝,他很不好过呢,我要等到把他哄睡了,才能离开他。"

"哦,当然啰,你对一切都充满了体贴和同情,唯独对我却没有。"

"我为什么该同情你呢?你怎么啦?"

"好哇!这句话可比什么都凶!我经受了种种折磨之后回到家里,又病又累,渴望得到安慰,指望至少能从我妻子那里得到关怀和体贴——而她却平静自若地问我怎么啦!"

"你根本没出什么事,"我反驳道,"除了你自己不顾我的热切规劝和恳求执意要惹上身的事。"

"咳,海伦,"他用加强的语气说,一边从他那斜靠着的姿势半撑起了身子,"如果你再说出一个字来使我心烦,我就按铃要六瓶酒——而且,老天在上,我要喝得一滴不留地离开这儿!"

我不再吭声,在桌子前坐下,拖过一本书来。

"如果你不给一切使我舒适的东西,"他继续说道,"至少得让我安静!"说完便又颓然倒下,恢复他原先的姿势,不耐烦地吐出一口气,既像叹息又像呻吟,接着便没精打采地闭上眼,似乎想睡觉了。

我不知道摊开在我桌前的是什么书,因为我一眼也没有朝它看。我把两个胳膊肘分别撑在书的两旁,紧握着双手蒙在眼前,尽情地默默流泪。可是阿瑟并没有入睡;他听见我头一声轻微抽泣,便抬头转过脸来瞧,不耐烦地大声问道:

"你为什么哭呀,海伦?究竟又有什么事呀?"

"我是为你哭的,阿瑟,"我急忙擦干眼泪答道;接着倏地站起来,扑到他跟前双膝跪下,把他的一只没有生气的手紧握在我手中,继续说道:"你难道不知道你自己是我的一个部分吗?你以为你能伤害你自己、使自己堕落,而我不会感觉到吗?"

"使我自己堕落，海伦？"

"对，堕落！这些日子里你都干了些什么？"

"你最好还是不要问，"他淡淡地笑着说。

"你也最好不要说出来——不过你无法否认你已经使自己堕落到多惨的地步了。你可耻地欺骗了你自己的肉体和灵魂——还有我；而我不能默默地忍受——我也不愿这样！"

"好吧，看在上帝面上，别这么发狂似的紧握我的手，别使我这么激动啦！啊，哈特斯利！你说得对；这个女人感情热烈、性格坚强有趣，会要我的命的——得了，得了，你得宽容我一点儿。"

"阿瑟，你必须悔改！"我怀着极度绝望的狂乱情绪，嚷起来了，猛地伸出手臂抱住他，把我的脸埋在他的怀中。"你该说你对自己干过的事感到懊悔！"

"好，好，我懊悔。"

"你并不懊悔！你还会干的。"

"要是你对我这么粗暴，我就没法活下去再干了，"他回答说，一边把我推开。"你差一点把我压得断气了。"他把手按在胸口，看上去确实很激动而且有病。

"现在给我来杯酒，"他说，"来补救你对我所做的事，你这只雌老虎！我几乎就要晕过去了。"

我飞奔着去取他所要求的补偿物。它似乎使他大大地恢复了精神。

"多丢脸啊，"我从他手中拿过空玻璃杯时说，"像你这么个棒小伙子竟然使自己落到这个地步！"

"我的太太，如果你了解了全部情况，你就会这么说，'真不可思议，你居然能这样忍受下来！'海伦，我在这四个月中所经受的要比你有生以来或者直到你去世——即使你能活到一百岁的话——所经受的来得多——因此我不得不准备以某种形式为之付出代价。"

"你要是不多加小心的话，你就得付出比你所预期的更大的代价——你的身体将会完全垮掉,并且会失去我的爱——如果这对你还有什么价值的话。"

"什么,你又在耍花招,用会失去你的爱来威胁我了,是吗?如果它这么容易受损害,我认为首先它就不是相当真诚的爱。我漂亮的暴君,如果你不介意的话,让我告诉你,你会使我认真地后悔当初的选择,会使我羡慕我那朋友哈特斯利有一个温顺娇小的妻子——海伦,她真是女性的典范;整个社交季节他都让她与他同住在伦敦,而她一点儿也不找他的麻烦。他可以随心所欲地凭正常的单身汉作风自找乐趣,而她从不抱怨被他忽视;他可以在晚上或者凌晨任何时候回家,或者干脆不回家;可以清醒地绷着脸,也可以喝得烂醉而兴高采烈;可以肆无忌惮而毫无干扰地尽情干蠢事或者疯疯癫癫。不管他做什么,她绝无一句责备或抱怨的话。他说在全英国都找不到这样的宝贝,发誓为了她宁可拒绝一个王位。"

"可是他使她的生活充满了灾难。"

"他才不呢!她毫无自己的意愿,唯他是尊,只要他过得快活,她总是心满意足、快快活活。"

"假使是这样的话,她就是像他那样的一个大白痴了;可是事实并非如此。我接到过几封她的来信,表示对他的行径深感忧虑,并且抱怨说是你唆使他如此放荡的——特别在有一封信中,她恳求我运用我对你的影响使你离开伦敦,并且断言在你到伦敦之前,她丈夫从不做这种事,因此只要你一离开,让他受她自己的健全理性指引,他自会中止这些行为的。"

"好一个可恶的小叛徒!把信给我,非让他看这封信不可,绝对错不了。"

"不行,不得到她的同意,不能让他看;不过即使他看了,信里也没有什么能惹他恼火的话——其他信里也没有。她从来没有一句反对他的话,表达的只是对他的忧虑不安。在提到他的行为时,她用的完全是极其委婉的措词,想出种种理由为他开脱——

至于她内心的痛苦，与其说我是从她来信的字句中看到，不如说是感觉到的。"

"可是她辱骂了我；毫无疑问，你帮了她的忙。"

"我没有；我对她说她过高地估计了我对你的影响，并说只要我能做到，我是乐意把你引离城里的种种诱惑的，可是成功的希望极微；我还说她猜想是你唆使哈特斯利先生或其他任何人做错事的，这并不正确。我自己则曾经一度持有恰恰与此相反的看法，可是现在我却认为你们是相互腐蚀的；再说，倘若她对她丈夫进行一些温和而却严肃的规劝，也许是会有用的，因为尽管他与我丈夫相比，是一块更粗糙地凿成的毛坯，却是较易贯穿的。"

"原来你们是这样搞的——彼此鼓动对方去造反，相互辱骂对方的丈夫，为了使对方满意，两人都抛出反对各自丈夫的暗示！"

"根据你自己说的这番话，"我说，"我的坏主意对她也起不了什么作用。至于辱骂和诽谤，因为我们对各自丈夫所干的错事和坏事都深感羞愧，所以不会把它们当作我们通信中的共同话题。尽管我们是朋友，我们还是不情愿让别人知道你们的缺点——甚至只要做得到，也不让自己知道，除非我们了解情况后能把你们从那些坏事中解救出来。"

"得了，得了！别拿这些事来烦我了；你这么做永远也起不了什么好作用。对我忍耐一些，暂且宽容我的消沉和坏脾气，等我把这该死的低烧从血管里赶出去，那时你就会发现我还是像过去那样高兴和亲切。你为什么不能像上次那样温柔和善良呢？——上次我确实很感激你哪。"

"那末你的感激之情起了什么好作用呢？我当初误以为你对自己的越轨行为感到了羞愧，并且希望你再也不会重犯这种错误；可是现在你一点儿希望也不留给我了！"

"我的情况已经无药可救，是不？只要能使我免受我忧心忡忡的爱妻为努力改造我而得到的痛苦和焦虑的折磨，也能使她免受这种努力所产生的劳累和苦楚，使她那漂亮的脸蛋和银铃般的嗓音不致因这些努力而受损,那将是一桩多么令人可以愉快地去考虑的事啊。海伦,有时候勃然大怒是桩能促使人觉醒的好事,泪如涌泉能令人极为感动,可是倘若过分经常地这么任性,二者都会成为毁人美貌、使其友人们厌倦的极其讨厌的事。"

自此以后,我竭力忍住眼泪、控制着自己的感情。我也不再规劝他,并放弃了要改造他的徒劳的努力,因为我领悟到那完全是白费劲。上帝可能会使那颗因自我放纵而变得懒散麻木的心醒悟过来,并且消除他眼中那层被色欲所玷污的昏暗薄膜,但我却做不到。我仍然不满并且反对他对待那些无法自卫的下人们的不公正和动辄发火的作风;可是当只有我一个人是这种作风的对象时(这种情况是常有的),我就镇静而克制地忍受着,除非有时候由于一再受到骚扰以致无法忍耐,或者被什么新出现的不合情理的事刺激得心神烦乱,才控制不住火气,使自己背上了凶狠、刻毒和急躁的罪名。我仔细地关心他的需求和娱乐,不过我得承认,在这样做的时候,并不像过去那样全心全意而多情了,因为我不觉得自己有这种感情;而且如今我还有了另一个要求我花时间照顾的人——也就是我那有病的婴孩,我常常为了他顶着并忍受他那个不合情理地苛求的父亲的责备和抱怨。

可是阿瑟并非生来就是个暴躁或易激动的人——他决不是这样的人,因此要不是由于伴随着身体违和的那些症状而产生的极度痛苦的杂念,在他这偶发的烦躁和神经质的激动之间的这种不调和性质中几乎带有几分滑稽的味道,旨在引人发笑而不是恼火——再说,随着他身体健康的恢复,他的脾气也逐渐好起来;由于我竭尽了全力,这种好转较之原来的速度要快得多;因为他还有一点没有使我绝望以致撒手不管的地方,而为了保护他,还有一方面的努力我也是不肯放松的。那就是,正如我清楚地预见的那样,他需要酒的刺激的欲望更强烈了。如今对他来说,它不再仅仅是社交乐事中的附属品,它本身已经成为取得欢乐的一个重要来源了。处于目前身体虚弱、意气消沉的状态中,他会把它当做他的药品和支撑、他的安慰者、他的娱乐和他的朋友——从而越陷越深——并且使他永远困于自己所陷入的悲哀中。但我已打定主意,只要我对他还有一点影响,就决不让这种情况发生;尽管我没法阻止他喝得过量,然而由于我不断地坚持,以和蔼、坚定而又警惕的态度,连哄带骗,大胆坚决——总算保住了他,使他不完全成为那可憎的嗜好的奴隶。这种嗜好是如此不知不觉地染上,那样穷凶极恶地难以摆脱,它带来的后果又是那么凄惨。

在此我务必不能忘记对他的朋友哈格雷夫先生深切感谢。当时他常到草谷庄园来看我们,常常与我们同进晚餐。在这种场合,我总担心阿瑟会心甘情愿地把谨慎和体面抛之九霄云外,来个"通宵宴乐",只要他这朋友同意陪他作这种令人兴奋的消遣,他是一次机会也不会放过的;而且要是哈格雷夫先生愿意照办的话,那就可能在一两夜之间毁掉几星期艰苦工作的成果,他只消一触,便能推翻我历尽千辛万苦所筑成的那座脆弱的堡垒。起先,我担心到极点,只好低声下气地私下对他说,我担心阿瑟会干出这种无节制的事,还希望他不要在这方面怂恿他。他对我的这种信任的表示感到高兴,而且也确实没有辜负这种信任。从这以后,他每次在场都能对主人起一种制约作用,而不是唆使他再次酗酒;而且他总能在还不错的状态中及时带他离开餐厅,因为遇上阿瑟对于"好啦,我不该不顾你的太太,把你留在这儿",或者"我们不该忘记亨廷顿太太正独个儿待着"等诸如此类的话置若罔闻的时候,他就坚持要独自离开餐桌来陪我,于是他的主人不管有多么勉强,也只得跟了来。

因此,我认识到该把哈格雷夫先生当作我家的一位真诚的朋友来欢迎,当作阿瑟的无害的伴侣,因为阿瑟整天游手好闲,除了我以外,已与所有的朋友完全断绝交往,而他却能振奋他的情绪,使他的生活不致那么单调沉闷;我还把他当做我的有用助手来欢迎。在这种情况下,我对他不能不怀有感激之情,而且毫无顾虑地要趁头一个合适的机会来向他道谢;然而等我真的这么做了，我的心却悄悄地告诉我这一切不太对头，使我脸上泛红，并且因他那一本正经的目不转睛的凝视而越发红了，同时他接受我谢意的态度更倍增了我的不安心情。他因能为我效劳而感到极大喜悦，这一点被他对我的同情和对他自己的怜悯所冲淡——至于他为何怜悯自己则无从得知，因为我不愿意留下来问他或者让他向我表白他的伤心事。他的叹息表示自己有难言的痛苦，这暗示似乎是从一颗十分炽热的心发出的；可是他应当要末设法把它们留在心里，要末向其他人而不是我的耳朵吐露；我们两人之间的知心话已经够多了。在我和我丈夫的朋友之间竟然存在着针对他的、同时又不为他所知的默契，似乎是件错事。可是事后我是这么想的："如果这么做是错的话，那末当然是咎在阿瑟而不在我。"

当时我确实还弄不清自己究竟是否并非为他而倒是为我自己而脸红；因为，既然他和我是一体的，我也就完全认为他便是我，以致把他的堕落、缺点和越轨行为都看做是自己的；我替他脸红，替他担心，替他悔过，替他哭泣和祈祷，并且同情他犹同情我自己；可是我就是没法代替他行动；因此我必定是也确实因我们的结合而变得低劣而被玷污，这不仅是我自己的看法，也是实际情况。我要爱他的心太坚决——要宽恕他过错的心太迫切了，以致不断地细细琢磨那些过错，竭力为他最放荡的处世原则和最糟的行为作辩解，直到我自己对罪恶变得十分熟悉，几乎成为他的罪行的同谋犯了。过去使我震惊和厌恶的事如今看来仅是一种自然现象。我明知那些事是错的，因为理智和上帝的告诫宣告它们是错的；可是天性所赋与我的出于本能的、或者由我姑妈的训诲和榜样所灌输给我的恐怖感和反感都逐渐消失了。再说，也许我过去的看法过于严厉，因为我既厌恶罪恶又憎恨那个罪人；而如今我却认为自己变得比较宽厚而体贴人了；可是难道我不是变得越发无动于衷和没有感觉了吗？过去我真是个蠢货，竟然梦想自己有足够的力量和纯洁的心灵来挽救我自己和他！要是我和他会一同在我曾经试图救他脱离的那个深渊里死去，那也是这种自负的傲慢态度所该有的下场！然而上帝保护了我才没有掉进去！——也保护了他。是的，可怜的阿瑟，我仍然会对你抱有希望并为你祈祷；尽管我把你描述得像个放纵无度的坏蛋，已经无药可救而无法宽容，可是我这么写仅仅是出于我的那些焦虑——我的那些强烈愿望；一个不这么爱你的人就不会这么沉痛——也就不会这么不满意。

最近他的行为够得上世人所谓的无可指责的了；然而我知道他的心地依然如故——我还知道春天近在眼前，对随之将发生的事担心极了。

随着他那疲劳不堪的身躯开始恢复健康和活力，他也随之像过去一样对于隐居和宁静生活感到有些受不了，我便提议到海边小住，让他消遣消遣，有助于进一步恢复健康，对小宝宝也有好处。可是行不通；他说海滨胜地沉闷得叫人无法忍受——再说，他有个朋友邀请他去苏格兰玩一两个月，他已经答应了，在那儿有射击松鸡和猎鹿的更有趣的消遣。

"那末你又要离开我了，阿瑟？"我说。

"是的，最亲爱的，不过等我回来的时候只会更爱你，并且弥补我过去的种种过失和缺点；这次你不必为我担心，在山区没有诱惑人的事物。而且趁我不在家，你如果高兴的话，可以去斯坦宁利逗留一些日子；你也知道，你姑父和姑妈一直要我们到那儿去的；可是不知怎的，在这位好太太和我之间存在着一种反感，使我怎么也不打算去与她碰面。"

我十分愿意利用这个许可，不过非常担心我姑妈会问起我的婚后生活并且加以评论，我在给她的信中对这方面保持了沉默，因为没有多少愉快的事可谈。

大约在8月里的第三个星期，阿瑟出发去苏格兰，使我暗自高兴的是哈格雷夫先生陪他一起去。他们走后不久，我便带了小阿瑟和雷切尔同去斯坦宁利，我又见到了我这亲爱的老家和住在里面的那些亲爱的老朋友，使我悲喜交集，这两种感情密切地交融成一体，以致我几乎无法辨别究竟是喜是悲，或者说出由那些熟悉的旧景象、语调和面孔所引起的泪水、欢笑和叹息，究竟是出于喜悦还是悲伤。我最后一次见到并听到这一切至今还不到两年；但似乎远远不止两年了；有这种感觉也好，因为我自身的变化有多大啊！从那以后有多少事物我没有瞧见、没有感觉到又一无所知啊！我姑父也显然更年迈体弱，我姑妈更悲哀而更严肃了。我相信她认为我对自己的轻率已经感到后悔；虽然她并没有像我有些担心的那样，坦率地表示对自己的想法深信不疑，或者得意洋洋地对我提醒她那些未被重视的劝告；可是她仔细地观察着我——我可不喜欢受到如此仔细的观察——似乎不相信我的愉快表现，过于留意我显出悲哀或者沉思的每一个细微迹象，还注意着我所有漫不经心地讲的话，默默地从中自行作出推断；同时，用一种一再重复的温和的盘问方法，她从我口中探到了许多我否则是不会告诉她的事情，我担心她把它们加以归纳之后会对我丈夫的缺点和我的苦恼得出相当清楚的看法，但对我仅存的安慰和希望的源泉却不太清楚，因为尽管我力图使下列这些想法在她脑中留下深刻印象，诸如阿瑟那些尚可挽救的优良品质、我们间相互的恩爱以及许多值得我感激和自庆的事，她却冷淡而平静地听着这些话，仿佛在脑中自行作出种种推论——而我相信这些推论多数与事实有很大出入；尽管在描述我的境况的光明的那一面时，我确实言过其实了些。是否是出于自尊心，我才如此极力希望要显得对自己的命运感到满意呢——或者仅仅是一种公正的决定，要独个儿担负起我这个自愿挑起的担子，并且不让我这最好的朋友丝毫感到她曾经竭尽全力要使我免受的那些痛苦？可能两者兼有，不过我能肯定后一种动机是主要的。

  我并不延长我的访问很久，因为不仅我姑妈那种毫不放松的注意和怀疑态度使我很不自在，她那无声的责备使我感到压抑，其程度远远超出她能想象的地步，我还觉察到尽管我姑父对小阿瑟并不怀有恶意，却使他觉得烦恼；尽管小阿瑟是我姑妈疼爱和关注的对象,却并没有给她带来太大的乐趣。

亲爱的姑妈啊!你岂不是在我还是个婴儿时便那么亲切地抚养我,在我的孩提和青年时期又那么细心地引导并教育我?而我岂能仅仅如此报答你——使你的希望落空、与你的愿望相背、藐视你的告诫和指点、还使你在后来的年月里闷闷不乐,为你所无法解除的痛苦焦急地担忧和悲伤?——想到这里,我的心几乎要碎了;于是我一再竭力使她相信我觉得快乐并且对我的命运感到满意;可是当我要跨入马车时,她拥抱了我并吻了我怀中的孩子之后,她的最后一句话是:

"照顾好你的儿子,海伦,你还可能有幸福的日子的。我完全想象得出目前他对你是多大的安慰和宝贝;可是如果为了满足你目前的感情而宠坏了他,等到将来你心碎时便悔之莫及了。"

我回到草谷庄园几星期后阿瑟才回家来,不过我当时对他并不怎么担心,因为想到他正在苏格兰的荒山里忙着打猎,这与明知他陷于伦敦的腐化和诱惑之中完全是两码事。如今他的来信虽然既不长也不像情书,却比过去更按时寄来;而且他回家时使我高兴之极的是,他的情况不仅没有比走的时候更糟,却更愉快健壮,在各方面都更好了。自此以后,我就没有什么可抱怨的了。不幸的是他仍然嗜酒,我还得为此作斗争,对他加以监视;不过他开始注意他的儿子了,这就为他增添了他户内娱乐的来源;同时在地面没有被霜冻得坚硬的日子里,在户外猎狐和追猎也够他忙的了;因此如今他的娱乐并不完全有赖于我了。可是现在已是1月,春季近在眼前;我在此重申:我真担心随它而来将发生的事。我从前把它视作希望和欢乐的时令、那么欣喜地欢迎的那个可爱的季节,如今却因它的再度来临而唤醒了其他迥然不同的预感。

第三十一章
社交中的德行

　　1824年3月20日。我所担心的时候来到了，如我所料到的那样，阿瑟走了。这次他宣称打算在伦敦只稍作逗留之后就转往欧洲大陆，在那儿他可能会住上几个星期；不过我预计他非过许多星期是不会回来的；如今我已明白，对他来说，一天就意味着一星期，一星期则意味着一个月。

　　我原是要与他同行的，可是在我们所商定的启程日子快要来到的时候，他允许——甚至还显出了不起的自我牺牲精神，力劝我去探望我不幸病重的父亲和我的哥哥。后者正因父亲的病和他的病因，情绪低落，而且自从我的孩子施洗以后我还没有见到他，那天他与哈格雷夫先生和我姑妈分别担任我孩子的教父教母。由于我不愿意滥用我丈夫让我如此离开他的好心，我只在父亲那儿稍作逗留，但是当我回到草谷庄园的时候——他已经走了。

　　他留下一纸便条说明他为何匆匆离去，佯称突然有件急事需要立即到伦敦去，因而不可能等我回来；还说我最好不要自找麻烦跟着也去，这样做是不值得的，因为他只打算作极短暂的停留；而且既然他独个儿的旅费不用说要比有我伴随少一半以上，那末最好还是把那次旅行推迟一年，到那时候他理应已把我们的事务处理得更稳妥了，因为他目前正在为此尽力。

　　事情果真如此吗？——要不，这一套做法会不会是个诡计，为的是确保他能作一次寻欢作乐的旅行，而没有我在场加以约束？对我们心爱的人的真诚产生怀疑是件痛苦的事，可是在掌握了他这么多扯谎和完全不顾原则的证据之后，叫我怎么能相信这样一套不近情理的话呢？

还剩下这唯一能起安慰作用的情况：——前些时候他对我说过，要是他再去伦敦或巴黎，他要对自己的嗜好比过去多加注意节制，以免彻底摧毁自己行乐的能力；他并不奢望活到古稀的年岁，但他希望自己能活得足够长久，并且尤其要自始至终尝到其乐趣——为了要达到这个目的，他感到对自己非加节制不可，因为他已经担心自己不像过去那么漂亮了，而且尽管还年轻，最近已经在自己那心爱的栗色鬈发中发现了一些白发；他还觉得自己变得比所希望的略胖了一些——不过这是由于生活优裕、游手好闲之故；至于其他方面，他相信自己仍与过去同样健壮和精神；只是说不准再来一阵像上次那样的狂欢滥饮会不会终于把自己搞垮。是的，他对我这么说过——说时厚着脸皮、毫不害臊，还带着我一度那么喜欢看到的那种欢乐调皮的眼光以及往往使我听了心中热乎乎的那种低音调的快乐笑声。

好吧！他的这些想法对他无疑要比我的任何规劝更有力量。既然已经没有其他更好的指望，就让我们等着瞧这些想法对他能起什么样的保护作用吧。

7月30日——他已于大约三星期前回到家，身体倒确实比过去健康，可是脾气却更坏了。然而也许是我判断有误，实际上是我自己不如过去忍耐和克制了。我再也无法容忍他那不公正、自私和毫无希望的堕落行径了——我希望能用上一个较婉转的词儿——我不是天使，因此我的坏性格起来反抗了。上星期我可怜的父亲去世了；阿瑟闻讯十分恼火，因为他看见我感到震惊并哀悼，便担心这情况会妨碍他的舒适生活。我提起要为自己定制丧服的时候，他大声说道：

"哎呀，我讨厌黑颜色！不过我想无论如何为了顾及形式起见，你得穿上一小段时间；不过我希望，海伦，你不要认为义不容辞，必须使自己的表情和态度符合你的丧服。你为什么非得唉声叹气，把我弄得好不舒服，就因为一个对我们俩来说都是十分陌生的人——一位在另一个郡的老先生认为该让自己拼命酗酒致死?——瞧,我敢说你这会儿在哭!得了,这一定是装模作样。"

他不同意我去参加葬礼,也不同意我离家一两天去安慰那可怜而孤独的弗雷德里克。他说根本无此必要,说我的这个愿望是不合情理的。还说:对我说来,我的父亲又算得了什么?我自小除了一次之外,从来没有见过他,而且我也很清楚他一向毫不关心我——而我的哥哥也是只比一个陌生人略强一点儿。"再说,亲爱的海伦,"他说,一边以讨好我的多情神态拥抱着我,"我一天也不能没有你。"

"那末前些天你没有我是怎么过的?"我说。

"啊!那时候我是在世间到处游荡,而现在我是在家里;家里要是没有你,我的这位家神,那可教我没法过了。"

"是啊,只是当你想过得舒适而少不了我的时候;可是你以前并没有这么说,那时候你催我离开你,以便你可以不带着我离开你的家,"我反驳道,可是这句话还没有完全出口,我已经后悔这么说了。这个指责似乎太严厉了;因为倘若是错怪了他,这样的侮辱就太厉害了;倘若说准了,把这事如此公然当面斥责他也太使他丢脸了。不过我原可不必使自己受那一瞬间自责的折磨。因为他受到这样的责备既不感到羞惭也没有恼火;既不试图否认又不为自己辩解,他的反应只是抿着嘴轻声地笑了好一阵,仿佛他把这件事从头到尾看做是一个巧妙而令人愉快的玩笑似的。此人肯定最终会使我厌恶他的!

> "我美丽的少女,你既然酿了啤酒,
> 那末就要记住你非喝它不可。"[①]

是的,我要把它喝得一滴不剩;而且只有我自己知道它的味

[①] 引自苏格兰诗人罗伯特·彭斯(1759—1796)的《乡村少女》。

道有多么苦!

8月20日——我们又大体上恢复了通常的关系。阿瑟差不多恢复了他以前的状态和习惯;而我则发现最明智的办法是对过去和将来都闭上眼睛,至少对于与他有关的事是这样,而只为目前活着;能爱他的时候就爱他;见他微笑我也微笑(如果做得到的话);见他高兴时我也高兴;他易于相处的时候,我就满意;他闹别扭的时候,我设法使他听话——要是行不通就尽可能宽容他、原谅他并宽恕他,忍住我自己的坏情绪不要去增添他的怒火;然而尽管我如此顺从并照顾他的一些比较无害的放纵自己的倾向,我仍然尽我的最大力量不让他变得更坏。

不过只我们两个人待在一起的时间不会很长久了。因为他很快就要我去款待我们前年秋天接待的同一群经过挑选的朋友,还加上哈特斯利先生,而且经我特别要求,也请了他的妻子和孩子。我渴望见到米莉森特——也很想看看她的小女儿。后者已经一岁多了;她将成为我的小阿瑟的可爱游伴。

9月30日——我们的客人们已经来了一两个星期了;可是直到现在我一直没有空来加以评论。我没法克服对洛勃罗勋爵夫人的厌恶。这并非仅仅出于个人的怄气;我厌恶的是这个女人本身,因为我绝不赞成她的为人。在不违反地主之谊的前提下,我尽可能避免与她在一起;可是遇上我们开口谈话或者交谈时,那是再客气不过的了——在她那一方面甚至显得十分热诚;但我却不要这种热诚!因为这就像你拿着野蔷薇和五月花[①]一般——看上去颜色很鲜艳,摸上去表面很柔滑,可是你知道底下有刺,而且你时而还触及这些刺;也许你会因刺痛了你而愤怒,便使劲把它们往下压,直到它们的力量被彻底破坏,尽管这么做你的手指也受到了损害。

然而最近在她对阿瑟的举动上我并没有瞧见什么使我生气或

---

① 即山楂花,旧名为五月花,这无疑是因为它是在五月开花的。

者惊恐的地方。在开头几天中，我认为她似乎巴不得能赢得他的赞美。他并非没有注意到她的努力；我常常瞅见他对她的狡猾的花招暗自微笑；可是得说一句赞扬他的话，她的箭无力地落在他的身旁。他总是以同样不变而漫不经心的好脾气来对待她最迷人的微笑和最傲慢的皱眉蹙额；直到发现他确实无隙可乘，她便突然松下劲来，在表面上变得像他那样完全无动于衷了。这以后我也没有目睹他有任何怄气的征兆，或者见到她再次进行征服他的尝试。

事情原该如此；可是阿瑟总不让我对他感到满意。自从嫁给他以来，我连一个小时也没有体会到去实现那个可爱的想法"你们将在平静安稳中安息"①是什么味道。那两个可恶的家伙格里姆斯比和哈特斯利破坏了我为制止他嗜酒所作的全部努力。他们天天怂恿他逾越适当的限度，还使他常因暴饮丢尽了脸。我不会很快淡忘他们来作客的次日晚上的情况。当时我刚和太太们离开餐厅，门还没有关上就听见阿瑟大声说道：

"喂，我的伙伴们，我们来好好乐它一番怎么样？"

米莉森特用有几分责备的眼光朝我看看，仿佛我能阻止这件事似的；可是当她听见哈特斯利喊叫的声音透过房门和墙壁传出来的时候，她的脸色变了。

"我听你的！多上点儿酒，这儿的还不够填满我一半肚子！"

我们刚走进客厅，洛勃罗勋爵便尾随而到。

"究竟是什么能使你这么快就跑来？"他的太太不满意地大声说道，态度极为粗暴。

"我从不喝酒，这你是知道的，安娜贝拉，"他一本正经地回答。

"唉，可是你不妨同他们待一会儿嘛；老跟在女人后面，有

---

① 引申自《圣经·旧约·以赛亚书》第30章第15节："……你们得救在乎归向安息，你们得力在乎平静安稳。"

多傻头傻脑啊——真怪,你竟然能这样!"

他用一种既痛苦又惊奇的眼光谴责她,一屁股坐进一张椅子,忍住一声沉重的叹息,咬住自己苍白的嘴唇,眼睛盯住地板。

"你离开他们是对的,洛勃罗勋爵,"我说。"我相信你会一直继续赏脸这么早来陪伴我们。而且如果安娜贝拉知道真正智慧的价值和愚蠢以及——以及酗酒所导致的痛苦,她就不会说这种废话了——即便是开玩笑也罢。"

我这么说着的时候,他抬起眼睛来,严肃地转向我,带着半惊讶半心不在焉的神情,接着又转向他的妻子。

"至少,"她说,"我是懂得一颗热情的心和一种果断的男子汉气概的价值的!"

她用得意的目光朝我看一眼,借以加强她的语气,似乎在说,"而我这就比你懂事多了",接着用轻蔑的目光朝她丈夫看去,那目光直刺入他的心。我非常恼怒;不过我是不该指摘她的,另外,看来也不能表示同情她的丈夫而不致侮辱他的感情。此时,为了顺从我内心的冲动,我所能做的只有在给两位太太端去咖啡之前,亲自先端给他一杯,以便用我的极端敬重来抵消她对他的蔑视。他微微点了一下头,机械地从我手中接过杯子,但是却没有喝,过了一会儿便站起来,把杯子放在桌子上,眼睛并不朝杯子看,而是朝她看着。

"好,安娜贝拉,"他说,嗓音深沉而空洞,"既然我在这儿使你讨厌,我就解除你的不快吧。"

"那末你打算回到他们那儿去?"她漫不经心地问。

"不,"他用严厉而令人吃惊的强调语气大声说,"我不会回到他们那儿去!我永远不会为了你或其他任何诱惑我的人,和他们待到超出我认为适当的时间!不过你不必为此介意——我再也不会这么不合时宜地闯来陪你,惹你麻烦了。"

他走出房去,我听见门厅的门开了又关上,我随即掀开窗帘,看见他在那潮湿而多云的黄昏的一片令人不舒服的朦胧中朝花园那头慢步走去。

目击这样的场面总是令人不愉快的。有那么一会儿工夫，我们这几个人都默默无言。米莉森特摆弄着她的茶匙，神色惶惑，很不自在。要是说安娜贝拉感到有点儿羞愧或者不安的话，那末她是试图用她那满不在乎的短促的笑声来掩饰它的，接着便镇静自若地喝她的咖啡了。

"安娜贝拉，"终于我说道，"如果洛勃罗勋爵又染上他的旧习惯，那你就活该。到那时候你就会有理由后悔你自己这样的行为了。当初他的那些旧习惯几乎把他给毁了，他费了那么大的劲才把它们戒掉的。"

"亲爱的，我一点儿也不会后悔！要是他这位爵爷认为每天把自己灌醉是恰当的话，我也不在乎；这一来我倒能更早地摆脱他。"

"哎呀，安娜贝拉！"米莉森特嚷了起来。"你怎么可以说出这么刻毒的话来！拿你来说，那的确将会是一个公正的惩罚，如果上帝相信你的话，并且使你感觉到别人所感觉到的——"她顿住了，因为这时候我们听到从餐厅里突然传来一阵响亮的说笑声，其中哈特斯利的声音特别清楚，连我那对他的话音不熟悉的耳朵都辨别得出来。

"感觉到你此刻所感觉到的，是吧？"洛勃罗勋爵夫人带着恶毒的笑容说道，一边盯住她表妹那苦恼的面容。

后者不予应答，仅仅转过脸去抹掉一颗泪珠。正在此时，房门打开了，哈格雷夫先生走了进来，脸色微微泛红，一对黑眼睛闪耀着，充满了平时少有的生气。

"啊，你来了我真高兴，沃尔特！"他的妹妹嚷道。"不过我希望你能使拉尔夫①也来就好啦。"

"根本不可能，亲爱的米莉森特，"他轻快地说，"我自己也费了好大的劲才摆脱出来的。拉尔夫用暴力硬要留住我；亨廷顿

---

① 这是米莉森特·哈格雷夫的丈夫哈特斯利的名字。

威胁说我会永远失去他的友谊;而最糟的是格里姆斯比,他竭力使我对自己的节操感到惭愧,用的是他明知会最伤我心的恶毒的冷嘲热讽。因此瞧啊,太太们,为了有幸与你们共叙,我敢于冒犯并忍受了这一切,所以你们应该欢迎我。"说完他微笑地转向我,鞠了一躬。

"海伦,他这会儿岂不是蛮漂亮吗?"米莉森特偷偷对我说,她作为妹妹的自豪感一时压倒了其他一切思虑。

"假如他的眼睛、嘴唇和面颊生来就这么有神,那就可说是漂亮的了。且等过几小时再瞧个究竟吧,"我回答说。

于是那位先生就在桌子边挨近我坐下,要求我给他一杯咖啡。

"我认为这是强行攻占天国的一个贴切例证,"我递给他一杯的时候,他说。"我现在已经在乐园里了;不过我是赴汤蹈火打出一条路来赢得它的。拉尔夫·哈特斯利的最后一招是用他的背抵住房门,并且发誓说除了穿过他的身体(而且还是个相当结实的呢),我是没有其他出路的。可是幸而那不是唯一的一扇门,我便从边门逃了出去,穿过配膳室,使正在那儿擦盘子的本森诧异不止。"

哈格雷夫说完笑了起来,他的表妹安娜贝拉也笑了;可是他的妹妹和我仍然一言不发,十分严肃。

"亨廷顿太太,请原谅我的轻率,"当他抬眼看着我的脸时,较严肃地低声说。"你对这些事看不惯,你过于敏感地让它们影响了你那娇弱的心灵。不过我处身那伙无法无天的闹饮人之中时是想到你的;我还力劝亨廷顿先生也想到你;但是毫不管用;我怕他是拿定主意今晚要玩个痛快的了;把咖啡留着等他或者他的伙伴们是没用的;他们要能来和我们一同喝茶①就很不错了。眼前,我衷心希望能使你不去想他们——我自己也不去想,因为我不喜欢想到他们——是的——甚至连我亲爱的朋友亨廷顿我也不喜欢

---

① 显然他们晚上喝茶的标准时间是在九时半左右。——原编者注

去想，当我想到他掌握着影响一位比他优越得无可计量的人儿的幸福的力量，以及他如何利用了这力量时——我就十分痛恨他！"

"那末你最好不要对我说这些话，"我说，"因为，尽管他不好，他到底还是我的一部分，你辱骂他就必然会冒犯我。"

"那我得请你原谅我，因为我宁死也不愿意冒犯你——我们就暂且不再谈他了，好吗？"

于是他完全改变了话题，极力为我们这个小圈子里的人解闷。他谈笑风生，口若悬河，胜过了平时，涉及了种种话题，有时候完全只对我一个人讲，有时候则对我们全部三位太太讲。安娜贝拉高高兴兴地参与了谈话；可是我感到很伤心——尤其是当响亮的笑声和不连贯的唱歌声突然爆发、透过门厅和前房的三道门传来、听来震耳并刺痛我的太阳穴的时候——而米莉森特也多少与我有同感；因此我们觉得这夜晚漫长极了，尽管哈格雷夫显然出于善意极力使之具有相反的作用。

最后他们来了；不过只是过了十点钟才来，那时候被推迟了半小时以上才送来的茶已经几乎喝过了。尽管我一直渴望他们来，听到他们前来时的喧哗声，我的心感到受不了；米莉森特见哈特斯利先生冲进房来，一路吵吵嚷嚷咒骂个不停，她的脸色刷的变得苍白，几乎从椅子上惊跳起来，哈格雷夫则竭力要制止他，恳求他要记得有太太们在场。

"哼！好啊，你提醒我有太太们在场，你这卑怯的叛徒，"他叫喊道，一边向他的大舅子挥着他那可怕的拳头，"你很清楚，要不是为了她们，我一瞬之间就会叫你完蛋，然后把你的尸首扔给天上的飞鸟和野地里的百合花！"[①]说完在洛勃罗勋爵夫人旁边放下一把椅子，便安坐下来，开始对她说话，态度既荒唐可笑又厚颜无耻，像个无赖，看上去与其说惹她生了气，还不如说逗乐了她，尽管她装出愤恨他无礼的样子，却劲头很足、尖嘴薄舌、妙

---

① 借用《圣经·新约·马太福音》第6章第26和28节中的比喻。

语连珠，逼得他走投无路。

同时，格里姆斯比先生在我旁边坐下，坐在哈格雷夫见他们进屋时腾出来的椅子上，严肃地请求我给他一杯茶；阿瑟则跑去坐在可怜的米莉森特旁边，似乎要说什么心里话似的把头伸向她的脸，见她朝后退缩便更挨近她。他不像哈特斯利那么吵闹，可是他的脸非常红，笑个不停，虽然我为所见所闻而羞得脸红了，但是他对他的朋友这么轻声说话，以致除了她本人没有人听得见他在说些什么，对此我倒感到满意。他所说的话肯定充其量只是些教人难以容忍的胡言乱语，因为她显得非常生气，起先是涨红了脸，接着愤慨地把椅子朝后一推，终于躲到了我身后的沙发上去。阿瑟的唯一的目的似乎就是要产生这种讨人厌的效果；他一见自己把她赶走便放肆地大笑起来——于是把自己的椅子拉到桌子旁，把抱在胸前的双臂靠在桌面上，顾自爆发出一阵低沉无力的傻笑。他对此感到厌倦以后，便抬头大声叫唤哈特斯利，接下来两个人便大吵大闹起来，他们争论的是什么我可没弄明白。

"他们多傻啊！"格里姆斯比先生拉长了嗓音说。他刚才始终在我身边故作庄重地说个没完没了；不过我一直十分专心注视着那两个人的可叹的模样——尤其是阿瑟的——因此没心听他的话。

"亨廷顿太太，你可曾听见过像他们讲的那派胡言乱语吗？"他接着说。"至于我，真为他们害臊；他们两人一起喝，只消一瓶酒就冲昏了头脑——"

"格里姆斯比先生，你把奶油倒在你的茶托上了。"

"啊！是的，我知道，不过我们这儿几乎一片漆黑呀。哈格雷夫，请你把烛花剪掉，好吗？"

"它们全是蜡做的，用不着剪烛花的，"我说。

"'眼睛就是身上的灯，'"哈格雷夫带着挖苦的微笑说。"'你的眼睛若瞭亮，全身就光明。'[①]"

[①] 引自《圣经·新约·马太福音》第6章第22节。

格里姆斯比庄严地挥一下手,不去理睬他,接着转向我,用那同样的拖长了的嗓音、古怪的支支吾吾的话语和像先前那样的极为认真的态度继续说道,"可是正如我刚才说的,亨廷顿太太——他们根本就没有脑子;他们喝了半瓶就免不了受到某种影响;而我呢——得,今晚我喝了相当于他们所喝的三倍的酒,结果你瞧,我照样稳如泰山。说起来还可能使你觉得很奇怪,不过我想我是能给你解释的:——你可明白,他们的脑子——我不指名道姓,你自会明白我指的是谁——首先,他们的脑子是轻的,而从发酵的酒里冒出来的气体使脑子变得更轻,结果是全然头晕目眩,或者眼花缭乱,于是便醉了;而我的脑子呢,由于是由比较结实的材料所构成,能吸收大量的这种含酒精的气体而又不会产生任何可感觉得到的后果——"

"我想你会发觉那杯茶所产生的可感觉得到的后果,"哈格雷夫先生打断他的话说道,"这是由所加的糖的数量引起的。你平时的定额是一块,这次你却放了六块。"

"真的吗?"这个爱卖弄大道理的人说道,一边把茶匙伸进杯子,舀出了几块半融化的糖块,从而证实了这个说法。"嗯!我看见了。太太,这一来你就明白心不在焉的弊病了——也就是在干日常生活琐事的时候想得过多。再说,如果我像普通人那样,处处显出智力,而不是像哲人那样,把智慧藏在内心,我就不会糟蹋了这杯茶,也不会不得不麻烦你再给我一杯。——如果你允许,我就把这杯倒进茶渣盆里去。"

"那是糖缸,格里姆斯比先生。这下子你把糖也糟蹋了;劳驾你打铃要些糖——因为洛勃罗勋爵终于来了;尽管我们不配,我还是希望这位爵爷肯屈尊来与我们一同坐下,并且允许我给他斟一些茶。"

对于我的要求,爵爷以庄重的鞠躬作答,但没有说话。与此同时,哈格雷夫自愿打铃吩咐拿糖来,而格里姆斯比则对自己的错误表示遗憾,并且试图证明造成这错误是由于糖缸的影子和屋子里光线太差。

洛勃罗勋爵是在一两分钟之前进屋来的，一直站在房门前，严厉地观察着众人，不过除了我没有人瞧见他的来到。这时他走到安娜贝拉跟前，后者正背向他坐着，哈特斯利仍旧坐在她旁边，不过他此时并不在注意她，而正忙着大声辱骂并威吓他的男主人。

"唔，安娜贝拉，"她丈夫在她的椅背后俯下身子问道，"你要我像这三位'勇敢而有男子汉气概'的人当中的哪一位？"

"我凭天地发誓，你非像我们大家不可！"哈特斯利猛跳起来，粗暴地抓住他的一只胳膊，嚷道。"喂，亨廷顿！"他喊叫道——"我已经逮住他了！来，老兄，来帮帮我！要是我不把他灌个烂醉就放他走，让我的躯壳和灵魂都进地狱去！他非得为过去的一切过失作出补偿不可！"

接下来他们两人便不光彩地扭作一团；洛勃罗勋爵脸都气白了，态度十分认真，默不作声地拼命要从那强有力的疯子手中挣脱出来，后者则极力要把他拉出房间去。我试图敦促阿瑟出面支持他那位受凌辱的客人，可是他光笑个不停，什么也干不了。

"亨廷顿，你这个蠢货，来帮帮我，行吗？"哈特斯利嚷道，他因用力过度，自身已经有些松劲了。

"哈特斯利，我正在祝你成功呢，"阿瑟喊道，"并且用祈祷来帮助你。即使关系到我的生命，我任什么别的也做不到。我已经筋疲力尽了。哎哟，哎哟！"他在椅子上向后靠着，轻轻拍打着自己左右两旁的肋骨，大声地呻吟着。

"安娜贝拉，拿支蜡烛来！"洛勃罗说，此时他的对手已经搂住了他的腰，正拼命要把他从门柱边拉开，而他则拼死拼活地使出全身的劲，疯狂地抱住了门柱不放。

"我可不愿参加你们这种粗野的激战！"那位夫人答道，一边冷冷地往后退缩。"我想你早该有所准备的！"

不过我却抓起了一支蜡烛送过去给他。他接过后便用火焰去烫哈特斯利的手,直到后者像野兽似的吼叫起来,松开了手让他跑掉。他消失了,我猜想是回他自己的房里去了,因为他直到次日早上才露面。哈特斯利一头栽倒在窗旁那张睡榻上,像疯子似的又咒又骂。这时房门口没有人,米莉森特打算避开她丈夫丢脸的场所,可是他把她叫回来,坚持要她到他跟前去。

"你要干什么,拉尔夫?"她勉强地走近他,轻声问道。

"我要知道你怎么了,"他一边说一边把她当孩子似的拉到他的膝盖上。"米莉森特,你为什么哭?——快告诉我!"

"我没有哭。"

"你哭的,"他坚持说,同时粗暴地把她的双手从她的脸上拉开。"你怎么敢对我说这样的谎话?"

"我现在不在哭,"她申明道。

"可是你哭过的——而且就在这一分钟里;我必须知道为什么。来,快,你一定得告诉我!"

"放开我,拉尔夫!要记得我们不是在家里。"

"没关系;你一定得回答我!"折磨她的人扯开嗓子喊起来了;他猛力摇她,并且无情地紧紧捏住她那处于他有力的掌握中的细小的手臂,试图逼她招供。

"别让他这样对待你的妹妹,"我对哈格雷夫先生说。

"嗨,哈特斯利,我不允许你这样做,"那位先生走到这一对不相配的夫妇跟前。"请你放开我的妹妹。"说着便使劲把这暴徒的手指从他妹妹的手臂上扒开,可是他胸膛上突然遭到一记猛击,他被推得朝后退去,几乎跌倒在地板上,还听得这样的警告:

"你无礼就得给你这一拳!——要明白别再干涉我和我妻子两人之间的事。"

"要不是你酩酊大醉的话,我会为此向你报复的!"哈格雷夫气吁吁地说,他脸色发白,上气不接下气,既因怒不可遏,又与那一拳的直接影响有关。

"滚,见鬼去吧!"他的妹夫答道,"来,米莉森特,告诉我你为什么哭。"

"我别的时候再告诉你,"她低声说,"等只有我们两个人的时候。"

"现在就告诉我!"他说着又紧捏着她的手臂,用力摇撼她的身子,弄得她倒抽了一口气,咬住嘴唇,忍住了没有喊痛。

"我来告诉你吧,哈特斯利先生,"我说。"她完全是为你感到害臊和丢脸才哭的;因为她看到你那么不光彩的表现实在受不了啦。"

"去你的,太太!"听到我这"无礼"的话,他以迟钝的诧异眼神盯住我,咕哝道。"不是这样——是吗,米莉森特?"

她不作声。

"喂,大声说呀,孩子!"

"我现在说不出,"她呜咽地说。

"可你既能说'我说不出',就也能说'是'或者'不是'呀——快说!"

"是的,"她轻声说,同时垂下了头,为这样窝囊地承认涨红了脸。

"那末你这傲慢的贱妇真真该死!"他嚷着,把她从自己身旁猛力推开,以致她侧身倒下;不过我或者她的哥哥还没来得及赶上去扶她起来,她已经自己爬起身来,尽快地走出屋去,我猜想是一刻也不停地上了楼。

下一个遭到冲击的是阿瑟。他就坐在对面,而且无疑从头到尾充分欣赏这个场面。

"喂,亨廷顿,"他那个性情暴躁的朋友喝道,"我不许你坐在那儿像个白痴似的笑着!"

"唉,哈特斯利啊!"他一边擦他那充满了泪水的眼睛,一边嚷道——"你真叫我笑死了。"

"是的,我要你死,不过不是像你所料想的那样;如果你再用这种傻笑来惹我发火,我可要从你身子里挖出你的心来啦!——怎么！你还要笑？——瞧！看这下子能不能叫你安分！"哈特斯利抓起一只脚凳，大声嚷着朝他男主人的头部扔去；可是他没有击中他的目标，后者仍然瘫坐在那儿，无力地笑着，弄得身子不断颤抖，眼泪簌簌地直淌下脸来；这幅景象好不悲惨啊！

哈特斯利又试用咒骂的方法，可是不起作用；于是他从自己身旁的桌子上拿起许多本书，一本又一本地朝激怒他的对象扔去，可是阿瑟笑得更厉害了；哈特斯利终于发疯似的冲向他，抓住他的两个肩膀，猛力摇他，使他一边笑，一边可怕地尖叫起来。不过我不再看下去了；我认为已经看够了我丈夫的倒霉情况；我离开了客厅，听任安娜贝拉和其余的人随时照自己的心意学我的样——可是我并没有去睡觉。我打发雷切尔去休息之后，在房间里来回踱着，为已经发生的事感到极度痛苦，还挂虑着不知还会发生什么事，那个不幸的人将怎么样或者在什么时候上楼来睡觉。

最后他来了，跌跌撞撞地慢慢走上楼梯，由格里姆斯比和哈特斯利扶着，而他们两人自己走路也不十分稳，可是都在笑着，并且与他开着玩笑，折腾得所有的用人都听得见。他本人则不再笑了，显得不适而且发呆——对此我不想多写了。

这种不光彩的（或者近似如此的）情况已经发生过不止一次了。我对阿瑟不多谈这事，因为谈了只有弊多利少；不过我让他知道我极不喜欢他这样出丑；而每次他总答应决不再让此类事发生了；可是我怕他正在失去他以前具有的那么一点儿自制力和自尊心；以前他会觉得这样的表现很丢脸——至少当着他的酒友或者类似这样的人之外的其他人之时是如此。他的朋友哈格雷夫为人谨慎、自制力强，使我很羡慕他，他就从不喝过了量使自己有点儿"醉醺醺"以致出丑，总是继洛勃罗勋爵之后头一个离开桌子，后者则更明智，一直紧跟在我们后面离开餐厅；不过自从安娜贝拉那次使他大大生气之后，他就不再比其余的人先走进客厅了，那段时间他总是在书房里消磨，我则特意在里面点燃了蜡烛给他方便——或者遇上晴朗的月夜,就在庭院里漫步。不过我想安娜贝拉对自己的错误行动是感到后悔的,因为她从此不再那么做,而且近来她待他异常得体,我以前可从没见过她对他这么一贯地和蔼与关怀。我认定她的这一改进是从她不再希望能争取阿瑟的爱慕的时候开始的。

第三十二章
两相比较——被拒绝接受的消息

10月5日——埃丝特·哈格雷夫逐渐长成一个漂亮姑娘了。她还在上学,不过她母亲常在早上带着她来访,当时先生们都已外出;有时候她和她姐姐、我以及孩子们在一起待上一两个小时;我们上园林庄园去的时候,我总是设法去看她,跟她交谈要比跟别人交谈多,因为我非常喜爱我的这个小朋友,她也非常喜爱我。不过我不明白她凭什么喜欢我,因为我已不再是过去的那个快乐活泼的姑娘了;然而她没有其他人可以交往——除了她那个志趣不相投的母亲和她的女教师(这是个她精明的母亲为了纠正这个学生的天性所能请到的最矫揉造作而俗不可耐的人),以及不时见到的她那已屈服的沉默寡言的姐姐。我常常感到纳闷,不知道她一生的命运究竟会是怎么样的——而她自己也为此纳闷;不过她对未来的憧憬却是充满着令人兴奋的希望的——而我一度也是如此。我一想到她会像我一样,幡然醒悟到这些憧憬的虚妄自欺性,便不寒而栗。看来我会对她的失望心情比对我自己的感受得更深。我几乎感到我自己似乎是命该如此,可是她是那么快快活活而朝气蓬勃,那么轻松愉快而自由自在,又是那么正直无邪而毫不怀疑——唉,如果要使她感受我现在的感受,并且知道我所知道的,那实在太残酷了!

她的姐姐也为她焦虑之极。昨天是十月里最晴朗明媚的日子之一,米莉森特和我早晨在花园里同我们的孩子一起享受着半小时短暂的乐趣,安娜贝拉则躺在客厅沙发上,专心看着一本最新的小说。我们同两个小家伙一起蹦蹦跳跳,几乎就像他们一样兴高采烈而疯疯癫癫,这会儿在高大的紫叶山毛榉的树荫中站住了,缓过气来,整理我们被粗野的嬉戏和爱开玩笑的微风弄乱了的头发——两个小家伙则沿着那条阳光普照的宽阔走道一起蹒跚走着;我的阿瑟扶着步子更不稳的小海伦,伶俐地向她指点所经路边的最鲜艳美丽的花朵,他那发音不清晰的喁喁孩儿话,对她来说,与其他任何讲话方式一样好。我们见了这幅景象笑了,接着便开始谈起这两个小孩的未来的生活,这使我们都沉思起来。我们继续慢慢地在走道上走着,默默地陷入了冥想之中;我料想米莉森特由于一连串的联想,想到了她的妹妹。

"海伦,"她说,"你常见到埃丝特,是不?"

"不常见到。"

"可是你遇见她的机会比我多;我知道她爱你,也尊敬你;她对谁的意见都不像对你的那么重视;她还说你比妈妈有头脑。"

"她这么说是因为她固执己见,而我的意见一般都比你妈妈的更合她的心意。不过这又怎么样呢,米莉森特?"

"好,既然你对她有这么大的影响,我就希望你认真地使她牢牢记住:不管为什么缘故,也不管什么人劝她,都不要为金钱、地位、家业或者任何尘世间的事物而结婚,要完全出于真正的爱情和基础牢固的敬重而结婚。"

"这可没有必要,"我说,"因为我们对这问题已经交谈过了,我向你保证,她对爱情和婚姻的观念充满了浪漫色彩,是合乎任何人的心意的。"

"可是光有浪漫的观念还不管用;她要有切合实际的想法才行。"

"完全正确,可是我认为世人污蔑为浪漫的事往往比通常想象的更接近实际情况;因为即便年轻人丰富的想象往往被下半生的悲惨看法弄得黯然失色,这也不能证明这些想象是错误的。"

"好吧,不过如果你认为她的想法本该如此,那就请你去加以巩固,好吗?并且尽力使她的这些想法更加肯定;因为我也曾经有过浪漫的想法,而——我的意思并非说我对自己的命运感到遗憾,因为我十分肯定我并没有这种感觉——可是——"

"我理解你,"我说,"你对自己的命运是满意的,可是你并不希望你妹妹与你有同样的遭遇。"

"是的——或者更糟的遭遇。她可能会比我惨得多——因为,海伦,尽管你可能不相信,我却真心感到满意;我要说一句庄严的真话,那就是我不会拿我的丈夫去调换世上任何一个男人,即使我只要摘下这片树叶就能办到的话。"

"好,我相信你这句话,既然你已经嫁给他,你也就不愿意用他去调换另一个人;但是你会很乐意把他的有些品质去调换比他好的人的品质。"

"是的,正像我会很乐意把我自己的有些品质去调换比我好的女人的品质一样;因为他和我都不完美,我热烈希望他改进一如希望我自己改进。他会改进的——难道你不这么想吗,海伦?——他才二十六岁呢。"

"他可能会,"我答道。

"他会——他会!"她重复说道。

"米莉森特,请原谅我如此软弱无力地同意你的想法;我决不愿意使你丧失信心,可是由于我自己常常失望,也就变得像最无精打采的八九十岁的人那样对自己的期望抱着冷淡和怀疑的态度。"

"然而你仍然抱有希望——甚至还为亨廷顿先生抱着希望?"

"是的,我承认——'甚至'为他抱着希望;因为看来生命和希望是必须共存亡的。米莉森特,他是不是比哈特斯利先生坏得多?"

"好吧,那我就坦率地告诉你,我认为他们两人没法比较。可是,海伦,你千万别生气,因为你知道我总是直言谈相的;你也可以这样做,我不会介意。"

"我并没有生气,亲爱的;我的看法倒是要是把他们两人对比一下，当然多半是对哈特斯利有利的。"

米莉森特从内心知道我是吃了多少苦头才这么承认的；出于孩子般的天真的冲动，她一言不发，猛地吻了一下我的面颊，借以表示她的同情，接着急忙转过脸去，抱起她的孩子，把自己的脸贴在孩子的罩衣上。多奇怪啊，我们常常彼此为对方的悲痛流泪，但对各自的痛苦却一滴眼泪也没有！她心里已经让自己的伤心事装得够满的了，可是一想到我的痛苦便哭出泪来——而我呢，尽管已经好几星期没有为自己流过泪，此时见到她因同情我而流泪，也哭起来了。

不过米莉森特对自己所作出的选择表示满意并非完全是假装的；她真心爱她的丈夫；而且再确实不过的是，他与我的丈夫对比之下毫不逊色。那些过度的行为在他身上所产生的有害影响比阿瑟少得多，这也许是由于他不如阿瑟放纵，或者是由于他的体格比较强壮结实；因为他从来没有使自己或多或少地陷入接近愚蠢的状态；对于他，一个夜晚的狂饮至多使他在次晨有点儿暴躁，或者可能使他一时紧绷着脸，露出凶恶的样子；他丝毫没有那种不知所措的沮丧的神情——那种令人为干出越轨行为的人羞愧得无地自容的动辄发怒而不体面的烦躁表现。阿瑟在从前可不是如此的；他如今的承受力已经不如当他像哈特斯利那么年轻的时候的情况了；而倘若后者不改过自新，听任他的承受力也受到这么久的折磨，是也可能被削弱到同样的程度的。哈特斯利比他的朋友年轻五岁，他的种种恶癖还没有完全掌握住他；他还没有与它们合拢，使它们成为自己的一部分。看来它们还没有紧紧缠住他，正像是一件外衣，他还可以趁他高兴随时扔在一旁的——可是这种选择自由他能保持多久呢？——尽管是个充满情欲而注重官能享受的人，而且置一个有头脑的人的本分和更高级的特权于不顾，他倒并非酒色之徒；与那种较悠闲而软弱无力的娱乐相比，他更喜欢较活跃而令人鼓舞的肉体享受。他并不精心研究如何来满足自己的欲望，在饮食和其他方面都是如此；不论在他面前放下什么东西，他都吃得津津有味，并不降低自己的身份，放任自己去追求口福和眼福——也就是那种与自己身份不相称的凭一己的好恶的百般挑剔——那是我们在自己所敬重的人身上所很不愿意见到的状况。阿瑟呢，我看要不是由于担心自己的食欲会无可挽回地减弱，从而破坏了他继续享受的能力，他怕是会穷奢极侈，并认为这是首要的好事，而最终也就可能会陷入最严重的毫无节制状态。至于哈特斯利，尽管他是个粗坯，我相信还是有较合情理的理由可使人寄以希望的；而且——虽然对于他的过失我决无责怪可怜的米莉森特之意，然而我确实认为如果她有勇气或者决心吐露自己对那些过失的意见，并且毫不畏缩地坚持她的论点，他就较有希望受到感化，也就可能最终待她更好，也更爱她。我之所以认为如此，部分是因为不久前他亲口对我说过的一席话——我打算哪一天就这问题给她一些劝告；可是由于我意识到她的想法和性情都与这种劝告背道而驰，我的劝告如果不能起到好作用，就会损害她，使她更不快活，因此我再三踌躇。

现在提到的是上星期的一个雨天；客人中大半都在弹子房里消磨时间，可是米莉森特和我则带着小阿瑟和海伦在书房里，我们期望要从我们的书本、我们的孩子并在我们彼此之间过一个非常惬意的上午。不过我们与其他人如此隔离还未超过两小时，哈特斯利先生走了进来，我猜测他是在穿过门厅时被他孩子的声音所吸引而来的，因为他非常疼她，她也十分爱他。

他身上带着马厩的味儿，用过早餐之后，他便一直与他的伙伴们，也就是那些马，高高兴兴地待在那儿。不过这对与我同名的小宝贝无关紧要，她父亲那巨大的身躯一遮住房门口，她便发出喜悦的尖叫，离开她母亲的身旁，欢呼着直朝他奔去——一路上伸出了双臂平衡自己的身子——抱住了他的膝盖，仰起头盯住他的脸笑。他可以好好地微笑着俯首看那张充满天真的笑容的漂亮的小脸，那双清澈明亮的蓝眼睛以及被她往后一抖、散在她细小的象牙色脖子和肩膀上的柔软的淡黄色头发。难道他不感到自己多么不配占有这么可爱的人儿吗？我看他根本就没有想到过这一点。他把她一把抱起来，接下来是几分钟很粗野的嬉戏，这期间他们父女俩笑呀叫呀，难于分辨谁的声音更响。不过这种喧闹的娱乐终于结束了——正如可以预料到的那样，那小家伙突然碰痛了，哭泣起来；她那粗鲁的游伴便把她扔到她母亲的怀中，吩咐她"解决这个问题"。孩子刚才高高兴兴地离开这位温柔的安慰者，此刻同样高兴地回来，偎依在她的怀中，一会儿便停止了哭声，把那累坏了的小脑袋搁在她的胸前，不久就沉沉入睡了。

与此同时，哈特斯利先生跨着大步走到壁炉前，把他那又高又宽的身子插在火炉和我们之间，双手叉腰站着，挺起了胸脯，朝四下注视了一周，仿佛这幢房子连同其中所有的装置和东西全都毫无疑问地属于他的。

"真是倒霉的鬼天气！"他开口说道。"我看今天是不会去打猎了。"接着突然提高嗓音，他唱几小节欢闹的歌曲来使我们高兴，但是又突然停住，用一声口哨结束了那曲调，接着说——"我说，亨廷顿太太，你丈夫的那匹种马多好啊！——并不高大，但是却很好。——今天早上我把那些马看了一会儿；说真的，黑贝丝、灰汤姆和那匹年轻的尼姆罗德都是我许多日子以来所见到的最上乘的马匹！"接着把它们的优点来一番详述，紧接着又概略地谈了等他那老爹认为自己该死去的时候，他打算在骑师这行当中所要干的种种壮举——"我可并不愿意他一死了结，"他又添了一句，"我是欢迎这老家伙随他高兴要活多久就活多久的。"

"我也确实希望这样，哈特斯利先生！"

"哦，是啊！这只是我惯用的说话方式罢了。因为总有一天会发生这样的事，因此我着眼于这事的光明的一面——这种办法是正确的，不是吗，亨太太？——我说，你们两个在这儿干什么——洛勃罗勋爵夫人在哪儿？"

"在弹子房里。"

"她多了不起呀！"他接着说，两眼盯着他的妻子，后者顿时变了脸色,并且随着他继续说的话越来越显得困窘起来。"她的身段多美啊!那双黑眼睛动人之极;有她独特的优美气魄——还有,在她想使用的时候,她那独特的口才——我完全拜倒在她的石榴裙下了!——不过没关系,米莉森特;我是不会要她做我的妻子的——即使她有一个王国作为嫁妆我也不会娶她!我对自己的这位妻子更满意。——喂,怎么啦!你为什么这样绷着脸呀?你不相信我的话吗?"

"不,我相信你,"她低声说道,她的无可奈何的声调听上去又悲哀又阴郁,同时她转过身去抚摩被她安放在身旁沙发上的已入睡的幼儿的头发。

"好吧,那么是什么事情使你这么生气?过来,米莉,告诉我你为什么对我的保证不满意。"

她走过去,把一只小手插进他的臂弯,抬眼望着他的脸,和蔼地说道——"这等于说什么呢,拉尔夫?只等于说:尽管你这么赞赏安娜贝拉,而且尽管我不具有那些品质,你却仍然情愿要我,而不是要她做你的妻子,这仅仅是证明你认为没有必要爱你的妻子,只要她能管理家务并照料你的孩子,你就满意了。可是我并没有生气,我只是觉得难过,因为,"她又添上一句,嗓音轻而颤抖,一边从他的臂弯中抽出手来,垂下眼睛望着地毯,"如果你不爱我,那就是不爱我,这也是没办法的事。"

"非常正确,可是谁告诉你我不爱你?我说过我爱安娜贝拉吗?"

"你说过你崇拜她。"

"不错,可是崇拜并非爱情。我崇拜安娜贝拉,可是我并不爱她;而我爱你米莉森特,可是我并不崇拜你。"为了证明他的爱情,他抓起一把她那浅棕色的鬓发,装出要残忍地绞拧的样子。

"你真是这样,拉尔夫?"她轻声问道,从她含泪的眼眶里闪出一丝笑意,仅仅举起手来按在他的手上,表示他揪得有点儿过于使劲了。

"真是这样,"他回答说,"可惜你有时候使我有点儿烦。"

"我使你烦!"她理所当然地惊讶得喊叫起来。

"是的,你——不过完全是由于你极端的善良——如果一个男孩子整天用葡萄干和小糖果填满肚子,他就会为了换换口味,渴望榨点儿酸橙水喝。再说,米莉,难道你从没注意到海边的沙滩吗——它们看上去多么美好平坦,碰上去使你的脚觉得多么柔软适意?不过要是你拖着沉重的步子,在这块柔软适意的地毯上走上半小时——你每跨一步它就往下陷去,踩得越重,你的脚就陷得越深——你就会觉得那样使你很疲劳,会乐于踩到一块完好的硬石块,在那上面无论你是站着、行走或者踩踏,它都不会动一动;尽管它'如下磨石那样结实'①,可是你会发现那样的立足处到底还是比较舒服的。"

"我明白你这话的意思,拉尔夫,"她说,一边不安地玩弄着她的挂表链,用她那纤小的脚的脚尖顺着地毯上的图案轮廓移动着,"我明白你的意思,不过我原以为你总是喜欢我顺从你的;我现在可没法改变了。"

"我是喜欢这样,"他回答说,又猛抓住她的头发,把她拉到身边来。"米莉,你千万不要介意我的话。男人总要找什么发发牢骚的;要是他没法抱怨妻子的任性和坏脾气把他折磨得要死的话,他就得抱怨她的仁慈和温柔教他受不了。"

"可是又为什么得抱怨呢,除非是因为你觉得厌倦和不满意了?"

"那当然是为了要为我自己的缺点作辩解啰。只要有一个自己没有罪恶感去负担的人愿意帮助我,你以为我会独自负起我自己所有的担子吗?"

"世上是不存在这种人的,"她严肃地说,然后把他的手从她头上挪开,带着真诚的热爱吻了一下,便轻快地朝门口走去。

---

① 引自《圣经·旧约·约伯记》第 41 章第 24 节。

"你又怎么啦?"他问。"要上哪儿去?"

"去梳理一下头发,"她透过一头乱糟糟的鬈发微笑着回答,"你把我的头发弄得全都披下来了。"

"那就去吧!——真是个十全十美的小女人,"等她走了,他说道,"只是过于软弱点儿——她几乎会在人家的手中融化掉。我确信有时候我喝多了就待她不好——可是我实在也没办法,因为她从不抱怨,当时和事后都不抱怨。我料想她并不介意。"

"哈特斯利先生,对这个问题我可以给你一点启发,"我说,"她实在是介意的,而且还有其他一些她更介意的事,那可能是你从没听见她抱怨过的。"

"你怎么知道的?——她向你诉苦了吗?"他责问道,突然冒出一点暴怒的火花,只要我回答说"是的",它就会立即燃烧起来。

"没有,"我回答说,"不过我认识她的时间比你长,比你更仔细地观察过她。——而且我可以告诉你,哈特斯利先生,米莉森特爱你超过你应受的程度,而你有能力使她非常快活,可是你却成了附在她身上的恶魔;我还敢说,你没有一天不使她遭受痛苦,可是只要你愿意,那是可以避免的。"

"嗨——这可不是我的错,"他说着满不在乎地盯着天花板,把两手深深地插进口袋,"如果她对我的行动觉得不称心,她应该这么告诉我的。"

"难道她不恰恰是你所希望要的妻子吗?你不是告诉过亨廷顿先生,说你得有个妻子,她事事服从、一声不哼,无论你做什么都决不会责怪你吗?"

"不错,可是我们不该想要什么就总能有什么,因为那样的话,我们当中最好的人都会被宠坏的,不是吗?如果我发现不论我的天性使我表现得像基督徒还是像恶棍,对她来说都一样,那我怎么能不胡来呢?——我又怎么能不去戏弄她呢?因为她显得那么诱人地温顺而拘谨沉默——简直像一只长毛垂耳狗,在我脚边躺下,从来不叫一声好让我知道她已受够了。"

"要是你生来就是个恶霸,那末这种引诱确实是大的,这我承认;不过宽厚的心是不喜欢压迫弱者,却是乐于抚育和加以爱护的。"

"我并没有压迫她;可是老是抚育呀爱护的,真无聊得教人受不了——再说,她就那么'融掉了,毫无表示'①,我又怎能知道自己是在压迫她呢?有时候我还以为她根本就没有感觉,于是我继续干下去,直到她喊叫起来——这才使我满意。"

"这么说你是喜欢压迫她的。"

"我可以肯定我不喜欢!——除非当时我情绪不好——或者情绪特别好,想折磨人来得到快慰;要末是她显得无精打采,需要振作一下。还有的时候,她无缘无故地哭,又不告诉我为什么,这冒犯了我;这时候,我承认,我忍无可忍地恼火了——尤其是在我没法控制自己的时候。"

"在这种情况下,无疑总是会这样的,"我说。"不过,哈特斯利先生,以后你再见到她显得无精打采,或者'无缘无故地'哭(这是你的说法),你该完全责怪你自己;要确信是因为你做了什么错事,或者是你日常有失检点之处才使她苦恼。"

"这我不相信。如果真是这样,她该告诉我才是。我可不喜欢那种不声不响、只顾自己烦闷和发愁的作风,什么话也不说——那是不诚实的。这样的话,她怎么能期望我改过自新呢?"

"也许她以为你比你实际上更有头脑,自欺地认为由你自己去反省,你是有希望有一天会认识自己的错误并加以纠正的。"

"别讥笑人了,亨廷顿太太!我很有头脑,知道自己并非总是正确的——不过有时候我认为,只要除了我自己,我的所作所为并不伤害别人,那就无关紧要了——"

"至关紧要,"我打断他的话,说道,"对你自己也好(今后你

---

① 参见莎士比亚的《亨利六世》(中篇)第3幕第3场:"他死了,毫无表示。"

吃了苦头就会知道),对所有与你有关的人也好——尤其是你的妻子——全都至关紧要;其实,说什么除了你自己什么人也不会受害,这是胡说八道;不管你是做了坏事,还是把好事丢下不干,都不可能在伤害你自己——尤其是受到我们所提及的那种行为的祸害的同时——不或多或少地伤害且不说几千,但少说也有几百个其他人。"

"我刚才正在说,"他继续说道——"或者,如果你没有突然打断我,我就会说——我有时候想到,要是我同一个见我干了错事总会提醒我的人相结合,我就好办了,因为那人会坚决地赞许好事、贬斥坏事,从而使我有了改恶从善的动机。"

"要是你的动机仅仅以你尘世伙伴的赞许为限,那就对你不会有多大的好处。"

"唔,可是如果我有个伙伴,她不总是顺从我,不总是一味和蔼可亲,而是具有不时进行斗争的魄力,并且无论何时都直言相告——譬如说,像你这样的人——那末如果我在伦敦的时候对待你像我现在对待她这样,你就会吵闹得我没法待在家里,这是肯定的。"

"你错怪我了,我可并不是泼妇。"

"噢,那就更好了,因为我受不了被人顶撞——一般地说是这样——而且我对别人的意愿与对我自己的意愿同样喜爱,只是我认为过多的矛盾是任何男人都受不了的。"

"唔,我决不会无缘无故地同你顶撞,不过,我当然是总会把我对你的行为的看法告诉你的;而且要是你不论对我的肉体、精神或者生活状况进行压迫,你至少不会有理由料想'我并不在乎'的。"

"这我知道,夫人,而且我想要是我那娇小的妻子也学这个办法,那末对我们两人都会有好处的。"

"让我去告诉她。"

"不,不,由她去吧;因为双方都有各自的一番大道理的——

再说,我现在想起了就说出来吧:亨廷顿常常因你并不更像她而表示遗憾——这个坏蛋——所以你知道,你毕竟还是没能改造他,他可要比我坏十倍哩——他固然见你害怕——也就是说,他当着你的面总是举动非常规矩——可是——"

"这么说我不知道他最不规矩的举动是什么样的了?"我禁不住问道。

"哎呀,老实告诉你吧,确实糟透了——不是吗,哈格雷夫?"他对已经走进屋里来的那位先生说道。我此刻正靠近壁炉站着,背对着房门,因此没有发觉他的来到。"难道亨廷顿不是个大恶棍,"他继续说下去,"坏得该见鬼去吗?"

"他夫人不愿意人家肆无忌惮地责备他,"哈格雷夫走上前来,答道,"可是我得说,我感谢上帝我不是另一个这样的人。"

"对你更适合的也许是,"我说,"先看看你自己是怎么样的一个人,然后说:'上帝啊,开恩可怜我这个罪人。'[①]"

"你很严厉,"他回答说,略微鞠了一躬,接着挺起身子,神态高傲,然而却像是受了伤害似的。哈特斯利笑了,伸手轻轻拍了一下他的肩膀。哈格雷夫先生带着尊严受到侮辱的姿态,摆脱了他的手,走到地毯的另一头去。

"不是真不像话吗,亨廷顿太太?"他的妹夫大声说——"我们来到这儿的第二天晚上,我喝醉了酒,打了沃尔特·哈格雷夫,尽管我在次晨就请他原谅,可是那以后他就一直疏远我!"

"当时你请求我原谅的那种态度,"对方反驳道,"以及你对事情的全部经过记得那么清楚,证明你那天并非醉得完全不知道自己在干什么事,因此你得为你的行为负全责。"

"你当时企图干涉我和我妻子之间的事,"哈特斯利抱怨道,"这就足以使任何男人恼火的了。"

"这么说你以为那样做是正当的了?"他的对手恶狠狠地朝他

---

① 引自《圣经·新约·路加福音》第18章第13节。

瞪着眼说。

"不,说实在的,当时我要不是很激动,是不会那么干的;要是在我说了那么多好话之后,你还要怀恨在心——那就随你便吧,该死的!"

"至少,当着一位夫人的面,我是会忍住了不讲这种话的,"哈格雷夫说,用一副厌恶的表情掩饰了他的愤怒。

"我刚才说了些什么啦?"哈特斯利反问道。"全都是千真万确的事实啊——要是他不肯原谅他妹夫的冒犯,他岂不该死吗,亨廷顿太太?"

"哈格雷夫先生,他既然这么要求,你就应当原谅他,"我说。

"你这么认为吗?那我就原谅他吧!"说着他带着几乎是真诚的微笑走上前来,伸出一只手。他的亲戚立即握住了他的手,双方显然真心实意地重归于好了。

"那次的当众侮辱,"哈格雷夫转向我继续说道,"使我很难过,一半是因为你也在场;现在既然你要我原谅他,我就原谅他——并且也愿意把那事忘掉。"

"我看我所能作的最好报答是告辞了,"哈特斯利咧着嘴大笑,嘟囔着说。他的同伴微微一笑;于是他便离开了房间。这使我警惕起来。哈格雷夫先生神情严肃地转向我,热切地开始说道:

"亲爱的亨廷顿太太,我多么渴望而又害怕这个时刻啊!别惊恐,"他又添了一句,因为我的脸因激怒而涨得通红,"我并不就要用任何徒然无益的恳求或者怨言来冒犯你。我将不会敢于提及我自己的感情或者你的尽善尽美来使你不快,可是我要向你泄露一桩你该知道的事,然而这事又使我无以言喻地难过——"

"那就别费心泄露它吧!"

"可是这事很重要——"

"如果是这样,我很快就会听到的——尤其是,如果是坏消息的话,而你似乎正是这么认为的。目前我要把孩子们送到儿童室去。"

"可是你不能打铃,叫人把他们送去吗?"

"不行;我需要运动一下,跑到房子最高层——来,阿瑟。"

"可是你会回来吗?"

"不会就回来,别等我。"

"那我什么时候再能见到你?"

"午饭时候,"我说完便用一条手臂抱着小海伦,另一只手搀着阿瑟走了。

他转过身去,咕哝了几句不耐烦的责备或者怨言,其中唯一辨别得出的是"无情"这个词儿。

"哈格雷夫先生,你胡说些什么?"我在房门口站住,问道。"你这是什么意思?"

"哦,没什么——我并没有打算让你听见我的自言自语啊。不过,亨廷顿太太,事实是我要向你揭露一件事——我讲,你听,两人都会感到痛苦——我要你给我私下安排几分钟时间,听一下我的话,时间地点随你指定。我的这一要求,并非出于任何自私的动机,也不是为了任何可能引起你那无比贞洁之心惊恐的原因,因此你没有必要用你那冷酷无情的轻蔑眼光来折磨我。我再清楚不过人家通常是用什么样的感情对待带来坏消息的人的,更甭提——"

"这究竟是什么奇妙的消息呀?"我不耐烦地打断他的话,说道。"如果确实是重要的事,那么趁我还没有走,用三个词儿说出来吧。"

"用三个词儿,我做不到。让人把两个孩子送走,你留下来陪我待一会儿。"

"不行;把你的坏消息留给你自己吧。我知道准是我不想听的事,而且你告诉了我,会惹我生气的。"

"我恐怕你推测得太对了;不过我既然知道了这事,我仍然感到自己有责任透露给你听。"

"唉，免去你我的痛苦吧——我会解除你这个责任的。你已经提出要告诉我，我又已经拒绝听，因此我不知道这事不会怪你。"

"那就这样吧——你不会从我嘴里得知。不过如果那打击降临到你头上时过于突然，你要记住——我是曾希望能缓和它的！"

我离开了他。我决意不让他的话使我惊恐。在所有的男人当中，他竟然会有什么事要揭露，使我非听不可的呢？毫无疑问，是一些关于我不幸的丈夫的被夸大了的流言蜚语，而他一心要尽量利用它来为自己的坏主意服务。

6日。此后他没有再提起过这个重大之谜；我也没有什么理由去后悔自己当初不愿意听取。那个威胁人的打击还没有降临；我也不十分担心。目前我对阿瑟很满意，他已经两个多星期没有真正使自己丢过脸了，而且上星期他对自己在饮食方面的嗜好始终非常有节制，因此在他的性情和总的表现方面，我能看出一种显著的变化。可是我敢希望这种情况能一直维持下去吗？

第三十三章
两个夜晚

7日。是的，我会希望的！今晚，我听见格里姆斯比和哈特斯利在一块儿埋怨他们的男主人对客冷淡。他们不知道我就在近旁，因为我刚巧站在窗帘背后的凸窗前，观看着月亮在草坪另一头那簇高大的黑色榆树上空升起来，心想不知道阿瑟怎么会这么多情地站在屋外，身子倚在门廊外侧的柱子上，显然也在赏月。

"所以我估计在这宅子里我们再也不会有欢乐的闹饮了，"哈特斯利先生说，"我原就认为他与我们的亲密关系不会维持多久的。——不过，"他笑着又说道，"我可没料到我们的关系会这样结束的。我还以为如果我们不改善态度，我们那漂亮的女主人就会竖起她豪猪般的刺，威胁说要把我们赶出这幢房子哩。"

"这么说你没有预料到这情况啰？"格里姆斯比抿着嘴发出带喉音的笑声，应道。"不过等他对她厌倦了，他又会起变化的。如果我们过一两年再来这儿，就会发现我们又可以为所欲为了。"

"这我可说不上，"另一个回答说，"因为她不是那种使你很快就会厌倦的女人——可是就算是这样吧，目前我们可没法过得有趣，真教人恼火，就因为他情愿过得规规矩矩的。"

"这都得怪那些该死的女人！"格里姆斯比嘀咕道。"她们真是世上的祸根，她们有的是表情虚伪的漂亮脸蛋儿和该死的骗人的舌头，到哪儿就把麻烦和不便带到哪儿。"

就在这当儿，我从我的隐蔽处走了出来，经过格里姆斯比先生身边时，朝他笑笑，然后走出房间，到外边去找阿瑟。我瞧见他转向灌木丛走去，就尾随他而去，到达那边时，见他正走上树荫下的走道。当时我心情极度轻松愉快,充满着爱情,禁不住跃身扑到他身上,把他紧紧搂在怀里。这一惊人举动对他产生了一种奇异的影响。开头,他咕哝道,"哎呀,亲爱的!"并且以旧日的热情还报我的紧紧拥抱,接着他吃了一惊,以极其惊慌的嗓音嚷道:

"海伦!——这究竟是怎么回事!"在透过头顶上的树木缝隙的闪烁的微光中,我瞧见他被吓得脸色完全发了白。

多怪呀,开头是出于本能的热情冲动,接着却是这意外所引起的震惊!这至少证明他的爱情是真诚的,他对我还没有厌倦。

"我把你吓了一跳,阿瑟,"我高兴地笑了,说道。"你胆子多小啊!"

"你到底为什么这么干?"他十分恼火地喝道,同时从我的怀中挣脱出来,用手帕抹自己的额头。"回去,海伦——马上回去!你会得感冒而送命的!"

"我不回去——我要告诉你我为什么来以后再走。阿瑟,他们见你能自我克制、保持清醒,正在责怪你呢,而我正是为此来感谢你的。他们说这都怪'那些该死的女人',还说我们女人是世上的祸根;不过你可别让他们嘲笑或者抱怨得使你放弃改过自新的决心,也不要因此放弃对我的爱啊!"

他笑了。我又把他紧紧搂在怀里,热切得眼泪汪汪地喊道:

"你一定得——一定得坚持下去啊!——我会比过去更爱你的!"

"好啦,好啦,我会坚持的!"他说着匆匆地吻了吻我。"得了,走吧——你这个疯子,在这么冷飕飕的秋夜里,你怎么可以穿着这么单薄的夜礼服走到外边来?"

"这夜晚很美啊,"我说。

"你要是再待上一分钟,这夜晚就会教你送命的。快走,快!"

"阿瑟,你是不是从那些树间瞧见死亡在向我袭来?"我问,因为他正目不转睛地盯着那些灌木,仿佛看见死亡正在逼近,而我因又恢复了希望和爱情，正陶醉在新获得的幸福中，不愿意离开他。可是他见我迟迟不走，恼火了，因此我便吻了他，跑回屋去。

那天晚上我情绪好极了；米莉森特说我是这群人中的灵魂，悄悄地对我说她从没瞧见我如此出色过。我的确十分健谈，足足抵得上二十个人，而且对所有的人都笑容可掬。格里姆斯比、哈特斯利、哈格雷夫、洛勃罗勋爵夫人——他们都受到我姐妹般的亲切对待。格里姆斯比惊愕地瞪着眼；哈特斯利又笑又讲俏皮话（尽管只允许他喝一点儿葡萄酒），不过仍然尽量做得循规蹈矩；哈格雷夫和安娜贝拉则竭力仿效着我，不过他们的动机各异，方式也不相同，而且两人无疑都超过了我，前者东拉西扯，内容多样化，口才又好，后者至少谈得大胆而活泼。米莉森特见自己的丈夫、哥哥和自己给予过高评价的那位朋友全都表现得这么好，觉得开心，也以她所特有的文静方式显得活泼而快乐。连洛勃罗勋爵也受到大家的感染；他那表情忧郁的眉毛下面黑中带绿的眼睛闪着光；他那闷闷不乐的脸容因微笑而变得漂亮；所有郁闷的痕迹和骄傲冷淡的谨慎态度暂时都消失了；而且他不仅对任何事都兴高采烈、生气勃勃，还不时确实闪发出真正的魄力和才华，使我们大伙儿都大感惊讶。阿瑟话可不多，只笑着听大家谈话，尽管并没受到酒的兴奋作用，情绪倒也十分高涨。因此总的说来，我们的聚会非常欢乐、无害而有趣。

9日。昨天雷切尔在晚餐前帮我梳妆打扮时，我看出她曾经哭过。我要知道原因，她却不愿意告诉我。我问她是否有病，她说没有。是否从她的朋友们那里得到了什么坏消息，也不是。有没有哪个仆人使她烦恼？

"啊，没有，太太！"她回答说——"并不是为我自己的事。"

"那末是什么事呢，雷切尔？你看小说了吗？"

"天哪，没有！"她伤心地摇摇头，然后叹了一口气，接着说，"不过老实说，太太，我不喜欢老爷的生活作风。"

"你是什么意思，雷切尔？——他行为很端正啊——在目前。"

"好吧,太太,如果你这么认为,那就没什么。"

于是她继续梳理我的头发,但是却急匆匆的,完全不像平时那种平静而镇定的样子——一边半自言自语地咕哝说,她认为这头发确实是美,她"倒想看看谁能比得上它"。梳妆结束后,她亲切地抚摸着我的头发,轻轻拍拍我的头。

"保姆,这种深情的发泄是针对我的头发还是我本人的?"我说道,笑着转过脸去对着她——可是甚至此刻她眼中还含着泪水。

"你怎么啦,雷切尔?"我大声问。

"嗯,太太,我不知道——不过如果——"

"如果什么?"

"嗯,如果我做你的话,我不会让那个洛勃罗勋爵夫人再在这家里待上一分钟——一分钟也不行!"

我呆住了;可是我还来不及从这一震惊中充分恢复过来、要求她解释这句话时,米莉森特走进屋来了——每逢她比我先打扮好,常常这样做;她和我待在一起直到该下楼的时候。这次她一定发现我很孤僻寡言,因为雷切尔最后的那句话始终在我耳中震响着。不过我仍然希望——我仍然相信——那句话是没有根据的,仅仅是仆人们见到了洛勃罗勋爵夫人上个月的举止,或者她上次来访时与他们的主人之间所发生的什么事,而在他们中间传说着的毫无根据的谣言。晚餐时,我仔细观察她和阿瑟,在任一方的举动中都没有察觉什么异常之处——除非存心多疑,没有什么可能引起猜疑的地方——而我的心并不多疑,因此我不疑有它。

几乎一吃完晚饭,安娜贝拉就同她丈夫出去,陪他在月光下闲逛,因为今晚的天气与昨晚同样好。哈格雷夫先生比其他人早一点走进客厅,邀请我同他下棋。此时他毫无通常对我说话时所显出的那种悲哀而又自豪的谦卑神情,平时他因喝酒而兴奋时才不这样。我朝他的脸望望,想看看这会儿他是不是处于这情况。他的目光与我的目光相遇,敏锐而镇定,在他的神态中有些我无法理解的地方,不过他看来相当清醒。我不想与他结伴,就让他找米莉森特来下棋。

"她下得太糟了，"他说，"我要跟你比比棋艺。来吧！——你没法假装不愿意放下你的活儿——我知道，除非因为没有更好的事可做，想要解解闷儿，你是不会抓起它来的。"

"可是下棋的人是那么孤僻，"我反对道，"他们只顾自己，不理别人。"

"这儿又没别人——只有米莉森特，而她——"

"哦，我会很高兴看你们下棋的！"我们这共同的朋友叫道——"这么两位棋手——会是相当有劲的！我可要看看谁会赢。"

于是我同意了。

"来吧，亨廷顿太太，"哈格雷夫说，一边把棋子排列在棋盘上，用一种强调的语气把话说得十分清晰，仿佛他的每个词儿都有双重含义似的，"你是个好手——可是我却更胜你一筹；我们要花很长时间来玩一局，你会给我一些麻烦的；不过我可以同你一样的有耐心，而且最终我当然会赢的。"他用一种我所不喜欢的目光盯着我——锐利、狡猾、大胆而几乎是无礼的，对于自己所预期的胜利已经有几分得意了。

"我希望不是这样，哈格雷夫先生！"我反驳道，口气激烈得肯定至少使米莉森特吃了一惊；但是他只置之一笑，并且低声说：

"让时间来证明吧。"

我们开始下棋了；他对这游戏的兴趣相当浓，可是由于明知自己棋艺高超，便显得心安理得、无忧无虑；而我则热切地希望使他的期望落空，因为我把它看做一种更为严肃的竞赛——我料想他也是这样看的——而且我有一种近似迷信的感觉，生怕输掉；无论如何，我不能忍受目前这场胜利将再增添一点他已意识到的力量（我应当说，是他目空一切的自信），或者会有片刻工夫鼓励他梦想在将来赢得爱情。他小心翼翼、深思熟虑地下着棋，而我则竭力与他对抗。有一段时间，双方不相上下；使我高兴的是终于胜利似乎倾向于我这一方了，因为我吃掉了他好几只最关键的棋子,显然使他的计划受到了挫折。他把一只手按在额上,踌躇着,显出困惑的神情。我因自己占了优势而高兴,但是还不敢得意起来。最后他抬起头来,从容不迫地下了一步棋,镇定地看着我说:

"喂,你想你会赢的,是不?"

"我希望是这样,"我答道,同时用我的"象"吃掉他刚才那么漫不经心地送上门来的"卒",我以为这是出于他的疏忽,但既然如此,我就没有去提醒他,这是不够宽大的,但当时我也太掉以轻心,以致没有预见到自己那一着的后果。

"就是这些'象'使我头疼,"他说,"不过勇敢的'马'能够跃过这位可敬的绅士①,"说着便用他的"马"吃掉我的最后一只"象"——"好啦,一旦这些神圣的人物统统给除掉了,我就可以所向披靡了。"

"哎哟,沃尔特,你说得多轻松呀!"米莉森特嚷道——"她还有比你多得多的棋子哩。"

"我还要叫你头疼呢,"我说,"先生,也许要到你被将死后,你才恍然大悟哩。小心你的'王后'。"

战斗深入发展。这盘棋确实下得很久,我也确实使他头疼;不过他的棋艺确实比我高强。

"你们这两个赌棍赌兴多浓呀!"哈特斯利先生说。他已经进屋来观战了一会儿了。"啊唷,亨廷顿太太,瞧你的手抖得好像你把身家性命全都押下作赌注了!而沃尔特——你这狗东西——你看上去既莫测高深又泰然自若,好像认为自己必胜无疑似的——既急切又残忍,好像要把她心里的血喝干似的!——不过换作我,我是不会叫她吃败仗的,就为了害怕,因为,要是你打败了她,她准会恨你的——老天在上,她准会的!——我从她的眼神里看到了。"

---

① 指"象",因为在国际象棋中原名为 bishop,意为"主教"。

"闭上你的嘴,好吗?"我说——他的话使我分了心,因为我已经陷入绝境了。再走几步棋子,我就会被对手的罗网缠得脱不了身。

"将——"他喊道,我痛苦地寻找出路——"军!"他虽然小声添上这个字,却显然十分高兴。他故意推迟说出后面这毁灭性的字,为的是要更好地欣赏我惊愕的神情。我被这个结局搞得仓皇失措,大出洋相。哈特斯利笑了;米莉森特见我如此不安感到难过。哈格雷夫把一只手按在我搁在桌上的那只手上,坚定而又温柔地紧握住它,轻声说道,"你输啦——你输啦!"一边盯住我的脸,在他的眼神中,得意的神色和炽热而温柔的表情交融在一起,而后面这种表情使我感到更受侮辱。

"不,决不,哈格雷夫先生!"我急忙抽回我的手,大声说。

"你否认吗?"他反驳道,一面带着笑指指棋盘。

"不,不,"我回答道,想起自己的举止一定显得很古怪,"你赢了我这盘棋。"

"那么你要再下一盘吗?"

"不要。"

"你承认我比你优越了?"

"是的——作为一名棋手。"

我站起来去重新干我的活儿。

"安娜贝拉在哪儿?"哈格雷夫扫视房间一周后,严肃地问。

"跟洛勃罗勋爵一起出去了,"我答道,因为他望着我等我回答。

"而且还没有回来!"他一本正经地说。

"我想是吧。"

"亨廷顿在哪儿?"他又扫视一周。

"跟格里姆斯比一起出去了——这你是晓得的,"哈特斯利说这话时忍住了笑,说完话才扑哧一声笑出来。

他为什么笑?哈格雷夫又为什么把他们这样联系起来?那末

真有其事吗?——难道这便是他要透露给我的那个可怕的秘密?我一定得知道——而且要快。我立即站起来,走出房去找雷切尔,要她对她的话作出解释;可是哈格雷夫先生跟着我走进了前室,我还来不及打开通外边的那扇门,他伸过手来轻轻地按在门锁上。

"我可以告诉你一件事吗,亨廷顿太太?"他压低嗓门说,眼睛向下看,神情严肃。

"如果是值得一听的话,可以,"我回答,一边极力使自己镇定下来,因为我的四肢都在发抖。

他默默地朝我推来一张椅子。我仅仅把一只手靠在椅子上,就吩咐他往下说。

"别惊恐,"他说,"我要说的事本身并没什么了不起,我会让你自己从中作出推断。你说安娜贝拉还没有回来?"

"是的,是的——说下去呀!"我不耐烦地说,因为无论他要透露的是什么,我担心他的话还没有讲完,我的强作镇定的态度就会坚持不下去。

"你还听说,"他接着说,"亨廷顿是跟格里姆斯比一同出去的?"

"这又怎么样?"

"我听见后者对你的丈夫——也就是那个自称是你的丈夫的人——说——"

"说下去呀,先生!"

他表示服从地鞠了一躬,便接着说,"我听见他说——'我会安排的,到时候你就会明白!他们是沿着那个水池走去的;我要到那边去找他们,告诉他我有一些没必要打扰夫人的事要跟他谈一会儿;于是她会说她可以走回屋去,接着我就道歉,如此这般,这你明白,然后向她眨眼示意要走有灌木丛的那条路。我会把他留在那儿谈那些我已提及的和任何其他我能想得出的事,尽可能把他留得久些,然后带他走另一条道,半路上站住了看看树木、田野和任何我能借题发挥的东西，'"哈格雷夫说到这里，顿住了，对我望着。

我对此不置一词，也不再问什么，便站起来，从房间里直冲到屋外。我无法忍受疑信参半的折磨了，我既不愿意凭这个人的告发瞎怀疑我的丈夫，也不能给予他所不配有的信任——我必须马上知道真相。我朝灌木丛飞奔而去。我刚刚到达的时候，就听见说话声，便中止了使我气喘吁吁的飞奔。

"我们逗留得太久了，他要回来了，"传来洛勃罗勋爵夫人的声音。

"哪里会，最亲爱的！"他这么回答，"不过你可以穿过草坪奔去，尽可能悄悄地走进屋去，我过一会儿再跟来。"

我的膝盖在下面发抖，头脑发晕，眼看就要晕倒了。决不能让她瞧见我这副模样。我在灌木丛中蜷缩着，靠在一棵树的树干上，让她在我面前走过去。

"啊，亨廷顿！"她在前一天夜晚我与他一同站着的那地点停下了步，嗔怪道——"你就在这儿吻了那个女人！"——她朝身后树叶茂盛的阴影中望去。他走上前来，漫不经心地笑着回答：

"唉，最亲爱的，我没办法啊。你也知道，我必须尽可能长久地跟她维持好关系。难道我没有见过你吻你那个蠢货丈夫几十次吗？——我可曾抱怨过？"

"可是告诉我，难道你还爱她——还有一点儿？"她说时把一只手按在他的手臂上，热切地望着他的脸——由于月光透过遮住我的树枝之间的空隙正好照在他们身上，我能把他们看得一清二楚。

"一点儿也不，我向天起誓！"他答道，吻了吻她那容光焕发的面颊。

"天哪，我一定得走了！"她说着，倏地摆脱了他，飞奔而去。

他站在那儿，就在我的面前；但是此刻我鼓不起勇气去面对他;我的舌头粘在上颚上,我几乎快要倒在泥地上了,并几乎感到奇怪,他居然没有听见我的心跳声,它压过了风的飒飒声和落叶的阵阵瑟瑟声。我似乎失去了知觉,但还是能看见他那模糊的身影在我面前经过,虽然我耳朵里响着隆隆声,他站住了朝草坪望去时所说的话我仍能听得清清楚楚。

"那个蠢货来啦!快跑,安娜贝拉,快跑!得——快躲进去!啊,他没有看见你!做得对,格里姆斯比,留住他!"甚至他走开时发出的轻轻的笑声我都听得见。

"上帝快帮助我!"我低声说,在我周围的湿漉漉的野草和灌木丛中双膝跪下,透过头上那些稀稀拉拉的树叶,抬头望着月光照亮的天空。由于视力模糊了,眼前的一切似乎都是朦朦胧胧的,在颤动摇晃着。我那火热而快要爆炸的心拼命要把它的痛苦向上帝倾吐,但又没法用祈祷来表达它的苦恼;直到后来有一阵风向我刮来,它把枯叶有如已成泡影的希望那样吹得四散飞扬,同时也使我的前额感到清凉,似乎使我衰弱无力的身躯振作了一些。接着我在热切的默祷中振奋了精神,这时似乎有一股神示的力量使我的内心坚强起来,我的呼吸变得不那么急促了,视力也清晰了,我清楚地瞧见那轮纯洁无瑕的明月照耀着,还有轻盈的云朵掠过清澈的夜空;接着我瞧见永恒的群星向下朝我闪烁着;我知道它们的上帝也是我的上帝,而且上帝的拯救是强有力的,倾听祈祷也是迅速的。从无数的天体之上似乎传来这句轻声的话语:"我总不撇下你,也不丢弃你。"[①]不,上帝不会的;我感觉到上帝不会撇下我,使我得不到安慰,尽管得经过尘世和地狱,我应该有力量去应付种种考验,最终赢得光荣的安息!

我重新振作起来了,虽然还没有镇定下来,倒已得到了鼓舞。我站起身来,回到屋里。我承认,当我走进屋子,把新鲜的空气和灿烂的天空关在门外后,我的新产生的力量和勇气大部分

---

① 引自《圣经·新约·希伯来书》第13章第5节。

离开了我；我所见到和听到的一切——门厅、灯、楼梯、各扇房门，从客厅里传来的社交性的谈话声和笑声——都使我从心里感到厌恶。我怎样能忍受未来的生活啊？就住在这幢房子里，生活在这些人当中——唉，我怎么受得了啊！正在这时候，约翰走进门厅来，瞧见了我，对我说他是受差遣来找我的，还说他已经把茶端进去，老爷问我是否就会去。

"约翰，请哈特斯利太太招待用茶点吧，"我说。"说我今晚不大舒服，请原谅我不能来了。"

我躲进那空无一人的大餐厅，里面静悄悄的，一片黑暗，只听得风在户外轻声地悲鸣着，微弱的月光穿过百叶窗和窗帘透进屋里来；在那儿，我快步来回踱着，独个儿悲痛地思索着。眼前这情况与昨晚多么不同啊！看来那是我一生幸福在终止前所射出的最后一道闪光。我原先那么快活，真是个可怜的瞎眼傻子！我现在明白了那一回阿瑟在灌木丛里接待我的态度为什么那么古怪：那勃发的情分原是给他的情妇的，而所以吃惊是因为见到的却是他自己的妻子。现在我也更清楚地理解哈特斯利和格里姆斯比两人之间的那席对话了：他们谈及的他的爱情无疑是对她，而不是对我而言的。

我听见有人打开客厅的门，传来一阵轻快的脚步声，从前室出来，穿过门厅上楼去。那是米莉森特，可怜的米莉森特，她是去探望我的——没有其他人关心我，只有她仍是友爱的。以前我没有流过泪，可是现在却哭了——泪水簌簌而下。就这样，她没有向我走近来倒使我觉得好过。她没有找到我，我听到她下楼来的脚步声——步子比上楼时慢些。她会不会走进这屋子发现我呢？没有，她朝相反的方向走去，又走进了客厅。我感到庆幸，因为不知道见到她时该怎么办，也不知道该说些什么。我在悲痛中不要知心人。我不应当有——而且我也不要。是我自己挑上这副担子的，就让我独个儿去承受吧。

由于接近通常就寝的时候了，我便擦干眼泪，清清嗓子，使自己镇定下来。今晚我一定得见到阿瑟,跟他谈谈;不过我要心平气和地谈,不要吵架——对他的朋友们无所抱怨,也无所夸耀——关于他的情妇也无所嘲笑。我听见大伙儿都进了各自的寝室,便轻轻地打开房门,此时他正走过,便招手要他进屋来。

"你怎么搞的,海伦?"他说。"你为什么不能来招待我们喝茶?你究竟躲在这儿黑暗里做什么?你哪儿不舒服,年轻的女人——你看上去就像个鬼?"他凭借他手里的烛光打量我,接着又说道。

"没什么关系,"我答道——"对你来说没什么关系——看来你已经不再关心我;我也不再关心你了。"

"嗨!这究竟是怎么回事?"他轻声问道。

"我明天要离开你,"我接着说,"要不是为了我的孩子,我再也不会再进这房子——"我顿住了,稳定一下我的嗓子。

"这到底是怎么回事呀?海伦?"他嚷了起来。"你是什么用意呀?"

"你自己完全清楚。我们别作无谓的解释来浪费时间了,只要告诉我,你——"

他激烈地赌咒说自己什么也不知道,坚持要知道是哪个恶婆子诽谤了他的名声,而我竟愚蠢得轻信了那些无耻的谎言。

"你还是别白费心机去发伪誓并且绞尽脑汁去用谎言来蒙蔽真相吧,"我冷冷地答道。"我并没有听信任何第三者的证言。今晚我在灌木丛里,亲眼看见、亲耳听到了一切。"

这句话顶用了。他发出一声半抑制的沮丧的惊叫,咕哝道,"我现在可要受惩罚了!"说着把手中的蜡烛放在最靠近的一把椅子上,把背靠在墙上,抱起两臂面对我站着。

"好吧!那末怎么办?"他问道,态度镇静而蛮横,既厚颜无耻又气急败坏。

"只有这个办法,"我答道,"你让我带上我们的孩子和我剩下的财产走,好吗?"

"到哪儿去?"

"随便哪儿都行,只要是个他不会受到你的坏影响的玷污的地方,而我则可以免于同你见面——你也可以免于同我见面。"

"不行——我决不同意!"

"那末让我带走孩子而不带走钱,行吗?"

"不行——也不能让你不带孩子,自己走掉。你以为我会愿意因你这种爱挑剔的任性作风而让四乡的人说我闲话吗?"

"这么说我非得留在这儿,让人恨,让人瞧不起啰?——不过从此以后,我们只是名义上的夫妻了。"

"很好。"

"我是你孩子的母亲,是你的女管家——此外,什么也不是。因此你不必再费心去装出你不能体会到的爱情了,我也不再会向你强求毫无心肝的爱抚——也不会给你——这两者我都受不了——你把夫妻恩爱的实质给了另一个人,而把空壳给我,我可不愿受这种愚弄!"

"很好——随你的便吧。我们等着瞧谁先感到厌倦吧,我的太太。"

"如果我感到厌倦,那将是厌倦和你一同活在人世间,而不是厌倦不受你的爱情愚弄而活着。等到你对自己罪孽深重的作风厌倦了,并且有真心悔改的表现时,我会宽恕你——也许还会试着再爱你,尽管那确实会是难于做到的事。"

"哼!——在这期间,你会去对哈格雷夫太太大谈我的事,还会写一封封长信给马克斯韦尔姑妈,向她诉说你嫁了个坏蛋,是吗?"

"我不会对任何人诉苦。到目前为止,我一直尽力不让别人看到你的罪恶,同时赋予你从未有过的种种美德——不过从现在起你得照管自己了。"

说完我离开了他,听见他自言自语着骂人的话,我便上楼去了。

"太太，你看上去身体不舒服啊，"雷切尔十分担忧地观察着我，说道。

"雷切尔，事情再确实不过了！"我说，与其说我是在答复她的话，还不如说是对她悲哀的面容作出了反应。

"我知道那事——否则我是不会提起这种事情的。"

"不过你不必为此事烦恼，"我说，吻吻她那被岁月摧残的苍白的面颊——"我忍受得了——超过你所料想的程度。"

"是啊，你是一向主张要'忍受'的——换了我，就不愿意忍受——我会发泄出来，马上大哭一场的！——我还会说出来，我就是要说——我要让他知道那是怎么回事——"

"我已经谈过了，"我说。"我谈得已够多了。"

"那末我就要哭，"她坚持说。"我不会弄得脸色这么苍白，神态这么平静，并且不会由于把悲痛藏在心里而把心都胀破！"

"我哭过的，"尽管心里难过，我却微笑着说，"而且我现在确实平静了，真的，因此别再使我烦恼了，保姆；我们不要再谈这件事吧——也别对用人们提这事——好啦，现在你可以走了。晚安——不要让我的事打扰你的休息；我会睡得好好的——要是我做得到的话。"

尽管下了这样的决心，我仍发现躺在床上无法忍受，因此不到二点钟就起了床，用还在燃烧着的灯草芯蜡烛点燃了我的蜡烛，走到书桌前，就穿着晨衣坐下来，详细写下刚过去的晚间所发生的那些事。这么做要比躺在床上让久已过去的往事和预料中的可怕的未来折磨着自己的脑子为好。我描述着打破我内心平静的那些情况，以及与发现那些情况有关的琐琐碎碎的细节，觉得可以减轻痛苦。今晚即便睡着了也不可能使我的心境如此平静，并作好准备应付次日将遇到的考验——至少我是这样认为的——然而等我停下了笔，却发现自己头痛得厉害；我朝镜子里望去，被自己那憔悴的面容吓了一大跳。

雷切尔刚帮我穿好衣服，她说能看出我痛苦地挨过了一宵。

米莉森特刚来探望过我。我告诉她已经好些了，不过为了给自己的外貌作辩解，我承认晚上没有睡好——我多么希望这一天已经过去了！我想起得下楼进早餐，不禁打了个寒噤——我如何去见所有的人呢？——然而我得记住，犯罪的并不是我，我没有理由该担心；而且倘若他们因我是他们犯下的罪的牺牲品而瞧不起我，我可以怜悯他们的愚蠢、蔑视他们的奚落。

第三十四章
隐　瞒

同日晚上。进早餐的那段时间顺利地度过了，我自始至终又沉着又冷静。我镇静自若地回答了涉及我的健康情况的所有询问；他们普遍把我的神情和态度中的任何异常之处，都归因于昨晚促使我提早去休息的那场小病。可是在他们走之前还得度过的那十或十二天，我该怎么熬过去呢？然而为什么如此巴不得他们快离去呢？等他们走了，我将怎样同这个人一起捱过我未来生活的那些岁月？——他是我最大的敌人——因为没有人会像他那样伤害我。唉！当我想到自己曾经多么深情、多么愚蠢地爱过他，多么着迷地信任过他；为了有助于他，我还如何不懈地工作、思索、祈祷和努力过；而他却尽其所能地——多么残忍地践踏我的爱情，辜负我的信任，藐视我的祈祷、眼泪以及为了保护他而作的种种努力——扑灭了我的希望，摧毁了我青春的最美好的感情，让我注定将绝望悲惨地过一生——要是说我如今不再爱我的丈夫了是不足以说明我的感受的——我如今痛恨他！这个词儿就像有罪之人的供词那样瞪着我的脸，然而这是事实，我恨他——我恨他！——可是上帝怜悯他这可怜的灵魂吧！——使他看到并感觉到自己的罪行——我不求其他方式的报复！只要他能彻底意识到并真正感觉到我所受的冤屈，我也就算是报了仇了；我也就能饶恕一切；可是他已丧尽天良，已堕落到如此冷酷无情而麻木不仁的地步，我相信这是他在此生绝对做不到的了。因此继续细想这一点是徒劳无益的，还是让我再一次用对往事细节的描述来打消这种思绪吧。

哈格雷夫先生整天对我所表现的那种认真、同情而又（他自认为是）谦逊的彬彬有礼的态度惹得我很生气——要是他不那么谦逊，我就不会那么烦恼，因为那样我就可以给他没趣；可是既然他力图显得那么真诚地友爱和体贴，我这么做也就没法不显得粗暴而忘恩负义了。有时候我觉得该称赞他竟然能如此逼真地装出有好感的样子；不过鉴于自己处在如此特殊的情况下，我认为自己是应当怀疑他的。他的友好态度可能不完全是伪装的，可是仍然切不可让我纯然出于一时的感激而使自己忘乎所以；且让我记住下棋时的情况，他当时使用的词语，他那些无法形容而有充分理由惹我发火的表情，所以我认为自己将会很安全的。我干得很好，把那些情况这么详细地都记下来了。

我想他希望找个机会同我单独谈话，看上去他一整天都在留意着！可是我一直注意着使他的希望落空；我这么做并非担心他会讲些什么，而是因为没有他来给我添上使我感到凌辱的种种慰问话，或者任何他可能试图说的话，我的烦恼已经够多了；而且为了米莉森特的缘故，我不希望同他争吵。他借口要写信，早上没陪其他先生们出去打猎；然而却吩咐用人把他的文具匣拿到我、米莉森特和洛勃罗勋爵夫人坐着的上午使用的起居室里来，而不退到书房里去写信。他们做着各自的工作；我呢，与其说是为了要岔开我的思绪，不如说是表示不赞成谈话，给自己准备了一本书。米莉森特看出我希望保持沉默，也就不来打扰我。毫无疑问，安娜贝拉也看出了这一点；但是这并不能成为她应当管住舌头或者抑制她那愉快情绪的理由；于是她便东拉西扯地谈开了，几乎完全只对我一个人讲，态度极为自信和亲昵；她谈得越热烈和友好，我的答话也就越冷淡而简短。哈格雷夫先生看出我受不了，便把他朝着信纸的眼睛抬起来，尽可能代替我答复她的问话和评论，并且试图把她对我的应酬话转移到他自己身上；可是办不到。她也许以为我在头痛，因而没法多讲话——至少她看出自己的健谈使我着恼，因为我可以从她恶意地坚持那么做来断定这一点。不过我把自己一直试图阅读的那本书放在她的手中后,便有效地制止了她,因为事先我在书的扉页上匆匆写下了这样一段话:

"对于你的性格和品行我太了解了,因而对你没法怀有真正的友谊,又由于我没有你那种弄虚作假的本领,我也就没法装模作样。因此我必须请求在我们两人之间今后终止一切亲密的交往;再说,即便我对你仍然继续以礼相待,似乎把你当作一位配受尊重和崇敬的女人,你要明白,这是出于对你表妹米莉森特的而并非你的感情的尊重。"

她看了之后,脸涨得通红,咬住了嘴唇。她暗地里撕下那页纸,把它揉成一团扔进炉火,接着便顾自一页又一页地翻起那本书来,也许是真正地也许是装着在阅读。过了一会儿,米莉森特宣布说她要去育婴室,问我要不要同她一起去。

"安娜贝拉会原谅我们的,"她说,"她正忙着看书呢。"

"不,我不同意,"安娜贝拉倏地抬起眼来,把书扔在桌子上。"我要跟海伦谈一会儿话。你可以去,米莉森特,她过一会儿就来。"(米莉森特走了。)"海伦,你肯奉陪吗?"她接着问我。

她的厚颜无耻使我大吃一惊;不过我照办了,便跟她走进书房。她把门关上,走到壁炉前。

"谁告诉你这事的?"她问。

"没人。我又不是自己没长眼睛。"

"嘿,你是多疑!"她大声说道,带着一线希望地微笑了——到此为止,她那大胆的态度中还有一种绝望的意味,现在她却显然松了一口气。

"我要是真的多疑的话,"我回答说,"我早就会发觉你们的丑事了。不,洛勃罗勋爵夫人,我并非凭我的猜疑才指责你的。"

"那末你凭的是什么?"她一边说一边投身到一把扶手椅中,伸出双腿,把脚搁在壁炉围栏上,显然竭力装出镇静自若的模样。

"我同你一样,喜欢在月下漫步,"我眼睛死盯住她,答道,

"而且正巧那灌木丛是我爱去之处。"

她又脸红了,红得厉害,但保持着沉默,一只手指紧按在牙齿上,向炉火凝视着。我满怀恶毒的快感注视了她一会儿,接着朝房门口走去,平静地问她还有没有什么话要说。

"有,有!"她起劲地嚷道,蓦地改变她那斜倚的姿态,跳起身来。"我要知道你会不会告诉洛勃罗勋爵?"

"假如我告诉呢?"

"唔,要是你有意公开这件事,我当然不能劝阻你——不过如果你这么干,事情会很糟糕——而如果你不这么干,我就会认为你是世上最宽宏大量的人——此生如有任何事我能为你效劳的——任何事,除了——"她支支吾吾地顿住了。

"除了让你放弃你同我丈夫的不正当关系,我想你要说的是这句话吧,"我说。

她不做声,显然觉得困窘,茫然不知所措,神情中夹杂着她不敢流露的怒气。

"放弃比生命更可贵的东西,我做不到,"她咕哝道,嗓音低沉而急促。她随即突然抬头,用那双闪闪发亮的眼睛盯住我,诚挚地往下说,"可是海伦——或者亨廷顿太太,或者随便你要我如何称呼你都行——你会告诉他吗?如果你是宽宏大量的,这儿有个发挥你这种气质的适当机会;如果你是高傲的,那末我——你的情敌——在此愿意承认自己是你这最最高尚的克制行为的受惠者。"

"我不告诉他。"

"你不告诉!"她高兴地嚷道。"那末请接受我的衷心感谢!"

她猛地跃身而起,向我伸过手来。我缩了回去。

"不必谢我;我并不是为了你才克制自己的。而且这也不是什么克制行为。我并不想公开你的可耻行为。我不忍心让你丈夫因知道你这丢脸事而悲痛。"

"那末米莉森特呢?你会告诉她吗?"

"不会,正相反,我会极力瞒过她。我决不赞成让她知道她亲戚的不光彩的丑事!"

"亨廷顿太太,你把话说得太重了——不过我可以原谅你。"

"听着,洛勃罗勋爵夫人,"我接着说下去,"让我劝你尽快离开这幢房子吧。你该知道你继续待在这儿使我极不愉快——并非因亨廷顿先生的缘故,"我从她的脸上看出她因得意而露出一丝恶毒的笑意——"对我来说,如果你喜欢他的话,他是尽可以欢迎你的——可是由于要我老是隐瞒着对你的真实感情,竭力对一个我丝毫不尊敬的人保持着有礼貌和尊重的外表,这就使我痛苦之极;还因为在这幢房子里如今只有两个人还不知道你的所作所为,你要是再待着,就不可能再瞒住他们多久。再者,为了你丈夫的缘故,安娜贝拉,而且甚至为你自己的缘故,我希望——我真诚地劝告并恳求你马上结束这种不正当的关系,在还没发生可怕的后果之前再承担起你的义务——"

"好,好,当然可以,"她用不耐烦的手势打断了我的话。——"可是,海伦,还没到我们所约定去的日子我是没法走的。我能设想出什么讲得通的借口来这样做呢?无论我提出要独个儿回家去——对此洛勃罗是决不会同意的——还是和他同走,这件事本身就肯定会引起猜疑——而既然我们的来访已经这么接近结束了——还只有一星期多一点儿了——你谅必能容忍我再待这么久吧!我不想再用不恰当的友好态度来惹你生气了。"

"好吧!我再没有什么话要对你说的了。"

"你对亨廷顿提起过这件事没有?"我正要离开房间的时候,她问道。

"你怎么胆敢对我提到他的名字!"我仅仅这样答复了她。

从此以后,除了顾全表面上的礼仪或者纯然出于必要的这一类情况外,我们彼此不再说话了。

第三十五章
挑　衅

19日——随着洛勃罗勋爵夫人知道她无须对我存有任何戒心，又由于分手的日子近了，她也就变得更加肆无忌惮而目空一切了。在近旁没有别人的时候，她便毫无顾忌地当着我的面亲昵地对我丈夫说话，尤其喜欢表现出对他的健康和幸福或者任何与他有关的事的关注，仿佛是为了要用她的多情的关怀来衬托出我的无情的冷漠。而作为报答，他向她频频微笑，用那样的眼光瞟着她，时而窃窃私语，时而厚着脸皮说些含沙射影的话，表示注意到了她的好意和我的怠慢，以致使得我不由自主地脸涨得通红。因为我原是打定主意不把这一切放在心上，对他们之间所发生的一切都充耳不听、视若无睹的，因为我越显出自己觉察到他们的恶毒，她对自己的胜利就越得意，他也就越自以为我仍旧忠诚地爱着他，尽管我装出毫不在乎的样子。在这种场合，有时候我会被一种微妙而恶毒的启示吓了一跳，它煽动我装着去鼓励哈格雷夫来接近我的样子，让阿瑟看到我对他的反感；不过这种念头在一瞬间便被惊恐和自贬的感觉所排斥；于是我比以往更恨他十倍，因为是他促使我如此的！——求上帝宽恕我这个念头——以及我一切邪恶的念头吧！我的种种苦恼并没有使我变得谦卑和纯洁，却觉得它们正在使我的性格变得刻毒。这肯定是我的过错，同样也是虐待我的那些人的过错。凡是真正的基督徒都不可怀有像我对他和她所怀有的那种仇恨——尤其是对后者；对于他，我仍然觉得自己可以宽恕——宽大而乐意地——只要他有丝毫后悔的表示；可是对于她——我对她的憎恨是无可言喻的。理智禁止我如此，感情却极力怂恿着我；我必须祈祷和作长期努力，才得征服这份憎恨。

她明天就要走了，这是好事，因为她再待一天我会受不了的。今天早晨她比平时起身得早。我下楼吃早餐时，见她独个儿在餐厅里。

"啊，海伦！是你吗？"我进屋时，她扭头向我说道。

我见到了她，不自觉地退缩了一下，她见状发出一声短促的笑声，说道：

"我想我们俩都感到失望了吧。"

我走上前去，忙着准备早餐的用具。

"今天是我麻烦你招待我这个客人的最后一天了，"她就着餐桌坐下的时候说。"啊，有个对此不会感到高兴的人来啦！"阿瑟进屋来的时候，她半自言自语地轻声说。

他同她握手，向她道早安，然后深情地望着她的脸，一边仍然握着她的手，一边用悲哀的声调咕哝道：

"最后——最后的一天！"

"是啊，"她带着几分严厉的口气说，"我特地起了个早，要充分利用这一天——我独个儿在这儿已经待了半小时，而你呢，你这个懒鬼——"

"唔，我还自以为也起得很早呢，"他说——"可是，"他把嗓音压低到几乎是耳语的程度，又说道，"你看这儿不光是我们两个人啊。"

"我们从来不能单独相处，"她回答说。不过他们几乎等于旁无他人，因为此时我正站在窗前，望着云朵，极力克制着愤怒。

他们又相互说了几句话，幸而没有传到我的耳中；可是安娜贝拉竟然厚颜无耻地走过来，在我身旁站住了，把一只手搁在我的肩膀上，轻声说道：

"海伦，你不必舍不得他，因为我爱他胜过你可能爱的程度。"

这句话使我完全失去了自制力。我一把抓住她的手，猛地从我肩上甩开，再也无法不让憎恶和愤怒的神色流露出来了。我这一突然的爆发，使她吓了一跳，几乎达到震惊的程度。她默不作声地退缩回去。要不是阿瑟的低沉的笑声使我清醒过来，我是会狂怒起来，再说出一些话的。我忍住了已到嘴边的恶骂话，轻蔑地转身走开，懊悔给了他这么大的乐趣。等到哈格雷夫进屋来时，他还在笑。我不知道刚才那情况他瞧见了多少，因为他进来时，门是半开着的。他向他的男主人和表妹冷淡地招呼了一下，并用一种有意表示最深切的同情的眼光望着我，其中还夹杂着高度的爱慕和尊敬。

"你还有多少义务向那个男人效忠？"他走近窗前，站在我身旁，装出是在谈天气，悄悄地这样问道。

"一点儿也没有，"我答道，接着便马上回到餐桌边，着手沏茶。他跟了过来，要不是其他的客人开始集合，他还会同我进行某种谈话的。于是除了端咖啡给他，我就不再注意他了。

早餐后，我决定在这一天里尽可能避免和洛勃罗勋爵夫人在一起，便悄悄地离开了大家，躲进书房。哈格雷夫先生借口要来找本书，尾随而来；起先他转向书架，挑选了一本书；接着悄悄地、但决非胆怯地走近我，在我身旁站住，一手搁在我的椅背上，柔声说道：

"这么说你终于认为自己是自由的了？"

"是的，"我一动不动，也不把盯住书本的眼睛抬起来，说道——"除了冒犯上帝和我自己的良心之外，我有自由做任何事。"

一时双方都没有话。

"完全正确，"他说，"假如你的良心不是过于病态地温柔，假如你关于上帝的想法不是有失于过于严厉的话，你这句话就完全正确了；但是去使一个愿意为你的幸福而死的人得到幸福——在对你或者其他任何人都无丝毫损害的情况下，去把一颗忠诚的心从炼狱的折磨中解脱出来，使之进入天国的极乐境界中去，难道你能以为这么做会触怒那位仁慈的上帝吗？"

他向我弯下身子，用低沉而诚挚的使人陶醉的声音说了这一番话。此时我抬起头来，目不转睛地面对着他的凝视，镇定地答道：

"哈格雷夫先生，你是有意要侮辱我吧？"

这句话完全出乎他的意料。他一时说不出话来，然后从震惊中恢复过来；接着挺直了身子，把手从我的椅子上挪开，傲慢而又悲哀地说道：

"我并无此意。"

我仅仅朝房门望望，头微微摆了一下，接着便照旧看我的书。他立即走了。我这么做要比用更多的话回答他为好，又何况我说话的时候必然会凭最初的冲动，情绪激昂起来。一个人能够控制自己的情绪，这是件多么了不起的事啊！我必须努力培养这种极为宝贵的品质。只有上帝知道，在我前面的这条崎岖而黑暗的道路上，我将会多么时常需要它啊。

在早上这一段时间里，我同两位太太一起驾车去园林庄园，好让米莉森特有个向她母亲和妹妹告别的机会。她们说服她留下来和她们一同度过这一天余下的时光，哈格雷夫太太答应到晚上送她回来，再一直待到次日这些聚会的人各自回家的时候。从而只剩下洛勃罗勋爵夫人和我一同坐马车回去了。在开头的一两英里的路途中，我们两人都不吭声，我望着我这边窗外的景色，她倚在她那边的角落里。不过我并无意要约束自己，特别为她腾出一点儿位置；我刚才向前探出身子，眺望着一排排黄褐色的树篱和它们边坡上杂乱的湿草，阴冷的风朝我的脸上扑来，后来我感到厌倦了，便不再去看它们，也向后靠在座位上。我的同伴以她惯常的那种厚颜无耻的态度试着要同我交谈；可是她那几句话从我嘴里至多只能引出诸如"是"、"不"或者"哼"这些单音节词来。最后她为某个无足轻重的论点征求我的见解，我答道：

"洛勃罗勋爵夫人，你为什么要同我谈话？——你一定知道我对你这人的看法的。"

"好吧,如果你非要同我做死对头,"她回答说,"那我也没有办法——不过我决不愿为任何人而生气。"

这时我们的短短旅程结束了。马车门一打开,她便跳出车去,向花园的那一头走去,迎接刚从树林里回来的先生们。我当然没有跟着去。

不过她对我的那种恬不知耻的态度还没有了结——晚餐后,我像平时一样退到客厅里去,她伴随着我,不过我带着两个孩子,把注意力全部集中在他们身上,并且决定留住他们直到先生们也来到客厅里,或者直到米莉森特和她母亲到达。可是不久小海伦不想玩了,一定要睡觉。我坐在沙发上,让她躺在我的膝上,小阿瑟则坐在我一旁,轻轻地抚弄着她的淡黄色柔发。这时候,洛勃罗勋爵夫人镇静自若地跑过来,在我的另一旁坐下。

"亨廷顿太太,"她说,"明天你就可以不见到我了,对此你无疑是会很高兴的——你自然会这样的——不过你可知道我帮了你一个大忙吗?——要我告诉你是什么事吗?"

"我很高兴听听你帮了我什么忙,"我说,决意要自己保持平静,因为从她的口气我知道她存心要惹我恼火。

"好,"她接着说下去,"你难道没有注意到亨廷顿先生的那种有益的变化吗?你难道没有瞧见他已经变成头脑清醒而饮酒有节制的人了?我知道你过去见他养成那些糟透的习惯很难过;我也知道你尽了最大的力量要他革除那些习惯——可是却毫无成就,直到我来帮助你。我只用几句话告诉他,说我不忍眼看他使自己如此堕落,说我将不再——我告诉了他什么,这无关紧要——可是你瞧见了我所起的改造作用;为此你得感谢我才是。"

我站起来去打铃让保姆来。

"不过我并不希望得到感谢,"她接着说,"我要求的报答只是:我走了以后,请你好好照料他,对他别太严厉,也不要忽视他,以致把他赶回到老路上去。"

我气得几乎晕过去,不过此刻雷切尔来到了门口;我便指指孩子们,因为我没有把握自己能否平静地说话;她把他们领走了,我也尾随而去。

"好吗,海伦?"那个说话人追问道。

我朝她盯了一眼,我的眼光顿时使她那恶毒的笑容收敛起来——或者说,至少暂时制止了她的微笑——接着便走了。我在前室里遇见哈格雷夫先生。他看出我没有听人说话的心情,便默不作声地让我走过去。我在书房里独个儿待了几分钟,已经恢复了镇静,由于刚听见哈格雷夫太太和米莉森特下楼走进客厅,我便走回去要和她们待在一起——这时见到他还在前室里,逗留在这灯光暗淡的房间里,显然是在等我。

"亨廷顿太太,"我穿过那房间时,他说,"能允许我同你说一句话吗?"

"那末你要说什么?——请快说吧。"

"今天早上我冒犯了你;你生了我的气,叫我没法活下去。"

"那就'去吧,从此不要再犯罪了'[①],"我说着就转过身去。

"不,不!"他忙不迭地说,挡住了我的去路——"原谅我,我非得到你的宽恕不可。明天我就离开你,可能就此再没有机会同你说话了。我错了,竟然忘乎所以——也忘了你的身份;我恳求你不念既往,宽恕我的鲁莽放肆,就当我从来没有说过那些话;因为,请你相信我,我痛悔自己说了那些话,而失去你的尊敬是对我太严厉的处罚——我实在受不了。"

"健忘不是可以凭一个人的愿望就能得到的;我无法把我的敬意赋予所有希望得到它的人,除非他们也值得我这样做。"

"只要你宽恕我这次冒犯,我将会认为,把此生用来尽力使自己值得你的尊敬,就不算虚度了——请你宽恕我,好吗?"

"好。"

"好?可是你的口气这么冷淡。请把你的手伸给我,我才会

[①] 引自《圣经·新约·约翰福音》第8章第11节。

相信。——你不愿伸手?这么说,亨廷顿太太,你并不宽恕我!"

"我宽恕的——喏,这是我的手,连同我的宽恕。只是——'不要再犯罪了'。"

他热情地紧握了一下我冷冰冰的手,不过一言不发,站到一边让我通过进入客厅,此时所有的人都聚集在那儿。格里姆斯比先生靠近门口坐着,他看见哈格雷夫几乎紧跟着我走进屋来,便在我走过他跟前时,斜眼朝我投来教人受不了的意味深长的一瞥。我盯住他的脸,直到他绷起脸转过头去,如果不是感到惭愧的话,至少是一时间感到惊慌失措。与此同时,哈特斯利一把抓住了哈格雷夫的手臂,正向他打着耳喳子——讲的无疑是些粗俗的打趣话,因为后者既不笑也不答理,仅仅微微撇了撇嘴,便掉转身,挣脱开他的手,走到他母亲面前,而她正在告诉洛勃罗勋爵自己有多少理由为她的儿子自豪。

谢天谢地,他们明天全都要走了。

第三十六章
双方孤寂

1824年12月20日——今天是我们结婚大庆的三周年。我们的客人们已经离开了两个月,让我们两人单独相处;而我已经历了九个星期的这种新阶段的夫妇生活——即两个人作为这个家的主人和主妇,作为一个可爱活泼的小孩的双亲,住在一起,双方都明白在他们之间不存在爱情、友谊或同情。我尽我的力量与他和平相处,以无懈可击的礼貌对待他,只要可以合理地做到,我总是为他的方便让路,以通常处理事务的方式与他商量家务事,顺从他的愿望和意见,即使明知他的意见不如我高明的时候也百依百顺。

至于他,在开头一两个星期里,显得恼火而烦闷——我猜想是由于他亲爱的安娜贝拉走了——尤其对我不高兴:认为我做的事全都是错的;说我铁石心肠、冷酷、残忍,见了我那张愁眉不展的苍白面孔就讨厌;我的嗓音使他不寒而栗,他真不知道自己怎么能同我一起过冬,还说我会把他慢慢地折磨死。于是我又提出分居,可是还是不行。他说他不愿意让四邻五舍的所有老碎嘴子说闲话,他不愿意人家说他是个凶神恶煞,弄得他妻子都没法与他同住——不行,他得千方百计忍受与我同住。

"你的意思是说,我得千方百计忍受与你同住,"我说,"因为只要我这么真心实意而出色地尽到作为管事和主妇的责任,既不拿工资又没有人向我道谢,你就犯不着与我分手。因此等到对我的奴役变得教我受不了时,我就会停止尽这些义务。"我认为要是有什么可以对他起制约作用的话,那就是这个威胁。

我相信，他见我听了他冒犯我的话并不觉得更难受，感到非常失望，因为他每次说了特别有心要刺痛我的话之后，总要用搜索的眼光瞅着我的脸，然后对我的"冷酷的心"或者我的"残忍的麻木不仁"大发怨言。要是我痛哭起来，哀悼失去了他的爱情，他就也许会屈尊来怜悯我，宠爱我一阵子，这仅仅是为了缓和一下他的孤寂感，安慰一下自己与心爱的安娜贝拉离别的痛苦，直到能够与她重逢，或者再遇上别的可以取代的合适对象。感谢上帝，我可并不那么软弱！我曾经一度被一种愚蠢糊涂的爱情搞得六神无主，竟然不顾他毫无可取之处，依恋着他，但是这种爱情如今已经无影无踪——被彻底扑灭了，完全枯萎了；而这只能怪他自己和他自己的罪恶。

起初（我猜想是为了服从他情妇的禁令），他出色地避免借酒消愁；可是后来终于开始放松了在道德上的努力，不时有点越轨，而且继续如此——不，有时并非只有点儿越轨。遇上他受到了这种过量饮酒所引起的刺激作用，有时会突然发怒，企图干出蛮横的事来；于是我就几乎并不竭力忍住我的嘲笑和反感；遇上此种后果使他产生了抑郁感，他就悲叹自己的苦难和过失，但却都归咎于我；他知道这种纵饮有碍他的健康，于他有害无益；可是他说都怪我的作风不合人情、不尽妇道才逼得他如此；这样最终会毁了他，不过这完全是我的过错——至此我被惹得为自己辩护起来——有时候还狠狠地反责他。这是一种教我无法耐心地忍受的冤屈。我难道不曾长期竭力挽救他摆脱这个恶癖吗？要是我能够的话，难道我不仍然会尽力挽救他吗？可是明知他藐视我，我岂能用讨好他、爱抚他的办法来挽救他？我已经失去了对他的影响，或者说，他已经丧失了获得我关心的一切权利，难道这是我的过错吗？再说，在我觉得自己憎恨他而他也瞧不起我的情况下——同时也明知他仍继续与洛勃罗勋爵夫人在通信，难道我应当谋求与他言归于好吗？不，决不，决不。决不！他可以喝得置自己于死地，这可不是我的过错！

然而我仍然尽我的本分来挽救他。我让他明白喝酒使他目光呆滞，面孔红肿起来，还会使他的身心都变得低能；要是让安娜贝拉像我这样经常见到他，她会很快对他不再着迷的；要是他继续这样下去，是肯定会失去她的欢心的。这种进劝的方式博得的仅仅是对我的一顿臭骂——而且我真的几乎感到自己也是活该，因为我实在不喜欢使用这种论点，可是这些话却深入到他那麻木不仁的心里，使他停下来想想，并且戒了酒，我所能说的其他任何话都不如这种话顶用。

目前我因他不在家而暂时感到松了一口气。他同哈格雷夫一起去参加一处远地的狩猎，可能要到明天晚上才回来。过去他不在家的时候，我的感觉与此多么不同啊！

哈格雷夫先生仍然待在园林庄园。他和阿瑟常常相约一同去乡下打猎消遣。他常常来我们家访问，阿瑟也常常骑马上他家去。我并不认为这两个所谓的朋友之间彼此洋溢着热爱；不过这种交往有助于消遣时光，而我非常乐意如此继续下去，因为这样我便可以少和阿瑟不愉快地待在一起，同时又给了他较好的消遣，免得他纵情狂饮。我反对哈格雷夫先生待在附近的唯一原因是担心在园林庄园遇见他，以致使我不能那么经常地去看他的妹妹（否则我是会常去的）。因为近来他以那么正确的礼节对待我，使我几乎忘记了他先前的行为。我猜想他正努力要"赢得我的尊敬"。如果他继续这么干下去，就可能赢得——可是接下去又会怎么样呢？只要他一旦企图要求得到更多的东西，他就会再一次失去我的尊敬。

2月10日——一个人的柔情和善意被人当面拒绝，可是一件难以忍受而叫人怨恨的事啊。我开始怜悯我的坏配偶了——我可怜他这种凄凉的得不到安慰的状态，事实上无法通过理性方面的安慰以及对上帝作问心无愧的回答来得到缓解——我开始认为应该牺牲我的自尊心，再次努力使他的家惬意些，把他领回到善良的路上来；用的不是假装的爱情，也不是做作的同情，而是缓和一下我惯用的冷淡态度,只要有机会,便把我那种生硬的礼貌变换成友好的态度;而且我不仅有这样的想法,也已经开始将其付诸行动了——那末结果怎么样呢?没有一丁点儿与之相呼应的友好态度——没有觉醒的悔悟,有的只是无法平息的坏脾气和专横苛求的态度,并且被任性弄得越发厉害了;而且他每次在我的态度中察觉出一种怜悯的温情,便闪现出暗自得意扬扬、自我陶醉的神情,每当出现这一现象,我的心就冷却下来,变得像大理石一样坚硬;而今天早上他算是把事情做绝了——我以为自己终于达到了绝对坚硬的程度,再没有什么能使我软化了。在他的信件中,有一封使他带着不常见的满意神情细细读着,接着把它从桌子对面扔给我,训诫我道:

"给!念一念,从中吸取教训!"

那是洛勃罗勋爵夫人的奔放有力的笔迹。我把头一页匆匆地看了一遍;信中似乎充满了过分热情的表白;迫切渴望快快再次相聚;不虔敬地反抗上帝的训诫,抱怨上帝拆散他们的命运,使他们双双不得不与他们所无法爱的人结婚,注定受到这可恨的婚姻的束缚。他见我变了脸色,发出轻轻的窃笑。我把信折好,站起来交还给他,只说了这么一句话:

"谢谢你——我会从中吸取教训的!"

此时,我的小阿瑟正站在他的两膝之间,高兴地玩弄着他手指上那只亮闪闪的红宝石戒指。我突然受到一个迫切的冲动的驱使,要把我的儿子从这个毒害人的影响中解救出来,便倏地把他抱起来,将他抱出房去。孩子不喜欢我把他猝然抱走,撅起嘴哭起来了。这对我那颗已经受尽折磨的心是个新的打击。我不愿放他走,而是把他带到书房里,关上门,跪在他身边的地板上,拥抱他,吻他,出于对他的热爱而对着他哭了起来。他非但不因此得到安慰,却见状吓坏了,转开身去挣脱我,大声叫唤要爸爸。我放开手臂让他走掉,再没有比此时使我模糊、灼热的眼睛看不见他的泪水再辛酸的了。他的父亲听见他的叫唤就来到屋里。我立即掉转脸去，唯恐让他瞧见并误解我激动的情绪。他臭骂了我之后便把此时已平静下来的孩子领走了。

这是件难以忍受的事，我的小宝贝竟然爱他甚于爱我；而我完全是为了我儿子的幸福和教养才活着的，却竟然得眼看自己对孩子的影响被这样一个人所摧毁，他这种只顾自己的感情要比最冷淡的漠不关心或者最严厉的暴虐行为更为有害。遇上我为了孩子的好，不允许他有某种小小的放纵行为时，他就去找他父亲，而后者，尽管只顾自己、懒得要命，居然会为了迎合孩子的愿望给自己添一点儿麻烦；遇上我企图抑制他的欲望，或者由于孩子不听话做了某种错事而严肃地望着他时，他知道他的另一个家长自会向他微笑，并且袒护他来反对我。因此我不仅得与儿子心中的父亲的灵魂作斗争，找出并消灭他那些具有邪恶倾向的细菌，抵制他在未来的生活中的败坏道德的交往和榜样，而且他已经阻碍了我为孩子的好处所作出的艰巨努力，破坏了我对他的幼小心灵的影响，甚至还从我手里夺走了他的爱——除此以外，我在世上已没有什么指望了，而他看来正像恶魔一样高兴地把它夺走。

可是感到绝望是错误的；我要记住那位受神灵启示的作者①的忠告，他说："你们中间谁是敬畏耶和华听从他仆人之话的，这人行在暗中，没有亮光，当依靠耶和华的名，仗赖自己的上帝。"

---

① 指古犹太王国的先知以赛亚。下面的引文见《圣经·旧约·以赛亚书》第50章第10节。

第三十七章
再谈邻居

1825年12月20日——又过了一年；我对尘世感到厌倦。然而，我决不会希望离开它；无论我在此地遇到什么样的苦难，我都不会希望一走了事，把我的小宝贝独个儿留在这黑暗和邪恶的世界上，没有一个朋友来引导他通过它那令人走得累乏的迷宫，警告他别陷入世上的成千上万个陷阱，保护他躲避从四面八方向他袭来的危险。我知道自己并不完全适宜做他的唯一伴侣；可是又没有其他人可以填补我的位置。我这人太严肃了，不能有助于使他得到娱乐，不能像一位保姆或者母亲所应当做的那样，陪他一起玩那些孩子气的游戏，而且他频频爆发的高兴劲儿，往往引起我的烦恼和惊恐，因为我从中看出他父亲的精神和气质，不禁为其后果感到不寒而栗；对于我应当分享的天真的欢乐，我又过多地泼冷水。与此相反，在那做父亲的心上却毫无愁虑的负担——对于他儿子将来的福利他并不担心，也没有顾忌；尤其在晚上，孩子见到他的时间最长，次数也最多，他总是格外快活和直率，见到任何事动辄发笑，随时与任何人——除了我——都会开玩笑；在这时候，我却特别沉默和阴郁。因此，孩子当然也就偏爱表面上显得又快活又有趣、总是溺爱他的爸爸，而且随时会乐意离开我去与爸爸待在一块儿。这情况使我感到非常烦恼；这与其说是为了我儿子的爱（尽管我极其珍视这份爱，尽管我觉得这是我的权利，而且知道我是经过千辛万苦才赢得它的），不如说是为了对他的影响的问题。为了他本人的利益，我愿意付出任何代价去取得并保住这种影响，而他的父亲却完全为了泄恨要将这影响从我处夺走，又纯然出于无聊的利己主义的动机，喜欢去独自赢得它，而且偏偏利用它来折磨我，并毁了这孩子。我唯一可以告慰的是，他在家的时间较少，当他在伦敦或者其他地方过上几个月的时候，我就有机会收回我所失去的阵地，并且以善良去征服他出于任性以致处理不当而造成的恶果。可是，见他回家来拼命破坏我的工作，使我那天真无邪而多情温顺的宝贝变成一个自私自利而不肯听话的淘气孩子，却是对我的一种痛苦的折磨；他就这样为那么成功地在自己堕落的本性中所培养的那些恶习准备好一片温床。

幸运的是，过去的那个秋季阿瑟没有邀请任何"朋友"来草谷庄园；他是自己去探望他们中的一些人的。我希望他总是这么做，也希望他有许许多多朋友，并且与他亲密得能使他一年到头和他们待在一起。使我相当烦恼的是，哈格雷夫先生没有陪他一同去；不过我认为自己终于已和这位先生了结了关系。

七八个月以来，他的行为非常得体，又处理得很巧妙，以致我几乎完全放松了提防，真的开始把他当作朋友，甚至也如此对待他，只加以某些谨慎的限制（我还认为这些限制几乎是没有必要的）；于是他便利用我对他不加猜疑这一点，认为可以冒险越过他保持已久的合乎礼仪的稳重而恰当的界线。事情发生在五月底的一个令人愉快的夜晚，当时我正在花园里漫步，他呢，骑着马经过，见到我在那儿，便擅自进了花园朝我驰来，下了马，把马留在园门口。自从我一个人被留下在家里以来，他这还是初次没有他母亲或者妹妹做伴为约束，甚至连替她们送信的借口也没有，大胆地走进这片园地。不过他设法显得很平静从容，他的友好态度既谦恭又沉着，使我对他这一不寻常的冒昧行动，尽管有点儿惊讶，却并不惊慌，也不生气，于是他陪我在榉树下和池边散步，十分生动、雅致而又明智地谈了许多话题，我这才开始考虑如何摆脱他。接着，有一阵子的沉默，这期间我们俩都站着，凝视着纹丝不动的蓝色池水；我反复思量把我这同伴彬彬有礼地打发走的最好办法,而他呢,无疑正在仔细掂量着其他事情,那是同样与唯一呈现于他的耳目前的可爱景色和声响毫不相干的——他突然用一种异常的音调,低沉、柔和却又十分清晰,开始倾吐表示真挚炽热的爱情的最直率的语句,使我大吃一惊。他以所有能用上的、有助于他的大胆而又巧妙的口才为自己辩护。可是我打断了他的恳求,毅然决然地拒绝了他,态度傲慢而愤怒,对他那颗愚昧的心表示冷漠的忧伤和怜悯,使他感到惊讶和受辱,便不快地走了。几天后,我听说他上伦敦去了。不过过了八九个星期之后他回来了——并不完全避开我,而是表现出一种很奇异的态度,使得他那个眼快的妹妹不能不注意到这个变化。

"亨廷顿太太,你对沃尔特干什么了?"有一天早上我到园林庄园去拜访他们,哈格雷夫出于礼貌,非常冷淡地和我交谈了几句话之后刚走出房间,他的小妹妹就问我。"他最近客气和庄重极了,我想不出到底是怎么回事,莫非是你使他非常生气了?告诉我是什么事,我才可以来调解,使你们再和好如初。"

"我并没有主动干什么事使他生气,"我说。"要是他生气了,那末最好由他自己来告诉你是怎么回事。"

"我来问他,"这个轻率的姑娘大声说,一边跳起身来,把头伸出窗外,"他不过是在花园里——沃尔特!"

"不行,不行,埃丝特!你要是问他,就会使我大大生气的;我会马上离开你,今后几个月内也许几年内都不会再来了。"

"你叫我吗,埃丝特?"她的哥哥在外边走近窗前,问道。

"是的,我要请你——"

"再见,埃丝特,"我抓起她的一只手,使劲地捏着说道。

"要请你,"她接着说下去,"替我摘一朵蔷薇花来给亨廷顿太太。"他走开了。"亨廷顿太太,"她转向我,依然紧握着我的手,大声说,"你真叫我吓坏了——你同他一样生着气,疏远冷淡。我决意在你走之前,使你们成为像以前一样的好朋友。"

"埃丝特,你怎么可以这么粗鲁!"哈格雷夫太太嚷道,她正端庄地坐在她的安乐椅中织毛线。"你真的怎么也学不会去表现得像一位小姐!"

"得了,妈妈,你说过,你自己——"可是她的妈妈举起一根手指,很严厉地摇了一下头,就把这位年轻小姐的话截住了。

"她的脾气多坏呀,不是吗?"她轻声对我说;不过我还没来得及加上一句责备话,哈格雷夫先生已经又在窗前出现,手里拿着一朵美丽的毛萼蔷薇。

"拿去,埃丝特,我给你摘来蔷薇花了,"他说着把那朵花朝她递去。

"你自己给她,你这个木头人!"她嚷着从我们两人中间向后跳开。

"亨廷顿太太可情愿从你的手中接过去,"他用很认真的语气答道,不过压低了嗓门不让他母亲听见。他的妹妹接过蔷薇花交给我。

"亨廷顿太太,我哥哥向你致意,他希望你和他不久会取得更好的谅解——这么说行吗,沃尔特?"这个莽撞的姑娘添上一句,因为他站着倚靠在窗台上,她便转向他,伸出一只胳臂搂住他的脖子——"要不,我是不是应该说你为自己的暴躁感到抱歉?或者说你希望她会原谅你的无礼?"

"你这个傻姑娘!你不知道自己在说些什么,"他严肃地说。

"我确实不知道,因为我完全给蒙在鼓里。"

"喂,埃丝特,"哈格雷夫太太插嘴道,要是说她对我们疏远这一问题同样不明真相的话,她至少能看出她女儿的举止很不得体,"我非要你离开这个房间不可!"

"哈格雷夫太太,请别这样,因为我就要走了,"我说完这句话便立即告辞。

大约过了一星期,哈格雷夫先生带了他的小妹妹一同来看我。起初,他的表现和平常一样,冷淡,疏远,有点儿庄重,又有点儿消沉,完全是一副生气的样子;但是这次埃丝特对此只字不提；显然她已经被教育得懂礼貌些了。她跟我交谈，跟小阿瑟一块儿笑呀蹦的，他是她所爱的可爱游伴。使我有点儿不安的是，他把她引出房间到门厅里去奔跑，再从那儿奔到花园里去。我站起来去拨炉火。哈格雷夫先生问我是不是觉得冷，便把房门关上了——这是个很不得当的殷勤举动，因为我已经打算如果这两个喧闹的游伴不很快就回进屋来，就要去找他们。接着他擅自走到炉边，问我是否知道亨廷顿先生这时正在洛勃罗勋爵的邸宅里，而且很可能继续在那儿待上一段时间。

"我不知道，不过也无关紧要，"我毫不介意地答道；要是说我的面颊像火一般红的话，那是由那句问话，而不是由那问话所传来的消息所引起的。

"你不反对那事？"他问。

"只要洛勃罗勋爵喜欢他这位客人，我一点也不反对。"

"那末你一点儿也不爱他了？"

"一点儿也不。"

"我早就知道是这样的——我知道你生就品格高尚、心地纯洁，因此没法继续用愤怒和不胜蔑视的厌恶之外的其他感情来对待一个如此虚伪而且败坏透顶的人！"

"难道他不是你的朋友吗？"我问道，一边把我的眼光从炉火上移到他的脸上，我的眼神里可能含有一点他认为针对另一个人的那些感情。

"他过去是，"他仍然用与以前同样沉着而严肃的态度回答，"不过请你不要误解我，以为我会对能够如此无耻地——如此邪恶地抛弃并伤害一个这么卓越的人的男人维持友谊和尊敬——好吧，我不说这些了。可是请告诉我，你难道从没想到要报复吗？"

"报复！没有——那么干又有什么好处？——那样是不会使他好点儿的，也不会使我快活些。"

"亨廷顿太太，我不知道该怎样跟你谈话了，"他微笑着说，"你只是半个女人——你的天性一定是半凡人半天使的。这种善良把我镇住了；真叫我摸不着头脑是怎么回事。"

"如果像你所承认的那样，我这么个普普通通的人居然比你好得那么多，那末，先生，我恐怕你一定比你应该的那样要坏得多了——而且既然我们两人这么不投合，我想我们最好各自去找更合意的朋友吧。"我说着立即走到窗前，开始用目光寻找我的小儿子和他那快活的年轻朋友。

"不，我坚决认为我是个普通人，"哈格雷夫先生回答说。"我不愿承认自己比我的同伴们坏；可是你，夫人——我同样坚决认为没有一个人及得上你。可是你快活吗？"他用恳切的语气问道。

"我想，我同其他有些人一样快活。"

"你是不是快活到你所希望的程度？"

"在没有进入永生之前，没有人会快活到这个地步。"

"可是有件事我很清楚，"他深深地悲叹了一声，说道，"那就是，你比我快活得无法估量。"

"那末我很替你难过，"我禁不住如此回答他。

"你确实是这样吗？——不——因为如果你真是这样，你就会乐于解救我的。"

"要是我这么做不会伤害自己和任何其他人的话，我会做的。"

"难道你以为我会希望你伤害自己吗？——不；正相反，我更渴望的是你的幸福，而不是我自己的。亨廷顿太太，你目前是痛苦的，"他大胆地盯住我的脸，接着说。"你没有诉苦，可是我看得出——感觉得到——知道你是痛苦的——而且，只要你继续在你那颗仍然跳动着的热情的心周围保持着那些穿不透的冰墙，你就必定会一直苦下去——而我也很痛苦。请你垂顾，对我微笑一下，那末我就快活了；信赖我，你就也会快活，因为如果你正是一个女人，我就能使你快活——而且能使你不由自主地快活起来！"他低声说，"至于其他人么，这只是我们两人之间的问题；

你也知道,你是不会伤害你的丈夫的;而此外就没有其他人与这件事有任何关系了。"

"哈格雷夫先生,我有一个儿子,而你有一位母亲,"我说着便从他刚才尾随我去到那儿的窗前走开。

"没有必要让他们知道,"他开始说,不过此时埃丝特和小阿瑟回进屋来,我们也就谁也没能再说什么了。埃丝特朝沃尔特的兴奋得发红的脸望望,接着朝我望望——我想,尽管原因截然不同,我的脸色也有一点儿红和兴奋。她一定以为我们激烈地争吵了一场,显然对这个情况感到困惑和烦恼;可是她顾及礼貌,要不就是害怕惹她的哥哥生气,因而对此不发一言。她在沙发上坐下来,把乱糟糟地披在脸上的浓密的金黄色鬈发往后捋平,便马上谈起花园和她的小游伴,用她平时的语气喋喋不休地直讲到她哥哥叫她一起走为止。

"如果我话说得太热烈,请你宽恕我,"他告辞的时候轻声说,"否则我永远不会宽恕自己。"

埃丝特微微一笑,朝我看看,我仅仅弯了一下腰,她的脸色便变得阴沉了。她认为如此还报沃尔特的宽大的让步是很不够的,对她的朋友感到失望。这可怜的孩子,她对处身其中的世界太不了解啦!

这次以后,一连几个星期哈格雷夫先生都没有与我再私下相会的机会;不过等他真遇上我的时候,他的态度可不像以前那么傲慢,却更显出令人感动的忧郁神情。唉,他使我多么厌烦啊!我终于不得不几乎完全停止去园林庄园拜访,这使哈格雷夫太太大感不快,还使可怜的埃丝特真心感到苦恼,后者确实重视与我交往——因为她没有更好的人做伴,而且按理来说,她也不该为她哥哥的过错而受罪。可是那个不屈不挠的对手却还没有被击败,他似乎老是在等待着时机。我常常瞧见他骑着马缓缓经过我的房屋,一边用搜索的目光朝四下望着——有时候我没有瞧见,是雷切尔瞧见的。这个目光锐利的女人不久就猜到了我们之间发生的事情，由于她是从位置较高的育婴室的窗口遥望到敌人的行动的，因此要是瞧见我准备出去散步，而她有理由相信他就在附近，或者认为在我要经过的路上，他会遇上我或者赶上我，她便暗地通知我。于是我就推迟去散步的时间，或者那天一整天闭门不出，只待在花园和果园里——或者，如果我打算作的那次短途旅行是为了什么要紧事，诸如去探望有病痛者，我就带雷切尔一同去，这样我就从来没有受到过打扰。

可是在11月上旬一个温暖晴朗的日子，我冒险独个儿去访问乡村学校和几家贫穷的佃户。在归途中，我听见身后传来一阵马蹄的得得声，那马正又快又稳地一路小跑而来，不禁吓了一跳。近旁的树篱上既没有阶梯又没有豁口，否则我可以逃进田地里去。于是我只好沉着地朝前走去，自忖着：

"也许根本不是他；如果是他，如果他真要缠住我的话——那末这也是最后一次了——我确有把握，只要声色俱厉，他的这种没完没了的厚脸皮行为和令人作呕的自作多情是可以对付得了的。"

不一会儿，马赶上了我，而且就在我身边被勒住了。正是哈格雷夫先生。他带着微笑问候我，打算使自己的笑容显得温柔而忧郁，可是由于他终于追上了我的得意心情使他喜形于色，以致他的装模作样失败了。我简单地回答了他的问候，又问候了园林庄园的太太小姐，便转身继续走我的路；可是他跟了上来，始终策马靠着我走，显然打算一路上与我做伴。

"好！我也不太在乎，如果你还要讨一次没趣，就来吧——而且欢迎你，"我在心里这么说。"好吧，先生，下一步要干什么？"

这句问话虽然没有说出口，但不久就得到答复。对无关紧要的话题随便谈了几句之后，他开始用庄重的语气恳求我发发慈悲如下：

"亨廷顿太太，自从我头一次见到你，到明年四月将是四个年头了——你可能已经忘记了当时的情况，可是我永远不会忘记——那时候我就非常崇拜你,但是不敢爱你;到了那年秋天,我注意到了你那么多的优点,使我没法不爱上你,尽管我不敢流露出来。我忍受着极度的痛苦,已经有三年多了。由于抑制着的感情、强烈而又未见成效的渴望、默默的悲哀、遭挫折的希望和被蔑视的爱情,我身受了我无以言喻而你也无法想象的极大痛苦——而你正是这一切的起因——而且你也是并非一无所知的。我的青春年华正在白白地浪费掉,我的前途暗淡,我的生活一片凄凉,我日日夜夜没有片刻安宁,我成了自己和别人的累赘——而你只消说一句话,看我一眼,就可以救我——可你就是不肯——我说得对吗?"

"首先,我不相信你,"我回答说,"其次,如果你要做这样的傻瓜,我也没法阻止你。"

他热切地回答道:"如果你假装把我们天性中最美好、最强烈、最神圣的冲动看做愚蠢——那我就不相信你——我知道你不是像你假装的那样冰冷无情的人——你以前有过一颗心,你把它给了你的丈夫。当你发现他根本不配得到这个珍宝,便把它收了回去——而且你总不至于会假装那么深深地、忠诚地爱着那个耽于声色、思想粗陋的浪子,以致永远不能再爱别人了吧?——我知道在你的本性里还蕴藏着一些从未被触发过的感情——我还知道,处于目前这种被忽视的孤独的状态中,你是,而且一定是痛苦的。你有能力把两个人从受苦的现状中提高到只有宽宏大量、崇高忘我的爱所能给予的那种无法形容的幸福中去(因为只要你愿意,你是能爱我的;你大可以告诉我说,你藐视我、嫌弃我,可是——既然你为我做出了讲话直率的榜样——我就要答复你说,我不相信你的话!),但是你就是不肯那么做!你宁可听任我们俩受苦;而且你还冷冷地告诉我说,我们应该维持原状是上帝的旨意。你也许能把这个称作宗教信仰,可是我说这是狂热的盲信!"

"你我都还有一个来生,"我说。"如果按上帝的旨意我们现在应该含着泪水播种,那完全是为了我们来生可以欢乐地收获。他的旨意是我们不该为满足自己的尘世间的情欲而伤害别人;而且你有母亲、妹妹和朋友,他们会因你的不光彩行为而受到严重的伤害;而我也有朋友,决不可以让我的享乐——或者在我同意之下,也因你的享乐去牺牲他们的平静心情——再说,即使在世上我是孤零零的孑然一身,我还有我的上帝和我的宗教信仰;要我玷污自己内心的倾向,去对上帝背信弃义,以挣得短暂的几年虚假而转瞬即逝的欢乐,我是宁可去死的。而且这种欢乐——对我或者其他任何人来说——肯定甚至在今世就会悲惨地结束的!"

"不必有什么不光彩的行为——在任何方面也不会有痛苦或者牺牲,"他坚持道。"我并不要求你脱离你的家庭或者公然反抗外界的评价。"——不过我没有必要把他的全部论点都重述一遍。我尽力驳斥了他,可是我的力量在当时小得使我恼火,这是因为他竟然胆敢对我如此说话,使我由于愤慨——甚至由于羞愧——而过于慌张得无法保持充分运用思维和语言的能力来恰当地向他的强有力的诡辩进行斗争。然而,我发现他根本不服理,甚至为他自己表面上的优势而暗中沾沾自喜,而且敢于嘲笑那些我无法冷静地加以证明的断言,我便改变方针,试试另一种方法。

"你真心爱我吗?"我严肃地问道,暂不说下去,只镇静地望着他的脸。

"我会不爱你!"他嚷了起来。

"忠诚地?"我问。

他脸上顿时露出喜色;他以为胜利在握了,便开始对自己的依恋之情有多么忠实、多么热烈,作了一番热情的表白,而我却用另一句话打断了他:

"但是难道这不是一种自私的爱情吗?——你有没有足够的无私的感情,使你能为我的欢乐而牺牲自己的欢乐?"

"我愿意豁出我的命来为你服务。"

"我并不要你的命——不过你对我的苦恼有没有真正的同

情，足以促使你冒着使你自己多少有点不舒适的风险去尽力免除我的苦恼？"

"考验我，你就会知道！"

"如果你有——那就永远别再提这件事吧。不论你用什么方法重提此事，都会成倍地加重你那么动情地惋惜的那些苦恼事。除了因问心无愧而感到的安慰和对上帝满怀希望的信赖之外，我已一无所有，而你却不断地竭力要把我的这些东西夺走。要是你坚持这么干，我就只能把你看做我的不共戴天的敌人。"

"不过请再听我说一会儿——"

"不，先生！你说过愿意豁出命来为我服务，而我只要求你对某一件事保持沉默。我已经把话说清楚了，而我说的都是真心话。如果你再这样折磨我，我就必须断定你的那些斩钉截铁的话完全是虚伪的，你在心里把我恨得像你假装爱我一样强烈！"

他咬住了嘴唇，眼睛盯着地面，默不作声了一会儿。

"那我必须离开你了，"他终于说道，把眼睛紧紧盯着我，仿佛还怀着最后的希望，想发现这句庄重的话所唤醒的控制不住的极度苦恼或惊慌。"我必须离开你。我不能住在这儿，同时又对我思想和愿望所专注的问题永远保持沉默。"

"我相信你过去待在家里的时间并不多，"我答道。"那末你再离家一时，对你也没有什么不好——如果真有此必要的话。"

"如果真有此可能的话，"他低声说道——"而你竟然能这么冷淡地盼咐我走！你真的希望这样吗？"

"我绝对希望这样。要是你在见到我时都像最近这一阵那样折磨我，我是很高兴跟你告别，再也不见你的。"

他对此不作答，只从他的马背上弯下身来，向我伸出一只手。我抬头望望他的脸，瞧见这脸上带着一种真正的极度内心痛苦，其中最主要的成分不知是失望的悲痛呢，还是受挫的自尊心，还是恋恋不舍的爱，或者还是炽烈的暴怒，这使我不能再有所犹豫，便伸手搁在他的手中，就像与一个朋友握别一样真诚。

他紧紧地握了握我的手,便立即用踢马刺扎进马腹,飞驰而去。没有过多久,我听说他去巴黎了,至今还待在那儿。他在那儿越久,对我就越好。

我为这一解脱感谢上帝!

第三十八章
受害者

1826年12月20日——今天是我结婚的五周年日子,我相信这将是我住在这座邸宅里的最后一年。我已下定决心,计划已经制订,而且有一部分已经付诸实施。我的良心并不责备我,不过在我的意图成熟的同时,为了满足我自己的意愿,让我以记下事实经过来消磨这些漫长的冬夜吧——这确是一种可悲的消遣,可是它具备一种有益活动的样子,又是作为一项任务来进行的,因此它比轻松些的消遣方式更适合我。

在9月里,宁静的草谷庄园又被一群女士先生们("所谓的"女士先生们)搞得热闹起来。他们包括前年所邀请的那些人,另外加上包括哈格雷夫太太和她的小女儿等两三个人。那些先生和洛勃罗勋爵夫人是为男主人的愿望和方便而邀请的,而其他的女士们我想是请来装点门面的,同时也借此来约束我,使我的举止谨慎有礼。可是女士们只待了三个星期,而先生们,除了两个例外,则都待了两个多月,因为他们那殷勤的款待者不愿意与他们分手,并且不愿意单独同自己的聪明才智、清白无瑕的良心和他曾爱过而也爱他的妻子在一起。

洛勃罗勋爵夫人到达的那天,我尾随她进入她的房间,直率地告诉她,要是我有理由相信她依旧继续与亨廷顿先生私通,我会认为自己绝对有责任把这情况通知她的丈夫——或者至少要唤起他的怀疑——不管这可能会使他多么痛苦,也不管将会导致怎么样的后果。开头,她对这一出乎意外的、坚决而又镇静地发出的宣告吃了一惊;但过了一会儿她便恢复过来,冷冷地回答说,要是我在她的举动中确实发现任何应受严责或者可疑之处,她会慷慨地容许我把这一切都告诉那爵爷。我愿意相信这话,便离开了她;而且在那以后我在她对她的男主人的举止中也的确没有发现任何特别应受指摘或者可疑之处;但是我还得招待其他的客人,也就没有严密地注意他们——因为,老实说,我害怕看到他们之间的任何不轨的事情。我不再把这事看做值得我担心的了,如果说我有责任使洛勃罗勋爵得到启发,那可是桩痛苦的任务,我害怕被要求去履行。

可是我的担心以一种没有预料到的方式被打消了。那是在客人们到达后约两个星期的一天晚上,当时我刚退进书房去待几分钟,以便暂时从强颜欢笑和令人生厌的交谈中解脱出来——因为经过这么长的一段隐居生活,尽管我确实常常感到这种生活沉闷乏味,可我又不能老是忍心践踏自己的感情,强迫我自己谈笑风生、听人闲聊、扮演一个殷勤的女主人的角色——或者还得扮成一个心情愉快的朋友。我刚把自己安置在凸窗的凹处,朝西向窗外望去,见那边正在变得黑魆魆的丘陵被傍晚清澈的琥珀色天光衬托得轮廓分明,而那天光正与高空的纯净的淡蓝色彩交融为一体,渐渐消失。高空中有颗明星放射出光芒,仿佛在许诺——"当行将消失的天光全然逝去,世界不会被撇下在黑暗之中,而凡是信赖上帝的人——他们的心没有被缺乏信仰和罪恶的雾霭所遮暗,将永远不会完全没有慰藉。"这时我听得一阵匆匆而来的脚步声,只见洛勃罗勋爵走进屋来——这间屋子仍旧是他所喜爱的常到之处。他用一反常态的狠劲把门砰的关上,随手扔掉他的帽子,也不管它掉到什么地方。他到底是怎么回事呀?他的脸色苍白得像死人一般,眼睛紧盯着地上,咬紧了牙关,极度痛苦的汗水在额头上闪着亮。显然他终于知道自己受了骗啦!

他没有发觉我在场,开始在屋里十分激动地踱来踱去,使劲地拧着双手,发出轻声的呻吟或者一声声断断续续的喊叫。我动了一下,要让他知道他并非单独一人,可是他因心事重重,竟没有注意到。我想,也许趁他背对着我的时候,我可能穿过房间溜出去而不让他察觉;我站起身来打算尝试,可是这时候他瞧见我了。他吃了一惊,站住不动了一会儿,接着揩干他那汗水淋漓的额头,带着一种不自然的镇静神态朝我走来,用深沉而几乎是阴森森的嗓音说道:

"亨廷顿太太,我明天一定得离开你。"

"明天!"我重复了他所说的这个词儿,"我不必问原因。"

"那你是知道的了——可是居然能这么平静!"他以十分惊讶的目光审视着我,说道。在我看来,这目光中并非没有夹杂着一种由愤恨所引起的悲痛。

"我早就了解了——"我及时地顿住,接着说,"我丈夫的品质,因此没有什么能使我震惊的了。"

"可是这件事——你知道这件事有多久了?"他询问道,把一只紧握着拳头的手搁在他身旁的桌子上,锐利的目光凝视着我的脸。

我觉得自己好像是个罪犯。

"不久,"我回答。

"你过去就知道这事!"他悲痛而又激烈地嚷道——"可是没有告诉我!你帮他们欺骗了我!"

"爵爷,我并没有帮他们欺骗你。"

"那你为什么不早告诉我?"

"因为我知道那样会使你痛苦——我希望她会回心转意来尽她的本分,那样就没有必要使你的感情受折磨,受这种——"

"上帝啊!这事已经有多久了?有多久了,亨廷顿太太?——告诉我——我一定得知道!"他大声嚷道,语气强烈而急切得真吓人。

"我想有两年了吧。"

"老天爷啊!这些年来,她就一直在愚弄我!"他发出一声被抑制的痛苦呻吟,转过身去,突然又激动起来,又在屋子里踱起步来。我感到心上像挨了一下，尽管不知道该怎样安慰他，我还是要试试。

"她是个坏女人，"我说。"她卑鄙地欺骗并背叛了你。她不值得你为之懊恼，也不配你去爱她。别让她再伤害你了。你要自拔，摆脱她的影响，要独立自主。"

"而你，太太，"他停止踱步，转身朝着我严厉地说，"你不够朋友，对我隐瞒真相，你也伤害了我！"

我顿时产生了一种反感，心里浮起一股情绪，它促使我去怨恨对我的由衷同情的这种苛刻回报，并且用严厉的答话来为自己辩护。幸而我并没有顺从这一冲动。我见到他的剧烈痛苦，因为他突然猛击一下自己的前额，倏地转向窗子，抬头望着宁静的天空，激愤地咕哝道，"哦，上帝啊，让我死了吧！"——我觉得在这个已经满溢的杯子里，再加上一滴苦水，才确实是气量太小呢。不过，我担心在我答话时的平静语气中，冷淡成分要多于温和成分：

"我可以提供许多某些人会认为是正当的理由，但是我不打算一一列举——"

"我知道是些什么理由，"他急匆匆地说，"你会说那不关你的事——说我应该照料好自己——说如果是我自己视而不见而使我掉进这个地狱深渊，我是无权责怪别人相信我的长处在于相当精明，而其实并非如此——"

"我承认我错了，"我不顾他这段充满怨恨情绪的插话，接着说下去，"不过不管我是错在缺乏勇气还是对不该施仁慈的人仁慈相待，我都认为你把我责怪得太厉害了。两星期前，洛勃罗勋爵夫人一到我就对她说，如果她继续欺骗你，我肯定会认为我有责任去通知你；她说如果我见她的举动中有任何应受指摘或者可疑之处，我完全有权这么做——但我并没有发现什么，还以为她已经改过自新了。"

我说话的时候，他继续朝窗外凝视着，默不作答，不过我的话唤醒了他的记忆，使他受到刺激，用脚跺跺地板，咬牙切齿，皱起眉头，那模样就像一个肉体上感到剧痛的人。

"错了——错了！"他终于咕哝道。"无可辩解——无可补偿——因为怎么也收不回那几年该诅咒的轻信——怎么也抹不掉那段时间的痕迹！——怎么也不能，怎么也不能！"他一再重复着，在他那低语声中，绝望的痛苦排除了所有的愤恨成分。

"当我向自己提出这件事时，我承认它是错了，"我答道，"可是我现在只能为了我过去没有用这样的眼光来看待这件事，也为了如你所说的过去已怎么也收不回来了而感到遗憾。"

在我的这句答话的嗓音或者精神实质中有些什么东西似乎改变了他的心情。他朝我转过身来，在阴暗的光线下，聚精会神地审视着我的脸，以比原先温和些的语气说道：

"我想你也受了苦吧？"

"开头我非常痛苦。"

"那是在什么时候？"

"两年前；再过两年，你就会同我现在一样平静了——而且我相信还会比我快活得多，因为你是男人，可以爱干什么就干什么。"

有一种像微笑的表情，然而是非常痛苦的微笑，一时在他的脸上掠过。

"你近来不快活吧？"他问道，带着一种要竭力恢复镇静、并决心不再进一步谈论自己的不幸的神情。

"快活！"我几乎被这句问话惹火了，也跟着重复了这个词儿——"我有这么个丈夫，能快活吗？"

"我注意到自从你结婚生活的开头几年以来，你的外貌起了变化，"他继续说。"我对——对那个该死的恶棍说了这事，"他低声咕哝道——"而他却说是你自己的坏脾气在侵蚀你的青春，使你过早衰老而变得丑了，并且使他的家像女修道院的一间斗室一样不舒适——你微笑了，亨廷顿太太——任什么都不能使你激动。但愿我的性格也能像你的一样镇静！"

"我的天性本来并不镇静,"我说,"我是通过严酷的教训,经过了不断的反复努力,才学会显得镇静的。"

在这节骨眼上,哈特斯利先生闯进房来。

"喂,洛勃罗!"他开口说——"哎呀!我请你原谅,"他瞧见了我,便大声说道,"我并不知道你们在密谈。要打起精神来,老兄!"他接着说,重重地捶了一下洛勃罗勋爵的背,这使后者退缩了一下,显出无可言喻的厌恶和恼怒的神情。"来,我要同你讲几句话。"

"那就说吧。"

"不过我不知道要说的话是否适宜让这位太太听。"

"这样就对我也不合适,"爵爷说着就转身要离开房间。

"不,对你会合适的,"对方嚷道,跟着他进了门厅。"如果你有男子汉气概,那些话对你正合适。是这样的,小伙子,"他接着说下去,稍微压低了嗓音,不过并没有低到使我听不清他所说的每一个字的程度,尽管我们之间隔着一扇半闭着的门。"我认为你是个受到不友好对待的人——不,喂,别发火——我不想惹你生气,只是我这个人说话粗鲁罢了。你知道,我必须直说,要不就压根儿不说——而我要来——别走开!听我来解释——我要来帮助你,因为尽管亨廷顿是我的朋友,我们都知道他是个大坏蛋,而眼下我要做你的朋友。我知道你要的是什么,是要解决问题,而这只不过是同他用枪交火而已,那样你就会又觉得好过了。而万一发生了意外——呃,那对于像你这样的一个绝望的人来说,大概也没有什么关系吧。——好吧,来!把手伸给我,别把这事看得多么不吉利。说个时间和地点,其余的事由我来安排。"

"这个,"洛勃罗勋爵用更低沉而不慌不忙的嗓音答道,"正是我的内心——或者是它里面的魔鬼,所提出的补救办法——去和他交锋,而且非流血不分手。不管是我还是他倒下——或者两个人都倒下,对我来说,总会是一种说不出的宽慰,如果——"

"正是这样!好,那末——"

"不行!"爵爷用深沉而坚决的着重语音嚷道。"我虽然从心底里恨他,任何祸患临到他的头上都会使我高兴——但我却要把他交给上帝来处理;虽然我厌恶自己的生命,我也要把它交给赐给我生命的上帝。"

"可是你瞧,在这个情况下——"哈特斯利申辩道。

"我不要听你的!"他的同伴急忙转过身去,大声嚷了起来。"什么也别说了!我反对自己心里的魔鬼已经够我忙的了。"

"那你是个胆小的白痴,我撒手不管你了,"那个诱惑者抱怨道,一边转过身走开了。

"对啊,对啊,洛勃罗勋爵!"我一边喊着一边冲出房去,紧紧握住他的火烫的手,这时他正朝楼梯走去。"我开始认为这个世界配不上你!"

他对于这突然的热情迸发感到不解,转身用一种阴郁而迷惑的诧异目光盯着我,使我对自己凭冲动行事感到惭愧;可是不久便有种较仁慈的表情开始出现在他的脸上,我还来不及抽回我的手,就被他和善地紧紧握住,当他轻声说下面这句话的时候,眼睛里还闪出一道真诚的感情之光:

"愿上帝帮助我们两人!"

"阿门!"我响应道;于是我们便分手了。

我回到客厅里,无疑我的到场是大部分的人所预期,也是一两个人所希望的。在前室里,哈特斯利先生正当着少数几个听众责骂着洛勃罗勋爵的怯懦。听众中有亨廷顿先生,他正懒洋洋地靠在桌子上,为自己那背信弃义的恶行而欢欣,并且嘲笑他的受害者;格里姆斯比先生正站在一旁,默默无言地搓着手,像恶魔似的高兴地抿着嘴笑。他们见我走过时向他们瞥上一眼,哈特斯利即刻停止他的责骂,像头笨牛似的愣住了,格里姆斯比狠毒而凶恶地斜着眼睛对我怒目而视,而我的丈夫则咕哝了一声下流粗野的诅咒。

在客厅里,我见到洛勃罗勋爵夫人,她的心情显然很不令人羡慕，她正过度勉强地装出一副不寻常的愉快活泼的神态，来极力掩盖她的狼狈处境，而在当时的情况下这真是多余之举，因为她已经亲自通知大家，说她丈夫从家里收到不愉快的信息，需要立即离去，还说这事使他烦恼得头痛，变得暴躁，再加上他认为必须为赶紧动身作准备，因此她相信今晚大家不会再见到他了。不过她宣称那只是一件业务方面的事，所以她并不打算为这事烦恼。我进屋时她正这么说着，她用傲慢和挑衅的目光瞥了我一眼，顿时使我又惊讶又反感。

"不过我可给弄烦了，"她接着说，"也感到恼火，因为我认为自己有责任陪爵爷一起走，而我得这么出乎意料地迅速离开我所有的好朋友，当然感到非常遗憾。"

"可是，安娜贝拉，"坐在她身旁的埃丝特说，"我却从没见到你更兴高采烈过。"

"确实是这样，我亲爱的；因为既然看来今晚将是在天晓得什么时候之前我可以快活地度过的最后一个夜晚，我希望尽好地利用和你们在一起的时间；而且我希望给你们大家留个好印象，"——她朝四下扫了一眼，见她的姑母正盯着她看，可能认为这察看未免过于仔细，便倏地站起来继续说——"为此，我将给你们唱一首歌——好吗，姑母？好吗，亨廷顿太太？好吗，女士们和先生们——你们全体？——很好，我要尽力来逗你们乐。"

她和洛勃罗勋爵住的是我隔壁的那几个房间。我不知道她是怎么过这一夜的，我却是大半夜躺在床上睡不着，听他在离我的房间最近的化妆室中来回踱步时的单调沉重的脚步声。有一次我听见他停下了步，向窗外扔了一样什么东西，同时发出一声激动的喊叫。次晨他们走了以后，在下面花园里一小块草地上发现一把刀刃锋利的折刀，还有一把被折成两段的剃刀深深地扎进壁炉的灰烬中，不过一部分已被在熄灭中的余烬所烧坏。足见引诱他去结束自己悲惨的一生的诱惑是那么强烈，而他抗拒诱惑的决心又是那么坚定。

我躺在床上，听着他那不停顿的脚步声，我的心为他感到悲痛。到目前为止，我关心自己太多，关心他太少了。现在我忘掉了自己的苦恼，只思量着他的——那如此痛遭蹂躏的炽烈的爱情，如此惨遭辜负的多情的忠诚，还有——不，我不想去一一列举他所受的委屈——可是我比以前更恨他的妻子和我的丈夫了，这并非为了我自己的缘故，而是为了他。

"那个男人，"我想道，"成为他的朋友们和对人横加指责的世人的嘲笑对象了。那个亏待他的不忠实的妻子和不可靠的朋友所受到的藐视和贬责还不及他本人所受到的那么多；而且他不愿意报仇雪耻，这使人们更不同情他，使他更丢脸而坏了名声。这一切他全都知道，使他倍感悲哀。他明白这是不公正的，但是没有能力去反对它；他缺乏维持自尊的能力，这种能力引导男子汉对自己的正直感到喜悦，对恶意中伤的敌人毫不畏惧，以藐视还报他们的藐视——或者，更有甚者，使他超脱了尘世的污秽而汹涌的烟雾，去到天国的永恒的阳光中安息。他知道上帝是公正的，不过现在还看不见这公正；他知道人生是短暂的，然而死亡又似乎遥远得使他难以忍受；他相信有一个未来的国度，可是今生的痛苦强烈地吸住了他，以致无法认识到它那令人欢天喜地的安宁。他不得不对着风暴垂下头，同时盲目而绝望地坚持他所知道的正确的事。就像遭到海难的一名水手，他变得眼瞎耳聋，慌了手脚，紧紧依附在一只救生筏上，感觉到波涛在他头上横扫而过，看不到逃生的希望；然而他知道舍此别无指望，只要他还活着，还有知觉，便仍然倾全力抓住了救生筏不放。啊，幸亏我有作为一个朋友的权利去安慰他，并且告诉他，我对他从来没有像今天晚上这样高度地尊敬！"

次晨，他们一早就离去，当时除了我，其他人都还没有下楼，而正当我走出我的房间时，洛勃罗勋爵也正走下楼梯去坐马车，此时他的妻子已经坐在里面了；而阿瑟（或者说是亨廷顿先生，我更愿意如此称呼他，因为前者也是我孩子的名字）竟然如此蛮横无礼,穿着晨衣走出屋来同他的"朋友"道别。

"怎么啦,这就要走了,洛勃罗!"他说。"好啊,早安。"他笑嘻嘻地伸出他的手。

我想要不是他见到面前那个大骨骼的拳头本能地往后一缩,对方是会把他一拳击倒的,那个拳头因狂怒而发抖,握得紧紧的,使个个指关节都透过皮肤而发白又发亮。洛勃罗勋爵望着他,脸色因强烈的憎恨而发青,咬牙切齿地咕哝出一句极其恶毒的咒骂,然后走了。他要是能平静地斟酌字句,他是不致会口吐这类字眼的。

"我可要把这个称为非基督教徒精神的表现,"那个恶棍说。"而我是绝对不会为了妻子的缘故放弃一个老朋友的。如果你喜欢的话,你尽可以占有我的妻子,而且我会把这称作漂亮大方——我至多只能提出这个补偿办法,不是吗?"

不过洛勃罗已经走到了楼梯底下,这会儿正穿过门厅;亨廷顿先生俯身在楼梯扶手之上,喊道——"替我向安娜贝拉问好!——我祝愿你们俩旅途快乐,"说完他笑着退进自己的房间。

后来他还表示对于她的离去感到高兴。"她实在太专横严格了,"他说。"现在我又可以不受别人的支配,觉得更自由自在些了。"

除了米莉森特告诉我的,我对于洛勃罗勋爵后来的动态一无所知。她虽然不知道他与她表姐为什么分居,却告诉我情况确实如此:他们俩完全分居两个住宅,她表姐在城里和乡间过着寻欢作乐、兴致勃勃的生活,他则在他的那座北方古堡里过着严格的隐居生活。他们有两个孩子,都由他自己保护着。他的儿子,也即他的嗣子,是一个有出息的孩子,年纪与我的小阿瑟差不多,对于他的父亲来说,无疑是希望和安慰所寄托的对象;可是另一个小女孩,他则可能完全为了谨慎起见才把她留在身边,认为把她丢给像她母亲这样的女人去教育,去学她的榜样,是错误的。她是个介于一岁和两岁之间的小女孩,长着蓝眼睛和淡金棕色的头发。那个做母亲的从来不喜欢孩子，对于自己的孩子也没有什么天生的母爱，以致使我想起她被如此完全与他们分开，被免去照管他们的操劳和责任，会不会认为是一种宽慰。

洛勃罗勋爵和夫人走后没有几天，其余的女士们也离开了草谷庄园。她们也许原会待得更久些的，可是男主人和女主人都不坚持要求她们延长访问——事实上，前者乐于摆脱她们的态度十分明显——于是哈格雷夫太太带着她的两个女儿和外孙们（如今已有三个了）便回园林庄园去了。可是先生们却继续逗留着。我在上文已经暗示过，亨廷顿先生是拿定主意要尽可能长久地留住他们的。他们既经解除了拘束，便让他们内心的疯狂、愚蠢和蛮横一古脑儿发泄出来，使这幢房子一夜又一夜地出现狂饮、喧嚣和一片混乱的场面。至于他们当中哪个表现得最糟，或者哪个最好，我就说不清了；因为我一发现会发生什么样的事，便打定主意一离开饭厅就退到楼上去，或者把自己反锁在书房里，要等到次晨进早餐时才靠近他们——不过我得为哈格雷夫先生说这样的话，那就是：根据我能看到的他的情况，同其余的人相比，他是一个体面而庄重的绅士风度的典范。

他当初是在其他客人来到后一星期或者十天才来的，因为他们来的时候，他还在欧洲，我当时就一心希望他不接受这次邀请。可是他却接受了，不过在开头几星期里，他对我所采取的态度完全像我所能希望的那样——十分有礼而恭敬，丝毫没有装出沮丧或者气馁的神态，却是相当冷淡，但并不傲慢，举止之中也没有那种明显的拘谨或者冷冰冰的样子，以致会使他的妹妹感到不安或者困惑，并引起他母亲的追究。

第三十九章
逃跑的计划

在这一段艰苦的日子里,最使我忧虑的是我的儿子。他的父亲和他父亲的朋友们以助长一个年幼的孩子所能显示的一切处于萌芽状态的恶习为乐,并且对他所能学到的一切坏习惯给予指导——一句话,他们的主要娱乐之一是要"使他成为男子汉";我没有必要再多说什么来证明我为他感到惊恐,以及我下决心无论如何要把他从这一类教师的手中解救出来是有理由的了。起先,我试图老是把他留在我自己的身边或者儿童室里,特别责令雷切尔,只要这些"绅士们"还逗留着,就绝不要让他下楼去吃甜点心;可是没有用,因为这些命令立即被他的父亲所取消并否决了。他说他决不让这小家伙被一个老保姆和一个该死的蠢母亲搞得烦闷得要死。因此这小家伙不顾他发怒的妈妈,天天晚上下楼来,像他爸爸那样,学着一点点地喝酒,像哈特斯利先生那样咒骂,像一个男子汉那样为所欲为。当他的妈妈试图阻止他的时候,他就叫她见鬼去。眼看这个美丽的小孩带着淘气的天真干这种事,听见他用孩子气的细小声音说出那种话,他们感到特别有趣,觉得滑稽得禁不住要发笑,而我却痛苦难过得无以言喻。他惹得全桌的人都哈哈大笑起来后,便高兴地朝他们逐个望去,在他们的笑声中加入自己的尖锐笑声。不过他那喜洋洋的蓝眼睛望着我的时候,就会霎时失去光芒,他就会有点儿担心地说道——"妈妈,你为什么不笑?爸爸,你弄得她笑吧——她怎么也不会笑嘛。"

因此,我不得不逗留在这些人面兽心的人当中,随时伺机把我的孩子从他们身边带走，而不再像我本来总会做的那样，桌布一经撤走便立刻离开他们。他则从不愿意走，因此我常常不得不硬把他带走；为此他认为我非常残酷而不公正；而有时他的父亲会坚持要我让他留下来——于是我便让他留在他的那些好心的朋友中间，自己退出去孤零零地饱尝痛苦和绝望的味道，或者绞尽脑汁要想出对付这一大坏事的补救办法。

不过，在这里我又得为哈格雷夫先生说句公道话了。我承认自己从来没有瞧见他对孩子的不端行为发笑，也没有听见他对孩子为渴望获得男子汉的本领说过鼓励的话。可是当这个幼小的浪子说出什么非常特别的话或者做出不寻常的事时，我有时候注意到哈格雷夫的脸上有一种我既无法解释又形容不出的奇怪表情——嘴巴的肌肉微微抽搐一下——突然朝孩子，接着朝我飞快地瞥一眼，同时眼光倏地闪耀一下；然后，他肯定在我脸上看到了一种无能为力的冒火和苦恼的表情，这使我以为他脸上浮现出一丝冷酷、强烈而又阴郁的满意表情。不过有一次，小阿瑟的举止特别不好，亨廷顿先生和他的客人们在鼓励他的时候特别激怒和侮辱了我，而我也特别急于要把他带出房间去，就在我忍无可忍、即将降低我的身份大发脾气的时候——哈格雷夫先生刷地从椅子上站起来，神态严厉而坚决，把孩子从他父亲的膝上举起来——刚才这孩子坐在那儿已经喝得半醉，抬起了脑袋嘲笑我，用自己并不懂其含意的话咒骂我——哈格雷夫将他带出了房间，在门厅里一面把他放下，一面为我用手扶着门不让关上，等我走出房间的时候，他庄重地鞠了一躬，随后便关上了门。我领着我这给弄糊涂了的、仓皇不知所措的孩子离去的时候，听见他同他那已经半醉的主人之间在怒气冲冲地对话。

不过这情况不应当继续下去了；决不可听任我的孩子受到这种腐蚀。让他与一个逃亡的母亲过贫困隐居的日子比与这样的父亲过奢侈富裕的生活要好得多。虽然这些客人不会长久与我们待在一起，可是他们还会再来的；而且他，这个在所有的人中最最有害的人,他的孩子的最险恶的敌人,仍然会留下来。我自己可以忍受下去,可是我的儿子不应当再忍受了。在这一点上,人们的看法和我的朋友们的感想如何应当同样置之不顾,至少同样阻挡不了我去负起我的责任。可是我该到哪儿去找避难所呢?怎样来为我们两人获得生计呢?啊,天一亮我就要把我照管的宝贝带走,乘上公共马车去 M 镇,逃往 X 港,横渡大西洋,在新英格兰找一个安静卑微的家,在那儿我要靠双手劳动来维持我自己和他的生计。调色板和画架一度曾是我心爱的游伴,如今必须充当我的严肃的共同苦干的伴侣。可是在一个陌生的地方,既没有朋友又无人推荐我,作为一名艺术家,我的技艺是否熟练得足以赖此谋生呢?不行,我得再稍等一些时候。无论作为实际上的画家或者教师,我必须努力干一番,以便增进我的才能,画出一些值得作为显示我的能力的样品,一些于我有利的证明。我当然并不期望会有辉煌的成就,但是必须取得一定的把握免遭彻底的失败——我决不可让我的儿子挨饿。另外,我还得为旅途开支和船票筹款,也得为我们隐居后的生活准备一点儿钱,以防万一在开头可能不顺利;而且不能备款太少,因为谁知道我可能因别人的漠不关心或者疏忽,或者因我自身缺乏经验,或者不能适应人们的口味而奋斗多久呢?

那我该怎么办呢?请求我哥哥帮助,向他说明我的情况和决心?不,不行;我极不愿意把我的苦况全部告诉他,即使我这么做了,他也肯定不会赞成这个措施的。在他看来,这简直像是发疯了,正如我姑父和姑妈或者米莉森特会么想一样。不行,我一定得有耐心,自己来积聚一笔钱。只能让雷切尔做我唯一的知心人——我想我能说服她参加我的计划;应当由她来帮助我,先在哪个遥远的城里找个画商,然后我再依靠她把我手头上适于卖钱的那些画和今后要画的私下出售。此外,我还要设法卖掉我的珠宝首饰——不是那些家族祖传的珠宝,而是我从自己家里带来的不多几件以及我姑父在我结婚时送给我的。抱着这样的目的,我可能完全承受得了几个月艰苦的劳累；在这期间，我儿子所受的伤害不会比他已经受到的更多。

一经作出这个决定，我立即着手工作来完成它。要不是有件事发生了，使我所下的那个决心更坚定了，我是原可能在后来被弄得渐渐对此冷静下来的，或者，也许经过一再考虑正反两面的意见直至后者压倒了前者，便会不得不完全放弃这个计划，或者无限期地推迟它的实现——今天，我依然坚持着，并且依然认为自己下这个决心是做得好的，而能把它付诸实施则更好。

自从洛勃罗勋爵走后，我把书房看做完全属于我的，它在一天的任何时候都是我的安全隐居处。除了哈格雷夫先生，我们这辈先生们当中没有一个堪称有一点儿文学爱好；而他呢，目前看看当天的报纸和期刊就很满足了。而且，万一碰巧他走进来看看，我确信他见到了我就会很快走掉的，因为在他的母亲和妹妹们走了以后，他对我的态度不但没有变得友好些，反倒明显地更冷淡疏远了，而这正合我的心意。于是我便在书房里竖起我的画架，在这儿，我从早到晚画着我的油画，除了有绝对必要的事或者对小阿瑟所应做的事使我离开之外，我几乎毫无间歇地画着——因为我仍然认为每天应当花一部分时间专用于教育他并给他娱乐。可是出乎意料之外，在第三天早上，我正如此忙着的时候，哈格雷夫先生当真进屋来了，并且见到了我没有立即退出去。他为自己闯入之举道歉，说他不过是来找一本书的；可是等他找到以后，竟屈尊瞧了一眼我的画。由于他是个风雅的人，他对画画这个话题正如对其他话题一样尽有议论可以发表。他对我的画加以谦虚的评论之后，见我不大予以鼓励，便详细地谈起一般的艺术。他见我对此举也并不鼓励，就住了嘴，可是并不走开。

"亨廷顿太太，你不大陪我们在一起，"在短暂的沉默之后他说道，而在那段时间里我继续冷漠地搅拌调和着我的颜料，"不过我并不觉得奇怪，因为你对我们所有的人一定讨厌得要死。我本人也为我的同伴们感到羞愧极了，对他们那种荒谬的谈话和消遣方式感到非常厌倦——因为你既然已经公正地听任我们为所欲为，便再没有人使他们变得仁慈博爱，使他们有所制约了——因此我想不久就退出他们的圈子——很可能就在这星期之内——而且我想你是不会对我的离去感到遗憾的。"

他顿住了。我没有答腔。

"也许，"他微笑着又说道，"对这件事你感到的唯一遗憾会是我不能把我的所有同伴统统带走。有时候我自以为虽然和他们在一起，我可不是他们那种人；不过你自然会因摆脱我而感到高兴的。我对此可能感到遗憾，但是不能因此而责怪你。"

"我不会因你的离去而感到高兴，因为你能表现得像一位君子，"我认为对他的良好行为应该表示感谢，便说道，"不过我得承认我会高兴地向其余的人告别，尽管这会显得我对客人冷淡。"

"没有人会对你这样坦白责怪你的，"他神态严肃地应道，"我想就连那些先生本人都不会。我来告诉你吧，"他接着说下去，仿佛由于被一个突然的决心所驱使，"昨晚你离开我们以后，他们在饭厅里说了些什么话——也许你对这些话不会介意，因为你在某些方面是极其达观的，"他微微地冷笑了一下接着说。"他们议论着洛勃罗勋爵和他那可人心意的夫人，而他们突然离去的原因在他们当中已经不是秘密；而且他们都那么了解她的品质，使得我这个同她有着这么亲的亲戚关系的人都不能试图为她的品德辩护。——上帝会诅咒我的，"他还顺便咕哝道，"要是我不为此事作出报复的话！即使这个恶棍一定要使这个家庭蒙受耻辱的话，他有必要向他所认识的每一个没有教养的无赖夸耀吗？——请原谅我，亨廷顿太太。唉，他们那时正谈着这些事，有的说既然她已同她丈夫分居了，那末只要他高兴，他是随时都可以再见到她的。

"'谢谢你，'他说，'她对我来说，暂时已经够了；我不会费心去看她，除非她来找我。'

"'那末，亨廷顿，我们走了以后，你打算干什么？'拉尔夫·哈特斯利说。'你是不是打算改变你的坏作风,做个好丈夫、好父亲等等?——我在摆脱了你和你管他们叫做你朋友的所有这帮欢闹的魔鬼之后,就是这么样的。我想该是时候了,而且你的妻子对你来说,比你要好上五十倍,你要知道——'

"他还接着赞扬了你一番,你是不会因我向你重复一遍那些赞扬的话而感谢我的——也不会因他说出那些话而感谢他的;像他那样,毫不矜持而不分青红皂白地大声说出你的名字,而在那种听众中说出你的名字简直就是亵渎之举——他本人则根本不理解也不懂得赏识你的真正美德。当时亨廷顿静静地坐着喝酒,要不就是带着微笑朝自己的酒杯里看着,既不打断他的话又不答腔,直到哈特斯利大声嚷道:

"'老兄,你听见我的话没有?'

"'听见了,说下去呀,'他说。

"'不说了,我已经说完了,'对方答道,'我只想知道你愿不愿意接受我的忠告。'

"'什么忠告?'

"'改过自新,你这彻头彻尾的恶棍,'拉尔夫嚷道,'并且向你的妻子道歉,今后好好做人。'

"'我的妻子!什么妻子?我没有妻子,'亨廷顿装出一副傻相把眼光从他的酒杯向上抬起——'或者就算我有的话,你们听着,先生们,我如此高度重视她,只要你们当中任何人喜欢她,你们就可以去占有她,我表示欢迎——你们可以这么干,天啊,我还要祝福你们哩!'

"我——呃——有个人问他那句话是不是当真,他听了便一本正经地赌咒说是当真的,没错——亨廷顿太太,你对此有什么想法?"哈格雷夫先生稍等了一会儿问道,这期间我觉得他正热切地察看我半转过去的脸。

"我说呀,"我平静地回答,"他这么轻视的人属于他的时间也不长了。"

"你总不至于说你会因那么无耻的恶棍的可憎的行为伤心而死吧!"

"决不是这个意思,我的心已经彻底干枯了,不会一下子就破碎的,而且我打算要尽可能活得长些哩。"

"那末你要离开他啰!"

"是的。"

"什么时候?——怎么离开?"他急切地问。

"等我准备好就走,用我能够最有效地处理此事的办法。"

"那你的孩子呢?"

"我的孩子同我一起走。"

"这他不会允许。"

"我不会去要求他的允许。"

"啊,原来你考虑秘密逃跑!——可是跟谁一起走,亨廷顿太太?"

"我的儿子——可能还有他的保姆。"

"独个儿——没有人保护!可是你能到哪儿去呢?你能干些什么呢?他会追上你,把你带回来的。"

"我的计划安排得很好,不会有这等事的。只消我一离开草谷庄园,我就会认为自己安全了。"

哈格雷夫先生向我跨近一步,紧盯着我的脸,倒抽一口气,准备说话;可是我见到他那种神态、涨红的脸和突然发亮的眼睛,不由得勃然大怒。我刷地转过身子,抓起我的画笔,开始在画布上猛挥起来,使的劲儿着实猛,对那幅画很不利。

"亨廷顿太太,"他十分严肃而沉痛地说,"你太残酷了——对我残酷——对你自己也残酷。"

"哈格雷夫先生,记住你的诺言。"

"我一定得讲——我要是不讲,我的心就会胀裂!我已经沉默得够久了——你一定得听我说!"他大胆地拦住了我,不让我朝门口退去。"你告诉过我你并没有义务对你丈夫忠诚;他当众宣布自己已经对你厌倦了,并且只要有人愿意要你,他都会平心静气地放弃你;现在你快要离开他了;没有人会相信你是独个儿走的——所有的人都会说,'她终于离开他了,谁会对此觉得奇怪呢?很少人能责怪她,会可怜他的人则更少;可是谁跟她一起跑了呢?'这样就没有人会相信你的贞节(如果你如此称呼它的话),连你最好的朋友都不会相信,因为这事是荒谬的,叫人无法相信——只有一些人会相信,他们因它的影响而遭受了那样残酷的折磨,才知道确实有这等事——可是你独个儿在这个冰冷艰难的世界上能做什么呢?你这个年轻而一无经验的妇女,娇生惯养,又完全——"

"一句话,你要劝我留在原处别走,"我打断他的话说道。"好吧,我会考虑一下的。"

"绝对该离开他!"他热切地嚷道,"可是别独个儿走,海伦!让我来保护你!"

"绝对不行!——只要上帝还让我的头脑保持清醒,就绝对不行,"我答道,猛地抽出我的一只被他用双手擅自抓过去并且紧握住的手。可是他如今已经动起来了;他已经完全越过了障碍,他的情感完全被激动了,决心不顾一切去争取胜利。

"你一定不可拒绝我!"他激动地大声说,把我的双手都抓住,紧紧握着,单膝跪下,抬起头用又哀求又专横的眼神凝视着我的脸。"现在你的头脑并不清醒,你要违抗天命逃跑。上帝已经预定由我来安慰你,保护你——我能感觉到——我确确实实知道,仿佛听见天上有个声音宣布道:你们'二人成为一体'[①]——而你却摒弃我——"

"放开我,哈格雷夫先生!"我厉声说。可是他反倒握得更紧了。

"放开我!"我又说道,愤怒得直发抖。

[①] 引自《圣经·新约·马太福音》第19章第5节。

他跪着的时候,脸几乎正面对着窗户。我见他朝窗户瞥了一眼,使我有点儿吃惊,接着又见他脸上显出一丝恶毒的得意神色。我侧过脸一看,只见有个人影刚在拐角处消失。

"那是格里姆斯比,"他故意说道。"他会去向亨廷顿和所有其他人汇报他所瞧见的事,还会随心所欲地添油加醋。亨廷顿太太,他不喜欢你——对女性不尊敬——不相信有贞洁这等事——对贞洁的形象并不赞赏。他会把这件事描述得使听见的人对你的品德究竟如何不予置疑。你清白的名声完蛋了;你我不论说什么都永远无法补救了。给我权力来保护你吧,我要看看哪个恶棍胆敢侮辱你!"

"从来没有人胆敢像你现在这样侮辱过我!"我说着终于抽出我的双手,从他跟前朝后退。

"我并没有侮辱你,"他大声说。"我崇拜你。你是我的天使——我的神!我把我的一切力量贡献给你——你必须也一定会接受!"他激动地嚷道,一边跳起身来——"我要安慰你、保护你!要是你的良心为此责备你,就说我战胜了你,你只得顺从!"

我从没见过一个人激动得这么厉害。他向我猛扑过来。我猛地抓起我的调色刀,对着他握着。这个举动使他大吃一惊;他站住了,惊讶地盯着我看;我相信我自己的神态与他的同样凶猛而坚决。我走到铃的旁边,伸手按在铃索上。这一来使他更驯服了。他挥挥手,有点像是发命令又有点像是在哀求,试图阻止我去拉铃。

"那末你走开!"我说。他朝后退去——"听我说——我不喜欢你,"为了使我的话产生更大的效果,我继续尽可能不慌不忙而郑重其事地说道,"即使我与我丈夫离了婚——或者他去世了,我也不愿嫁给你。得了!你总该明白了吧。"

他气得脸色发白。

"我现在明白了,"他用酸溜溜而强调的语气回答,"你是我所见过的心肠最硬、最不近人情而最不领情的女人!"

"最不领情,先生?"

"最不领情。"

"不,哈格雷夫先生;我并非如此。我衷心感谢你为我已经做的和原本还希望要做的一切好事;至于你对我已经做的和原本可能会做的一切坏事,我祈求上帝宽恕你,使你更有头脑。"

正在此时,房门被猛地推开了,亨廷顿和哈特斯利两位先生出现在门口。后者仍然待在门厅里,忙着摆弄他的猎枪和通条;前者走了进来,背朝壁炉站着,打量着哈格雷夫先生和我,对前者尤为注意,带着别有用心的微笑,令人难以忍受,他那黄铜色的容颜还显出厚颜无耻的神情,眼睛里闪着狡猾恶毒的光。

"怎么啦,先生?"哈格雷夫用质问的语气问,带着一副采取守势的神态。

"怎么啦,先生,"他的主人回答道。

"沃尔特,我们想知道你有没有空陪我们一起去打野鸡,"哈特斯利在门外插嘴道。"来吧!因为除了这个和一两只兔子,没有什么可以打的,我可以说得准。"

沃尔特不作答,却走到窗前去使自己镇定下来。阿瑟轻轻地吹了一声口哨,目送着他。哈格雷夫气得面颊上泛出淡淡的红色,不过即刻就平静地转过身来,漫不经心地说:

"我是前来向亨廷顿太太告辞的,告诉她我明天得走了。"

"哼!你的决定下得好突然呀。请问什么事情使你这么快就想走?"

"事务,"他答道,同时用轻蔑的挑战眼光来抵制对方带怀疑意味的冷笑。

"很好,"这是对方的回答;哈格雷夫便走出去了。于是亨廷顿先生把上衣的下摆抓起来夹在两腋下,让肩膀靠在壁炉架上,把脸转向我,用轻得几乎同呼吸声差不多的嗓音对我倾泻出一连串人可能想象得出或者可能说出口来的最最卑鄙、最最下流的辱骂话。我并不试图打断他的话;可是我心中升起了怒火,等他骂

完以后,就回答说:

"亨廷顿先生,就算你加给我的罪名符合事实,你怎么竟胆敢责怪我?"

"啊,让她说中了!"哈特斯利嚷道,一边把他的猎枪竖起靠在墙上,走进屋子,抓住他那宝贝朋友的手臂,要把他拉走。"走吧,我的伙伴,"他低声说,"不管是真是假,既然你昨晚说了那些话,你要知道你是没有权利责怪她的——也没有权利责备他。所以走吧。"

在这句话中有些使我无法忍受的含义。

"你胆敢怀疑我,哈特斯利先生?"我说,几乎达到怒不可遏的程度。

"不,不,我对什么人也不怀疑。没问题——没问题。好了,快走吧,亨廷顿,你这个恶棍。"

"她无法否认这事!"被如此称呼的人又狂怒又得意地咧开嘴笑着,大声嚷起来。"她绝对无法否认!"他接着又咕哝了一些辱骂的话之后,便走进门厅,从桌子上拿起他的帽子和猎枪。

"我不屑向你为我自己辩护!"我说。"可是你,"我转向哈特斯利说道,"如果你认为对这事有什么疑问的话,你就去问哈格雷夫先生。"

他们听了这句话,同时爆发出粗野的笑声,把我气得浑身发抖,直传到指尖。

"他在哪儿?我亲自去问他!"我说着朝他们走去。

哈特斯利忍住了再次爆发出的笑声,向通屋外的门指指。那扇门半开着,他的大舅子正站在正门外。

"哈格雷夫先生,请你到这儿来,好吗?"我说。

他转过身来望着我,神态严肃中带有诧异。

"到这儿来,请!"我又说了一遍,态度非常坚决,使他没法或者不想违抗。于是他有点儿勉强地走上那几级台阶,跨进门厅一两步。

"告诉这两位先生，"我接着说道——"这两位男士，我有没有接受你的要求。"

"你的话我不明白，亨廷顿太太。"

"你是明白我的话的，先生；我责令你凭你身为正人君子的荣誉（如果你有的话），据实答复，我有，还是没有？"

"没有，"他把脸转开去，低声说。

"说得响点儿，先生；他们听不见你的话。我有没有答应你的请求？"

"你没有。"

"是没有，我肯定她没有，"哈特斯利说，"否则他决不会这么阴郁。"

"我愿意同你决斗，亨廷顿，"哈格雷夫先生平静地对他的主人说，不过脸上带着一种沉痛的讥讽表情。

"见鬼去！"后者不耐烦地把头一甩，回答道。哈格雷夫带着冷冷的倨傲神情走出屋去，一边说道：

"你如果有意派个朋友来，你是知道在哪儿能找到我的。"

这个通知所得到的反应仅仅是一连串低声的发誓和咒骂。

"好，亨廷顿，你明白了吧！"哈特斯利说，"事情再清楚不过了。"

"我可不在乎他瞧见了什么，"我说，"或者他是怎么想象的；可是你，哈特斯利先生，如果你听见我被人误解，我的名誉受到诽谤，你会不会为它辩护？"

"我会的。要不，我就该死！"

于是我立刻转身走了，把自己关在书房里。是什么竟然使我对这样一个人提出这样的要求呢？我真不明白，不过快淹死的人总是要抓住救命稻草的；是他们一起把我逼得孤注一掷的；我简直不知道自己说了些什么。在这一窝酒友中，没有其他人能保护我的名誉免遭诽谤和破坏，而且通过他们，也许还会传到外界去；和我这个被抛弃的坏蛋丈夫、那个卑鄙恶毒的格里姆斯比以及虚伪的混蛋哈格雷夫相比，这个公猪般的流氓哈特斯利，尽管又粗俗又蛮横，在他那些同伙的软虫当中，却像一只萤火虫般在黑暗中闪闪发光。

这是一个怎么样的场面啊！我怎么想得到自己竟然命中注定要在自己家中忍受这种侮辱——听到这种话当着我的面说出来——不仅如此，还是冲着我说的，说的是与我有关的事——而且是由以绅士自居的一些人说的？我又怎么想得到自己竟然能这样平静地忍受，这样坚定勇敢地抵制他们的凌辱？像这样的坚强精神完全是靠艰难的经历和绝望才使我学到的。

我在屋子里来回踱着的时候，这样的念头接连地兜上我的心头，我并且渴望——唉，我多么渴望现在就带着我的孩子离开他们，一个钟点也不耽搁！可是这办不到；我手头还有些工作要做——一定得做的艰巨的工作。

"那就让我做吧，"我说，"切莫浪费片刻去徒劳地埋怨并无谓地恼恨自己的命运和影响着它的人们。"

于是我强有力地抑制住我的激动心情，马上再继续我的工作，整天努力干着。

哈格雷夫先生确实于次日走了，此后我就一直没有再见到他。其他的人多住了两三星期；但我尽可能地避开他们，仍然继续我的工作，而且以几乎毫不减弱的热情一直工作到目前。不久我就把我的计划告诉了雷切尔，向她吐露了我的全部动机和意图，使我高兴地感到意外的是，我几乎没有困难地使她同意了我的意见。她是个持重谨慎的女人，可是她恨透了她的男主人，却十分爱她的女主人和由她抚养着的小宝贝，因此突然发出了几声表示惊讶的叫喊并作了微弱的异议，还对我竟然落入如此境地痛哭流涕了好一阵之后就表示赞成我所作出的决定，同意竭尽全力帮助我——但是有一个条件，那就是她要同我一起出走，否则她便绝不宽容，因为她认为让我一个人带着小阿瑟走简直是发疯。她谦恭地提出要用她积蓄的那一小笔钱资助我，说她希望我会

"原谅她的放肆，不过如果我赏脸把它作为借款接受下来，她会真心感到十分高兴"。她的慷慨使我很感动，但是我当然不可能愿意这样做的——因为感谢上帝，我如今自己已经积蓄了一点儿钱，已经准备得十分充分，正一心盼望快快摆脱这个束缚了。只要这种多风暴的严冬气候稍微缓和一些，到那时，某一个早上，亨廷顿先生就只好下楼来独个儿进早餐了，他还可能喊遍整幢房子，找他的没有露面的妻儿，而他们却已经踏上前往西方世界的旅途，走了五十多英里了——或者更远些，因为我们会在清晨前好几小时就离去，而且他很可能要等到日上三竿才会发现我们两人失踪。

对于我即将采取的措施，我完全意识到它可能、也必然会带来恶果；但是我的决心从没动摇过，因为我从没忘记过自己的儿子。就在今天早上——我在干着我平日的工作，他坐在我脚旁，默默地玩弄着我扔在地毯上的碎帆布片——可是他的心思不在此，因为过了一会儿，他若有所思地抬头望着我的脸，神情严肃地问道：

"妈妈，你为什么这么坏？"

"亲爱的，谁告诉你我坏？"

"雷切尔。"

"不，阿瑟，我肯定雷切尔从来没有这么说过。"

"好吧，那末就是爸爸说的，"他沉思着说。接着他踌躇了一下又说道，"至少我来告诉你我是怎么知道的吧：我同爸爸在一块儿的时候，要是我说妈妈要我去，或者说妈妈不让我做他让我做的事——他总要说，'妈妈该死，'——而雷切尔说只有坏人才是该死的。所以，妈妈，我才想你一定是坏人——我可是希望你不是坏人的。"

"我亲爱的孩子，我不是坏人。那句话是坏话。而且坏人常常说比他们自己好的人坏话。那句话不能把人打入地狱，也不能证明那些人应当受罚。上帝会凭我们各人的思想和行为来判断我们，而并不是凭别人怎么说我们的话。阿瑟，你要记住，如果你听见有人说这话，决不要去照搬他的话；不愿意人家这样说你，你自己却这样说别人，是邪恶的。"

"那末爸爸才是坏人吧，"他表示后悔地说。

"爸爸说这种话是错的，如今你既然已经明白了，还要模仿他，那就大错了。"

"模仿是什么意思？"

"他干什么你也照样干。"

"那末他明白吗？"

"他可能明白的；不过这与你无关。"

"如果他不明白，你该去对他说，妈妈。"

"我已经对他说过了。"

这个小道德家默默地想着，我竭力使他的心思不放在这个问题上，可是做不到。

"我很难过，爸爸竟是坏人，"他终于悲伤地说，"因为我不要他去下地狱。"说着他哇地哭起来了。

我安慰他说，希望他爸爸在去世之前可能会改邪归正——可是，解救他脱离这么个父亲的时候不是已经来到了吗？

第四十章
不幸的遭遇

1827年1月10日。昨晚在写上述情况时我正坐在客厅里。当时亨廷顿先生在场，不过，如我所料想的那样，在我背后的那只沙发椅上睡着了。但是他后来站起来了，受到某种卑鄙的好奇心理的驱使，并在我不知道的情况下，已经在我背后看了不知多久了；因为当我搁下了笔，正要合上本子时，他突然伸过手来按在本子上，说道——"请原谅，我亲爱的，我想看看"，于是硬从我手中夺过去，将一把椅子拉到桌旁，镇静自若地坐下来，仔细检查起来——把一页页翻过去，要为他所看到的内容找出一个解释。我真倒霉，这天晚上这个时刻他比通常清醒。

我当然没有让他从从容容地这么做。我好几次试图从他手中夺回那本子，但因他抓得很紧而没有成功；我痛斥他，奚落他这卑鄙丢脸的行为，可是对他起不了丝毫作用；最后我把两支蜡烛都熄灭掉，但他车转身子，走到火炉前，把火拨得很旺，足以达到照明的目的，便镇定地继续他的检查工作。我真想去提一大罐水来把炉火也浇灭掉；不过显然他的好奇心已被强烈地激发起来，用这个方法是压制不了的，而且我越是显得急于要阻碍他的检查，他便更非要坚持这么做不可——再说，为时已经太迟了。

"亲爱的，看来好像很有趣，"他抬起头转向我说道，而我则站着，紧绞着双手，默不作声，十分愤怒而痛苦，"可就是着实长，我下次再看吧——而现在，我要麻烦你把你的钥匙交给我，亲爱的。"

"什么钥匙？"

"你的橱柜、书桌、抽屉和凡是你所拥有的其他家具的钥匙,"他说,站起来伸出手来。

"不在我身上,"我回答说。事实上这会儿我的书桌钥匙正插在锁内,其他的钥匙则同它系在一起。

"那你得让人去拿来,"他说,"如果那只老母狗,雷切尔不马上把它们交出来,她明天就卷铺盖给我滚。"

"她并不知道它们在哪儿,"我答道,一边暗中把手按在那串钥匙上,把它们从书桌的锁中拔出来,自以为他并没有察觉。"我是知道的,但是我不会毫无理由地将它们交出来。"

"我也知道,"他说着突然一把抓住我紧握着的手,粗暴地从我手中把钥匙串夺走。接着他拿起一支蜡烛,把它伸到炉火中再点燃起来。

"好啦,"他冷笑着说,"我们得没收财产啦。不过,让我先瞧一下画室。"

他把钥匙串往口袋里一塞,就走进书房去。我跟在他后面,是模模糊糊地想防止他破坏什么呢,还是仅仅为了要知道将发生什么最糟糕的情况,我自己也简直不知道。我的绘画用品一起搁在墙角的桌子上,只由一块布遮盖着,准备明天使用。他不久就发现了它们,便放下手中的蜡烛,开始不慌不忙地把它们扔进炉火中去——调色板、颜料、皮囊、铅笔、画笔、清漆——我看见它们全都给付之一炬——调色刀裂成两段——油彩和松节油发出嘶嘶声和吼叫声,化为浓烟升入烟囱中去。接着他拉了一下铃。

"本森,把那些东西拿走,"他指指画架、油画布和绷画布的框子,说道,"告诉女仆她可以用它们去点火。你的女主人不再需要它们了。"

本森被吓呆了,望着我。

"把它们拿走,本森,"我说;他的男主人咕哝了一句咒骂话。

"是这个和所有的东西吗,先生?"吃惊的仆人问道,他指的是才画了一半的那幅油画。

"那个和全部的东西，"男主人回答说；于是那些东西都被拿走了。

接着亨廷顿先生走上楼去了。我并不想跟随他上去，而是继续坐在扶手椅里，一言不发，欲哭无泪，几乎一动也不动，过了大约半小时他回来了，径直向我走来，把蜡烛凑近我的脸，紧盯着我的眼睛，神情和笑声都带着极大的侮辱性，使我受不了。我猛地一挥手，把蜡烛击落，掉在地板上。

"啊呀！"他吓得往后退缩，低声说——"她十足是仇恨的化身！可曾有什么人见到过这样的眼睛吗？——它们在黑暗中发亮，活像一只猫的眼睛。啊，你是一只可爱的猫！"说着他把蜡烛和蜡烛台拾拢起来。蜡烛被摔断，也熄灭了，他便拉铃再要一支。

"本森，你的女主人把蜡烛弄断了，再拿一支来。"

"你自我暴露得很彻底啊，"等仆人走了，我说。

"我没有说是我弄断的，是吗？"他应道，接着把我的钥匙串扔到我的膝上，又说——"拿去！你会发现除了你的钱和那些首饰之外，什么也没有少——另有一些不值钱的小东西，我认为让我保管它们比较合适，免得你利欲熏心，把它们变卖掉。我在你的钱包里留下了几个金镑，我想够你维持到月底了——不管怎么样，如果你还要钱的话，那就劳驾给我一张开支的账目单。关于你的个人开支，今后我每月会给你一小笔生活津贴，而有关我的个人事务，你就不必再费心了；我要去找一个管家，我亲爱的；我不让你受到金钱的引诱。至于那些家务事，格里夫斯太太一定得把账记得非常详细；我们得执行一项崭新的计划——"

"现在你得到了什么重大的发现呀，亨廷顿先生？我有没有企图要欺骗你？"

"严格地说来，看来在金钱问题上并没有，不过最好还是要避免引诱。"

这时本森拿着蜡烛进来了，接下来是短暂的沉默——我静静地坐在椅子上，他背对壁炉站着，对于我的绝望默默地得意非凡。

"原来如此，"他终于说，"你打算出走，去变成一名画家，靠双手的劳动养活自己，以此来丢我的脸，真是这样吗？而且你还想把我的儿子夺走，把他培养成一个做买卖的下流的美国佬，或者一个卑贱的乞丐般的画家？"

"是的，为了避免使他成为像他父亲那样的绅士。"

"幸好你没有能保守你自己的秘密——哈，哈！幸好这些娘们非得叽叽喳喳不可——如果她们没有朋友可以说话，她们就得把自己知道的秘密私下里告诉鱼，要不写在沙地或者什么地方上；我现在回想起来，也幸好今晚我没有吃喝得过多，不然我就可能会打瞌睡，怎么也想不到去注意我可爱的太太在干些什么——不然我就可能会缺乏判断力和能力，而不能像我已经做到的那样，像个男子汉般去达到我的目的。"

我丢下他由他去自我庆幸，站起来去取我的手稿，因为我这时想起它是被遗留在客厅的桌子上的，我决心尽可能使自己免受再看见它落进他手中的耻辱。一想到他以得知我的内心思想和回忆为乐，我就受不了，尽管他一定会发现在本子里写的有关他本人的话，除了前面的部分，都不是好话——唉，我情愿把整个本子都烧掉，也不让他看到我那么愚蠢地爱着他的时候所写下的那些话啊！

"顺便说一下，"我正离开房间的时候，他嚷道，"你最好还是通知那该死的鬼鬼祟祟的保姆，这一两天要避开我——我打算明天付给她工钱叫她卷铺盖滚蛋，可是我知道她不在这屋里要比在这屋里能干下更多的坏事。"

我走开的时候，他继续诅咒和辱骂我这忠实的朋友和用人，我不愿意照搬他所用的那些词语，以免玷污这张纸。我一收起我的本子，就去找她，把我们的计划遭到失败的过程告诉了她。她像我一样感到忧伤和震惊——实际上那天晚上她的感受更甚于我，因为我被这一打击弄得有点目瞪口呆，我的愤怒又使我有点激动并且对这一打击更为反感。可是今天早上我醒来的时候，长久以来暗中安慰并支撑着我的那个使我振奋的希望已不复存在，而这一整天，我烦躁而无目的地荡来荡去，回避着我的丈夫，连我的孩子也怕见——因为我知道自己不再适宜于做他的教师或与他做伴，对于他的未来丝毫不抱有什么希望，巴不得他从来没有出生——这时我完全感觉到了自己的灾难的严重性——而且我这会儿还能感觉到。我知道日复一日，下述这种感觉还会不断重新兜上心头：我是一个奴隶，一个囚犯——不过这并没有什么关系；因为如果事情只涉及我自己，我是不会抱怨的，可是我却被禁止去搭救我的儿子免于堕落，而那一度是我唯一的慰藉的事，如今却成了使我绝望的最主要原因。

我难道不信仰上帝了？我试着去仰望上帝，把我的心举到天上，可是它却依恋着尘土。我只能这么说——"他用篱笆围住我，使我不能出去。他使我的铜链沉重。……他用苦楚充满我，使我饱用茵陈。"①——我忘记再加上——"主虽使人忧愁，还要照他诸般的慈爱发怜悯。因他并不甘心使人受苦，使人忧愁。"②我应当想到这个；而且如果说在这个世界上我只有受苦的份儿，那末最漫长的痛苦人生与整个永恒的安宁相比，又算得了什么呢？至于我的小阿瑟——难道他除了我就没有朋友了吗？谁这么说过，"你们在天上的父，也是这样不愿意这些小羊里失丧一个？"③

---

① 引自《圣经·旧约·耶利米哀歌》第3章第7及15节。
② 引自《耶利米哀歌》第3章第32和33节。
③ 引自《新约·马太福音》第18章第14节，这是耶稣对门徒讲"迷路的羊"的比喻时说的。为明白计，译文略有改动。

第四十一章
人的心胸中能永远滋生希望[①]

3月20日——摆脱了亨廷顿先生以来已有一段时期,现在我的精神振奋起来了。他在2月初离开我;他一走,我就呼吸舒畅了,觉得我的生命力恢复过来了;并非因为有逃跑的希望——他已经设法不让我看到有这种可能——而是决心充分利用现有的情况。小阿瑟终于留下来给我了;我从沮丧的麻木状态中振奋过来,竭尽一切力量去把培育在那幼稚的心灵中的毒草连根拔掉,把曾经被杂草弄得不能开花结果的好种子再播下去。感谢上帝,它并非一片贫瘠或多石的土壤;如果说杂草在那儿长得快,较好的植物也是这样。他的理解力比他的父亲敏捷,他的心田比他父亲的更有可能洋溢着爱;只要没有人来阻碍我的努力,要使他顺从并且说服他去爱并理解他自己的忠实朋友并不是没有希望的。

在改掉他父亲教他染上的那些坏习惯这件事上,开头我遇上了很多麻烦,但如今那困难几乎已经完全克服了。骂人的话很少玷污他的嘴,我还成功地使他对所有的烈酒深恶痛绝,这一点,我希望即使他父亲或者他父亲的朋友们也无法扭转过来。对这么年幼的小家伙来说,他过分嗜酒了,而且想起我那不幸的父亲和他的父亲,我真害怕这种爱好会产生的后果。可是如果我限制他平时的酒量,或者根本禁止他喝酒,那只会促使他更爱喝酒,使他把喝酒看做更大的乐事。因此我便让他喝得和他父亲惯常让他喝的那么多——实际上也就是他要喝多少就给多少,不过我偷偷地在每一杯里都放入少量的吐酒石[②]——其分量恰好足以产生必不可免的恶心和沮丧的感觉,而又不致真的呕吐起来。他由于发现这嗜好每次都引起不愉快的后果，不久也就对它厌倦了，可是他对每天喝酒越害怕，我就越是劝他喝，直至他从勉强喝发展成为彻底的厌恶。后来他对各种葡萄酒都厌恶透顶了，我经他要求，同意他试喝掺水的白兰地；接着又试喝掺水的杜松子酒；由于这个小酒鬼对所有的酒都熟悉，我决心要使他对它们全都同样厌恶。如今我已经达到这个目的了，而且既然他宣称一尝到、闻到或者见到任何一种酒都足以使他作呕，我也就不再用它们来逗弄他了，除非有时候见他举止不当，才利用它们作为吓唬他的东西："阿瑟，要是你不乖，我就要你喝一杯酒，"或者"喂，阿瑟，你如果再说这种话，你就得喝一些掺水的白兰地"。这些话如同其他任何威胁一样奏效；还有过一两次他生病的时候，作为药品，我强迫这可怜的孩子喝下一点没有加吐酒石的掺水的葡萄酒；而且我打算把这种做法延续一段时间；倒并不是因为我认为这在实际意义上具有任何真正的用处，而是因为我决心要唤起联想的全部力量为我效劳，希望这种反感深入到他的本性中，使他在以后的生活中的任何情况下都不能把它磨灭。

因而我自以为能够保护他不再染上这种恶习了，至于其余的恶习，如果他父亲回来了，我就会有理由担心我的良好教育会全被破坏——如果亨廷顿先生又开始耍花招，教孩子憎恨并藐视他的母亲，效法他父亲的恶行，我是还会从他手中把我的儿子救出来的。我已经想出另一个计划以便在这种情况下采用，只要我能获得我哥哥的同意和帮助，我就无疑必然成功。那幢我和哥哥在其中出生、我们的母亲在其中亡故的老邸宅目前无人居住，我想也不十分破败。现在如果我能够说服他把其中一两个房间修整得适宜于居住，把我当作一个陌生人出租给我，那末我就可以用假名同我的孩子住在那里，仍然靠我所喜爱的美术来养活自己。他

---

① 引自英国诗人亚力山大·蒲柏（1688—1744）发表于1733年的长诗《人论》的第一部分《书信一》。
② 吐酒石，化学学名为酒石酸氧锑钾，为一种能使人呕吐的药物。

得借笔钱给我，让我开始生活，我以后会还他的。我将过卑微的自立生活并严格隐居，因为那幢房子坐落在一个荒凉的地方，四邻居民稀少。他还得亲自为我接洽出售我的画。我已经在脑子里安排好整个计划，我所要做的只是说服弗雷德里克采纳我的意见罢了。他不久就要来看望我，到那时候我就要向他提出这个建议，不过事先得使他充分理解我的处境，使他能原谅我打算这么做。

我相信，对于我的处境他已经了解得比我所告诉他的多得多。根据他来信的字里行间所流露出的温柔的悲哀情调，根据他难得提及我丈夫这一事实（即使提到他的时候也通常都显出一种隐藏的痛苦），以及当亨廷顿先生在家时他从不来看我这一情况，我可以明白他已经很了解了。不过他从来没有公开表示过对他不满，也没有对我公开表示同情；他从不提出什么问题，也不说什么话来引导我向他倾吐心事。他要是那样做了，我就可能不会对他隐瞒什么了。也许我的沉默伤了他的自尊心。他是个怪人——但愿我们彼此能更了解一些。在我婚前，他每年总要到斯坦宁利来住上一个月；不过自从我们的父亲死后，我只见到过他一次：趁亨廷顿先生不在家时来住了几天。这一次他要住上许多天，我们俩会比自从童年以来任何时候都更坦率和亲切；我的心比以往任何时候更向他靠拢，我的心灵对孤独感到厌倦了。

4月16日——他来了又走了。他至多只肯待两星期。时间过得快极了，可是我非常非常快活，这对我很有益。我的心情一定很坏，因为我的不幸遭遇使我变得极其烦躁、满腹怨恨。我已经不知不觉地开始对与我同在世上的人们怀有强烈的恶感了——尤其是他们中间的男性；不过见到在他们当中至少有一位是值得信任和尊敬的，这倒是令人欣慰的；无疑还有更多的这种人，不过我从来没有和他们结识——除非我把那可怜的洛勃罗勋爵也算一个，而他在他婚前的时期中却是够坏的；可是如果弗雷德里克生活在那个生活圈子里，从小与我所认识的这种男人们混在一起，他会成为什么样的人呢？小阿瑟生来就有那么可爱的气质，如果我不拯救他脱离这个圈子和那些同伴，他又会变成什么样的人呢？在弗雷德里克到来的当天晚上，我让我的小儿子去见他的舅舅时，提及了我所担心的事，还向他介绍了我的营救计划。

"他的有些心情很像你，弗雷德里克，"我说，"我有时候认为他像你比像他爸爸更多些，而我为此感到高兴。"

"你这是在奉承我，海伦，"他边说边抚摩着那孩子的柔软的鬈发。

"不——如果我对你说，我宁可他像本森而不像他的父亲，你就不会认为我这句话含有赞美之意了。"

他微微扬了一下眉毛，可是没吭声。

"你可知道亨廷顿先生是什么样的人吗？"

"我想我有点数。"

"你是不是有数到这样的程度：如果听说我要带着这孩子逃到什么秘密的避难所，以便在那儿安静地过活，永远不再见到他，你不会感到惊奇也不会不同意呢？"

"事情真是这样吗？"

"要是你还不十分清楚，"我继续说道，"我来再告诉你一些关于他的事情吧。"——于是我约略谈了一下他的一般品行，关于对待他的孩子的行为则谈得更详细些，还解释了我如何为孩子担忧，和要解救他脱离他父亲的影响的决心。

弗雷德里克听了对亨廷顿先生感到极为愤慨，又为我感到十分悲痛；可是尽管如此，他仍然把我的计划看做是荒唐而不切实际的，认为我为小阿瑟的担心与实际情况不相称，并对我的计划提出了许多反对意见，还想出了许多比较和缓地改善我的状况的办法，以致为了使他相信，我不得不更详细地告诉他一些事，说明我丈夫是如何不可救药，不管我变成什么样儿，他怎么也不肯放弃他的儿子，因为他不让孩子离开他的决心同我不愿离开孩子的决心一样大；还说，事实上除了如我先前所打算的那样逃离这个国家,就没有别的解决办法了。为了避免这种情况,他终于同意把那幢老邸宅的一侧边房整修得适于居住,于必要时作为避难所;不过他希望除非遇上真有必要这么做的情况,我不得趁机利用它,这一点我便急忙允诺了;因为,尽管对我本人来说,与我目前的处境相比,这么个隐蔽的住处简直像天堂一样了,然而为了我的朋友们的缘故——为了我衷心爱戴的那两个妹妹米莉森特和埃丝特,为了住在草谷庄园的那些可怜的佃户,尤其是为了我的姑妈——只要可能,我是会在这儿待下去的。

7月29日——哈格雷夫太太和她的女儿从伦敦回来了。埃丝特没完没了地谈论她首次在城里的社交活动,可是她仍然因情窦未开而尚未与人订婚。她母亲为她物色了一位出色的对象,甚至促使那位先生把他的爱情和财产都奉献给她;可是埃丝特有的是胆量,竟拒绝接受这些贵重的礼物。他出身名门,家产富裕,无奈这个淘气姑娘坚持说他老得像亚当①一样,丑得像罪恶一样,讨厌得像——一个不可名状的人。

"不过那段时间我确实不好过,"她说。"妈妈对于她心爱的计划告败感到大失所望,对于我顽固地不顺从她的意愿恼火之极——而且现在还是如此;可是我实在没办法。而沃尔特对于他所谓的我的刚愎自用和荒谬的任性也当真大为生气,使我担心他永远不会原谅我了——我过去想不到他竟然会像他最近表现的那么不体谅人。可是米莉森特恳求我不要让步,而且我可以肯定,亨廷顿太太,如果你见到了他们要硬塞给我的那个男人,你也会劝我不要接受他的。"

"无论我有没有见到他,我都会这么做的,"我说。"只要你不喜欢他,这就够了。"

"我早知道你会这么说的;可是妈妈却肯定地说你对我这种不孝顺的行为会感到十分震惊——你哪里想象得到她是怎么训斥

---

① 指的是《圣经》中上帝所创造的头一个男人。

我的——说我不听话，忘恩负义；挫败了她的愿望，辜负了我的哥哥，使我本人成为她得负责照管的负担——有时候我担心她终于会使我就范。我的意志很坚强，但是她也是如此，而且当她说出这种抱怨的话的时候，我陷入了一种没奈何的境地，真想要听从她，然后极端伤心地说一声：'瞧，妈妈，这都怪你！'"

"请不要这样！"我说。"出于这种动机的服从会是绝对邪恶的，也肯定会带来所该受的惩罚。要坚持下去，不久你妈妈就会停止她的迫害的——而那位先生本人，只要他见到自己的求爱一直遭到拒绝，就会不再纠缠你的。"

"啊不！妈妈在把自己搞得精疲力竭之前会使她周围所有的人都不胜其烦的；至于奥尔德菲尔德先生，她已经使他领会我之所以拒绝他的要求并非由于我不喜欢他这人，而仅仅是因为我年轻而轻率，目前还不能使自己在任何情况下去接受结婚这一想法，不过到了下一个社交季节，她毫不怀疑我会通情达理些，希望到那时候我那些少女的幻想会消失殆尽。所以她把我带回家里来了，要教育我正确理解自己的本分，为再次要来到的那个季节做好准备——实际上，我相信，除非我投降，她是不会花钱再带我去伦敦了；她说为了作乐和胡闹把我带进城去是担负不起这笔费用的，又说不管我对自己的魅力可能有多高的估价，可不是每个富有的先生都会答应接受我这个没有财产的人的。"

"唉，埃丝特，我同情你；但是我还要再说一遍，要坚持下去。你要是去嫁给你不喜欢的男人，还不如立刻把自己出卖去当个奴隶。如果你母亲和哥哥对你不好，你可以离开他们，可是你要记住你将终生受丈夫的束缚。"

"可是除非我嫁人，我是没法离开他们的，而如果没有人能见到我，我又嫁不出去。在伦敦我见到过一两位我可能会喜欢的先生，可是他们都不是长子，妈妈不让我去跟他们来往——尤其是其中的一位，我相信他相当喜欢我，但她却竭力在我们彼此进一步熟悉的道路上设置了种种障碍——这岂不惹人恼火？"

"我并不怀疑你会有这种感觉,不过如果你嫁给他,你可能比嫁给奥尔德菲尔德先生会更有理由后悔的。虽然我告诉你别嫁给你不爱的人,我并非劝你要单单为爱情而结婚——因为还有许许多多别的事情得考虑。克制住你的感情,别随便答应结婚,直到你认为有充分理由这么做;如果这种机会永远不出现,那末你要用这种想法来安慰自己:尽管在独身生活中你的乐趣可能不多,至少你的伤心事也不会多得使你无法忍受。结婚可能使你的情况好转,可是我个人的看法是它更可能产生相反的后果。"

"米莉森特也这么认为,可是请允许我说,我不这么认为。如果我认为自己注定要当老姑娘的话,我就会不再重视我的生命。想到我自己年复一年地在园林庄园住下去——成为妈妈和沃尔特的食客——成为仅仅是土地上的一个累赘(既然如今我知道了他们会以什么眼光来看待这一点,我就有了这个想法),那就完全无法忍受了——我宁可同男管家私奔的。"

"我承认你的情况是特殊的;不过,亲爱的,你得忍耐,千万不要轻举妄动。要记得你还没到十九岁,还得过许多年人家才会把你看做老姑娘;你不知道上帝可能为你准备着什么命运。同时不管你妈妈和哥哥显得有多么不愿意,要记住你是有权利得到他们的保护和供养的。"

"亨廷顿太太,你真严肃啊,"埃丝特顿了一下后说道。"米莉森特就婚姻问题说过与此相同的令人泄气的话,我当时问她快活不快活,她说快活的;可是我不完全相信她的话;而现在我得向你提出同样的问题了。"

"这是由一个年轻姑娘向比她大好几岁的已婚妇女提出的十分不恰当的问题,"我笑着说道——"我不愿回答。"

"请原谅我,亲爱的夫人,"她笑着投入我的怀中,顽皮而又深情地吻我,可是当她把垂下的头靠在我的胸前时,我觉得有一颗泪珠滴在我的脖子上,她这时用一种既悲哀又轻浮、既羞怯又鲁莽的古怪口气继续说道,"我知道你不像我所指的那么快活,因为你在草谷庄园独个儿度过了你的半辈子,而亨廷顿先生则随心所欲地到处寻欢作乐——我希望我的丈夫除了同我共享的乐趣之外,没有别的乐趣;而如果他最大的乐趣并不是喜欢同我做伴——哼——那他就活该倒霉——就这么回事。"

"埃丝特,如果你对婚姻生活抱有这样的期望,你确实得非常留神地选择丈夫——或者不如干脆不结婚。"

第四十二章
改过自新

9月1日——亨廷顿先生还没有回来。也许他会同他的朋友们待在一起直到圣诞节；然后，在明年春天，他将又会离家。如果他继续执行这个计划，我就能在草谷庄园好好地待下去——也就是说，我将能够待下去，而这就足够了；甚至在狩猎季节偶尔来一群朋友，我也能忍受了，只要在他们来到之前，阿瑟变得牢固地依恋着我——并很稳固地形成健全的头脑和原则，那样我就能靠说理和感情使他保持纯洁，免受他们的污染。我担心这只是徒然的希望而已！可是在这种考验的时候来临之前，我仍然不准备去考虑到我心爱的那座老邸宅去找安静的避难所。

哈特斯利夫妇俩曾经在园林庄园住了两星期；由于哈格雷夫先生仍然不在家，天气又异常地好，我没有一天不见到我那两个朋友，米莉森特和埃丝特，不是在她们家就是在我家。有一次，哈特斯利先生驾了四轮敞篷马车把她们都送到草谷庄园来，还带着小海伦和拉尔夫①。我们大家都在花园里玩乐，当太太小姐们逗着孩子们自娱的时候，我与这位先生交谈了几分钟。

"亨廷顿太太，你想听听你丈夫的什么消息吗？"他问。

"除非你能告诉我他什么时候回来，别的我并不想听。"

"这个我没法告诉你——你并不要他回来，是吗？"他大咧着嘴笑着问。

"是的。"

"唉，我认为你确实是没有他更好——至于我，我是彻底厌恶他的。我对他说过，如果他不改善礼貌我就不跟他来往了——而他不愿意,因此我就离开了他——你可以明白,我实际上比你想的要好——而且我还认真地考虑同他和他们那一帮人一刀两断,从今以后使自己举止体面庄重,像一个基督徒和做父亲的应该的那样——对此你觉得怎么样?"

"这个决心你早该下了。"

"咳,我还没到三十岁,现在还不太晚吧,是吗?"

"不晚,只要你有愿意这么做的见地并贯彻你的决心的力量,那末无论什么时候改过自新都不晚。"

"好吧,老实告诉你,过去我是常常想这么干的,可是亨廷顿毕竟是个极好的伙伴啊——你没法想象他不十分醉而仅仅是刚开始放开肚子喝或者半醉的时候,是个多么愉快的好家伙——我们全都从心底里多少喜欢他,尽管我们无法尊敬他。"

"可是你会希望自己像他吗?"

"不会,尽管我这么坏,我还是宁可像我自己这样的。"

"你不可能老是保持这么坏而不会变得更坏——而且变得一天比一天更蛮横——因此就会变得更像他了。"

他对我这种不寻常的讲话方式露出一副有几分生气而又有几分惊慌失措的滑稽神情,使我禁不住笑了。

"恕我直言,"我说,"我说这话是出于最好的动机。可是请你告诉我,你会不会希望你的儿子们像亨廷顿先生那样——或者甚至像你自己?"

"见鬼,我不会。"

"你会不会希望你的女儿瞧不起你——或者至少对你毫不感到尊敬,对你没有感情,只有掺杂着最痛苦的遗憾的一种情感?"

"嘿,该死的,我不会!我受不了这种情况。"

"最后要问你的是,你会不会希望你的妻子听到人家提到你的时候,会恨不得钻进地里去;一听到你的声音便憎恨,你接近

---

① 指哈特斯利夫妇的小儿子,小拉尔夫。

她,她就会不寒而栗?"

"她决不会这样;不管我做什么,她都同样喜欢我。"

"不可能,哈特斯利先生!你把她默默顺从的态度误认作爱情了。"

"她该受地狱煎熬——"

"得了,别为这句话大发雷霆——我并非说她不爱你——我知道她爱你远远超过你值得她爱的程度——不过我确信如果你表现得好些,她会更爱你的,而如果你表现得坏些,她对你的爱情会越来越淡,直到后来,她如果不是在心里暗暗憎恨和瞧不起你,一切也会在恐惧、反感和精神痛苦的情况下统统完蛋。不过且撇开爱情问题不谈,难道你愿意成为她生活中的暴君——从她的生活中挪走所有的阳光,使她落到极其悲惨的地步吗?"

"当然不愿意;我现在不会,将来也不会。"

"但是你已经朝这个方向比你自己所料想的走得更远了。"

"呸,呸!她并非你所想象的那种易动感情、多忧多虑而瞎操心的人;她是个逆来顺受、息事宁人而温柔多情的小人儿;有时候会紧紧绷起脸来,但是总的说来,她是温和而冷静的,乐于随遇而安。"

"想一想五年前你娶她时她是什么模样,现在又是什么模样。"

"这我知道——当时她是个丰满的小妞,漂亮的脸蛋儿白里透红;如今她是个可怜的瘦小人儿,正如一个雪堆般在融化而逐渐消失——可是真该死!——大神作证,这可不是我的错!"

"那末是什么原因呢?不是年龄的关系,因为她才二十五岁。"

"那要怪她自己身体虚弱,而且——真该死,太太!你把我当成什么样的人啊?——当然还有孩子们,他们不是这个就是那个使她担心得要死。"

"不,哈特斯利先生,孩子们给她的乐趣多于痛苦;他们是性情良好的好孩子——"

"我知道他们是这样——愿上帝保佑他们!"

"那末你为什么把这事归罪于他们?——我来告诉你是怎么回事:是为了你而默默发愁和经常焦虑所造成的,我猜想其中还夹杂着她对自己的身体的担忧。你表现得好的时候,她也只能战战兢兢地高兴;你的识别力和原则性不能使她高枕无忧,也不能使她信赖;而且她还不断地担心着,生怕这种短暂的幸福会随时结束;遇上你表现得不好的时候,使她恐怖和痛苦的原因却只有她自己最清楚,他人是无法知道的。她耐心地忍受着不幸,竟然忘记了我们有责任对世人的越轨行为发出忠告。——你既然总是把她的沉默误认为不在乎,那么请跟我来,我要让你看她的一两封来信——我希望这么做不好算辜负她的信任,因为你是她的丈夫。"

他跟随着我走进书房。我挑出两封米莉森特的来信放在他的手中;其中的一封发自伦敦,是在他不顾后果地狂饮烂醉、极其放荡的时期中写的;另一封则是在乡间写的,当时他正处于神志清醒的期间。头一封中充满了极度的忧愁和苦恼,并没有指责他,但对他同那些放荡的朋友交往深感遗憾,辱骂格里姆斯比先生和其他人,暗示对亨廷顿先生的怨恨,并把自己丈夫的胡作非为极其巧妙地一古脑儿归咎于他人。后一封中充满了希望和欢乐,然而又惶恐地意识到这种幸福不会持久;对他的长处备加称赞,同时尽管她并没有完全说出来,却显然希望这幸福是建筑在比感情的自然冲动更牢固的基础上的,而且还怀有几分预感,深恐如此盖在沙地上的房子会倒塌①——而不久以后果然倒塌了,这是哈特斯利看这封信时一定会意识到的。

当他几乎才开始看头一封信的时候,我意外地看到他脸红

---

① 参见《圣经·新约·马太福音》第 7 章第 26 到 27 节耶稣作的"两等根基"的比喻。

了,感到很高兴;可是他立即把背朝着我,在窗前看完那封信。当他看第二封信的时候,我瞧见他有一两次举起手来,急速地在脸上抹一下。会不会是要掠去泪水呢?他看完信之后,花了一段时间来清清嗓子,凝视着窗外,接着用口哨吹了一支他喜爱的歌曲的片段后,便转过身来,把两封信交还给我,默默地握握我的手。

"上帝知道,我确实曾是个可诅咒的流氓,"他说着紧紧地捏了一下我的手,"不过,你要知道,要是我不为往事赎罪的话——要是我不,就让上帝把我打入地狱去!"

"别诅咒你自己,哈特斯利先生;如果你讲的这种诅咒的话,上帝听到了一半,你早在此刻之前就进地狱了——而且你也不可能以将来所尽的本分来赎你过去的罪,因为你的本分只不过是你欠你的造物主的东西,而你不可能做得比你所该尽的义务更多——必须由另一个人来为你过去的过失赎罪。如果你有意改过,那就向上帝祈求他的祝福、他的怜悯和他的帮助,而不是他的诅咒。"

"那就求上帝帮助我吧——因为我肯定需要这种帮助——米莉森特在哪儿呀?"

"她在那边,正同她的妹妹一道走进来。"

他跨出那扇玻璃门去迎接她们。我保持一小段距离跟在后面。使他的妻子有点儿吃惊的是,他把她从地上举起来,以热烈的接吻和使劲的拥抱来招呼她;接着把两只手按在她的肩膀上,我料想他是在把他决定要做的一些了不起的事情给她讲一个大概,因为她猛地伸出双臂搂住他,哇地哭起来,大声嚷道:

"要这么干,要这么干,拉尔夫——我们会很幸福的!你多么、多么好啊!"

"不,我并不好,"他说着把她转过身来朝我推来。"要感谢她,是她干的。"

米莉森特洋溢着感激的情绪,飞奔过来向我道谢。我不承认自己有一点点功劳，对她说在我还没有加上我的一小份劝告和鼓励之前，他就已经倾向于要改过了，而且我做的只不过是她自己本来可能——而且应当——做的。

"啊，不！"她嚷道，"我相信不论我可能说什么，都是对他起不了作用的。假如我尝试过，也只能使他因我笨拙的劝说而感到讨厌。"

"米莉，你从来没有尝试过。"

过了不多久，他们便告辞了。他们现在正去拜望哈特斯利的父亲。那以后，他们将回自己乡间的宅子去。我希望他的好决心不会失败，可怜的米莉森特不会再一次失望。她最后的一封来信洋溢着目前的幸福和对未来的快乐期望；不过还没有发生什么特别的诱惑来考验他的品德。但是从今以后她无疑会变得不那么羞怯和缄默了，而他则会变得更和蔼和体贴——这么说，谅必她的希望并不是没有事实根据的；而我也至少有一个充满光明的亮点来寄托我的思绪。

第四十三章
越过界限

10月10日——亨廷顿先生约于三星期前回来了。对于他的外表、他的举止和谈吐以及我对他的感觉，我不打算费心去加以描述。可是在他到家的次日，使我惊奇的是他宣称要为小阿瑟请一位家庭教师。我对他说，且不说此举很荒谬，在目前这个季节也完全无此必要；我认为我自己完全能胜任亲自教他的任务——至少还能胜任几年；我说教育这个孩子是我生活中的唯一乐趣和事务；又说既然他剥夺了我所有的其他消遣，他确乎也应该给我留下这个乐趣。

他说我不适宜于教育孩子，也不适宜和孩子们待在一块儿，说我已经使这孩子变得比一个自动玩具好不了多少了，还说我的呆板严厉的态度破坏了他原先的那种美好精神；要是我再继续照管他，会把他心中的阳光弄得全部凝固起来，使他变成同我自己一样的阴郁的苦行者。而且如通常那样，可怜的雷切尔也受到了辱骂；他无法容忍雷切尔，因为他知道她对他有看法。

我沉着地为我们两人如何适合分别充当保姆和家庭教师作辩护，仍然抗拒他要在家中增添这么个人的打算；可是他打断了我的话，说再为这事操心也没用，因为他已经聘到了一位家庭教师，下星期就要来了；因此我要做的只是为接纳她做好一切准备。这可是个十分惊人的消息。我大胆地探询她的姓名和住址，是谁推荐她的，还有是什么使他选择了她。

"她是一位非常值得尊敬的虔诚的年轻人，"他说，"你不必担心。我想她姓迈耶斯，是由一位可敬的老年寡妇推荐的——这位太太在宗教界享有盛誉。我没有见过她本人，因此无法把她的外表和谈吐等等详细告诉你；不过，如果这位老太太的赞扬话是正确的，你就会发现她具有担任这职务所需的一切条件——其中之一就是过分疼爱孩子。"

他说这番话的时候，始终很严肃平静，可是在他那半避开的眼睛里有个带着笑容的恶魔，说明兆头不妙。然而我想到了我在某郡的避难所，便不再提出反对意见了。

迈耶斯小姐来到时，我并没有打算非常热诚地接待她。乍看之下，她的外貌并不特别使人产生良好的印象，她的态度和随后的品行也一点儿没有消除我已经对她抱有的偏见。她的造诣有限，她的才智也绝不超过平凡的水平。她的嗓子很好，能够像夜莺般歌唱，而且颇能用钢琴为自己伴奏；不过她的才艺仅此而已。她脸上有一种狡诈而难以捉摸的神态，嗓音中也有这种味道。她看来见我害怕，如果我突然走近她，会惊跳起来。她的行为恭敬而讨好，甚至达到屈从的程度。她开头试图奉承谄媚我，可是我不久就制止了她。她过于宠爱她那个小学生，于是我不得不就过分放纵和不慎重的赞扬的问题对她进行规劝；可是她却没赢到他的欢心。她的虔诚表现在偶尔发出叹息、抬眼朝天花板望和发出几句伪善的说教这些方面。她对我说她是一位牧师的女儿，童年时代就成为孤儿，不过侥幸地在一个非常虔诚的家庭中获得了安身之处；接着她满怀感激之情地谈到她从那个家庭各成员身上所体验到的仁慈，使我为自己的无情想法和不友好的行为责备自己，而且一时变得对她宽厚了——可是并没有持续太久，因为使我厌恶她的原因太合乎情理了，我的怀疑也确有根据；而且我意识到有责任注意并细加察看，直至那些疑点不是满意地被打消就是能得到证实。

我询问那家仁慈而虔敬的人家的姓氏和住址。她说了一个普通的姓和一处陌生而地处遥远的住所，但是对我说他们目前在欧洲，她不知道他们现在的地址。我从没看见她对亨廷顿先生说过话;不过当我不在场的时候,他常常向教室里张望,想看看小阿瑟与他这新同伴相处得如何。晚上,她同我们一起坐在客厅里,自弹自唱来逗他乐——或者像她佯装的那样,逗我们大家乐——而且尽管她只对我说话,却十分关心他的需求,经常注意着抢在他提出之前就去满足他——但实际上他是难得采取让人对他说话的姿态的。要是她并非这么个人,由她来如此夹在我们之间倒能使我大感轻松,可惜如果让任何正派人见到他经常表现的那副模样,我又会羞愧得无地自容了。

我没有对雷切尔提及我的怀疑;可是,她既然已在这块充满了罪恶和痛苦的土地上旅居了半个世纪,就已经知道一个人应该多怀戒心才是。她对我说她一开头就觉得"这个新来的家庭女教师不可靠",不久我也发现了她完全像我一样严密地注意着她。我很乐意她如此,因为我渴望发现事实真相。草谷庄园的气氛似乎使我窒息,我只能靠想念怀尔德菲尔德邸宅活下去。

终于有一天早上,她带了一条消息走进我的寝室,我不等她说完话便下了决心。她给我梳头的时候,我向她说明我的意图和我需要她帮我做什么,告诉她我的哪些东西她得放进行李中去,哪些东西留下给她,因为她已经忠心耿耿地长期服侍我,被如此突然地解雇,我没有其他办法酬报她——对此我极感遗憾,但又无法避免。

"你打算干什么,雷切尔?"我问——"回家去还是另找一个主人?"

"太太,除了同你在一起,我再没有家了,"她答道,"而且如果离开了你,我今生决不再找其他主人了。"

"可是我如今没有钱过太太的生活了,"我回答说。"我必须自己做家务并照看我的孩子。"

"这又有什么关系!"她有点儿激动地回答道。"你需要有人为你收拾房间、洗衣服和煮饭,不是吗?这一切我都能做,工钱无所谓——我自己还有些积蓄哩,如果你不留我,我还得用这些钱在旁的地方开支我自己的食宿，要不就得在陌生人当中干活儿——而我是不习惯这么做的——所以你愿意怎么办就怎么办吧，太太。"她说这话的时候，声音颤抖着，眼睛里噙着泪水。

"雷切尔，这么办我是再高兴不过的了，而且我会在力所能及的范围内付工钱给你——这数目同我可能雇佣的一切活都干的用人所该领的工钱相等；可是你难道没有看出我会把你同我一起往下拖吗？而你又没有干过什么事该受这份罪！"

"嘿，别胡说啦！"她突然嚷道。

"再说，我未来的生活方式会跟过去的大不相同——跟你所习惯的一切完全不相同——"

"太太，难道你以为我受不了我女主人能忍受的一切？——我决不是那么自高自大而娇生惯养——而且我的小主人也受得了，上帝祝福他！"

"不过我年纪还轻，雷切尔；我无所谓，而小阿瑟也年轻——他不会觉得什么的。"

"我也不会。只要是帮助并安慰我当做自己的孩子们来爱的人，我就并没有老到受不了苦日子和重活儿的程度——尽管我已经老得经受不起在艰难险阻中把他们丢下、而自己却去生活在陌生人当中的这种想法。"

"那你就不必去经受这种苦了，雷切尔！"我搂住我这位忠实的朋友，嚷道。"我们大伙儿一块走，你会发现那种新生活是适合你的。"

"上帝保佑你，宝贝儿！"她嚷了起来，也亲昵地拥抱我。"只要我们脱离这座邪恶的房子，我们就会没问题的，你会看到的。"

"我也这么认为，"我如此答道——于是这问题就解决了。

我赶上当天早班的邮寄时间，给弗雷德里克匆匆写了几行，恳求他立即把我的避难所准备好以便接待我——因为可能在他收到这张短笺后一天之内，我就会去住的——我还把我突然作出这一决定的原因用不多的几句话告诉了他。接着我写了三封告别信。头一封给埃丝特·哈格雷夫,告诉她我感到自己不可能再在草谷庄园待下去了,也不能丢下孩子由他的父亲去保护;又由于不让他和他的朋友们知道我们将来的住所是件头等重要的事,因此除了我的哥哥,我对任何人都不透露,并且仍然希望能通过他与我的朋友们通信。于是我把他的地址写给她,劝她常常来信,重申了我先前有关她本人的那些忠告,亲切地向她告别。

第二封是给米莉森特的,信的内容也差不多,只是更多一点儿心腹话。由于我们之间较长久的亲密关系,和她的更多经历,以及她对我的境况更熟悉些,这样做是适宜的。

第三封是给我的姑妈的——这是一项艰巨痛苦得多的任务,因此我留到最后才写;可是我一定得向她解释一下我所采取的这一非同寻常的措施——而且要赶快让她知道,由于亨廷顿先生很可能很快就向她和我的姑父探询我出走的情况,因此他们在我失踪后一两天之内肯定就会知道这事的。不过最后我告诉她,我明白自己犯下的错误,我并不抱怨因而受到的惩罚,但是我很抱歉使我的朋友们为它所造成的后果忧虑;可是考虑到对我儿子所应负的责任,我一定不能再屈服下去了,而绝对有必要使他脱离他父亲的坏人心术的影响。我甚至对她也不能透露我的隐蔽处,以便她和我的姑父能够确确实实否认自己对此有所知;不过任何给我的信附在给我哥哥的信里,都一定能递到我的手中。我希望她和我的姑父肯原谅我采取这一措施,因为我相信,如果他们知道了全部情况,就不会责备我了;而且我相信,他们不会为我而苦恼,因为只要我能够平安无事地到达我的隐避处,并且保持着不受干扰的状态,除了想念他们之外,我会十分快乐的;我会满足于终生隐居,致力于培养我的儿子,教导他避免他的父母所犯的错误。

这些事是在昨天做的。我用了两整天工夫为出走作准备,以便弗雷德里克能有更多的时间去安排那些房间,雷切尔也能从容地收拾行李——因为后一项工作必须非常谨慎地暗中进行，而且只有我能帮助她。我能够帮她把东西聚在一块儿，可是我不懂得该如何把它们装进箱子，才能尽可能地少占地方，更何况既有我和小阿瑟的东西，又有她自己的东西。由于除了我钱包里的那几个金币之外，我一文不名，就不能丢下任何东西——再者，正如雷切尔所说的，我留下的任何东西大有可能会成为迈耶斯小姐的财产，对此我是不乐意的。

可是这两天我多烦恼啊！我必须竭力显得平静而泰然自若——在不得不与他和她见面时，我得像平时一样迎上去，并且强迫自己让小阿瑟一连几小时由她照看！不过我相信这些磨难现在已经结束了，为了更安全起见，我让他在我的床上安睡，而且我相信，他那天真无邪的嘴唇再也不会让他们的传染病毒的吻所玷污，年幼的耳朵再也不会让他们的话语所污染了。不过我们能安全地脱逃吗？唉，但愿早晨已经来临，我们至少已经上路了！这天晚上，我尽力帮助了雷切尔之后，除了等待、期望和发抖之外，再没有什么事可干了，我变得非常激动，以致手足无措。我下楼去吃晚饭，可又没法勉强下咽。亨廷顿先生觉察到了这情况。

"你这又怎么啦？"等第二道菜被端走了，他趁空朝周围看看，问道。

"我不大舒服，"我回答，"我想得去躺一会儿——我去了，你不会觉得很不方便吧？"

"一点儿也不会；如果你不坐在你的座位上，也完全不碍事——还会好一些，"我离开房间的时候，他嘀咕道，"因为我可以设想由别人坐上去。"

"明天就可能由别人坐上去了，"我这么想着——但是并没有说出口来。"得了！我希望这是最后一次看到你了，"我随手关上门时，放轻嗓子咕哝道。

雷切尔催促我马上去休息，恢复一下体力，以便为明天的旅行作准备，因为我们一定得在拂晓前动身，可是处于目前这种紧张不安的状态,我是根本没法入睡的。我计算着从目前到指定要行动的时间还有几小时、几分钟,对每个声响都竖起耳朵听着,身子哆嗦着,唯恐终于会被人发现并泄漏我们的秘密,因此也同样没法坐定下来或者在我的房间里徘徊。我拿起一本书试着阅读。我的目光在书页上溜着,但没法把我的思想集中到它们的内容上。为什么不求助于那个老办法,在我的记事本里添上这最后的一件事呢?我又一次把本子打开,写下了上述的事情——开头是很费力的,不过我的心渐渐平静稳定下来了。几小时就这样过去了,出走的时间逐渐近了——这时我觉得眼睑沉重起来,人也精疲力竭了。我要把我的事情交托给上帝,于是躺下来睡了一两个小时;而接下来!——

小阿瑟酣睡着。整幢房子静悄悄的,不可能有人在注意我们。所有的箱子都由本森捆好,在黄昏以后悄悄地从后楼梯搬下去,用一辆运货马车把它们送往 M 地的公共马车站去。行李卡上的名字写的是格雷厄姆太太,这是我打算今后采用的名字。我母亲的娘家姓格雷厄姆,因此我认为我对它是有一定权利的,而且除了我不敢再用的自己的本姓之外,与其他姓氏相比,我更喜欢它。

第四十四章
避难所

10月24日——感谢上帝，我终于自由和安全了！——我们一早起身，轻手轻脚地匆匆穿上衣服，偷偷地慢步下楼到了门厅里，本森已经握着一支蜡烛站在那儿，等着为我们打开门，然后再在我们身后闩上门。为了那些箱子等等东西，我们不得不让一个男人知道我们的秘密。所有的仆人对于他们的男主人的品行都非常了解，而不论本森还是约翰，都会愿意为我办事，不过由于前者年长且更稳重，又是雷切尔的亲密朋友，我自然也就指使她在有必要的情况下，选择他作她在这一场合的助手和心腹。但愿他不会因此而遇到麻烦，但愿自己能够因他如此乐意担负风险为我效劳而报答他。他站在门口，擎着蜡烛给我们照路，忠实的灰色眼睛里噙着泪水，严肃的面容上充分流露出良好的祝愿。此时，作为纪念，我往他手中塞了两枚金币。唉！我没有力量多给一点儿了，我剩下的钱几乎还不够应付旅途中可能要花的种种开支哩。

我们走出花园，那扇小门在我们身后关上后，我快活得哆嗦起来！接着，我站停了一会儿，吸一口凉爽的空气，斗胆回头望一下房子。只见一片黑暗，毫无声息；窗上没有露出一丝微光，没有一圈圈的烟去遮住寒空中那些闪烁着的星星。当我向这地方，这充满了那么多的罪恶和痛苦的场所永远告别的时候，我对于自己早先没有离开它感到满意，因为现在我对于采取这一步骤的正确性已经毫无疑问了——我不会为了撇下他而感到一丝后怕；除了担心他察觉我们的出走，没有什么妨碍着我的快活心情；而每走一步，我们就离开这种可能性越远。

在圆圆的红日升上天空来欢迎我们的获救之前，我们已经把草谷庄园抛下在许多英里之后了。我们坐在平稳而快速地行进着的公共马车的车顶上，如果附近的居民碰巧看见我们，我想他们对我们的身份是不会有什么怀疑的。由于我打算让别人当我是个寡妇，我认为自己戴着孝进入我的新寓所是适当的。因此我穿了一身不加装饰的黑绸衣和披风，戴着黑色面纱，（在开头的二三十英里的旅途中我始终小心地把它蒙在脸上），还戴了一顶系带的黑绸无边帽，由于我自己没有这东西，我不得不向雷切尔借用——它的样式当然并非最入时的，但是在目前的情况下还是不错的。小阿瑟穿着他的最朴素的衣服，围了一条粗羊毛围巾；雷切尔则裹着一袭在富裕的日子里穿过的连兜帽的灰色斗篷，使她更显得像一位普通而又体面的老太太，而不大像一个专管梳妆的贴身女仆。

啊，如此高高地坐在马车顶上是多么愉快，车轮在阳光照耀着的宽阔道路上轧辘辘地向前滚动，清新的晨风轻轻地拂着我的脸，周围是笑迎着我的陌生的乡野——它在晨光的黄色光辉中露出一副令人愉快而灿烂的笑容——我心爱的孩儿偎依在我怀中，几乎与我同样快活，我那忠实的朋友坐在我身旁；那座牢笼和绝望的生活被撇下在我背后了，随着得得得的马蹄声而后退得越来越远了——而前方是自由和希望！为了我的解放，我几乎禁不住大声赞美上帝，或者因突然发出欢乐的叫声而把同车人吓了一跳。

然而旅程非常长，在还没有结束之前我们已经疲乏不堪了。我们抵达L镇时已是深夜，但离开我们旅程的终点还有七英里；并且再也不能乘坐公共马车了——除了一辆普通的两轮运货马车，没有其他任何车辆——而且好不容易才雇到，因为半个镇的人都已入睡了。在旅途的最后这段行程上，我们又冷又累，一路上感到十分消沉；我们坐在自己的箱子上，既没有东西可以抓，身子又无处靠，车子在崎岖的山路上被缓慢地向前拖着，摇晃得怪厉害的。不过阿瑟正在雷切尔的怀中睡着，我们两人安排得很好，使他免受夜晚的寒风的侵袭。

最后，我们开始爬上一条极陡而且布满碎石的狭路。尽管在黑暗中，雷切尔说她记得很清楚，她从前常常抱着我在这一带走，根本想不到这许多年以后，在目前这种情况下竟又来到这儿。由于阿瑟这会儿被车子的颠簸和停顿弄醒了，我们全都下了车向前走去。我们无须走很长的路，可是如果弗雷德里克没有收到我的信怎么办？或者如果他没有时间把房间准备好来接待我们，以致我们经历了这一切辛劳之后，会发现房间里一片漆黑，又潮湿又不舒适，没有食物，没有炉火，也没有家具，那怎么办？

那座不祥的黑糊糊的大宅终于出现在我们面前了。那条狭路引领我们绕过屋后到了屋前。我们跨入荒芜的庭院，屏住气息，忧心忡忡地环视着这倾圮的大宅。是不是整座宅子都是漆黑而荒无人烟的呢？不是；从一个花格修整得很好的窗户里透出一丝微弱的红光，使我们为之振奋。大门闩着，不过我们适当地敲了门又等了一会儿，楼上的一扇窗户里便传出一个声音同我们交谈了几句，于是一个老妇人让我们进了屋，她是受委托来使房子保持通气，料理家务直到我们抵达——她带我们进了一间还算舒适温暖的小房间，它以前是这座大宅的碗碟贮藏室，现在弗雷德里克把它装修成了厨房。她给我们拿来一支蜡烛，把炉火拨旺，令人愉快，不久就为恢复我们的精力做好一顿简单的饭菜；这期间我们脱去了我们的旅行装，匆匆浏览了一下我们这新居。除了厨房，还有两间卧室、一间相当大的客厅，另有一间较小的，我打算把它作为画室。这些房间的通风都很好，看来维修得很好，可是只布置着稀稀落落的几件旧家具，它们大多是笨重的黑栎木的——正是这里原有的一些家具，后来由我哥哥当作古物保存在他目前的住处，而如今又赶紧运回来了。

那个老妇人把我和阿瑟的晚餐送到客厅里，并且以应有的礼貌对我说："老爷问候格雷厄姆太太，他在接到如此匆促的通知后已经尽最大努力准备了这些房间,不过他明天会很高兴地来拜访你,接受你进一步的吩咐。"

我愉快地踏着外表严峻的石砌楼梯上了楼,在那张阴森森的老式床上躺下来,身边是我的小阿瑟。他不一会儿就睡着了;可是尽管我很疲倦,却因情绪激动,思潮翻腾而辗转不能入睡,直至曙光开始与黑暗搏斗的时候才沉沉睡去;不过一旦睡眠来到,它却是既甜蜜而又爽神的,一觉醒来使我快活得无法言喻。是小阿瑟轻轻地吻了我才使我醒过来的——这会儿他就在这儿——由我安安稳稳地抱在怀中,远远离开他那个卑鄙的父亲!——明朗的白天光线照亮了房间,因为尽管被一大块一大块翻滚着的秋云遮掩住,太阳已经升到高空中了。

无论是屋内还是屋外,这里的景象本身并不令人十分愉快。这间空荡荡的大房间里摆着可憎的旧家具,从狭窄的花格窗向外望去,可以看见上面阴暗的灰色天空和下面的一片荒地,在那里只剩下黑色的石墙和铁门、丛生的青草和杂草以及奇形怪状的耐寒冬青,可以使人知道这里曾经有过一个花园——而墙外那片萧瑟贫瘠的田野,换了其他时候,可能会使我觉得够阴郁的,可是现在各个物体似乎都与我自身意识到希望和自由的那种令人振奋的感觉起了共鸣——在遥远的过去中那些模糊的梦想和对未来的欢乐的期望都似乎随时随地在向我招手。在我目前和过去的那两个家之间翻滚着这片宽阔的海洋,我肯定可以更有把握地欢乐起来,而在这个人迹稀少的地方我一定可以一直不被人所知;再说,在这儿我还有个哥哥偶尔来看望我,使我不觉得孤单。

那天早上他来了;而且那天以后我也同他会过几次面;不过对于他什么时候来和怎么来都不得不十分小心,他甚至也不能让他的仆人或者他最好的朋友知道他来过怀尔德菲尔府——除非是在一个房东可望去访问一个陌生的房客的那种情况下——以免引起人家对我的怀疑,不论是关于实情的猜疑还是什么诽谤性质的谎言。

我来到这儿已经几乎两星期了，而除了一桩使人心烦意乱的心事，即担心被人发现真相之外，我在新居已经很舒适地定居下来了。弗雷德里克供应了我需要的全部家具和绘画材料；雷切尔在远处的一个镇上替我卖掉了我的大部分衣服，又为我添置了比较适合我目前穿着的服装；在我的客厅里有一架从旧货店买来的钢琴和一只藏书还算丰富的书橱；而我的另一个房间已经显得相当像专业人员搞工作的场所了。为了要偿还我哥哥为我所花的全部费用，我勤奋地工作着；我并非有丝毫必要这样做，可是我喜欢这样做。等到我知道了自己以正当的手段做到了不负债，我所拥有的那么一点儿钱财完全是合法地归我所有并且没有人为我的愚蠢行为而蒙受损失——至少在金钱方面——我将从我的劳动、我的收入、我的粗茶淡饭和家庭经济得到更多的乐趣——如果我可能如此做而不致太伤他的感情的话，我要他收下我所欠他的最后一个便士。由于我当初让雷切尔把我的全部画都打点在行李中，所以我有着几幅已经完成的作品。她对于托付她的事办得也实在好，因为其中有一幅亨廷顿先生的画像她也装了进去，那是我在婚后头一年画的。当我把它从箱子里取出来，瞧见那双眼睛带着嘲弄人的笑意盯住了我，仿佛仍然因他自己有力量支配我的命运并且嘲笑我为逃跑所作出的努力而得意非凡似的，使我一时猛地感到惊愕。

当初我画那幅肖像时的感情与现在望着它时的感情是多么迥异啊！为了要画出我当初认为与真人相称的肖像，我曾经怎样绞尽脑汁并辛勤操劳啊！对于我自己的劳动成果又是怎样既高兴又不满意啊！——高兴的是我画得很像，不满意的是我把它画得还不够漂亮。而现在我看不出这肖像中有什么美可言——在它任何部分的表情中都毫无可爱之处；可是与现在的他相比，那肖像却漂亮得多，让人看了也愉快得多——我该更确切地说，让人看了远远不是那么讨厌。这是因为这六个年头对他所造成的变化和我对他的感情所起的变化几乎是同样大的。可是那画框是够美的，它可以用于另一幅画。开头我曾经打算毁掉那幅画，不过结果并没有这么做；我把它丢在一边。我认为自己这么做并非由于我对昔日的爱情还暗中怀有丝毫柔情，也不是为了要提醒自己以前所干下的蠢事，而主要是便于在我儿子长大以后，可以用它来与我儿子的相貌和表情作比较，这样便能断定他与他父亲相像到什么程度或不相像到什么程度——这是说，在我可以把他继续留在身边而同时却可以再也不见他父亲的面的情况之下——而这是我几乎不敢指望的恩典。

看来亨廷顿先生在竭尽全力要找出我隐蔽的地方。他曾经亲自到斯坦宁利去设法为自己伸冤——要是在那儿找不到他的受害人的话，也希望能听到什么消息——他还大扯其谎，而且厚颜无耻、面不改色，使我的姑父竟然多半相信了他，因此竭力主张我回到他那儿去言归于好；可是我姑妈心中明白，她沉着而谨慎，对于我丈夫和我的性格都十分了解，不至于上前者所能捏造的任何似是而非的谎话的当。可是他并不要我回去；他要我的孩子；还要通知我的朋友们，如果我宁可与他分居，只要我立即把他的儿子交出来，他会迁就这个怪念头，让我不受干扰地这样做去，甚至还愿安排一笔适当的津贴给我。可是，求求上帝帮助我吧！即使为了使我的孩子和我免于挨饿，我也不愿把他卖掉换成金子。要让他与他的父亲在一起生活，还不如与我同归于尽的好。

弗雷德里克给我看了一封那位先生写给他的信，信中尽是些恬不知耻的话语，使不了解他的人看了会感到惊讶，可是我确信没有人会比我哥哥更知道该怎样去回复这样的信。他没有把他的复信的内容告诉我，只说他并没有承认知道我的躲藏处，而是让对方猜想他确实完全不知道，因为他对他说，由于我看来已经被逼到那样的绝境，甚至对最好的朋友都隐瞒了自己的隐藏处，因此向他或者我的其他任何亲戚探听有关这件事的消息是徒劳的。他还说假如他知道，或者在将来任何时候获悉我的住处，那末他也绝对不会把这消息通知亨廷顿先生，并说不必费心指望把孩子弄到手，因为他（弗雷德里克）相信自己对他妹妹了解得足以使他断言，无论她在哪儿，或者无论她的境况如何，她怎么也不会把孩子交出来的。

30日——唉！我那些好心的邻人不让我独个儿待着。他们用某种方法把我搜索出来了，于是我不得不让三个不同的人家来访问我，他们全都或多或少旨在发现我是什么人，是干什么的，从哪儿来以及为什么挑选这样的住宅。至少可以说，我并不需要他们来和我做伴，而他们的好奇心使我生气而惊恐。如果我满足了他们，我的儿子就可能会倒霉，而如果我显得太神秘，那只会引起他们的怀疑，招来猜测，使他们更拼命地要刺探我的情况——也许还可能使我的名声从一个教区传到另一个教区，一直传到某一个人的耳中去，他便会把这消息传达给草谷庄园的主人。

那几家人家会指望我去回访他们，不过如果我得知他们当中有人住得太远，以致小阿瑟不能陪我同去，那末他们就得白等一段时间，因为除非是上教堂，我是不忍心离开他的；而我还没有去过教堂，因为——这可能是愚蠢的懦弱表现，可我就是经常担心他被夺走，以致他不在我身边时总使我坐立不安；我还担心这种神经质的恐惧感会彻底妨碍我做礼拜，使我得不到上教堂的益处。不过我还是打算在下星期天去试一下，迫使我自己把他留给雷切尔看管几个小时。这将是一项艰难的任务，可是绝非轻率之举；因为那教区牧师曾经责怪我忽视宗教仪式。当时我提不出充分的借口，便答应如果一切顺利，下个星期天他就会看见我在我的座位上，因为我不希望让人家把我看做异教徒；此外，我知道自己会从偶尔参加公众礼拜得到莫大的安慰和益处，只要我有信心和毅力使我的思绪平静下来，使它适合于这个庄严的场合，禁止自己去不断地挂念那不在身边的孩子，也禁止自己老想着回家时会发现他已经失踪这一可怕的可能性；而上帝肯定会凭着他的仁慈保护我免受这么严峻的考验；即使不是为了我的缘故，上帝为了我孩子本人的缘故也不会让人把他夺走的。

11月3日——我又进一步结识了一些邻人。在本教区及其附近地区的一位漂亮的绅士兼花花公子(至少他自己认为是如此的)是个年轻的……

* * *

日记只到此为止。其余的部分给撕掉了。多么冷酷无情啊——就在她刚要提起我①的时候!因为我毫不怀疑她正要提起的正是在下,尽管当然不会以十分赞许的口气来提到我——从这寥寥数语也好,从回想起我们开始认识时她对我的整个态度和行为也好,都可以断定这一点。好吧!当我知道了她的经验只局限于一些多么出色的样板人物时,我完全可以原谅她对我的偏见和对一般男性的苛刻想法了。

不过,关于我,她早已发现了自己犯的错误,而且也许又犯下了另一个极端相反的错误。因为,如果说开头她对我的看法低于我应该得到的估价,那末我确信如今我应受称许的品质是低于她对我的看法了;而且要是这日记的续篇的前一部分是为了避免伤我的感情才撕去,那末也许她没有给我的后一部分是由于担心我看了会过分自负起来。无论如何,我会愿意付出很大的代价把它全部都看一看——亲眼看一看那逐渐的变化,注意她对我的尊重和友谊的发展过程——她所可能有的不管什么样的更炽烈的感情——看一看在她那一方面有多少爱情;还要看一看,任凭她决心坚贞不渝并竭尽全力地压制着,她的这份爱情又是如何在她心中逐渐增长——可是这不行,我没有权利看;这一切太神圣了,除了她自己,没有人可以看,而她不让我看是做得完全正确的。

---

① 指吉尔伯特·马卡姆。

第四十五章
重归于好

好啦,哈尔福特,你对这一切有什么想法?你在看这日记时,究竟有没有设想到我在阅读时可能会产生什么样的感情?你很可能没有;而我现在也不打算详谈这些感情。我愿仅仅承认下面这一点(纵使这一点对于人性来说可能算不上高尚,对我来说尤其如此):这部日记的前半部分要比后半部分使我看了更痛苦;这并非由于我对亨廷顿太太所受的委屈毫无感觉,或者对于她的苦难无动于衷,而是,我必须承认,当我注视着她的丈夫逐渐失去她的欢心,并见到他如何终于彻底熄灭了她的爱情时,我感到一种自私的喜悦。无论如何,尽管我十分同情她并对他怒不可遏,可是整部日记所产生的作用却是解除了我心头难以忍受的重担,使我心里充满了欢乐,仿佛有个朋友把我从一场可怖的噩梦中唤醒过来了。

这会儿已经快到上午八点钟了,原来我还没有看完那部日记,我的蜡烛便燃尽了,于是我要末惊动家人,自行另取一支来,要末上床去等待白昼的再临,除此别无选择。为了我的母亲,我挑选了后一种办法;可是我有多乐意去就寝啊,结果入睡了多久,这只有让你去想象了。

天一亮我便爬起身来,把那日记手稿拿到窗前,可是还是无法看下去。我花了半小时来穿衣梳洗,随后回过来看那手稿。这会儿我总算不大困难地看得下去了;我以强烈而热切的兴趣,狼吞虎咽似的一口气看完了余下的部分。等到看完了,我对于它的突然的结束所感到的一瞬间的遗憾过去之后,便打开窗,伸出头去迎上那凉快的微风,深深地吸入一阵阵纯净的清晨空气。这是个灿烂的早晨;青草上铺着厚厚一层半结冰的露水,燕子在我的周围叽叽喳喳,白嘴鸦呱呱地叫,从远处传来牛群的哞叫声;清晨的霜和夏日的阳光将各自的芬芳混在空气之中。可是我并不在意这一切。我出神地凝视着大自然的可爱面容时,无数的想法和各种各样的情感乱糟糟地挤进我的脑海。不过不一会儿工夫,这些一团麻似的思绪和情感消失了,被两种十分清楚的感情所代替,那就是:由于得知我所崇拜的海伦果然是完全如我所料想的那种人而感到的无法形容的欢乐——透过世人诽谤的毒雾和我凭一己的想象对她所横加的判断,她的品质犹如太阳一般,光辉灿烂,清澈无瑕,使我无法仰视;还有为我自己的举动所感到的羞愧和深深的自责。

一吃完早餐,我便赶紧朝怀尔德菲尔府走去。自从昨天起,我对雷切尔尊敬有加。我准备完全像个老朋友似的向她致意;可是她开门时向我投来的那种冷冷的怀疑目光制止了我所有的友好的冲动。我想这个老处女自命为她太太的贞操的保护人,她必定把我看成了另一个哈格雷夫先生,而且由于更受到她女主人的尊重和信任,也就更加危险了。

"太太今天不能接见任何人,先生——她身体不好,"我提出要见格雷厄姆太太之后,她说。

"可是我一定要见她,雷切尔,"我说着便把手按住了门,以防她把我关在门外。

"真的,先生,你不能见她,"她答道,她的脸显得更严酷了。

"行行好,去通报我来了吧。"

"这根本没有用,马卡姆先生;她确实身体不好。"

我正要用猛攻夺取城堡的方式,未经通报姓名就闯进去,这时候屋子里有一扇门开了,小阿瑟和他欢乐的游伴那只小狗从里面走了出来,及时防止了我采取这个不合宜的行动。小阿瑟用双手抓住我的手,笑嘻嘻地把我拉上前去。

"马卡姆先生，妈妈说要你进来，"他说，"叫我出去同小狗罗沃尔玩。"

雷切尔叹了一口气，便走开了，我走进客厅，把门关上。在室内，一个身材修长、体态优美的人儿站在壁炉前，她因多愁多苦而消瘦。我把那日记手稿扔在桌子上，望着她的脸。那焦灼而苍白的脸正朝着我；一双清澈的乌黑眼睛盯住我的眼睛，极其热切地凝视着，使我仿佛被一股魔力镇住了。

"你看过没有？"她低声问道。那股魔力被打消了。

"我全都看了，"我说，一边继续朝屋子中央走去——"而且我要知道你会不会原谅我——你能不能原谅我？"

她并不回答我，可是她眼睛里闪出亮光，嘴唇和双颊泛起一层微红。我逐渐走近她，她倏地转过身，走到窗前去。我完全相信她并没有恼火，而只是要隐瞒或控制自己的感情。因此我便大胆地尾随其后，在她身旁站住了——但是我并不说话。她向我伸出一手，没有转过头来，便用极力稳住而又稳不住的嗓音轻声说道：

"你能原谅我吗？"

我想要是我把这只洁白的手举到我的唇边，她可能会认为这是失信的行为，因而我仅仅把它温柔地捏在手中，微笑着答道：

"我简直无法做到。你原该早告诉我的。这证明你不信任——"

"啊，不，"她急忙打断我的话，嚷道，"不是这么回事！我并非对你不信任，而是如果把自己的往事多少告诉你，我就必须把一切都告诉你，以便为自己的行为辩护；可是非到有必要如此表白自己的时候，我完全应该避免这么做。可是你原谅我吗？——我知道自己犯了极大极大的错误；不过，我已照常从我自己的错误中收获到恶果了——而且还得把恶果统统收获完毕。"

这句话是用被果断坚定地抑制住的痛苦声调说的，这种声调确实悲痛极了。于是我把她的手举到我的唇边，炽热地吻了又吻；我因流泪而无法答腔。她容忍着这些狂热的爱抚，毫无反抗或者不满的表示；接着，她突然从我身边走开，在房间里来回踱了两三趟。我见她皱着眉头，紧抿住嘴，扭着双手，知道她内心中正默默地进行着一场理智和感情的剧烈冲突。她终于在空壁炉前站住了，转过身来向着我，平静地说话了——要是那种神态可以称为平静的话，它显然是通过极大的努力才取得的。

"听着，吉尔伯特，你一定得离开我——不是这会儿就走，而是不久以后——而且一定不要再来了。"

"不要再来了，海伦？就在我比以前更爱你的时候！"

"如果是这样的话，就正是为了这个缘故，我们不该再见面了。我认为这次会见是必要的——至少我要自己这么认为——以便我们各自为了往事要求并接受彼此的原谅；但是不可能有再见面的理由了。我一有办法另找一个避难所，就要离开这儿；不过我们的往来必须到此为止。"

"到此为止！"我跟着应了一声，一边走近那个高高的雕刻着花纹的壁炉架，伸手按在它的粗线条的模制花纹上，默默地把额头垂下贴在手上，心情十分阴郁沮丧。

"你一定不要再来了，"她接着说道。她声音微微发抖，不过考虑到她吐露的这句可怕的话，我认为她的整个态度镇静自若得惹人恼火。"你得知道我为什么对你说这样的话，"她继续说下去，"你还得明白我们最好马上就分手——要是说永别是难以忍受的话，你应当帮助我。"她顿住了。我默不作答。"你答应不要来，好吗？——如果你不答应，如果你偏偏再来，那你就会在我还不知道上哪儿去找另一个避难所——或者还不知道怎么去寻找它之前，把我赶走。"

"海伦，"我急切地转向她，说道，"我没法像你那样平心静气而不动感情地讨论永远分离的问题。对我来说，这不是权宜之计的问题，而是一个生死攸关的问题！"

她默默无言，苍白的嘴唇颤动着。她神经质地把头发编成的表链绕着自己那些因激动而哆嗦着的手指，那根表链上挂着一只小金表——这是她让自己保存着的唯一值钱的东西。我说了一句使人痛苦的不公正的话；可是我却不得不接着再说一句更糟的话。

"可是海伦啊！"我开始用温柔的声调轻声说，不敢抬眼看她的脸——"那个人不是你的丈夫，在上帝的心目中他已经丧失了所有的权利——"她使出惊人的劲头一把抓住我的手臂。

"吉尔伯特，别说这种话！"她嚷道，那声音简直能刺穿一颗坚硬的心。"看在上帝面上，你别再提出这番道理了！没有一个魔鬼能像这样地折磨我！"

"我不说了，我不说了！"我说着把自己的手轻轻地按在她的手上；她的激烈态度使我惊恐的程度不亚于我为自己说错了话而感到的惭愧。

"你非但不像一个真正的朋友那样，"她接着说，突然甩开了我，投身到那把旧的扶手椅上——"尽一切力量来帮助我——或者不如说，在正义对情欲的斗争中尽你的一份力——你却把重担全都推给我——而且这还不够，你还要竭力跟我争辩——你明明知道我——"她停住不说了，用手帕掩住了脸。

"请原谅我，海伦！"我恳求道，"对这个问题我再也不会说一句话。可是难道我们不能仍然像朋友一样见面吗？"

"这办不到，"她悲哀地摇摇头答道，接着抬起眼睛盯住我的眼睛，那种带有温和的责备的神态似乎在说，"对此你应该同我一样清楚。"

"那我们该怎么办呢？"我激昂地大声问。不过我随即以平静一点儿的声调又说道——"你要我怎么样，我就怎么样——只要别说今天是我们的最后一次见面。"

"为什么不？你难道不知道我们每见一次面，想到永别那回事会使我们更痛苦？你难道感觉不到我们每见一次面，使我们彼此比上一次更亲切？"

她发出最后这句问话的语调轻而急促，她垂下的眼睛和绯红的双颊再清楚不过地显示她至少已经感觉到了这一点。作出这样的承认或者像她随即又说的那句话可都不是谨慎之举。那句话是:"现在我有力量吩咐你走,下一趟就可能不同了。"——不过我并没有卑鄙得想利用她的坦率。

"可是我们可以通信,"我怯生生地提议道——"你不会拒绝给我这种安慰吧?"

"我们彼此可以通过我的哥哥得知对方的情况。"

"你的哥哥!"我顿时感到一阵自责和羞愧的痛苦。她并不知道他在我手里所受到的伤害;我没有勇气告诉她。"你的哥哥不会帮助我们,"我说,"他会使我们之间的一切交往彻底结束的。"

"而且我料想他会是正确的。作为我们两人的朋友,他会希望我们两人都好;而所有的朋友都会对我们说,把对方忘掉是对我们俩都有益的,而且也是我们的本分,尽管我们自己可能对此不理解。不过别担心,吉尔伯特,"她瞧见我显然心绪不宁,便苦笑着说,"我是不大可能会忘记你的。不过我的意思并不是让弗雷德里克替我们俩传信,只不过是我们可以通过他知道对方的情况罢了——超过这个程度就不应该了;因为你还年轻,吉尔伯特,你应当结婚——有一天你一定会的,尽管你现在可能认为不可能——而且虽然我很难说我希望你把我忘掉,我知道你是应该这样做的,既为了你自己的幸福,也为了你将来的妻子的幸福——因此我应当也乐于希望这样,"她坚定地补充道。

"你也还年轻啊,海伦,"我大胆地应道,"等到那个放荡的坏蛋走完了他的一生,你就该答应同我结婚——我要等到那个时候。"

但是她却不肯为我留下这精神支柱。她并不受到那个把希望寄托于另一个人的死亡上这一不道德心理的支配,因为如果那人不适于这个人间,他至少也同样不适于阴间,而他的改过从善就将成为我们的祸患,而他犯下的最大的罪就是我们最大的好处——因此她坚持认为这是个狂妄的念头,因为许多有亨廷顿先生这种生活习惯的男人都活到了晚年,尽管往往是悲惨的晚年——"而且,"她说,"如果说我的年龄还轻,我却已饱经哀伤了;即使在罪恶把他毁灭之前,苦难还不能置我于死地的话,你试想想,倘若他只活到五十岁左右,你会不会愿意在前景不太有把握、悬而不决的情况下,度过全部的青年和壮年的全盛时期,等上二十或者十五个年头——最终娶一个像我将来那样的苍老而憔悴的老太婆?——而且从今天起直到那天为止你始终都无法见到我——你是不会的,"她打断了我对她坚贞不渝的热切申明,继续说道——"即使你愿意,你也不应当这样。相信我,吉尔伯特,对于这件事我懂得比你多。你认为我这个人冷酷无情、铁石心肠,你可以这么想,可是——"

"我没有这个想法,海伦。"

"好吧,这没关系;只要你愿意,你可以这么想——不过,我在过着与外界隔绝的生活中并非完全无所事事的,我现在说这些话并不像你那样是凭着一时的冲动。我曾经把所有这些问题反复思考过,同我自己进行辩论,把我们俩过去、目前和未来的生涯彻底想过;而且请你相信我,我终于获得正确的结论了。现在请你相信我的话,而不要相信你自己的感情,过几年你就会发现我是对的——尽管目前我自己也几乎没法领会,"她把头靠在手上,叹了一口气,轻声说——"所以不要再反驳我了,因为你所能说的话都已经在我自己的心里说过,而且被我的理智所驳倒了。当这些建议在我的心里悄悄地提出来的时候,我跟它们斗争已经够艰苦的了;如今出自你的嘴,更是难上十倍。我知道,要是你了解它们使我多么痛苦,你就会马上住嘴。如果你知道我目前有着什么样的感情,你甚至会为了要解除我的痛苦而让自己痛苦的。"

"我愿意走——一会儿就走,要是这么做能解除你的痛苦的话——而且永远不再回来!"我辛酸地加强了语气说——"不过,如果我们可能永远不再见面,永远没有希望重逢,那末我们靠通信来交流思想是不是犯罪呢?无论其在尘世的肉体的命运和境遇如何，难道相似的心灵不可以接触并在交流中相混合吗？"

"可以，可以！"她大声嚷道，顷刻之间迸发出一股充满欢乐的激情。"我也这么想过，吉尔伯特，可是我没敢说出来，因为担心你不会理解我对这个问题的看法——甚至现在我还在担心——我担心任何出于好意的朋友会对我们说，我们双方都想保持一种心灵交流来哄骗自己，这种交流毫无希望也不可能发展为任何再进一步的关系——不会助长徒然的悔恨和导致创伤的渴望，不会怂恿那些应该严格而无情地听任其由于空洞而最终消亡的思想。"

"不必介意我们的好心朋友们会怎么说。要是他们能使我们的肉身隔离，那就够了；天哪，别让他们隔离我们的心灵呀！"我大声嚷道，深恐她会认为自己有责任不让我们得到这唯一剩下的慰藉。

"可是我们倘若在这儿通信，"她说，"肯定会成为流言蜚语的新材料；而且等我搬走了，我不打算让外界知道，也不让你知道我的新住处；我这么做并非怀疑你的话，即使你答应不来找我，而是认为如果你明知自己找不到我，你的心情就会平静些；而且既然你没法想象我的情况，你也就可能在转移对我的注意方面少些困难。不过，听着，"她说，一边微笑着举起一根手指制止我作急躁的回答，"六个月之后，弗雷德里克会把我的确切住址告诉你的；到那时候，如果你仍然希望要给我写信，而且认为你能保持一种纯粹谈思想而纯属精神性质的通信——至少是像摆脱躯体的心灵或者不动感情的朋友们之间的那种通信——那么，你就来信吧，我会回信的。"

"六个月！"

她沉默了一会儿，突然从椅子上站起来，双手果断地紧紧握着，几乎发了狂似的喊道："是的，给你时间让你目前的热情冷却下来，考验一下你的心灵对我的爱是否忠实和坚贞。好了，我们之间说的话已经够了。——我们为什么不能马上就分手呢！"我想我有责任毫不迟延地就走；于是我朝她走去，半伸出一只手，仿佛是向她告辞；她默默地握握我的手。可是想到就此这样永别使我实在受不了；它似乎要把我心脏里的血都挤出来；我的双脚胶着在地板上，动弹不了。

"可是我们非得永远不再见面了吗？"我内心痛苦到了极点，咕哝道。

"我们将在天国相会。让我们这样想吧，"她说，声调极其平静；但是她的眼睛狂热地闪着光，脸色死白。

"可是并不像我们现在这情况，"我禁不住如此答道。"想到下次我见到你的时候，你已是一个脱离肉体的灵魂，或者是个变了样的人，身躯完美无瑕，光辉四射，可是不像目前这样子——也许还有一颗跟我完全疏远了的心，这对我就说不上是什么慰藉了。"

"不对，吉尔伯特，在天国里有完美的爱！"

"我想，它完美得超越了任何区别，你将对我和我们俩周围的一千万天使以及数不清的一大群快活的灵魂一视同仁，而不会对我有更亲密的好感。"

"无论我成为什么样的人，你将会同我一个样儿，所以不可能感到遗憾；而且不论会发生什么样的变化，我们知道肯定是变得更好的。"

"可是如果我变得不再全心全意地崇拜你，不再爱你胜过所有的人，那末我就不会是我本人了；而且要是我竟然能到达天国的话，尽管我知道自己肯定会比现在好而幸福得无可限量，我今世的本性却是不会因期待这种福分而感到高兴的，因为我的本性和它的主要乐趣必然会受到这种福分的排斥。"

"这么说你的爱情完全是世俗的了？"

"不，不过我在设想我们彼此将不会再有比与其余的人更亲密的交往了。"

"如果是这样的话，那将是因为我们爱他们爱得更多些，而不是我们对彼此爱得更少些。如果是相互的爱，同时又将是非常纯洁的爱,那么爱情的增长会带来幸福的增长。"

"可是,海伦,难道你能高兴地期待着这个将在浩瀚的光辉中失去我的前景吗?"

"我承认我不能;但我们并不知道将来定会是这样的,而我确实知道将尘世的乐事换取天国的欢乐引以为憾,是正像匍匐爬行的小毛虫会悲叹自己有朝一日必须离开那片被啃啮的叶子向上高飞,振翼穿过空中,随意漫游于一朵又一朵花之间,从花萼中呷着甘甜的蜜,或者在阳光和煦的花瓣上取暖。如果这些小生物知道等待着它们的是多么大的变化,它们肯定会感到遗憾;可是这一切哀伤难道不是不得当的吗?如果这个例子还无法打动你,就再来举一个:——我们现在都是孩子,我们的感觉像孩子,我们的理解像孩子[①];人家对我们说,男人和女人不玩玩具,还说有一天我们的游伴会厌倦他们和我们现在深感兴趣的那些微不足道的游戏和消遣方式,我们想到这一改变就禁不住会感到悲哀,这是因为我们没法想象在自己长大以后,我们的思想境界会扩大并提高,到那时候,我们本人对现在这么珍爱的东西和消遣方式,也会认为微不足道,而且,虽然我们的游伴们不再同我们一起作那些幼稚的娱乐,他们会同我们一起喝其他快乐的泉水,并且在我们现在所难以理解的更高目标和更高尚的活动中,将他们自己的灵魂与我们的灵魂相汇合,但是并不因而不感到那么津津有味而确实美好——而我们和他们却基本上仍然是无殊于以前的人。可是,吉尔伯特,难道你真的不能从我们可能在不再有痛苦和悲哀的地方再相聚这个想法中得到安慰吗?在那儿不再需要反抗罪恶,不再有灵魂对肉体的搏斗;在那儿,我们俩都会瞧见同样的辉煌的真理,从同一个灵光和仁慈的源泉吮吸那崇高的至上福分——那源泉也就是我们俩会以同样强烈的圣洁的热情崇拜的上

---

① 参阅《圣经·新约·哥林多前书》第13章第11节:"我作孩子的时候,话语像孩子,心思像孩子,意念像孩子。既成了人,就把孩子的事丢弃了。"

帝；在那儿，作为纯洁而欢乐的人，我们俩会以同样神圣的感情去爱上帝。如果你不能，就永远别写信给我！"

"海伦，只要信心永远不会减弱，我能！"

"好，那末，"她大声说，"趁我们还强烈地抱有这种希望——"

"我们就分手吧，"我也叫喊起来。"你也就不用费心再作一次努力来打发我走了。我马上就走，可是——"

我没有说出我的要求，她出于本能就明白了，而且这次她也顺从了——或者更确切地说，在这件事上并不存在像请求或者顺从那样需要经过考虑，那是双方都无法抗拒的一种突然的冲动。我本来站着盯视她的脸，一眨眼便把她搂在胸前，我们俩紧紧地拥抱着，似乎成了一体，非任何物质或精神力量所能拆开的了。她仅仅低声说了这么两句话："上帝祝福你！"和"走——走吧！"但是她一边说一边却紧紧抱住我，使我不使劲就无法服从她。不过，我们终于硬是分开了，于是我便冲出那房子去。

我恍恍惚惚记得看见小阿瑟在花园走道上跑过来迎接我，我自己则翻过围墙避开他——随后跑下陡峭的原野，越过挡住我去路的石围栏和矮树篱，直至我完全看不见那座古老的邸宅，来到了山脚下；还记得在那个偏僻的山谷里度过很长的时间，痛哭流泪，忧郁地冥思苦想，耳际是西风猛穿过遮阴的树木的呼呼声和小溪流过布满卵石的河床时的汩汩声的永恒的乐声——我的眼睛多半时间茫然凝视着脚边那块阳光照着的明亮的草地，纵横交错的浓荫正不停地在上面闪动着，不时有一两片枯叶飘来参加这个狂欢活动，可是我的心正远在山上那间黑暗的房间里，她在那儿凄切而孤寂地啼哭着——这个我不可以去安慰、不可以再见面的她，要直等到许多年的痛苦把我们俩都压倒，把我们的灵魂从它们那在坍败中的泥土住所①中拉扯出来。

不言而喻，那天我没干什么活儿。我把农场丢给了雇工们去

---

① 指人的身躯。

料理，听任他们自行其是。但是有桩任务我必须去做；我并没有忘记自己对弗雷德里克·劳伦斯的攻击，我必须去见他，为那次不幸的举动道歉。我很想推到明天再办，可是如果在这期间他向他妹妹告发了我，那怎么办？不，不，我今天一定得去请他宽恕我，如果此事必须泄露的话，我要恳求他谴责的时候宽大一些。然而我还是推迟到傍晚才去，那时我的心情已经平静了一点儿，而那时——唉，人性中的刚愎自用是多么奇异啊！——一些微弱的不具体希望的萌芽开始在我的心中茁生；我并非在就那问题谈了那么多话之后还抱有这些希望，可是它们必须在我心里停歇一会儿，尽管不受到怂恿，然而也不加以粉碎，直到我学会了没有它们也能活下去为止。

我到达了那位年轻地主在伍德福德的邸宅的时候，发现要见他可不容易。开门的男仆对我说他的主人病很重，似乎认为未必能见我。不过我可不愿受到挡驾。我在门厅里静候他去通报，但是暗自拿定主意不接受谢绝。回话果然不出我之所料——他彬彬有礼地告诉我，劳伦斯先生任何人都不能见；他正发着烧，不能受到打扰。

"我不会打扰他很久的，"我说，"可是我必须见他一会儿，我有要紧事情要跟他谈。"

"那我去告诉他吧，先生，"男仆说。我深入门厅，跟随着他几乎走到了他主人待着的那个房间的门口——因为看来他并没有卧床。回话是由于劳伦斯先生目前什么事也不能办，他希望劳驾我留个口信或者便条给那个男仆。

"他既然可以见你，也就可以见我，"我说罢便在那惊讶的男仆跟前走过去，大胆地敲敲门，走进屋子，随手关上了门。房间很宽敞，布置得很漂亮——对一个单身汉来说，也十分舒适。在擦得锃亮的炉栅后面，炉火又亮又红。一条整天懒散而养尊处优的老灵猩躺在炉前那块又厚又软的小地毯上取暖。在小地毯的一角，挨着沙发椅坐着一条漂亮的小猎犬，渴望地抬眼望着它主人的脸，也许是想征求他同意让它也上他的躺椅去，或者可能只是恳求他抚摸它一下或者说一句亲切的话。那位病人本人的模样则很有趣：他身穿讲究的晨衣，横过两鬓绑着一块绸手帕，正斜倚在躺椅上。他那张一向苍白的脸涨红着，发着烧；眼睛半闭着，直至觉察我的到来才睁大；一只手有气无力地靠在沙发椅背上，拿着一本小开本的书，显然曾经白费劲地试图用它来消磨令人厌倦的时间。不过当我朝屋中央走去、在他跟前的小地毯上站住的时候，他吓了一跳，又气愤又惊讶地把书丢下。他撑起身子靠在枕头上凝视着我，脸上流露出同样程度的紧张、恐惧、愤怒和诧异的神情。

"马卡姆先生，我简直想不到你来这一着！"他说这句话的时候，面颊都发白了。

"我知道你想不到，"我应道，"不过你安静一会儿，我来告诉你我的来意吧。"我漫不经心地朝他走近了一两步。他看我走近，退缩了一下，脸上现出反感和出于本能的实际畏惧，那决不是一种对我的心情能起安抚作用的表情。不过我还是朝后退了一步。

"你得长话短说，"他边说边把手按在他身旁桌上的那只小银铃上——"否则我只得叫人来了。我目前的状态受不了你的野蛮举动，也无法容忍你待在我跟前。"而事实上，汗珠也确实从他的毛孔里冒出来，像露水般停留在他苍白的额头上。

简直无法指望这样的接待来使我这不值得羡慕的任务减少困难。可是又必须用某种方式去完成它；因此我立即投入此项工作，尽力好歹干到底。

"事实是，劳伦斯，"我说，"最近我对待你的行动很不恰当——尤其是最后这一次；而我是来——简单地说，来为我的作为向你道歉，请求你宽恕的。——如果你不愿意宽恕我，"由于我不喜欢他此时脸上的那种神情，便急忙继续说道，"那也不要紧——可是我已经尽了我的责任了——我的话完了。"

"你干得倒轻松得很哪,"他应道,露出近乎冷笑的一丝笑容,"毫无道理地把朋友辱骂一顿,还使劲打他的头,然后告诉他说,自己干得不大对头,但是否能得到他的宽恕却无所谓。"

"我忘了告诉你那是出于误会,"我咕哝道。"我原该深表歉意,可是你当时惹得我好厉害,你那副——咳,我想是我的错吧。实情是我原先并不知道你是格雷厄姆太太的哥哥,我瞧见也听见了一些有关你对她的举动的话,那是很可能引起令人不愉快的猜疑的,而且,请容许我这么说,只要你坦率一点、能信任人一点,原是可以免去这种猜疑的;可是终于有一次我偶然听到你同她的一段谈话,使我认为自己有权利恨你。"

"那末你怎么知道我是她的哥哥的呢?"他有点担心地问。

"她亲口告诉我的。她把一切都告诉了我。她知道我这人信得过。不过你对这事也不必在意,劳伦斯先生,因为我不会再见到她了!"

"不会!难道她走了吗?"

"没有,不过她已经向我告辞了;而且我已经答应她,在她住在那房子里的期间,再也不走近那儿。"话题这么一转,又唤醒了我痛苦的思想,我原可以大声地呻吟起来的。但是我仅仅紧握起双手,用脚跺着炉前的小地毯。然而我这朋友却显然松了一口气。

"你做得对!"他用完全认可的语气说,脸上几乎露出了喜色。"至于那次误会,它的发生使我为你我都感到遗憾。也许你能原谅我不坦率,不过你要记得,最近你根本就没有鼓励我给予你友好的信任。这能为我减轻一点罪责。"

"是的,是的,我全记得;没有人能把我责备得比我内心的自责更厉害——总之,对于你正确地称之为野蛮举动的后果,没有人能比我更真诚地感到遗憾。"

"别提这个了,"他淡淡一笑,说道;"让我们把双方讲的不愉快的话和做的事情统统忘了吧,把我们有理由懊悔的一切也都忘掉吧。你会不会反对握我的手——或者你是不是宁可不握?"他伸出手来的时候,由于虚弱而发抖,我还没来得及去握住,它已经垂下了;我亲切地使劲握了一下,他却没有气力也握紧我的手。

"劳伦斯,你的手多么又干又热啊,"我说。"你真的有病,而我说了这些话使你的病更重了。"

"哎呀,没什么,只是淋了雨着凉了。"

"这也得怪我。"

"没关系——不过告诉我,你把这件事告诉了我妹妹没有?"

"我得承认我还没有勇气这样做;不过你告诉她的时候,是不是请你只说我极其懊悔,而且——"

"啊,绝对不必担心!只要你保持继续远离她这一个好决心,我就不会说任何反对你的话。那末据你所知,她还不知道我生病了?"

"我想是这样。"

"这可使我高兴,因为我一直折磨着自己,担心有人会对她说我快要死了,或者说我病得很重,那她就会因为接不到我的信或没法帮我什么忙而苦恼着自己,或者还可能干大蠢事跑来看我。如果我办得到的话,我一定得设法让她知道一些关于我的病况,"他沉思着继续说,"否则她就会听到这类传说。有很多人会乐于把这种消息告诉她,就为了要看看她的反应如何;那一来她就可能使自己受到新的诽谤了。"

"我早告诉她就好啦,"我说。"要不是因为我已经答应她,我现在会去告诉她的。"

"决不要这样!我根本没这个想法——不过如果我现在来写一封短简——不会提起你,马卡姆,只是略微谈一下我的病,作为我没有去看她的理由,还使她对可能听到的任何夸大了的传说提高警惕——用和我自己的不同的笔迹写——劳驾你经过邮局的时候替我投寄,好不好?因为在这种情况下我不敢信任我的任何一个仆人。"

我再乐意不过地同意了，马上去把他的书写用具拿给他。他根本就不需要伪装他的笔迹，因为这个可怜的人为了写得字迹清楚，看来握笔还有相当的困难。短简写好之后，我认为自己该走了，不过在告辞之前，我先问他究竟还有没有什么事，不论大事还是小事，可以让我为他效劳，以便减轻他的病痛，并且弥补我对他所造成的伤害。

"没有了，"他说，"你为此已做了许多事；你为我做的已经比最高明的医生能做到的更多了；因为你已经使我了却了两桩大心事——那就是：为我的妹妹担忧和因你的缘故感到深深的遗憾，因为我确信这两件事所产生的苦恼对引起我发烧的作用比任何其他因素更大；而且我相信我会很快复原的。还有一件事你能为我做的，那就是请你有时来看看我——因为你瞧，我在这儿非常寂寞，我保证再也不会阻止你来了。"

我答应一定再来，亲切地紧握了他的手之后就走了。我在回家途中把信投了邮，果断地抵制了引诱，不让自己顺便投寄一张自己写的便条。

第四十六章
友好的劝告

有时候我真巴不得让我母亲和妹妹明白那个受迫害的怀尔德菲尔府的房客的真正品性和情况；而且开头我还十分懊悔自己忘记去征得那位夫人的同意让我这么做；可是作了应有的考虑之后，我又认为要是她们知道了这些情况，对米尔沃德和威尔逊两家就不可能保密很久，而根据我目前对伊丽莎·米尔沃德的秉性的评价，如果一旦让她掌握了这件事的线索，我担心她要不了多久就会设法使亨廷顿先生知道他妻子的隐避处在哪儿。因此我愿意一直耐心地等到这令人厌倦的六个月过去，到那时候那个逃亡者已经找到了另一个住处，并且允许我给她写信，我就要恳求她让我澄清这些邪恶的诽谤，恢复她的名誉；而目前我必须满足于仅仅断言我自己知道那都是些假话，并且有朝一日要给予证实，使那些诋毁她的人都蒙受羞辱。我并不认为有什么人会相信我的话，但是所有的人不久都懂得了当着我的面要避免说关于她的含沙射影的话，甚至也不要提及她的名字。他们以为我被那位不幸的夫人的魅力弄得神魂颠倒，以致我会毫无理智地坚决支持她；同时由于想到我所遇见的每个人都对这个化名为格雷厄姆太太的人怀有卑鄙的想法，而且只要有胆量都会说出口来，我变得越来越难以容忍地郁郁不欢而愤世嫉俗。我那可怜的母亲为我感到十分难过，但是我也没法不这样——至少我感到自己没法不这么做，尽管有时候我为自己对她的不孝顺行为受到自责的折磨，并努力改正，而且取得了一部分的成功—— 一般说来，我对她的态度也确实比对除了劳伦斯先生之外的任何人都仁慈些。罗丝和弗格斯通常避免同我见面;他们这么做很好,因为在目前这种情况下,我不适宜与他们接触,他们也不适宜与我做伴。

直到我们那次最后会面之后两个多月,亨廷顿太太才离开怀尔德菲尔府。在那一段日子里,她一次也没有在教堂露面,我也一次都没有走近那座房子。我曾以各种方式多次向她哥哥询问关于她的情况,仅从他简短的回答中得知她仍住在那儿。在他生病和康复期间,我经常去看望他并且十分关心他;这不仅出于我对他的痊愈的关心以及希望使他高兴,并且尽可能为我先前的"蛮横行为"赔罪,还由于我越来越喜欢他,同他在一起感到越来越愉快——这部分是由于他对我越来越亲切,但主要还是因为他与我所崇拜的海伦的密切关系——在血统和情感这两方面的关系。我为这层关系爱他超过我所乐于宣之于口的程度;我暗自以紧握他那些细长而白皙的手指为乐,他虽不是个女人,手指却出奇地像她的手指;我也乐于注视他那美丽苍白的脸上转瞬间的种种表情变化,并注意他嗓音的抑扬转调——察觉到我纳闷为什么以前竟然从未感觉到的相似之处。有时候他显然不愿意跟我谈有关他妹妹的事,这确实使我很生气,然而对于他希望我不去想她的这一友好动机,我是毫不怀疑的。

他的康复并不如他所料想的那么快;直到我们和解后过了两星期,他才能骑上马背;他初次使用他那复原的体力是在晚上骑马到怀尔德菲尔府去看望他的妹妹。对于他们两人来说,这都是一个冒险的举动,可是他认为就算不是为了免去她对他的健康状态的牵挂的话,也有必要与她商量她的迁居计划,而这一来最糟的结果是使他的旧病有点儿复发了。除了一同住在那座旧邸宅内的人之外,没有人知道那次访问——我可是例外。我相信他并不打算对我提起这件事,因为次日我去看他的时候,注意到他的身体情况不如应有的那么好,他仅仅说自己头天晚上在户外待得太晚以致感冒了。

"如果你不照顾好自己的身体,就将永远不能去见你的妹妹了，"我说，为了她的缘故被这个情况有点儿惹火了，倒反而并不对他怜悯。

"我已经见过她了，"他平静地说。

"你见过她了！"我大吃一惊，嚷了起来。

"是的。"接着他便告诉我是什么念头驱使他如此冒险的，又是怎么样谨慎行事的。

"她好吗？"我迫不及待地问。

"跟往常一样。"他的答话很简短，却显得悲哀。

"跟往常一样——这就是说一点儿也不快活，一点儿也不健康。"

"她并不确实有病，"他应道，"而且我毫不怀疑要不了多久她的情绪就会恢复的——可是她身受了这么多的磨难，使她几乎受不了啦。这些天看上去多么怕人哪！"他朝着窗户转过身去，接着说道。"我看不等到晚上就会下雷阵雨的；而我的雇工们正在堆麦子呢。你的麦子全收进仓了没有？"

"没有。——哦，劳伦斯，她有没有——你妹妹有没有提到我？"

"她问过我最近有没有见到你。"

"她还说了些什么？"

"我不能把她说的话全都告诉你，"他微微一笑，答道，"因为虽然我待的时间很短，我们却谈了很多话；不过我们的谈话主要是关于她打算迁居的问题，我请求她推迟到我能更好地帮她找另一个住处的时候。"

"可是难道她没有再说与我有关的话吗？"

"马卡姆，她没有说很多关于你的话。要是她存心多讲，我也不会鼓励她这么做的；不过幸而她并没有，只问了几句关于你的话，而且看来对我的简短回答也感到满意了；在这方面她可显得比她的朋友聪明——我还可以告诉你，看来她担心你太想念她远远超过她担心你忘掉她。"

"她是对的。"

"可是关于她,我怕你所担心的恰恰相反吧。"

"不,并非如此。我希望她幸福;但并不希望她把我完全忘掉。她知道我不可能会忘掉她;而她希望我不要老记住她,这是对的。我不希望她太想念我;不过我简直无法设想她会因我而弄得自己非常不快活,因为我知道自己除了有赏识她的能力之外,是不配这样的。"

"你们俩都不值得使自己心碎——也不值得去浪费那些已经(而且我恐怕还会)浪费在双方身上的所有叹息、眼泪和愁思;可是我恐怕目前你们俩对对方的看法都超过了各自所该得到的崇高的估价;而我妹妹的感情自然同你的一样十分强烈,而且我相信比你的更为坚贞;不过对于这件事,她是通情达理而坚韧不拔的,会竭力与自己的感情作斗争的;我还相信她非到自己彻底断了这个念头是不肯罢休的,那是说断了——"说到这里他犹豫了一下。

"想我的念头,"我说。

"而且我希望你也作出同样的努力,"他接下去说。

"她有没有告诉你说她有这个打算?"

"没有;我们之间并没有提出要讨论这个问题。没有必要这么做,因为我毫不怀疑她有这样的决心。"

"把我忘掉?"

"是的,马卡姆!为什么不呢?"

"唉!好吧,"这是我唯一出声的答话;不过我在内心作了如此的答复——"不,劳伦斯,这你搞错了,她并没有决意要忘掉我。忘掉一个这么深情地忠诚于她,又像我这样能全面赏识她的美德并且与她的一切念头起共鸣的人,会是错误的;而我要是忘掉我曾经那么忠诚地爱过并切实了解的、像她这样完美而神圣的上帝所造的人也是错误的。"不过对这个问题我不再对他说什么了。我立即换了一个话题,不久便向我的这位友伴告辞,当时我对他的感情不如平时那么热诚亲切。也许我没有权利对他生气，然而我还是生气了。

在这次过后一星期多一点的一天，我在他拜访威尔逊一家后回家的路上遇见他；我这时决定好好报答他一下，尽管这么做会伤他的感情，也许还要冒招致他不快的风险，而这往往是那些提供不合人心意的消息者或者向人主动提出劝告的人所受到的报答。请相信我，在这件事上我并不是由于最近他偶尔有几次惹我生气而产生了报复的动机，也不是对威尔逊小姐怀有任何恶毒的敌意，而纯粹是因为我不能容忍这样一个女人将成为亨廷顿太太的嫂嫂，而且既为了他也为了她之故，我不忍想到他将被骗上当而与一个那么配不上他的人结婚，她是绝对不适宜在他安静的家里充当伙伴，作他的终身伴侣的。我料想他本人对这一点也不自在地怀疑过，可是他是那么缺乏经验，那位小姐的引诱力是那么大，用它来影响他那年轻的想象力的本领又是那么高明，因而他的猜疑并没有使他犹豫多久，而我相信唯一使他举棋不定并至今还没有正式求婚的原因是考虑到她的亲戚关系，特别是她的母亲使他无法忍受。要是他们两家的住处相距得远些，他还有可能克服这个缺点，但只离开伍德福德庄园两三英里，这可就不是无关宏旨的事了。

"劳伦斯，你去拜访过威尔逊家了，"我挨在他的小马旁边走的时候说。

"是的，"他答道，同时略微转过脸去。"在我生病期间，他们始终那么详细而经常地问起我的健康情况，因此我认为单凭礼貌也该趁早就去答谢他们的关怀。"

"那完全是威尔逊小姐一手安排的。"

"就算是这样的话，"他的脸显而易见地羞红了，回答说，"难道这就成了我不该适当地表示感谢的理由吗？"

"这就是你为什么不该表达她所期望的感谢的理由。"

"对不起，我们不谈这个问题吧，"他说道，显然生气了。

"不,劳伦斯,请原谅,让我们再谈一会儿;我们既然谈到了这件事,我就告诉你一件事,信不信由你——只是请你记住,我这个人是不习惯于说假话的,而对这件事,我不可能有存心歪曲事实的动机——"

"好啦,马卡姆!那又怎么样呢?"

"威尔逊小姐恨你的妹妹。鉴于她不知道你们的兄妹关系,她对她感到有几分敌意就可能是很自然的了,可是任何善良和蔼的女人对她想象中的情敌是不可能表现出我所注意到的她那种刻骨的、冷酷无情而有计谋的恶毒态度的。"

"马卡姆!!"

"正是这样——而且我还相信她和伊丽莎·米尔沃德如果不是那些已经传开的诽谤性谣言的制造者,至少也是那些谣言的故意怂恿者和主要传播者。她当然并不想把你的名字牵连到这件事里去,可是她过去乐于,如今仍乐于在不暴露她自己的狠毒用心的太大风险的前提下,竭尽全力诽谤你妹妹的名声!"

"我没法相信这个,"我的朋友打断我的话说道,他愤怒得脸色通红。

"好,我既然没能提供证明,就只能断言:在我看来确是这样;不过,既然要是事实确是这样的话,你便不会愿意娶威尔逊小姐,那末你得小心才是,直到你证实了不是那么回事为止。"

"马卡姆,我从来没有对你说过我打算娶威尔逊小姐,"他傲慢地说。

"你没有,但是不管你有没有这个打算,她却是打算嫁给你的。"

"她这么对你说过吗?"

"没有,不过——"

"那你就没有权利坚持这么说她。"他略微加快了他的小马的步速,可是我伸手按在它的鬃毛上,决定不让他就这么离开我。

"等一等,劳伦斯,让我把我的意思说清楚;别这么——我不知道该怎么说才对——听不进人家的话。——我知道你对简·威尔逊的看法；我也相信自己知道你的见解错到什么程度；你认为她异常迷人、体态雅致、明白事理而品格优美，可你不知道她是自私自利、冷酷无情、野心勃勃、狡猾成性而又思想浅薄——"

"够了，马卡姆，够了。"

"不，让我讲完。——你不知道，如果你娶了她，你的家就会变得一片黑暗而毫不舒适；而最终你会伤心地发现自己相结合的是一个完全不能与你有同样的情趣、感受和观念的人——她是那么彻底地缺乏情感、同情心和真正崇高的心灵。"

"你讲完了没有？"我的朋友平静地问。

"完了——我知道我这些无礼的话使你恨我了，不过只要我的话能有助于使你不犯那致命的错误，我就并不在乎。"

"好吧！"他带着相当冷淡的微笑这么说——"我很高兴，你竟然克服或者说忘记了你自己的苦恼，能够把别人的事情考虑得如此周到，还为他们在将来生活中的想象中的或者可能发生的不幸事情如此枉费心机。"

我们分手了——彼此又一次有点冷淡地分了手；不过我们并没有断绝我们的友谊；而且我那善意的警告，尽管原可以较慎重地提出来，也原可以较承情地被接受，却并非完全没有收到所希望的效果。他就此没有再去威尔逊家，而且尽管在我们随后的会见中，他从不对我提起她的名字，我也没对他提起过——我有理由相信他在心里衡量过我的话，偷偷地却又热切地从其他方面探听有关这位美丽的小姐的情况，再暗自把我对她的评语同他自己的观察和从别人那里听到的情况相对照，终于得出了这样的结论：根据全面考虑，她继续做拉伊科特农庄的威尔逊小姐确实远比变成伍德福德府的劳伦斯太太为好。我还相信他不久就学会了暗自诧异地思考自己先前的偏爱，并且暗自庆幸自己侥幸地脱险了；不过关于这一点他始终没有向我承认，对于我在解救他这件事中所起的作用也未暗示过一句感谢的话——不过这对像我这样

429

了解他的人看来是不足为奇的。

至于简·威尔逊，当然是失望了，并且怨恨她以前的爱慕者突然对她冷淡疏远，终于抛弃了她。我挫败了她所抱的希望这一作为有没有做错呢？我认为没有；而且迄今我的良心确实从未谴责过自己在这件事上出过任何坏主意。

第四十七章
惊人的消息

11月初的一天早上,早餐后不久我在书写一些有关事务的信件时,伊丽莎·米尔沃德来找我的妹妹。罗丝缺乏识别力,又慈心善肠,不像我那样对待那小魔鬼,她们之间仍然保留着过去的亲密关系。不过,她来的时候,房间里只有弗格斯和我,我母亲和妹妹都不在,正一心在料理家务;可是,不管别人愿不愿意,我可不想竭力去逗她乐。我当然只随便地招呼了她一下,并淡淡地说了几句话,便继续写信,让我的弟弟去更客气地应酬她,要是他愿意的话。但是她却存心要逗弄我。

"马卡姆先生,见你在家我多高兴啊!"她带着假意的恶毒微笑说。"如今我很难得见到你,因为你从不到牧师住宅来。我可以告诉你,爸爸相当生气哩,"她一边坐下一边顽皮地添上一句,带着无礼的笑容盯着我的脸。她所坐之处离桌子一角不远,身子一半在我的书桌前,一半在它的旁边。

"我最近有很多事得做,"我说,一边仍然埋头写信。

"真的那么忙!但是有人说这几个月你很怪,对自己的事务变得漠不关心了。"

"那他就说错了,因为,尤其是近两个月来,我正努力苦干、勤奋学习。"

"好啊!我想再没有什么像积极工作那样能安慰受苦难折磨的人了——而且恕我直言,马卡姆先生,你的脸色相当不好,根据大家所说,近来你变得十分忧郁而心事重重——我几乎认为有什么秘密的烦恼压在你的心头。过去,"她怯生生地说,"我敢问你到底有什么心事,我能做什么来安慰你,而现在我就不敢了。"

"你真太好了,伊丽莎小姐。等我想到你能做什么事来安慰我时,我会冒昧地告诉你的。"

"请你这样做吧!——我想我是不该去猜测是什么事使你烦恼的。"

"没有这必要,因为我会坦白地告诉你的。眼下最使我烦恼的就是坐在我肘边的那位年轻小姐,她妨碍我写完这封信,过后还会妨碍我去干日常的事务。"

她还来不及回答这句不礼貌的话,罗丝走进来了;伊丽莎小姐站起来招呼她,她们俩都走到壁炉前坐下来,那个无所事事的小伙子弗格斯也正站在那儿,肩膀靠在壁炉架角上,双腿交叉,两只手插在裤袋里。

"喂,罗丝,我来告诉你一桩新闻——我希望你没有听见过,因为不论是好的,是坏的,还是无所谓的消息,一个人总喜欢头一个把它说出来——那是关于可悲的格雷厄姆太太的事——"

"嘘,嘘,别做声!"弗格斯用一种郑重其事的声调低语说。"'我们从不提起她,绝对听不见有人提到她的名字。'①"我抬眼望去,目光正好接触到他斜视我的眼睛,而他的手指正指着他的前额;然后他悲哀地摇摇头,向那位年轻小姐使了个眼色,低声说——"一个偏执狂——别提它了——除此之外,一切正常。"

"如果我伤了谁的感情的话,我很遗憾,"她低声地回答,"也许等下一次再说吧。"

"说出来吧,伊丽莎小姐!"我说,不屑去注意另一个人说的俏皮话,"在我面前,你不必害怕讲出任何事情——这是真话。"

"好吧,"她答道,"也许你已经知道格雷厄姆太太的丈夫并不当真已经死了,而是她撇下他出走的?"我吓了一跳,觉得脸红

---

① 引自英国诗人托马斯·海恩斯·贝利(1797—1839)的诗篇《啊,不,我们从不提起她》。

起来；但我低头朝着信纸，在她继续讲时，我把信折叠起来，"不过也许你还不知道她又回到了他的身边，两人已经完全重新和好了？且想想看，"她继续说，把脸朝着惊慌失措的罗丝，"这个男人有多傻呀！"

"谁告诉你这个消息的，伊丽莎小姐？"我打断我妹妹的感叹。

"我的消息来源十分可靠，先生。"

"谁，允许我问吗？"

"是从伍德福德府的一个仆人那儿听到的。"

"啊！我可不知道你同劳伦斯先生的家里人有这样密切的关系。"

"我不是直接从仆人那儿听到的，而是他私下告诉我们的女用人萨拉，她又告诉了我。"

"我想那是私底下说的，而你现在私下告诉我们；可是我可以告诉你，这毕竟是站不住脚的传闻，真实的成分还不到一半呢。"

我一面说，一面封好信，写了地址，尽管我尽量保持沉着，同时坚信这传闻是站不住脚的——那个被认作为格雷厄姆太太的人肯定不是自动回到她丈夫那儿去，也不会梦想重新同他和好——但我的手却有点发抖。我想她极其可能是离开了，而这个搬弄是非的仆人并不知道她上哪儿去，就这么猜想，而我们这位漂亮的客人就把它说成是毫无疑问的事，并且为有这么个机会来折磨我而高兴。不过这也有可能——仅仅是一种微乎其微的可能，即有人出卖了她，强行把她带走。我决心要知道最坏程度的真相，便匆匆地把两封信放进口袋，嘴里咕噜说来不及投邮了，就走出房间，奔进院子，大声叫人备马。院子里没有人，我就亲自把马拖出马厩，把鞍子系在它背上，把缰绳套在它头上，跨上马背，一路飞驰到伍德福德府去，我发现那宅子的主人正在庭园里散步，一边沉思着。

"你妹妹走了吗？"我一把抓住他的手，首先问了这句话，而不是像往常那样先问他的健康情况。

"是的，她走了，"他那么平静地回答，使我的惊骇情绪即刻消失了。"也许我不该知道她在哪儿吧？"我说，一面从马背上跳下来，把马交给园丁，他正在用耙子把草地上的枯叶拢在一起，由于当时没有别的仆人在场，他的主人就叫他把马牵到马厩去。

我的同伴严肃地揽着我的胳臂，把我带到花园里，这样回答我的问题：

"她在某郡的草谷庄园。"

"哪儿？"我叫道，吃惊得痉挛起来。

"在草谷庄园。"

"怎么搞的？"我气急吁吁地问。"谁出卖了她？"

"她是自愿回去的。"

"不可能，劳伦斯！她不可能达到这样疯狂的地步！"我大声说，狠狠地抓住他的胳臂，似乎要他收回那句可恨的话。

"她正是这样，"他坚持说，态度同以前一样严肃而镇定——"而且并不是没有理由的，"他继续说，轻轻地从我手中挣脱，"亨廷顿先生病了。"

"所以她回去侍候他？"

"对。"

"傻瓜！"我不由得大声喊道——劳伦斯用责备的眼光抬眼望着我。"那末他快死了吗？"

"我想还不至于，马卡姆。"

"那还有多少人在护理他？——另外还有多少位太太小姐在照料他？"

"一个也没有；他独个儿，不然她也不会去了。"

"哼，真该死！这真叫人受不了！"

"受不了什么？是因为他竟然是独个儿吗？"

我不想回答他，因为我不敢肯定这情况并非导致我心神烦乱的一个原因。因此我默默地沉浸在痛苦中，一边走一边用一只手按在前额上；突然，我停下了步，朝着我的同伴不耐烦地大声问道：

"她怎么会昏头昏脑得走这一步？什么魔鬼驱使她这样做的？"

"除了她本人的责任感之外，没有任何东西驱使她。"

"胡说八道！"

"我自己原来也是想说这句话的，马卡姆。我向你保证我可没有劝她走，因为我跟你一样痛恨这个男人——真的，除了这一点，那就是他的改过自新会比他的死亡给我更大的愉快——不过我只告诉了她关于他的病况（那是打猎时从马背上摔下来的结果），还告诉了她那个不幸的迈耶斯小姐已经离开他一段时间了。"

"这件事太糟了！现在，有她在场的便利，他就会说出种种假话和关于将来的好听而虚假的许诺，而她也会相信他，然后她的情况会比以前坏上十倍，难补救十倍。"

"目前似乎没有多大理由操这份心，"他说，一面从口袋里掏出一封信，"从今早得到的消息，我应该说——"

正是她的笔迹！出于不可抗拒的冲动，我伸出手去，"给我看"这句话也就脱口而出。他显然很不愿意满足我的要求，可是趁他正在犹豫的时候，我把它一把抢了过来。不过，一分钟后我便恢复了镇定，打算还给他。

"要是你不要我看这信，"我说，"就拿回去吧。"

"不，"他答道，"你要看就看吧。"

我看了，所以你也可以看。

草谷，11月4日

亲爱的弗雷德里克：

我知道你渴望得到我的信；我将尽可能把一切情况都告诉你。亨廷顿先生病得很重，但不会就去世的，也没有什么迫在眉睫的危险；而目前他比我刚来的时候要好得多。我发现当时家里乱七八糟；格里夫斯太太、本森和所有像样的仆人都走了，代替他们的，说得好一些，尽是一批做事马马虎虎而杂乱无章的人——要是我待下去，必须把他们换掉不可。那名职业护士是个呆板而冷酷的老太婆，被雇来服侍这可怜的病人。他很痛苦，没有毅力忍受到底。他从事故中受到的直接伤害不十分严重，而且就像医生所说的，对一个生活有节制的人来说，算不上什么；可是对他大大不同了。我到达的那天晚上，第一次走进他的房间，他正躺着，处在一种半昏迷状态中。我开口说话之后，他才注意到我，可是这时还把我当做别人。

"艾丽斯，你又来了吗？"他咕哝着。"你为什么离开我？"

"是我，阿瑟——是海伦，你的妻子，"我回答。

"我的妻子！"他吃惊地说——"看在老天爷面上，别提起她！——我没有妻子——让魔鬼把她带走，"他过一会儿说——"你也一样！你为什么离开我？"

我再不吭声；我注意到他眼睛一直凝视着床尾，我就走到那儿坐下来，把蜡烛正对着我，让烛光普照在我身上，因为我以为他也许快去世了，要他认出是我。有好一会儿工夫，他躺着一声不响地瞧着我，开头是茫茫然地望着，然后是一种奇怪的越来越强烈的凝视。他终于突然用手肘把自己撑起来，使我吓了一跳，他还惊慌失措地低声问"谁呀？"——他眼睛一直盯着我。

"是海伦·亨廷顿，"我安详地说，同时站起来，移动到一个不大显眼的位置。

"我一定是疯了，"他嚷道——"或者什么——也许是神志昏迷了——不管你是谁，离开我吧——我受不了这张白面孔和这双眼睛——看在上帝面上走吧，打发一个另外模样的人来！"

我立即去叫那受雇的护士来。但第二天早上，我又冒险走进他的房间；我在病床边护士的位子上坐下来，一连观察并侍候他几个小时，尽量不显露自己，只在必要时才说话，而且是轻声轻气地说的。开头，他把我当作那护士呼唤，可是当我按照他的指

示走到房间另一头去拉起百叶窗时,他说:

"不,你不是护士;是艾丽斯。你一定得待下来陪我!不然我会死在那母夜叉手里的。"

"我是存心来陪你的,"我说。此后他就叫我艾丽斯——或者其他什么同样使我反感的名字。我勉强忍受了一会儿,唯恐否认会过于使他心神不安;可是当他要喝水,我把杯子递到他的嘴边时,他咕哝着:"谢谢,最亲爱的!"——我不由得明白地说出来——"你要是知道我是谁,就不会这样说了。"我打算接下去再度宣布我是谁,可是见他只是语无伦次地应答着,我就不再说下去了,直到过了一些时候,当我用加水的醋擦洗他的前额和太阳穴来减轻他的头痛和发烧时,他认真地瞧了我几分钟,然后说:

"我有些奇怪的幻觉——我无法驱除它们,它们不让我安生;而最奇怪和最顽固的是你的脸蛋和声音,完全就像是她的。我此刻可以发誓说她刚才就在我的旁边。"

"她现在就在,"我说。

"这么洗似乎很舒服,"他继续说,没有注意我的话,"你给我洗的时候,其他的幻觉都消失了——可是这一个却加强了。做下去——做下去,直到它也消失吧。我受不了像这样的躁狂病;它会把我害死的!"

"它绝不会消失,"我明白地说,"因为它是真实的。"

"真实的!"他大声喊道,好像有条毒蛇咬了他那样惊跳起来。"你不会说你的的确确就是她吧!"

"正是这么说的;可是你也不必摈弃我,好像我是你最大的敌人似的。我是来照顾你的,做别人都不愿做的事。"

"看在上帝面上,现在别折磨我!"他可怜激动得大叫起来;然后开始轻声狠狠地诅咒我,还抱怨坏运气把我带来了,这时我放下海绵和面盆,又在他床边坐下了。

"他们在哪儿?"他问——"难道他们都撇下我走了——仆人和所有的人?"

"仆人是一喊就会来的，如果你要他们的话；不过你最好躺下来，保持安静；他们中没有一个能够或者愿意像我这么细心照顾你的。"

"我一点也不明白，"他困惑不解地说。"难道这是个梦——"他伸手遮住了眼睛，好像试图解开这个谜。

"不，阿瑟，这不是梦，当初是你的行为使我不得不离开你的；可是我听说你病了，又很孤单，就赶回来照顾你。你不用害怕，要信任我，告诉我你所需要的一切，我会设法满足你的。现在没有别人来照料你了，而且我也不会来谴责你。"

"哦！原来是这样，"他苦笑着说，"是基督徒的慈善之举，通过它，你希望为你自己在天堂里取得一个更高的位置，为我在地狱里挖个更深的坑。"

"不，我来是因为你的情况需要安慰和帮助；要是我能够使你的灵魂和身体都得到好处，并唤醒你的悔罪感——"

"对呀；如果你能用痛悔之感和迷惑人的脸来制服我，现在正是时候。你把我的儿子弄得怎么样了？"

"他很好，你以后可以见到他，如果你能镇静下来，不过，现在还不行。"

"他在哪儿？"

"他很安全。"

"他在这儿吗？"

"不论他在哪儿，你要答应完全让我照管和保护他之后才能见到他，并且今后只要我认为有必要让他再搬个地方，你得让我随时随地把他带走。不过我们可以明天再谈，这会儿你得安静下来。"

"不，让我现在就见他。如果非这样办不可，我现在就答应。"

"不行——"

"我发誓，上天可以作证！好啦，让我见他吧。"

"可是我没法相信你的誓言和许诺，我得有一张书面的协定,你得在一个证人面前签字——今天不行,明天再说吧。"

"不,就要今天——立刻,"他坚持说。他正处在一种极度兴奋的状态下,非要马上满足他的愿望不可,以致我想还是即刻同意他为好,因为我看到,要是我不同意,他是不会安静下来的。不过我决不能忘掉我儿子的利益;我把要亨廷顿先生答应的事情清清楚楚地写在一张纸上,并且从容不迫地念给他听,要他当着雷切尔的面签名。他恳求我不要坚持这一点,因为没有必要让仆人知道我不相信他的话。我对他说我很抱歉,他既然失去了我对他的信任,他就得自食其果。他又以自己不能握笔来推辞。我就说:"那我们就等到你能握笔的时候再说吧。"这时他才说试试看吧;但接着又说眼睛看不见,没法写字。我把手指按在他该签字的地方,告诉他只要他知道写在哪儿,即使在暗处也可以签名,可是他没有能力写出一个个字母来。我就说:"既然这样,你一定病得看不见你的儿子了。"他发现我没有商量的余地,也就好歹签了这份协议;于是我叫雷切尔去把孩子领来。

这一切可能使你感到我这人很苛刻,但是我觉得我绝对不能失去目前的有利条件,我不能为了顾及这个人的感情而滥用温情,从而牺牲我儿子将来的福利。小阿瑟并没有忘记他的父亲,不过在这十三个月的离别期间,我难得让他听到有关他父亲的事,也几乎不让他轻声提及他的名字,这使他变得对他有点儿怕生了;当他被领进病人躺着的黑暗的房间,见他父亲跟过去完全不一样了,脸上因发烧而通红,眼睛里发着狂野的亮光——小阿瑟本能地抓住了我,站着瞧他的父亲,脸上显出害怕远多于愉快的表情。

"过来,阿瑟,"后者说,一手伸向儿子。孩子走过去,胆怯地去摸摸那只发烫的手,可是当他父亲突然抓住了他的手臂,把他拖近身边时,他吓了一大跳。

"你认识我吗?"亨廷顿先生问,目不转睛地细看他的面容。

"认识。"

"我是谁?"

"爸爸。"

"你高兴见到我吗?"

"高兴。"

"你不高兴!"失望的父亲说,松开了手,用怀恨的眼光向我投射过来。

小阿瑟被释放后,蹑手蹑脚回到我的身边,把一只手放在我手里。他父亲发誓说是我使孩子恨他的,便狠狠地骂我,诅咒我。我马上叫我们的儿子出去;等他停下来歇口气时,我冷静地向他保证他完全错了;我一次也没有试图使孩子对他怀有偏见过。

"我确实希望他把你忘掉,"我说,"尤其是忘掉你给他的教育;为了这缘故,还由于要减少被你发现的危险,我承认我通常总是不鼓励他谈起你的——不过我想没有人会为此而责怪我的。"

病人只用大声的呻吟来回答,为了表示不耐烦,他让头在枕头上滚来滚去。

"我已经下了地狱!"他喊道。"这该死的口渴把我的心都要烧成灰啦!难道没有人——"

他还没有说完这句话,我已经从桌子上倒了一杯可以使他凉快些的酸性饮料,拿到他的面前。他贪婪地喝了,可是当我把杯子拿走时,他却咕哝道:

"我想你这样做就是把炭火堆在我的头上①——你就是这样想的。"

我没有注意他这句话,却问他有没有什么事我能替他做。

"有啊;我再给你一个机会来表现你基督徒的宽宏大量,"他冷笑着说——"把我的枕头摆摆平——还有这些讨厌的被褥。"我这样做了。"来吧——现在再给我倒一杯那种脏水。"我也照办

---

① 参阅《圣经·旧约·箴言》第25章第21到22节:"你的仇敌……若渴了就给他水喝。因为你这样做,就是把炭火堆在他的头上……"

了。"这令人愉快,是不?"当我把杯子送到他嘴边,他恶意地笑着说——"你从来没有希望有这样辉煌的机会吧!"

"得了,你要我陪下去吗?"我把杯子放回到桌上时问——"还是要我走开,叫护士来,让你更安静些?"

"好啊,你温柔体贴极了!可是你用这一切使我发了疯!"他不耐烦地把身子翻腾了一下,回答道。

"那我就走了,"我说着退出去,后来除了进去过一次,停留了一两分钟,只为了看看他有什么情况,要些什么之外,那一天我再没有去打扰他。

第二天早上,医生吩咐给他放血①;此后他变得驯服而安静些了。我花了半天的时间不时到他房里待上一会儿。我的在场不像以前那样刺激他,或使他不安,他安详地接受我对他的侍候,再没有说什么刻薄话——除了表示他需要什么外,他确实几乎没有说话,而且要求也很少。可是第三天——也就是今天——随着他逐渐从衰竭和昏迷状态中恢复过来,他的坏脾气显然又苏醒过来了。

"嘿,这甜蜜的报复!"他大声说,那时我已经尽我所能地使他舒服,并弥补了那护士的粗心大意。"你也可以心安理得地欣赏它,因为一切都属于本分范围之内。"

"对我来说,尽我的本分是件好事情,"我带着压制不住的怨恨说,"因为这是我唯一的安慰;而我良心上的满足似乎就是我所需要寻找的唯一报酬!"

对我这认真态度他显得相当惊奇。

"你想要什么样的报答?"他问道。

"如果我告诉你,你会认为我在说谎——不过我的确希望能对你有好处;既使你思想变好,又减轻你目前的痛苦;可是看来两者我都做不到——你自己的坏心肠不让我这样做。就有关你的

---

① 放血作为医疗手段,是中世纪医务实践的标准特色,19世纪中仍采用此法。——原编者注

事来说，我已经毫无意义地牺牲了自己的情感，以及我在世上仅有的那些小小的安慰——但我为你做的每件小事情都被说成是出于自以为正当的恶意和巧妙的报复！"

"也许一切都挺不错，"他说，用迟钝而惊奇的眼光瞧着我，"当然啦，面对着这样宽宏大量和超人的德性，我应当悔恨并敬慕得感激涕零——可是你要知道这是我办不到的。不过，请你尽量对我好，如果这样做真能使你愉快的话；因为你看得出来，这会儿我几乎就像你所希望看到的那样不幸。自从你来了，我承认我得到了比以前好的护理，因为这帮讨厌鬼把我可耻地置诸脑后，而我所有的老朋友看来都完全抛弃了我。我的日子过得确实太糟糕了；有时候我想我会死去——你看有这可能吗？"

"死的可能总是有的；而活着的时候总该考虑到这种可能性才好。"

"对，对——不过你认为我这场病有可能会以送命告终吗？"

"我说不上；不过，假定是致命的，你准备怎样来对待它？"

"嗐，那医生吩咐我别去想它，因为我肯定会好起来的，如果我坚持照他给我安排的生活方式和处方办。"

"我希望你照办，阿瑟，但是在这种情况下，医生也好，我也好，都是说不准的；你有内伤，很难知道它的程度如何。"

"唉！你要把我吓死吗？"

"不；可是我不要使你有虚假的安全感。要是认识到生死未卜能使你进行严肃而有用的思考，我就不会剥夺你做这种反省的好处，不管你最终是不是能恢复健康。想到死使你非常害怕吗？"

"这正是我唯一不敢去想的事；所以你如果有任何——"

"可是死是迟早会来临的，"我打断了他，"即使离现在还有很多年，但它肯定会像今天就来到一样追上你——而且毫无疑问会像现在一样的不受欢迎，除非你——"

"嘿，真该死！这会儿别用你的说教来折磨我，除非你存心马上害死我——告诉你，我受不了——没有说教我已经够痛苦了。

要是你认为我有危险,就救救我吧;然后我会感激不尽地听你说你要说的话。"

于是我就不再提及那不受欢迎的话题。现在,弗雷德里克,我想我可以结束这封信了。从这些细节,你可以关于我那病人的状况、我本人的处境以及将来的展望作出自己的判断。请速回信,我会再写信告诉你我们相处得怎么样;不过既然他能容忍我待在他身边——甚至需要我在病房里,那我在照顾我丈夫和儿子之外,就再不会有什么空闲时间了——因为我也不能完全不顾我的儿子,让他经常同雷切尔在一起是不行的,而且我一刻也不敢把他交给其他仆人中的任何一个,或者让他独个儿待着,生怕他会遇到他们。要是他父亲的病恶化,我会请埃丝特·哈格雷夫来暂时照顾他,至少等到我改组好这个家庭;不过我宁可自己来看护他。

我觉得自己的处境很特殊;我尽最大的努力来促进丈夫的康复和改造,要是我成功了,我该怎么办?当然该尽我的责任,可是,怎么尽呢?——别管它吧;我能够完成我眼前的任务,上帝会给我力量去做他今后需要我做的一切的——再见吧,亲爱的弗雷德里克。

海伦·亨廷顿

"你对这有什么看法?"我默默无言地折起信纸时,劳伦斯问。

我答道:"我觉得她是在把她的珍珠丢在猪面前[①]。但愿它们满足于用猪爪践踏这些珍珠而并不转过头来把她撕碎!不过我不会再说什么反对她的话了,我明白她所做的事情是从最良好和最高尚的动机出发的;如果她的行为是不明智的,那就但愿上天保

---

① 参阅《圣经·新约·马太福音》第 7 章第 6 节,意为白费心思,好心不一定能得到好报。

护她免受任何恶果吧!我可以保存这封信吗,劳伦斯?——你知道她从头到尾一次也没有提起过我,也丝毫没有暗示到我,所以这里面没有什么不恰当或有害之处。"

"那你为什么希望保存它呢?"

"难道这些字不是她亲手写的吗?这些词句不是在她的头脑中构思出来的,而且有许多是她亲口说的吗?"

"好吧,"他说。于是我便把它保存起来了。哈尔福特,否则你就不可能对其内容了解得如此彻底了。

"你给她写信时,"我说,"是否请你行行好,问问她可不可以准许我把她的真正身世和情况告诉我母亲和妹妹,只要能使附近那一带的人们意识到过去曾不公正地对待她是多么可耻就行了。我并不要她对我说什么体己的话,单单问问她这个,并且对她说这是她能给我的最大的恩惠;还要告诉她——不,没有什么了——你瞧,我知道地址,我是可以自己给她写信的,不过我讲道德,不愿这么做。"

"好,我会为你传话的,马卡姆。"

"请你一收到回信就让我知道。"

"如果一切顺利,我会立即亲自来告诉你的。"

第四十八章
进一步的消息

五六天之后,劳伦斯先生驾临敝舍;等我和他单独在一起时——为了尽快做到这一点,我把他带出去看我的小麦堆。于是他给我看了他妹妹写的另一封信。他很乐意让我的渴望的眼睛来读这封信;我想他认为这么做是对我有好处的。信中对我的请求仅作如此答复:

"马卡姆先生可以自由地按照他认为有必要的那样去披露我的情况。他会明白我不愿意多谈这个问题。我希望他很好;不过,请告诉他别想念我。"

我可以把这封信的其余部分给你摘录一些,因为他也允许我保存这封信——也许是有意让它作为对一切有害的希望和幻想的解毒物吧。

* * *

他[①]肯定地好转了,但由于这场重病的压抑后果和他必须遵守的严格生活方式——这跟他以前的习惯完全相反——而变得非常消沉。看到他过去的生活方式使他那曾经是高尚的性格完全堕落了,并使他全身的组织败坏了,实在可叹。不过医生说他现在可算是脱离危险了,只要他愿意继续遵守必要的约束。他得服一些有刺激作用的兴奋剂,可是该用水适当稀释并有节制地服用;但我发现很难使他遵守这一点。起初,由于他极度害怕死亡,这个要求还比较容易做到;可是随着他觉得剧烈的痛苦减轻了,而且看到危险化小了,他就变得越来越难以对付。现在他的胃口也开始好转;而在这方面,他放纵自己的长期习惯对他大大不利。我尽力注意并约束他，由于我刻板而严厉，常常遭他痛骂；有时候他设法逃避我的监视，有时候则明目张胆地反抗我的意志。然而他现在对我的护理已经是那么习惯，以致我要是不在他身旁，他就老大不高兴。我有时不得不对他态度生硬些，不然他就会把我完全当作奴隶使唤，我知道要是为了他而放弃所有其他的兴趣是不可饶恕的软弱之举。我得看管仆人，还要照顾小阿瑟以及自己的健康，如果要满足他那些过高的要求，这一切都得完全被忽略掉。我通常并不通宵陪夜，因为我认为那位以此为职责的护士比我更有资格做这件事；尽管如此，我仍然难得享受到连续一夜的安眠，也从来不敢有这奢望；因为只要病人需要或者忽发奇想地要求我在场，他随时都会毫无顾忌地把我喊起来。不过，他明显地害怕我生气；如果说有时他用无理的要求、烦躁的抱怨和数落来使我忍受不了，那末当他为自己做得太过分而担心时，他那种低三下四的顺从态度和讨饶的自卑神情又使我感到沮丧。不过这一切我都乐意原谅，因为我知道那主要是他衰弱的身体和混乱的神经所造成的——而使我最讨厌的是他偶尔企图对我表示亲热，而我既不能相信，也不愿回报；这倒不是因为我恨他，他忍受的痛苦和我辛勤的护理使他有权利得到我的关注——甚至赢得我的爱情，只要他愿意做得安静而诚恳，并满足于维持现状，然而他越是想博得我的好感，我就越是退缩，对将来也越不抱希望。

"海伦，等我病好了，你打算怎么样？"他今天早上问。"你还会逃跑吗？"

"那就完全要看你自己的行为啰。"

"哦，我会表现得很好的。"

"但是，阿瑟，如果我觉得有必要离开你，我不会'逃跑'的，因为你知道你曾经答应我，我随时高兴都可以离开并把儿子

---

① 以下的两节引自该信，所以又是海伦·亨廷顿的口气，而这个"他"指她丈夫阿瑟。

带走。"

"唉,可是你不会有出走的理由的。"接着就是一大阵内容各异的表白,我相当冷淡地制止了他。

"那末难道你不肯原谅我吗?"他问。

"不——我已经原谅你了;不过我知道你不会像以前那样爱我了——要是你还能那样爱我,我会觉得很抱歉,因为我无法假装来回报你;所以我们就不要谈这件事,再也不要提到它吧。根据我为你已经做的事情,你可以判断我将要做什么——如果跟我对儿子的更大责任不相冲突的话,(我说'更大'是因为他从没放弃过他的权利,也因为我希望我能为他带来比为你所能带来的大得多的好处),还有,如果你希望我对你有好感的话,那就需要行动而不是用话语来取得我的爱情和尊重。"

他对我的唯一回答是装出一副隐约可辨的怪相,并且几乎觉察不到地耸耸肩。唉,这不幸的人呀!对他来说,话语比行动要便当得多哩,就像我只是说了一句"得用英镑而不是用便士来买你所需要的货"似的。接着他叹了一口气,充满抱怨和自怜的意味,似乎十分悔恨。像他这样一个被那么多的崇拜者所爱慕和追求的人,竟然现在会任凭这样一个刻薄、严厉而冷酷无情的女人来摆布,以致任她怎样对他施恩,他都会觉得高兴。

"真可惜,对不?"我说。不管我是否猜对了他在想些什么,我这句话同他的思路倒很吻合,因为他的回答是——"没有办法啊,"而且是用沮丧的微笑来回答我的洞察力的。

* * *

我见过埃丝特·哈格雷夫两次。她是个可爱的人儿,不过,由于她母亲站在被她所拒绝的那个求婚者的立场上依然不断地困扰着她——虽然做得并不暴烈,却像连绵不绝的雨那样下个没完没了,令人不胜厌烦——以致她那欢乐的心情几乎被破坏,可爱的脾气也几乎被搞坏了。不近人情的母亲似乎决心要使她女儿感到生活的负担,如果她不顺从她的愿望的话。

她说:"妈妈竭力使我觉得自己是家庭的负担和累赘,并且是所有人中最忘恩负义、自私自利和不孝顺的女儿;而沃尔特也同样严峻、冷酷而傲慢,仿佛他恨透我了。我相信如果一开始就知道违拗会花这么大的代价,就应该立刻屈服的;可是现在,为了做到真正的固执,我要坚持不屈!"

"决心好而动机坏,"我回答。"不过,我知道你所以要坚持下去,实在有比此更好的动机;而且我劝你仍然要记住那些动机。"

"我会的,你可以相信我。有时我威胁妈妈说要是她再折磨我的话,我会出走,自己去挣钱过日子,那样会给家庭带来耻辱;她听了有点儿惊慌。不过要是他们不在乎的话,我会当真这样做的。"

"安静并忍耐一会儿吧,"我说,"好日子会来的。"

这可怜的姑娘!我希望有个配得上她的人会前来把她带走——你说呢,弗雷德里克?

*　　　*　　　*

如果说阅读这封信使我①对海伦和我未来的生活感到沮丧,它同时却提供了很大的安慰:现在我有能力去消除对她名誉的一切恶意中伤了。米尔沃德一家和威尔逊一家将用他们自己的眼睛看到灿烂的太阳破云而出——他们这些人将被阳光烤焦,弄得眼花缭乱——而我的朋友们也将看到——他们的猜疑曾经使我的心灵极度痛苦。要做到这一点,我只要把种子抛在地里,它就会很快变成一棵雄伟的分枝的植物;因为我知道,只要对我母亲和妹妹说几句话,就能够把消息传遍那一整片地方,一点也不用我再花力气。

罗丝很高兴;我把我认为该说的这一切告诉她——也就是我假装知道的一切——她便敏捷地戴上帽子和披肩,奔出去把这个

―――――――――
① 又回到本文中原叙述者吉尔伯特·马卡姆的口气。

好消息告诉米尔沃德一家和威尔逊一家——不过我猜想，这仅仅对她本人和玛丽·米尔沃德来说是好消息——后者是个稳健而明白事理的姑娘；尽管外表平凡，但她的优秀品质很快就被那位被看做格雷厄姆太太的人所察觉，并得到应有的重视；而在玛丽这方面呢，则比他们中最聪明的天才更能看清并欣赏那位夫人的真实性格和品质。

我可能再没有机会提到玛丽，所以不妨现在就告诉你，那时她已经私自同理查德·威尔逊订了婚——我相信这件事除了他们俩自己以外，对谁都是保密的。这个可敬的学生这时正在剑桥大学，他在那儿所表现的最堪作楷模的行为以及在求学方面坚持不懈的勤奋使他顺利地修毕所有课程，终于在大学生活结束时给他带来来之不易的优等成绩和清白无瑕的名声。过了一定的时期，他成为米尔沃德先生手下的头一个也是唯一的副牧师，因为前者年事已高，不得不终于承认自己所吹嘘的精力有点儿应付不了他那广大的教区的职务——他原是惯于在比他年轻而不如他活跃的教士中自夸精力充沛的。这正是这对耐心而忠贞的情人在多年前就私下里策划并静静地等待着的事；再过了一定的时期，他们结合了，这使他们生活其中的那个小天地大为震惊，因为这个小天地早就宣告他们俩是命定独身的，断言这个苍白、腼腆的书呆子决不可能鼓起勇气去找一个老婆，或者即使找到了，也是不会弄到手的，而那个姿色平庸、坦白直率、没有吸引力和不讨人喜欢的米尔沃德小姐也同样决不可能找到一个丈夫。

他们继续住在牧师住宅中，那位夫人把时间分别花在父亲、丈夫和那些可怜的教区居民身上——后来又花在她那些越来越多的儿女身上。现在迈克尔·米尔沃德牧师已寿高年迈，气绝而死，满载荣誉归到他列祖那里去了①，理查德·威尔逊牧师已经接替了林登霍普教区的牧师之职，居民们皆大欢喜，他们长期考验

---

① 参见《圣经·旧约·列王纪下》第 22 章第 20 节及《创世记》第 25 章第 8 节。

他，充分证实了他和他那杰出而深受爱戴的伴侣具备种种优良的品质。

如果你对牧师夫人的妹妹伊丽莎后来的命运感到兴趣，我只能告诉你——也许你已经从其他方面听到了——在十二三年前，她离开了那幸福的一对，和L镇的一位有钱的商人结了婚，而我是并不羡慕他的这笔交易的。我担心她把他的生活弄得很不舒服，虽然幸亏他太迟钝，看不出自己的灾难有多大。我本人同她没有什么交往；我们有好多年没见面了；不过我非常肯定她既没有忘记也没有原谅她过去的这个情人，还有那位夫人，她那些优秀品质使我第一次看清了自己的孩子气的感情是多么愚蠢。

至于理查德·威尔逊的姐姐简，她至今仍是独身，因为既完全无法夺回劳伦斯先生，又无法获得一个足够富有而文雅的伙伴，以适应她心目中简·威尔逊的丈夫该是什么样的这一想法。她母亲死后不久，她离开了拉伊科特农庄，因为她发现再也无法忍受她那老实的哥哥罗伯特和他那可敬的妻子的粗俗的举止和土气的习惯，也无法容忍自己在世人眼中跟这种庸俗之辈等同起来。她搬到该郡的首府去了，我想她过去住在那儿，现在仍住在那儿，生活在一种吝啬、冷酷而不舒服的假斯文气氛中，没有给别人带来什么好处，对自己也没有多大好处；她把时间花在刺绣和传播丑闻上；经常提到她那位"牧师弟弟"和她的"牧师夫人妹子"，可是却从不提起她那当农庄主的哥哥和当农庄主老婆的嫂子；她尽可能少花钱而多交际，然而她谁也不爱，也没有人爱她——成为一个冷酷、傲慢、尖刻、阴险而吹毛求疵的老处女。

第四十九章
雨淋，水冲，风吹，撞着那房子，
房子就倒塌了，并且倒塌得很厉害。①

尽管劳伦斯先生的健康现在已相当恢复了，我仍然像以前那样不断地去伍德福德府，不过逗留的时间往往没有过去那么长。我们难得谈到亨廷顿太太的近况，可是我们见面时总免不了要提起她，因为我去找他做伴就是希望能听到些关于她的事，而他是从不来找我的，因为他不用来找我已经能常常见到我了。不过开始我总是谈些别的事，等着看他会不会先提起这个话题。如果他不提，我就会随便地问一下，"你最近有你妹妹的消息吗？"如果他说"没有"，这件事就再不提了；如果他说"有"，我就冒昧地问一声"她好吗？"可是从不问"她丈夫好吗？"尽管我也许迫切地想知道；因为我不愿假貌为善，装出关心他的康复，同时也没有勇气来表示希望他有相反的结局。我有没有抱着这种希望呢？——我怕我不得不承认是有的；不过你既然听到了我的招供，你应该也听听我的理由——至少是有一些用来安慰我自己良心谴责的借口：

首先，你知道他的生存对别人有害，又显然对他本人没什么好处；尽管我希望他的生命结束，我是不会去使它加速降临的，即使一举手之劳我就能这样做，或者有个精灵在我耳边低声说，只要单凭意志力就够了——当然，除非我确实有魔力能拿他和坟墓里的其他受害者交换，而后者活着也许会对人类有用，并且他的死亡会被他的朋友们所哀悼。不过在今年年内将一定死去的成千上万的人里面，我希望这个讨厌的家伙也是其中之一，这有什么害处呢？我想没有；因此我全心全意希望老天会乐于把他带到一个更好的世界去，或者如果还不可能这样做，就把他从这个世界带走；因为要是他生了这次警告性的大病，又有这样一位天使陪在身旁，而目前还不适于响应上帝的感召的话，那末肯定他再不会有这种机会了——正相反，恢复健康会重新带来淫欲和邪恶，而且随着他对自己的康复更有把握，对她的慷慨和仁慈更加习惯了，他的感情便会变得更麻木不仁，他的心肠会更坚硬，对她的劝导的论点更无动于衷——不过上帝知道该怎么办最好。然而，我同时又不得不对上帝的旨意的后果产生忧虑，因为明知（我完全不把自己考虑在内）不管海伦对她丈夫的幸福多么关心，不管她多么痛惜他的命运，可是，在他活着的时候，她肯定只能是很悲惨的。

两星期过去了，劳伦斯回答我的询问总是否定的。后来，终于有了一个可喜的正面答复，使我可以提出第二个问题。劳伦斯猜出了我在担心什么，理解我的保留态度。开头，我担心他会用不能令我满意的答复来折磨我，不让我知道我所要知道的事，或者迫使我直接追问，从他嘴里榨出一点又一点的消息——这样的话，你会说："你也是活该。"可是他比较宽大，往往过了一会儿就把他妹妹的信交给我。我不声不响地看完信便还给他，一句话也不说。这种方式对他很合适，以致后来我每次问到她，说有什么可以给我看时，他总会马上照此办理，把她的信给我看；这比告诉我信的内容要省事得多；而我是那么安静而谨慎地接受这种机密，以致他从不停止让我看她的信。

我如饥似渴地读着这些珍贵的信，非到它们的内容深深地印在我脑海里绝不放手；等到回家后，我就把最重要的段落跟当天发生的特殊事件一起记在日记簿上。

---

① 引自《圣经·新约·马太福音》第 7 章第 27 节。这是耶稣对众门徒讲"两等根基"的比喻时说的话，意为无知的人把房子盖在沙土上，就会得到这样的结果。

这些信中的第一封带来了亨廷顿先生的病严重复发的消息，这完全是他自己昏了头坚持滥饮刺激性饮料的结果。她徒劳地劝告他，把水掺在酒里也是枉然，她的劝告和恳求都使他讨厌，认为她的干预是对他不可容忍的侮辱，终于在发现她偷偷地在给他喝的浅色葡萄酒里掺了水之后，把瓶子扔出窗外，发誓不愿再让人把他当婴儿来哄骗，吩咐男管家如果不去地窖拿一瓶最烈的酒来，就要马上开除他，还坚持说如果让他按照自己的主意办，他早就恢复健康了，可是她却要他保持衰弱，以便能支配他——还说，他无论如何不愿再听骗人的鬼话了——便一手抓起一只杯子，另一手握着一只酒瓶，不把酒喝完绝不罢休。这种她温和地称之为"轻率行为"的直接后果就是出现了吓人的症状——自此以后，这些症状不是减少，而是增加了；这正是她推迟给她哥哥写回信的原因。他过去的所有症状重新出现，而且更加厉害了；已经半收口的轻微外伤又裂开了；体内在发炎了，如果并不很快消退，就可能会致命。当然，这场灾难并没有改善这可怜的受害者的脾气——实际上，我估计已经到了令人无法忍受的程度，尽管他这位好心的护士并不抱怨；不过她说她终于不得不把她的儿子交给埃丝特·哈格雷夫去看管，因为病房里经常需要她，使她无法亲自兼顾孩子。尽管小孩子请求让他继续同她在一起，帮助她护理他的爸爸，而且她也毫不怀疑孩子会非常乖而安静的——她无法设想让他的幼小心灵和脆弱的感情接触到那么多的痛苦景象，或者让他目睹他父亲的急躁态度，或者听到他在阵发性的痛楚或激怒发作时所常用的可怕语言。

"他父亲，"她继续写道，"对于导致自己旧病复发所干的事深感后悔——可是像往常一样，他说这是我的过错。他说，如果我像个有理性的人那样好好地跟他讲道理就绝对不会发生这样的事；可是被当作婴儿或者傻瓜来对待是足以使任何人失去耐心，促使他竟然为了维护自己的独立性而宁可牺牲自身的利益——他已经忘了过去有多少次我跟他讲理而使他'不耐烦'了。他看来也意识到自己有生命危险,但是我却没法使他对此有正确的看法。有一天晚上,我在侍候他,见他渴得厉害,正要拿杯水给他——他又用过去那种尖刻的讽刺口吻说:

"'对,你现在可真殷勤啊!——我看如今为了我,你是没有什么事不肯做的吧?'

"'你知道,'我说,对他的态度感到有点惊奇,'我愿意尽我所能来减轻你的痛苦。'

"'是的,现在你愿意,我纯洁的天使,可是当你一旦得到了报酬,安安稳稳地待在天上,而我却在地狱的烈火中号啕痛哭,那时候你才不会轻易来为我做什么哪!——不,你会自鸣得意地观望着,就连用指头尖蘸点水,凉凉我的舌头[①]也不肯!'

"'要是这样,那是因为我不能越过那道大鸿沟;如果在那种情况下我能自鸣得意地观望着,那只是因为我深信那时你的罪孽正在得到涤净,使你配享受我所感到的幸福——可是,阿瑟,难道你真打定主意不跟我在天堂里相会吗?'

"'哼!我倒想知道,我在那儿能干些什么?'

"'说真的,这个我说不上;不过恐怕你在那儿得到任何享受之前,你的嗜好和感情非要有一番大变化不可,这倒是千真万确的。难道你不愿费一点力,宁可堕落到你自己想象中的痛苦状态中去吗?'

"'嘿,这都是无稽之谈,'他轻蔑地说。

"'你敢肯定吗,阿瑟?十分肯定吗?因为,如果有什么怀疑,如果你竟能发现自己到底是错了,那时候已经来不及改变——'

"'那确实是着实尴尬的,'他说,'不过现在别来打扰我——我还不会死哪——我不能,也不会死,'他热烈地添了一句,好像突然感到这桩可怕的事是实在骇人听闻的。'海伦,你必须救我!'他认真地一把抓住我的手,带着急切恳求的眼光紧盯着

[①] 引自《圣经·新约·路加福音》第 16 章第 24 节。

我的脸,以至于我为他难过得心都碎了,不禁淌下泪水,说不出话来。"

* * *

第二封信带来了他①病情迅速恶化的消息;这可怜的受苦者对死亡的恐怖比他对肉体痛苦所感到的不耐烦更加令人难过。并非他的所有朋友都抛弃了他,因为哈特斯利先生听到他病危后,就从远在北方的家赶来看他。他的妻子也陪他一起前来,既为了能看到她这位亲爱的久别的朋友,也为了能探望她的母亲和妹妹而感到高兴。

亨廷顿太太表示自己能再见到米莉森特感到很愉快,并高兴地看到她那么幸福和健康。"她正待在园林庄园,"信上接着写道,"不过她常常来看我。哈特斯利先生在阿瑟的床边待了不少时间。他流露的好感比我相信他具有的更多,对他这不幸的朋友表示了相当多的同情,但对安慰朋友这件事却力不从心。有时候他试图讲讲笑话逗他一起笑,可是没有用;有时候他还试图谈起些往事来使他开心;这样做有时候可能有助于转移受苦者伤心的念头,但是有些时候却反而使他陷入更深的忧郁中;这种时候哈特斯利就会惊慌失措,不知说什么好——只好胆怯地建议去请牧师来。可是阿瑟决不同意这样做;他记得自己曾经轻浮地嘲笑过牧师,拒绝他的善意的警告,所以现在无法梦想从牧师那儿得到安慰了。

"有时候哈特斯利先生要来代替我做护理工作,可是阿瑟不让我走;随着他的体力渐渐衰弱下去,这种奇怪的念头却加强了——那就是要我经常待在他的身边。除了趁他安静的时候我可以偷空到隔壁房间去睡上一个小时左右外,我几乎没有离开过他;即使我待在隔壁房间时,门也是半开着的,以便使他知道可以随时叫我。现在我正在他的房里写信;我想我这样做他是不高

---

① 指亨廷顿先生。

兴的，尽管我常常放下笔去服侍他，而且哈特斯利先生也在他的身边。这位先生如他自己所说的那样，是来替我请个假，好让我能在这个晴朗而严寒的早晨同米莉森特、埃丝特和小阿瑟一起到花园里去走走，而小阿瑟正是他驾车带来看望我的。我们这可怜的病人显然认为这是个狠心的主意，而我竟然会同意，那就更加狠心了。因此我说我只出去一会儿，跟他们说几句话，马上就回来。我就在门廊外跟他们交谈了几句——站在那儿，呼吸着新鲜凉爽的空气——然后，他们三人全要我多待一会儿，一起在花园里散散步，而我却拒绝了他们的真诚而有说服力的恳求——我坚决离开，回到了病人身边。我只走开了五分钟，但他厉声责备我轻率大意。他那位朋友帮我说话：

"'不，不，亨廷顿，'他说，'你对她太苛刻了——她得吃东西和睡觉，时不时还得吸吸新鲜空气，不然她会受不了的，不骗你。瞧她，老兄，她已经消瘦得只剩下个影子了。'

"'她的痛苦跟我的比起来算得上什么？'这可怜的病人说。'你对我这样照应，不会是勉强的吧，对吗，海伦？'

"'不，阿瑟，如果我能真正借此机会为你服务的话。要是可能的话，我愿意献出我的生命来救你。'

"'你真会这样做吗？——不！'

"'我会非常乐意的。'

"'哼！那是因为你认为自己更适宜去死！'

"接着是痛苦的沉默。显然他又陷入了忧郁的沉思中，可是，当我正在考虑说一些也许对他有好处而不会使他惊慌的话时，哈特斯利几乎也顺着同样的思路在考虑着，他先打破了沉默说：

"'呃，亨廷顿，我打算去请个牧师来，随便哪一个——你要是不喜欢那教区牧师，你知道，可以请他的助理或者别的什么人来。'

"'不，如果海伦不能对我有益处，没有人能，'这是他的回答。他的眼泪夺眶而出,这时他诚恳地大声说——'唉,海伦,要是我听了你的话,就绝对不会落到这个地步啦!如果我早听了你的话——唉,上帝!情况会多不一样啊!'

"'那末现在听我的话吧,阿瑟,'我轻轻地按着他的手说。

"'现在可太晚了,'他沮丧地说。说罢又是一阵疼痛发作;接着他的精神又开始错乱,我们担心他已经濒临死亡;可是给他服了鸦片酊后,他的痛苦开始减轻,渐渐镇静下来,终于像是睡着了。此后他变得更安静了;哈特斯利离去时,表示希望第二天来时,他会更好些。

"'也许我可能复原,'他回答,'谁知道呢?——这也许是转折点。你认为怎么样,海伦?'

"我不愿使他消沉,便给了他我所能给的最使他高兴的回答,可是仍然劝他要有思想准备,因为我内心深处的担心可能是不可避免的。不过他决心抱着希望。不久他就又打起瞌睡来——而现在他又在呻吟了。

"病情起了变化。他突然把我叫到他身旁,神情那么异常而激动,使我担心他神志不清了——可是他并没有。'那是转折点,海伦!'他高兴地说——'我这儿本来痛得很厉害——这会儿可完全不痛了;自从摔倒以来,从没这么轻松过——老天爷作证,完全不痛了!'他真心真意地紧紧握住我的手并吻了它;可是当他发现我并不同样感到愉快,就倏地把我的手甩开,严厉地责骂我冷淡,没有感情。我能怎么回答他呢?我在他身边跪下,拿起他的手,亲切地把它紧贴在我的嘴唇上——自从我们分手后这还是头一次——并且泪如涌泉,好歹迸出声音告诉他我之所以沉默并不是由于冷淡,而是担心疼痛这样突然停止并非是他所认为的好兆头。我马上遣人去请医生,我们现在都在焦急地等他来。我将告诉你医生怎么说。他仍然没有痛的感觉——原来最痛的地方现在还是什么感觉都没有。

"我最担心的事发生了——坏疽开始出现。医生曾告诉他再没有希望了——他的苦恼非笔墨所能形容——我写不下去了。"

* * *

下一封信的内容是更加悲惨了。病人迅速接近死亡——他几乎被拖到了令他一想起来就会发抖的可怕深渊的边缘,多少痛苦的祈祷和眼泪都不能把他从那儿拉回来。现在再没有什么能安慰他了;哈特斯利为安慰他所作的种种简单的尝试完全无效。这世界对他来说是毫无意义了;生活和其中包含的所有乐趣、种种小烦恼和短暂的欢乐都成为残酷的嘲笑了。提起往事等于是用徒劳无益的悔恨感去折磨他;谈到未来又会增添他的苦恼;但是保持沉默又等于把他撇下不管,听任他被内心的悔恨和对死的恐惧所摆布。他常常用颤抖的声音细细谈着他那正在毁坏的躯壳的命运——缓慢的解体过程一寸寸地侵袭他的身躯,全身将裹着尸布,装入棺材,埋进黑暗而孤独的坟墓,肉体腐朽,一派恐怖景象。

"即使我有办法,"他那痛苦的妻子写道,"使他不再去想这些事情——把他的思想转移到更高一点的问题上去,情况也不会好多少——'越来越糟糕了!'他呻吟道。'如果在坟墓的另一边还有生命和死后的审判,我怎么应付得了呢?'——我一点也帮不了他的忙;因为不论我怎么说,他既不接受开导,又振奋不起来,也得不到安慰;可是他紧紧抓住了我,一点也不放松——带着一股孩子气的拼命劲儿,好像我能把他从他所害怕的厄运中解救出来似的。他要我日以继夜地守在他身边。这会儿我正在写信,但他握着我的左手;他会这样一连几个小时地握着,有时候他安安静静,仰起苍白的脸庞朝着我;有时候使劲地抓着我的胳臂——一想到他眼前看到的或者自以为看到的什么,他前额上便会迸出大颗的汗珠。只要我把手缩回来一会儿,他就很忧伤。

"'别离开我,海伦,'他说,'让我这样握住你,好像有你在这儿,我就不会受到伤害似的。不过死神会来临的——它正在前来——来得多快、多快呀!——唉,但愿我能相信死后什么也不

会发生才好啊!'

"'别相信这个,阿瑟;死后还会有欢乐和荣耀,只要你肯去追求!'

"'什么,我也会有?'他似笑非笑地说。'难道我们不是按照在世时的所作所为来受审判吗?如果一个人只凭自己高兴度过这一生,他的所作所为同上帝的旨意正相反,然后跟最好的人一起上天——如果最坏的罪人,仅仅由于说一声"我悔改"就能获得同最圣洁的圣徒一样的奖赏,那么作为鉴定期的一生还有什么意义?'

"'但是你如果诚心诚意地悔改——'

"'我无法悔改;我只觉得害怕。'

"'你懊悔过去,只是因为它给你带来了恶果吗?'

"'正是这样——除了因为我对不起你而后悔之外,内尔,因为你对我太好了。'

"'想到上帝的仁慈,你竟得罪了他,便只能感到悲痛。'

"'上帝是什么?——我见不到也听不到祂——上帝只是一个概念。'

"'上帝是无穷的智慧、力量和仁慈①——上帝就是爱②;可是如果这种想法对你那凡人的智力来说是过于广博——如果在那令人不知所措的无穷无限之中你不知道该怎么想,那就把思想集中在祂身上,是祂下凡为人,又带着荣耀的人体上天的,"因为上帝本性一切的丰盛,都有形有体的居住在基督里面。"③'

"可他只是摇着头叹气。接着,又一阵恐怖的颤抖发作了,他紧紧抓住我的手和胳臂,边呻吟边悲叹,仍然疯狂而极度热烈地抓着我,使我的心灵极端苦恼,因为我明知道自己帮不了他什么忙。我尽力安慰他。

---

① 参见《圣经·旧约·诗篇》第 147 篇第 5 节:"我们的主为大,最有能力,他的智慧,无法测度。"
② 参见《圣经·新约·约翰一书》第 4 章第 8 节:"……因为上帝就是爱。"
③ 引自《圣经·新约·歌罗西书》第 2 章第 9 节。

"'死亡是那么可怕,'他大声说,'我受不了啦!你不知道,海伦——你无法想象它是什么样的,因为你没有面临过死亡;等我被埋葬了,你将恢复以前的那种生活方式,跟过去一样快活,而全世界的人也会照样忙碌而欢乐地活下去,仿佛从来就没有过我这个人;而我——'他放声大哭了。

"'你别为这样的事苦恼,'我说,'我们很快都会跟随你去的。'

"'但愿我现在就能把你也带走!'他大声说,'你应该为我恳求上帝。'

"'没有人能拯救他的弟兄,或者为他求得上帝同意,'我回答道,'因为赎他们的灵魂需要更高的代价①——需要那本身完美无罪的上帝成为肉身的上帝,祂的血才能把我们从魔鬼的束缚中赎回来——让祂为你祈求吧。'

"可是我的这些话似乎白说了。虽然他不再像过去那样嘲笑这些神圣的真理,但是他仍然不相信也不愿意理解它们。他不会再拖多久了。他极度痛苦,侍候他的那些人也极度痛苦——不过我不想再用一些细节来折磨你;我想我所写的已足够使你确信我回到他身边去是做得对的。"

* * *

可怜之又可怜的海伦啊!对她的考验确实是太可怕了!而且我一点儿也没法减轻她的痛苦——不仅如此,这简直好像是我在内心深藏着的那些愿望的鼓动下把痛苦带给她的;而且不论我想到她丈夫的痛苦还是她的痛苦,都使我感到这仿佛是由于自己怀有这种愿望而受到的天罚。

第三天又来了一封信。它照样是不置一词地交到了我的手中,内容如下:

12月5日

---

① 参见《圣经·旧约·诗篇》第49篇第7到第8节。

他终于去世了。我整夜坐在他身旁，我的一只手依然被他紧紧地握在手中，我一边注视他面容的变化，一边听着他越来越微弱的呼吸。他已经沉默了好长时间，就在我以为他再不会说话的时候，他却无力而又清晰地咕哝着：

"为我祈祷吧，海伦！"

"我在为你祈祷——每小时、每分钟，阿瑟；可是你还必须为自己祈祷。"

他的嘴唇动了，可是发不出声音来——然后他的表情发生变化了；凭他不时发出的语无伦次的话，我以为他这时已经失去了知觉，于是把手轻轻地抽出他的掌握，打算悄悄走开去吸一口新鲜空气，因为我几乎要昏过去了；可是就在这时，他的手指抽动了一下，同时无力地低声说了一句"别离开我！"这马上又把我召了回来，我又握住他的手，直到他身亡——接着我昏了过去；这可不是由于悲哀，而是由于精疲力竭，而在这一时刻之前，我是始终能成功地与疲劳作斗争的。唉，弗雷德里克！没有人能够想象一个人在临终前肉体和精神上的痛苦是什么样的！我怎么能忍心去想这个胆战心惊的可怜人被匆匆地带走，去承受永恒的折磨？这个想法会使我发疯的！不过感谢上帝，我还抱有希望——我不但不知不觉地把希望寄托在他最终可能忏悔并得到赦免上，还出于一种令我愉快的信念：不管有罪的灵魂注定要经过怎么样的烈火使其净化——不管什么命运在等待着它，它仍然不会消失，因为上帝"并不憎恨祂所创造的一切"[①]，最终是会祝福它的！

他的尸体将于星期四埋入他曾经那么害怕的黑暗的坟墓中；但是棺材板得尽早盖上。如果你想参加他的葬礼，就赶快来，因为我需要帮助。

海伦·亨廷顿

---

① 引自《圣经·经外书·所罗门的智慧》第 11 章第 24 节。

第五十章
疑惑与失望

　　看了这信以后,我没有理由对弗雷德里克·劳伦斯掩盖自己的欢乐和希望了,因为我没有什么可害臊的。我感到高兴只是因为他妹妹终于从那折磨人的压倒一切的劳累中解脱出来了——我只希望她会及时地从这件事的影响中恢复过来,至少可以让她能够平静而安宁地度过余生。我对她那不幸的丈夫感到一种痛苦的同情(尽管完全明白他的每一丁点的痛苦都是自找的,而且是完全罪有应得的),对她本人的苦恼也怀有深深的同情,为她那折磨人的护理活儿、那些可怕的守夜、老是守在一具活死尸身边的那种持续不断的有害的禁闭的种种后果感到非常忧虑——因为我深信她所透露出来的不得不身受的痛苦还不及真相的一半。

　　"你会到她那儿去吗,劳伦斯?"我说,一边把信放在他手中。

　　"对,马上去。"

　　"很对!那我得走了,好让你准备出发。"

　　"你还没有来之前和你在看信的时候,我就准备好了;此刻马车快要从后院来到门口了。"

　　我内心很赞成他处事如此迅速,向他道了早安就告辞了。我们紧紧握手告别时,他以锐利的目光瞅了我一眼;但不管他想从我脸上找到什么迹象,他看到的只是最适合于当时情况的庄重的表情,也许还掺杂着一点严峻的神色,因为我这样怀疑他内心的想法使自己一时感到不快。

　　难道我忘却了自己对未来的展望、我那股热烈的爱情和执拗的希望吗?现在去回想这些似乎是亵渎的行为,但我并没有忘记。然而,当我骑上马慢慢地走在回家的路上想到这一切时,我沉浸在对暗淡的前景、虚幻的希望和空虚的爱情的一种忧郁感中。亨廷顿太太现在是自由了;想念她不再是有罪的行为了——但是她有没有想念过我呢?——不是指现在——当然现在是不能存这种奢望的——不过等这次打击过去了,她会想念我吗?在她和她哥哥通信的整个过程中(她本人曾把他说成是我们共同的朋友),她只有一次提到过我——而那是出于必要的。单凭这一点就足以推断她已经把我忘了;可这还不是最糟的地方;也许是责任感使她保持着沉默,也可能她在想方设法把我忘掉;但除此之外,我悲伤地确信,她所经历的可怕的现实、和她曾经爱过的男人的重归于好、他那恐怖的痛苦和死亡,终于把她与我那一段短暂的爱情的所有痕迹都从心里抹掉了。也许她能从这些恐怖经历中恢复过来,直至恢复她先前的健康和平静,甚至愉快的心情——可是绝不会恢复那种在她今后会看做一种转瞬即逝的迷恋、一种空虚而虚幻的梦想,尤其是因为没有人来对她提起我的存在——无法向她保证我的热情是坚贞的,因为我们相隔很远,而审慎的考虑也不允许我在至少今后的几个月内去看望她或写信给她。我怎样才能让她的哥哥为我效劳呢?我怎能打破因掩盖自己的腼腆而显得冷淡的外表呢?也许他还会像过去那样强烈地反对我的依恋,也许他认为我太穷了——出身太低微,和他妹妹不相配。是啊,还有一个障碍:毫无疑问,草谷庄园的女主人亨廷顿太太与怀尔德菲尔府的租户、艺术家格雷厄姆太太之间有着地位和境遇的显著区别;如果我向亨廷顿夫人求婚也许会被——世人、她的朋友们——认为太冒昧了,即使她自己不这样看。但是如果我能肯定她爱我,我就敢于冒这个险,甘受处罚,若是她并不爱我,我怎么敢求婚呢?最后还有,她那已故的丈夫是一贯自私的,也许在遗嘱中写明一些条款,限制她再婚。所以,如果我听任自己这样去想的话,你就明白我会有足够的理由感到失望的。

不过，我还是相当焦灼地盼望劳伦斯先生从草谷庄园回来——我的不耐烦随着他延期回来而俱增。他已经走了差不多十至十二天了。他要留下来安慰和帮助他妹妹是完全正确的，然而他应该写信把她的近况告诉我——或者至少通知我什么时候他可望回来；因为他该知道我正陷在为他妹妹担忧和对自己渺茫的前途深感不安的苦恼中，并因此受尽折磨。后来他终于回来了，但是只对我说他妹妹由于为了那个曾是她一生苦恼的根源并几乎把她一起拖进坟墓的男人作了不懈的努力，以致弄得自己筋疲力尽——并且直到现在仍然被他那令人悲伤的下场和伴随而来的种种情况大为震动，弄得垂头丧气；然而却没有一句提到我的话——他一字不提她有没有提到过我的名字，或者他在她面前有没有提到过我。关于这件事，我当然一句也没有问起过；由于我确信劳伦斯对我和他妹妹的结合确实抱着反对的态度，所以我就不想问了。

我看出他期待我对他这次访问进一步提出问题，而且我以被唤醒的妒忌心所具有的敏感，或者受惊的自尊心——或者不管我该怎么叫它的一种心情吧——也看出他对即将来临的仔细追问感到有点畏缩，所以我并不追问使他很高兴，甚至不亚于惊奇。当然啦，我当时火气十足，可是自尊心迫使我压制自己的感情，做到不动声色——至少在整个会面过程中保持淡泊的平静。这样也好，因为，在冷静地考虑这问题后，我不得不认为在这种场合下跟他吵架是太荒唐而不合适的；我也不得不承认，我心里感到错怪他了；实际上他非常喜欢我，可是他完全认识到，我和亨廷顿太太的结合会被所有的人看做一桩不相称的婚姻；而根据他的性格，也不是敢于与舆论对着干的——尤其是在这种情况下，虽然众人的可怕的讥笑或者不好的看法是针对他妹妹而不是对他，但在他看来这是可怕得多的。如果他相信我们的结合对两个人的幸福是必要的，或者对其中的一方是必要的，如果他知道我是多么热烈地爱着她，他是会采取不同的行动的；可是当他看见我如此平静而沉着,他就无论如何也不想要扰乱我的思绪;所以,尽管他完全避免积极反对这桩婚事,如今也一点不去促成它,宁可谨慎从事,帮助我们去克服彼此心中的爱恋,而并不感情用事,去帮助我们增长彼此的爱情。你会说:"他这样做是对的。"也许是的——不管怎么样,我并没有权利像我过去那样对他恨如切骨;不过当时我还不能这样有节制地去看待这个问题;后来,我们匆匆谈了一些无关紧要的话题,我就离开了他,担心我确实被她忘记了,明白我所爱的她是又孤独又痛苦,健康受到损害,精神萎靡,而我却不能去安慰并帮助她——甚至不容我去向她表示我的同情,因为通过劳伦斯先生转达这种口信如今是完全不可能的了——除了以上这些情况所引起的痛苦之外,我还得忍受自尊心和友谊受到损害而引起的种种痛楚。

可是我该怎么办呢?我可以等待,等着看她会不会注意到我——当然,她是不会这样做的,除非让她哥哥捎去个友好的口信,但他是绝对不肯捎的,这样——想到这个不寒而栗!——她会以为我冷淡了、变心了,所以没有给她一点表示——或者他已经使她明白我不再想念她了!不过我会等待的,直到我们分离了整整六个月(那时将是二月底左右了)之后,我会写信给她,谦恭地提醒她曾答应过了这个时期可以给她写信,希望至少能利用这个机会来表示我对她最近所受苦难的由衷悲痛、对她宽宏大量的行为的正确赏识,并希望她的健康已完全恢复,而且不久就能过上安定幸福的生活,那是她好久没有享受到,而且可以正确地说没有人比她更应该享受到的——后面再添上几句:向我的小朋友阿瑟问好,希望他没有把我忘掉;也许再提一下过去的日子——我同她在一起的欢乐时刻,和我对之永不磨灭的回忆,那是我生活中的乐趣和安慰——并希望她在最近的烦恼中并没有把我完全排除出她的头脑。——要是她不回复我的这封信,我当然再也不会写信给她了;要是她回复我的信(谅必她是会以某种方式回复的),我将来的行动就将根据她的回信来进行。

处在这样毫无把握的痛苦心情中,等待十个星期是够长的,可是得有勇气!这是必须忍耐的啊——在这期间,我会不时去见劳伦斯,尽管没有以前那么频繁,而且我还会习惯性地问起他妹妹的近况——他最近有没有收到她的信,她的情况如何,但仅此而已。

我这样做了,我得到的回答总是惹人恼火地单单针对问话中的内容的:她一切照常;她并不怨天尤人,不过她上一封信的语气显得心情十分沮丧——但她说自己好些了——而最后,她说她很好,忙于教育儿子,管理她已故丈夫的财产以及料理他的事务。这流氓从不告诉我那些财产是怎样处理的,也没有说究竟亨廷顿先生去世时有没有留下遗嘱;而我是宁可去死也不会问他的,免得他因我想知道这事而把这误看做贪婪。如今他不再给我看他妹妹的信了,我也绝不暗示想看。不过 2 月快到了;12 月份过去了,1 月份终于快结束了——还有不多几个星期,到那时候,不是确实的绝望,就是新生的希望将结束这叫人担心的长期痛苦。

但是真可惜!正在此时,她又得因她姑父的去世而再度受到打击——我敢说,他本身是个相当不足道的老头,不过一向对她比对其他任何人显得更仁慈和亲热,她也一直习惯于把他看做父亲。他去世时她随侍在侧,在他生病的最后阶段,曾帮助她姑妈护理他。他的哥哥到斯坦宁利去参加葬礼,回来后告诉我她还在那儿陪伴着她姑妈,竭力使她高兴,很可能会继续待一个时期。这对我来说是坏消息,因为我不知道她姑妈的地址,也不想去问她的哥哥,所以她继续待在那儿,我就没法写信给她。一个星期又一个星期过去了,我每次问起她的情况,她哥哥总说她还在斯坦宁利。

"斯坦宁利在哪儿呀?"我终于问。

"在某郡。"回答很简短,态度又是那么冷淡、干巴巴的,因而把我要他说出更明确的地点的想法压制了下去。

我的下一个问题是:"她什么时候回草谷庄园?"

"我不知道。"

"真该死!"我咕哝道。

"什么,马卡姆?"我的同伴问,带着一副天真的惊奇样子。可是我不屑去回答他,只默默无言地用愠怒的轻蔑目光瞧了他一眼,他见了就转过脸去,带着微笑凝视着地毯,显得若有所思而感到有趣;不过他很快就抬起头来,谈起其他话题,试图把我引入愉快而友好的交谈中去;可是我恼火了,不想和他谈话,很快就告辞了。

你瞧,劳伦斯和我不知怎的总没能相处得十分融洽。我相信实际上是我们俩都太容易生气了。哈尔福特,这种对别人并非故意的冒犯的敏感是很麻烦的。你可以作证,我现在不再受这种折磨了:我已经学会了如何做得愉快而明智,对自己随便些,对别人也宽容些,这样我就能够嘲笑你和劳伦斯了。

一半出于偶然,一半是由于我有意的疏忽(因为我真的开始讨厌他了),过了好几个星期我才又见到我这位朋友。那是他来找我,我们才碰头的。6月初的一个晴朗的早晨,他来到我正在开始收割干草的地里。

"好久没有见到你了,马卡姆,"我们寒暄了几句后他说。"你不打算再到伍德福德府来了吗?"

"我去过一次,你不在。"

"对不起;不过那是很久以前的事了;我曾指望你再来;最近,我来过,可你不在——你是多半时候不在家的,不然我会很高兴常常来——不过这一次我决心要见到你,所以把马留在小道上,跨过了树篱和沟渠来找你;因为我就要离开伍德福德一段时间,也许一两个月内再见不到你。"

"你上哪儿去?"

"先去草谷庄园,"他带着一丝笑意说,要是做得到的话,他是肯定会忍住不笑的。

"到草谷庄园去!那末她在那儿吗?"

"是的,不过一两天后她就要离开那儿,陪马克斯韦尔太太到 F 城去吸吸有益的海边空气;我将陪她们一起去。"(当时 F 城是个僻静而高尚的海滨胜地,如今则成为游客常去的地方了。)

劳伦斯似乎在期待我利用这个机会托他带封什么信给他妹妹;我相信如果我有见地要求他这样做的话,他是会负责传达而不会提出任何具体反对的理由的;尽管如果我愿意放弃这个机会,他是确实也不会自告奋勇这样做的。但是我无法主动提出这个要求;直到等他走了,我才意识到自己失去了一个多么好的机会——那时候,我确实深深地懊悔自己的愚蠢和可笑的自尊心;可是现在已太迟了,这事已无法挽回了。

直到 8 月下旬他才回来。从 F 城他给了我两三封信;但其内容都不能令我满意,甚至十分惹我恼火,因为他尽谈些我一点不感兴趣的一般性的或琐碎的事情,或者充满了我当时同样不欢迎的奇想和见解——关于他妹妹的情况几乎一字不提,关于他自己的情况也写得很少。不过我会等待他回来的;也许到那时我能从他嘴里多听到一些。无论如何,我现在不会写信给她,因为她同他和她姑妈在一起,而她姑妈对我放肆的渴望无疑会比他更有反感。等她回到了她自己那寂静和孤独的家,那就是最适合我的机会了。

可是劳伦斯回来了,却对我这极其焦虑的问题像过去一样保持缄默。他告诉我他妹妹在 F 城小住时得益匪浅,她儿子也很好,还有——真可惜!他们俩都陪同马克斯韦尔太太一起回斯坦宁利去了——而且会在那儿至少待上三个月。不过我不打算告诉你我有多懊恼、怎样期待和失望、我的情绪怎样徘徊于沉闷的沮丧与闪烁着的希望之间,这心情使我一会儿作出放弃的决定,另一会儿又产生了坚持下去的决心——有时候想大胆地行动,过一会儿又觉得应当听其自然发展,耐心等待——我不打算谈这些使你厌烦,我要致力于把在这个故事里提到过的一两个角色的事作个交待,了结一下,因为我可能再没有机会提到他们了。

亨廷顿先生逝世前不久，洛勃罗勋爵夫人和另一个情夫私奔到大陆去，在那儿过了一段花天酒地的放荡生活，两人就吵了架，分手了。她继续我行我素地过了一阵子，但随着岁月的推移，钱花光了，她终于陷入了债台高筑的困境，堕入耻辱和苦难之中；我听说她最终在不名一文、无人理睬、极端痛苦的情况下死去。不过这可能只是传说而已，根据我和她的亲戚或者老相识所风闻的，她也许还活着，因为他们多年来都没有见到过她，而且只要可能的话，也都情愿把她干脆忘掉。然而她丈夫在她第二次干下了不端行为之后，即刻提出与她离婚，离婚后不久又结了婚。这样也好，因为尽管洛勃罗勋爵似乎愁眉不展、忧郁不快，但他不是个能过单身汉日子的人。他对公众事务的兴趣、野心勃勃的计划，或者全力以赴的工作——甚至与朋友们的友情（如果说他有过朋友的话），都不能补偿他所缺乏的家庭温暖。不错，他有一个儿子和一个名义上的女儿，可是他们使他想起他们的母亲，给他带来极大的痛苦，而那个不幸的小安娜贝拉①成为他心灵中永恒痛苦的源泉。他责成自己以父亲的仁慈对待她；他强迫自己不去恨她，甚至终于在某种程度上相当体贴地待她，这也许是用来回报她对他的那种出于自然而毫不怀疑的感情的；但他沉痛地谴责自己内心中对这无辜的孩子所怀的这种反感，经常为了抑制自己本性中的种种不良倾向进行着思想斗争（因为他的本性并不宽大为怀），尽管了解他的人都多少能看出这一点，只有上帝和他自己的心灵才清楚知道——而他对回到年轻时的放荡生活中去的诱惑所作的艰苦斗争也是如此；为了要忘却过去的灾难，为了要使自己对眼前的苦痛——一颗被摧残的心、没有欢乐而没有朋友的生活以及一种病态的郁郁不乐的心情——做到麻木不仁、无动于衷，他竟然有意再度屈服于那个危害自己的健康、理智和德性的暗藏着的敌人，这个敌人曾经那么悲惨地制服过他，使他堕落。

---

① 这是勋爵夫人安娜贝拉和情夫所生的女孩。

他选择的第二个对象和第一个完全不同。有些人对他的鉴赏力感到奇怪；有些人甚至加以嘲笑——可是在这一点上他们显然比他更愚蠢。这位女士的年龄同他不相上下——就是说在三十岁到四十岁之间——外貌和财产都平平，才艺也并不出众；除了确实通情达理、一贯正直、虔诚不懈、热心慈善和充满乐观精神之外，我再没有听到过其他的情况。然而你能很容易想象到，这些品质加在一起使她成为孩子们的好母亲，同时也成为勋爵的不可多得的贤内助。他通常贬低自己（还不知是否是自我抬举？），认为对他来说，她简直是太好了，而且他一方面觉得奇怪，上天竟然对他这么仁慈，赐给他这样一份礼物，甚至对于她竟然宁愿要他而不要其他男人也感到难以理解，另一方面却尽量报答她对他的一片好心，干得非常成功，使她成为，而且我相信现在仍然是英国最幸福和最得宠的妻子之一；而且所有对他们夫妇任何一方的鉴赏力持怀疑态度的人，如果他们对各自所选择的对象最终感到的满意程度能达到这对夫妇所感到的一半，或者对方对这种选择所报答的爱情在持久和诚恳的程度上能达到一半的话，他们也该谢天谢地了。

要是你对那卑鄙的坏蛋格里姆斯比的命运有任何兴趣的话，我只能说他每况愈下，在放荡和罪恶中越陷越深，只同俱乐部里最坏的会员和社会上最低级的渣滓为伍——这对社会上其余的人来说倒是幸运的——并且据说他在一次酒后赌钱时欺骗了某个流氓同伙，然后在斗殴中死于对方的手中。

至于哈特斯利先生，他从没完全忘记自己要"从他们中间出来，与他们分别"[1]的决心，表现得像个男子汉，像个基督徒，而他过去的那个酒肉朋友亨廷顿最终因病死亡，使他对他们过去的劣迹产生了非常深刻而严肃的印象，以致再不愿接受同样的教训了。为了避免城市的诱惑，他继续在乡下过日子，埋头于一个健

---

[1] 引自《圣经·新约·哥林多后书》第6章第17节。

壮而活跃的乡绅的日常事务中；他忙于农事，繁殖马牛，还搞一点打猎和射击活动来使生活多样化，再就是有时和朋友们相聚，使生活过得愉快些（这些朋友要比他年轻时的朋友好），还有他那幸福的娇小的妻子（如今她十分快乐并衷心信任他了）以及一群身强力壮的儿子和如花似玉的女儿做伴。几年前，他的当银行家的父亲去世了，给他留下了所有的财产，如今他有了充分满足自己主要的爱好的机会了，因而我无需告诉你拉尔夫·哈特斯利乡绅的高贵种马在全国是颇负盛名的。

第五十一章
一桩意外事件

我们现在且转而谈一下发生在大约12月初一个寒冷多云的下午的一桩事吧。当时下的第一场雪薄薄地散布在草木枯萎的田野和冻结的路面上,或者较厚地积在深深的车辙和人马的脚印的凹处,这些坑坑洼洼都是上月那场滂沱大雨后留在如今已冻硬的淤泥中的。这事我记得很清楚,因为当时我正从牧师住宅走回家,走在我旁边的是伊丽莎·米尔沃德,这个"出色的"人物。我刚才拜访过她的父亲——这完全是为了取悦我母亲,而不是我自己,才为礼貌起见作了这一次牺牲,因为我不喜欢走近那座宅子;这不仅是由于我对一度曾经那么迷人的伊丽莎抱有反感,还因为我不能完全原谅那位老先生对亨廷顿太太有看法;虽然他现在已被迫承认过去的判断是错误的,但仍坚持认为她离开她丈夫是不对的;这违犯了她作为妻子的神圣责任,并且使自己有受诱惑的可能性,从而触犯了天意;除非肉体受到虐待(其性质还得是严重的)才能允许人采取这一步骤——而且即使在这种情况下也不行,因为她应该请求法律的保护。不过我原先打算提起的并不是他,而是他的女儿伊丽莎。当时我正在向牧师告辞,她走进屋来,穿戴停当,准备出去散步。

"我正要去看你的妹妹,马卡姆先生,"她说,"如果你不反对,我来送你回家。我出去散步时喜欢有个伴——难道你不喜欢?"

"喜欢,如果天气好的话。"

"那当然,"这位年轻小姐回答道,调皮地微笑着。于是我们就一起出发了。

"你看罗丝会在家吗?"当我们关上花园的大门,朝林登卡走去时,她问。

"我想她在家。"

"我相信能见到她,因为我有点消息要告诉她——如果没有让你抢先告诉了她的话。"

"我?"

"对;你可知道劳伦斯先生为什么走了?"她抬起头来,焦急地等待我回答。

"他走了吗?"我问,她的脸随即露出了喜色。

"啊!这么说他没有告诉你关于他妹妹的事啰?"

"她怎么啦?"我惊慌地问,深恐她遭到了什么不幸。

"哟,马卡姆先生,你的脸涨得多红呀!"她带着折磨人的笑大声说。"哈,哈,你还没有忘掉她!我可以告诉你,你最好赶快忘掉她,因为——可惜啊可惜!——她下星期四就要结婚啦!"

"不,伊丽莎小姐!这不会是真的。"

"先生,难道你责备我说谎吗?"

"你听到的消息不正确。"

"是吗?这么说你更了解真实的情况啰?"

"我想是的。"

"那末你为什么脸色这么苍白?"她说,看到我激动不安,高兴地微笑着。"是不是为了对你撒了个无伤大雅的小谎,你就对我这可怜虫发怒了?得了,我只不过'把人家说的话照搬给你听罢了';我并不保证它是否真实;但是我想不出萨拉为什么要骗我,或者人家为什么要骗她,而这正是萨拉从那男仆那里听到的话——说亨廷顿太太星期四要结婚,劳伦斯先生已经动身去参加她的婚礼了。她确实还告诉了我那位绅士的名字,可是我把它给忘了。也许你能帮我想起它。有没有住在附近的什么人——或者有没有经常到这一带地方来的长期爱慕她的一位先生?——哎呀!——什么先生呢?——"

"哈格雷夫?"我带着苦笑提起这个姓氏。

"你说对了!"她大声嚷道,"正是这个姓氏。"

"不可能,伊丽莎小姐!"我喊道,我的声调使她吓了一跳。

"嗨,你知道人家就是这样告诉我的,"她若无其事地盯着我的脸说。接着她陡地发出一阵又长又尖的笑声,使我恼火得手足无措。

"真的,你必须原谅我,"她大声说,"我知道这样问很不礼貌,可是,哈,哈,哈!——你曾经想过要自己跟她结婚吗?哎呀,哎呀,多可惜啊!哈,哈,哈!——天哪,马卡姆先生!你是不是就要晕过去了?哎呀!我是不是该叫那个人过来?喂,雅各布——"可是我不让她往下讲,便伸手抓住了她的胳臂,我想,我是相当重地把它捏了一下的,因为她因疼痛或者惧怕而轻轻地叫了一声,身子缩成一团;然而她心中的那股劲儿并没有被压倒;她马上振作起来,带着装得很像的关心的神情继续说:

"我能为你做些什么?你要不要喝点水——喝点白兰地?——要是你让我跑过去,那儿的小酒店里也许就有哩。"

"别再胡扯!"我严厉地大声说。她看起来给弄得不知所措——有一会儿工夫几乎又害怕起来。"你知道我讨厌这种玩笑,"我接着说。

"什么玩笑?我不在开玩笑!"

"不管怎样,你在笑;我不喜欢人家笑我,"我回答,竭力表现出恰如其分的尊严和镇静,只说些与此相干而合乎情理的话。"既然你的情绪这么欢畅,伊丽莎小姐,你就尽可以单独一个人走;因为我刚想起来,我还有事得到别的地方去干,所以要让你独个儿走完全程了;祝你晚安。"

说罢我就离开了她(不让她发出那恶意的笑声),转弯走到田野上,跃上土坡,穿过树篱上最近的缺口。我决心即刻去核查她所说的那个情况的真实性——或者不如说去证实它是虚假的,就凭着两条腿能跑的最快速度朝伍德福德赶去——开头我是掉个头来绕道走去的，不过一走出我那美丽的折磨者的视线，便完全像飞鸟一般笔直穿过田野——越过牧草地和休耕地、布满茬儿的田地和田间小道——跨过树篱、阳沟和临时围栏，终于来到那位年轻乡绅的院门前。直到那时我才知道自己的爱情是多么炽热——我的希望是这么富有力量，即使在我最沮丧的时刻，它也没有被彻底粉碎，我总是顽强地紧紧抓住一个念头不放，即总有一天她会属于我——或者，即使做不到这一点，至少也要让她心里永远多少怀有对我的记忆以及对我们的友谊和爱情的一丁点儿回忆。我跨着大步走到门前，决心只要见到屋主人，就大胆地问他关于他妹妹的情况，再也不能等待和犹豫了，而是要把虚假的审慎和愚蠢的自尊心抛到脑后，这样才能立刻知道自己的命运如何。

"劳伦斯先生在家吗？"我迫切地问那来开门的仆人。

"不在，先生，老爷昨天出门了，"他回答，一副十分警惕的样子。

"上哪儿去了？"

"去了草谷庄园，先生——难道您不知道，先生？主人的嘴很紧，"那家伙带着傻笑说。"依我看，先生——"

但我转身走开了，没有等着听他说他的看法是什么。我不打算站在那儿把自己的痛苦感情暴露出来，让这么个家伙来无礼地讥笑并鲁莽地究诘我。

可现在该怎么办？难道她有可能抛弃了我去接受那个男人吗？这是我无法相信的。她可能会抛弃我，但不会去自愿嫁给他呀！好吧，我会知道真相的——这场怀疑与恐惧、嫉妒与愤怒的暴风雨使我心乱如麻，无法处理日常生活的事务。我要从L镇乘上早班公共马车（今晚的班车可能已经开走了），飞驰到草谷庄园去，一定得在举行婚礼之前赶到那儿。为什么？因为我有个想法，也许我能阻止这场婚礼——要是我不去阻止，我和她可能会悲伤到临终的一刻。我想起也许有人使她对我抱着不正确的看法，也许正是她哥哥——对，毫无疑问是她哥哥使她相信我是虚伪而不忠实的,同时利用她的理所当然的愤慨,也许还加上她在沮丧之余对将来生活所抱的无所谓的态度,狡猾而残酷地促使她缔结这门亲事,以便保证把她从我手里夺走。要是果真如此,果真要等到来不及补救的时刻她才会发现自己错了——那她和我都将注定要在如何悔之莫及的痛苦中度过下半辈子啊!想到这一切都是由我的愚蠢的顾虑所造成的,我会多么后悔啊!唉,我一定得见到她——她一定得了解关于我的真相,即使要我在教堂门口告诉她也罢!我也许会被当作疯子或者鲁莽的傻瓜——即使由于我的阻挠而可能使她生气,但至少她可以告诉我现在已经太晚了——不过假如我能够拯救她呢!假如她还有可能属于我——这想法太令我欣喜若狂了!

在这种希望的鼓舞下,又被那些疑虑所驱使,我匆匆赶回家里,就为第二天启程作准备。我对母亲说有些不能拖延的事务需要我到某地(那是我必须路经的最后一个大市镇)去办理,但此刻还不能向她解释是什么。可是我深深的忧虑和若有所思的严肃神情瞒不过母亲的眼睛;她担心我隐瞒着某种灾难性的秘密,我好不容易才让她放下心来。

当天晚上下的一场大雪妨碍了第二天公共马车的顺利行驶,这使我几乎发狂了。不用说我自然连夜赶路,因为当天已是星期三了;次日早上无疑会举行婚礼的。然而这一夜又长又黑;积雪大大阻碍了车轮子向前滚动,把马蹄变成球形;马匹懒洋洋到极点,马车夫小心得令人讨厌极了,乘客们则显得完全漠不关心,对马车的进度苟安不究。他们不但不帮我一起威吓各个马车夫,催促他们赶路,反而只顾瞪着眼睛对我的不耐烦露齿而笑;其中有一个竟敢因此而嘲笑我——但我向他狠狠地瞪了一眼,使他一路上再也不敢吭声了——在最后的一段路上,我打算自己来操纵缰绳,但遭到了他们的一致反对。

我们到达 M 镇,在玫瑰与皇冠旅馆门口停下来的时候,天色已经大亮了。我下了马车,大声呼唤,要一辆驿站马车去草谷庄园。可是没有马车；城中唯一的一辆正在修理。"那就弄一辆轻便双轮马车——单马马车——大车——不管什么——但求快！"有一辆轻便马车，可是没有多余的马。我差人去城里找一匹马来；然而他们花了好多时间还不回来，我无法容忍，不愿再等；我想我的两条腿能跑得更快，便吩咐他们，如果那该死的车辆一小时内能准备好，叫它来追我，我就拔脚尽快赶路了。路程只有六英里多一点，可是由于路是陌生的，我得不断停下来问路——向驾驶货车的人和乡巴佬高声发问，还常常闯进农舍去问路，因为那个冬天的早晨待在户外的人很少——有时候还敲门把懒汉从床上叫起来，因为那地方要做的活儿很少——也许食物和燃料也不可多得，因此他们不愿意减少他们的睡眠时间。不过我没有时间去想他们的事；我既疲倦又绝望，急着赶路。轻便马车没有追上我，幸亏我也没有等它——我感到相当恼火，因为刚才够傻的了，耽搁了那么久。

我终于来到草谷庄园附近。我走近那乡间的小教堂——可是瞧啊！教堂前面停着一长列马车——不需要看到仆人和马匹身上佩着的白徽章，也不需要听到聚集在那儿看热闹的村中游手好闲之辈的欢声笑语，便可以知道里面正在举行婚礼。我挤到人群中去，上气不接下气地一股劲问婚礼是否已经开始很久了。他们只是目瞪口呆地望着我。在绝望之余，我推推搡搡地穿过人群，正要走进教堂院子的大门，一群像蜜蜂那样趴在窗户上的衣衫褴褛的顽童突然跳下窗台，冲向教堂门廊，用粗野的当地方言喊叫着，意思大概是，"结束了，——他们正走出来啦！"

倘若伊丽莎·米尔沃德看到了我这时的模样，她可能会喜不自胜的。我抓住了门柱来支撑自己，站在那儿目不转睛地望着门口，为了要最后一睹使我的心灵欢愉的人儿，并且头一次瞧瞧那个把她从我心里夺走的可恨的男人，而且我肯定他会使她的一生充满痛苦、空虚和徒然的懊悔——因为她跟他待在一起有什么幸福可言呢？我不想让她知道我在场而使她震惊，可是又没有力气挪动双脚走开。新郎新娘走来了。我瞧不见他,因为我的眼睛只盯着她。一幅长长的薄纱罩住了她那优雅的身躯的一半,可是无法把它隐藏起来;我看得见她笔直地抬着头,但眼睛却望着地上,脸庞和头颈上布满了一片深红色的红晕;然而五官的每个部分都充满着笑意,一簇簇金黄色的鬈发透过薄雾般的白纱闪闪发亮! 天哪! 她不是我的海伦啊! 那头一眼使我大吃一惊——不过我的眼睛由于疲倦和失望而看不清了——我敢相信自己的眼睛吗? 没错——这不是她! 这是个年纪更轻、个子更小、肤色更红润的美人儿——的确很可爱,但在端庄的仪表和心灵的深度上则差得很远——没有那种难以言喻的优雅、十分风趣而温柔的魅力、吸引并征服人心(至少是我的心)的无法形容的力量。我望望新郎——原来是弗雷德里克·劳伦斯! 我擦掉前额上淌下的冷汗,在他走近时往后退却;可是他的目光落在我的身上,尽管我的容貌必定变了样,他依然认出是我。

"真是你吗,马卡姆?"他说,见到我显现在面前,吃了一惊,给弄得不知所措——或许我的一副粗野的样子也使他吃惊。

"对,劳伦斯——真是你吗?"我定了定神回答。

他微笑了,脸红起来,好像因自己的身份被认出来而感到有点又得意而又羞愧;如果他对挽着他胳臂的美人儿有理由感到得意的话,那他也同样有理由因长期隐瞒自己的好运气而觉得羞愧。

"允许我给你介绍我的新娘,"他说,一面企图用假装的漫不经心的愉快神情来掩盖他的窘困。"埃丝特,这位是马卡姆先生,我的朋友;马卡姆,这位是劳伦斯太太,以前的哈格雷夫小姐。"

我向新娘鞠了一躬,使劲跟她握手。

"你为什么不早点告诉我?"我用责备的口吻说,装出一副不满的神气,但心中并没有这种感觉(因为实际上我因发现自己这样幸运地弄错了而欣喜若狂,并且因而觉得自己心里曾对他有过卑鄙的不公正的想法而对他热情洋溢——他尽可能对不起过我,但是没有达到那个程度；在过去的四十个小时里我恨透了他，这种情绪的反作用是那么强烈，以致我一时能够原谅他所有的过错了——而且尽管有这些过错，我还是照样爱他)。

"我的确告诉过你，"他说，带着一副做贼心虚的慌乱样子，"你收到我的信没有？"

"什么信？"

"通知你我打算结婚的信。"

"我从没接到过这种打算的丝毫暗示啊。"

"它一定和你在路上交错了——它原该昨天早上就到你手里的——我承认是着实迟了。可是你干吗到这儿来，如果你没有收到通知？"

现在轮到我不知所措了；可是在我们俩低声谈话之际，他那忙于用双脚轻轻踩着雪的年轻太太及时地帮了我的忙，她捏了一把她那伴侣的胳臂，低声向她丈夫建议请他的这位朋友一起乘马车同行，因为我们正在众目睽睽之下，加上让他们的朋友们等着也实在不恰当。

"而且天气又这么冷！"他说，惊愕地望着她单薄的服装，即刻扶她上车。"马卡姆，你也上来吧？我们要去巴黎，可以在到多佛①之前的任何地方让你下车。"

"不，谢谢你。再见了——我没有必要祝你们旅途愉快，因为你们自然会愉快的；可是记住了，我希望你什么时候给我好好道个歉，在我们再见面之前还得给我好几十封信。"

他握握我的手，赶紧坐到他太太身边的位子上去。这时作解释或者谈话都不是时候，地点也不合适；我们站在那儿已经够久了，足以使看热闹的村民们惊讶了，同时也许还会弄得伴随新娘的那一批人恼火；不过这一切当然都远不会比我用来叙述当时情

---

① 英国东南端一城市，和法国的加来隔英吉利海峡遥遥相望，为当时去巴黎的必经之地。

景所花的时间长，或者甚至也少于你读这一切所花去的时间。我站在马车旁边，车窗开着，我瞧见这位幸福的朋友亲热地用胳臂搂着他伴侣的腰，她则把涨红的面颊搁在他的肩上，看起来完全是充满着情爱与深信不疑的幸福的化身。从仆人关上车门到攀上车后的座位的这段时间里，她抬起含笑的棕色眼睛，始终望着他的脸，开玩笑地说：

"我恐怕你一定会认为我麻木不仁，弗雷德里克；我知道女人在这种场合是惯常会哭的，可是我怎么也挤不出一滴眼泪来。"

他只用接吻来回答，更紧地把她搂在胸前。

"可这是怎么啦？"他咕哝着。"嗨，埃丝特，你现在哭了！"

"喔，没有什么——只是太幸福了——还有，"她抽噎着说，"希望我们亲爱的海伦也像我们这样幸福。"

"祝福你有这个愿望！"当马车驶走时，我在内心作出了如此的反应——"但愿上天答应使这个愿望不致完全落空！"

我想在她说这话的时候，她丈夫的脸上会突然蒙上一片阴影。他在想些什么呢？难道他妒忌他亲爱的妹妹和朋友之间也存在像他现在所感到的那种幸福感吗？在这样的时刻他不可能会这样想。他妹妹和他两人的命运截然不同，这一定会一时使他的幸福感暗淡些。也许他也在想到我；也许他懊悔自己在阻碍我们结合这事上所起的作用；他即使并没有实际上搞阴谋反对我们，可也并没有帮我们的忙——我现在免除他这个罪名，并且因自己曾经胸襟狭窄地对他持怀疑态度而感到十分内疚；不过他还是对我们不起的——我希望，也相信他曾经对我们不起。他实际上并没有拦阻我们之间的爱情的发展，并企图制止它，但是他消极地注视着这两股爱情的溪流在生活的干旱荒原上蜿蜒向前，不愿去排除把它们分隔开来的障碍，却暗中希望它们会在尚未汇合为一之前便在沙漠中枯竭。同时他还悄悄地进行着自己的事情；不过也许是因为全神贯注于他那漂亮的女朋友身上，以致没有时间想到别人。毫无疑问，他第一次和她结识——她至少成了他第一个亲密的熟人——是他在 F 镇逗留的那三个月的期间，因为我现在回想起来，他曾有一次无意中暗示过，当时他的姑妈和妹妹有个年轻朋友住在一起，这多少说明了为什么他对那期间的所有活动保持沉默。现在我也明白了不少以前曾使我略微感到迷惑不解的小事的原因，其中包括他为什么常常离开伍德福德，每次离开的时间又相当长，对此他从没说出过一个令人满意的原因来，而回来后又讨厌人家问长问短。怪不得那仆人说他这个主人"守口如瓶"。可是奇怪的是，为什么要对我保持缄默呢？或许部分的原因是由于我以前提到过的他那种特殊的癖性，而另一部分的原因是出于对我的感情的体贴，或者是担心提起爱情这个有感染力的话题会扰乱我的人生观。

第五十二章
波 动

那辆磨磨蹭蹭的轻便双轮马车终于赶上我了。我跨进马车,吩咐那赶车来的人驶往草谷庄园——我心事重重,不愿自己驾车。我要去见亨廷顿太太——既然她丈夫已经去世一年多了,我这么做是不会有什么不妥之处的——根据她见我突然来到的反应是冷淡还是高兴,我很快就能知道她是否真心爱我。可是我的同伴是个喋喋不休的鲁莽家伙,他就是不肯让我好好地独自思量一番。

"他们走啦!"那些马车在我们前面鱼贯而去的时候,他说道。"今天那儿可热闹呢,明天也一样。——先生,你对那家人家的情况有所了解吗?或者,你对这一带很陌生吧?"

"我听说过他们。"

"哼!——不管怎么样,他们当中最好的人都死了。而且我想忙过这一阵之后老太太也要走了,她自己要到什么地方去靠她丈夫的一点儿遗产过活;而那位年轻的太太——至少可以说是新太太吧(但也不太年轻了)要在园林庄园住下来。"

"这么说哈格雷夫先生已经结婚了?"

"是的,先生,已经有几个月了。他原该早结婚了,同一个寡妇结合,可是他们在钱财方面意见不合;她的钱可多得出奇,而哈格雷夫先生要全部占为己有;可她不肯放手,这样他们便闹翻了。现在这个不如那个有钱——也不如那个漂亮,不过她没有结过婚。听说她脸相长得很平庸,快四十或者已经过了四十岁,所以,你瞧,如果她不赶快抓住这个机会,她就以为自己再也不会有更好的对象了。我想她认为这么个年轻漂亮的丈夫抵得上她所有的一切，他尽可以拿去，而且受到欢迎；不过我打赌她不久就会后悔她的这笔交易的。听说她已经开始发现他根本不是她婚前心目中的那么个高尚、宽大、富有教养而讨人喜欢的绅士——他已经开始变得冷漠而专横了。是啊，而且她还会发现他今后会比她想象的更难对付而更冷漠。"

"看来你跟他很熟，"我说。

"是的，先生；他还是个小少爷的时候，我就认识他了；而他当时就是又骄傲又任性的。我在他们家当了几年的差，可是我受不了他们那种吝啬作风——太太变得越来越不像话了，她省吃俭用，拼命节省，处处留神，什么都舍不得花费；所以我就想另找个不管什么样的人家了。"

接着他谈到自己目前在"玫瑰与王冠"干料理马匹的活儿，尽管外表上不如以前的行当体面，可是舒服自由得多了；于是他开始谈起园林庄园的家庭经济的种种细节以及哈格雷夫太太和她儿子的性格——对这一切我都不留心听，因为心里充满了自己的焦虑不安的期望，而此时马车驶过的乡间景色又使我目不暇接，尽管树枝光秃、白雪盖地，但我能看出用不了多久一座乡绅的乡间住宅就会逼在眼前，而种种毫不含糊的迹象已经出现好一会儿了。

"我们不是已经接近那所房子了吗？"我打断了他的话，问道。

"是的，先生，那边就是花园。"

我一眼瞧见在一片广阔的庭园中的那座华贵的宅第，顿时泄了气——虽然此时花园披着冬装，却与夏季花木茂盛的时节同样美丽；那气象万千的一片景象、波浪起伏的地面，披着那件毫无疵瑕和印痕的洁白耀眼的外衣，把优点充分地展示出来了——只有成群结队的鹿群的脚在上面留下了一条又长又曲的脚迹——在阴暗的灰色天空的衬托下，那片树枝上有着沉甸甸积雪的雄伟的用材林闪耀着白光；四周由密密层层的树林包围着；一大片冻结的湖水沉睡在宁静中；那些有细长垂枝的梣树和柳树在湖面上垂下它们那些覆盖着白雪的树枝——这一切确实呈现出一幅动人的图画，它能给予一个心情轻松的人以欢愉，可是对我却毫无振奋作用。不过可以告慰的是——这一切都是遗留给小阿瑟的，而严格地说，在任何情况之下都不会属于他的母亲。可是她的情况又怎么样呢？我猛地克制了向我这位饶舌的同伴提起她名字的反感，便问他可知道她的已故丈夫有没有留下遗嘱，财产是如何处置的。啊，对，他全知道，并且随即告诉我，在她儿子未成年期间，由她全权支配和处理遗产，但并不包括由她绝对而无限制地占有的她自己的财产（不过我知道她的父亲给她的也不多）和婚前议定归她所有的另外一小笔款子。

他还没有解释完，我们的马车便在花园门口停下来了。现在要接受考验啦——这是说，如果我能够在屋子里找到她的话——可是，真可惜！她可能还在斯坦宁利呢。她的哥哥并没有告诉我与此相反的情况呀。我在门房间询问亨廷顿太太是否在家。不在，她在某郡她的姑妈家，不过估计圣诞节前会回来。她通常大多数时间在斯坦宁利过，只有在她处理事务或者为了她的佃户和由她供养的人的利益需要她来草谷庄园时，才偶尔回到这里来。

"斯坦宁利靠近什么城镇？"我问。我立刻得到了我所需要的信息。"喂，伙计，把缰绳给我，我们回 M 镇去。我得在玫瑰与王冠酒店吃一些早点，然后乘头班公共马车去斯坦宁利。"

"你今天到不了那儿的，先生。"

"没关系，我并不想今天就赶到那儿；我想在明天到那儿，在途中过夜。"

"去住小旅店吗，先生？你还是耽搁在我们的店里好得多，明天可以精神饱满地上路，整天赶你的路。"

"什么？要浪费十二个小时吗？我可不干。"

"先生，也许你是亨廷顿太太的亲戚吧？"他说，因为贪财的心得不到满足,便打算尽情满足自己的好奇心。

"我没有那份荣幸。"

"啊!唔,"他答道,半信半疑地朝我那被溅污了的灰色长裤和粗呢上装斜乜了一眼。"不过,"他鼓励地添了一句,"依我看,有很多那样的好太太都有比你还要穷的亲属呢,先生。"

"这是肯定无疑的——而且有许多好先生会由于能够自称与你所说的那位太太有亲属关系而感到不胜荣幸呢。"

这时他朝我的脸狡猾地扫了一眼。"先生,也许你打算——"

我猜出他要说些什么,便制止了他无礼的猜测,说——"也许你肯安静一会儿,我很忙。"

"很忙,先生?"

"对,心里很忙乱,我不愿意人家打断我的思索。"

"当然可以,先生!"

你由此可以想见我虽然失望,但我的情绪并没有受到很大的影响,否则我是不能如此镇静地忍受这家伙的无礼唠叨的。事实上,我也这样认为——不但如此,全面考虑的结果,今天不去见她来得更好——我应当用一点时间为这次会见把心静一静——在突然解除了原先的忧虑而感到欣喜若狂之后,我要为更大的失望作好思想准备;姑且不谈连续旅行了一天一夜,心急火燎地冲过下过新雪的六英里道路,我的情况是很不适宜于见人的。

到了M镇,在公共马车出发之前,我有时间吃一顿丰盛的早餐来补充我的精力,还能像平时一样在早上洗个澡来恢复精神,稍微整一整装以壮观瞻——此外还发出一封短信给我母亲(因为我是个孝敬的儿子),让她放心我这人还存在着,请她原谅我不能按预期的时间回到她跟前。在那个旅行缓慢的时代里,去斯坦宁利可是一条漫长的旅程,不过我一路上并没有节省必需的饮食,就是在路边小旅店里过夜也舍得;宁愿稍为耽搁一下,也不愿把自己弄得筋疲力尽、心神不定而饱经风霜地去见我的情人和她的姑妈,而她们即使没见到我这副模样,我的到来也足够令她们吃惊的了。因此，次晨我不仅尽我的兴奋情绪所能容许的那样，吃了一顿丰盛的早餐，借以增强体力，在装扮上也比平时更仔细些，更多花一点时间；从我那毯子制的小旅行提包里取出一件亚麻布衬衫换上，穿了刷得干干净净的衣服、擦得亮亮的靴子，戴上整洁的新手套——上了名叫"闪电"的公共马车，又上路了。路程只有大约两站不到了，但是他们通知我说，马车只经过斯坦宁利附近地区，于是我要求在尽可能靠近那座邸宅的地方下车，然后就抱起双臂坐在那儿，思量着那个即将来到的时刻，别无他事可干。

这是个晴朗严寒的早晨。我得意扬扬地坐在高处，环视着雪景和可爱的阳光明媚的天空，吸入纯净凉爽的空气，车轮在松脆的冻结的雪地上嘎吱嘎吱地碾过，单凭这一点本身就够令人愉快的了；可是想到我是赶往什么目的地、期望与什么人见面时，你就可能对我当时的心情有个粗略的了解了——然而只是粗略的而已；尽管为了谨慎起见，我竭力把自己的感情约束到合理的一般程度，有意去想海伦同我有着无可否认的身份差异、我们俩分手之后她所经历的一切、她对我长时间始终保持着的沉默，而且首先想的是她那位冷静而慎重的姑妈，她的建议是海伦无疑会小心对待而不会再忽视的。尽管我如此想着，我的心仍然充满了无言可喻的欢乐，我的情绪高涨得几乎发狂，同时又使我忧虑得心绪不宁，我的胸脯起伏不停，巴不得快快度过那决定我的命运的时刻，不过所有这些思虑都模糊不了她在我心中的形象，也磨灭不了交流于我们俩之间的话语和感情的栩栩如生的回忆——也没能使我放弃对未来的热切期望——事实上我此时还没能领悟到这些想法是恐怖的。不管怎么样，快要到达我的目的地的时候，有两个同车乘客好心地来帮助我，但使我的情绪消沉到无以复加的地步。

"这块地多好啊，"其中的一人用他的雨伞指着右边的一片广阔的田地说道。那上面栽有一排排整齐的树篱、一条条挖得很整齐的深水沟，还有一些上好的树木，有的长在田地边上，有的长在一圈围墙之中，它们使得这片田地很令人注目——"如果你在夏天或者春天看起来，那真是好极了。"

"是啊，"另一个答道——他是个上了年纪的粗坯，穿着淡褐色的大衣，纽扣一直扣到下巴，两个膝盖中间夹着一把棉布伞。"我想这块地是马克斯韦尔老头的吧。"

"过去是他的，先生，可是你知道他已经去世了，把这一切全留给了他的甥女。"

"全部！"

"每一片土地——加上邸宅和一切——他在世间的所有财产！——除了少量的作为纪念给他在某郡的外甥以及给他妻子的年金以外。"

"这真怪，先生！"

"是的，先生。而且她还不是他的亲甥女呢；但是他自己没有近亲——只有一个跟他吵过架的外甥——而他对这个甥女却总是很偏爱。而且人家说，他的妻子当初也劝他这么做；是她把大半的财产带来的，正是她希望这位太太应该得到它的。"

"哼！——谁娶了她可真福气啦。"

"可不。她是个寡妇，不过还很年轻，而且漂亮出众——另外，自己还有财产，而且只有一个孩子——她还替他照料着另一处在某地的好庄园。要谈她的长处可多着呢！——恐怕我们都没有这份福气。"——（他开玩笑地用胳膊肘儿轻轻推了推我和他的同伴）——"哈，哈，哈！我想你没有生气吧，先生？"——（这是对我说的）——"啊哈！——我个人认为她只肯嫁给贵族。你瞧，先生，"他朝另一个坐在他身旁的人转过脸去，用他的伞横过我面前指着一处又说，"那是宅子——你瞧，好大的花园——到处是树木——那里面有许多用材林，还有许多猎物——哎呀！这怎么啦？"

这声惊叫是由公共马车突然在花园门口停下而引起的。

"有要在斯坦宁利府下车的先生吗？"马车夫喊道；于是我站起来，把我的毯制旅行提包扔到地上，准备自己跟着也下车。

"不舒服吗,先生?"我邻座的那个多嘴的乘客盯着我的脸问道。(大概我的脸色很苍白吧。)

"没有。这给你,马车夫。"

"谢谢你,先生。——行了!"

马车夫把小费收进口袋后便驾车走了,撇下了我,但我并不走近那个花园,只是在门前来回踱着,两臂交叉在胸前,眼睛盯住地上——种种形象、念头和感想汇成一股势不可挡的力量涌上我的心头,其中确实清楚的只有:——我白白地怀了爱情;我的希望永远落空了;我一定得立即忍痛离去,把对她的所有思念当作一场胡乱的狂梦忘掉或者忍住了再不去想它。我会乐于一连几小时在此徘徊不去,希望在离去之前至少能远远地瞥上她一眼,可是这样绝对不行。我决不能让她瞧见我;因为除了希望她重温旧情、以便日后能娶她之外,还有什么事情能驱使我来到这儿呢?万一她认为我竟然胆敢心存这种念头,我会受得了吗?——认为我竟然胆敢凭借一点相识的关系——如果你要称之为爱情也可以——不过那是当她还是一个为自己的生计操劳着的,表面上看来没有财产、家庭或朋友的隐姓埋名的逃亡者时,通过偶然的结识或者不如说是违背了她的心意强加于她的——等她恢复了在自己固有圈子里的地位时,我却来找她,而且要求分享一份她的富裕,不过要是她过去能一直保持富裕的话,那就肯定永远不会使我能结识她,又何况我们已经在一年零四个月之前分了手,当时她明白地禁止我今生再抱有与她重聚的希望——而且从那天起直到现在,既没有写个片言只字也没有捎个口信给我。不!一想到这一切,我简直受不了啦。

再说,即使她对我依然情丝未断,我是否应该唤醒这种感情而去打扰她平静的心情呢?是否应该使她经受相互矛盾的责任与倾心之间的斗争——不论这倾心能诱惑她到什么程度,还是责任感会命令她倾向于哪一边——也不管她是否认为有责任为了浪漫主义的真诚观念和对我的忠贞,去冒遭受世人的藐视和谴责的风险，并且不顾自己心爱的人们的伤心和不愉快，还是会为了她的朋友们的感情、她本人的审慎和合理处理事务而牺牲她个人的愿望呢？不——我不情愿如此！我要马上走开，决不能让她知道我曾接近过她的住所；因为尽管我可能放弃希望有朝一日能娶她的一切念头，或者甚至也不要求她把我作为一个朋友看待，但她的安静也不应该让我的来到加以妨碍，她的心也不应该因见到我的忠诚而苦恼。

"那末再会了，亲爱的海伦，永远！——永别了！"

我这么说了——可是我没法忍痛离去。我走动了几步路，又回头去看，要把她那壮丽的家看上最后一眼，以便至少可以把它的外观像她的形象那样不可磨灭地印在我的心上。真是可惜，她的形象我决不可以再看见了——接着我走得更远一些；接着便陷入伤感的冥想中，又停下脚步，背靠在路旁一棵凹凸不平的老树上。

第五十三章
结　尾

我这样站着,正闷闷不乐地想得出神的时候,一辆高级四轮马车转过道路的拐角朝这边驶过来了。我没有朝它看,让它悄悄地从我身旁驶过去,原本是一点儿也不会注意到它的出现的;可是从马车里传来一个轻微的声音唤醒了我。

"妈妈,妈妈,马卡姆先生在那儿!"

我没有听见答话,不过随即刚才那个声音又说道:

"真的是他,妈妈——你自己瞧吧。"

我并没有抬眼去望,不过我想那妈妈的确看了,因为一个清晰悦耳的嗓音叫嚷起来,那音调激起我全身一阵颤动。

"姑妈呀!马卡姆先生在这儿——阿瑟的朋友!——停车,理查德!"

她说这几句话时,虽然抑制住了兴奋情绪,但仍流露出喜悦——尤其是说"姑妈呀"时所发出的颤音——几乎使我放松了谨慎的警戒。马车立即停下来,我抬起眼来,刚好同一位脸色苍白、态度严肃的年长太太的目光相遇,她正从打开的车窗向外打量着我。她躬了一下身子,我也鞠躬还礼,接着她把头缩回去,此时小阿瑟尖声嚷叫,要穿号衣的跟班让他下车;可是那仆人还没有从他的驾驶座上下来,便有一只手悄悄地从马车的窗子里伸出来。尽管黑手套遮住了那娇嫩雪白的肌肤和一半的匀称线条,我还是认得出这是谁的,于是急忙抓住它,把它紧紧握在手中——热情地握了片刻,不过我立即使自己镇定下来,松了手,它就马上缩回去了。

"你刚才是来看我们的呢,还只是路过此地?"手的主人用她那低沉的嗓音问道,我觉得她正从黑色的厚面纱后面注意观察着我的脸,这层面纱加上马车镶板投在她脸上的阴影,使我完全看不清她的脸。

"我——我来看看这个地方,"我支支吾吾地说。

"这个地方,"她跟着说了一句,语气中不愉快和失望的意味多于惊讶。

"那你不进去吗?"

"如果你愿意的话。"

"这还用怀疑吗?"

"对,对!他一定得进去,"阿瑟从另一扇车门出来转个弯跑到我跟前,用双手抓住我的手,亲切地摇起来。

"你记得我吗,先生?"他问。

"记得,完全记得,我的小大人,尽管你变了样,"我答道,一边打量着这个身材比较细长的小少爷,除了他那双喜气洋溢的蓝眼睛和聚拢在鸭舌帽下面的发亮的鬈发之外,在他那好看而聪明的脸蛋上明显地有着他母亲容貌的印记。

"我不是长高了吗?"他把身体挺得笔直,问道。

"长高了!肯定高三英寸了!"

"我已过七岁生日了,"答话是得意扬扬的。"再过七年,就会跟你差不多高了。"

"阿瑟,"他母亲说,"请他进去。继续走吧,理查德。"

她说这句话的声音里带着一点儿忧伤和冷淡,不过我不知道如何去解释它才是。马车向前驶去,比我们先进了园门。我的小伙伴领我进了花园,一路上快活地说着话。走到门厅门前时,我在台阶上站住了,向四周看去,等待自己如有可能的话镇静下来——或者无论如何记住自己刚才作出的决定以及其所依据的原则,直到阿瑟已经把我的上衣轻轻地拉了一会儿,一再请我进屋去,我才同意陪他一同到两位太太正在等着我们的那个房间去。

我进屋的时候,海伦以一种温柔而严肃的目光端详着我,并问起了马卡姆太太和罗丝的近况。我有礼貌地一一答复了。马克斯韦尔太太请我坐下,说天气很冷,但她料想我当天早上没走多少路。

"不到二十英里,"我答道。

"不是步行吧!"

"不是,太太,是乘公共马车。"

"先生,雷切尔来了,"我们当中唯一真正快活的人阿瑟说,他引我注意到那个可敬的人,她刚进屋来取她太太的衣物。她以一种可以说得上是友好的微笑招呼我——这一好意的表示至少需要我这方面也报以有礼的致意,我就这么做了,并且得到了谦恭的还礼——她已经明白自己以前对我的品格作出了错误的判断。

海伦脱下了见了令人难过的帽子和面纱以及冬季的厚大衣等等之后,显得还是老样子,这使我没法自持了。我尤其高兴见到她那头美丽的黑发依然如故,没有被什么遮住那发亮的满头浓发。

"为了祝贺舅舅的结婚,妈妈才脱下了她的寡妇帽子,"阿瑟说,他以孩子所具有的既单纯又敏锐的观察力察看着我的脸色。妈妈的神情很严肃,马克斯韦尔太太则摇了摇头。"马克斯韦尔姑婆可永远不会脱掉她的寡妇帽子的,"这淘气的孩子硬要说下去;不过当他瞧见他的姑婆对于他没规矩的行为真的感到不快和痛苦时,便走过去,默默地伸出一臂勾住她的脖子,亲她的面颊,接着退到一扇大凸窗的凹处,在那儿悄悄地逗狗自娱,马克斯韦尔太太则认真地同我谈天气、冬季和公路这些有趣的话题。我认为她的在场十分有助于防止我的自发冲动——是对汹涌而激动的感情的一帖解毒剂,否则这股热情就会违背我的理智和意志使我神魂颠倒,可是正在此时我又觉得几乎难以忍受这种约束,极其困难地强迫自己倾听她的话并以一般的礼貌答话,因为我知道海伦正站在离我只有几英尺的壁炉旁。我不敢朝她看,可是感觉到她的眼睛正盯着我,于是仓促地朝她偷偷看了一眼,自以为她的面颊有点儿发红,而她那些抚弄着表链的手指正颤抖着,这种不停的颤抖表明极度的激动情绪。

"告诉我,"海伦趁她姑妈和我尽力谈话的头一次中断时开口了,她说得又快又低,两眼始终垂下望着那条金表链——因为我这会儿又斗胆朝她看了一眼,才见到这情景——"告诉我你们在林登霍普的人都好吗?——我离开你们以后没有发生什么事吧?"

"我想没有。"

"没有人去世?没有人结婚?"

"没有。"

"或者——或者准备结婚的?——没有什么老关系断绝了或者什么新关系建立了?没有把老朋友忘掉了或者由别人代替了?"

说最后一句话的时候,她把声音压得很低,因此除了我,没有人能听清最后的那几个词儿,与此同时,她开始带着笑容转眼朝我看着,那笑容极为甜蜜而又忧郁,加上胆怯而又焦急的询问神情,使我的双颊因一种难以言喻的情感而震颤起来。

"我想没有,"我回答说——"肯定没有,如果其他人也像我那样没有什么变化的话。"她的脸同我的脸一样地红了起来。

"那末你是存心不打算来看望我啰?"她大声地问道。

"我怕会打扰你。"

"打扰!"她不耐烦地把手一挥,叫嚷道——"什么!"——不过似乎突然想起了她姑妈在场,她没有再往下说,转向那位太太,继续说道——"嗨,姑妈,这位先生是我哥哥的知己,又是我的熟人(至少有那么短短的几个月是这样),而且非常喜爱我的儿子——可是他离家乘车赶了几十英里路来到此地,经过我们的家,竟然为了怕打扰我而不打算进来看看我!"

"马卡姆先生过于谦虚了,"马克斯韦尔太太说。

"不如说是过于讲究礼貌了,"她的甥女说——"过于——算了,这没关系。"她转过身去,在桌旁的一把椅子上坐下来,抓住一本书的封面,把它拖到自己面前,开始以一种干劲十足而又心不在焉的神态一页页地翻着书。

"如果我早知道,"我说,"你会记得我是你的熟悉朋友,我就大有可能不会阻止自己来拜访你了,可是我还以为你早把我给忘了呢。"

"你完全凭主观判断别人,"她抱怨道,她说这话时没有从书本上抬起眼来,但脸却红了,并且一下子把书翻过了十几页。

大家都沉默下来,于是阿瑟自认为可以大胆利用这个机会把他那年轻漂亮的塞特种猎狗带过来,让我看它已经长得多大多好,还问它的父亲桑乔的身体是否良好。接着马克斯韦尔太太回房去卸妆。海伦立即推开那本书,默默地把她的儿子、他的朋友和他的狗打量了一会儿,要她儿子去把他那本最近买的新书拿来给我看,这是她把他打发离开房间的借口。孩子欣然听命;可是我继续抚摸着那只狗。要是得由我来打破沉默的话,那就可能要一直延长到狗主人回来,然而只过了半分钟或者更少的时间,我的女主人便不耐烦地站起来,回到她原先的位置上,也就是在我和壁炉之间的那块炉边地毯上,热切地大声说:

"吉尔伯特,你怎么啦?——你为什么变成这个样子了?——我知道这是一句很不得体的问话,"她急忙补充道,"也许我这是非常粗鲁无礼的——如果你这么想的话,就不必回答——可我就是不喜欢把事情弄得很神秘,把真相隐瞒起来。"

"我没有变,海伦——不幸的是,我的感情一直十分强烈而炽热——变的不是我,而是处境。"

"什么处境?你一定得告诉我!"她的面颊因焦虑本身造成的痛苦而发白了——敢情是因为害怕我已经轻率地和别人定情了?

"我来马上告诉你,"我说。"我承认我来这儿的目的是要见你(可是对我自己这样放肆并非一点没有预感到不安,而且还担心我的来到会既出乎意料,又不受欢迎),不过我事先并不知道这个产业是你的,直到在我旅程的最后一站,从两个同车乘客的谈话中才得知你继承遗产的事;于是我马上领悟到自己所抱的希望是多么愚蠢，如果把这些希望再多抱住一会儿就简直是疯狂了；尽管我在你家门前下了车，却拿定主意不进去；我在那儿逗留了几分钟，看看那地方，但下定决心不去见它的女主人就回 M 镇去。"

"这么说，要不是我和我姑妈刚好早上乘马车兜风回来，我就再也见不到你，也收不到你的信了？"

"我原想我们不见面对双方都较好，"我竭力镇静地答道，可是由于我意识到没法稳住自己的声音，因此不敢大声说，也不敢正眼看她的脸，唯恐我的坚定情绪会完全垮掉。"我还认为我们见了面只会打扰你的安静并使我发疯。不过我现在觉得很高兴，能有这个机会再一次见到你，而且知道你并没有忘记我，我也要向你保证我永远不会忘记你。"

我们又沉默了一会儿。亨廷顿太太走开去，在窗户的凹处站住了。她是不是认为我这番话是暗示我完全由于谦逊才不向她求婚？她此刻是不是在考虑怎样拒绝我才能最不伤我的感情？我还没能说出什么话来使她从这一困境中解脱出来，她突然转过脸向着我，打破了沉默说道：

"你以前原是可以有这种机会的——我的意思是，至少关于你向我保证你将对往事亲切地记忆在心，并且使自己相信我也会亲切地记忆在心这两方面，假如你过去给我写了信的话。"

"我本来会这么做的，可是不知道你的地址，又不愿意问你的哥哥，因为我想他会反对我写信给你的——不过如果当初我敢于相信你希望我给你写信，或者甚至愿意浪费时间想一想你这不幸的朋友的话，那末尽管他反对，我也会马上给你写信的；可是你的沉默自然使我断定你把我给忘了。"

"那末你是不是期望我给你写信？"

"不，海伦——亨廷顿太太，"我听了这句含有责怪之意的话不由得脸红了，说道，"当然不；不过如果你通过你哥哥给我捎个口信，或者甚至不时向他询问我的情况的话——"

"我确实问起过你，常常问的。其他我就不打算干了，"她微笑着接下去说,"因为你继续仅仅有礼貌地问几句关于我的健康的话。"

"你哥哥从没告诉过我你曾经提起我。"

"你究竟问过他没有?"

"没有;因为我见他不喜欢我问起你,而且对我一再坚持的依恋之情也没有加以丝毫鼓励或帮助。"海伦不作答。"而他是完全正确的。"我添了一句。可是她依然一言不发,只顾望着外边积雪的草坪。"唉,我该走了,好让她轻松些!"我自忖道,接着痛下了决心,立刻站起身,走过去向她告辞——不过这是靠有着自尊心做后盾的,否则我是无法如此干到底的。

"你这就要走吗?"她说,握住我向她伸去的手,并不立即松开。

"我凭什么该再待下去呢?"

"至少等阿瑟来了再走吧。"

我巴不得服从她,就靠在那扇窗的另一边站着。

"你刚才说你没有变,"我的同伴说,"可是你是变了——变得很厉害。"

"不,亨廷顿太太,我只是应该这样罢了。"

"难道你真的坚持说你现在还同我们最后那次相遇时一样对我怀着同样的好感?"

"我是这样,但是现在不该说这话。"

"当时才不该说呢,吉尔伯特;现在可没有什么不该了——除非这么做会违背真情。"

我激动得说不出话来了;可是她没有等我答复就掉开她那亮闪闪的眼睛和绯红的面颊,把窗扇向上推,朝外望着,不知道是要镇静一下自己的兴奋情绪呢,还是要打消她的窘困——或者仅仅是要去摘下长在窗外那丛小灌木上的一朵美丽的半开的圣诞玫瑰,它从雪中微微伸出,迄今得以免受霜冻,无疑是受了那层雪的保护,而此刻雪正在阳光下融化了。不过,她确实摘下了那朵

花,轻轻地抖掉花瓣上的雪,把花挨在嘴唇边,说道:

"这朵玫瑰花不像夏季的花朵那么芬芳,不过它经受了没有一朵夏季花朵能顶得住的磨难。冬季的寒雨足以养育它,微弱的阳光给它以温暖,萧瑟的劲风没有使它发白,也没有折断它的茎,刺骨的霜冻也没能使它凋谢。瞧,吉尔伯特,尽管它的花瓣上至今还盖着冰冷的雪,但它依然十分新鲜而盛开着,丝毫不逊于一般的花——你要它吗?"

我伸出手去,唯恐受到自己情感的支配,不敢说话。她把玫瑰花横放在我的手掌上,可是我几乎没有弯起手指去抓住它,因为正全神贯注地思索着她的话有什么用意,自己此刻该做些什么或者说些什么;是该顺从我自己的感情呢,还是继续克制自己。海伦把我这犹豫不决的态度误解为无动于衷,或者甚至是不愿意接受她的馈赠,竟一把夺去我手中的花,把它扔到窗外的雪地上,使劲拉下窗扇,退到壁炉前去。

"海伦!这是什么意思?"我见她的举止起了如此惊人的变化,大为震惊,嚷道。

"你对于我的赠品并不理解,"她说——"要不,更糟的是你瞧不起它。我后悔把它给了你;但是既然我搞错了,我所能想到的唯一补救办法是拿走它。"

"你大大误解我了,"我答道,随即又把窗子打开,一纵身跳出去,拣起花朵,把它带进屋来交给她,恳求她再送给我,并且说为了她我将永远保存它,把它珍视得比我在这世上所拥有的任何东西都更宝贵。

"那你就满足于此了吗?"她接过花时说。

"是的,"我回答。

"那好,拿去。"

我热切地把花按在我的嘴唇上,然后把它藏进我上衣的前襟。亨廷顿太太在一旁望着,脸上带着点儿讥讽的微笑。

"那你就要走了?"她说。

"要走,如果——如果我必须走的话。"

"你是变了,"她坚持说——"你不是变得十分骄傲,就是十分冷淡。"

"我两者都不是,海伦——亨廷顿太太,要是你能看到我的心——"

"你肯定变成了其中的一种——如果不是两种兼而有之的话。再说,为什么称我亨廷顿太太?——为什么不像以往那样叫我海伦?"

"那就叫你海伦——亲爱的海伦!"我低声说。此时我百感交集,既充满爱情、希望、欢乐,又半信半疑、心中悬虑。

"我送给你的玫瑰花象征着我的心,"她说,"你愿意把它带走,撇下我独个儿在这儿吗?"

"如果我要求的话,你也愿意答应同我结婚吗?"

"我说得还不够多吗?"她答道,十分迷人地微笑了。我一把抓过她的手,原要热烈地吻它,可是突然克制住自己,问道:

"但是你有没有考虑过后果呢?"

"我想几乎没有,否则我就不会委身于一个骄傲得不想娶我,或者对我太冷淡以致不认为自己的爱情的价值能超过我的财产的人了。"我真是个迟钝的笨蛋啊!——我哆嗦着把她搂在怀中,但是又不敢相信有如此的大乐事,然而我还是克制着自己说道:

"可是万一你后悔呢!"

"那就可能是你的过错了,"她回答说,"我决不会后悔,除非你使我大失所望。要是由于你对我的爱不够信任而不相信我,那就算了。"

"我亲爱的天使——我心爱的海伦,"我大声叫喊起来,这会儿热烈地吻着我仍然握着的那只手,猛地伸出左臂搂着她,"如果完全取决于我的话,你是决不会后悔的——不过你有没有想到你的姑妈呢?"我哆嗦着等待她的答话,由于本能地害怕失去我新发现的珍宝,把她更紧地搂在胸前。

"现在还不能让我姑妈知道,"她说。"她会认为这是个轻率鲁莽的做法,因为她想象不到我有多么了解你;不过一定得让她亲自了解你,并且慢慢地喜欢上你。你吃过午饭就得离开我们,到春天再来,那时待得久些,争取她对你的了解;我知道你们会彼此投合的。"

"接着你就会属于我的了,"我说罢在她嘴唇上吻了一下,吻了又一下,又一下——因为我一改先前的畏缩和拘束,变得同样大胆和冲动了。

"不——还要等一年,"她答道,然后缓缓地从我的怀抱中脱出身来,不过仍然多情地握着我的手。

"再等一年!唉,海伦,这么久我可等不及啊!"

"你的忠诚到哪儿去了?"

"我说我受不了分离这么久的痛苦。"

"这又不会是分离,我们可以天天通信;我的心会一直同你在一起的;有时候你还可以亲眼看见我。我不愿虚伪地装得好像自己希望等这么久,可是我的婚事要使我自己感到高兴才行,我还应该同我的朋友们商量一下把婚期定在哪一天。"

"你的朋友们会不赞同的。"

"亲爱的吉尔伯特,他们不会太不赞同的,"她说着诚挚地吻我的手——"他们对你有了了解之后,是不会不赞同的——要是他们会,他们就不是真正的朋友了;我也不会在乎他们对我疏远——好,现在你满意了吗?"她带着无可言喻的温柔的微笑抬眼望着我的脸。

"有了你的爱,我还能不满意吗?而你是真心爱我的,海伦?"我问道,并不怀疑这事,可就是希望听见她亲口来加以证实。

"如果你当初爱我像我爱你一样深,"她热切地答道,"你就不致差一点失去我——由错误的审慎和自尊心所引起的那些顾虑也绝对不致使你这样痛苦了——你就会明白即使是世间最大的社会地位、门第和财富方面的区别和差异,与相互协调的思想感情、真挚相爱以及共鸣的心灵的结合作对比,就犹如尘土一般了。"

"不过这幸福实在是太大了,"我说着把她又搂在怀中,"我是配不上的,海伦——我不敢相信自己有这种福气,而且等得越久我就会越担心,深恐会发生什么事把你从我手里夺走——想想看,在一年中可以发生一千桩事的啊!——我将始终处于长时间无休止的恐惧和焦灼的狂热状态中。再说,冬天又是个多么沉闷的季节。"

"我也这么想,"她严肃地说,"所以不愿意在冬天结婚——至少不愿意在12月份,"她毛骨悚然地补充了一句——因为在这个月份里既发生了那倒霉的婚姻,使她同前夫结合在一起,又发生了使她获得解放的那次可怖的死亡——"因此我才说再过一年到春季再说。"

"明年春天。"

"不,不——也许明年秋天。"

"那就夏天吧。"

"呃,夏末吧。得了!感到知足吧。"

她在说着的时候,阿瑟回到屋子里来了——真是个好孩子,离开了这么久。

"妈妈,你让我去找的那两个地方,我都找不到那本书,"(妈妈的微笑带有一种不出她的意料的神态,似乎在说,"对,亲爱的,我原本就知道你找不到的。")"不过最后雷切尔帮我找到了。瞧,马卡姆先生,这是一本博物学的书,书里介绍了各种各样的鸟和野兽,文字和图画一样好。"

我怀着极好的情绪坐下来仔细看这本书,把小家伙拉到我的两膝之间。他若是早一分钟来到,我就不会如此宽厚地接待他了,而现在我亲切地抚摩他的鬈发,甚至还吻了他那雪白的前额，因为他是我心爱的海伦的儿子，因此也是我的，而且自此以后，我就一直如此看待他。这好看的孩子如今已是一个漂亮的小伙子了，他实现了他母亲对他的最美好的期望，目前正与他年轻的妻子住在草谷庄园——她就是昔日的那个可爱的海伦·哈特斯利。

且说我还没有看到一半，马克斯韦尔太太就来请我到另一间屋子里去进午餐。开头，这位太太冷漠疏远的态度使我有点沮丧，可是我尽力谋求她的好感，而且我想甚至在这趟短时间的初次访问中也并非毫无成效，因为经我高高兴兴地与她谈了话之后，她便渐渐变得和蔼可亲了，而且当我要离开时，她谦和地与我告别，并说希望不久就能有幸再见到我。

当我以心中最大的镇静自若和自制能力来为自己壮胆，向海伦走过去要向她告辞时，她说，"可是你必须先去看看暖房，也就是我姑妈的冬季花园，才能离去。"

我欣然利用了这一延迟告别的机会，跟随着她走进一间美丽的大暖房，就这个季节而言，这里布置的花卉可算相当多——不过当然啰，我哪里会去多注意它们。然而我的同伴把我带到那儿并非为了要说什么亲切的话。

"我姑妈特别喜欢花，"她说，"她也喜欢斯坦宁利。我把你带到这儿来是为了代她提出要求，让这儿能成为她终老于此的家，而且——如果我们不住在这儿，也要让她住在这儿——让我可以常常见到她并且同她待在一起；因为我怕她会因失去我而感到难过；而且尽管她过的是退隐和独自沉思默想的生活，如果让她过于孤单，她是很容易变得意气消沉的。"

"完全可以，最亲爱的海伦！——对你的亲人，你愿意怎么办就怎么办。在任何情况之下，我都决不会要你的姑妈离开这个地方；我们住在这里还是别处，可由你和她来决定，而且你高兴多么经常来看她都可以。我知道她离开你一定很痛苦，我愿意尽力弥补这一点。我为你的缘故爱她，将像重视自己母亲的幸福一样重视她的幸福。"

"谢谢你,亲爱的!为了这个,我要吻你一下。再见了。好啦——嗨,吉尔伯特——放开我——阿瑟来了,别让你的狂热使他幼稚的头脑大吃一惊。"

而现在我该结束我的叙述了——除了你,谁都会说我已经讲得太多了;不过为了满足你,我还要说几句,因为我知道你很同情那位老太太,希望知道她的结局。春天到了,我确实又来了,而且按照海伦的旨意,尽力培养与她姑妈的感情。她很和蔼地接待我,无疑她侄女已对我作了过分有利的介绍,这使她准备对我的品格给予高度评价了。我当然作出了最好的表现,因此我们相处得极好。当她获悉了我野心勃勃的意图时,她对此事的态度比我所敢于希望的更通情达理。我所听到的她对这问题的唯一的意见是:

"噢,马卡姆先生,原来你要夺走我的侄女啦。好吧!我希望上帝会使你们的婚姻成功,使我这心爱的姑娘终于获得幸福。不过要是她能满足于继续过独身生活,我承认我会觉得更满意的;不过如果她非得结婚不可的话,我实在不知道,在现在活着的、年龄又相当的人中,除了你,我更愿意将她托付给谁,或者谁会比你更能赏识她的价值并且使她真正得到幸福。"

听了这一席赞许我当然高兴非凡,并且希望让她看到她对我的赞许并没有错。

"不过我要提出一个要求,"她接着说。"我似乎仍然把斯坦宁利看做自己的家,我希望你也把它看做你的家,因为海伦对这个地方,对我都很依恋——就像我依恋她一样。草谷庄园会引起难于摆脱的痛苦联想;而在这儿我是不会无故找你们攀谈或打扰你们的,因为我是个很爱安静的人,我会待在自己房间里干自己的事,仅仅有时来看看你们罢了。"

我当然极其乐意地同意了这一切;于是我们极为融洽地同我们这亲爱的姑妈住在一起直到她去世,那件令人悲伤的事是在几年之后发生的——感到悲伤的并非她本人（因为死亡是静悄悄地降临到她身上来的，而且她为自己终于走完人生旅途而高兴），只是她所撇下的那不多几个亲爱的朋友和感恩的侍从感到悲伤。

且回过头来谈谈我自己的事吧：我在夏天结了婚，那是八月中的一个灿烂的早晨。我们花了整整八个月的时间，加上海伦的满腔好意和德性，才克服了母亲对我选择的这位新娘的偏见，并使她接受了让我离开林登田庄，搬到那么远的地方去居住的打算。然而她毕竟对于她儿子的好运气还是满意的，并且得意地将这全部归因于她儿子本人的优点和才能。我把农场移交给弗格斯，希望它日益富裕，超过一年前我处于同一情况时所抱的希望，这是因为弗格斯最近爱上了 L 教区牧师的大女儿。那位小姐的优点激起了他潜在的优点，激励他作出最惊人的努力，不仅为了要赢得她的爱情和尊敬，并且获得足以向她求婚的财富，还为了要在自己的心目中和她双亲的心目中都配得上她；而且你已经知道了，他最终是成功的。至于我呢，我没必要告诉你海伦和我相亲相爱地共同生活得多幸福，而且我们多么有福气，至今仍然朝夕相处，并和前途美好的年轻后代生活在一起。我们正盼望着你和罗丝的到来，因为你们一年一度来访的时候已经接近了，届时你们不得不离开你们那满是灰尘、烟雾弥漫、喧闹的人们在其中辛勤劳作而奋斗着的城市，来同我们一起过一段与外界隔绝的日子，好好休养，恢复精力。

让我们到那时再见吧，

吉尔伯特·马卡姆

寄自斯坦宁利，1847 年 6 月 10 日